BASTEI LÜBBE TASCHENBUCH

Weitere Titel des Autors:

Historische Romane
Das Spiel des Alchimisten
Der Sohn des Tuchhändlers
Die Teufelsbibel
Die Wächter der Teufelsbibel
Die Erbin der Teufelsbibel
Die Pforten der Ewigkeit
Der letzte Paladin
Zorn des Himmels

Jugendbücher
Last Secrets – Das Rätsel von Loch Ness
Last Secrets – Das Geheimnis von Atlantis
Last Secrets – Der Mythos des Riesenkraken

RICHARD DÜBELL

KRONE DES SCHICKSALS

Historischer Roman

BASTEI LÜBBE
TASCHENBUCH

BASTEI LÜBBE TASCHENBUCH
Band 17720

Dieser Titel ist auch als E-Book erschienen

MIX
Papier aus verantwortungsvollen Quellen
FSC® C019821

Vollständige Taschenbuchausgabe der bei
Lübbe Hardcover erschienenen Hardcoverausgabe

Dieses Werk wurde vermittelt durch die
Literarische Agentur Thomas Schlück GmbH, 30827 Garbsen.

Textredaktion: Kai Lückemeier, Gescher
Titelillustration: Johannes Wiebel | punchdesign, München,
unter Verwendung von Motiven von © shutterstock/BackgroundStore;
shutterstock/Molodec; shutterstock/Andreas Zerndl; shutterstock/Pecold;
shutterstock/Roberto Castillo
Umschlaggestaltung: Johannes Wiebel | punchdesign, München
Satz: Dörlemann Satz, Lemförde
Gesetzt aus der Berkeley
Druck und Verarbeitung: C.H. Beck, Nördlingen
Printed in Germany
ISBN 978-3-404-17720-2

2 4 5 3 1

Sie finden uns im Internet unter www.luebbe.de
Bitte beachten Sie auch: www.lesejury.de

Für Stefan (1957–2014)
Du bist jetzt dort, wo all die guten Geschichten sind:
In unseren Herzen und in unserer Erinnerung.
Für immer.
Es ist ein Privileg, Dich gekannt zu haben.

Für alle, die jemals die Liebe gewonnen,
und alle, die jemals die Liebe verloren haben.
Also für uns alle.

Herrin, ich trag an der Last zu schwer.
Willst du mir helfen, dann hilf mir gleich.
Liebst du mich aber nun nicht mehr,
Führ ich für die Liebe nie mehr einen Streich.

Walther von der Vogelweide
Freie Übersetzung aus: Saget mir ieman, waz ist minne?

And said I that my limbs were old,
And said I that my blood was cold,
And that my kindly fire was fled,
And my poor wither'd heart was dead,
And that I might not sing of love --

Sir Walter Scott
The Lay of the Last Minstre

VORBEMERKUNG

Sämtliche Orte in dieser Geschichte tragen jene Namen, die wahrscheinlich um die Zeit der Romanhandlung herum gebräuchlich waren. Ich habe mich dabei von zeitgenössischen Urkunden, Hinweisen in alten Dokumenten, mittelalterlichen Münzprägungen sowie diversen Ortsnamens-Lexika leiten und meine Erkenntnisse, soweit es möglich war, von Historikern und Archivaren bestätigen lassen. Falls mehrere Namen gültig waren, habe ich den verwendet, der mir am besten gefiel.

Nachfolgend die Übersetzungen:

Elwangen	Ellwangen
Freisingen	Freising
Fuchtwang	Feuchtwangen
Herneberch	Henneberg
Lantshut	Landshut
Nuorenberc	Nürnberg
Papinberc	Bamberg
Rehperc	Hohenrechberg
Stoufen	Hohenstaufen
Virteburh	Würzburg
Wizinsten	Weißenstein

DRAMATIS PERSONAE

ERFUNDEN

VALERIA
Ihre Herkunft liegt im Dunkeln,
aber ihr Ziel liegt klar vor ihr.

LAURIN
Der Gehilfe Walthers von der Vogelweide
hätte gern die Klasse seines Meisters.

CYRA
Die Oberste der Hüterinnen hat sich ein
einziges Mal in ihrem Leben verrechnet.

VATER MUNIBERT
Der Mann des Friedens lebt für eine Mission des Hasses.

HISTORISCH

WALTHER VON DER VOGELWEIDE
Der berühmte Minnesänger hat
seinen Lebenstraum verloren.

OTTO VON HERNEBERCH,
GRAF VON BOTENLOUBE
Walthers Kollege hat seinen Lebenstraum eingetauscht.

HEINRICH VON KALDEN
Der kaiserliche Marschall hat
seinen Lebenstraum verdrängt.

GEROLD VON WALDECK
Der Bischof von Freisingen hat seinen Lebenstraum verkauft.

FRIEDRICH II. ROMANORUM IMPERATOR

Der Kaiser des Heiligen Römischen Reichs
braucht ein Symbol seiner Macht.

PHILIPP VON SCHWABEN

Der Sohn von Kaiser Barbarossa und König der Deutschen
hat einmal zu viel Vertrauen gezeigt.

EIRENE VON BYZANZ

Die Tochter des byzantinischen Kaisers und Königin der
Deutschen hat sich der großen Liebe ihres Lebens versagt.

ANNA VON REHPERC

Die Vertraute der Königin will einen Schmerz auslöschen,
der seit zwanzig Jahren in ihrem Herzen sitzt.

HERMANN VON SALZA

Der Großmeisters des Deutschritterordens
verachtet Walther von der Vogelweide.

LUDWIG VON WITTELSBACH I. DUX BAVARIAE

Der baierische Herzog richtet ein geheimes Treffen aus.

PROLOG

Post miserabile Ierusolimitane
1204 A. D.

1.

Konstantinopel brannte.

Neunhundert Jahre lang war die Stadt die Heimat der Christenheit gewesen. Neunhundert Jahre lang hatte sie Heiligkeit und Kunst gleichermaßen in ihren Mauern beherbergt. Neunhundert Jahre lang hatte sie den Glauben bewahrt, dem der Kaiser, dessen Namen sie trug, zum Sieg verholfen hatte.

Nun waren die Kreuzritter in ihren Gassen und schändeten sie. Sie nahmen der Stadt ihre Würde und entrissen ihr ihre Schätze. Ihre Symbole, auf denen die christliche Welt aufgebaut war, wurden gestohlen, verhökert, eingeschmolzen, zerschlagen. In den Pflasterrinnen schimmerte zerbrochenes Glas zusammen mit frischem Blut im Widerschein der Flammen. Wo man zuvor heilige Choräle gehört hatte, brachen sich nun die Schreie der gefolterten Nonnen an den Mauern.

Konstantinopel brannte.

2.

Vier schwer bewaffnete Männer huschten durch den Bukoleon-Palast.

»Bist du sicher, dass er hier ist?«, fragte der erste.

»Der Spion war sich sicher«, erwiderte der zweite.

»Hauptsache, irgendwer ist sich sicher«, knurrte der dritte.

»Jedenfalls ist es nicht sicher, hier länger zu bleiben als unbedingt nötig!« Die Stimme des vierten Mannes klang ein wenig dumpf, als käme sie unter einem Eimer hervor.

Vor wenigen Minuten hatten sich hier im Palast zwei Kaiserinnen den französischen Soldaten ergeben und um ihr Leben und das ihres Hofstaates gefleht. Jetzt waren die Plünderer am Werk, rissen seidene Wandvorhänge herunter, schlugen silberne und goldene Leuchter in Stücke, zerrissen Bücher und schnitten die Edelsteine aus ihren Buchdeckeln. Statuen aus Alabaster zersprangen auf dem Boden, kunstvoll bemalte Wandschirme lagen in Fetzen, Mobiliar mit Intarsien aus Elfenbein und Ebenholz wurde zerschmettert. Draußen erklang das Geheul des entfesselten Mobs – der französischen und venezianischen Soldaten, die die Stadt vergewaltigten.

Dies war ein Kreuzzug, ein heiliger Krieg gegen die Dekadenz des byzantinischen Imperiums, das sich eingebildet hatte, die Nachfolge Roms anzutreten. In einem Kreuzzug standen die Guten und Bösen von vornherein fest. Die Bösen waren die anderen. Man musste sich das vor Augen halten, wenn man Zeuge wurde, wie die Guten all das schändeten, was schön und edel war, draußen in den Gassen Frauen, Kinder und Greise erschlugen und die Nonnen in den Klöstern quälten.

Die Gesichter der vier Männer waren grimmig. Sie wichen den Plünderern aus und bahnten sich ihren Weg durch Seitengänge des Palastes. Die Fensteröffnungen ließen den Feuerschein der brennenden Stadt herein. Im roten Licht zuckten die Schatten. Hier und da lagen ganz stille Schatten; wenn man an ihnen vorbeilief, klebten die Stiefelsohlen in erstarrenden Pfützen fest. Trümmerstücke lagen herum, enthauptete Heiligenfiguren, zerbrochene Schmuckwaffen. An den Wänden klebten stinkende braune Schmierstreifen.

Der erste der vier Männer trug ein Schwert an der Seite, einen Dolch und eine Axt im Gürtel. Er war barhäuptig. In einer Hand hielt er statt eines Schildes seinen Helm. Die Kapuze des Panzerhemdes bauschte sich um seinen Hals. Er bog um eine Ecke, prallte zurück, hielt die anderen drei Männer auf und presste sich einen Finger auf die Lippen.

»Was ist?«, hauchte der zweite. Er war drahtig wie ein Windhund und ebenfalls mit einem Schwert bewaffnet. Auf seinem Waffenrock prangte ein golden eingesticktes Kreuz, um seinen Hals hing ein ebenfalls goldenes Kruzifix, und sein Haar war kurz geschnitten wie das eines Geistlichen. In den Knauf seines Schwerts war ein Edelstein eingearbeitet.

»Venezianer«, erklärte der erste Mann. Sein Name war Heinrich von Kalden. Eine Menge Menschen in seiner Heimat wären verblüfft gewesen, hätten sie gewusst, dass er hier war. Heinrich von Kalden war der Hofmarschall des deutschen Königs.

Der zweite Mann hieß Gerold von Waldeck und war Domherr in Freisingen. Er war der Einzige, der so etwas wie ein Wappen auf seiner Tunika trug: das goldene Kreuz. Auf den Kitteln der anderen drei Männer konnte man die fehlfarbenen Stellen sehen, wo sie ihre aufgenähten Wappenzeichen entfernt hatten. Niemand sollte wissen, wer sie waren.

»Der Teufel soll die Venezianer holen«, flüsterte Domherr Gerold.

Nicht nur Soldaten streiften auf Beutesuche durch Konstantinopel. Die Lagunenrepublik hatte ihre ganz eigenen Agenten auf den Kreuzzug mitgeschickt. Sie waren unbewaffnet, weil sie ein halbes Dutzend Elitesoldaten um sich hatten, die sie schützten, und weil sie die Hände frei haben mussten für die Listen, die sie mit sich schleppten.

Diese Venezianer waren Aasgeier. Sie waren von der Serenissima abkommandiert worden, um inmitten der ziellosen Plünderung jene Dinge an sich zu bringen, die auf den Listen verzeichnet waren. Die Listen stammten von Spionen in Konstantinopel und waren bereits vor Monaten nach Venedig gemeldet worden, als Konstantinopel noch geglaubt hatte, mit dem Rest der Christenheit gut Freund zu sein. Die Venezianer hatten die Erlaubnis, jedes beliebige Beutestück zu konfiszieren, wenn es sich auf einer Liste fand. Es war Teil der Abmachung mit den Anführern des Kreuzzugs, einer Vereinbarung, die dazu geführt hatte, dass die Kreuzritter bequem auf venezianischen Schiffen hierher gekommen und dass ihre Reihen durch die gut ausgebildeten venezianischen Soldaten verstärkt worden waren.

Für den Fall, dass ein siegestrunkener Plünderer ein Beutestück nicht hergeben wollte, waren die Elitesoldaten zur Stelle. Wer sich hartnäckig weigerte, musste die Erfahrung machen, dass man bei der Plünderung einer Stadt auch dann zu Tode kommen konnte, wenn der Widerstand des Gegners längst erloschen war und man eigentlich geglaubt hatte, es mit Verbündeten zu tun zu haben.

Auf den Listen standen die Dinge, die wirklich wertvoll waren – antike Schätze, Kunstgegenstände, Reliquien, Besitzdokumente, Handelsverträge. Der größte Schatz von allen stand nicht darauf, weil der venezianische Spion, der ihn entdeckt hatte, seine Information an jemanden weitergegeben hatte, der noch besser zahlte als die Serenissima.

Die vier Männer hatten den Auftrag, sich diesen Schatz zu holen. Ihrem Auftraggeber ging es dabei nicht um Vermögen. Der Schatz besaß die Macht, ein zerfallendes Reich zu retten.

Heinrich von Kalden, der Anführer der vier, raunte: »Wir müssen uns beeilen, sonst findet am Ende noch jemand anderer das verdammte Teil. Ich bin nicht sicher, ob wir wirklich die Einzigen sind, die darüber Bescheid wissen.«

Seine Begleiter nickten. Der dritte Mann trug langes dunkelblondes Haar. Er hatte sich wie der Hofmarschall die Panzerkapuze abgestreift. Die Hitze der brennenden Stadt ließ einem den Schweiß in Strömen in die Augen rinnen; unter einem Helm wäre man halb erstickt. Das hinderte den vierten Mann nicht daran, trotzdem voll gerüstet zu sein, mit übergestreifter Panzerkapuze, Panzerfäustlingen an den Händen, einem blanken Schild in der einen Hand und einem Streitkolben in der anderen. Er hatte sich einen Topfhelm übergestülpt, hinter dessen Sehschlitzen seine Augen funkelten.

»Was sagt er?«, klang seine Stimme dumpf unter dem Helm hervor.

Der dritte Mann neigte sich ihm zu und zischte: »Nimm endlich das Ding ab, Saladin, bevor du noch umfällst!«

»Ich fühle mich ausgezeichnet unter diesem Helm«, sagte der Mann namens Saladin würdevoll. Sein eigentlicher Name war Otto von Herneberch, Graf von Botenloube. Die meisten seiner Besitztümer lagen im Heiligen Land, was ihm den Spottnamen eingetragen hatte. Nur vier Menschen war es erlaubt, ihn damit aufzuziehen: Heinrich von Kalden, Gerold von Waldeck, dem amtierenden deutschen König Philipp von Schwaben und Walther von der Vogelweide, dem bekannten Sänger. Auch Otto von Herneberch hatte sich als Sänger einen Namen gemacht. Ungewöhnlicherweise hatte dies der Freundschaft zwischen ihm und Walther keinen Abbruch getan; sie war über den üblichen Kollegenneid erhaben.

Walther von der Vogelweide war der dritte Mann der kleinen Gruppe.

Sie schlichen auf Zehenspitzen an dem Raum vorbei, in dem einer der venezianischen Aasgeier mit seiner Eskorte stand und seine Liste studierte. Schließlich erreichten sie eine Kapelle in einem Seitenflügel des Palastes. Die Plünderer waren auch hier gewesen. Sie hatten selbst vor den drei Sarkophagen nicht haltgemacht, die an einer Seite standen. Mumifizierte Leichenteile lagen verstreut herum, zwei Heiligenfiguren fehlten die Hände, in denen sie wahrscheinlich vergoldete Symbole ihres Patronats gehalten hatten. Nur eine Ikone der Muttergottes war verschont worden. Sie war kunstlos gemalt, statt Blattgold hatte der Künstler ein dumpfes Gelb verwendet, das wuchtige Holzbrett, welches das Bild trug, war wurmstichig und verzogen. Der Maler hatte der heiligen Maria eine Träne auf die Wange gemalt; es war das einzige Detail, welches erahnen ließ, dass der Erschaffer dieses Kunstwerks etwas von seinem Handwerk verstanden hatte.

Der Domherr bekreuzigte sich.

Heinrich von Kalden streckte sich und nahm das Gemälde von der Wand. Hinter dem Bild fand sich eine Mauernische, und in der Nische stand ein Schmuckkästchen. Heinrich brachte es an sich.

»Donnerwetter!«, sagte Walther.

»Jesus sei Dank!«, sagte Domherr Gerold.

»Habt ihr was gefunden?«, fragte der Graf von Botenloube, der in die falsche Richtung schaute. Walther drehte seinen behelmten Kopf ungeduldig herum. »Oha!«

Heinrich wirkte unsicher. »Soll ich's aufmachen?«

»Willst du es erst zu Hause öffnen und dann feststellen, dass ein vergammelter Fingernagel von einem x-beliebigen Leichnam drinliegt, den irgendein Betrüger als eine Reliquie des heiligen Nikolaus verkauft hat?«, fragte Gerold.

»Als Domherr solltest du nicht so despektierlich sprechen, Hochwürden.«

»Ich hab schon jede Menge Reliquien eingekauft, ich weiß, wovon ich rede.«

»Was hat er gesagt?«, fragte Otto von Herneberch. »Es ist nur ein Fingernagel drin?«

»Ich schwöre, ich nagle ihm den Helm auf den Schädel, wenn das so weitergeht!«, rief Walther.

Heinrich von Kalden öffnete das Kästchen. Es war nicht verschlossen gewesen. Sie beugten sich alle darüber. Otto von Herneberch stieß mit Walther von der Vogelweide zusammen und zerrte sich endlich auch den Helm vom Kopf. Er rutschte ihm aus den mit Schild und Streitkolben bewehrten Händen und schepperte auf den Boden. Otto beachtete ihn nicht. Er zog den Atem ein.

Heinrich sagte: »Nimm du ihn raus, Hochwürden.«

Der Domherr entgegnete: »Die Ehre gebührt dir, mein Freund. An dich ist der Auftrag ursprünglich gegangen.«

Otto von Herneberch sagte: »Jetzt nehmt ihn schon, damit wir hier endlich abhauen können.«

Eine Stimme bellte vom Eingang der Kapelle her in akzentreichem Französisch: »Keine bewegte sisch, verstande!?«

Drei venezianische Elitesoldaten standen im Eingangsportal. Einen halben Herzschlag später kamen drei weitere hinzu. Heinrich klappte das Kästchen mit einem Knall zu.

Otto von Herneberch fragte: »Was sagt er?«

Walther von der Vogelweide starrte ihn aufgebracht an. Otto zuckte mit den Schultern. »Ich kann kein Griechisch.«

Der Truppführer der Soldaten, ein Sergeant, streckte eine Hand aus. Die andere umfasste drohend den Griff seines Kurzschwerts. »Gebbe mir die Kästeschen!«

»Er will, dass wir ihm das Kästchen aushändigen«, sagte Walther.

»Jaja«, brummte Otto. »Diesmal hab ich's auch verstanden.«

»Darauf kann er lange warten«, sagte Heinrich und spuckte aus.

Der Domherr wandte sich an den Soldaten und sagte auf Latein: »Darauf kannst du lange warten, mein Sohn.«

Der venezianische Sendbote, der die sechs Soldaten kommandierte, spazierte mit seiner über einen Stock gerollten Liste herein. Er überflog die Situation, dann sagte er auf Venezianisch und ohne seine Aufstellung zu konsultieren: »Macht die Idioten fertig.«

Der Sergeant schnaubte verächtlich und zerrte sein Schwert aus der Scheide. Seine Kameraden zückten ebenfalls ihre Waffen. Walther und Otto von Herneberch zogen sich hinter einen der Sarkophage zurück. Heinrich warf ihnen das Kästchen zu. Die Venezianer gaben dem im Weg liegenden Helm Ottos einen Tritt und näherten sich mit der grinsenden Bedrohlichkeit von Totschlägern, die ihren Gegnern zahlenmäßig überlegen und außerdem überzeugt sind, dass sie recht haben. Ottos Helm rollte scheppernd unter den Sarkophag.

»Was sagst du dazu, Hochwürden?«, fragte Heinrich.

»Der Herr sei mit uns«, erwiderte Gerold.

Sie zogen ihre Schwerter und warfen sich den Soldaten entgegen.

3.

Ascanio da Ponte, der venezianische Sendbote, hatte seinen Teil an Kämpfen gesehen. Auf den Turnierplätzen, wo die Ritter ihre hart trainierten Finten und Künste zeigten, wenn sie beim Fußkampf mit stumpfen Schwertern aufeinander losgingen, und im echten Gefecht, wenn aus den Finten und Künsten ein hektisches Ringen und Schlagen wurde, das jeden strohdreschenden Bauern beschämt hätte. Er war sogar Zeuge der schlimmsten Kämpfe geworden, die es gab: der erbarmungslosen Wortgefechte an der Notarsschule in Bologna, die er absolviert hatte. Man fand auf der ganzen Welt keine Klinge, die so scharf geschliffen war wie die Zunge eines missgünstigen Lehrers. Was er in der Kapelle im Bukoleon-Palast erlebte, war jedoch etwas ganz Neues.

Er hatte seine Soldaten hinterhergeschickt, als er die vier Männer aus dem Augenwinkel an der Kammer hatte vorbeischleichen sehen, in der er Beutegut überprüft hatte. Er hatte messerscharf geschlossen, dass jemand, der in einem Palast, in dem brüllende Übeltäter die Teppiche von den Wänden rissen, auf Zehenspitzen ging, etwas ganz Besonderes im Schilde führte. Und er hatte sich nicht getäuscht! Die Kapelle, in die die vier ihn unfreiwillig führten, hatte er bereits überprüft gehabt, aber dass hinter dem erbärmlichen Madonnenbild etwas versteckt sein könnte, darauf war er nicht gekommen. Ascanio hatte keine Ahnung, ob das Kästchen und sein Inhalt sich auf seiner Liste wiederfanden, aber das würde er herausfinden, wenn die vier Diebe erst einmal in Stücke gehackt waren.

Hatte er gedacht.

Und jetzt musste er mit ansehen, wie der Schwerbewaffnete und der Kerl, der aussah wie ein Pfarrer in Rüstung, sich durch seine Soldaten bewegten wie zwei Wirbelstürme durch ein Kornfeld. Kurzschwerter flogen links und rechts davon. Ascanio sah den Geistlichen einen gezielten Tritt zwischen die Beine eines Soldaten vollführen, und als dieser schielend auf die Knie sank, zeichnete der Pfarrer ihm fürsorglich ein Kreuz auf die Stirn. Der Schwerbewaffnete warf sein Schwert hoch in die Luft, und als sein Gegner ihm unwillkürlich hinterhersah, gab er diesem einen Faustschlag, der ihn fällte wie einen Baum. Dann fing er das Schwert rechtzeitig wieder auf, um den Hieb eines anderen Venezianers abzuwehren, sich halb um die eigene Achse zu drehen und dann auszutreten wie ein Maultier. Der Geistliche duckte sich unter dem Hieb einer Axt hindurch, kam wieder hoch, gab seinem Gegner eine Ohrfeige, duckte sich erneut, als das Beil in der Gegenrichtung zurücksauste, verteilte eine zweite Ohrfeige und nickte befriedigt, als die Breitseite der Axt, vom Schwung weitergetragen, mit dem Schädel des Soldaten dahinter kollidierte und diesen zu Boden sandte.

Ascanio riss seine Blicke von den beiden Berserkern los. Ihre Freunde machten nicht die geringsten Anstalten, ihnen zu helfen! Nachdem sie das Kästchen in aller Seelenruhe in mehrere Lagen Stoff gewickelt und in eine Ledertasche gesteckt hatten, betrachteten sie interessiert das Wüten ihrer zwei Kameraden. Als der letzte von Ascanios Soldaten floh, bückte sich der eine, ein Blondschopf mit langem Haar, kam mit einem Helm in einer Hand wieder in die Höhe und schleuderte ihn dem Fliehenden hinterher. Der schwere Helm traf den Soldaten am Hinterkopf und warf ihn gegen die Wand vor der Kapelle, wo er seufzend herunterrutschte und liegen blieb.

Stille trat ein. Ascanio war in eine Ecke zurückgewichen. Er umklammerte seine Liste und stierte die vier Männer an. Seine Soldaten lagen alle besinnungslos auf dem Boden, bis auf den einen, den der Tritt des Geistlichen ins Allerheiligste getroffen hatte; er wiegte sich auf den Knien vor und zurück und atmete schwer. Ascanio hörte ein Winseln. Ihm wurde klar, dass es von ihm kam.

Der Geistliche und der Schwerbewaffnete richteten ihre Aufmerksamkeit auf Ascanio. Ascanio sank auf die Knie. Seine Liste fiel zu Boden, als er die Hände faltete.

»Madonna santa«, stotterte er. »Madonna santa …«

Der Geistliche und der Schwerbewaffnete steckten die Schwerter ein, packten Ascanio unter den Achseln und zogen ihn hoch. Der Venezianer wusste, dass er jetzt sterben würde. Er hatte sich vorgenommen, einmal würdevoll und mit hoch erhobenem Kopf abzutreten. Er stellte fest, dass es leichter war, zu blubbern und um Gnade zu flehen.

Die beiden Männer schleppten ihn zu dem Sarkophag. Der

Blonde und der andere stemmten sich gegen den verrutschten Deckel, bis ein Spalt entstand, durch den Ascanio hindurchpasste. Er wurde hineingeworfen. Der Deckel des Sarkophags rutschte zurück. Sie wollten ihn lebendig begraben! Er begann zu brüllen.

Der Deckel öffnete sich. Der Pfarrer sah zu ihm herein und gab ihm eine Ohrfeige.

»Du zählst jetzt bis tausend, mein Sohn, danach kannst du schreien, so viel du willst«, sagte er in fehlerfreiem Venezianisch. »Tust du es vorher, hängen wir deine jämmerliche sterbliche Hülle über dem nächstbesten Feuer an den Eiern auf!«

Ascanio gurgelte etwas.

Der Deckel schloss sich ein zweites Mal bis auf eine Handbreit, die offen blieb. Licht und Luft kamen herein. Ascanio hörte, wie sich Schritte entfernten. Er holte Luft, um zu schreien.

Das Gesicht des Pfarrers erschien im Spalt. »Tausend hab ich gesagt, mein Sohn. Das sollte man sich doch merken können.«

Das Gesicht verschwand. Ascanio lag schlotternd in seinem Sarkophag und lauschte.

4.

Der Soldat mit den geprellten Hoden war der Erste, der aufstehen konnte. Er sah sich um und folgte schließlich einer zittrigen Stimme zu einem Sarkophag. Er schob den Deckel zurück. Der Notar lag mit krampfhaft geschlossenen Augen darin, schützte seinen Schritt mit beiden Händen und begann zu kreischen: »Zweihundertzehn, Monsignore, ich bin erst bei zweihundertzehn, o Gnade, bittebitte … Gnade …!«

1. BUCH

Die Liebe eines Sängers
1208 A. D.

1.

Anna von Rehperc starrte auf die Landschaft, die unterhalb ihrer Heimatburg in sanften Wellen auf einen im Sommerdunst schwimmenden Horizont zulief, nur unterbrochen von einzelnen Zeugenbergen, die sich wie Fremdkörper davon abhoben. Die steil auf der weit und breit höchsten Erhebung aufragende Burg Stoufen in der Nachbarschaft war ein kantiger Umriss im Nachmittagslicht, unwirklich wie die Erinnerung an einen verlorenen Schatz.

Oder an die verlorene Unschuld.

Anna krümmte unwillkürlich die Schultern nach vorne. Wenn sie so wie jetzt leicht vornübergebeugt stand, konnte sie jeden glauben machen, dass ihre Schwangerschaft höchstens im sechsten Monat war. Sie war eine schlanke Frau, an der zwei Geburten kaum Spuren hinterlassen hatten, und wie die beiden Male zuvor war sie auch dieses Mal nicht so rund geworden wie andere werdende Mütter, die sie kannte. Zudem waren für eine Frau von ihrer Statur ihre Brüste groß, und wenn sie das eigentlich enge Oberteil ihres Gewands auf eine ganz bestimmte Art schnürte, schienen ihre Proportionen zu stimmen und ihr Bauch flacher, als er in Wirklichkeit war. Dabei stand die Geburt unmittelbar bevor.

Ihr Herz verkrampfte sich vor Furcht wie jedes Mal, wenn sie daran dachte. Sie hatte Angst vor den Schmerzen, Angst vor den Umständen, unter denen die Geburt diesmal würde stattfinden müssen, aber am meisten Angst hatte sie davor, was nach der Geburt geschehen würde.

Vielleicht wieder eine Totgeburt? So wie die beiden anderen Male, als sie von ihrem Ehemann schwanger gewesen war …

Aber eigentlich war sie sicher, dass es diesmal keine Totgeburt würde. Nein, dieses Kind war von einem anderen. Dieses Kind würde leben.

Aber nicht lange, dachte sie. Wenn alles gut ging, würden Hildebrand von Rehperc, Hofmarschall von König Philipp, und seine Frau Anna eine dritte lebenslange Stiftung für eine Totenkerze in der Oberhofenkirche von Göppingen ausloben.

Wenn alles *gut* ging!?

Sie hatte ihre Unschuld wirklich in jeder Hinsicht verloren. Es war in drei Schritten geschehen. Zuerst hatte sie ihr Herz verschenkt; dann hatte sie ihre eheliche Treue drangegeben; und nun – bald – würde sie auch ihre Seele verspielen.

Und das alles eines Mannes wegen, der sie vermutlich schon vergessen hatte.

Sie spürte, wie das Kind in ihrem Leib um sich trat. Rücksichtslos wie dein Vater, dachte sie voller Zorn.

Aber wie hätte sie ihn halten sollen, selbst wenn sie gekonnt hätte? Ihn, der immer irgendeinem Traum nachjagte – dem Traum von der perfekten Musik, dem Traum von der perfekten Poesie …

Dem Traum von der perfekten Gefährtin.

Sie war nicht die perfekte Gefährtin gewesen, so viel stand fest. Und dabei hatte sie jegliche Zurückhaltung fallen lassen, als er und sie … oh, die Dinge, die sie getan hatten! Die Lust, die sie sich geschenkt hatten! War nicht wenigstens sie perfekt gewesen? Diese gemeinsame, fiebrige, vor nichts haltmachende, keine Furcht und keine Scham kennende Lust?

Wie so viele andere Frauen hatte sie ihn *begehrt*, lange bevor sie mit ihm geschlafen hatte. Nachher hatte sie ihn *geliebt*, hatte den Traum geliebt, in dem er sie mühelos tagelang hatte schweben lassen, den Traum davon, dass körperliche und seelische Erfüllung eins sein konnten, wenn ein Mann und eine Frau sich einander rückhaltlos hingaben.

Und nun war der Traum zu Ende, und sie hasste sich dafür, dass sie an den Traum geglaubt hatte, und hasste ihn dafür, dass er sie so weit gebracht hatte, an den Traum zu glauben. Hasste, hasste, HASSTE ihn.

Ein leiser, krampfartiger Schmerz lief durch ihren Körper. Schlagartig verschwand der Hass und machte der Furcht Platz. Bald … bald … und es gab nichts, was die Tragödie aufhalten würde.

2.

Es gab Träume, die trugen einem neue Lieder zu. Es gab Träume, die trugen einen in die Vergangenheit zurück. Und es gab Träume, die ließen einen schwitzend aufwachen und sich in der Schlafkammer umsehen und sich fragen, wo man eigentlich war.

Walther von der Vogelweide seufzte. In seinem Fall kam meistens noch die Frage hinzu, wer die Frau war, die neben ihm lag.

Er bemühte sich vergeblich, den Traum abzuschütteln, der ihn heute Morgen auf seinem Lager hatte erwachen lassen. Das Schlimmste war, dass er sich an dessen Einzelheiten nicht mehr erinnern konnte. Geblieben waren lediglich ein bedrückendes Gefühl und die Ahnung, dass der Traum mit den Geschehnissen in Konstantinopel vor vier Jahren zu tun hatte. Das Gefühl beherrschte ihn immer noch, auch jetzt, als er geistesabwesend in den Festsaal schlurfte und nicht auf die respektvollen Grüße reagierte, die man ihm entgegenbrachte.

Tränen waren nie ein gutes Omen. Eine Träne der Muttergottes schon gar nicht. Manchmal dachte er sich, es wäre besser gewesen, sie wären zu spät gekommen damals – oder die venezianischen Soldaten hätten ihnen die Beute abgenommen. Er wusste, dass die anderen drei ähnlich dachten, doch nur er hatte sein Unbehagen jemals ausgesprochen. König Philipp hatte nicht gut darauf reagiert.

Heute Morgen war er allein erwacht statt neben irgendeiner Frau, deren Name ihm nur deshalb wieder einfiel, weil sich auf ihn zwei Zeilen hatten reimen lassen. Nicht, dass es an Gelegenheiten gemangelt hätte. Die Festgesellschaft hier in Papinberc feierte seit Tagen, er hatte für seine Lieder donnernden Applaus erhalten, er war ein berühmter Mann, und wenn er alle die jungen und nicht mehr ganz so jungen Damen, die ihm schöne Augen gemacht hatten, erhört hätte, wäre er immer noch mit dem Liebesspiel beschäftigt, und eine imposante Auswahl weiblicher Schönheit würde weiterhin vor seiner Tür warten. Aber er hatte keine von ihnen erhört.

Nein, dachte er. Weil es nur eine gibt, die ich erhören möchte, und ich wäre das größte Schwein auf der Welt, wenn ich das täte.

»Herr Walther«, sagte jemand, und er blickte auf und in ein Gesicht, das von Wein und Soße glänzte. Es kam ihm vage bekannt vor. Auf der Brust der Tunika waren die Farben des Mannes eingestickt: ein silberner Adler mit einer roten Krone auf dem Kopf. Ach ja, der Bräutigam: der Herzog von Meranien. Was hier, in Papinberc, mit solchem Aufwand gefeiert wurde, war die Hochzeit von König Philipps Nichte Beatrix. Walther spürte wie einen kalten Schauer die verschüttete Erinnerung an seinen Traum. Er riss sich zusammen und neigte den Kopf.

»Durchlaucht …«

»Ihr habt mir gestern nicht mehr gesagt, wie Euch mein Lied gefallen hat!«

»Oh … verzeiht …«, sagte Walther und erinnerte sich vage daran, dass ihm beim improvisierten Vortrag mindestens eines der adligen Amateursänger schlecht geworden war.

»Und – wie hat es Euch gefallen?«

Walther setzte seine ehrlichste Miene auf. »Es hat mich bis in den Schlaf begleitet, Durchlaucht.«

»Und die Reime?«

Wer sein Leben als fahrender Sänger verdiente, vollführte einen täglichen Eiertanz, auch und vor allem, wenn man so bekannt war wie Walther von der Vogelweide. Huldigte man einem Brotgeber, kam man meistens nicht umhin, die Gegner des Brotgebers zu beleidigen. Huldigte man dann ihnen – zum Beispiel, wenn der vorherige Brotgeber von seinen Gegnern beseitigt worden war –, galt man als Fähnchen im Wind. Und für die außerordentliche Anstrengung, einen Fürsten, den man sich zum Feind gemacht hatte, mit Lyrik und Musik wieder auf seine Seite zu bringen, erhielt man nicht Lob, sondern Spott. Huldigte man keinem … war es nicht weiter von Belang, denn ein Sänger, der sich keinen Herrn suchte, hängte die Leier entweder schnellstens an den Nagel oder verrottete auf irgendeinem Schindanger, nachdem er den Hungertod gestorben war.

»Haben sich vortrefflich gereimt, Durchlaucht«, sagte Walther, der selbst, wenn er so geistesabwesend war wie heute, schwer dem Drang widerstehen konnte, seine Lobhudelei mit Sarkasmus zu garnieren – allerdings nur, wenn er sicher war, dass der Empfänger entweder Spaß verstand oder den Spott nicht kapierte.

Der Herzog von Meranien gehörte zur zweiten Kategorie. »Nicht wahr?«, strahlte er.

Walther ließ dem glücklichen Mann einige weitere sorgsam in Gift getauchte Lobpreisungen zuteil werden, bis er ihn los war. Dann setzte er sich abseits an die lange Tafel im Saal der kaiserlichen Pfalz, in dem König Philipp die Hochzeit seiner Nichte feiern ließ, und gab seinen Gedanken freien Lauf. Sie kreisten um seinen Traum und um … sie.

König Philipp war erst gestern Nacht in Papinberc eingetroffen. Ein Herrscher mit Gefolge reiste langsam, denn er wurde häufig aufgehalten – zumal, wenn er entlang des Weges seine Anhänger besuchen und darauf einschwören musste, ihm weiterhin die Treue zu halten. Philipp war der Sohn des verstorbenen Kaisers Barbarossa und der jüngere Bruder des ebenfalls verstorbenen Kaisers Heinrich – und auch er erhob Ansprüche auf die Kaiserkrone, die allerdings weiter gingen, als die Fürsten es sich träumen ließen. Der König und sein Gefolge hatten sich nur kurz zu den Feierlichkeiten gesellt, bevor die Gesellschaft zu Bett gegangen war. Walther war zu dieser Zeit schon in seiner Schlafkammer gewesen. Er war geflohen, sobald er von Philipps Ankunft gehört hatte.

Ihre Freundschaft hatte vor vier Jahren einen Dämpfer erfahren. Walther hatte sich von Philipp abgewandt und im Landgrafen von Thüringen, der dafür bekannt war, die Seiten im Thronstreit zwischen den Häusern der Staufer und der Welfen öfter zu wechseln als sein Leibhemd, einen neuen Gönner gefunden.

Wer davon Notiz genommen hatte, schrieb es einigen Polemiken zu, die Walther gegen die Plünderung Konstantinopels verfasst hatte. Philipp hatte den Kreuzzug gegen die Heiden, der mit der Zerstörung des christlichen Ostrom geendet hatte, mitfinanziert, und alle hatten angenommen, dass er Walther deswegen gram war. Doch Philipp war von den Ereignissen in Konstantinopel genauso schockiert gewesen wie Walther, und es war auch nicht er gewesen, der den Sänger weggeschickt hatte, vielmehr war Walther bei Nacht und Nebel davongeschlichen. Heinrich von Kalden, Gerold von Waldeck und Otto von Herneberch hatten gedacht, Walther wäre wegen der Vorbehalte gegangen, die er gegen ihre gemeinsame Mission in Konstantinopel geäußert hatte – und gegen den Schatz, den sie mit nach Hause gebracht hatten. Auch sie hatten falsch gelegen.

Ich bin gegangen, um die Freundschaft, die Liebe und meine Ehre nicht zu verraten, dachte Walther. Aber das ging niemanden etwas an, nicht einmal die einzigen drei Freunde, die er besaß.

Jemand setzte sich neben ihn. Seufzend wandte er sich dem Neuankömmling zu. Wer auf einer solchen Feier Privatheit wollte, musste sie sich schaffen, indem er sich in einem Keller verkroch. Nicht einmal in seiner Kammer wäre Walther allein gewesen. Er teilte sie sich mit zwei Rittern aus dem Gefolge des Herzogs, von denen einer sich gestern so sehr den Magen verrenkt hatte, dass er immer noch im Bett lag. Heute Abend würden zwei weitere Männer dazukommen, aber auf deren Gegenwart konnte Walther sich wenigstens freuen: Heinrich und Graf Otto. Domherr Gerold, der vierte ihres Bundes, würde bei Bischof Ekbert von Papinberc nächtigen – wenn er sich die Mühe machte, zu Bett zu gehen.

Neben Walther hatte sich ein Jüngling niedergelassen: hübsch, mit kurz geschnittenem rotblondem Haar und strahlend blauen Augen. Der Jüngling lächelte breit und ratterte etwas in einer Sprache, die Walter nicht kannte.

»Ja«, sagte Walther und gab das Lächeln resigniert zurück,

»wenn ich jetzt wüsste, was das heißen soll, dann könnte ich irgendetwas Sinnvolles darauf antworten.«

Der Jüngling lachte laut auf und sagte dann in holprigem Deutsch: »Das war Sizilianisch. Ich spreche mit jedem, den ich treffe, Sizilianisch zuerst, und hoffe, dass jemand mich versteht.«

»Weil Ihr den Klang Eurer Muttersprache vermisst?«

Der junge Mann legte den Kopf schief und musterte Walter. »Hm«, sagte er. »Bin überrascht. Ihr seid sehr ... äh ...«

»... scharfsinnig?«

»Eingebildet«, sagte der junge Mann.

Walther blinzelte überrascht. Hier nahm jemand kein Blatt vor den Mund! Er betrachtete den Burschen genauer, aber das Gesicht war ihm unbekannt. Die Tunika war aus feinem Stoff und wies keinerlei Waffenfarben auf.

»Wie seid Ihr daraufgekommen, dass Sizilianisch ist meine Muttersprache?«

»Weil Ihr auffällig normannisch ausseht – die helle Haut, das Haar, die Augen ... und das Normannische, das in Frankreich gesprochen wird, ist mir bekannt. Bleibt als einziger Ort, an dem sich viele Normannen herumtreiben, Sizilien.«

»Ah«, machte der junge Mann. »Und ich dachte, dass ich hier in Deutschland wäre vollkommen unauffällig.«

»Das ist eine Einbildung«, sagte Walther freundlich.

Der junge Mann unterzog ihn erneut seiner ruhigen Musterung. Plötzlich schlug er ihm auf den Arm und lachte. »Das habe ich verdient, ja? Wer seid Ihr?«

»Ich bin Walther von der Vogelweide.«

Der junge Mann zuckte mit den Schultern. »Das hört sich so an, als ob ich müsste Euch kennen.«

»Als ob ich *Euch* kennen müsste.«

»Wie?«

»Ihr verdreht die Satzstellung.«

Walthers Gesprächspartner zeigte einen Anflug von Ungeduld. »Ist das wichtig?«

»Wenn Ihr hier vollkommen unauffällig sein wollt ...«

»Irgendwie Ihr erinnert mich … nein, halt: Irgendwie erinnert Ihr mich an meinen Lehrer Berardo de Castagna. Richtig?«

»Was die Satzstellung betrifft: ja. Ansonsten – keine Ahnung. Ist es ein Kompliment, mit Eurem Lehrer verglichen zu werden?«

Der junge Mann dachte nach. »Ja«, sagte er dann schlicht.

Walther neigte den Kopf. »Dann nehme ich es gerne an. Ich bin Sänger. Und wenn Ihr aus Sizilien kommt, müsst Ihr mich nicht kennen.«

»Und wenn ich aus Deutschland käme?«

»Ich verkneife mir die Antwort, weil Ihr sonst wieder sagt, ich wäre eingebildet.«

»Ihr gefallt mir, Herr Sänger.«

Walther sagte aufrichtig: »Ihr mir auch, junger Herr aus Sizilien, der es trotz all der Worte, die seinem Mund entströmen, noch nicht geschafft hat, sich vorzustellen.«

»Wenn man es genau nehmen will, stamme ich aus Apulien.«

Walther zuckte mit den Schultern. Sein Gesprächspartner streckte eine Hand aus: »Ich bin Federico.«

Walther nahm die Hand. »Nur Federico?«

»Federico da Puglia, wenn Ihr wollt.«

»Was tut Ihr hier, Federico da Puglia?«

»Ich bin mit Philipp gekommen.«

»Mit Seiner königlichen Hoheit Philipp von Schwaben?«

»Genau, mit dem.«

»Hm. Kann ich etwas für Euch tun?«

»Nein, weshalb?«

»Wozu habt Ihr mich dann aufgesucht?«

»Ihr habt hier so allein gesessen, und die Leute haben immer wieder getuschelt und auf Euch gezeigt, da wollte ich wissen, wer Ihr seid.«

»Ah ja?«

»Und nun weiß ich, Ihr seid Walther von der Vogelweide, den man in Sizilien und Apulien nicht kennt, aber den man kennen muss, wenn man aus Deutschland kommt. Wisst Ihr, was es dort, wo ich herkomme, bedeutet, wenn ein Vogelkäfig ins Fenster gestellt wird?«

»Dass der Vogel mal frische Luft braucht?«

»Nein, dass sich hinter dem Fenster eine Frau befindet, die einen männlichen Besucher nicht unbedingt aus ihrer Kammer weisen würde.«

Walther fragte sich beunruhigt, ob das eine Anspielung war.

»Ich bin nur deshalb darauf gekommen, weil es hauptsächlich die Frauen sind, die tuscheln und auf Euch zeigen«, erklärte Federico.

»Ich bin entzückt.«

Federico erhob sich lachend, und Walther erkannte erst jetzt, wie kräftig er gebaut war. Selbst in der locker fallenden Tunika wirkten seine Schultern breit. Auch Walther stand auf. Der junge Mann grinste zu ihm empor – er war mindestens einen Kopf kleiner als Walther, der beileibe kein Riese war. »Ich werde mich erinnern an Euch, Walther«, sagte er.

»Ich werde mich an Euch erinnern.«

»Das hoffe ich doch«, sagte Federico und gab Walther einen Rippenstoß. Danach schlenderte er davon, mit dem Gang eines Mannes, dem die Welt gehört und der jedes Stück davon genießt. Er konnte höchstens vierzehn oder fünfzehn Jahre alt sein; das Gesicht war noch glatt und vollkommen ohne Bartwuchs.

»Vogelkäfig und Vogelweide haben nichts miteinander zu tun!«, rief Walther ihm verspätet hinterher. Federico winkte nur belustigt, ohne sich umzudrehen.

Walther ließ sich wieder auf der Bank nieder und schüttelte den Kopf. Dann stellte er überrascht fest, dass die Unterhaltung seine Trübsal fortgeblasen hatte. Als König Philipp, seine Frau und der übliche Hofstaat in den Saal traten, blickte er auf, doch als er Heinrich von Kalden und Otto von Herneberch und gleich danach die drahtige Gestalt des Freisingener Domherrn hereinkommen und nach ihm Ausschau halten sah, erhob er sich grinsend und winkte ihnen zu.

3.

König Philipp war mittelgroß, blond und von schmaler Gestalt. Er war einunddreißig Jahre alt, sieben Jahre jünger als Walther, und wirkte in seiner schmucklosen Tunika wie ein Bursche, der gerade alt genug ist, um die Schwertleite zu empfangen. Ursprünglich war er für die kirchliche Laufbahn vorgesehen gewesen; der vorzeitige Tod seines großen Bruders Heinrich hatte es ihm ermöglicht, in die Welt zurückzukehren und sich die deutsche Krone aufzusetzen. Jetzt saß er auf einer Truhe und lächelte breit.

Walther, Heinrich von Kalden, Otto von Herneberch und Gerold von Waldeck wechselten Blicke. Die Hochzeitszeremonie war vorüber, das Bankett in vollem Gang, und da es Juni war und warm und man die Tische und Bänke auf den Platz hinausgestellt hatte, schallten Lärm und Musikfetzen und Gelächter durch das kleine Doppelfenster herein. Die vier Freunde hatten den König mit der unterdrückten Herzlichkeit begrüßt, die der Anwesenheit der anderen Leute im Saal geschuldet war. Philipp war der fünfte in diesem Freundeskreis, aber er war auch der König, und der Respekt musste gewahrt werden. Philipp hatte Geschenke verteilt – das Jagdrecht in einem königlichen Wald in der Nähe seiner Stammburg für Heinrich von Kalden; ein wunderschönes Schwert für Gerold von Waldecks Waffensammlung; ein perfekt gearbeiteter Helm für Otto von Herneberch; und für Walther eine kunstvoll gefertigte Quinterne aus honigfarbenem Holz, die bereits von einem von Philipps Hofmusikanten gestimmt worden war und einen warmen, schmeichelnden Klang hatte.

Schließlich war nur noch des Königs Leibdiener zugegen, der sich an den Reisetruhen zu schaffen machte. Er war völlig empfindungslos gegen den geradezu greifbar im Raum hängenden Wunsch der fünf Männer, endlich unter sich zu sein.

»Ihr seht angegriffen aus, Herr Walther«, sagte der König schließlich und rollte mit den Augen in Richtung seines Leibdieners, als ob es der unausgesprochenen Bitte, nur Belangsloses zu reden, noch bedurft hätte. »Dies ist eine Hochzeit. Meine Nichte sollte nur fröhliche Gesichter sehen.«

»Ich war wohl gestern zu fröhlich«, sagte Walther und tat so, als habe er zu viel getrunken.

Erneut trat Stille ein. Der Leibdiener sortierte des Königs Tuniken und summte selbstvergessen vor sich hin.

»Einen fleißigen Burschen habt Ihr da, Majestät«, sagte Gerold. »Er nimmt es sehr genau.«

Der Leibdiener verbeugte sich demütig, murmelte »Habt Dank für die Freundlichkeit, Hochwürden!«, und nahm es danach noch genauer. Heinrich von Kalden funkelte den Domherrn an. Dieser zuckte mit den Schultern.

Schließlich hielt es der König nicht mehr aus. Er beugte sich nach vorn. »Sie sind alle beeindruckt«, flüsterte er. »Jeder Einzelne, ob Freund oder Gegner. Ich habe ihn allen vorgestellt, und sie waren alle sprachlos. Der Weg hierher hat sich mehr als gelohnt.«

»Ihr habt ›ihn‹ allen vorgestellt?«, fragte Heinrich von Kalden.

»Ihr habt es also getan«, brummte Walther.

»Wie lange hätte ich Eurer Meinung nach noch warten sollen, Herr Walther?«

»Bis der Erlöser zurückkommt und die Tränen seiner Mutter abwischt.«

Der König lehnte sich zurück und schüttelte den Kopf. »Walther«, sagte er leise, »warum geht das jetzt wieder los?«

Der Leibdiener kam herüber und kniete vor dem König nieder. »Gibt es noch etwas für mich zu tun, Majestät?«

Philipp nickte. »Sag meinem anderen Besucher Bescheid, dass er vor der Tür warten soll. Und dann misch dich unter die Feiernden und lass es dir schmecken.«

Als sie unter sich waren, stand Philipp auf und machte ein paar rastlose Schritte durch den Raum. Plötzlich fuhr er herum und ballte die Fäuste. »Es ist der Stein, meine Freunde! All die

Geschichten sind wahr! Der Waise! Er ist der Leitstern, dem die Fürsten der Welt folgen; den nur der Mann tragen darf, den Jesus Christus zu seinem Nachfolger auf Erden bestimmt hat.«

Walther schwieg. Er hoffte, dass einer der anderen etwas sagen würde. Bevor der König sie zu sich gebeten hatte, hatten sie Zeit gefunden, ein paar Worte zu wechseln. Sie alle spürten eine seltsame Gespanntheit, die sie sich nicht erklären konnten. Es hatte ihre Wiedersehensfreude deutlich gedämpft.

»Der Papst ist der Nachfolger Christi«, sagte Gerold von Waldeck schließlich.

»Der Papst ist nur …«

»… ja, ja«, seufzte Gerold. »Der Bischof von Rom.«

»Es ist der Kaiser, dem Jesus seine Herde anvertraut hat. So steht es schon in der Offenbarung!«

»Philipp«, sagte Gerold, »der Kaiser ist der Nachfolger der römischen Imperatoren, die die Christen gejagt haben!«

»Der Kaiser ist der Erbe von Konstantin dem Großen, zu dem Gott sagte: In meinem Zeichen wirst du siegen! Der Mann, der das Christentum gerettet hat. Der den Waisen als Erster als das erkannte, was er war. Glaubt ihr, seine Soldaten wären ihm nachgefolgt, nur weil er das Kreuz auf seine Fahne geheftet hatte? Die meisten seiner Männer wussten doch gar nicht, was es bedeutete! Nein, Freunde: Sie sind dem Waisen gefolgt, der in Konstantins Helm funkelte!«

»Das kannst du nicht wissen, Philipp«, widersprach Walther. Nun, da der Diener verschwunden war, ließen sie die Förmlichkeiten fallen, wie sie es immer taten, wenn sie unter sich waren; wie es der König wünschte.

»Was glaubst du, habe ich getan in den vier Jahren, seit ihr mir den Waisen gebracht habt? Ich habe nachforschen lassen. Ich habe jede Schriftrolle untersuchen lassen, die in Konstantinopel nicht verbrannt ist, ich habe meine Agenten nach Rom und nach Jerusalem gesandt. Dass das Wissen um den Stein in Vergessenheit geraten ist, liegt nur daran, dass die byzantinischen Kaiser ihn jahrhundertelang versteckt haben, statt ihn zu tragen. Und der Nachfolger der römischen Imperatoren, lieber Gerold, ist in Wahrheit der Papst. Die Kirche ist genauso organisiert wie das alte, heidnische Rom.«

Der Domherr verzog das Gesicht, aber er widersprach nicht. König Philipp hatte recht.

»Es wird schon einen Grund gehabt haben, warum die oströmischen Kaiser das Ding versteckt haben«, sagte Otto von Herneberch. »Wenn es wahr ist, dass der Stein für den wahren Nachfolger von Jesus Christus bestimmt ist, dann wird er dem, der das nicht ist und sich den Waisen anmaßt, wahrscheinlich schaden. Ich brauche dich nicht an das Alte Testament zu erinnern, um dir zu beweisen, dass Gott in solchen Fällen nicht zimperlich ist.«

»Gott der Herr ist gerecht«, sagte Gerold.

»Und nicht zimperlich«, beharrte Graf Otto.

»Willst du damit sagen, auf dem Stein liegt ein Fluch?«, fragte Heinrich.

»Unsinn!«, rief Philipp heftig. »Es gibt keinen Fluch. Ich trage den Stein seit Monaten direkt bei mir, und es ist mir nie besser gegangen. Noch vor ein paar Tagen haben Männer das Knie vor mir gebeugt, denen ich vorher Geschenke machen musste, nur damit sie ihre Lehenspflicht befolgten. Sie sind mir gefolgt und feiern jetzt mit mir, anstatt sich hinter ihren Rittern zu verbergen und Komplotte gegen mich auszuhecken.«

Die vier Freunde sahen sich an. »Du trägst ihn … bei dir?«, fragte Walther schließlich, seine Empfindungen schwankend zwischen Ehrfurcht und Horror.

Philipp lachte. »Nicht die ganze Zeit. Es liegt sich ziemlich hart darauf beim Schlafen.«

»Philipp, was immer all die Geschichten sagen: Der Stein ist aus dem Leid einer Mutter um ihren ermordeten Sohn geboren. Er ist ein Symbol für den Tod.«

»Er ist ein Symbol für die ewige Regentschaft im Zeichen Jesu!«

Heinrich kratzte sich nachdenklich am Kopf. »Hältst du es

für richtig, den Fürsten den Waisen vorgeführt zu haben? Wir wissen noch immer nicht, ob er nicht seit seinem Verschwinden aus Konstantinopel gesucht wird. Dass wir nichts dergleichen gehört haben, heißt nicht, dass nicht doch im Verborgenen Männer unterwegs sind, um den Waisen zurückzubringen. Was immer er auch sonst sein mag, er war der Besitz des Mannes, der Konstantinopel seinen Namen gegeben hat. Auch wenn sie ihn nicht getragen haben, haben alle byzantinischen Kaiser doch stets gewusst, er war da – und einen Teil ihrer Macht aus diesem Wissen bezogen. Vielleicht sind vier Jahre vergeblicher Suche zu Ende gegangen, seit du den Stein herumgezeigt hast, und jetzt, in diesem Moment, sind schon Agenten unterwegs, um ihn sich zu holen?«

»Solange ihr bei mir seid, habe ich doch nichts zu befürchten, oder?«

Heinrich ballte aufgebracht die Fäuste. Walther sagte: »Philipp, jeder von uns würde sich bedenkenlos einer Lawine in den Weg stellen, wenn er dich damit retten könnte. Aber meinst du nicht, dass du das Schicksal herausforderst?«

»Was soll denn das, Freunde? Der Stein war neunhundert Jahre lang in Konstantinopel, und seht, wie es gediehen ist in all der Zeit.«

»Und sieh, wie es unterging in Feuer und Blut«, sagte Otto von Herneberch düster.

Philipp blinzelte überrascht und schwieg. Graf Otto wand sich unbehaglich, als ihm klar wurde, dass er das ausgesprochen hatte, worum all die anderen in ihren Reden einen Bogen gemacht hatten.

»Wisst ihr«, sagte König Philipp nach ein paar Herzschlägen, »eigentlich hatte ich gehofft, dass ihr eure Meinung geändert hättet. Aber es ist immer noch das Gleiche wie vor vier Jahren.«

»Wir wären schlechte Freunde, wenn wir nicht aufrichtig zu dir wären«, erwiderte Walther und verdrängte den Gedanken, dass es durchaus ein paar Dinge gab, in denen er, Walther, nicht aufrichtig zu seinem König war.

Philipp atmete tief ein und wieder aus. Dann winkte er sie heran. Als sie in einem engen Kreis zusammenstanden, schaute er einem nach dem anderen ins Gesicht. Dann brach er plötzlich in Lachen aus. »Ihr seid vier Waschweiber!«, rief er vergnügt. »Und ihr glaubt immer noch, ich bin zu dämlich, um einen Fuß richtig vor den anderen zu setzen! Heinrich – als mein großer Bruder starb und ich die Krone nahm, hast du mich beiseitegezogen und mir erklärt, dass die Königswürde Hunderte von Jahren alt sei und dass man sie auch so lange getragen haben müsse, um sich ihrer würdig zu verhalten.«

Heinrich von Kalden räusperte sich.

»Und du, Hochwürden? Hast du nicht gesagt, ich solle auf meine Ausbildung in der Kirche nicht zu stolz sein, weil sie vom Studieren kluger Bücher käme, wohingegen das Wissen eines guten Königs vom Studium der Welt kommen müsse?«

»Du warst so nass hinter den Ohren wie ein Welpe«, brummte Gerold.

»Und du, Walther? Und du, Saladin?«

»Ich weiß, was wir gesagt haben, Philipp«, wehrte Walther ab. »Jeder von uns hat es nur gut gemeint!«

»So gut, wie ihr es jetzt meint, da bin ich mir sicher. Nur – ich bin nicht mehr der Welpe von damals. Glaubt ihr wirklich, ich hätte den Stein den Fürsten gezeigt? Männern, die mir in den letzten Jahren nur deshalb die Treue gehalten haben, weil mein Widersacher, der Herzog von Braunschweig, arrogant ist und ihnen nicht genügend schmeichelt!«

»Aber du hast doch …«

Philipp lächelte. »Seht ihr, ihr traut mir immer noch jede Dummheit zu. Nein, meine Freunde. Für den Waisen ist die Zeit noch nicht gekommen, das weiß ich genauso gut wie ihr.« Er musterte Walther lange. »Dafür sollt ihr auch erst noch sorgen – du und Saladin.«

Die beiden Sänger warfen sich verwirrte Blicke zu. Heinrich und Gerold runzelten die Stirnen.

»Ich will euch zeigen, wen ich meinen sogenannten Verbündeten vorgestellt habe.« Der König stand auf, schritt zur Tür und öffnete sie. Ein junger Mann, der sich lässig gegen den Türrahmen gelehnt hatte, straffte sich und trat auf Philipps Wink herein. Er gab die Blicke der vier Männer offen zurück.

»Niemand weiß, dass er hier ist, außer den Fürsten, die ich auf der Reise hierher besucht habe. Meine Freunde, das ist der Mann, für den ich die Krone trage, bis er alt genug ist, sie sich selbst zu nehmen. Alle Welt glaubt, er unternimmt eine ausgedehnte Jagdtour mit seinen Falken durch Apulien, doch in Wahrheit ist er hier, um seine künftigen Verbündeten kennenzulernen. Meine Freunde – ich stelle euch meinen Neffen Friedrich von Stoufen vor, euren zukünftigen König, Kaiser und den Menschen, auf den der Waise jahrhundertelang gewartet hat.«

Der junge Mann verbeugte sich. Dann lächelte er Walther an. »Nun, darf ich hoffen, dass Ihr Euch erinnert an mich?«

»Schon wieder die Satzstellung verdreht«, sagte Walther, weil es nichts anderes zu sagen gab. Das unheilvolle Gefühl, dass sich eine Katastrophe anbahnte, war nun so stark, dass er das Pochen seines Herzens spürte. Gemeinsam mit den Freunden beugte er das Knie vor dem jungen Mann, dem König Philipp den Arm um die Schultern gelegt hatte.

»Bis ich die Kaiserkrone trage, Onkel, ist es noch ein weiter Weg«, sagte Federico.

»Du wirst ihn zurücklegen«, erwiderte Philipp gut gelaunt. »Ich werde dafür sorgen, und wenn es das Letzte ist, was ich tue.«

Ein Eiszapfen senkte sich in Walthers Herz, als ihm die unbeabsichtigte Doppelbedeutung von Philipps Worten aufging.

Heinrichs Gedanken gingen in eine andere Richtung. »Du meinst … du willst auf die Kaiserkrone verzichten?«, fragte er fassungslos.

Philipp zuckte mit den Schultern. »Ich wollte sie nie.«

»Aber du hast …«

»Alles nur um seinetwillen«, erklärte Philipp und deutete auf den jungen Federico. »Doch wenn ich ihn offen unterstützt hätte, wäre er jetzt wahrscheinlich schon tot. Entweder hätten sich die Fürsten und die Kirche zusammengetan und ihn ermorden lassen oder einen Krieg gegen ihn geführt, der ganz Süditalien verwüstet und mit seinem Tod am Galgen geendet hätte. Ich habe das einmal versucht, gleich nachdem mein Bruder Heinrich verstarb. Danach wusste ich, dass ich das Ganze vorsichtiger anpacken musste. Mein Neffe hier ist der gewählte römisch-deutsche König und der einzige Mann, der des Kaiserthrons würdig ist. Ich habe nie etwas anderes geglaubt.«

Walther starrte den jungen Mann ratlos an. Federico hob eine Braue, dann grinste er plötzlich und zwinkerte dem Sänger zu.

»Dies ist mein Plan«, sagte Philipp. »Ich möchte, dass du, Walther, und du, Saladin, heute ein paar Verse über den Waisen zum Besten gebt, gleich nach dem Mittagmahl. Dann sind die Gäste satt und zufrieden und hören zu.«

»Es gibt keine Lieder über den Waisen«, unterbrach Walther.

Philipp strahlte. »Genau deshalb sollt ihr welche dichten! Am liebsten wäre mir, ihr würdet es in Form eines Wechselsangs tun, damit die Zuhörer den Eindruck gewinnen, dass das Wissen über den Stein weit verbreitet ist und nur sie noch nichts davon gehört haben. Das wird natürlich keiner zugeben wollen, daher werden alle mit den Köpfen nicken und darüber diskutieren, und so werden sich die Informationen über den Waisen verfestigen, ohne dass wir noch etwas dazutun müssen. Wenn ihr den Gesang wie einen Wettstreit anlegt, bei dem ihr euch gegenseitig von der Macht des Waisen zu überzeugen sucht, werdet ihr damit auch das Publikum überzeugen.«

»An dir ist ein Dichter verloren gegangen«, murmelte Gerold.

»Nein, mein Freund, ich habe nur während meiner Ausbildung bei den Disputationen über die Worte der Bibel genau aufgepasst.« Philipp rieb sich die Hände. »Ich werde bewusst nach dem Mahl abwesend und für niemanden zu sprechen sein, damit ich nachher sagen kann, ich hätte von nichts gewusst. Wenn ich dann wieder zum Vorschein komme, werde ich den Waisen bei mir haben – und ihn Friedrich zum Geschenk machen. Das wird eine doppelte Überraschung für die Gäste sein: Zuerst bekommen sie den Stein zu sehen, und gleich darauf den Sohn des letzten Kaisers, von dem jeder glaubt, er sei weit weg in seinem eigenen Königreich jenseits der Alpen und nicht mehr von Belang beim Rennen um die Krone. Sie werden alle ziemlich ratlos sein, und das ist gut so, denn ratlose Menschen versammeln sich gerne hinter einem Führer, wenn er nur entschlossen genug auftritt.«

»Ich bin nicht sicher, ob ich mir soll die Legitimation holen von einem Stein, von dem ich bis heute noch nie etwas gehört habe«, sagte Federico stolz.

Philipp winkte ab. »Die Hälfte der Kaiserwürde hat mit Symbolen zu tun, mein Junge. Mach dir nur keine Sorgen.«

»Und du gehst nun davon aus, dass uns bis heute Mittag etwas Vernünftiges eingefallen ist zu dem vermaledeiten Ding«, sagte Otto von Herneberch.

»Wenn nicht euch, wem dann? Bitte, Freunde! Was ist euch lieber – die Herren mit einer kleinen List zu einen oder ihnen zuzusehen, wie sie gegeneinander Krieg führen? Denn Krieg wird es geben, wenn sich die Frage der Nachfolge meines Bruders nicht bald eindeutig klärt. Die Fürsten werden das Reich auseinanderreißen im Kampf zwischen dem Herzog von Braunschweig und mir. Wenn es einen unblutigen Weg gibt, das zu verhindern und zugleich den Mann auf den Thron zu bringen, dem er gebührt …«

Walther warf dem jungen Federico einen Blick zu. Dieser erwiderte ihn unbefangen. Ja, dachte Walther, ich glaube dir sogar, Philipp, mein Freund und König. Dein Neffe ist tatsächlich der Mann, der noch nachträglich das Geschlecht der Staufer als des Kaiserthrons würdig legitimieren könnte. »Also gut«, sagte er.

Philipp nickte dankbar. »Es ist der letzte Dienst, den ich von euch erbitte, Freunde«, sagte er. Walther wusste, wie es gemeint war: Wenn Federico – dann unter dem Namen Friedrich, den schon sein verehrter Großvater getragen hatte – ausreichend etabliert war, würde Philipp abdanken, und dann wären er und sie nur noch Männer unter Gleichen. Dennoch lief ihm wie bereits vorher ein Schauer über den Rücken.

Gerold wandte sich an Federico. »Nun, junger Freund: Um Kaiser sein zu können, braucht man einen Traum. Was ist Euer Traum?«

»Ich habe keine Träume, ich habe Ziele.«

Gerold lächelte ein wenig herablassend. Federico zögerte einen Moment, dann fuhr er fort: »Ich möchte Jerusalem für die Christenheit zurückgewinnen, und zwar auf eine Weise, die den Frieden im Heiligen Land dauerhaft sichert.«

»Das wollten schon viele.«

»Aber ich kann es«, sagte Federico.

»Und wie?«

Nun lächelte der junge Mann genauso herablassend wie zuvor Gerold.

Dieser schüttelte den Kopf. »Was ist mit den Zielen, die Eure Vorgänger hatten – Friede im Reich, Einigkeit der Fürsten, Aussöhnung mit der Kirche und all das?«

»Ich habe mir vorgenommen, die schwierigen Aufgaben zu lösen.«

»Viele Eurer Vorgänger sind an diesen Zielen gescheitert.«

»Ich scheitere lieber beim Griff nach den Sternen.«

»Du lieber Himmel!« Gerold blickte zu Philipp, der nicht aufgehört hatte zu grinsen. Walther hatte während der kurzen Auseinandersetzung Federicos Mienenspiel beobachtet. Er meint es so, wie er es sagt, dachte er. Er ist überzeugt, dass man die Dinge dort anpackt, wo sie am meisten Mühe bereiten – weil die kleinen Probleme sich dann von allein lösen.

Was bedeutet das für mich? Wo sollte ich meine Probleme anpacken? An der Stelle, an der ich mich niederknie und meiner einzigen großen Liebe gestehe: Mein Leben ist Euer, mein Herz schlägt nicht, wenn es nicht für Euch schlägt, meine Musik klingt nicht, wenn ich sie nicht für Euch singe …

»Heinrich, du musst mir helfen«, sagte Philipp und holte Walther aus dem Strudel heraus, in den seine Gedanken geraten waren, und damit zurück zu den kleinen Problemen der Gegenwart. »Einen Mann habe ich nicht angetroffen – den Pfalzgrafen von Bayern, Otto von Wittelsbach. Auf seine Zustimmung kommt es mir besonders an. Ich habe ihn beleidigt, als ich seine Verlobung mit meiner Tochter Beatrix aufgelöst habe, aber er ist mir bis dahin immer treu gewesen. Ich hoffe, er überwindet seinen Stolz und trifft noch hier ein. Wenn er es tut, sorg dafür, dass er mich sprechen kann, egal zu welcher Tageszeit.«

»Und warum hast du die Verlobung aufgelöst, wenn der Mann dir war immer treu?«, fragte Federico.

Philipp sah ihn von unten herauf an. »Weil Beatrix zehn Jahre alt ist und der Pfalzgraf fast vierzig und ihre Tränen mich überzeugt haben, dass ich eine falsche Entscheidung getroffen hatte.«

Walther konnte sehen, dass die Antwort Federico nachdenklich machte. Walther hatte Spott von dem jungen Mann erwartet oder wenigstens die Bemerkung, dass der einzige Lebenssinn von Töchtern darin lag, günstig verheiratet zu werden. Dass er es nicht tat, gab Anlass zur Hoffnung, dass er ein König werden würde, der Menschen nicht nur als Figuren auf einem Spielbrett betrachtete.

Womöglich taten sie tatsächlich das Richtige, indem sie Philipps Bitte folgten. Womöglich lag doch kein Fluch auf dem Waisen, wenn mit seiner Hilfe ein Mann wie Federico – Friedrich von Stoufen – auf den Thron kam. Aber wie auch immer: Sie waren Philipps Freunde, sie waren seine Gefolgsleute, und sie würden seinem Wunsch nachkommen. Sie waren ihm treu.

Alle, bis auf mich, dachte Walther. Und es spielt keine Rolle, dass ich meinem Verlangen nie nachgegeben und stattdessen Freundschaft, Liebe und Ehre gerettet habe. Dort, wo es darauf ankommt, bin ich dir untreu geworden: in meinem Herzen.

4.

Der Papinbercer Dom war seit dem Brand vor über zwanzig Jahren eine Baustelle. Das Feuer hatte nur die Außenmauern des Baus übrig gelassen, die das Domkapitel mit einem Holzdach versehen hatte, damit die Gottesdienste weitergehen konnten. Dann war eine Weile nichts mehr geschehen, bis vor acht Jahren Kaiserin Kunigunde heiliggesprochen worden war. Der damalige Bischof Timo und das Domkapitel hatten alles Geld zusammengekratzt und mit der Wiedererrichtung des Ostchores und der Osttürme begonnen, damit die heilige Kunigunde eine würdige neue Ruhestätte erhalten konnte. Unter dem jetzigen Bischof Ekbert verliefen die Bauarbeiten eher zäh. Ekbert, der sich nur zu außergewöhnlichen Anlässen in seiner Bischofsstadt aufhielt, war mit dem Domkapitel zerstritten und dieses wiederum unter sich. Die Gelder flossen nicht mehr so reichlich. Walther ahnte, dass König Philipp neben den vielen anderen Gesprächen, die die Hochzeitsfeierlichkeiten seiner Nichte begleiteten, auch das eine oder andere mit den Vertretern des Domkapitels führen würde.

Obwohl kein Gottesdienst stattfand, war der Papinbercer Dom gut besucht. Gotteshäuser waren im Allgemeinen auch außerhalb der Messzeiten voller Leben: Gläubige, die mit ihren Fürbitten in die Kirche kamen und Gott mit dem Kauf teurer Kerzen in Zugzwang zu bringen versuchten; Bettler, die sich den Umstand zunutze machten, dass sich unter den Augen des gemarterten Christus niemand leichten Herzens der Todsünde Geiz schuldig machte; Müßiggänger, die sich dem Irrglauben hingaben, dass sie in der Kirche nicht so sehr auffielen wie draußen in den geschäftigen Gassen; und Kleriker aller Sorten und Hierarchien, die überzeugt waren, dass weder der Herr noch seine Herde ohne sie auskamen. Hier in Papinberc trieben sich sogar mehr Leute als gewöhnlich in der dunklen, noch immer rußgeschwärzten Halbruine herum, als ob die Besucher durch ihre bloße Anwesenheit demonstrieren wollten, dass sie weiterhin Hoffnung in die Fertigstellung des Neubaus setzten.

Walther liebte die Stimmung in Kirchen außerhalb der Messzeiten. Die Schritte der Anwesenden hallten im Gewölbe, das Gemurmel der Gebete war wie das sanfte Rauschen einer weit entfernten Meeresbrandung, Weihrauch, Talg, Unschlitt und Kerzenwachs verwoben sich zu einer einzigartigen Geruchsmischung, und jeder Stein, jedes Fresko, jede Deckenrippe und jede Heiligenfigur war aufgeladen mit der spirituellen Aura des geweihten Ortes. Selbst im Papinbercer Dom war noch ein Hauch dieser sakralen Atmosphäre zu spüren, trotz der Brandschäden, der Finsternis und des Geruchs nach altem Rauch.

Zudem vibrierte an diesem Tag eine helle Stimme zwischen den Säulen – jemand sang. Die Stimme des Sängers war recht schön, aber dramatisch ungeübt. Nach einiger Zeit begann es in Walthers Ohren zu schmerzen, dass sie kaum einen Ton traf. Er kannte das Lied, es war ein Choral. Der Vortrag krankte deshalb auch daran, dass ein Lied, das für viele Stimmen geschrieben worden war, nur von einer einzigen vorgetragen wurde. Als Walther sich umschaute, erblickte er den Sänger beim Altar. Er war ein junger Mann, fast noch ein Kind. Er trug ein zerschlissenes Chorhemd über einem schwarzen Talar, darüber prangte ein rotes Gesicht. Seine Augen waren geschlossen, sein Gesicht verzerrt. Niemand war sich bewusster als der Vortragende selbst, wie ungenügend seine Darbietung war. Neben ihm stand ein zweiter Ministrant und hielt eine Holzschüssel in die Höhe. Die Schüssel war leer. Es war klar, was hier vor sich ging: Der Gesang sollte die Kirchenbesucher zu Spenden für die Renovierung animieren. Die Idee war gut, die Ausführung katastrophal. Walther entdeckte einen Pfarrer in den Schatten auf der anderen Seite des Altars, der verzweifelt den Kopf schüttelte. Eine kleine Gruppe Männer stand beieinander und amüsierte sich offen über den jugendlichen Sänger. Plötzlich schimmerte eine goldene Spur auf der Wange des Ministranten auf, eine Träne, die über seine Wange lief und im Schein des Kerzenlichts sichtbar wurde. Der Pfarrer ließ die Schultern hängen und schlurfte aus seiner Deckung heraus auf die beiden Jungen zu.

Walther fand sich auf einmal neben dem Sänger wieder. Er legte ihm die Hand auf die Schulter. Der »Gesang« brach mit einem Schluchzen ab.

»Kannst du einen Ton halten, wenn ich ihn dir vorgebe?«, fragte Walther.

Der Junge starrte ihn tränenblind an. Walther kramte in seinem schmalen Almosenbeutel und ließ eine Viertelmünze in die Spendenschüssel fallen. Das Geräusch ließ den Jungen zusammenzucken.

»Na, kannst du?«

Der Ministrant schüttelte den Kopf.

»Klar kannst du das. Pass auf …«

Walther stimmte einen Ton an, der fast zu hell für seine Stimme, aber der Stimmlage des Ministranten angepasst war. Es würde anstrengend sein – Walthers Stimme war ein samtiger Bariton, die Stimme des Jungen ein hoher Tenor. Aber er war sich seines Könnens sicher genug, um den Ton zu halten. Das Gekicher der Spötter verstummte plötzlich. Der Junge blickte sich wild um und folgte Walthers Stimme dann mit der Miene eines Ertrinkenden, der zum letzten Mal aus den Fluten auftaucht und unvermutet eine sonnige Insel mit Sandstrand in seiner Reichweite entdeckt. Es war, wie Walther es sich gedacht hatte. Der Junge war mühelos imstande, einen Ton zu halten, wenn da eine zweite Stimme war, die ihm Halt gab. In ein paar Jahren würde er ein Sänger sein, dem zu lauschen die Zuhörer als Privileg empfinden würden – und vor wenigen Augenblicken noch wäre dieses Talent fast für immer verschüttet worden, begraben unter der Last eines demütigenden Erlebnisses. Walther ließ seine Stimme durch die Tonleiter klettern und fallen, und der Junge sang fehlerlos mit. Das Erstaunen, das über seine Züge glitt, und das Lächeln, das das glatte Gesicht erhellte, ließen Walther ebenfalls lächeln. Als der Junge Luft holen musste, sagte Walther: »Und jetzt wollen wir mal sehen, ob wir diesen Choral nicht unterkriegen können!«

Sie sangen ihn gemeinsam. Ihre Stimmen vibrierten, tanzten

umeinander, stiegen und fielen wie Vögel über dem Feld, erfüllten die dunkle, verrußte Kirche mit einem Klang, der reiner war als ein Glockenspiel. Nach einer Weile hörte Walther einen Baß einfallen und blickte sich um. Der Pfarrer stand ein paar Schritte abseits und sang aus Leibeskräften mit, und dann fiel auch der zweite Ministrant ein, der nie ein guter Sänger sein würde, den aber die Weihe dieses Augenblicks zu einer Leistung inspirierte, die ihm niemals zuvor gelungen war. Vier Stimmen waren es, die den Choral sangen, die die Sonne der Musik und die Wärme des Klangs in die Domruine brachten, dann waren es plötzlich fünf, sechs, dann kamen immer mehr Kirchenbesucher zusammen und fielen ein, und selbst die Spötter sangen mit und bewiesen, dass auch hämische Stimmen erhaben klingen können. Der Choral pries die Herrlichkeit Gottes, vor allem aber pries er die Herrlichkeit der Musik. Der eigentliche Sinn der lateinischen Worte war den meisten unbekannt, doch jetzt bekamen sie ohnehin eine neue Bedeutung, die viel universeller war: dass eine Welt, in der es Musik und Gesang gab, immer die Schöpfung Gottes sein würde, ganz gleich, was sie sonst an Gemeinheit vorzuweisen hatte. Erneut liefen Tränen über das Gesicht des Ministranten, und als Walter bei den letzten Takten seine eigene Stimme immer leiser werden ließ, merkte der Junge es nicht und sang die letzten Töne ganz alleine, hängte all die anderen Sänger ab, selbst das Bassbrummen des Pfarrer verstummte, und mit dem Verklingen des allerletzten Tones war es, als flatterten unsichtbare Schwingen zum Gebälk des Holzdachs empor und erhellten das Kirchenschiff mit einem Licht, das man nicht sehen, sondern hören konnte.

Einen Augenblick war Stille. Dann brachen die Zuhörer in spontanen Applaus aus. Geldstücke prasselten in die Spendenschale.

Durch die kleine Menge, die sich um die Sänger geschart hatte, drängte sich eine hektische Gestalt, die sich als Mann in einer Soutane entpuppte.

»Blasphemie!«, schrie der Gottesmann. »Wie könnt ihr einen

wie ihn hier singen lassen? Wie könnt ihr zulassen, dass so einer die heiligen Worte in den Mund nimmt?«

Der Mann im Priesterhabit war mittelgroß und dicklich, sein Kopf rund, sein Haar nicht tonsuriert, aber dünn. Seine Lippen waren blau vor Eifer, und er hatte Schaumflocken in den Mundwinkeln. Beide Arme hatte er nach vorne gestreckt, als müsse er schon von Weitem etwas abwehren; über seine Handflächen lief je ein merkwürdiges Narbengeflecht. »Wisst ihr nicht, wer das ist? Was er ist? Das ist die süße Stimme Beelzebubs, der das aufleckt, was dem Teufel aus dem Hintern läuft, und es euch als Honig verkauft! Er ist eine Beleidigung für Gott und für den König, und euer Dom soll verflucht sein, dass ihr ihn hier sein Gift habt ausspeien lassen.«

Die Kirchenbesucher wichen mit bestürzten Mienen vor dem Eindringling zurück. Er kam vor Walther zu stehen, der sich plötzlich in einem sich erweiternden Kreis aus Menschen fand, die alle einen Schritt zurücktraten. Die Handflächen mit ihren seltsamen roten Narben waren dicht vor Walthers Gesicht. Mit den nächsten Beschimpfungen kam eine Welle von so üblem Mundgeruch über ihn, dass es war, als habe sich der Deckel zu einem Abort geöffnet, in dem die Auswürfe der Welt seit ihrem Anbeginn gärten. Der Mann war so sauber geschrubbt, dass sein Gesicht nicht nur von seiner Erregung rosig war, selbst seine Fingernägel waren rein, und seine Zähne nicht unregelmäßiger oder verfaulter als die eines beliebigen anderen Menschen. Dennoch wehte ein infernalischer Gestank jedem seiner Worte voraus wie ein Herold. Der üble Geruch schien aus den Tiefen seines Körpers zu kommen – von dorther, wo seine Seele war.

»Abschaum! Verleugner Gottes! Verräter! Verräter!! Warum kriechst du nicht in den Misthaufen zurück, in dem du geboren wurdest, anstatt heilige Stätten mit deinem Atem zu entweihen?«

Walthers Blick war von den Narben auf den Handflächen des Mannes gefangen. Er hatte plötzlich erkannt, dass sie nicht von einer Verletzung stammten, sondern absichtlich beigebracht worden waren. Sie bildeten Muster. Sie bildeten …

Der Pfarrer, der mit Walther und den Ministranten gesungen hatte, schob sich nach vorn. »Hier liegt wohl ein Irrtum vor«, begann er höflich.

Der Neuankömmling unterbrach ihn. »Irrtum? Glaubst du, ich kenne diesen Kerl nicht? Ha!«

... sie bildeten Worte! In der linken Handfläche konnte man *amor* lesen, in der rechten *dolor*. Liebe und Schmerz. Die Narbenworte zuckten.

»Das ist ...«, versuchte es der Pfarrer.

»... das größte Schwein, das Gottes strengem Auge je entgangen ist!«, schrie der Neuankömmling mit dem Drachenatem. »Fluch über dich, Fluch über euch alle, die ihr ihn zugelassen habt, dass er diesen Dom entweihen durfte. Warum habt ihr ihn nicht mit Knüppeln erschlagen? Warum habt ihr nicht den nächsten Bretterhaufen genommen und ihn darauf geworfen und angezündet!?«

»Jetzt reicht's«, befand der Pfarrer. »Bruder, ich muss dich bitten, diese Stätte Gottes zu verlassen!«

Walther spürte in seiner Fassungslosigkeit, wie Zorn in ihm aufwallte, aber mehr noch Furcht. Mit den Anwürfen war er vertraut; der Mann mit dem Mundgeruch war weiß Gott nicht der erste Kleriker, der ihn mit Beschimpfungen und Ketzervorwürfen überzog, was bei Walthers Handwerk nicht allzu verwunderlich war. Aber er spürte, dass dies hier weiter ging. Und wie sollte er diesen Vorwurf verstehen: Verräter? Wer war der Kerl in der Soutane? Und noch während er dies dachte, fragte ein weiterer Gedanke in Walthers Hirn: Und wieso kann er in mein Herz blicken? Liebe und Schmerz zuckten vor seinen Augen in wulstig-zerrissenem Fleisch.

»Dies ist keine Stätte Gottes mehr, seit ihr ihn hier hereingelassen habt!«

»Geh jetzt, Bruder. Sofort!«

Der Mann in der Soutane stieß ein Lachen aus, das wie ein Bellen klang. Walther spürte voller Ekel die Speicheltröpfchen, die ihm ins Gesicht sprühten. Dann wandte sich der Eindringling ab. »Fluch!«, schrie er im Hinausgehen. »Fluch über euch! Eines Tages wirst du sie nicht mehr mit deiner Giftzunge betören können, Sänger, und dann werde ich da sein und lachen, wenn sie dir den Strick umlegen oder den Scheiterhaufen anzünden.«

Walther schüttelte sich. Der Pfarrer begann sich bei ihm zu entschuldigen, aber er hörte dem bestürzten Gottesmann nicht zu. Amor und dolor brannten in Walthers Erinnerung, die Worte des Eindringlings brannten in seiner Seele. Zwei, drei Kirchenbesucher aus dem Kreis um ihn herum, die vorhin noch mitgesungen hatten, sahen jetzt dem stinkenden Mann nachdenklich hinterher und warfen Walther dann kühle Seitenblicke zu.

Verräter! Verräter!!

»Ich darf Euch versichern, Herr Walther, dass Ihr hier jederzeit willkommen …«

»Wer war das?«, fragte Walther und musste sich räuspern, bevor er sprechen konnte.

»Ich dachte, Ihr kennt ihn. Er muss mit dem Tross von König Philipp angekommen sein. Ich habe ihn nie zuvor in Papinberc gesehen.«

Walther schüttelte den Kopf. Dann schüttelte er die Hand des Pfarrers und die des Ministranten, dessen Gesicht glühte und nicht den Anschein machte, als habe er den Zwischenfall überhaupt mitbekommen. Aber der Kreis der Zuhörer war kleiner geworden; ein paar Leute hatten sich in den vergangenen Augenblicken davongestohlen, als habe man sie bei etwas Verbotenem ertappt.

Mit einem Schlag war die Erinnerung an den Traum wieder da. Walther sah König Philipps lächelndes Gesicht vor sich. Ihm war so klar wie selten etwas zuvor, dass die Katastrophe, von der er geträumt hatte, sich heute ereignen würde, dass sie irgendwie seine Schuld sein würde und dass sein Leben danach ruiniert wäre. Er sah sich zusammen mit Heinrich, Gerold und Otto in das Schmuckkästchen im Bukoleon-Palast in Konstantinopel blicken. Ein einzelner Stein hatte darin gelegen, auf einem Samtkissen, ein Kristall gewordener Tropfen Blut von der Größe eines Vogeleis, in dessen Herz strahlende Weiße eingeschlossen war.

Als man den toten Jesus vom Kreuz genommen und in die Arme seiner Mutter Maria gelegt hatte, brach ihr Herz, und aus ihren Augen lief eine Träne. Das Blut ihres Herzens und die Träne vermischten sich und formten einen Edelstein, wie es ihn nur ein einziges Mal auf der Welt gab, einen in jeder Hinsicht einzigarten Kristall: Orphanus – den Waisen. So wollte es die Legende. Und die Legende sagte auch, dass Kaiser Konstantin am Vorabend der Schlacht an der Milvischen Brücke nicht nur eine Vision von Jesus Christus gehabt hatte, der ihm versprach, dass Konstantin im Zeichen des Kreuzes siegen würde. Es hieß, dass eine alte Frau plötzlich in den Räumen des Kaisers erschienen sei und ihm prophezeit habe, dass seine Truppen ihm überall hin und sogar in die taktische Falle folgen würden, die sein Widersacher Maxentius am nächsten Tag für ihn aufstellen würde – wenn er, Konstantin, den Edelstein an seinem Helm trage, der aus dem Blut und den Tränen der Gottesmutter Maria geboren worden sei. So wie die Apostel Jesus Christus bis in den Tod gefolgt waren, so würden die Soldaten und Fürsten dem Stein an Konstantins Helm folgen. Dann war die alte Frau verschwunden, und wo sie gestanden hatte, lag der Waise – rubinrot. Die Farbe des Morgenlichts. Die Farbe von Blut. Konstantin schrieb die Erscheinung der alten Frau einem Traum zu, ebenso wie die Erscheinung Christi. Aber am nächsten Tag trug er den Waisen in seinem Helm und das Kreuz an seinem persönlichen Feldzeichen … und siegte, obwohl er seine Truppen wissentlich in die Falle führte, die Maxentius für ihn erdacht hatte.

Nur demjenigen, der wahrlich würdig war, für Jesus Christus das Schwert zu tragen, würde es erlaubt sein, den Waisen zu tragen.

Und Philipp wollte ihn entweder heute oder morgen, nachdem Walther und Otto ihn in einem Wettsang verherrlicht hatten, öffentlich vorstellen und an sich nehmen – mit dem Ziel, ihn beizeiten an seinen Neffen Friedrich weiterzugeben. Er würde den Waisen tragen, obwohl er selbst überzeugt war, dass er nicht für ihn bestimmt war.

Wenn es zutraf, dass der Stein dem schadete, der ihn widerrechtlich an sich nahm … dann würde ihn, Walther, eine Mitschuld treffen, wenn Philipp etwas zustieß. Er war mit von der Partie in Konstantinopel gewesen, er hatte dafür gesorgt, dass der Waise sicher nach Deutschland gebracht wurde, er war vor vier Jahren dabei gewesen, als sie dem König ihre Beute überreicht hatten.

Hatte der Mann mit den Narbenhänden und dem infernalischen Atem womöglich das gemeint, als er Walther als Verräter bezeichnet hatte?

Von dem anderen Verrat, den Walther nur in seinem Herzen begangen hatte, konnte er nichts wissen, oder?

Aber wie konnte er etwas vom Waisen wissen?

Mit dem Gefühl, dass eine Kette von Ereignissen begonnen hatte, die er weder überblicken noch aufhalten konnte, ließ Walther sich von den Menschen im Papinbercer Dom verabschieden und begab sich zurück zur Hochzeitsfeier. Er hatte im Dom seine Gedanken sammeln wollen, um das von König Philipp erwünschte Lied zu komponieren, und nun wusste er nur zwei Dinge: dass er das Lied nicht singen wollte und dass er bereuen würde, es dennoch zu tun.

5.

Beim Mittagmahl saß Otto von Herneberch neben Walther. Sie hatten sich vorgenommen, ihren gemeinsamen Vortrag abzustimmen. Walther gab an der richtigen Stelle die richtigen Antworten, aber mechanisch, ohne recht zu wissen, was er gehört und was er gesagt hatte. Er wäre am liebsten aufgesprungen und hin und her gelaufen oder hätte auf den Tisch geschlagen. Das Essen hatte noch nicht angefangen; alles wartete auf König Philipp und Königin Eirene.

»Es ist falsch«, murmelte Walther.

»Also bitte«, sagte Otto. »Wie lange hatte ich denn Zeit, das Lied zu dichten? Außerdem hinken deine Verse auch gewaltig, und ...«

»Ich meine nicht das Lied. Das heißt, ich meine doch das Lied. Wir sollten es nicht singen.«

»So schlecht ist es nun auch wieder nicht.«

Walther wandte Otto seine Aufmerksamkeit zu. Er sah, wie Ottos halb beleidigte, halb amüsierte Miene sich schlagartig verdüsterte, als wäre der unscheinbare Sänger zu Walthers Spiegelbild geworden.

»Was ist los mit dir, Walther?«

»Ich weiß es nicht. Das ist ja das Schlimme. Ich hatte gestern Nacht einen Alptraum, und irgendwie kommt es mir vor, als steckte ich immer noch darin.«

Otto versuchte, Walthers Stimmung auf die leichte Schulter zu nehmen. »Ich hatte gestern Nacht einen ganz realen Alptraum«, sagte er. »Siehst du die junge Dame dort drüben? Sie hat mir tagelang schöne Augen gemacht, und gestern Abend hat sie mir ein eindeutiges Angebot unterbreitet. Ich habe es natürlich abgelehnt; im Heiligen Land wartet meine Verlobte auf mich – aber dann bin ich die ganze Zeit wachgelegen und habe darüber nachgedacht, ob ich nicht der größte Idiot auf Gottes weiter Erde bin, wenn du verstehst, was ich meine.«

Walther verzog den Mund zu einem halben Lächeln. Er ahnte, dass Otto dieses intime Geständnis nur machte, um ihn aus seiner düsteren Stimmung zu holen. »Jedenfalls hast du was versäumt, Saladin, so viel ist sicher.«

Otto zog eine Braue nach oben. »Was soll das heißen? Kennst du die Dame ... näher?«

Walther seufzte. »Otto, du weißt doch, was man mir nachsagt. So einen Ruf bekommt man nicht einfach, den muss man sich erarbeiten.«

»Abgründe«, sagte Otto. »Abgründe tun sich auf, wenn man mit dir redet.«

Walther erhob sich. »Ich muss an die frische Luft!«

Otto legte ihm eine Hand auf den Arm. »Zu spät«, sagte er. »Da kommt der König.«

Er stand auf, und mit ihm alle Anwesenden. König Philipp und Königin Eirene kamen in den Saal, in dem die höheren Ränge unter den Eingeladenen das Mittagmahl zu sich nahmen; für die einfachen Kleriker, die Einschildritter und die Handvoll Händler war weiterhin draußen auf dem Platz gedeckt. Als Applaus aufbrandete, hob Philipp beide Arme und bedeutete seinen Gästen damit lächelnd, kein so großes Aufhebens zu machen. An Philipps rechter Seite stand der Ehemann seiner Nichte, ein glückliches Grinsen im Gesicht über die Ehrenbezeigung, die der König ihm damit erwies. Walther sah, wie der junge Friedrich unbeachtet hinter Heinrich von Kalden und Gerold von Waldeck, die direkt nach dem König den Saal betraten, hereinschlüpfte und sich einen Platz weit weg vom Haupt der erhöhten Königstafel suchte. Neben Gerold, dessen offizielle Mission die Vertretung des Freisingener Bischofs war, watschelte ein dicker, pausbäckiger Mann im vollen episkopalen Staat – das musste Bischof Ekbert von Papinberc sein. Dann gab es niemanden mehr, den Walther als Ausrede vorschieben konnte, und seine Blicke fanden zu Königin Eirene.

Die Königin überragte ihren Ehemann um ein halbes Haupt. Keiner der Männer aus dem Geschlecht der Staufer war besonders hochgewachsen, und die Königin war schlank und groß und hielt sich mit jener mühelosen Eleganz, die allen Frauen aus ihrer Heimat eignete, selbst wenn sie hochschwanger waren wie Eirene. Sie stammte aus Konstantinopel. Kaiser Isaak Angelos, dessen Sturz vor fast fünfzehn Jahren zu den Ursachen des späteren Kreuzzugs gegen die oströmische Hauptstadt zählte, war ihr Vater gewesen. Eirene war bereits eine Schönheit gewesen, als sie vor elf Jahren Philipp geheiratet hatte. Jetzt, mit Ende zwanzig, war diese Schönheit voll erblüht, und es gab keine andere Bezeichnung, die ihr gerecht wurde, als atemberaubend. Selbst die Blässe von den Strapazen der Reise und ihrer fünften Schwangerschaft konnte den Eindruck nicht trüben, dass in ihrer Gestalt einer von Gottes schönsten Engeln auf die Erde heruntergestiegen war. Die blonden und brünetten Damen von Philipps Hof, die Fürstinnen wie die Edeldamen und erst recht das Gesinde, sahen bäurisch und ungehobelt aus im Vergleich zu Eirene: das Haar pechschwarz, die Haut fast weiß, und der Gesichtsschnitt von einer Feinheit, dass ein Steinmetz, der ihr Abbild aus Marmor hätte meißeln sollen, weinend den Hammer beiseitegelegt und bekannt hätte, dass er nichts schaffen könne, was dem Original nur annähernd gerecht würde.

Walther starrte sie über die Distanz des halben Saals hinweg an. Wie immer fühlte er sich gesegnet, selbst wenn er sie nur von ferne betrachten konnte. Es hatte sich bereits herumgesprochen, was gestern geschehen war, als der König und sein Gefolge die Stadt betreten hatten. Die Papinbercer hatten ein halbes Dutzend Kinder aus den besten Bürgersfamilien losgeschickt, jedes von ihnen mit Blumen und anderen Geschenken beladen, um den König willkommen zu heißen. Ein kleiner Junge war auf halbem Weg stehen geblieben, sichtlich gelähmt vom Anblick der bunten Kleider, der wehenden Fahnen und dem Gejubel der Menge. Die Zuschauer hatten zu lachen begonnen und der Junge, der wie angewurzelt stand und seinen Blumenstrauß in den kleinen Fäusten zerdrückte, zu weinen. Da war Königin Eirene aus der Sänfte gestiegen, hatte den Kleinen bei der Hand genommen und ihn vor König Philipp geführt. Dort hatte der kleine Mann seinen Blumenstrauß aber nicht dem König, sondern der Königin in die Hände gedrückt. Eirene hatte ihn daraufhin in ihre Sänfte eingeladen und darauf bestanden, dass man einen Umweg bis zu dem Haus machte, in dem die Familie des Jungen wohnte, wo sie ihn noch bis in die Stube begleitet und in die Obhut seiner vor Ehrfurcht erstarrten Eltern übergeben hatte.

»Tja«, sagte Otto. »Angeblich hat jemand ein Gedicht über die Königin geschrieben und sie darin als Rose ohne Dornen bezeichnet. Nicht sehr originell, aber wahrscheinlich kam es von Herzen.«

Walther, aus dessen Feder das Gedicht stammte, sagte nichts. Er spürte wie von ferne, dass Otto ihn befremdet musterte, aber es war unbedeutend. Alles war unbedeutend, nun, da er Eirenes Gesicht sehen konnte. Selbst das düstere Gefühl nahenden Unheils war für den Augenblick vergessen. Aus dem Augenwinkel sah er, wie Otto sich umwandte und zur Königin hinüberblickte, dann wieder zurück zu Walther und dann ihren gemeinsamen Weinbecher nahm und ihn mit einem Schluck austrank.

»Mir scheint, ich bin zu lange auf meinem Besitz im Heiligen Land gewesen«, sagte Otto, als sie wieder saßen und die Dienstboten mit Platten voller Köstlichkeiten auszuschwärmen begannen. »Ich habe gar nicht alles mitbekommen, was hier geschehen ist.«

Walther, dem es gelungen war, seinen Mund zu schließen, seine Blicke zu fokussieren und sich wieder halbwegs in den Griff zu bekommen, wandte sich zu Otto. »Es ist gar nichts geschehen«, sagte er rau.

»Wer hat gerade noch gesagt, dass er sich seinen Ruf hart …?«

Walther sah Otto schmerzlich zusammenzucken und wurde sich bewusst, dass er seinen Freund hart am Handgelenk gepackt hatte. Er ließ wieder los. »Otto«, flüsterte er. »Ich habe den Ruf eines Schürzenjägers, nicht den eines …«

Verräter!

»… Mannes, der seine Freunde hintergeht«, vollendete er lahm. Er hatte das Gefühl, als habe er soeben einen Hauch des Gestanks wahrgenommen, den der Mann mit der Soutane im Dom mit jedem Wort verströmt hatte.

»Du lieber Himmel.«

»Ich brenne, wenn ich nur an sie denke«, sagte Walther. »Und das Brennen kommt nicht von hier«, er deutete zwischen seine Beine, »sondern von hier!« Er fasste sich an sein Herz. »Otto – wenn ich sie sehe, dann atme ich die Luft des Paradieses. Ich lache, wenn sie lacht, und wenn sie traurig schaut, dann bricht es mir das Herz. Otto … ich …«

Otto hob die Hand. »Sag es nicht«, murmelte er. »Mein armer Freund. Hast du am Ende den Liedern geglaubt, die du für sie gesungen hast?«

»Ich habe ihr kein einziges Lied gesungen. Philipp wollte mich oft dazu bringen, ihr den Minnedienst zu machen wie all die anderen Burschen, die wissen, wie man eine Leier hält, aber ich habe immer eine Ausrede gefunden. Ich könnte es nicht. Ich könnte ihr nicht in die Augen sehen und sie spielerisch meiner Verehrung versichern, weil jeder, der mich dabei sähe, sofort wüsste, was wirklich los ist in mir. Ich könnte kein einziges anmutiges Lied dichten mit dem Herzen so voll von ihr …«

»Irrtum«, sagte Otto. »Du würdest ein Meisterwerk erschaffen, und sie würde keinen weiteren Beweis mehr benötigen, um zu wissen, was du fühlst.«

»Sie weiß es nicht. Sie ahnt es nicht einmal.«

»O je.«

»Und sie wird es nie erfahren. Otto … sie ist meine andere Hälfte, sie ist das, was in meinem Leben zu erreichen Gott mich geschaffen hat … und sie ist die Frau meines Freundes. Sie ist meine Königin, und damit so unerreichbar für mich, als lebte sie auf dem Mond. Ich werde ihr niemals mitteilen können, wie es um mich steht, und sollte sie, was das Schicksal verhüten möge, irgendwie dahinterkommen und mich fragen, werde ich sie anlügen.«

»O je.«

»Ich habe eine Menge Kirschen gepflückt, Otto, und ich habe nicht immer nur Freudentränen hinterlassen, wenn ich aus einem fremden Bett geklettert bin – aber ich habe niemals einen Freund betrogen.«

Otto stand plötzlich auf, trat hinter die Sitzbank, packte Walther an den Schultern und schob ihn auf den Platz, auf dem er zuerst gesessen war. Dann setzte er sich auf Walthers frei gewordenen Platz. Die Umsitzenden schüttelten amüsiert die Köpfe. Otto neigte sich zu Walther und sagte: »Jetzt sitzen wir so, dass du sie nicht ansehen kannst, wenn du mit mir redest. Los, sprich zu mir, Walther. Rede mit mir, alter Junge, als wenn es um dein Leben ginge.«

»Was soll das?«

»Wenn du noch eine Minute länger in ihre Richtung starrst und sie ist nur zu einem Hundertstel die Frau, für die du sie hältst, dann wird sie wissen, was los ist – deine Blicke könnten Löcher in die Mauern Roms brennen.«

»So offensichlich, was?«

»Ich beneide dich. Du erlebst, wovon wir anderen nur singen.«

»Es zerreißt mir das Herz zu jeder Minute, in der ich an sie denke!«

»Das ist der Preis! Trotzdem bleibt es ein großes Gefühl. Nur wer die wirklich großen Gefühle spürt, kann einmal sagen, er hat gelebt.«

Walther starrte seinen Sängerkollegen an. Otto zuckte mit den Schultern. Doch da es auf Ottos Worte nichts zu antworten gab, schwiegen sie beide. Otto seufzte und zog eine nachdenkliche Miene; es war nicht zu erkennen, ob er über seine ferne Verlobte im Heiligen Land nachdachte oder über die versäumte Gelegenheit, mit einer der Hofdamen der Königin eine Nacht zu verbringen (nach der einem ein Ritt auf einem wild gewordenen Streitroß mit einem Handtuch als Sattel wie eine Erholung vorgekommen wäre, was Walther ihm hätte bestätigen können). Nach einer Weile begann Otto, eine einfache Melodie zu summen, die Walther als passend zu dem mehrzeiligen Vers erkannte, den Otto für die Lobpreisung des Waisen komponiert hatte. Schließlich brach der Sänger ab, räusperte sich und sagte: »Ich glaube, wir sollten loslegen.«

»Woran erkennst du das?«, fragte Walther lustlos.

Otto wies mit dem Kopf in Richtung der Königstafel. »Weil Philipp uns schon die ganze Zeit Zeichen macht.«

König Philipp zwinkerte Walther kurz zu, als dieser sich ihm zuwandte, dann erhob er sich. Sofort sprang der ganze Saal auf, begleitet von dem üblichen Bänkerücken und Tischplattenerschüttern und Becherumwerfen. Philipp winkte heftig ab. »Esst weiter!«, rief er in den Saal. »Ich bin noch müde von der Reise – und von all der Politik, die mich heute bis zur Mittagsstunde davon abgehalten hat, mit euch zu feiern.« Vereinzeltes Gelächter belohnte den biederen Scherz. Philipp nickte noch einmal in die Richtung, in der Walther und Otto saßen, verneigte sich vor Königin Eirene und schlenderte dann hinaus. Die Königin schaute ihm nach, dann sah sie zu Walther, und dieser wandte schnell den Blick ab und errötete wie ein kleiner Junge. Die Beisitzer des Königs vorne an der Königstafel, die sich alle ebenfalls erhoben hatten, setzten sich alle wieder bis auf Heinrich von Kalden, der Philipp ohne Eile folgte und ihn auf halbem Weg die Stufen zur königlichen Schlafkammer empor aufhielt. Er raunte ihm etwas ins Ohr, und Philipp sah sich um und winkte dann jemandem im Saal zu. Es war ein dunkelhaariger Mann mit krausem Haar und einem scharf geschnittenen Bart, der zurückwinkte und sich dann wieder seinem Essen zuwandte. Erneut blitzte ein Augenblick seines Alptraums in Walthers Erinnerung auf, doch er entschwand, ehe der Sänger ihn festhalten konnte.

Otto gab Walther einen Stoß. »Soll ich die Ansage machen?«, fragte er. »Alle Heiligen, du bist ja ganz bleich geworden!«

»Ich rede es ihm aus!«, stieß Walther hervor. Er arbeitete sich aus seinem Sitzplatz heraus und hastete dem König nach, der inzwischen die Stufen erklommen hatte und im oberen Stockwerk verschwand. Er spürte die skeptischen Blicke im Rücken. Männer und Frauen schüttelten befremdet die Köpfe. Walther umrundete die Tafel der Ehrengäste und steuerte auf die Treppe zu. Den König überzeugen zu wollen, die Darbietung abzublasen, war der Entschluss eines Augenblicks gewesen, der ihm längst schon wieder zweifelhaft erschien. Doch die

Alternative, nämlich im Wechselsang mit Otto den Waisen zu preisen, machte Walthers Kehle noch enger. Er verfluchte sich dafür, sich nicht von seinem Alptraum befreien und auch nicht klar erkennen zu können, was er eigentlich tun sollte. Er verfluchte sich ebenfalls dafür, Otto sein Herz ausgeschüttet zu haben, anstatt ihn zu überreden, von der Gesangsdarbietung ebenfalls Abstand zu nehmen. Er nahm die erste Stufe in Angriff und hielt an, als eine Frauenstimme hinter ihm sagte: »Herr Walther …?«

Walther drehte sich langsam um. Die Stimme hätte ihm befehlen können, aus dem Paradies zurückzukehren und es mit der Hölle einzutauschen, und er wäre dem Befehl bedenkenlos gefolgt. Er dachte daran, sich zu verbeugen, und vergaß es im selben Moment.

»Ihr wisst, was es dem König bedeutet«, sagte Königin Eirene leise. Sie war aufgestanden und ihrem Gatten gefolgt, aber bei Walther stehen geblieben.

»Majestät …«, begann Walther verzweifelt.

Sie hob einen Finger an die Lippen. »Schsch«, machte sie. »Ihr seid sein Freund. Er verlässt sich auf Euch. Es spielt keine Rolle, ob das Lied ein Kunstwerk wird oder nicht. Dieses eine Mal geht es nicht um Schönheit, sondern um die Politik.«

»Aber darum geht es …«

»Singt es für ihn. Für die Zukunft des Reichs.« Sie streichelte ihren vorgewölbten Bauch. Ihre Blicke hielten die seinen fest. »Für das Kind, das diese Welt bald erblicken wird.« Sie lächelte. »Singt es für mich, weil es mich glücklich macht, ihn glücklich zu sehen.« Dann wandte sie sich ab und stieg würdevoll die Stufen hinauf. Walther stand hilflos auf der Treppe und blickte ihr hinterher.

Die Blicke der meisten Gäste im Saal waren auf ihn gerichtet. Er hätte sie alle ignorieren können. Die Erinnerung an den Blick aus dem einen Paar dunkler Augen in dem vollkommensten Gesicht, das er kannte, war es, was ihn drängte. Mit ihrer einfachen Bitte, das Lied für sie zu singen, war die Sache entschieden gewesen, und er, Walther von der Vogelweide, hatte keinen freien Willen mehr.

In diesem Augenblick erkannte er, dass er das Ende der Welt und ewige Verdammnis in Kauf genommen hätte, wenn die Alternative gewesen wäre, Königin Eirene zu enttäuschen.

Er gab sich einen Ruck.

»Herr Otto?«, rief er durch den Saal.

Otto von Herneberch hatte nur darauf gewartet. Er stand auf. »Herr Walther?«

Die Gäste verstummten und stießen sich an. Die meisten kannten Otto, alle kannten Walther. Sie waren überzeugt, Zeugen eines künstlerisch außergewöhnlichen Vortrags zu werden, waren darauf vorbereitet, später sagen zu können: Damals, als der Graf von Botenloube und Herr Walther … Ja, genau, bei der Hochzeit von König Philipps Nichte … Ja, mein Lieber – ich bin dabei gewesen!

Philipps Einfall war ein glänzender Schachzug im schmutzigen Spiel um die Macht im Reich, so viel war sicher.

»Habt Ihr eine Harfe dabei, Herr Otto?«, rief Walther.

»Nein, aber Ihr, Herr Walther!«, rief Otto zurück.

»Eine Harfe habe ich nicht, aber eine Quinterne, Herr Otto.«

»Ach, die kleine Schwester der Laute. Ist Euch die große Schwester zu schwer geworden, Herr Walther?«

»Egal, ob kleine, mittlere oder große Schwester, Herr Otto – wenn ich sie in den Armen halte, ist mir keine zu schwer.«

Die Gäste lachten und klatschten. Walther stieg von der Treppe herunter und trat in die Mitte des Saals. »Könnt Ihr sie mir reichen, Herr Otto?«

Otto gab Walthers neue Quinterne, die an der Wand hinter seinem Platz gestanden hatte, an den Nächstsitzenden weiter, und das kleine Musikinstrument wanderte feierlich wie ein Kleinod von Hand zu Hand. Walther sah aus dem Augenwinkel, wie Heinrich von Kalden dem Mann mit dem schwarzen Kraushaar einen Wink gab. Der Fremde wischte sich ohne Hast den Mund mit dem Ärmel seiner Tunika ab und trottete zu Heinrich, der ihn beiseitenahm und zur Treppe führte. Niemand achtete auf die beiden; alle verfolgten den Weg, den Walthers Quinterne nahm. Der kraushaarige Mann legte die Hand vertraulich auf Heinrichs Schulter, dann blieb er plötzlich stehen und schien den Hofmarschall etwas zu fragen. Heinrich schüttelte grinsend den Kopf. Der kraushaarige Mann hielt einen Apfel in die Höhe, deutete darauf und warf ihn plötzlich in die Luft. Dann zog er sein Schwert mit einer Bewegung aus der Scheide und schleuderte es in die Höhe. Apfel und Klinge trafen sich, der Apfel fiel, säuberlich in zwei Hälften zerteilt, in die gelassen aufgehaltenen Hände des kraushaarigen Mannes, er trat einen winzigen Schritt zurück, dann kam das Schwert herunter und bohrte sich eine Handbreit vor ihm mit der Spitze in die Holzbohlen des Fußbodens. Heinrich klappte der Mund auf, und der Fremde grinste über das ganze Gesicht. Walther wusste nun, wer er war – Otto von Wittelsbach, auf dessen Besuch König Philipp gewartet hatte, der Heinrich von Kalden dessen eigene, beeindruckende Tricks mit dem Schwert beigebracht hatte. Der Wittelsbacher warf Heinrich die beiden Apfelhälften zu, zog sein Schwert aus dem Boden und legte es sich lässig über die Schulter, dann verschwanden die beiden lachend nach oben. So gut wie niemand hatte das kleine Kunststück gesehen, das der baierische Pfalzgraf vollführt hatte. Walther kam sich einen Moment wie ein Hochstapler vor, weil alle Welt nur Augen dafür hatte, wie seine Quinterne weitergereicht wurde.

Dann war sie bei ihm angekommen, und er nahm sie und schlug einen Akkord.

»Ich habe von etwas Einzigartigem erfahren, Herr Otto!«, rief er.

Otto, der seine Laute aufgenommen hatte, schlug einen anderen Akkord. »Ach! Hat Euch eine holde Maid zurückgewiesen, Herr Walther?«, erwiderte er vereinbarungsgemäß. Die Leute im Saal kicherten.

»Ich sagte einzigartig, Herr Otto, nicht: unmöglich.«

Die Leute lachten.

Sie begannen zu singen. Und Walthers Erinnerung setzte ein und ließ ihn seinen Alptraum wieder erleben.

6.

Die Zeilen der beiden Lieder verwoben sich ineinander und führten einen unsicheren Tanz auf. Die Klasse der beiden Sänger bewies sich daran, dass es niemandem auffiel, wie improvisiert der Vortrag in Wahrheit war und wie hastig gedichtet. Ottos Verse erzählten von einem Edelstein und die Walthers von der Reichskrone – zwei Geschichten, die anscheinend nicht zusammengehörten und sich doch ummerklich aufeinander zubewegten, bis sie in den Köpfen der Zuhörer eine Verbindung eingingen, die mehr auf Assoziationen als auf den tatsächlich gesungenen Worten beruhte.

Walther gelang dieses kleine Meisterstück fast wie in Trance. Die Erinnerung an seinen Alptraum hüllte ihn ein. Er stand in einer Kirche. Die Glocken dröhnten wie wahnsinnig. Neben ihm stand König Philipp. Weiter vorn kniete ein Paar auf dem Boden – ein Brautpaar. Braut und Bräutigam starrten Walther an, Walther starrte zurück. Ihm fiel auf, dass die beiden nicht in seine Augen, sondern auf seine Hände sahen. Walther versuchte sie zu heben, um zu sehen, was an ihnen nicht stimmte. Er konnte sich nicht bewegen. Er versuchte den Blick zu senken. Auch dies misslang. Er konzentrierte sich auf sein Gefühl. Seine Hände waren feucht. Etwas tropfte von ihnen herunter.

Der König flüsterte ihm ins Ohr. Walther verstand nicht, was es war, dennoch wusste er, es sollte ein Segen für das Brautpaar sein. Seine Aufgabe bestand darin, der Mund des Königs zu sein.

Er wollte die Hände zu einer segnenden Geste heben. Wieder ließen sie sich nicht bewegen. Walther begann Unruhe zu empfinden, besonders als das Brautpaar zu tuscheln begann. Das Glockenläuten verwandelte sich in ein Raunen, das aufbrandete wie eine Brise im Kornfeld. Die Kirche war voller Menschen. Alle flüsterten miteinander und deuteten auf ihn, Walther, deuteten auf seine Hände.

Plötzlich konnte er sie bewegen. Er hob sie vor sein Gesicht. Sie tropften von einer schwarzen Flüssigkeit. Noch während er hinsah, verwandelte sich das Schwarz in Rot. Die Flüssigkeit war Blut.

Die Kirchgänger schrien.

Von fern drangen Worte an sein Ohr. Sie wurden mit seiner Stimme gesungen.

»... wer nun am Reiche irre geht / der blick' auf seinen Herrn / auf dessen Haupt der Waise steht / der Fürsten leitend' Stern ...«

Die Erinnerung an den Traum verging fast spurlos. Nur ein Detail blieb und gewann sogar an Intensität: das entsetzte Geschrei einer Menschenmenge.

Walthers Blick klärte sich. Er sah den Leibdiener von König Philipp auf sich zutaumeln, beide Hände nach vorn gestreckt, das Gesicht eine Grimasse. Die Hände des Mannes troffen von Blut. Unter Walther schwankte der Boden. Einen Augenblick lang wusste er nicht, ob sich der Traum nicht einfach in einer anderen Kulisse fortgesetzt hatte, ob die Erlebnisse des Vormittags nicht alle nur geträumt waren und er sich immer noch auf seinem Lager im Schlaf hin und her warf. Dann wusste er, dass das Schicksal nicht so gnädig war. Er befand sich in der Wirklichkeit.

Der Leibdiener des Königs sank in der Mitte des Saals auf die Knie, die blutverschmierten Hände erhoben.

»Der König«, schluchzte der Mann. »Der König ...!«

Eine der Sitzbänke beim Ehrentisch stürzte um. Gerold von Waldeck sprang die Treppe hinauf, im Laufen ein Schwert ziehend, das er unter seinem prachtvollen Domherrenmantel verborgen hatte. Die Frauen im Saal kreischten erneut auf, die Männer brüllten alle durcheinander.

»Der König ist tot!«, wisperte der Leibdiener und schlug sich die Hände vors Gesicht.

Als Walther die Schlafkammer des Königs erreichte, drängten sich dort schon die Menschen. Er hörte die Stimme Gerolds aus dem Zimmer rufen: »O mein Gott, o mein Gott!« Rücksichtslos drängelte er sich durch und blieb wie gelähmt stehen.

Der König lag ausgestreckt auf dem Rücken in einer riesigen Blutlache. Erneut schwankte der Boden unter Walthers Füßen. Der Traum …! Neben ihm lag Heinrich auf dem Gesicht, ebenfalls in einem See aus Blut. Philipp konnte niemand mehr helfen. Seine Kehle war durchtrennt. Gerold kniete neben ihm, eine Hand auf Philipps Brust gepresst, als habe er wider alle Hoffnung versucht, Herzschlag zu ertasten. Walther torkelte auf das blutige Tableau zu und stolperte über ein Schwert, an dessen Klinge ein paar nebensächliche Blutströpfchen klebten. Der Stahl war zu schnell durch Philipps Kehle gefahren, als dass er hätte besudelt werden können. Ohne es wirklich zu erkennen, sah Walther den in den Knauf einziselierten Löwen der Wittelsbacher. Er sank neben Heinrich auf die Knie. Seine Blicke und die Gerolds trafen sich. Über Gerolds Wangen liefen Tränen. Walther packte Heinrich mit fühllosen Händen und drehte ihn herum. Heinrich stöhnte. Auf einer Schläfe prangte eine Schwellung, sein Haar und eine Gesichtshälfte waren blutverklebt. Heinrichs Augen flatterten.

»Er lebt«, sagte Walther rau. Der Domherr reagierte nicht. »Das ist Philipps Blut.«

Otto von Herneberch kämpfte sich durch die entsetzt gaffende Menge, die nicht wagte, den Raum zu betreten. Er keuchte und sank ebenso wie Walther auf die Knie.

»Was ist passiert?«

Walther, der immer noch mit der Realität kämpfte, wies mit einem Kopfnicken auf das Schwert. »Otto von Wittelsbach.«

»Was? Aber warum hat Heinrich ihn nicht …?«

»Weil er Heinrich vorher niedergeschlagen hat. Schau dir seine Schläfe an. Er wollte Heinrich nicht töten. Otto von Wittelsbach hatte keinen Zwist mit ihm – nur mit Philipp.« Walther fühlte, wie nun auch ihm Tränen in die Augen traten.

»Aber nun hat Otto Zwist mit mir«, murmelte Heinrich. Er drehte sich auf die Seite und übergab sich. »Ich habe versagt, gottverflucht …!«, hörte Walther ihn flüstern.

»Es ist meine Schuld«, sagte Walther wie betäubt. »Wenn ich ihm hinterhergegangen wäre, statt auf die Königin zu hören …« Er starrte in die Weite. Sein Herz setzte aus. Er sprang so schnell auf, dass er taumelte. Die Gaffer, die sich in der Tür drängelten, wichen zurück.

»Lasst mich durch!«

Er boxte sich den Weg frei und fiel mehr als er rannte in den Gang, der durch das Wohngeschoss des Hauses verlief. Welche Kammer war die der Königin? Warum stand Eirene nicht in der Menge? Es konnte nur eines bedeuten …!

Stöhnend riss er die nächste Tür auf. Die Kammer dahinter war leer. Er torkelte weiter. Die Tür danach war verschlossen. Er trat dagegen. Holz splitterte, die Tür flog auf, prallte an die Wand und schlug ihm wieder ins Gesicht. Er drosch mit der Faust dagegen. Er hörte jemanden aufschreien. Er war es selbst.

Eine Hand packte ihn und hielt ihn zurück, dann hielt sie ihn aufrecht, als seine Beine nachgaben.

»Walther! Um Gottes willen!«

Eirenes Schlafkammer war ein einziges Chaos, als habe darin ein erbitterter Kampf stattgefunden. Walther machte sich von Otto von Herneberch los, fiel auf die Knie und krabbelte auf allen vieren auf die reglose Gestalt neben dem Bett zu. Der Boden schwankte ärger denn je. Eirenes Körper fühlte sich so leblos an wie der einer Puppe, als er sie an sich presste. Hinter ihm drängte Otto die Neugierigen hinaus und schlug ihnen die Tür vor den Nasen zu. Walther küsste die kalten Wangen, und als seine Tränen auf ihre kohlumrandeten Lider fielen und die Schminke wegwuschen und ihr Gesicht hinunterliefen, sah es aus, als weinte sie, doch in Wahrheit war ihr Gesicht das einer Marmorstatue; und als er sie stärker an sich drückte, fiel ihr Kopf gegen seine Schulter und blieb dort und regte sich nicht mehr.

7.

»Es war Otto von Wittelsbach«, krächzte Heinrich. Sie saßen an einem Ende des Saals, ganz für sich allein. Heinrich hielt ein Tuch an seine geschwollene Schläfe und tauchte es ab und zu in einen Krug mit kaltem Wasser. Am Königstisch hockten neben einigen übrig gebliebenen Ehrengästen Philipps Nichte und ihr frischgetrauter Ehemann; der Bräutigam war beinahe hysterischer als die Braut. Philipps Soldaten hatten den Saal abgeriegelt und auf Heinrichs Befehl alle hinausgeworfen, die Heinrich an Stand und Ansehen nicht übertrafen. Die Übriggebliebenen im Saal achteten nicht auf die vier Freunde. In Papinbercs Gassen echote das Dröhnen aller Kirchenglocken; ansonsten schien es, als sei die Zeit stehen geblieben. »Er sagte, er wolle Philipp das Schwertkunststück zeigen, das er mir draußen im Saal vorgeführt hatte. Ich hatte nicht den geringsten Verdacht! Im nächsten Moment schlug er mir den Schwertknauf an den Schädel, und dann weiß ich nichts mehr, bis ich Walthers Gesicht sah und …«

Heinrichs Stimme brach. Er rieb an seinen Händen, an denen noch immer Spuren von König Philipps Blut klebten.

Walther sagte: »Wir müssen uns trennen.« Seine Stimme hörte sich hohl an, und er fühlte sich, als habe eine unsichtbare Hand in ihn hineingegriffen, sein Herz zerquetscht und seine Innereien herausgerissen. Er war immer noch am Leben, aber innerlich wie tot.

Heinrich nickte. »Ich werde den Wittelsbacher verfolgen – bis zum Jüngsten Tag, wenn es sein muss. Philipps Kanzlei verfasst soeben Urkunden, die ihn für vogelfrei erklären. Ich hoffe zu Gott, dass keiner ihn findet und erschlägt, bevor ich ihn habe!«

»Ich komme mit«, sagte Gerold von Waldeck.

»Das ist keine Aufgabe für einen Geistlichen, Hochwürden!«

»Sagt wer?«

Heinrich blickte den Domherrn von der Seite an. Der Geist

eines Lächelns glitt über seine Züge. »Warum Gott dir den Weihrauchkessel in die Hände gedrückt hat und nicht eine Streitaxt, werde ich nie verstehen.«

»Weil Gott es gerne sieht, wenn die Bösewichter mit dem Weihrauchkessel verprügelt werden.«

Heinrich seufzte. »Und ihr beide?«

Walther und Otto sahen sich an. »Ich bringe die Königin nach Stoufen«, sagte Walther.

Otto von Herneberch setzte hinzu: »Und ich begleite ihn.«

Heinrich seufzte erneut. Walther widersprach seinem Sängerkollegen nicht. Der Tod König Philipps hatte innerhalb eines Lidschlags alle Gewissheiten zerstört, alle Pläne vernichtet und die Lage im Reich auf den Kopf gestellt. Allein wäre Walther vielleicht nicht in der Lage, das zu tun, was eigentlich hinter seiner Aufgabe steckte und was niemand aussprach, weil es nur offensichtlich war: Die Eskortierung der Königin in die Stammburg Philipps war nichts weiter als eine hastige Flucht in die Sicherheit freundlicher Burgmauern. Niemand konnte sagen, wie gefährdet Königin Eirene war. Niemand konnte sagen, ob das, was man ihr verabreicht hatte, tatsächlich ein Gift gewesen war, das sie hätte töten können und nur falsch dosiert worden war.

Niemand konnte sagen, was der- oder diejenigen, die hinter dem Anschlag auf die Königin steckten, in ihrer Kammer gesucht hatten.

Doch, das konnte man sagen. Zumindest konnte man es raten.

»Wir hätten das verfluchte Lied nicht singen sollen«, flüsterte Walther erbittert.

»Wie geht es der Königin?«, fragte Gerold.

»Sie ist zu sich gekommen.« Walther spürte, wie das Entsetzen, das er empfunden hatte, wieder in ihm hochstieg. »Ein paar Damen kümmern sich um sie. Es gibt keine Spur von den beiden Zofen, die sie hierher mitgenommen hat.«

»Wer hätte die Frauen entführen sollen, und zu welchem Zweck?«, fragte Heinrich.

»Du glaubst also, dass sie mit den Attentätern unter einer Decke steckten?«, fragte Otto von Herneberch.

Heinrich zuckte mit den Schultern. »Wer weiß, ob sie nicht die Attentäter selbst waren ...«

»Königin Eirene hat sie aus Konstantinopel mitgebracht, vom Hof ihres Vaters. Ich kann mir nicht vorstellen ...«

»Wer hätte sich vor einer Stunde noch vorstellen können, dass Otto von Wittelsbach den König ermordet?«, unterbrach Gerold. »Es gibt im Augenblick keine Sicherheiten mehr, mein Sohn.«

Otto grunzte. »Mein-Sohne mich nicht, Gerold – ich bin älter als du.«

Gerold reagierte nicht darauf, was zeigte, wie erschüttert auch er in Wirklichkeit war.

Heinrich blickte plötzlich auf. Seine Augen zogen sich zusammen, aber Walther hatte den Gestank schon wahrgenommen. Er drehte sich auf seinem Platz um, seine Glieder auf einmal bleiern.

Der Mann aus dem Papinbercer Dom stand mitten im Raum, zwei Soldaten neben sich, die nicht wussten, ob sie ihn packen sollten oder nicht; die vor allem den Eindruck machten, als könnten sie sich nicht erklären, wie der Mann hereingekommen war. Er hätte sich ebenso gut im Saal materialisieren können wie ein Geist. Er streckte die Arme aus. Liebe und Schmerz schienen brandrot in zwei weißen Handflächen auf.

»Jetzt hast du dein Ziel erreicht, Sänger!«, kreischte der Eindringling. »Jetzt ist der Weg frei! Wie fühlt man sich, wenn man nur aus Dreck besteht? Aber auch der Auswurf des Teufels kann brennen, Sänger, und ich werde dafür sorgen, dass du brennst! In dieser Welt und in der nächsten, weil selbst das Feuer der Hölle eine Seele wie deine nicht reinwaschen kann!«

Walther schluckte trocken, weil der Gestank selbst über die zehn Schritte Distanz zwischen ihm und dem Mann in der Soutane über ihn herfiel wie ein Pesthauch. Er fühlte sich, als habe ihn jemand mit dem Gesicht in eine Abortgrube gedrückt. Sein

Magen hob sich. Aber noch schlimmer war die Lähmung, die sein Herz ergriff angesichts der neuerlichen Beschimpfungen. Beinahe hoffte er, der Mann wäre nur eine Halluzination, doch als er sich hilflos an seine Freunde wandte, starrten diese den ungebetenen Besucher mit offenen Mündern an.

»Ja, dich meine ich!«, schrie der Mann. »Dich mit deinen lächerlichen Locken und dem Geckenbart! Viele denken, Gott habe dir ein hübsches Gesicht gegeben, aber für mich siehst du aus wie der Arsch des Teufels! Verräter! Mörder! Schlange! Ver…«

Einer der Soldaten packte den Mann am Kragen und wandte sich an Heinrich. »Soll'n wir ihn rausschmeißen, Hofmarschall?«

»… Verräter!« schrie der Mann und schüttelte den Soldaten ab. Mit steifen Schritten eilte er auf Walther zu. Die Soldaten sprangen hinterher. »Du bist ein Ketzer, und mehr noch, du bist ein dreckiger Beschäler von …«

Noch schneller als die Soldaten war Gerold von Waldeck. Der Domherr schwang sich über den Tisch, stieß Walther dabei fast zu Boden und war vor dem Mann in der Soutane, noch bevor Walther selbst auf die Beine kommen konnte. Der Geiferer blieb stehen und starrte den Domherrn blinzelnd an. Sein Gesicht zuckte.

»Schluss jetzt!«, zischte Gerold.

Ein sichtbarer Ruck durchlief den Mann in der Soutane. »Du bist nicht allmächtig, Domherr …«, flüsterte er.

»Nein«, knurrte Gerold. »Das habe ich auch gar nicht behauptet. Aber um einem Bastard wie dir den Hals umzudrehen, reicht meine Macht allemal!«

»Du ergreifst Partei für diesen …«

»Höre ich noch eine Beschimpfung von dir, dann werfen dich die Soldaten aus dem Fenster.«

»Aber …!«

»Und höre ich noch ein einziges Wort, dann werfe ich dich persönlich raus. Und dann wirst du den Aufprall unten auf dem Pflaster als Erlösung empfinden, verlass dich drauf!«

Über das Gesicht des Mannes in der Soutane irrlichterten rote und weiße Flecken. Die Schaumbläschen in seinen Mundwinkeln bebten. Einen Augenblick lang sah es so aus, als würde er sich auf Gerold stürzen. Seine erhobenen Hände vollführten ruckartige Bewegungen, *amor* und *dolor* umtanzten einander. Walther stand auf und trat neben den Domherrn, was ihn so viel Kraft kostete, als habe er einen Schritt über einen Berg hinweg tun müssen. Er hörte, wie auch Heinrich und Otto aufstanden. Der Mann in der Soutane wich zurück.

»Ich komme wieder …«, keuchte er. »Ich werde auf dein Grab pissen, Sänger!«

Der üble Geruch hüllte Walthers Gesicht ein wie ein feuchtes, warmes Tuch. Er würgte. Der Mann in der Soutane warf sich herum und rannte hinaus.

»Was zum Henker war denn das für ein Idiot?«, fragte Otto von Herneberch mit ganz unüblicher Direktheit.

Walther spürte Gerolds Seitenblick. »Welchen Streit hast du denn mit dem?«, fragte der Domherr gedehnt.

»Ich weiß nicht mal, wer er ist!«, rief Walther, der immer noch mit Wellen von Übelkeit kämpfte und das Gefühl hatte, dass der Gestank ihm mit klebrigen Fingern in Mund und Nase kroch, sobald er nur einen Atemzug tat.

»Das ist Munibert.«

Walther zuckte mit den Achseln.

»Das war Munibert?«, hörte er Heinrich überrascht fragen. Er drehte sich um, fassungslos, dass der Name zumindest auch dem Hofmarschall etwas zu sagen schien. Lediglich Otto von Herneberch war offensichtlich ebenso ratlos wie er selbst.

»Hast du das denn nicht mitgekriegt?«, fragte Gerold. »Ach nein, das war zu der Zeit, als du in Thüringen warst.«

»Vielleicht seid ihr so gut und klärt uns Uneingeweihte auf?«, fragte Otto sarkastisch. »Ich kann nämlich mit dem Namen Munibert genauso wenig anfangen wie Walther.«

Gerold kratzte sich am Kopf. »Munibert war der Beichtvater von Königin Eirene«, sagte er dann. »Allerdings keine vier

Wochen, dann hat sie ihn aus ihrer Nähe verbannt. Und wenn Philipp nicht gefürchtet hätte, sich mit meinem Bischof zu überwerfen, hätte er wahrscheinlich ihrem Wunsch entsprochen, Munibert aus dem ganzen Reich zu verbannen.«

»Was hat er denn verbrochen?«, fragte Otto.

»Er kommt aus deinem Bistum?«, stieß Walther fast im selben Augenblick hervor.

Gerold zuckte mit den Schultern. »Es ist nicht mein Bistum! Außerdem kann ich nichts dafür, dass es auch in Freisingen Menschen gibt, die Gott aus Versehen geschaffen hat.«

Heinrich sagte: »Keiner weiß, was er getan hat. Es kann nur mit etwas zusammenhängen, was die Königin ihm gebeichtet hat. Aber was hätte das schon sein sollen außer dem Geständnis, dass sie sich über den Koch ärgerte, wenn er mal wieder ihre geliebte Baklava nicht hinbekam? Wir wissen alle, dass es niemanden Sanfteren gibt als Königin Eirene. Und was hat er gegen dich, Walther?«

»Woher soll ich das wissen?«, rief Walther, der sich fieberhaft fragte, was die Königin gebeichtet haben mochte, das ihn zum Hassobjekt dieses christlichen Fanatikers machte. »Ich habe ihn heute Morgen zum ersten Mal gesehen.«

»Der Mann ist nicht ganz normal«, sagte Gerold. »Dass der Bischof ihn überhaupt ordiniert hat, war schon ein Fehler. Aber ihr kennt ja Bischof Otto – seine Übersetzung der Josaphat-Legende beschäftigt ihn mehr als die Führung des Bistums.«

»Mach dir keine Gedanken«, sagte Heinrich zu Walther. »Jeden Tag wird irgendwo ein Verrückter auf die Welt losgelassen.«

»Ja, mach dir keine Gedanken«, sagte Otto mit einem Unterton, den nur Walther wahrnahm. Zugleich wies der Sänger mit einem leichten Kopfnicken in Richtung des Ehrentisches. Alle, die dort saßen, starrten Walther an, und über ihre Mienen konnte man die unterschiedlichsten Gedanken flackern sehen. Ein, zwei Augenpaare waren vor plötzlichem Misstrauen schmal.

Etwas schnürte Walther die Kehle zu. Plötzlich war er sicher, dass er gleich in Tränen ausbrechen würde. Er wandte sich ab.

»Ich … ich muss nach der Königin sehen …«

»Setz dich wieder hin, Walther«, knurrte Heinrich. »Sie ist in besten Händen.«

Walther setzte sich schwer auf die Bank. Stöhnend schlug er die Hände vors Gesicht. Auf einmal war das Gefühl wieder da, das er gehabt hatte, als er Eirene reglos auf dem Boden liegen sah. Er war überzeugt gewesen, dass sie tot sei. Heinrich und Gerold musterten ihn ratlos. Er spürte die sanfte Berührung von Ottos Hand, die dieser ihm unter dem Tisch auf den Oberschenkel legte. Nur Otto wusste, welche Gefühle er in Wahrheit für die Königin hegte, und Ottos warnender Händedruck schien zu sagen, dass die Sache schon kompliziert genug war, ohne dass auch Walthers andere Freunde von seiner Liebe erfuhren. Er musste sich zusammenreißen. Zitternd holte er Luft.

»Dieser Gestank«, hörte er sich sagen. »O Gott, dieser Gestank …«

»Welcher Gestank?«

»Von … ihm! Munibert!«

Gerold musterte Walther verständnislos. »Nicht schlimmer als bei irgendwem sonst.«

Walther erkannte, dass auch die anderen beiden ihn nicht verstanden. Aber er roch den Brodem des ehemaligen Beichtvaters doch sogar über zehn Schritte Entfernung! Erneut fühlte er, wie er die Fassung zu verlieren drohte.

Heinrich fasste über den Tisch und klopfte ihm mitfühlend auf die Schulter. »Wir sind alle genauso erschüttert über den Tod Philipps wie du. Aber vor uns liegt Arbeit! Es ist das Letzte, was wir für ihn tun können. Also – du und Otto, ihr bringt die Königin nach Stoufen?«

»Ja«, flüsterte Walther und räusperte sich. Sich zusammenzunehmen erforderte die Kraft eines Bären, und Walther wusste nicht, wo er sie hernahm. Aber dann atmete er auf einmal leichter. »Und zwar noch in den nächsten Minuten.«

»So schnell wird ihr Tross nicht reisefertig sein.«

»Das hoffe ich! Kannst du mir garantieren, dass sie im Kreis ihrer Begleiter sicher ist? Wenn wir ohnehin schon vermuten, dass ihre beiden engsten Dienerinnen hinter dem Anschlag stecken? Nein, von denen brauchen wir keinen. Otto und ich sind Manns genug.«

Otto lächelte unwillkürlich. »So schmeichelhaft hast du noch nie von mir gesprochen.«

Walther bemühte sich, ebenfalls zu lächeln. Wärme kroch in sein eiskalt gewordenes Herz, die Wärme einer Freundschaft, die sich in Zeiten der Sorge bewährte. »Reine Berechnung, weil ich dich brauche.«

Otto seufzte theatralisch und sagte: »In Wahrheit liebt er mich, aber es ist ihm peinlich, es zuzugeben.«

Gerold schwang ein Bein über die Bank. »Ich lasse meine Knechte einen Teil meiner Ausrüstung auf eure Pferde packen. Ich habe überzählige Schwerter, zwei Lanzen, eine Armbrust, eine Handvoll Äxte und einen Bogen mit zwei Dutzend Pfeilen dabei.«

»Überzählig«, brummte Heinrich. »Habt ihr gehört? Das Zeug ist überzählig! Was nicht überzählig ist, würde schon ein halbes Heer ausrüsten. Gerold, du wirst dich noch mal ruinieren mit deiner Vorliebe für alles, was scharf ist und Leute umbringen kann.«

Der Domherr zog eine hochmütige Miene. »Ich bin lieber vorbereitet. Man kann nie wissen, auf welche Mission uns Philipp demnächst wieder …« Er brach ab und schaute betroffen zu Boden.

Die vier Männer sahen sich an. Heinrich schüttelte den Kopf und wischte sich über die Augen. »Scheiße«, sagte er. Abrupt stand er auf. »Los geht's! Wir dürfen dem Wittelsbacher nicht noch mehr Vorsprung lassen.«

Auch Walther und Otto erhoben sich. Heinrich streckte eine Hand aus. Die anderen legten ihre Hände darüber. Die Geste wirkte umso ergreifender, weil Philipps Hand nicht dabei war.

»Er fehlt«, flüsterte Heinrich. »Aber es hilft nichts. Lebt wohl, Walther und Otto. Mögen unsere Herzen leichter sein, wenn wir uns wiedersehen.«

Walther nickte. Einen Moment lang war er versucht zu fragen, ob einer von ihnen wisse, was aus dem Waisen geworden sei. Aber nichts schien im Augenblick weniger wichtig als das Schicksal des Steins; tatsächlich fühlte Walther so etwas wie Erleichterung bei dem Gedanken, dass er verloren war. Der Waise hatte König Philipp, Königin Eirene und ihnen nichts als Unglück gebracht.

»Lebt wohl«, sagte er. Sie gingen auseinander, Heinrich und Gerold zum Sergeanten von Philipps Soldaten, Walther und Otto zu den Ställen, um die Pferde und Königin Eirenes Sänfte reisefertig machen zu lassen. Walther ahnte nicht, wie lange es dauern würde, bis er Heinrich von Kalden und Gerold von Waldeck wiedersehen sollte.

8.

Anna von Rehperc ging planmäßig vor, während ihr Körper sich unter den ersten Schmerzattacken krümmte. Sie durfte nicht in Panik verfallen. Sie hatte genau diese eine Chance, ihr Leben wieder ins Lot zu bringen, und sie würde sie nicht versäumen.

Sie zog sich in den Sattel und hakte mühsam das rechte Knie um das Sattelhorn. Ihre Stute stand lammfromm und äugte zu ihr nach hinten. Vielleicht empfand sie so etwas wie Mitgefühl. Die Stute hatte schon zweimal gefohlt. Mechanisch zerrte sie an ihrem Mantel, bis sie ihn so um sich gebauscht hatte, dass die Rundung ihres Bauchs nicht auffiel.

Annas Zofe kletterte mit bedeutend weniger Grazie auf das zweite Pferd. Der Burgverwalter, der Annas Zügel hielt, sah zweifelnd zu ihr. »Ich halte das immer noch für keine gute Idee, Herrin«, sagte er. »Wenn Euch etwas zustößt, bringt der Herr mich um.«

»Was sollte mir denn zustoßen auf dem kurzen Weg zur Burg Stoufen, mein Guter?« Immer lächeln, dachte sie. Immer so tun, als hätte man die Situation voll im Griff, während tief drinnen die kleine Seele sich wand und schrie: Warum hast du zugelassen, dass es so weit kam? Und was hast du jetzt vor? Oh, mein Gott, was hast du vor?

Ich rette mein Familienglück, erwiderte sie.

Die Seele, die durch diese »Rettung« der ewigen Verdammnis anheimfallen würde, schrie weiter. Anna verschloss ihre Ohren.

»Und ...«, der Verwalter räusperte sich gewaltig. Er war ein alter Mann, und es war ihm schrecklich peinlich, es ansprechen zu müssen: »... das ... Kind?« Er deutete unwillkürlich auf Annas Leibesmitte und riss die Hand dann zurück, als habe er sich verbrannt.

»Ich bin im sechsten Monat«, wiederholte Anna ihre große Lüge und bemühte sich, dem Mann nicht zu auffällig ins Gesicht zu schauen. War ein Flackern über seine Züge gelaufen? Aber nein, er zuckte nicht einmal mit der Wimper. Er glaubte es. Alle glaubten es. Sie glaubten es schon deshalb, weil Annas Ehemann vor sechs Monaten für ein paar Tage zu Hause gewesen war. Vor neun Monaten hingegen ... war er nicht zu Hause gewesen. Nein, er nicht ... aber Anna war dennoch nicht allein gewesen. Wahrscheinlich war es irgendwie gerecht, dass sie jetzt plante, in der abseits gelegenen ehemaligen Köhlerhütte, in der sie eine Nacht von einem Höhepunkt der Lust zum nächsten getaumelt war, das Kind zur Welt zu bringen. Die Frucht der Sünde ...

Es auf die Welt zu bringen?, schrie ihre Seele. Und dann ...?

Alles wird gut, dachte sie verzweifelt. Ich muss nur ein paar Herzschläge lang Mut haben ... und dann zurückkehren und eine noch größere Lüge erzählen als die, die ich soeben geäußert habe.

»Ich bin im sechsten Monat«, insistierte sie. »Es gibt Königinnen, die sind im sechsten Monat ihren Männern in die Schlacht nachgeritten, und es gibt Bäuerinnen, die eine halbe Stunde vor der Geburt noch mit dem Pflug den Ochsen nachgegangen sind. Ich bin kein zartes Mädchen mehr!«

»Ich meine ja nur …«, verteidigte sich der Verwalter. »Wenn etwas passiert …!«

»Es wird nichts passieren.«

O doch, es wird etwas passieren! Und die Trauer wird groß sein, wie die beiden anderen Male vorher.

»Wenn Ihr meint.«

Anna zuckte leichthin mit den Schultern. »Es sei denn, Ihr wollt an meiner Stelle dem Ruf der Königsfamilie zur Burg Stoufen folgen.«

Der Verwalter trat ein paar Schritte zurück und wedelte mit den Händen. »Nein, nein, dessen bin ich nicht würdig.«

»Na, seht Ihr. Gott befohlen, mein Guter. Beatrix, hast du alles eingepackt, was ich dir aufgetragen habe?«

»Ja, Herrin. Ich frage mich nur, wie Ihr und ich dem armen Wurm helfen sollen, das das Fieber bekommen hat.«

»Seine Angst lindern, Beatrix! Der arme Wurm ist die Tochter von König Philipp und Königin Eirene, und seine beiden Eltern sind nicht da! Mein Mann ist einer der Hofmarschälle des Königs, da ziemt es sich doch wohl, dass ich der Prinzessin helfe, und wenn ich nur ihre Hand halte und kühle Tücher auf ihre Stirn lege.«

»Weil … wenn das Fieber ansteckend ist …«

Genau deshalb habe ich dich ausgewählt, mich zu begleiten, dachte Anna. Weil du so viel Angst davor hast, irgendeine Krankheit zu bekommen, dass du die Anweisung, die ich dir in einer Stunde geben werde, ohne nachzudenken befolgen wirst. Und weil du nicht auf den Gedanken kommen wirst, in der nächsten Zeit Burg Stoufen zu nahe zu kommen, und dabei unabsichtlich dahinterkommst, dass ich mir die Geschichte mit dem Fieber nur ausgedacht habe. Ich weiß nicht mal, ob Philipps und Eirenes jüngste Tochter überhaupt zu Hause ist.

Sie ritten los. Eine neue Schmerzwelle jagte durch Annas Körper, aber sie durchquerte hocherhobenen Hauptes das Torhaus und lenkte ihr Pferd hinaus auf die Straße.

Als sie in die Nähe des Pfades kamen, der von der Straße abzweigte und in den schütteren Wald hineinführte, bis er schließlich vor der aufgelassenen Köhlerei endete, zügelte Anna ihr Pferd und wandte sich zu Beatrix um.

»Ich wollte es nicht vor dem Verwalter sagen«, begann sie. »Sonst hätte er sich noch größere Sorgen gemacht. Natürlich ist das Fieber, das die Kleine hat, ansteckend. Es hieß, dass es ihr sehr schlecht gehe.«

Beatrix starrte ihre Herrin mit allen Anzeichen des Entsetzens an. »Was?«, keuchte sie.

»Nur, damit du darauf vorbereitet bist.«

»Aber …«

»Am besten gehen wir auf der Burg Stoufen zuerst in die Kapelle und empfehlen unsere sterblichen Hüllen dem Herrn.«

Beatrix' Augen waren so groß und rund wie Hühnereier. Ihre Lippen begannen zu zittern. »Bitte …«, brachte sie schließlich hervor.

Anna unterdrückte das Gefühl der Erleichterung, das sie empfand. »Was?«, schnappte sie. »Was ›bitte …‹?«

»Wenn die Krankheit so schlimm ist …«, stammelte Beatrix.

»Was bist du nur für ein feiges Weib!«, zischte Anna und merkte, wie sich die Angst, die sie seit Monaten empfand, Bahn brach und in Wut verwandelte. Sie brauchte sich nicht einmal zu verstellen, um die junge Frau vor sich auf einmal zu hassen. »Du hast so viel Sorge um deine erbärmliche Haut, dass du davor kneifst, einem todkranken Kind zu helfen! Einem Königskind! Ich schäme mich für dich! Ja, wer das Fieber bekommt, wälzt sich in Schmerzen wie auf dem Scheiterhaufen! Ja, wen das Fieber erwischt, der liegt heulend in seiner eigenen Kotze und fühlt alle Teufel der Hölle an seinen Eingeweiden zerren! Ja, wer daran stirbt, der verreckt elend in seinem eigenen Auswurf und ist dankbar, wenn der Tod ihn endlich holt!« Bei sich dachte sie: O Gott, ich hoffe, ich werde für diese bittere Farce nicht irgendwann gestraft, indem ich selbst eine solche Krankheit bekomme! »Und auf Burg Stoufen erleidet ein kleines Kind in diesem Moment all diese Qualen! Und du willst ihm deine Hilfe verweigern?« Ihre Stimme wurde schrill und hallte durch den dämmrigen Wald. »Du hast kein Herz und keinen Charakter! Wie konnte ich mich nur so in dir täuschen! Geh mir aus den Augen!«

Über Beatrix' Wangen liefen Tränen. »Herrin …«, schluchzte sie.

»Ich hab die Nase voll von dir!«, tobte Anna. Sie beugte sich vornüber, holte aus und gab Beatrix eine solche Ohrfeige, dass der Kopf der jungen Frau herumflog und Annas Handfläche brannte. In ihr brodelte eine Mischung aus Scham über ihre Gemeinheit, Angst vor dem, was ihr bevorstand, und hilflosem, erstickendem Zorn, dass sie sich beinahe übergeben hätte. Beatrix schwankte in ihrem Sattel. Aus einem Nasenloch begann Blut zu laufen, und ihre linke Wange war feuerrot und trug den klaren Abdruck von Annas rechter Hand.

»Hau ab!«, kreischte Anna. »Reite nach Hause! Los! Ich will dich nicht mehr sehen! Sag ihnen, dass ich alleine weitergeritten bin und mich um die Prinzessin kümmere. Ich brauche dich nicht!«

Beatrix schluchzte, dass es sie schüttelte. Schließlich hob sie den Kopf und sagte mit erstickter Stimme. »Ich wollte doch nur sagen, dass Ihr zurückreiten und mich alleine nach Stoufen gehen lassen sollt. Nicht, dass Euch oder Eurem Kind noch was passiert …« Sie heulte los wie ein Kind.

Anna starrte sie an.

»Ich hab's doch nur gut gemeint!«, heulte Beatrix.

Anna fühlte den Schmerz zugleich mit einer solchen Übelkeit in sich aufsteigen, dass ihr beinahe schwarz vor Augen wurde.

»Reite nach Hause, Beatrix«, sagte sie tonlos. »Los, reite. Reite! Geh nach Hause. Geh, geh, GEH!« Sie trat Beatrix' Pferd mit dem Fuß, der sich auf dem Steigbrett abstützte, in die Seite, und wäre ums Haar aus dem Sattel gerutscht. Die Welt drehte sich um sie. Was immer sie im Magen hatte, drängte sich in ihrer Kehle. »Geh, verdammt! Geh!«

Das Pferd machte einen Satz. Schluchzend riss Beatrix an den Zügeln, und die Stute galoppierte davon. Anna sah ihr einen Herzschlag lang hinterher, dann krümmte der Schmerz sie im Sattel zusammen, und zugleich explodierte ihr Magen. Sie spie alles über das Vorderteil ihres Mantels, über ihre Hände, über die Mähne ihres Pferdes. Der Anfall wollte kein Ende nehmen. Sie wusste, dass ihr die Zeit davonlief, aber dennoch saß sie, als er vorbei war, regungslos in sich zusammengesunken im Sattel und weinte lautlos über das, was sie Beatrix angetan hatte, über das, was sie in Kürze tun würde. Sie weinte um das, was aus ihr geworden war, und vor Hass auf den Mann, den sie so sehr geliebt hatte, dass ihre Liebe sie zu dem hatte werden lassen, was sie heute war.

Sie weinte vor Hass auf Walther von der Vogelweide.

9.

In den letzten neun Monaten schien niemand bei der Köhlerhütte gewesen zu sein. Der Haufen aus Reisig und Heu in der Ecke, den sie mit Dutzenden von Fellen bedeckt hatten, war noch da, ebenso die Felle. Sie waren schwarz und schimmelig geworden über den Winter, den sie hier gelegen hatten. Anna dachte, sie würde Ekel bei ihrem Anblick empfinden, doch tatsächlich durchzog ihr Herz nur Wehmut. Die Felle waren ein Symbol der Liebe, die sie für Walther empfunden hatte – auch sie war zu etwas Schwarzem verrottet. Und dabei hatte sie gedacht, im Paradies zu sein während der wenigen Tage, die er auf Burg Rehperc gewesen war. Die Minne zuerst, diese halb ironische, halb sehnsüchtige Verehrung der Frau des Gastgebers, die bei Walther – anders als bei all den anderen Sängern – immer eine Prise Ernsthaftigkeit enthielt, eine Tiefe, die der Tradition des Minnedienstes gar nicht angemessen war, weil sie im Grunde nichts weiter sein sollte als dies: ein höflicher Dienst an der Gastgeberin, der zuallererst dem Gastgeber versichern sollte, dass er eine begehrenswerte Frau geheiratet hatte. Da keine der Ehen in den Adelshaushalten auf Liebe gründete, stellte der Minnedienst so etwas wie ein gefühlsmäßiges Band zwischen den Eheleuten her. Tief in ihrem Herzen klammerte sich die nur zu dynastischen Zwecken jemals Zärtlichkeit erfahrende Gastgeberin daran, dass auch ihr Mann zu den Gefühlen für sie fähig war, die der Gast ihr in seinen Liedern widmete. Und tief in seinem Herzen verlor die Abneigung des Gastgebers gegen die ihm aufgezwungene Gefährtin etwas von ihrer Kraft, wenn er dem Sänger zuhörte und lernte, dass auch seine Frau etwas Begehrenswertes an sich hatte.

Die meisten Sänger erledigten diese Aufgabe so elegant, dass sie am nächsten Morgen in zwei vom Schlafmangel verschwollene Augenpaare blickten und vom Küssen wunde Lippen ihnen einen guten Morgen wünschten, wenn sie sich an den Tisch der Gastgeber setzten.

Bei Walther von der Vogelweides Liedern blieb immer der Verdacht, dass er nur deshalb in der Lage war, Gefühle von Liebe und Begehren in so schöne Worte zu kleiden, weil er selbst sie am tiefsten verspürte. Sein Minnedienst war keine Höflichkeit, sondern eine in Verse und Musik gefasste Beichte, dass er in wahrer Leidenschaft für das Objekt seiner Lieder entbrannt war.

Selbst Anna, die etwas von der Art und Weise hätte erzählen können, wie der in Liebe entbrannte Gast bald auf Nimmerwiedersehen zu verschwinden pflegte, war nicht sicher, ob Walther nicht tatsächlich jedes Mal wirklich sein Herz verlor und nur gelernt hatte, damit umzugehen. Sie schlug die schwarz verrotteten oberen Felle zurück. Die Lage darunter war noch weiß und so gut wie neu. Sie schnaubte und versuchte den Gedanken nicht an sich heranzulassen, dass die Felle tatsächlich ein Symbol ihrer Gefühle für den Sänger waren – dass man nur an der oberen Schicht aus Hass und Verachtung, die ihr Herz umgab, zu kratzen brauchte, um zu erkennen, dass Anna von Rehperc im Grunden ihres Herzens …

»Nein!«, rief sie. »Nein!«

Sie hatte alles, was sie brauchte, bei sich – genau wie vor neun Monaten. Auch da hatte sie an alles gedacht: die Felle, den Wein, das kalte Fleisch. Heute hatten andere Dinge Vorrang gehabt. In ihren Satteltaschen fand sich genügend Zunderschwamm, Feuerstein und Feuerstahl, um damit einen Großbrand zu entzünden, sie hatte einen kleinen Kessel eingepackt, frische Tücher, Kräuter … es waren Dinge, die sie auch mitgenommen hätte, wenn sie wirklich zur Pflege einer Kranken gegangen wäre. Ja, sie war vorbereitet.

Sie ließ sich langsam auf die Felle sinken. Plötzlich wünschte sie, die Schmerzen würden wiederkommen, aber aus der Erfahrung ihrer vorangegangenen zwei Geburten wusste sie, dass es noch eine Weile dauern würde. Die Schmerzen hätten verhindert, dass die Angst vor dem, was ihr bevorstand und was sie zu tun geplant hatte, die Oberhand bekam. Aber die Schmerzen blieben aus, und sie war allein mit sich und den Gedanken an die größte Sünde, die eine Mutter begehen kann.

10.

Walther und Otto kamen mit ihrer kostbaren Fracht bis kurz vor ihr Ziel. Dann trat das vordere der beiden Maultiere, das Eirenes Sänfte trug, in ein altes Fuchsloch oder eine Ausschwemmung unter einer Wurzel oder was auch immer – es stolperte und ging in die Knie. Als Walther, der ein paar Mannslängen vorausritt, Ottos erschrockenen Ausruf hörte und sein Pferd herumriss, war es schon zu spät.

Die Sänfte neigte sich zur Seite. Das vordere Maultier kam auf die Beine, doch dann knickte es wieder ein. Das hintere Maultier geriet in Panik und keilte aus. Sänfte und Tragtiere kamen vom Weg ab, die Maultiere rutschten auf dem abschüssigen Gelände aus, die Haltegurte rissen, die Sänfte prallte gegen einen Baum …

Einen schrecklichen Augenblick dachte Walther, die Sänfte würde herumrollen und den Abhang hinunterpoltern, an dessen Flanke sich die Straße durch den Wald zog. Doch das Gestrüpp hielt, die Sänfte neigte sich nur knarrend zur Seite. Das zweite Maultier strampelte sich von den Haltegurten frei und sprang den Abhang hinunter, das erste arbeitete sich auf den Weg hinauf und blieb dann dort auf drei Beinen und mit zitternden Flanken stehen. Walther glitt vom Pferd und war bei der Sänfte, noch bevor Otto dort anlangte.

Seit ihrem überstürzten Aufbruch aus Papinberc waren drei Tage vergangen. Sie waren vorangekommen wie die Schnecken. Königin Eirene erholte sich nur langsam von dem Gift, das man ihr verabreicht hatte. Walther war mittlerweile überzeugt, dass man sie nicht hatte töten wollen – das Gift hatte sie nur betäubt. Aber Eirene war durch die Schwangerschaft geschwächt; tagsüber war sie bleich und still, nachts stöhnte sie im Schlaf. Sie wirkte schöner denn je. Walther brach es das Herz, wenn er daran dachte, dass er ihr noch nicht einmal König Philipps Tod mitgeteilt hatte. So nahe war er Eirene noch nie gewesen, und noch nie zuvor hatte er sich so sehr gewünscht, dass Philipp bei ihr wäre. Als sie blass und zerzaust, aber äußerlich unverletzt, aus dem Durcheinander spähte, in das sich das Innere der Sänfte verwandelt hatte, hatte er das Gefühl, dass sein Herz erst jetzt wieder zu schlagen begann. Dann sah er, wie rissig ihre Lippen waren, und den Schweißfilm auf ihrer Stirn.

»Ist Euch was passiert?«

Sie schüttelte den Kopf. Walther wurde kalt.

»Kommt das Kind!?«

Sie nickte.

Walther fühlte, wie die Panik über ihm zusammenschlug. Er wechselte einen Blick mit Otto und sah in dessen Gesicht dasselbe Entsetzen. Er zerrte am Verschlag, mit dem man die Sänfte schließen konnte, und riss ihn halb aus den Angeln. Dann bückte er sich ins Innere, um Eirene aus der Sänfte zu befreien. »Wir müssen jemanden finden«, hörte er sich keuchen. »Hier muss es doch irgendwo eine Behausung … wir sind nicht mehr so weit von Stoufen entfernt. Wir brauchen eine Hebamme … Ich werde Euch zu ihr tragen …«

Er kam wieder zu sich, weil sie sein Handgelenk gepackt hatte und es mit eiskalten Fingern festhielt. Ihr Blick bohrte sich in den seinen, als sie erneut den Kopf schüttelte.

»Nein«, stöhnte sie. »Nicht bewegen …«

Er starrrte in ihr Gesicht und wusste, dass sie recht hatte. Wenn er sie von hier fortzutragen versuchte, würde sie in seinen Armen sterben, und das Kind mit ihr. Verzweifelt versuchte er, die Panik zu unterdrücken, und sah sich wild um.

»Otto! Du musst losreiten. Schnell!«

»Nach Stoufen?«

»Nein, zu weit. Mir kommt die Gegend bekannt vor. Hier gibt es irgendwo eine alte, aufgelassene Köhlerei und einen Weiler nicht weit davon.«

»Rehperc …«, flüstere Eirene. Ihre Finger krallten sich in sein Handgelenk, dass er zusammenzuckte. »Burg …«

»Auch zu weit!«, stöhnte Walther. »Beeil dich, Otto. In dem Weiler muss es jemanden geben, der bei einer Geburt helfen kann.«

Die beiden Sänger wechselten einen Blick. Es brauchte keine Worte, um klarzumachen, dass Walther nicht von Eirenes Seite weichen würde – auch wenn es vielleicht vernünftiger gewesen wäre, wenn er sich an der Suche nach dem Weiler beteiligt hätte, weil er die Gegend kannte. Otto sprengte in die Richtung los, die Walther ihm gewiesen hatte.

Walther und Eirene sahen sich an. Die Königin lächelte. »Ihr habt alles im Griff, Herr Walther.«

Walther nickte, obwohl ihm danach war, den Kopf zu schütteln. Sein Herz schlug immer noch schnell und hart vor Angst um Eirene. Als sie zusammenzuckte und sich auf die Lippen biss, fühlte er den Schmerz beinahe selbst.

»Kommt«, sagte er und fuhrwerkte ziellos in dem Durcheinander aus Kissen, Decken und Polstern herum, in das sich das Innere der Sänfte verwandelt hatte, »ich mache es Euch etwas bequemer.«

Sie seufzte und versuchte, ihm zu helfen. Ihre Hände berührten sich so oft, dass der Aufruhr in Walthers Gefühlen beinahe unerträglich wurde. Wie hatte er nur all die Zeit ertragen, dass sie die Frau eines Mannes war, den er seinen Freund nannte? Und wie sollte er es ertragen, wenn sie in seiner Obhut starb? Selbstekel trübte seine Gedanken, als ihm klar wurde, dass ihn in den letzten beiden Tagen ab und zu der Gedanke gestreift hatte, dass nun, nach Philipps Tod, plötzlich eine Chance bestand …

Es war, als hätte sie in sein Herz gesehen. Sie nahm seine Hand und hielt sie davon ab, ein bereits restlos geglättetes Kissen weiterzuglätten. »Ich vertraue Euch«, sagte sie. »So wie Philipp Euch vertraut. Wenn Ihr mir beisteht, wird alles gut.«

Walther konnte nur die Zähne zusammenbeißen und versuchen, sich durch keine Regung zu verraten. Natürlich musste Eirene denken, der König sei noch am Leben – und habe zwei seiner treuesten Freunde losgeschickt, um seine Frau in Sicherheit zu bringen. Ihr jetzt zu verraten, dass Philipp ermordet worden war, nachdem er es drei Tage nicht übers Herz gebracht hatte, und außerdem in dieser Situation: undenkbar.

»Otto wird jemanden finden, der sich in der Hebammenkunst auskennt«, sagte er zusammenhanglos. »Er muss jeden Augenblick zurück sein.« Er hörte sich selbst beim Plappern zu. Otto war vor noch nicht einmal fünf Minuten losgeritten. Es würde an ein Wunder grenzen, wenn er vor Einbruch der Dunkelheit zurückkäme, und an ein doppeltes Wunder, wenn er tatsächlich eine heilkundige Frau in jenem kleinen, unbedeutenden Weiler fand, an den sich Walther nur noch schwach erinnerte.

»Wenn nicht«, sagte Eirene, »fällt die Aufgabe an Euch.«

»Keine Sorge«, erwiderte Walther, der fand, dass das Kissen noch immer nicht glatt genug war. Erneut nahm sie seine Hand in die ihre. Atemlos sah er ihr dabei zu, wie sie mit dem Daumen über seine Fingerkuppen fuhr, die vom Zupfen der Saiten hart waren.

»Die richtigen Hände hättet Ihr«, sagte sie wie gedankenverloren. »Lang und schlank, beinahe die Hände einer Frau.«

»Otto wird rechtzeitig kommen.«

Sie fuhr fort, über seine Fingerkuppen zu streichen. »Ihr seid mir schon einmal bei einer Geburt beigestanden, Herr Walther.«

»Was?«

»Ich sollte besser sagen: einer Wiedergeburt. Tut nicht so, als ob Ihr es nicht wüsstet.«

»Ich weiß tatsächlich nicht, was ...«, krächzte er, während sich sein Innerstes gleichzeitig zusammenzog und Flügel bekommen wollte. Es gab kaum einen Weg, ihre Worte misszuverstehen. Im nächsten Moment sprach sie sie aus.

»Es handelte sich um mein Herz. Bevor ich Philipp heiratete, war ich mit Roger von Sizilien vermählt gewesen; noch nicht einmal ein Jahr. Er starb, bevor er die Ehe vollziehen konnte. Danach gab mein Vater meine Hand an Philipp, und ich fühlte mich, als sei ich zum zweiten Mal verschachert worden. Der erste Mann, den ich aus Philipps Umgebung kennenlernte ...«

»... war ich«, krächzte Walther. Ihm war, als hielte er den Atem an, seit sie das erste Wort gesagt hatte.

»... wart Ihr. Ihr habt mich in Empfang genommen. Ich sah in Eure Augen, in Euer Gesicht, und ich dachte ...« Ihre Stimme erstarb.

»Was?«, hörte Walther sich fragen. »Was dachtet Ihr?«

Ihr Blick ließ ihn erschauern.

»Ich dachte zwei Dinge«, antwortete sie nach langer Pause. »Ich dachte: Wenn dieser Mann der Freund meines zukünftigen Gatten ist, dann kann mein Gatte kein schlechter Mensch sein.«

Walther schluckte.

»Und ich dachte ...« Tränen liefen aus ihren Augen, doch sie wandte den Blick nicht ab. Ihre Hand, die die seine immer noch festhielt, zog ihn zu sich heran, bis sie ihm ins Ohr flüstern konnte: »Und ich dachte: O Herr, mit zwei Worten und einem halben Lächeln hat er mein Herz auftauen lassen, das ich für vereist gehalten habe. Wenn ich nur einen Wunsch auf Erden hätte, dann würde er lauten, dass König Philipp der Mann wäre, der mich in Empfang nimmt, und dieser hier derjenige, dem ich zur Frau gegeben werde.«

Walther starrte in ihr Gesicht. Nie war er ihr so nahe gewesen. Und nie hatte er gedacht …

»Herrje«, sagte sie und lächelte unter ihren Tränen. »Ein so guter Freund seid Ihr Philipp, dass Ihr nie zu glauben gewagt habt, was Euer Herz schon in der ersten Minute hat erkennen müssen?«

Ihre Hand legte sich federleicht auf seine Wange. Sie hob den Kopf und küsste ihn, scheu zuerst, und als er wie gelähmt neben ihr kniete und nur sein heftiger gewordener Atem verriet, was in ihm vorging, küsste sie ihn ein zweites Mal, mit einer Mischung aus Zärtlichkeit und Leidenschaft, wie man sie in einen Kuss legt, von dem man weiß, dass er der erste und zugleich letzte ist, den man diesem Menschen jemals geben wird. Der Kuss schmeckte nach Blut und Angst, nach schlechtem Essen und mangelhafter Zahnpflege. Es war der süßeste Kuss, den Walther je erhalten hatte. Als sie sich von ihm löste, dachte er, sein Herz hätte zu schlagen aufgehört.

»Walther von der Vogelweide …«, wisperte sie. »Mein Sänger, mein Ritter … Ich liebe dich, Walther, ich liebe dich seit dem Augenblick, als ich dir zum ersten Mal ins Gesicht geschaut und gesehen habe, wie sehr du mich liebst. Ich liebe dich. Doch wenn das hier vorüber ist und wir sicher auf Burg Stoufen angekommen sind, musst du mich verlassen. Und erst, wenn ich irgendwann tot bin, darfst du zurückkehren und mir noch einmal einen Kuss geben.«

11.

Irgendwie hatte sie vergessen, wie groß die Schmerzen sein konnten.

Als es vorüber war, lag Anna von Rehperc keuchend auf den Fellen, zu erschöpft sogar zum Weinen. Das Neugeborene krähte schwach. Sie sagte sich vor, dass sie es nicht einmal ansehen würde. Wenn sie es niemals zu Gesicht bekam, konnte sie sich später selbst damit belügen, dass es gar nicht wirklich da gewesen war …

Das Kind gluckste. Ein warmes, feuchtes Händchen fuchtelte herum und berührte Annas nackte Haut. Sie richtete sich auf und schaute das Kind an.

Dann ließ sie sich zurücksinken und begann nun doch zu weinen, in bitteren, schmerzhaften Schluchzern. Das Kind war ein Junge.

»Verflucht!« schrie sie, als sie wieder zu Atem gekommen war. »Verflucht, verflucht, verflucht! Ich verfluche euch alle – dich, Walther, du herzloses Monster! Und dich, Gott, weil es dir Spaß macht, mich leiden zu sehen!«

Das Kind begann vor Schreck zu weinen. Anna wischte sich mit der Hand über die Augen, verteilte Dreck und Geschmier und Blut über ihr Gesicht und richtete sich ein zweites Mal auf. Es gab Dinge, die getan werden mussten, bevor sie das eine, zu dessen Zweck sie das Kind hier zur Welt gebracht hatte, wie eine Hündin im Stall ihre Welpen wirft, tun konnte. Aber es gab einen Unterschied zwischen ihr und einem Tier. Sie wusch das Kind mit dem Rest des warmen Wassers ab, band die Nabelschnur ab, tat all die anderen Dinge, die ansonsten eine Hebamme getan hätte, und sagte sich immer wieder vor, dass es das war, was sie von der werfenden Hündin unterschied. In ihrem Herzen wusste sie genau, dass sie all das nur tat, um das, was getan werden musste, so weit wie möglich hinauszuschieben. Das Kind hatte aufgehört zu weinen, sobald sie es aufgenommen hatte. Es hatte ein verkniffenes Gesicht, einen zerknitterten Körper, rote Haut; die Händchen waren zu Fäusten geballt. Plötzlich gähnte es so herzhaft wie ein Erwachsener. Anna spürte, wie sich ihre eigenen Züge zu einem Lächeln verzogen. Ihr wurde eiskalt, als sie es merkte.

Nein, dachte sie, nein. Ich tue es jetzt, sonst tue ich es nie.

Sie legte das Kind ab. Es greinte. Sie starrte es an und begann am ganzen Körper zu zittern.

Wie ermordete man ein neugeborenes Kind?

Sie hob die Hände und näherte sie dem winzigen Leben, das vor ihr auf den Fellen zappelte. Sie ließ sie wieder sinken.

»Verflucht!«, schrie sie erneut.

Das Kind zuckte zusammen. Anna kroch von ihm weg. Wie war das gewesen, das mit dem Unterschied zwischen einer Hündin und ihr? Sie hatte das Kind gesäubert, aber nicht sich selbst. Es war noch kaltes Wasser da, es waren noch Tücher da. Sie rieb sich so grob ab, dass ihre Haut brannte. Der Geburtsvorgang hatte einen riesigen Fleck aus Blut und Schleim auf dem Fell hinterlassen. Ihr Magen hob sich, als sie ihn betrachtete, dann riss sie das Fell herunter, trug es nach draußen und schleuderte es in die Büsche, so weit sie es werfen konnte. Als sie zurückkam, stellte sie fest, dass jemand das Kind mit einem warmen Tuch und einem der kleineren Felle zugedeckt hatte. Es konnte nur sie selbst gewesen sein. Es war ihr nicht einmal bewusst geworden, dass sie es getan hatte. Ihr wurde noch kälter. Wütend packte sie alle ihre Utensilien zusammen, stopfte sie in die Tasche, schüttete das Wasser dem weggeworfenen Fell hinterher, bepackte ihr Pferd. Schließlich gab es nichts mehr zu tun, um das Unvermeidliche noch weiter aufzuschieben.

Sie näherte sich dem strampelnden Bündel erneut. Das Neugeborene hatte seine heitere Laune verloren und weinte vor Kälte und Hunger. Anna spürte ein schmerzhaftes Ziehen in ihren Brüsten.

Was konnte es schaden? Wo sollte sie sonst hin mit der Milch?

Tu es nicht, schrie sie sich in Gedanken selbst an. Aber da

war es schon zu spät: Das Neugeborene lag in ihrem Arm, an ihrer Brust. Sie weinte, dass ihre Tränen auf den kleinen, warm eingewickelten Leib tropften, während sie das Kind stillte.

Das Kind. Ihren Sohn. Ihren und Walther von der Vogelweides Sohn. Ihre Schande. Es gab einfach keine andere Wahl.

Plötzlich wusste sie, was sie tun würde. Hörte man nicht dauernd, dass solche Dinge geschahen? Die arme Pächtersfamilie, die ein weiteres Mädchen nicht durchfüttern konnte, geschweige denn jemals die Mitgift für die Hochzeit oder den Weg ins Kloster aufbringen würde … die Bauern, die ein missgebildetes Kind nicht am Leben ließen, weil Nachwuchs nur die Bedeutung hatte, dass weitere Hände zum Arbeiten da waren … die Nonnen, die von ihrem Bischof geschwängert worden waren und im Grunde genommen in der gleichen Lage waren wie sie selbst, Anna von Rehperc? Und war es nicht sogar eine gnädige Lösung? Manchmal hörte man von Menschen, die im Wald gefunden wurden, die von Bären oder Wölfen aufgezogen worden waren, sich selbst für Tiere hielten und fern allen Seelenheils existierten, aber wenigstens am Leben waren.

Und was der größte Vorteil von allen war: Sie würde nichts tun müssen, außer das Kind unter einem Baum liegen zu lassen und wegzugehen. Gesättigt, wie es war, würde es schlafen. Nicht einmal sein Weinen würde Anna verfolgen.

Sie wechselte das Kind zu ihrer anderen Brust. So würde sie es machen! Und die ganze Zeit fielen ihre Tränen weiter auf das neue Leben in ihrem Arm.

12.

Otto hatte den Weiler gefunden, zu dem Walther ihm den Weg gewiesen hatte, und er hatte eine Frau mit zurückgebracht, die hinter ihm auf dem Pferd saß und heruntersprang, kaum dass der Gaul stand. Sie musterte Walther, der beim Erklingen des Hufschlags zur Straße hochgeklettert war, grußlos. Walther gestikulierte hilflos zu der Sänfte hinunter.

Die Frau schnaubte verächtlich und machte sich auf den Weg. Walther hielt sie fest. Sie sah erst ihn an, dann seine Hand auf ihrem Oberarm, dann wieder ihn. Er ließ sie los.

»Es ist Königin Eirene«, sagte er. »Behandle sie entsprechend.«

Sie verzog den Mund. »Sagt sie das, oder sagst du das?«

Walther trat einen Schritt zurück. Sie ließ ihn stehen und bückte sich zur Sänfte hinein.

»Hättest du keine freundlichere finden können?«, fragte Walther.

Otto verdrehte die Augen.

Dann warteten sie. Nach einer Weile begannen Eirenes Schreie durch den Wald zu hallen. Walther setzte sich in Bewegung. Otto hielt ihn auf.

»Lieber Himmel«, sagte er. »Sind das die ersten Geburtswehen, die du mit anhörst?«

Walthers Blick wischte das Lächeln von Ottos Gesicht.

»Du wirst es ihr irgendwann sagen müssen«, erklärte Otto.

»Was? Dass ich sie liebe?«

»Nein. Dass Philipp tot ist.« Otto seufzte. »Man sollte meinen, unterm Strich vereinfache das die Lage, aber die Wahrheit ist anders, oder nicht?«

»Ich hätte das Philipp nie angetan«, sagte Walther heiser. »Und jetzt, da er tot, ist sie für mich immer noch seine Frau, und ich kann weiterhin nichts tun, obwohl er nicht mehr zwischen uns steht.«

»Es ist nicht allein deine Entscheidung, sondern auch …«, Otto nickte zu der Sänfte, »… ihre.«

Die Hebamme kroch rückwärts nach draußen und spähte zu ihnen herauf. »Sind die Herren für irgendwas gut?«, rief sie.

»Was soll das heißen?«

Sie machte eine herrische Kopfbewegung. Walther und Otto

kletterten die paar Schritte zur Sänfte hinunter, bemüht, nicht in ihr Inneres hineinzusehen.

»Hier«, sagte die Hebamme. »Weiter oben gibt es eine frische Quelle. Wascht das hier gründlich aus und bringt es mir so schnell wie möglich zurück.« Sie klatschte Walther ein paar zerknüllte Tücher in die Hände. Die Tücher waren durchnässt und rochen nach Blut. »Wird's bald?«

Otto bewährte sich als wahrer Freund. Er begleitete Walther nicht nur zur Quelle, sondern schob sich auch die Ärmel zurück und tunkte die Tücher ins Wasser. Es war eiskalt und brachte Walther erst zu Bewusstsein, dass die Tücher beinahe körperwarm gewesen waren.

»Konntest du wirklich keine andere finden?«, fragte er Otto.

»Die Leute im Weiler haben mir Geld geboten, damit sie mal für ein, zwei Stunden Ruhe von ihr haben«, sagte Otto. »Und da konnte ich nicht widerstehen.« Er sah in Walthers Gesicht und stöhnte. »Das war ein Scherz, du meine Güte!«

Als sie wieder bei der Sänfte waren, stand die Hebamme bereits neben ihr und putzte sich mit einem weiteren Tuch die Arme ab. Sie nahm ihnen die halbwegs saubere Last ab, wrang noch einmal so viel Feuchtigkeit heraus, wie sie konnte, und duckte sich in die Sänfte. Walther kämpfte mit sich, ob er zu Eirene hineinspähen sollte, aber dann siegten seine Scheu und seine Erziehung, und er trat einen Schritt beiseite. Die Hebamme kam ohne die Tücher wieder zum Vorschein und machte erneut eine herrische Kopfbewegungen.

»Was?«

»Ihr könnt jetzt zu ihr. Wer ist der Vater?«

»Ich sagte doch, das ist Königin …«

»Und wer von euch ist der König?«

Otto und Walther sahen sich sprachlos an.

Die Frau winkte ab. »Mir doch egal. Wer immer sich bemüßigt fühlt, kann jetzt zu ihr. Wundert euch nicht, wenn sie nicht aufwacht. Sie hat während der Geburt das Bewusstsein verloren. Ihr Körper wusste, was zu tun war, sonst …« Sie hielt einen Ring in die Höhe, den Walther als eines von Eirenes Schmuckstücken erkannte. »Ist ja nicht so, dass es schlecht bezahlt gewesen wäre.« Sie musterte Walther von Kopf bis Fuß. »Mach schon, du kannst es ja eh nicht erwarten. Viel Zeit hast du nicht mehr.«

»Was … soll das heißen?«

»Sie hat keine Milch, sie ist krank und das Kind kam zu früh. Es wird sterben.«

Walther fühlte eine Hand sein Herz ergreifen und es auspressen wie einen nassen Lumpen. »Weiß sie es?«

»Nicht von mir, du Schlaumeier. Bist du der Vater?« Die Hebamme musterte ihn erneut. Ihre Züge wurden etwas sanfter. »So ist das also«, brummte sie. »Die Welt ist ein Scheißhaus, mein Junge, und wenn wir verhindern wollen, dass wir drin ersaufen, müssen wir schlucken. Aber wem sage ich das, nicht wahr?«

»Wird … sie … leben?«

»Sie hat eine Chance.«

»Das Kind hat keine?«

»Bist du ein Heiliger? Kannst du Wunder wirken?«

»Nein.«

»Dann hat es keine. Gebt euch keine Mühe, ich finde den Weg alleine zurück.«

Sie klomm den Abhang hinauf bis zur Straße, blieb dort oben stehen, sah nachdenklich zu ihnen herunter und kam schließlich wieder zurück. Sie packte die widerstandslose Hand Walthers, bog ihm die Finger auf und legte ihm den Ring hinein.

»Da«, sagte sie. »Alles, was ich getan hab, war ihre Hand zu halten und das Blut abzuwischen. Gib ihn ihr zurück.«

Walther schloss die Faust um den Ring

»Manchmal ist die Welt doch kein Scheißhaus, oder?«, sagte er rau.

»Die Welt ist immer ein Scheißhaus, mein Junge«, sagte die Hebamme. »Aber wenn einer schon bis zu den Ohren drinsteckt, muss man ihm ja nicht noch einen Haufen auf den Kopf setzen. Mach schon, du hast ein paar Minuten.«

»Und dann?«, fragte Walther, plötzlich von Grauen gepackt, dass sie sagen würde: Danach beerdigen wir das Kind.

»Danach bringen wir sie und das Kleine von hier weg. In der Sänfte haben beide keine Chance. Aber nicht weit von hier gibt's eine verlassene Köhlerei, da kann ich mich besser um sie kümmern. Sobald wir sie dorthin gebracht haben, holt ihr zwei Schlaumeier Hilfe in Stoufen. Mit ein bisschen Glück kann ich das Kind so lange am Leben halten, bis beide auf der Burg sind. Dann verlischt das königliche Blut wenigstens nicht im Straßendreck.«

»Dann glaubst du mir also, dass sie die Königin ist?«

»Der Kerl, dem auf dem Schlachtfeld die Därme aus dem Leib quellen, während die Soldaten ihm schon den Schmuck vom Körper stehlen … dem ist es scheißegal, ob er der König oder nur ein Soldat ist. Alles, was er sich wünscht, ist, woanders zu sein. Und eine Frau, die sich fühlt, als würde sie innerlich auseinandergerissen, während das Kind in ihr ans Licht drängt, ist zuallererst eine Frau, und die Schmerzen sind die gleichen, egal ob Hure oder Fürstin.«

Walther starrte sie an.

»Äh!«, machte sie und schnappte sich den Ring wieder. »Gib schon her. Und jetzt geh zu ihr. Dein Freund und ich bauen derweil aus den Tragstangen der Sänfte ein Zuggeschirr, damit wir sie transportieren können.«

»Können wir sie mit dem Zuggeschirr nicht gleich bis nach Stoufen …?«

»Willst du sie töten?«

»Nein.«

»Dann tu, was ich dir sage.«

Eirene hatte die Augen geschlossen und war so blass wie der Tod. Walther fühlte Kälte sein Herz ergreifen. Im Arm der besinnungslosen Königin lag ein in gesäuberte Tücher gewickeltes Bündel, aus dem sich ein dünner Arm befreit hatte. Er vollführte zitternde Bewegungen. Zögernd kroch er näher und betrachtete das

Kind. Er sah ein zerzaustes Köpfchen, ein verkniffenes Gesicht, blaue Lider über geschlossenen Augen. Das Kind gab Geräusche von sich wie ein kleines Kätzchen. Die Sänfte knarrte und ruckte, während Otto und die Hebamme sie auseinandernahmen.

Er sah auf und begegnete Eirenes verschleiertem Blick.

»He«, sagte er und zwang ein Lächeln auf sein Gesicht.

»Ist … alles … gut gegangen …?«, wisperte sie.

»Als ob alle Heiligen dir beigestanden hätten«, log Walther mit strahlender Miene.

»Ist das Kind gesund?«

»Wie ein Fisch im Wasser.«

»Was ist es? Ist es …«

Walthers Hände schwebten ratlos über dem Tuchbündel. »Äh …«, machte er und kramte unentschlossen.

»Die Zeit ist um«, sagte die Hebamme und steckte ihren Kopf ins Innere der Sänfte.

Walther richtete den Blick auf Eirene. Ihre Augen waren wieder geschlossen. »Eirene?« Voller Furcht beugte er sich über sie und spürte den Hauch ihres flachen Atems. Sie war wieder besinnungslos geworden. »Sie wollte wissen, ob es ein Junge oder ein Mädchen ist«, murmelte er mit einem hilflosen Blick in das steinerne Gesicht der Hebamme.

»Pack alles zusammen, was die Pferde tragen können. Was ihr hier zurücklasst, wird bald gestohlen sein. Sie braucht vor allem Kissen, Decken, alles, was wärmt. Wenn in den Truhen kein Platz mehr ist, lasst lieber den Schmuck und den anderen Tand zurück.«

Walther befolgte die Anweisung. Das Kind in Eirenes Arm wimmerte. Walther ahnte, dass es zu schwach zum Schreien war. Als er eine der beiden Truhen öffnete, die sich in der Sänfte befunden hatten, kam ihm plötzlich der Waise in den Sinn.

Verfluchter Stein, dachte er. Wenn es dich nicht gäbe, hätten wir das Lied nicht gesungen, und Philipp hätte sich nicht zurückgezogen, wir wären an seiner Seite gewesen, und er würde noch leben.

Unwillkürlich begann er in den wenigen Sachen, die sich in den Truhen befanden, zu wühlen. Halb erwartete er, den Stein darin zu finden, doch offensichtlich war der Waise in Papinberc zurückgeblieben. Es hätte ihm nicht willkommener sein können. Er konnte nicht garantieren, dass er das Ding nicht ins nächste Gebüsch geworfen hätte, wenn es ihm in die Finger gekommen wäre.

»Fertig, Schlaumeier?«

»Ich heiße Walther«, sagte Walther.

Die Hebamme zuckte mit den Schultern. »Könnte mir nicht egaler sein«, brummte sie. »Los, leg sie auf die Schlepptrage. Ich nehme das Kind.«

13.

Als das graue Äußere der Köhlerhütte durch die Bäume sichtbar wurde, holte die Erinnerung Walther ein. Bis jetzt hatte er sie verdrängt, doch beim Anblick des Gebäudes kam sie zurück und ließ die Zeit, die er darin verbracht hatte, losgelöst von allem, gaukelnd wie ein Schmetterling durch die warmen Sommerbrisen von Liebe und Leidenschaft, wieder in seinem Geist aufleben. Anna …

Es war mit Anna wie mit allen anderen gewesen. Es begann als ein Spiel, dann hatte er sie zu nahe an sich herangelassen, bald darauf aber zurückgestoßen und war schließlich geflohen. Es war eine seltsame Mischung aus Egoismus und Ehrgefühl – Egoismus, weil er verhindern wollte, dass sie den wahren Walther kennenlernten, Ehrgefühl, weil er die tiefe Liebe, die sie bei ihm zu spüren glaubten, in Wahrheit nur für Eirene empfand. Auf seine Weise liebte er sie alle, und auf seine Weise hatte er ihnen niemals Schmerzen zufügen wollen. Er seufzte und fragte sich, was Anna empfinden würde, wenn sie wüsste, wie nahe er ihr war – und wie wenig sie ihm jetzt bedeutete. Seine Blicke fielen auf Eirene, die auf dem Zuggeschirr eingeschlafen war. Sie sah erschütternd aus: das Haar matt und zerzaust, die Kohlränder um die Augen über das halbe Gesicht verwischt, die Lippen spröde und blutig gebissen und die Wangen bleich. Und sie war so schön wie keine zweite Frau auf Erden.

Walther spürte die Blicke der Hebamme, die neben der Schlepptrage schritt, das Kind im Arm. Er hatte nicht die Kraft, ihnen zu begegnen.

Als sie Eirene im Inneren der Hütte auf die Felle betteten, die zu Walthers Erstaunen weder verschimmelt noch verdreckt waren, als hätte jemand sie vor Kurzem erst aufgedeckt, war die Erinnerung an Anna nur noch ein Schemen, obwohl sich ihre Person in seinem Gedächtnis auf ewig mit dem Inneren der Köhlerhütte verbunden hatte. Eirene war erwacht und hatte ihn einen Moment länger festgehalten als nötig. Doch ihr leises Kopfschütteln ließ ihn innehalten, als er ihr einen Kuß geben wollte.

»Na los, hau ab. Dein Kumpel wartet schon draußen auf dich. Und beeilt euch«, brummte die Hebamme, die sich neben Eirene auf die Felle setzte.

Walther zögerte. »Ich glaube, ich bleibe hier«, sagte er schließlich.

Eirene lächelte ihn an. »Geh mit Otto«, wisperte sie. »Du kannst mir hier nicht helfen.« Sie drückte die Hand der Hebamme. »Sie wird auf mich aufpassen.«

Walther sah die Hebamme an, und diese musterte sein Gesicht und sagte danach unerwartet sanft: »Keine Sorge.«

»Sie werden in Stoufen erst auf Otto hören, wenn sie sich vergewissert haben, wer er ist. Das dauert zu lange. Dich kennt dort jeder. Sie werden springen, wenn du sie beauftragst, uns hier abzuholen.« Eirene lächelte erneut.

»Ich …«, begann Walther.

»Ja«, unterbrach ihn Eirene, und ihre Augen sagten: Ich dich auch.

Walther stapfte hinaus, zerrissen zwischen dem Wunsch, bei

Eirene zu bleiben, und der Erkenntnis, dass sie recht hatte. Er würde auf Stoufen ganz anders behandelt werden als Otto, dessen Name zwar bekannt war, der aber nie zuvor auf der Stammburg der Staufer gewesen war und dessen Gesicht dort keiner kannte. Otto war draußen und schob mit dem Stiefel nachdenklich Erdklumpen auf einer aufgewühlten Stelle hin und her.

»Sieht so aus, als sei hier schon vor uns jemand gewesen. Mit einem Pferd.«

»Einer oder mehrere?«

»Keine Ahnung.«

»Schon länger her?«

»Walther, wenn ich Spuren lesen könnte, würde ich mir dann für Geld in verschwitzten Sälen die Seele aus dem Leib dichten?«

Walther brummte und spähte die Erdklumpen an. »Sehen feucht aus«, sagte er.

»An dieser Stelle sieht alles feucht aus wegen der Quelle, die dort drüben austritt«, sagte Otto. »Sicher ist nur: Hier hat mindestens ein Pferd gestanden und das fette Gras gefressen, das hier wächst.«

»Verdammt«, brummte Walther. Erneut kämpfte er mit sich, was er tun sollte – bleiben oder nach Stoufen reiten. Als hätte sie seine Gedanken gelesen, trat die Hebamme aus der Tür.

»Seid ihr noch nicht weg?«

»Vorhin hatte sie einen freundlichen Moment«, brummte Walther leise. »Gut, dass er vorüber ist. Ich habe mir schon Sorgen um sie gemacht.«

»Hier war jemand!«, rief Otto und deutete auf den Boden.

»Hier kommt immer wieder mal jemand vorbei«, sagte die Hebamme. »Manchmal auch zwei Turteltäubchen, die keinen anderen Platz haben.«

Es gab Walther einen Stich. Unwillkürlich suchte er das missmutige Gesicht der Frau nach einem Hinweis darauf ab, ob sie eine Anspielung machte. Aber sie zuckte nur mit den Schultern. »Macht euch auf den Weg«, sagte sie. »Mich kennt hier jeder.

Selbst wenn jemand diesen Platz aufsuchen sollte – die Königin ist in meiner Gegenwart so sicher wie in Abrahams Schoß.«

14.

Als Anna außer Sichtweite war, begann das Kind, das bisher ruhig geschlafen hatte, zu weinen. Nach allem Dafürhalten konnte es noch nicht einmal richtig sehen, und doch spürte es, dass es zurückgelassen wurde. Das Weinen klang nicht panisch oder wütend, es klang eher verloren, als wäre der kleinen Seele bewusst, dass man ihr keine Chance geben wollte.

Anna zügelte das Pferd. Sie starrte ins Leere. Nach ein paar Herzschlägen presste sie die Hände auf die Ohren, aber sie hatte schon zuvor gewusst, dass das leise Weinen hindurchklingen würde. Sie begann zu zittern. Das Pferd schnaubte und schlug mit dem Schweif.

Sie schnalzte mit der Zunge, ohne die Hände von den Ohren zu nehmen. Das Pferd trottete weiter. Das Weinen schien in Annas Ohren widerzuhallen. Endlich nahm sie die Hände herunter. Sie fasste nach den Zügeln, um ihr Zittern zu unterdrücken. Das Weinen war verstummt, oder sie war weit genug weg, um es nicht mehr zu hören.

Anna lauschte.

Stille.

Sie stellte sich vor, wie das Kind, eingewickelt in seine Tücher und das Fell, auf dem Boden lag, verlassen von allem, was ihm bisher Sicherheit geboten hatte, in eine feindselige, kalte, abweisende Welt hineingeboren, nur um sogleich wieder zu sterben. Sie stellte sich vor, wie seine Bewegungen im Lauf der Nacht schwächer und schwächer würden, das Weinen immer kraftloser, wie der letzte Rest Wärme und Nahrung den zarten Leib fliehen würde, wie der Lebensfunke zu flackern begann, wie sich Schwärze und Hoffnungslosigkeit der kleinen Seele bemächtigten … und wie im Gebüsch hungrige Augen funkelten, darauf wartend, dass das Opfer endgültig zu schwach wäre, um sich zu verteidigen, wie gierige Zungen über spitze Zähne leckten.

Sie hörte einen heiseren Schrei durch den Wald hallen und erkannte erst, als der Schmerz ihre Kehle erfasste, dass er von ihr gekommen war.

Wenn sie etwas im Magen gehabt hätte, hätte sie sich erneut von oben bis unten besudelt.

Es musste getan werden. Es war das Richtige. Sie konnte nicht zulassen, dass eines neuen, noch kaum erwachten Lebens wegen zwei weitere Leben vernichtet würden, nämlich ihres und das ihres Mannes, der sie für den Ehebruch lebendig begraben lassen konnte und doch die Schande niemals loswürde, dass seine Frau ihm Hörner aufgesetzt hatte. Es war hart, es war grausam, es war eine Sünde, für die sie in der tiefsten Hölle würde büßen müssen, aber es war die einzige Möglichkeit, die sie hatte.

Sie lauschte erneut. Es war nichts zu hören. Es war, als hätte es das Kind nie gegeben.

Das Kind. Ihren Sohn.

Sie ließ sich vom Pferd gleiten, weil sie sich nicht mehr im Sattel halten konnte. Auf dem Boden sank sie in sich zusammen, umklammerte ein Bein ihrer Stute und schluchzte. Das Pferd stieß sie mit der Schnauze an und schien sie aufmuntern zu wollen, doch die Tränen wollten nicht versiegen. In ihrem noch immer von der Geburt wunden Schoß meldeten sich Schmerzen, die sie bisher verdrängt hatte, und der Wunsch, sich einfach einzurollen und in einen Schlaf zu fallen, der niemals endete, war beinahe überwältigend.

Endlich konnte sie sich zurück in den Sattel ziehen, und mit den Bildern ihres sterbenden Sohnes vor Augen trieb sie das Pferd wieder an.

Als sie bei der Köhlerhütte angekommen war, dachte sie zunächst, der kaum getrocknete Tränenschleier vor ihren Augen spiele ihr einen Streich. Sie war so gut wie sicher, dass sie die Laterne ausgeblasen hatte, bevor sie die Hütte verlassen hatte. Doch nun drang Lichtschimmer zwischen den Bretterritzen heraus. Das Fell- und Deckenbündel in ihrem Arm machte sie unbeholfen, aber schließlich glitt sie aus dem Sattel und führte die Stute zurück unter die Bäume. Auf Zehenspitzen schlich sie zur Hütte hinüber; auf halbem Weg fragte sie sich, was sie da tat und ob sie nicht besser einfach nach Rehperc zurückgeritten wäre. Sie schlich weiter, das Bündel fest an ihre Brust gepresst, als könnte es ihr Schutz bieten, wenn sich herausstellte, dass Gesetzlose die Hütte für ihr heutiges Nachtlager gewählt hatten.

Die Ritzen zwischen den Brettern klafften so weit auseinander, dass man an manchen Stellen die Hand hätte hindurchstecken können. Anna presste ihr Gesicht an eine dieser Ritzen und spähte in die Hütte. Sie hoffte, dass alles, was sie sehen würde, der leere Raum und die von ihr letztlich doch vergessene Laterne sein würde.

Stattdessen entdeckte sie direkt vor ihren Augen ein umwickeltes Bündel, und auf den Fellen lag eine Frau mit geschlossenen Augen, deren Gesicht im Halbschimmer eines Talglichts wie eine wächserne Maske aussah. Eine weitere Frau saß auf dem Boden, den Rücken an die Felle gelehnt, und war dabei einzunicken. Anna starrte die Szene fassungslos an. Das Bündel bewegte sich schwach und maunzte wie ein krankes Kätzchen. Es war ein Kind.

Anna spürte nicht, dass sich das raue Holz der Bretterwand in ihr Gesicht drückte. Sie wusste nicht, ob sie träumte oder wachte. Was um alles in der Welt …?

Die Frau auf den Fellen bewegte sich, als ob sie das kraftlose Geräusch des Kindes gehört hätte. Erschöpft richtete sie sich auf.

Anna prallte zurück und setzte sich unfreiwillig auf den Boden. Ihr Herz schlug plötzlich wie verrückt. Sie kannte die Frau auf den Fellen. Wie hätte sie sie nicht kennen sollen? Wenn Königin Eirene auf Burg Stoufen weilte, gehörte Anna von Rehperc zu ihren Vertrauten. Aber die Königin war in Papinberc! Wie kam sie hierher? Und das Kind – war das ihres? Sie war hochschwanger gewesen, als sie nach Papinberc aufgebrochen war. Hatte Eirene das Kind hier geboren, in der baufälligen Köhlerhütte, so wie Anna kurz zuvor? Wenn ja, hatten ihr Kind und das der Königin das gleiche Geburtsdatum. Wollte Gott ihr ein Zeichen geben?

»Ist es vorbei?«, hörte sie die Königin heiser fragen. »O Herr, bin ich ohnmächtig geworden?«

Beinahe gegen ihren Willen kam Anna wieder auf die Beine und spähte erneut durch die Lücke. Die zweite Frau – nun erkannte Anna auch sie, sie gehörte zu einem der Weiler, die den Wald mit einem Netz aus einsamen Inseln menschlichen Lebens durchzogen, und wurde manchmal, wenn die stoischen Bauersfrauen nicht mehr zurechtkamen, bei Geburten hinzugezogen – stand gähnend auf und schlurfte auf das Bündel zu. Als sie es erreicht hatte, hätte Anna sie fast berühren können; nichts als eine Schicht halb verrotteter, roh behauener Bretter trennte sie.

»Ihr habt Euer Kind auf die Welt gebracht, wie es sich gehört«, sagte die Hebamme und gähnte. »War nicht ganz einfach, nebenbei bemerkt.«

»Was ist es? Geht es ihm gut? Warum legst du es nicht zu mir?«

»Frauen schlafen unruhig nach der Geburt«, sagte die Hebamme. »Ich wollte vermeiden, dass Ihr Euch auf das Kind wälzt.«

»Ich habe schon mehrere Kinder auf die Welt gebracht …«, begann Eirene weniger verärgert als vielmehr resigniert.

»Und alle hat Euch die Hebamme nach der Geburt weggenommen. Ich tue nichts Böses, Majestät.«

»Ich verdanke dir mein Leben. Wie könnte ich böse von dir denken?«

Die Hebamme brummelte etwas und beugte sich über das eingewickelte Kind.

»Geht es ihr gut? Ist es ein Junge oder ein Mädchen? Geht es ihm gut?«

Die Hebamme teilte die Falten der Tücher und Decken auseinander. Ein Schock durchfuhr Anna, als sie das Kind sah. Seine Haut war wie Pergament, der Mund stand offen und die Lippen waren blau. Sein Atem kam so unregelmäßig, dass er wie ein Schluchzen wirkte. Die weit offenen Augen schienen bereits in eine andere Welt zu blicken. Anna unterdrückte ein Stöhnen.

»Es geht ihm gut«, brummte die Hebamme. »Geht ihm ausgezeichnet, Majestät. Und es ist ein Mädchen, ganz nebenbei bemerkt …« Die Hebamme drehte sich um und gab dadurch den Blick auf Eirene frei. Die Königin war so unvermittelt wieder eingeschlafen, dass Anna klar wurde, sie war gar nicht richtig wach gewesen. Sie würde sich nicht an diese kurzen Momente der Wachheit und ihre Fragen erinnern. Die Hebamme zuckte mit den Schultern und deckte das todkranke Kind der Königin wieder zu.

»Verschlaf es, Majestät«, brummte sie. »Keine Frau sollte ihrem toten Kind ins Gesicht sehen müssen, aber noch weniger sollte sie ihm beim Sterben zusehen.« Sie wandte sich an das klägliche Bündel. »Stirb, kleines Mädchen. Erspar deiner Mutter den Schmerz, dabei sein zu müssen. Stirb – auf deine Seele wartet eine bessere Welt als diese hier.«

Die Hebamme schlurfte zurück zum Felllager und breitete einen Mantel über die schlafende Königin. Anna fühlte einen Stich mitten ins Herz. Sie kannte den Mantel mit dem schon schäbig gewordenen Pelzbesatz und dem bestickten Saum, der einen Vogelreigen symbolisierte. Der Mantel gehörte Walther von der Vogelweide. Sie erinnerte sich, wie stolz er darauf gewesen war, das teuere Stück einst von einem großzügigen Bischof geschenkt bekommen zu haben.

Dass er ihn bei Eirene zurückgelassen hatte … dass er überhaupt hier in der Gegend war!, rief eine Stimme in ihrem Inneren, die zwischen Freude, Empörung und Trauer schwankte … bewies nur das, was Anna schon geahnt hatte, als sie sich mit dem Sänger der Lust hingegeben hatte. Walther von der Vogelweide war ein Liebhaber, der eine Frau glauben lassen konnte, dass ihr die Welt zu Füßen lag, doch er selbst liebte nur eine einzige Frau, und das war nicht die, mit der er im Heu lag. Er hatte sich immer meisterhaft beherrscht, aber hier und heute war der Mantel nur der letzte Beweis für Annas Ahnung, dass die Frau in Walthers Herzen Königin Eirene war.

War das Kind von ihm? Hatte sich die Königin deshalb hierher begeben, um es abseits von allen Zeugen auf die Welt zu bringen? Aber jeder hatte gewusst, dass sie schwanger gewesen war. Was war das Geheimnis hinter dieser Geschichte? Und was spielte Walther dabei für eine Rolle?

Wenn er hierher käme, könntest du ihm sagen, dass du seinen Sohn geboren hast!

Sie hasste sich dafür, dass diese Aussage immer noch eine freudige Erregung in ihr auslöste, auch wenn ihre eigene innere Stimme sie sprach.

Die Hebamme blickte noch einmal auf. »Stirb, kleines Mädchen«, murmelte sie. »Tu mir den Gefallen, den du deiner Mutter tust, und lass es mich nicht mit ansehen.« Sie seufzte. »Im Leben sind wir vom Tod umfangen. Der Herr hat's gegeben, der Herr hat's genommen, und der Teufel soll mich holen, wenn ich deine Beweggründe verstehe, Herr. Nimm die kleine Seele gnädig auf.« Sie wischte sich erschöpft über die Augen. Dann sank ihr Kopf zur Seite, und sie schlief ein.

Anna ließ sich zurücksinken. Sie starrte das Decken- und Fellbündel in ihrem Arm an. In der Dunkelheit war das zerzauste Haar des Neugeborenen wie eine Kappe, und sein Gesicht wirkte dunkel zwischen dem Leinen. Es schlief friedlich.

Sie hatte es nicht übers Herz gebracht, ihren Sohn allein unter dem Baum umkommen zu lassen. Sie war zurückgekehrt und hatte ihn erneut gestillt und hatte ihn mitgenommen, wissend, dass sie sich damit selbst dem Untergang weihte. Und jetzt lag ihr plötzlich die Lösung vor Augen. Eine Lösung, die eine Frau glücklich machen würde – Königin Eirene. Vor ihrem inneren

Auge schob sich das Gesicht der sterbenden Prinzessin vor das ihres schlafenden Sohnes. Erneut begann sie zu weinen, und sie erkannte, dass die Entscheidung, die sie soeben getroffen hatte, ihr eine noch größere Wunde zufügte als der Plan, ihr Kind umkommen zu lassen. Wenn es erst tot gewesen wäre, hätte sie es vielleicht irgendwann vergessen können. Nun aber würde es leben, und es würde keinen Weg geben zu verdrängen, dass es einmal ihr Kind gewesen war, und der Schmerz würde ihr Herz durchbohren, bis sie starb.

Sie hatte es vorhin nicht sagen können. Nun musste sie es sagen. Aus der Hütte erklang das Schnarchen der Hebamme. Anna beugte sich schluchzend über ihren Sohn und sagte ihm endgültig Lebewohl.

15.

Walther und Otto hatten etwa die Hälfte der Strecke zur Burg Stoufen zurückgelegt, als Walther es nicht länger aushielt. Plötzlich war die Überzeugung, dass er einen Fehler gemacht hatte, unüberwindbar. Er hätte bei Eirene bleiben sollen! Sein Pferd wieherte und schlitterte auf der staubigen Straße, so hart zog er die Zügel an.

Otto kam mit Verspätung zum Stehen. »Was!?«, rief er atemlos über die Schulter. Sie waren so schnell geritten, wie es die Pferde zugelassen hatten, dennoch hatte die Dämmerung sie eingeholt.

»Ich kehre um!«

»Du weißt doch, was sie gesagt hat. Die werden nicht auf mich hören in Stoufen!«

Walther kämpfe eine Sekunde mit sich, dann nestelte er den fellgepolsterten Sack, der von seinem Sattel hing, los.

»Nein«, sagte Otto und schüttelte den Kopf. »Nein, nein.«

Walther lenkte sein Pferd zu Otto hinüber. »Jeder in Stoufen kennt das Ding«, sagte er. »Wenn es jemand anderer hat als ich, bin ich entweder tot, oder ich habe es freiwillig hergegeben. Es wird Ausweis genug sein. Nun nimm schon!«

Otto nahm den Sack entgegen. In ihm war Walthers Laute, ein außergewöhnliches Musikinstrument aus honigfarbenem Holz, auf dessen Korpus Walther mit dünnem Gold- und Silberblech sein Wappen hatte anbringen lassen: einen Vogel in einem Käfig. Es war die einzige sichtbare Extravaganz, die Walther sich leistete. Jeder Sänger besaß wenigstens ein Musikinstrument, auf dem er ein Virtuose war, das er eifersüchtig hütete und nicht einmal Kollegen in die Hand gab. Viele verfügten mit ihrem letzten Atem, dass ihre Instrumente verbrannt werden sollten, wenn sie diese Welt verlassen hatten. Die Quinterne, die Walther sich in Papinberc durch den ganzen Saal hatte reichen lassen, war kostbar, weil sie Philipps Geschenk gewesen war, aber letztlich nur ein Werkzeug; die Laute aber war das einzige Kleinod in Walthers Seele, das nicht Königin Eirene gehörte. Otto wäre es nicht eingefallen, Walther um die Laute zu fragen, wenn sein Leben davon abgehangen hätte. Er hatte nur einmal gesehen, dass Walther sie jemand anderem ausgehändigt hätte – als König Philipp gefragt hatte, ob er sie kurz in die Hand nehmen dürfe. Keiner von ihnen hatte Philipp je einen Wunsch abschlagen können. Er hängte den Sack an sein Sattelhorn, als seien schlafende Giftschlangen darin.

»Ich verlasse mich auf dich«, sagte Walther, ohne dem einzig Wertvollen, das er besaß, noch einen zweiten Blick zu gönnen. Schon begann er, sein Pferd herumzuziehen.

Otto legte ihm die Hand auf den Oberarm. Er suchte nach Worten, dann sagte er nur: »Alles wird gut.«

Walther schluckte. Er nickte dem Freund zu. In entgegengesetzten Richtungen galoppierten sie auseinander.

16.

Und jetzt?, frage Anna sich. Was habe ich gewonnen?

Sie stemmte sich in den Sattel, nachdem sie die Stute am Zügel unter die Bäume geführt hatte. Das Tier schüttelte den Kopf und folgte dann gehorsam dem Pfad in Richtung Straße, wo sie den Weg nach Rehperc einschlagen würde.

Ich habe mein Leben wiedergewonnen, beantwortete sie ihre eigene Frage. Und meine Seele ist blütenrein, denn ich habe nichts Böses getan, um mein Ziel zu erreichen. Ich habe im Gegenteil der Königin das Glück geschenkt, einen Sohn heranwachsen zu sehen. Die Hebamme wird nicht verstehen, was geschehen ist, aber sie wird den Mund halten. Ich habe nichts Böses getan.

Warum fühlte es sich dann so an, als habe sie gerade die Erbsünde neu erfunden?

Sich nicht umzudrehen und zurückzublicken, bevor die Köhlerhütte in der Dunkelheit unter den Bäumen verschwand, erforderte Willenskraft. Sie trug das Kind im Arm – es wog so gut wie nichts. Es war dem Tod um so viel näher als dem Leben, dass es bereits an Stofflichkeit zu verlieren schien.

Es war so einfach gewesen: die Tür der Köhlerhütte zu öffnen, an der besinnungslosen Königin und der schlafenden Hebamme vorbeizuschleichen, die Kinder gegeneinander auszutauschen und die Köhlerhütte wieder zu verlassen. Annas Sohn hatte so fest geschlafen, dass er keinen Mucks von sich gegeben hatte; Königin Eirenes Tochter hatte mit ihren glanzlosen Augen durch sie hindurchgestarrt und nicht die Kraft gehabt, mehr zu tun, als leise rasselnd Luft zu holen.

Anna schnalzte erneut mit der Zunge. Das Kind musste nur so lange durchhalten, bis sie zurück in Rehperc war. Dort würde sie die Geschichte erzählen, dass plötzlich verfrühte Wehen aufgetreten waren, dass sie ein Kind auf die Welt gebracht hatte, das noch nicht hätte auf die Welt kommen dürfen, ein Kind, das nicht überleben würde. Ein Blick auf das erbärmliche Geschöpf in ihrem Arm würde jeden Zweifel ausräumen, dass es sich tatsächlich um eine Frühgeburt handelte. Niemand würde angesichts des Schmerzes einer früh verwaisten Mutter nachrechnen, ob die Monate, seit Annas Mann zum letzten Mal zu Hause gewesen war, mit der Frühgeburt übereinstimmen konnten. Die Geschichte ähnelte der, die sie ursprünglich hatte erzählen wollen, aufs Haar, nur dass sie jetzt, mit diesem sterbenden Säugling auf dem Arm, viel glaubwürdiger klang, als wenn sie mit ihrem toten Sohn heimgekehrt wäre.

Königin Eirene würde Gott danken, dass sie endlich einen Sohn auf die Welt gebracht hatte, einen strammen Burschen, der irgendwann einmal die Krone seines Vaters erben würde. Schon allein deswegen würde die Hebamme, selbst wenn sie irgendwann einmal etwas ahnen sollte, schweigen. Anna hatte ihrem Sohn buchstäblich zweimal das Leben geschenkt, und das armselige Geschöpf in ihrem Arm würde wenigstens, wenn es den Ritt nach Rehperc überstand, in einer warmen Kemenate sterben statt in der unwirtlichen Köhlerhütte. Sie hatte sich nichts vorzuwerfen.

Das Gefühl, dass sie ein Ungeheuer war, verging davon genauso wenig wie zuvor.

Da vorn musste die Straße sein, ein vager heller Streifen in der Finsternis des Waldes, schimmernd im Licht der letzten Dämmerung. Plötzlich schnaubte die Stute, stockte im Schritt und drehte ihre Ohren hin und her. Anna packte die Zügel, doch es war schon zu spät. Mit dem Antwortschnauben eines im Gebüsch versteckten Pferdes war sie auf einmal von dunkel gekleideten, maskierten Gestalten umringt. In ihrer Erschöpfung brauchte der Schreck eine Sekunde, um spürbar zu werden; dann presste sie das Bündel an sich, das sie im Arm hatte, und sah sich wild nach einem Ausweg um. Der Ring aus schwarz Maskierten wies keine Lücke auf. Die Stute stampfte. Eine der stummen Gestalten griff in den Zügel direkt unterhalb der Beißstange und zwang der Stute den Kopf nach unten. Das Pferd rollte mit den Augen, aber es gehorchte und wurde still.

Eine andere schwarze Gestalt hob einen Finger an die Stelle, wo unter dem Tuch der Mund sein musste, und sagte: »Pssssst!« Dann zog sie eine gespannte Armbrust hinter dem Rücken hervor und legte auf Anna an.

»Absteigen«, sage der maskierte Armbrustschütze mit so heiserer Stimme, dass sie verstellt sein musste. Anna schielte den Armbrustbolzen an, der in seiner Rinne lag wie ein dunkel poliertes Todesversprechen. »Wird's bald?«

Anna hob das Decken- und Fellbündel in ihren Armen hoch. »Ich kann nicht«, hörte sie sich sagen.

Ein zweiter Maskierter trat heran. Selbst Anna fiel auf, dass er sich so bewegte, dass er nie zwischen sie und die gespannte Armbrust geriet. Er streckte die Arme nach dem Bündel aus.

Anna schüttelte den Kopf. »Nein«, sagte sie.

Die Armbrust machte eine ungeduldige Bewegung. Annas Blicke verklammerten sich in die der Augen oberhalb der Gesichtsmaske. Sie waren dunkel. Mit einer Überraschung, die selbst durch ihren Schock drang, erkannte sie, dass die Augen mit schwarzem Lidstrich umrandet waren. Das und der vage Akzent, der aus den wenigen Worten herauszuhören war … der Maskierte war ein Byzantiner! Wie kam ein Byzantiner dazu, sich in dieser Gegend als Wegelagerer zu betätigen?

Ausgenommen, dass er und seine Kumpane keine einfachen Wegelagerer waren. Die Bewegungen, die gleichartige Ausrüstung, die Knappheit der Befehle …

»Absteigen!«

Anna zögerte noch einen Herzschlag lang, dann fügte sie sich in das Unvermeidliche und reichte dem Maskierten das Bündel. Sie hielt sich am Sattelrand fest und ließ sich vom Pferd gleiten. Als sie stand, trat der Armbrustschütze einen Schritt zurück und bedeutete ihr mit einer Kopfbewegung zu folgen. Sie wandte sich hilflos um, doch der andere Maskierte hatte das Bündel bereits genauer angesehen. Er trat zum Armbrustschützen, der anscheinend der Anführer der Gruppe war, und flüsterte ihm ins

Ohr. Ein Blick traf sie, der sie einen Schritt zurücktreten ließ. Die beiden Männer beugten sich über das Kind.

Der Armbrustschütze sagte: »Deines?«

Anna zögerte einen winzigen Augenblick, dann nickte sie. Ihre Knie waren weich.

»Es liegt im Sterben.«

Ohne dass es einer willentlichen Anstrengung bedurft hätte, traten ihr Tränen in die Augen. »Lasst mich gehen«, flüsterte Anna. »Ich bringe es nach Hause, damit es in Frieden …«

Die beiden Maskierten flüsterten erneut miteinander. Der zweite Mann strich dem Neugeborenen sanft über den Kopf. Er musterte Anna. Seine Augen veränderten sich, und es dauerte einen Augenblick, bis Anna verstand, dass er lächelte.

»Keine Sorge«, sagte der zweite Maskierte. »Wir werden es retten.«

Anna blinzelte. »Was?«, stotterte sie schließlich.

Der zweite Maskierte trat an ihre Seite und legte ihr eine Hand auf die Schulter, eine Geste, die so natürlich und vertraut wirkte, dass Anna sie niemals an einem Mann erwartet hätte, gleich ob Wegelagerer, Papst oder wer auch immer. »Wir retten dein Kind«, wiederholte er. Auch er sprach so heiser, dass er seine Stimme verstellt haben musste.

»Ihr … was? …«

Der Mann mit der Armbrust winkte ihr zu. »Lass dein Kind hier und komm mit.«

»Aber …«

»Es wird leben.«

»Aber …«

Der Armbrustschütze deutete in die Richtung, aus der Anna gekommen war. »Du kommst von der Hütte«, sagte er.

Anna hatte Mühe, seine Aussage zu verstehen. Sie wandte sich immer wieder zu dem zweiten Maskierten um, der zu einem seiner Kumpane trat, ihm das Kind in die Arme legte und dann im Gebüsch verschwand. Sie fühlte eine Hand, die ihr Kinn packte und ihren Kopf herumdrehte. Die schwarzen Augen hinter den Kohlstrichen funkelten im Mondlicht und durchbohrten sie.

»Königin Eirene ist in der Hütte«, sagte der Armbrustschütze.

»Das … Kind …«, brachte Anna hervor und deutete über ihre Schulter. Der Anführer der Maskierten ließ ihr Kinn los. Wie von einem unsichtbaren Seil gezogen, drehte sich ihr Kopf wieder nach hinten. Der Mann, der das Kind gehabt hatte, kam wieder aus dem Gebüsch hervor. Er schleppte eine Satteltasche mit, die schwer wirkte. Er stellte sie auf dem Boden ab, dachte kurz nach und öffnete sie. Anna sah die Umrisse von Töpfchen, Flaschen und Phiolen.

»Königin Eirene ist in der Hütte«, wiederholte der Armbrustschütze.

Anna wandte sich ab und starrte ihn an. In ihrem Kopf war eine große Leere, in der kaum etwas von dem ankam, was der Maskierte sagte, und wenn, wurde es vom Echo der einen Aussage übertönt, die darin hallte: Es wird leben.

Was um alles in der …?

»Wer seid ihr?«, brachte sie hervor.

Der Maskierte musterte sie mit kaum verhohlener Ungeduld.

»Nein«, sagte sie. »Die Königin ist nicht in der Köhlerhütte.«

»Natürlich ist sie das«, widersprach der Maskierte. Es kam so voller Überzeugung, dass jedes weitere Leugnen nicht nur sinnlos, sondern geradezu lächerlich gewesen wäre. »Komm mit!«

»Wohin?«

»Zur Köhlerhütte.«

»Was wollt ihr dort?« Sie ballte die Fäuste. »Wenn ihr ihr auch nur ein Haar krümmt …«

»Wir holen uns nur etwas zurück, was nicht ihr gehört.«

»Ha! Soll das heißen, dass Königin Eirene euch etwas gestohlen hat!?«

»Nein. Es ist der Gottesmutter Maria gestohlen worden, und wir haben vier Jahre lang auf diesen Augenblick gewartet, um es wieder an uns zu bringen. Komm mit und verhalte dich ruhig, dann wird dir nichts geschehen. Sobald wir unsere Mission erfüllt haben, lassen wir dich frei, und du wirst mit deinem Kind zu seinem Vater zurückkehren und ihn stolz machen.«

Der Maskierte wandte sich ab. Anna wurde von zwei weiteren Vermummten in die Mitte genommen. Ein letztes Mal drehte sich sich um, um zu sehen, wie der Maskierte mit der Satteltasche das Deckenbündel auseinandernahm und den zuckenden Körper des neugeborenen Mädchens auf den Boden legte. Dann wurde sie nicht allzu unsanft weitergetrieben. Verwirrt, verängstigt und mit dem unangenehmen Stechen eines Messers, das ihr einer ihrer Bewacher in den Rücken drückte, stolperte sie vorwärts.

Es wird leben, echote das gut gemeinte Versprechen in ihrem Hirn.

Nur langsam machte sich ein zweiter Gedanke bemerkbar: eine Erkenntnis.

Die Maskierten waren allesamt Frauen.

17.

Bis Walther wieder bei der Köhlerhütte ankam, war es finsterste Nacht. Im Wald war es unmöglich gewesen, weiterzureiten, ohne die Gefahr, dass sein Pferd in eine Mulde trat und sich die Beine brach. Also war er abgestiegen und hatte das Tier hinter sich hergezogen, und wo es sich hatte einrichten lassen, war er dabei gelaufen. Seine Füße fühlten sich an wie rohes Fleisch in den engen, dünnen Reitstiefeln. Die Sporen hatte er voller Ungeduld abgerissen und fallen lassen, nachdem er mehrfach über sie gestolpert war. Es gab nichts Wichtiges mehr, außer Eirene zu erreichen und zu hoffen, dass seine idiotische Entscheidung, sie mit der Hebamme allein zu lassen, noch keine bösen Folgen hatte. Sein Atem flog. Er hatte keine Ahnung, was Eirene hätte zustoßen können, abgesehen von dem, was jeder dritten Frau nach der Geburt zustieß – der Tod im Kindbett, gegen den auch er völlig machtlos war. Dennoch war die Not, bei ihr zu sein, zu groß, als dass sie vernünftige Gedanken zugelassen hätte. Zwischendurch ertappte er sich dabei, stumme Zwiesprache mit Otto von Herneberch zu halten und den Sänger anzuflehen, sich zu beeilen. Er konnte nicht sagen, woher das Gefühl kam, dass nicht genug Leute um Eirene sein konnten. Selbst eine Hundertschaft Ritter hätte ihr nicht zu helfen vermocht, wenn das Wöchnerinnenschicksal zuschlug. Und dennoch … selbst wenn Otto sich mit Brachialgewalt nach Stoufen schleppte, würde er nicht vor dem späten Morgen des nächsten Tages zurück sein. Walther verfluchte im Stillen das Schicksal.

Dann kam der Moment, an dem er erneut stolperte und zu Boden fiel. Als er versuchte, wieder auf die Beine zu kommen, schoss ein Krampf in sein Bein, dass er sich wieder niedersetzen musste. Stöhnend und fluchend massierte er seinen Oberschenkel, der sich anfühlte, als balle sich in ihm eine eiserne Faust. Der Schmerz klärte seine Gedanken für einen Augenblick. Was sollte die Panik? Selbst wenn sich Eirenes Zustand infolge der Geburt verschlechterte, konnte ihr niemand besser helfen als die Hebamme. Walther konnte nur dumm herumstehen und vor Angst um die Königin vergehen.

Ob das Kind noch lebte?

Er sah Eirenes Gesicht vor sich, wie sie ihr Neugeborenes auf den Arm nahm und wie sich ihre Züge plötzlich vor Entsetzen verzerrten, als ihr bewusst wurde, dass der kleine Körper schlaff und kalt war. Keuchend sprang er auf und knickte wieder ein, aber er zwang sich, auf dem schmerzenden Bein zu stehen. Das war es, was er tun konnte: Eirene im größten Kummer, den eine Mutter fühlen kann, beizustehen! Er hinkte weiter.

Als er schließlich auf die Lichtung stolperte, brauchte er den Zügel mehr, um sich auf den Beinen zu halten, als um das Pferd zu ziehen. Licht zeichnete die Spalten in den Bretterwänden der Köhlerhütte nach. Sie hatten ein kleines Talglicht aus der Sänfte hierher gebracht. Doch der dicke, klebrige Geruch, der in der Nachtluft hing, war der nach dem Pech von Fackeln. Seine Sinne, bis aufs Äußerste gereizt von seiner Sorge um Eirene, und seine Ausbildung als Ritter ließen ihn zum Sattel greifen und nach dem Schwert tasten, das dort festgeschnallt war. Er war um einen Herzschlag zu langsam.

Ein dünner Strang aus Feuer wickelte sich um seine Fußgelenke. Er spürte den Schmerz und hörte zugleich das schnappende Geräusch. Der Feuerstrang war die Schnur einer Peitsche, die jemand in der Dunkelheit geschwungen hatte und die sich um seine Knöchel wickelte. Ein Ruck, und er landete auf dem Boden. Im nächsten Moment fühlte er, wie sich ein Körper auf ihn warf und eine behandschuhte Hand sich um seine Kehle legte. Ein Daumen presste sich in seinen Kehlkopf. Seine wild herumfuchtelnde Linke fand das Täschchen an seinem Gürtel, riss es auf und bekam das kurze Messer zu fassen, das er sonst zum Essen benutzte. Es war scharf und spitz und ließ sich ermutigend an den Oberkörper des Angreifers halten.

»Ich brauche nur zuzustoßen …«, begann er und kam nicht weiter, weil der Daumen seinen Kehlkopf eindrückte und er schlagartig keine Luft mehr bekam.

»Ich brauche nur zuzudrücken«, erwiderte der Angreifer.

Walther bäumte sich auf. Das Messer rutschte aus seiner Hand. Vor seinen Augen tanzten Funken. Vage wurde ihm bewusst, dass das schwarze, formlose Gesicht seines Gegners ein Stofftuch war, das um Nase und Mund geschlungen war und nur die Augen frei ließ. Luft …!

»Wollen wir vernünftig sein … Herr Walther?«, fragte der Angreifer und hob den Daumen um die Breite eines Haars. Walther holte krampfhaft Luft durch die winzige Öffnung, die sich in seiner Kehle auftat.

»Ja«, krächzte er.

»Versprochen?«

»Ja …«

Der Druck auf seine Kehle wurde leichter. Walther warf sich herum. Sein Angreifer hatte offensichtlich geglaubt, dass er tatsächlich aufgab; Walther schaffte es, ihn abzuschütteln. Den Atem in der Kehle pfeifend, stürzte er sich wieder in den Kampf. Ein Faustschlag traf ihn und schien die Hälfte seiner Zähne zu lockern, aber er ließ nicht nach. Er drückte den Oberkörper seines Gegners zu Boden, blockte weitere erbarmungslos gezielte Schläge ab und bekam seine Knie so weit nach oben, dass er sich links und rechts auf die Oberarme des Maskierten knien konnte. Sein Gegner keuchte vor Schmerz und Wut. Walther packte das Tuch und zerrte es vom Gesicht seines Gegners, aber der Anblick war keine Überraschung mehr. Im kurzen Handgemenge hatte er mehrfach eine Handvoll weichen Fleisches zu fassen bekommen, wo harte Brustmuskeln hätten sitzen sollen. Sein Gegner war eine Frau. Er starrte in kühn geschnittene Züge mit dunkel umrandeten Augen, vollen Lippen und bebenden Nüstern und bekam zur Belohnung für seine kurzfristige Unaufmerksamkeit ein Knie in den Rücken, dass er beinahe nach vorn gefallen wäre. Er legte sein Gewicht auf die Knie. Die Frau unter ihm biss sich auf die Lippen und stöhnte.

»Wollen wir vernünftig sein …?«, keuchte er. Sein Spott blieb ihm im Hals stecken, als jemand von hinten an ihn herantrat, sein langes Haar packte, ihm den Kopf nach hinten zog und eine Klinge an seine Kehle drückte.

»Ah«, gurgelte er, »du hast deinen großen Bruder mitgebracht?«

»Aufstehen«, zischte eine Stimme in sein Ohr. Walther fühlte sich am Haar in die Höhe gezogen und biss die Zähne zusammen. Er erhielt einen Stoß in den Rücken und taumelte ein paar Schritte davon. Langsam drehte er sich um und fixierte eine Armbrust, die ohne zu zittern auf ihn zielte. Seine Blicke krochen an der Waffe entlang und maßen sich mit denen seines neuen Feindes.

»Oder eher deine große Schwester«, korrigierte er sich.

»Rein in die Hütte«, kommandierte die Armbrustschützin.

»Ich würde euch den Vortritt lassen, aber mit Höflichkeit habt ihr's nicht so, oder?« Er zwang ein Grinsen auf seine Lippen.

»Schwätzer«, zischte die Schützin. »Willst du selber gehen, oder sollen wir dich tragen mit einem Bolzen im Knie?« Die Armbrust senkte sich leicht.

»Macht euch meinetwegen keine Umstände«, sagte Walther und schritt voran. Die Frauen folgten ihm. Als sie sein Gesicht nicht mehr sehen konnten, erlaubte er sich, die Selbstbeherrschung aufzugeben, und seine Züge verzerrten sich vor Todesangst um Eirene. Er hatte keine Ahnung, was hier gespielt wurde, aber er hatte, was Frauen betraf, ein gutes Gedächtnis: für Gestalten, für Gesichter, für Stimmen – und die beiden, die ihn vor sich her in die Köhlerhütte trieben, hatten noch vor wenigen Tagen zu dem Troß aus byzantinischen Hofdamen gehört, die die Königin nach Papinberc begleitet hatten.

Er stockte, als er die Hütte betrat. Eirene ruhte mit geschlossenen Augen auf den Fellen. Sie war so blass, dass das Fackellicht durch ihr Gesicht hindurchzuscheinen schien. Sie schien besinnungslos zu sein; nur ihre Lider flatterten leicht. Die Hebamme lag zusammengekrümmt auf dem Boden, doch sie atmete. Mit den beiden, die ihn hereingebracht hatten, waren sechs maskierte Gestalten in der Hütte. Drei von ihnen hatten bereits die Hälfte des festgestampften Erdbodens der Hütte aufgebrochen. Die Truhen, die Walther und Otto aus der Sänfte geholt hatten, waren geöffnet, eine davon lag auf der Seite, der Inhalt herausgerissen und überall verstreut. Die vierte maskierte Gestalt, die das Treiben der anderen drei beobachtet hatte, flüsterte mit den Frauen, die Walther draußen abgefangen hatten, und sandte sie wieder nach draußen. Dann wandte sie sich an ihn, und in diesem Augenblick bemerkte Walther zweierlei: zum einen, dass auch sie, wie alle Maskierten, eine Frau war. Und zum anderen, dass in einer dunklen Ecke der Hütte jemand schweigend die Szene beobachtete und dass diese stille Gestalt niemand anderer war als: Anna von Rehperc.

Sie starrte Walther an. Über ihr Gesicht zuckte innerhalb weniger Wimpernschläge eine solche Vielzahl an Emotionen, dass es Walther den Atem abgeschnürt hätte, wenn sein Denken sich nicht auf Eirene konzentriert hätte. Der Reigen begann mit ehrlicher Wiedersehensfreude … und endete mit dem absoluten Gegenteil.

Bevor er Anna fragen konnte, was all das zu bedeuten hatte, baute sich die Frau vor ihm auf, die offensichtlich Anführerin der Maskierten war. Sie legte ihre Armbrust auf Walther an, musterte ihn und entfernte sich dann das Tuch von Nase und Mund.

»Herr Walther«, sagte sie.

Walther musste nur kurz nachdenken. »Cyra«, sagte er. »Königin Eirenes Zofe.«

Cyra warf den Kopf zurück. »Wo ist er?«, fragte sie. »Wenn Ihr etwas damit zu tun habt, dann macht uns allen die Sache leichter und beichtet.«

»Was soll ich beichten? Dass ich beim Singen von Liebesliedern leider niemals an Euch gedacht habe?«

Cyra lächelte kühl. Dann gab sie Walther mit einer so blitzartigen Bewegung eine Ohrfeige, dass er nicht einmal im Ansatz zu einer Abwehrbewegung fähig war. Seine Wange brannte. Aus dem Augenwinkel sah er die heftige Bewegung, die Anna von Rehperc gemacht hatte, bevor sie sich wieder in die Ecke zurückzog. Walther hatte keine Chance gehabt, nach der Armbrust zu greifen, die Cyra nun wieder wie ein Experte in beiden Händen hielt und die auf sein Herz zielte.

»Ich habe Eure Scherze nie gemocht«, sagte Cyra.

»Ihr habt sie bloß nicht verstanden«, sagte Walther.

Sie musterte ihn. Walther sah die Wut in den schwarzen Augen funkeln. Königin Eirenes byzantinische Hofdamen waren allesamt Schönheiten. Eine Frau mit so perfekten Gesichtszügen wie Cyra in diesem Meuchelmörder-Aufzug zu sehen und nichts als grimmige Wut in ihrer Miene zu lesen, war in höchstem Grad verwirrend. Walther, der nur mühsam an sich halten konnte, nicht zu den Fellen hinüberzustürzen und nachzusehen, wie es Eirene ging, versuchte, ihrem Blick standzuhalten.

Ein erster Funke von Zorn glomm in ihm auf, als er feststellte, dass es ihm nicht gelang.

»Wo ist er?«

»Wo ist wer?«

»Der Waise«, sagte Cyra.

Walther trat unwillkürlich einen Schritt zurück. »Um den Stein geht es Euch? Ist Philipp deswegen gestorben? Steckte Otto von Wittelsbach mit Euch unter einer Decke?«

»Der Wittelsbacher ist genauso ein Narr wie Ihr«, sagte Cyra. »Sehen wir so aus, als täten wir uns mit Narren zusammen? Wir haben nur den Aufruhr genutzt, den seine Tat hervorgerufen hat.«

»Und habt die Königin vergiftet und in ihrer Schlafkammer nach dem Waisen gesucht!«

»Es war nur ein Betäubungstrank.«

»Sie wäre beinahe daran gestorben.«

Cyra erwiderte nichts darauf.

»Und den Stein habt Ihr trotzdem nicht gefunden«, schloss Walther.

Cyra schüttelte den Kopf. »Nicht in ihrer Kammer, nicht an König Philipp, nirgendwo in ganz Papinberc.«

Walther ging ein Licht auf. Er grinste freudlos. »Und nun glaubt Ihr, Eirene hätte ihn? Eirene, die wir mehr tot als lebendig aus Papinberc gebracht haben, mit einem Kind unter dem Herzen, das sie hier in dieser Dreckshütte geboren hat … von ihr glaubt ihr, sie hätte in Papinberc noch den Waisen eingepackt?«

»Wenn sie es nicht war, dann müsst Ihr den Stein an Euch gebracht haben. Ihr habt doch ein Lied über ihn gedichtet – ein schlechtes, übrigens. Wahrscheinlich habt Ihr ihn an Euch genommen, als Philipp tot in seiner Kammer lag.«

»Ja, ich sehe, wie sich diese Wahnvorstellung in Eurem Spatzenhirn festsetzen konnte. Der Verräter wittert überall Verrat.«

»Wir sind keine Verräter!«

»Wo ist das Kind?«

»Denkt Ihr, wir hätten ihm ein Haar gekrümmt?« Cyras Mund verzog sich vor Verachtung. »Dort!«

Walther folgte ihrer Kopfbewegung. Das Kind lag im Arm von Anna von Rehperc, deren Miene sich so qualvoll verzerrte, als Walthers Blick zuerst auf das Bündel in ihrem Arm und dann auf ihr Gesicht fiel, dass es selbst zu Walther durchdrang.

»Was tust du hier, Anna?«, stieß er hervor. »Hast du diese Furien hierhergebracht?«

Anna starrte ihn reglos an, ihre einzige Bewegung das Irrlichtern ihrer Gefühle auf ihren Zügen. Sie hielt das Kind, als hielte sie einen Holzklotz. Ihre Augen schwammen in Tränen. Walther ahnte fassunglos, dass es solche des Hasses waren. Er schlug ihm von ihr entgegen wie die Hitze eines Johannisfeuers. Die Wut Cyras war dagegen nur ein lauer Hauch.

»Wo ist der Stein?«

»Ich hoffe, er ist in die tiefste Abortgrube Papinbercs gefallen.«

»Wenn das der Fall sein sollte, werdet Ihr danach tauchen.« Cyra trat zu den dreien, die den Boden aufgruben. Ihre Waffe war nur noch nachlässig auf Walther gerichtet und ihre Augen abgewandt, aber es gab keinen Zweifel, dass er wieder ihre volle Aufmerksamkeit haben würde, wenn er eine schnelle Bewegung machte. Er blickte zu Anna von Rehperc hinüber und versuchte, ihr eine stumme Botschaft zu senden, doch sie funkelte ihn nur an. Ratlos wandte er sich von ihr ab und Eirene zu.

Ihre Augen waren geöffnet und sahen ihn drängend an. Dann schloss sie sie wieder.

Atemlos begann Walther, sich seitwärts auf das Lager aus Fellen zuzuschieben. Cyra fuhr herum. Walther schielte die Spitze des Armbrustbolzens an.

»Was?«, schnappte sie.

»Nichts!«, gab Walther heftig zurück.

»Keine Dummheiten, Herr Walther.«

Er zog eine Grimasse. Cyra wandte sich wieder zu den Gräberinnen um. Walther schob sich weiter auf Eirene zu, fürchtend, es sich nur eingebildet zu haben, dass Eirene ihn angesehen hatte.

Die Königin öffnete die Augen erneut. Walther versank hilflos in ihrem Blick. Ihr Mund bewegte sich und formte die Worte: Mein Kind?

Walther rollte die Augen zu Anna hinüber, die den Kopf gesenkt hatte und mit dem Kind im Arm noch immer so dastand, als hielte sie ein Monster. Eirenes Augen füllten sich mit Tränen.

Alles wird gut, formten Walthers Lippen. Ich liebe dich.

In diesem Augenblick flog die Hüttentür auf, eine der Wächterinnen taumelte rückwärts herein, feuerte noch im Stolpern ihre Armbrust durch die geöffnete Tür nach draußen und machte dann einen Satz nach hinten, als ein anderer Armbrustbolzen sie traf. Sie prallte gegen die Wand neben Walther und rutschte daran herunter, die weißen Federn des Bolzens ragten aus ihrer Brust.

Anna schrie auf.

Die Hölle brach los.

18.

Männer drangen in die Hütte ein. Sie trugen schimmernde Helme, funkelnde Axtklingen und Falchons, schwere, armlange Haumesser. Einer von ihnen schwang eine leer geschossene Armbrust. Unter ihnen war auch eine bunt gekleidete Gestalt, die leichte Reisekleidung, aber einen mächtigen Topfhelm trug. Die maskierten Frauen reagierten blitzschnell und warfen sich ihnen entgegen. Walther reagierte noch schneller, stürzte zum Lager und riss Eirene in die Höhe, während er sie zugleich mit seinem Körper deckte.

»Mein Kind!«, schrie Eirene und streckte die Hand nach Anna aus, die mit weit aufgerissenen Augen das Chaos anstarrte, in das sich das Innere der Köhlerhütte verwandelt hatte. Die

Männer waren Soldaten, die den Kampf gewohnt waren, aber die Frauen waren ihnen mehr als ebenbürtig. Schon sank der erste von ihnen auf die Knie und sackte in sich zusammen. Die Soldaten schwangen ihre Äxte und Falchons wie Berserker, doch meistens war dort, wo sie hinschlugen, niemand mehr. Die Frauen vollführten etwas wie einen wilden Tanz, springende, wirbelnde Derwische, die Fußtritte und Faustschläge austeilten, in deren Händen plötzlich dünne Klingen waren, mit denen sie erbarmungslos dorthin stachen, wo ihre Gegner am ungeschütztesten waren: Augen, Kehlen, Achselhöhlen. Der nächste Soldat krümmte sich und wand sich dann auf dem Boden, beide Hände an den Hals gepresst. Der bunt gekleidete Mann mit dem Topfhelm duckte sich unter einem Tanzschritt Cyras, so dass ihr Fußtritt statt seiner die Hüttenwand traf und zwei Bretter zerbersten ließ. Einen zweiten Fußtritt konnte er mit der flachen Klinge abwehren, dann griff einer der Soldaten Cyra an, und der Helmträger taumelte durch die Hütte auf Walther zu.

»Nichts wie raus hier!«, rief er.

Eirene wand sich in Walthers Armen. Er ließ sie halb zu Boden gleiten. Sie blieb auf den Beinen und wollte sich von ihm losreißen. »Mein Kind!!«

Der Helmträger, der niemand anderer als Otto von Herneberch war, warf Walther das Schwert zu, und dieser erkannte erst jetzt, dass es seines war. Otto musste es von Walthers Sattel genommen haben, bevor er mit den Soldaten in die Hütte geplatzt war. Während der Sänger sein eigenes Schwert aus dem Gürtel zog, blickte er sich aufgeregt um.

»Wo ist der verdammte Ausgang?«

Walther, der Eirene nur mühsam bändigen konnte und gleichzeitig alles im Auge zu behalten versuchte, sah, wie Cyra einen Gegner mit einem Wirbel aus Fußtritten entwaffnete und ihn dann gegen die bereits halb geborstene Wand schleuderte, dass er in einem Schauer aus Splittern und Holzteilen hindurchbrach und draußen im Gras liegen blieb. Die Hütte knarrte und bebte. Pferde wieherten. An einer Stelle leckte das Feuer der weggerollten Fackel an der Hüttenwand und schwärzte bereits das Holz. Cyra drehte sich um, hob die Armbrust auf, die sie weggelegt hatte, und zielte auf Walther und Eirene. Walther wirbelte herum und brachte so seinen Körper zwischen die Königin und den Armbrustbolzen. Sein Rücken spannte sich, jeden Moment erwartete er den Einschlag des Bolzens zwischen seinen Schulterblättern. Als er ausblieb, spähte er über die Schulter nach hinten. Einer der Soldaten hatte Cyra die Beine unter dem Leib weggetreten. Sie kam bereits wieder hoch, aber die Armbrust schlitterte rücklings über den Boden. Wie durch ein Wunder löste sie nicht aus. Der Bolzen hüpfte neben ihr her.

Eirene packte Walther an den Haaren. »Das Kind!«, schrie sie. »Rette mein Kind!«

Er stierte ihr ins Gesicht. Sie sah halb wahnsinnig aus vor Angst. Er schob sie Otto in die Arme und hob das Schwert. Anna und Eirenes Kind waren in der gegenüberliegenden Ecke der Hütte, und dazwischen tobte das Handgemenge aus maskierten Frauen und Soldaten, bei dem die Frauen die Oberhand zu gewinnen drohten. Drei Männer lagen bereits reglos auf dem Boden der Hütte, der vierte stöhnte besinnungslos draußen im Gras; von den Frauen war nur diejenige außer Gefecht, die der Armbrustbolzen ganz zu Anfang getroffen hatte. Walther würde sich hindurchkämpfen müssen.

Mit einem fauchenden Geräusch sprang das Feuer an der Stelle, an der die Fackel lag, hoch.

Dann sah er, dass Anna nicht mehr in der Ecke stand. Er blickte sich um und entdeckte sie neben dem Lager aus Fellen – dem Lager, auf dem er und sie sich geliebt hatten, vor zehntausend Jahren, dem Lager, auf dem Eirene und ihr Neugeborenes gelegen hatten. Und auf einmal schien alles um ihn herum ganz langsam abzulaufen, als ob die ganze Szene in zähen Sirup getaucht worden wäre.

Anna drückte das Kind mit einer Hand an die Brust. Mit der anderen hob sie die Armbrust, die Cyra verloren hatte. Die Waffe war wuchtig und schwer, aber Anna schien ihr Gewicht nicht zu spüren. Sie hatte den Bolzen wieder in die Rinne gelegt. Die Armbrust kam nach oben, gemächlich wie in einem Alptraum, und richtete sich auf Walther. Walther sah in Annas Augen und wusste, dass sie abdrücken würde. In seiner Panik und Verwirrung verschaffte sich ein Gedanke Luft, der ihm selbst idiotisch vorkam: Aber ich habe sie doch glücklich gemacht, damals!

Jemand stieß ihn beiseite, aber der Lauf der Armbrust folgte ihm einfach, ebenso unerbittlich wie der Blick aus Annas Augen.

Jemand schrie: »Nein!«

Jemand war auf einmal vor Walther. Die Armbrust löste mit einem Knall aus, der in Walthers Schädel widerhallte wie der Schlag der mächtigsten Kirchenglocke.

Jemand fiel Walther in die Arme. Er verlor sein Schwert. Anna schrie auf und ließ die Armbrust fallen.

Er sah auf die Gestalt hinunter, die er hielt, auf das bunte Gewand, auf den kleinen Schild mit dem rot-silbernen Schachbrettmuster unter dem schwarzen Adler, den Wappenfarben der von Botenloubes. Er konnte sich nicht mehr auf den Beinen halten und sank mit auf die Knie. Der Schild polterte zu Boden.

Sie musste ihn Otto aus der Hand gerissen haben, bevor sie sich vor Walther warf, im Versuch, ihn zu schützen, so wie er vorhin versucht hatte, sie zu schützen. Sie hatte ihre Mission erfüllt. Der Bolzen war so tief in ihren Körper eingeschlagen, dass nur noch ein Teil der Federn heraussah. Die Wunde blutete weniger, als wenn sie sich beim Sticken in den Finger gestochen hätte. Sie war genau über ihrem Herzen. Walther wusste, dass sie nicht mehr zu retten war, noch bevor die Tatsache in seinem Hirn angekommen war. Die Welt versank in Stille. Alles, was er noch hörte, war sein Blut, das in seinen Ohren rauschte. Sein Körper wurde gefühllos. Alles, was er noch spürte, war der bereits stockende Herzschlag der Frau, die er im Arm hielt.

»Mein Kind«, flüsterte Eirene. »Rette …«

Walther starb. Sein Herz schlug weiter, sein Hirn funktionierte, Blut floss weiter durch seine Adern, seine Ohren hörten, seine Augen sahen. Dennoch fühlte er, wie er innerlich zu Eis erstarrte. Eirenes Augen wurden stumpf. Ihr Kopf sank zur Seite. Eine einzelne Träne lief über ihre Wange.

Rette mein Kind, hörte er sie flüstern und wusste nicht, ob es nur der Widerhall ihrer letzten Worte in seinem Herzen war oder die letzte Botschaft einer entschwindenden Seele. Er starrte sie an. Jahrhunderte schienen zu vergehen, in denen er nur dahockte und das schwerer werdende Gewicht ihres toten Körpers spürte, und doch waren es nur Augenblicke.

Augenblicke, in denen Otto in einer Parade, von der er niemals wissen würde, wie er sie vollbracht hatte, einen Angriff der zornig kreischenden Cyra auf den kauernden Walther abwehrte, ohne sein Schwert auch nur einmal zu heben, und die junge Frau gegen die Hüttenwand schleuderte, dass ihr die Luft wegblieb. Die Hütte neigte sich. Funken stoben, als das Feuer in das Strohdach sprang wie ein Raubtier.

Walther kam auf die Beine. Eirene glitt zu Boden. Schon hatte der Tod ihre Gesichtszüge zu einer Maske gemacht, die Walther fremd vorkam. Er merkte erst, dass er sein Schwert wieder aufgenommen hatte, als er schon die Hälfte der Strecke zu Anna zurückgelegt hatte. Er hob das Schwert.

Anna stierte ihn an. Ihr Gesicht war wie aus Wachs, die Augen große Löcher darin. Sie hob das Kind hoch und ihm entgegen. Das Schwert zitterte an Walthers hoch ausgestrecktem Arm, warf rote Flammenreflexe. Die Klinge schien zu summen. Das Kind gab ein Glucksen von sich, ein Teil der Decken, in die es gewickelt war, löste sich und flatterte herab, enthüllte ein flaumiges, rotes Köpfchen und ein Gesicht, das nur aus Augen zu bestehen schien, die ihn ansahen. Das Schwert sank herab.

Dann fühlte Walther sich gepackt und herumgerissen, sah in Ottos Gesicht, der seinen Helm fortgeworfen hatte.

»Wir müssen hier raus!«, schrie Otto. »Gleich brennt alles lichterloh!«

Walther sah auf seine Hände. Das Schwert war verschwunden, stattdessen hielt er das Kind. Es greinte nicht, es sah ihn nur an. Als sein Köpfchen zur Seite fiel, stützte Walther es ganz mechanisch, obwohl er noch nie ein Kind im Arm gehalten hatte. Er sah auf. Anna war zum Felllager zurückgewichen und starrte ihn an mit einem Gesichtsausdruck, den er sein Leben lang in seinen Träumen wiedersehen würde. Ein Teil des Strohdachs kam brennend herunter und fiel zwischen sie, nahm ihm den Blick auf seine ehemalige Geliebte. Otto trug Eirene auf den Armen. Für einen Augenblick versuchte Walther sich einzureden, dass sie nur besinnungslos war, aber ihr Blut, das zwischen Ottos Fingern hervortropfte, ließ sich nicht wegleugnen. Seine Seele krümmte sich in einem Schmerz zusammen, dass er keuchte.

Sie traten die Rückwand der Hütte ein. Die zwei Soldaten, die noch am Leben waren, krachten mit ihnen zusammen hindurch. Die Pferde rannten draußen wild durcheinander. Otto pfiff, und sein Hengst kam um die brennende Hütte herumgaloppiert, gefolgt von Walthers Pferd, die beide mit den Zügeln zusammengebunden waren. Sie schwangen sich in die Sättel. Die überlebenden Soldaten erklommen die nächstbesten Gäule. Cyra und ihre Kämpferinnen kamen in einem Funkenschauer an einer anderen Stelle aus der Hütte heraus und versuchten hustend, sich zu orientieren. Walther, Otto und die beiden Soldaten galoppierten los; die meisten der vor Panik halbirren Pferde folgten ihnen und nahmen den Frauen die Möglichkeit, ihnen hinterherzureiten. Ein Armbrustbolzen sirrte harmlos an Walther vorbei.

Sie ritten blindlings in die Nacht hinein, es war nichts anderes als eine Flucht. Das Kind in Walthers Arm brüllte, und Walther brüllte mit, schrie und fluchte seinen Schmerz hinaus, bis das Entsetzen ihn endlich verließ und die Tränen kamen und er schluchzend neben Otto herritt, nur noch im Sattel gehalten von der letzten Bitte, die die Liebe seines Lebens an ihn gerichtet hatte: Rette mein Kind.

Die Umrisse von Burg Stoufen zeichneten sich vor dem dämmrig werdenden Himmel ab, als Walther sein Pferd zügelte, abstieg, das eingeschlafene Kind auf den Boden legte und stumm die Hände ausstreckte. Otto ließ den Leichnam Eirenes in Walthers Arme gleiten. Walther trug sie an die Seite der Straße und legte sie zärtlich ab, dann brachte er das Kind zu ihr und hielt alle beide im Arm.

»Reitet vor!«, wandte sich Otto an die beiden Soldaten. »Gebt Bescheid, was geschehen ist, seit ich euch im Wald über den Weg gelaufen bin. Der Kastellan soll weitere Männer zur Köhlerhütte schicken. Aber noch kein Wort über den Tod der Königin!«

Die beiden Männer galoppierten davon. Otto stieg ab und kümmerte sich um die Pferde, bis er spürte, dass Walther ihn anblickte. Er stapfte zu ihm hinüber. Eirenes Körper lag friedlich im Gras, mit Walthers Mantel zugedeckt, das Gesicht verhüllt. Das Kind schlief. Walther sah aus, als sei er in einer Nacht um zwanzig Jahre gealtert.

»Bin ich schuld?«, fragte Otto. »Die Männer waren auf Patrouille, ich bin auf sie gestoßen und mit ihnen umgekehrt. Es schien mir einfacher, als zuerst noch nach Stoufen zu reiten. Als wir bei der Köhlerhütte ankamen, wurden wir von zwei Furien angegriffen, und da dachte ich, du und sie wärt in Gefahr, deshalb sind wir …« Seine Stimme brach.

Walther schüttelte den Kopf. »Es ist alles meine Schuld«, flüsterte er.

Otto zögerte, doch dann setzte er sich neben ihn und legte seinem Freund die Hand auf die Schulter. Auch sein Gesicht war grau und erschöpft. Sie betrachteten das schlafende Kind.

»Die Hebamme hatte es schon beinahe aufgegeben«, sagte Walther. »Und nun schau, wie gesund es aussieht. Es ist ein Junge. Ich wollte nachsehen und es ihr sagen, in der Sänfte, aber da war sie schon wieder … Philipp wäre stolz gewesen …«

Otto klopfte Walther auf die Schulter, während dieser mit den Tränen kämpfte.

»Ich komme schon wieder nicht mit nach Stoufen«, sagte Walther dann.

»Weshalb?«

»Philipp und Eirene sind tot. Federico, den wir in Papinberc kennengelernt haben, ist noch ein Junge und sicherlich bereits wieder auf dem Rückweg in seine Heimat, nach allem, was in Papinberc geschehen ist. Dieser kleine Junge hier ist ein Prinz, aber einer, für den niemand jemals sprechen wird. Seine Eltern sind gestorben und in all den Intrigen, die nun beginnen werden, wird er nur im Wege sein. Was glaubst du, wie sein Leben aussehen wird?«

Otto dachte nach. »Möchte ich nicht geschenkt haben«, sagte er schließlich.

Walther nickte. »Der kleine Kerl weiß nicht, dass er ein Prinz aus kaiserlichem Geblüt ist. Ich werde ihn zu Leuten bringen, die ich kenne und denen ich vertraue. Da soll er als normaler Mensch aufwachsen. Ich glaube, wenn Philipp und Eirene zu diesem Vorschlag etwas sagen könnten, würden sie ihn für gutheißen.«

»Du bringst ihn um sein Geburtsrecht«, sagte Otto.

Walther schnaubte. »Geburtsrecht! Wir wissen nicht mal, welchen Namen ihm Eirene gegeben hätte, und es ist niemand mehr da, der es uns sagen könnte. Sein Geburtsrecht ist, zwischen die Mühlen zu geraten, die nun losmahlen werden, um in der Nachfolgefrage Spreu und Weizen zu trennen. Die Erfahrung dieser Mühlsteine erspare ich ihm gerne.«

Otto seufzte. »Wenn einer diese Entscheidung fällen kann, dann du, schätze ich.«

»Ich reiße mich nicht drum.«

Sie musterten sich. Walther richtete sich auf. »Bringst du sie zur Burg?« Er riss die Geldkatze, die an seinem Gürtel hing, herunter und reichte sie Otto. »Bezahl die beiden Soldaten, damit sie nichts von dem Kind verraten. Die offizielle Geschichte soll sein, dass Eirene bei einer Fehlgeburt verstorben ist.«

Otto nickte und steckte Walthers Geld hinter seinen Gürtel.

Walther wusste, dass der Sänger später seine eigenen paar Münzen zu der Bestechungssumme hinzufügen würde, doch das war nichts, worüber zwei Männer, die sich so nahestanden wie Walther und Otto, sprachen.

»Was wirst du tun – danach?«, fragte Walther.

Otto zuckte mit den Schultern. »Ich kehre zurück ins Heilige Land.« Er verschwieg, dass er dort seine Verlobte heiraten, eine Familie gründen, Kinder bekommen und ein friedliches Leben führen würde, und Walther war ihm dankbar dafür. Er wusste, dass auf dem Weg, der vor ihm lag, keine dieser Möglichkeiten vorgesehen war.

»Leb wohl, Saladin.« Walthers Lächeln war ein Geist.

»Leb wohl, Walther.«

Als Otto sich bückte, um Eirenes Leichnam aufzunehmen, hielt Walther ihn auf. »Einen Augenblick noch. Ich möchte ein letztes Versprechen einlösen.«

Otto trat zurück und sah Walther dabei zu, wie er Eirene den Mantel vom Gesicht zog.

»Nehmt, Herrin, diesen Kranz«, sagte Walther heiser. »dann schmückt Ihr diesen Tanz, mit all den Blumen, die Ihr tragt ...« Seine Stimme versagte. Otto wischte sich über die Augen. Walther hauchte einen Kuss auf Eirenes kalte Lippen.

»Das ist der, den du mir erlaubt hast«, flüsterte er. Als er den Mantel wieder über sie breiten wollte, fiel sein Blick auf ein Stofftäschchen, das an Eirenes Gürtel hing. Etwas war darin. Der Atem stockte ihm, als er für einen Augenblick dachte, es sei der Waise. Doch Cyra musste Eirene durchsucht haben, bevor sie ihre Frauen angehalten hatte, den Erdboden zu durchwühlen. Er fasste in das Täschchen und holte ein tönernes Figürchen heraus. Es war eine kleine Spielzeuglaute mit birnenförmigem Korpus, kurzem Hals, abgeknicktem Kopf und Vogelwappen. Walther erkannte sie sofort. Er hatte zwei davon besessen, die an dünnen Lederbändern voller bunter Holzperlen an seiner Laute hingen. Er hatte sie sich anfertigen lassen, zum Dank für ein Liebesgedicht, das ein armer Töpfergeselle für seine Angebetete benötigt hatte. Zwei Tonspielzeuge für zwei Herzen, die zueinandergefunden hatten. Königin Eirene hatte die kleinen Repliken gesehen und niedlich gefunden, und er hatte ihr eine davon geschenkt, sich des geheimen Hintersinns nur zu bewusst. Plötzlich schien ihm der Gedanke unerträglich, dass er von ihr Abschied nehmen sollte, ohne irgendeinen Gegenstand zu besitzen, der ihr einst gehört hatte und den er anfassen konnte, wenn der Schmerz drohte, die Wirklichkeit zu vereisen. Er steckte die Figur zurück, nestelte das Täschchen los, knüpfte seine Riemen zusammen und hängte es sich um den Hals.

»Leb wohl, Eirene«, sagte er dann. »Das Leben wird zu lang sein bis zu dem Tag, an dem wir in einer besseren Welt vereint sind.«

Otto kletterte in den Sattel, und Walther reichte ihm Eirene nach oben. Otto nahm den Leichnam wie ein Liebhaber in den Arm.

»Wie soll er heißen, der kleine Prinz, von dem nie jemand etwas wissen wird?«

Walther dachte nach. »Laurin«, sagte er dann. »Und ich werde dafür beten, dass er sein Leben lang unsichtbar bleibt.«

19.

Die Frauen um Cyra standen vor der glimmenden Hütte. Das Feuer hatte nicht lange Nahrung gefunden und war erloschen. Mehrere stille Gestalten lagen daneben – die Soldaten, die im Kampf getötet worden waren, die erschossene Wächterin und, etwas abseits, die Hebamme. Sie war die Einzige, die noch atmete. Die Droge, die sie ihr zwangsweise eingeflößt hatten, um sie zu betäuben, wirkte immer noch. Es hatte bis zur Dämmerung gedauert, bis sie ein paar von den Pferden wieder einfangen konnten, die geflohen waren.

Anna von Rehperc sah ihnen dabei zu, wie sie aus den

schwarzen Gewändern schlüpften und sich in formlose, schlichte Tuniken hüllten. Das Federgewicht des Kindes im Arm spürte sie nicht. Diejenige der Frauen, die versprochen hatte, die Kleine, von der nur Anna wusste, dass sie in Wahrheit Königin Eirenes Tochter war, zu retten, hatte Wort gehalten. Das Kind lebte immer noch, und verglichen mit gestern sah es geradezu gesund aus. In Annas Seele heulte eine Stimme, deren Worte wie Säure waren: Ich habe die Königin getötet!

Zwei der Frauen zogen aufwendigere Kleider an und tauschten die Männer- gegen Damensättel.

Cyra taxierte Anna von der Seite. »Ich kann nicht mehr bleiben«, sagte sie. »Walther von der Vogelweide und Otto von Herneberch haben mein Gesicht gesehen. Aber wir werden die Suche nicht aufgeben; und dich werden wir auch nicht aus den Augen lassen. Diese beiden werden sich unter den Troß mischen, der mit Philipps Sarg aus Papinberc kommt. Solltest du uns jemals verraten …«

»Nehmt mich mit«, sagte Anna.

Cyra verstummte überrascht.

»Nehmt mich mit«, wiederholte Anna. Was sich sonst noch auf ihre Zunge drängte, konnte sie unterdrücken: Ich habe einen gesunden Sohn weggegeben und eine kranke Tochter dafür bekommen! Ich habe auf den Mann geschossen, den ich geliebt habe wie keinen anderen, und dabei aus Versehen die Königin umgebracht! Mein Leben hier ist vorbei!

Es war, als ob Cyra den ungesagten Aufschrei trotzdem irgendwie verstanden hätte. Sie überlegte lange. »Weißt du, worauf du dich einlässt?«

»Nein«, sagte Anna rau. »Aber ich weiß, worauf ich mich einlassen würde, wenn ich hier zurückbliebe.«

»Und deine Tochter? Willst du nicht, dass sie hier aufwächst, wo sie hingehört?«

Ha! Wo sie hingehört? Wo gehört sie denn hin? Auf gar keinen Fall zu mir! Und sie ist nicht meine Tochter. Sie ist nur das Kind, das ich zur Waise gemacht habe mit einem Schuss, der eigentlich das Herz eines Mistkerls hätte treffen sollen. Aber einen Teil der Wahrheit musste sie preisgeben, wenn sie erreichen wollte, dass die Frauen sie mitnahmen. Das Stichwort hatte sie bereits geliefert.

»Sie ist ein Bastard«, sagte sie und musste die Tränen, die ihr in die Augen traten, nicht gewaltsam hervorrufen. Dass es Tränen der Wut waren, sah man ihnen nicht an. »Sie ist das Ergebnis eines Ehebruchs, den ich begangen habe.«

Cyra zog eine Augenbraue hoch. »Wäre es dir lieber gewesen, wenn wir sie hätten sterben lassen?«

Ein jähes Gefühl sagte Anna, dass sie lügen musste. »Nein«, erwiderte sie. »Aber ich wollte, ich wäre tot.«

»Ihr werdet beide leben«, sagte Cyra entschlossen. »Und ihr werdet eine Aufgabe haben.«

»Eure Mission. Die Suche nach dem Waisen.«

Cyra schüttelte den Kopf. »Du verstehst nichts.«

Anna zuckte die Achseln. Cyra musterte sie erneut mit einem ihrer langen stummen Blicke. Schließlich wies sie auf das Kind. »Als die Gottesmutter Maria den Tod ihres Sohnes am Kreuz mitansah und ihr sein Leichnam nachher in die Arme gelegt wurde, brach ihr Herz, und sie weinte eine Träne. Aus dem Blut und der Träne entstand der Waise – ein Stein, wie es keinen zweiten gibt. Ein Stein, erfüllt mit der Macht, die die Menschen dem Herrn nachfolgen ließ, so wie die Apostel ihm folgten; bedingungslos, treu ergeben und bereit, in seinem Namen zu sterben. So erzählt es die Legende.«

Cyra trat an Anna heran und strich dem Kind über das Köpfchen. Das Mädchen schlief. Als es sich unter der Berührung regte, stieg ein so wohltuender Kräuterduft aus den Decken auf, dass Anna unwillkürlich die Augen schloss und seufzte. Für einen Moment vergaß sie, was geschehen war, was sie getan hatte, und ihre Züge wurden weich. Dann kam die Erinnerung zurück. Sie schlug die Lider auf und sah Cyras schwarze Augen in der Dunkelheit der Nacht direkt vor ihrem Gesicht funkeln.

»Die Legende«, flüsterte Cyra, »haben Männer erzählt. Wäre

sie von Frauen erzählt worden, wäre klar gewesen, dass die Gottesmutter nicht nur eine Träne vergoss, sondern zwei. Eine Träne des Schmerzes um den Verlust ihres Sohnes und eine Träne der Liebe für die Zeit, die er ihr Kind gewesen war.«

»Soll das heißen, es gibt zwei Edelsteine? Gerade habe ich verstanden, der Waise wäre einzigartig.«

»Er *ist* einzigartig. Es gibt nur diesen einen Stein. Aber er entstand aus den *beiden* Tränen. In ihm wohnen der Schmerz *und* das Glück, die Trauer *und* die Freude, der Verlust *und* die Liebe. Diese Eigenschaften gibt der Waise an seinen Träger weiter. Wer seiner würdig ist, erfährt Glück, Liebe und Erfolg. Wer ihn trägt und seiner nicht würdig ist, für den hält der Stein nur Schmerz bereit.«

Anna begann, etwas zu dämmern, aber sie war nicht imstande, es in Worte zu fassen. Cyra tat es für sie. »Der Waise wurde in Konstantinopel aufbewahrt – seit fast tausend Jahren. Als die Stadt vor vier Jahren brannte, wurde er gestohlen: im Auftrag König Philipps, der von der Legende gehört hatte. Der Legende, wie sie die Männer erzählen – von Macht und Führungsstärke und Treue.«

»Du glaubst, wenn Philipp gewusst hätte, dass der Stein zwei Seiten hat, hätte er ihn in Konstantinopel gelassen?«

»Es spielt keine Rolle, was hätte gewesen sein können«, sagte Cyra. »Der Waise war in einer Kapelle im Blachernen-Palast versteckt. Wir wissen von einem venezianischen Sendboten, der aus einem leeren Sarkophag gerettet wurde, dass vier Männer ein Geheimversteck ausgeräumt haben. Es war das Versteck des Waisen.«

»Und was habt ihr damit zu tun?«

»Wir werden den Waisen wieder an uns nehmen, bis wir sicher sein können, dass der, der ihn bekommt, das Reich in Liebe in die Arme Christi führen kann.«

»Und wenn …«

»… ein Unwürdiger ihn trägt? Dann wird die Christenheit sich in immer schrecklicheren Kriegen zerfleischen und unschuldiges Blut vergießen, und statt in der allumfassenden Liebe Gottes werden die Menschen in Furcht vor seiner Macht und der seiner selbst ernannten Handlanger auf Erden leben.«

»Ich dachte, ihr wärt …« Anna verstummte.

»… skrupellose Fanatikerinnen, die ihr Eigentum zurückhaben wollen, auch wenn sie dabei über Leichen gehen müssen? All das, was heute Nacht geschehen ist, hätte niemals geschehen dürfen, und keine von uns hat es gewollt.«

»Es ist meine Schuld. Ich habe die Königin getötet. O Gott!« Anna sank langsam auf die Knie, als sei der Inhalt der Worte erst jetzt endgültig in ihrem Bewusstsein angekommen. »Ich wollte … Ich war plötzlich so voller Hass … und dann …«

Sie stierte das Kind an, das Kind einer toten Königin, das sie um seine Mutter und sein Geburtsrecht gebracht hatte. Das Kind, das ohne ihre hinterhältige Tat bereits tot wäre. Sie hatte der Kleinen mit der einen Hand das Leben genommen und es ihr mit der anderen zurückgegeben. Liebe und Schmerz. Unter welchem dieser Vorzeichen würde das Kind aufwachsen? Sie begann herzzerreißend zu schluchzen. Das Kind wachte auf und gab ein Geräusch von sich.

Cyra legte Anna einen Arm um die Schulter. »Wir nehmen dich auf. Bei uns findest du die Gelegenheit, deinem Leben wieder Sinn zu geben. Welchen Namen hat deine Tochter?«

»Ich habe noch nicht darüber nachgedacht.«

Cyra blickte zu ihrer toten Kameradin hinüber, in deren Körper noch immer der Armbrustbolzen steckte. Zwei der Frauen begannen eben damit, den Leichnam in ihre abgelegten schwarzen Gewänder zu hüllen und transportfähig zu machen.

»Ihr Name war Valeria«, sagte sie.

»Valeria«, sagte Anna. Das Kind in ihrem Arm schaute sie an.

2. BUCH

Unter der Linde
1227 A. D.

1.

Die Schänke lag in einer Seitengasse irgendwo in Rom. So, wie sie aussah, hatten schon Caesars Legionäre sie mit Kopfschmerzen und verdorbenem Magen verlassen. Es gab eine Art Tresen, der nicht mehr war als ein Brett, das auf zwei Fässern lag. Der einzige lange Tisch war aus grobem Holz gezimmert, ebenso wie die abgenutzten Schemel und Bänke. Am Tresen standen ein halbes Dutzend Männer beisammen und beobachteten den Wirt dabei, wie er etwas in ein Wachstäfelchen ritzte. Die Zunge des Wirts lugte zwischen seinen verkniffenen Lippen hervor und vollzog jede Bewegung des hölzernen Griffels mit. Am Ende des langen Tischs saßen drei Männer, denen die Bemühungen des Wirts egal waren. Jeder von ihnen hielt einen abgeschlagenen Tonbecher umklammert und hatte die Haltung eingenommen, die Säufern auf der ganzen Welt zu eigen ist und die bedeutet, dass hier gerade ernsthaft Durst gelöscht wird und dass die Einmischung von Außenstehenden, es sei denn, sie hätten einen neuen Krug Wein dabei, unerwünscht ist.

»Also«, murmelte der Wirt. »Sergius, Bertrannus, Leone und Riccardo setzen auf Kardinal Gil Torres, Sinibaldo und Oddone auf Kardinal Niccolò de Chiaramonte. Richtig?«

»Kardinal Niccolò ist halb tot. Ihr verspielt euer Geld, ihr Trottel«, grinste einer der Männer.

»Du hast keine Ahnung, Leone! Gerade weil er halb tot ist. Glaubst du, das Kardinalskollegium will einen starken Papst, der ihm vorschreibt, was es zu tun hat? Oder einen, der noch mal fast zwölf Jahre lang auf dem Thron sitzt wie Papst Honorius, Gott hab ihn selig …?«

Die Männer bekreuzigten sich.

Einer räusperte sich. Er hatte dicke Waden, einen dünnen Kopf und lächelte das fröhliche Lächeln all derjenigen, deren Gemütsruhe nicht durch übermäßige Gedankentätigkeit gestört wird. »Ich bin nich' für Kardinal Niccolò«, sagte er.

Der Wirt verdrehte die Augen. »Es ist ja dein Geld, Oddone,

aber wie wäre es, wenn du mal zuhörst, bevor du irgendeine Dummheit begehst? Deine Mutter macht mir die Hölle heiß, wenn ich das zulasse!«

»Kann dir doch egal sein, du bist ja nich' mein Papa.«

Der Wirt, der sich nicht so sicher war, brummte und verdrehte die Augen erneut.

»Ich bin für Graf Ugolino«, sagte Oddone.

»Mensch, Oddone, wir haben dir tausendmal gesagt, dass er keine Chance hat, der neue Papst zu werden!«

»Wieso denn nich'?«

»Weil er den Franziskanern viel zu nahe steht. Nein, nein, keiner von den fetten Kardinälen wählt einen Papst, dem Kerle gefallen, die in stinkigen Kutten rumlaufen und sich dort schlafen legen, wo sie am Abend bewusstlos umfallen«, sagte der Wirt geduldig.

»Und außerdem wird er nicht Papst, weil Kardinal Gil Torres der neue Papst wird«, ergänzte Leone.

»Du hast genauso wenig Ahnung wie Oddone«, höhnte Sinibaldo, der verbliebene Unterstützer des halb toten Kardinals Niccolò de Chiaramonte.

»Graf Ugolino wird der neue Papst«, erklärte Oddone loyal.

»Oddone, du weißt wirklich nicht, wovon du redest. Ich sag dir, die Kardinäle haben genug von den Streitereien zwischen dem Papst und dem Kaiser. Die ganze Zwietracht zwischen Papst Honorius und Kaiser Federico in den letzten Jahren – das nervt. Kardinäle möchten am liebsten auf der faulen Haut liegen und ihren Reichtum genießen. Stattdessen müssen sie die ganze Zeit über taktieren, intrigieren, schauen, dass sie aus der Schusslinie bleiben, sich auf die richtige Seite schlagen … das ist harte Arbeit, mein Lieber! Und was hat ein Kardinal davon, wenn der Papst diesen Konflikt gewinnt? Gar nichts! Am Ende muss er noch Teile seiner Besitztümer abgeben, weil ein Papstneffe versorgt werden muss. Der Kaiser dagegen lässt die Kardinäle in Ruhe.« Der Wirt setzte den Griffel an. »Graf Ugolino hat schon als Kardinalbischof von Ostia kein Hehl daraus gemacht, dass er

Kaiser Federico mit allen Mitteln zu bekämpfen gedenkt. Der Mann hasst noch Kaiser Federicos Unterhose, wenn ihr mich fragt. Nein, nein, den wählen die Kardinäle sicher nicht.«

»Weil sie nämlich Gil Torres …«

»… Niccolò de Chiaramonte …!«

Der Wirt schaute Oddone an. »Also, ich schreib jetzt hinter deinen Namen, dass du auch für Kardinal Niccolò stimmst.«

»Ich bin aber für Graf Ugolino.«

Der Wirt ließ den Griffel entnervt fallen. »Niemand wird Ugolino di Segni zum Papst wählen, weil sonst Kaiser Federico in Rom einmarschiert und jedem die Gurgel abschneidet, der für Ugolino gestimmt hat. Und anfangen wird er mit dir, Oddone!«, brüllte er.

»Was regst du dich auf?«, fragte Leone. »Kann dir doch egal sein, wenn Oddone uns gern den nächsten Krug bezahlt. Außerdem ist Papst Honorius erst einen Tag tot. Wer weiß, was sich noch alles ergibt, bis der neue Papst gewählt ist.« Leone grinste Sinibaldo an. »Zum Beispiel, dass Kardinal Niccolò währenddessen ins Gras beißt …«

»Du hast von diesen Dingen so viel Ahnung wie eine Sau vom …«

Die Tür der Taverne sprang auf, und ein Mann eilte die Stufen von der Gasse herunter. Er beachtete weder den Wirt noch die sechs Wetter, sondern begab sich sofort zu den Trinkern am Tisch. Diese steckten die Köpfe mit dem Neuankömmling zusammen. Der Wirt richtete sich auf, nachdem er mit seinen Freunden einen bedeutungsschweren Blick gewechselt hatte. Alles an dem Neuankömmling hatte nach Soldat ausgesehen.

»Noch einen Becher, Konsul?«, rief der Wirt. Die Männer reagierten nicht. Der Wirt wechselte erneut einen Blick mit seinen Freunden, zuckte mit den Schultern und stapfte dann zum Tisch hinüber. Der Becher, den er abstellte, wurde ignoriert, ebenso wie sein strenger Hinweis, dass dies keine Wärmestube sei und man etwas trinken müsse, wenn man sich hier aufhalten wolle. Er kehrte zum Tresen zurück.

»Was sind denn das für welche?«, flüsterte Sinibaldo.

»Keine Ahnung«, flüsterte der Wirt zurück. »Aber sie haben noch keinen Schluck getrunken! Ich hab in den Krug geschaut. Die haben nur so getan.«

»Die sind auf Ärger aus«, mutmaßte Leone.

Sinibaldo stieß ihn an und grinste. Er ließ seine Knöchel knacken. »Den können sie haben.«

Die vier Fremden standen so plötzlich auf, dass die Sitzgelegenheiten über den Boden scharrten. Leone, Sinibaldo und die anderen fuhren herum. Drei der Männer marschierten zum Ausgang, unter ihnen der Neuankömmling. Erst jetzt war zu sehen, dass sie unter ihren Mänteln lange Schwerter trugen; zwei von ihnen hatten außerdem Streitkolben im Gürtel. Die Männer waren keine Soldaten. Soldaten durften keine langen Schwerter tragen. Die Männer waren Ritter. Mit einem Ritter eine Wirtshausrauferei anzufangen lohnte sich nicht. Soldaten wussten, wann sie aufhören mussten, weil sie am nächsten Tag wiederkommen wollten. Ritter dagegen ließen erst ab, wenn sie das Wirtshaus zu Kleinholz verarbeitet hatten. Sie konnten nichts dafür – sie waren es gewohnt, alles zu verwüsten, wenn sie eine feindliche Burg erstürmten. Der Wirt schluckte und lehnte den Eichenholzprügel ganz vorsichtig wieder an das Fass neben ihm.

Der vierte Mann blieb am Tresen stehen. Er war nicht gerade von imposanter Statur, aber sein weiter Mantel ließ ihn größer wirken, und seine blauen Augen blickten amüsiert von einem zum anderen. Er legte einen Haufen Münzen auf den Tresen.

»Für den Wein«, sagte er.

Der Wirt starrte auf die rechte Hand des Mannes, an dessen Zeigefinger ein wuchtiger Ring steckte. Seine Blicke wanderten langsam an seinem Gegenüber in die Höhe, als würden sie davor zurückscheuen, dessen Gesicht anzusehen.

»Wie stehen die Wetten?«

»Äh …«, machte der Wirt.

Der Mann lächelte und klopfte Oddone auf die Schulter. Er musste sich dazu strecken. »Der hier hat gewonnen«, sagte er.

Er sprach fehlerfrei Italienisch, wenn auch mit starkem sizilianischen Akzent. »Die Papstwahl ist soeben beendet. Graf Ugolino di Segni ist der neue Papst. Er nennt sich Gregor IX.« Weitere Münzen fielen auf den Tresen. »Hier, ich spendiere euch eine Runde.«

Der Mann folgte seinen Kameraden hinaus. Die Wetter sahen von dem kleinen Haufen Münzen vor Oddone zum Wirt, dessen Kinnlade heruntergeklappt und dessen Gesicht kreidebleich war.

»Wisst ihr, wer das war?«, stotterte er.

»Irgendein Arsch«, sagte Leone, der noch mit der Einsicht kämpfte, dass Gil Torres nicht der neue Papst geworden war.

»Das war Kaiser Federico«, stöhnte der Wirt. »Ich hab seinen Siegelring gesehen – den zweiköpfigen Adler. Und ich hab sein Gesicht mal von Weitem gesehen, als er hier in Rom zum Kaiser gekrönt wurde.«

»Du spinnst doch«, sagte Leone. Oddone griff sich an den Hals. Er schien sich zu erinnern, was der Wirt im Zusammenhang mit der möglichen Papstwahl Graf Ugolinos hinsichtlich Kaiser Federico und Oddones Gurgel erwähnt hatte.

»Wenn ich's euch sage. Schaut doch, das Geld – das sind Reichsmünzen!«

»Scheiße«, sagte Sinibaldo.

»Der macht uns alle kalt«, sagte Leone. Von draußen ertönte Hufschlag, der sich entfernte. Sie lauschten mit weit aufgerissenen Augen, bis er nicht mehr zu hören war. Dann begann Oddone plötzlich zu lächeln.

»He«, sagte er. »Ich hab gewonnen, oder?«

2.

Friedrich von Stoufen, genannt Federico, Kaiser des Heiligen Römischen Reichs, hielt erst an, als die Mauern Roms ein ganzes Stück hinter ihm und seinen Begleitern lagen. Er stieß einen

Pfiff aus. Aus den nächtlichen Schatten eines Pinienwaldes lösten sich Gestalten. Sie gehörten zu seiner Leibwache: hochgewachsene Männer mit kantigen Gesichtern, die sizilianisch sprachen und wie Wikinger aussahen. Federico, der auch König von Sizilien war, hatte sie unter der dortigen normannischen Adelsschicht handverlesen. Sein Großvater Roger II. war der letzte normannische König Siziliens gewesen und seine Mutter Konstanze dessen Tochter. Die normannischen Sizilier hatten der Königin von Sizilien und damit auch ihrem Sohn Treue geschworen.

Der Kaiser glitt vom Pferd und setzte sich ganz unzeremoniell auf den Boden. Einer seiner Soldaten bot ihm zu essen an, aber Friedrich schüttelte den Kopf und gestikulierte stattdessen zu den Männern, die mit ihm in der Taverne gewesen waren. Doch auch ihnen schien der Appetit vergangen zu sein. In der Luft hing der Duft der Pinien; es war März und die Nacht so lau, wie eine Frühlingsnacht in Italien nur sein konnte, aber keiner der Männer konnte das genießen.

»Und – was sagen wir dazu?«, fragte Friedrich nach einer Weile.

»Absoluter Mist«, erklärte einer der Männer. »Schlimmer hätte es nicht kommen können.«

Der Kaiser nickte. »Mir wäre es auch lieber gewesen, Sinibaldo hätte gewonnen.«

»Wer ist Sinibaldo?«

»Der Kerl in der Taverne, der auf Niccolò de Chiaramonte gesetzt hat.«

»Worauf du immer achtest, Majestät …«

Friedrich zuckte mit den Schultern. Er starrte vor sich hin. Schließlich trat er gegen eine Wurzel. »Verdammt, was hab ich nur falsch gemacht? Dabei hat es so gut angefangen, damals in Rom. Und jetzt wirft mir die Kirche dauernd Knüppel zwischen die Beine.«

Friedrich war im Jahr 1211, nach dem Tod König Philipps und nachdem Philipps Widersacher Otto von Braunschweig von

Papst Innozenz wegen gebrochener Versprechen gebannt worden war, von einer Mehrheit der deutschen Fürsten zum König gewählt worden. Philipps Hoffnungen hatten sich damit lange nach seinem Tod erfüllt. In Rom hatte man dem jungen Staufer einen rauschenden Empfang bereitet, als er, aus seiner Heimat Apulien kommend, mit kleinem Gefolge dort Zwischenstation gemacht hatte auf seinem Weg nach Deutschland, wo er die Wahl annehmen wollte. In den folgenden Jahren hatte Friedrich einen Triumph nach dem anderen gefeiert, war kluge Bündnisse eingegangen, hatte die Fürsten auf seine Seite gezogen und war, nach dem Tod Ottos von Braunschweig, im Jahr 1220 zum Kaiser gekrönt worden – als Friedrich II. Die ganze Zeit über hatten Papst Innozenz III. und nach ihm Papst Honorius III. ihn unterstützt. Und Friedrich hatte an seinem großen Traum gearbeitet: die Rückgewinnung Jerusalems und Frieden im Heiligen Land. 1215, als seine Wahl zum römisch-deutschen König nochmals bestätigt worden war, hatte er sogar öffentlich versprochen, ins Heilige Land zu gehen und seinen Traum wahrzumachen.

»Die Leute haben dich missverstanden, Majestät«, sagte der Mann, der dem Kaiser am nächsten saß. Während des Ritts aus der Stadt hatte er seinen einfachen dunklen Mantel ausgezogen und einen anderen übergeworfen. Dieser war weiß und trug das schwarze Tatzenkreuz des Deutschen Ordens. Der Mann war Hermann von Salza, der Hochmeister der Deutschordensritter – über sechzig Jahre alt und so zäh und kraftvoll wie ein zwanzig Jahre Jüngerer. Er hatte Friedrichs Bitte, ihn so vertraulich anzureden, wie er es bei seinem Onkel Philipp und dessen Freunden erlebt hatte, nur zögernd entsprochen und beharrte immer noch darauf, ihn statt mit seinem Namen weiterhin mit Majestät anzusprechen. »Du hast von Frieden gesprochen, und sie haben verstanden, dass du auf einen neuen Kreuzzug gehst.«

»Ich habe mich überdeutlich ausgedrückt damals!«, sagte Friedrich.

»Was einer sagt und was die anderen verstehen, ist nicht das Gleiche. Und du hast bei der Kaiserkrönung vor sieben Jahren nochmals versprochen, das Kreuz zu nehmen.«

»Da habe ich auch nur gesagt, dass ich den Frieden ins Heilige Land …«

»Entschuldige, Majestät, aber Papst Honorius hat dir die Kreuzesfahne hingehalten, und du hast sie ergriffen.«

»Das war doch nur eine Geste, damit der alte Mann eine Freude hatte!«

Hermann von Salza seufzte und sagte nichts. Friedrich brummte etwas Unverständliches. Einige Zeit herrschte Schweigen, dann sagte Friedrich leise: »Ich hab doch sogar Isabella von Jerusalem geheiratet … das war doch der erste Schritt zu einer friedlichen Lösung, und das ganz zu meinen Lasten … Isabella, dieses Küken! Was glaubst du, was ich dachte, als ich mit ihr vor dem Altar stand? Ich dachte die ganze Zeit daran, dass mein Onkel Philipp sein Heiratsversprechen zwischen seiner Tochter Beatrix und Otto von Wittelsbach gelöst hatte, weil er dachte, ein junges Mädchen und ein reifer Mann passten nicht zusammen. Ich bin dreiunddreißig Jahre alt – und Isabella ist jetzt fünfzehn! Als ich sie heiratete, war sie dreizehn! Liebe Güte! Die Verbindung hat mich zum König von Jerusalem gemacht, doch den Preis dafür bezahle ganz alleine ich. Dieser verwöhnte Fratz macht mich wahnsinnig!«

»Vielleicht«, sagte Hermann von Salza mit der Gelassenheit, die sein Alter mit sich brachte, »war es ein schlechter Anfang, dass du in der Hochzeitsnacht ihre Cousine bevorzugt hast, Majestät.«

Die anderen Männer hielten den Atem an. Der junge Kaiser war nicht dafür bekannt, dass er Einmischungen in sein kompliziertes Liebesleben tolerierte. Doch er murmelte nur: »Sie war ein Kind, Hermann, an Körper wie an Geist. Hätte ich in der Brautnacht ein Kind vergewaltigen sollen, auch wenn das Kind meine rechtmäßige Ehefrau war? Was glaubt die Welt, was für ein Ungeheuer ich sein soll?«

»Du hast nach der Hochzeit wieder versprochen, ins Heilige Land zu ziehen. Die Frist läuft diesen Sommer ab.«

»Dazu hat Papst Honorius mich gezwungen!«

»Und der neue Papst Gregor wird dich auf dieses Versprechen verpflichten, Majestät. Honorius war immer so etwas wie ein Freund, wenn auch mehr aus politischen Gründen. Gregor dagegen ist dein Feind, aus persönlichen und politischen Gründen.«

»Und was soll ich jetzt tun?«

»Du musst dein Versprechen einlösen: Zieh ins Heilige Land. Du hast keine Wahl.«

»Aber ich bin noch nicht so weit. Wenn ich jetzt gehe, endet es in einem Blutbad statt in einer Umarmung!«

Einer der Leibwächter trat herbei und sagte: »Er kommt, Majestät.«

Friedrich sah auf und nickte. Hermann von Salza erhob sich geschmeidig. »Eins muss man diesen Muselmanen lassen«, knurrte er. »Pünktlich sind sie wie der Teufel.«

»Sichert das Wäldchen ab«, sagte Friedrich. »Dann geleitet meinen Gast hierher. Dies wird ein schwieriges Gespräch, und es ist ganz angebracht, wenn wir es unter freiem Himmel führen und die Sterne als Zeugen haben.«

Al-Malik as-Salih Imad ad-Din Isma'il war ein Sohn des Ayyubiden-Sultans al-Adil I. Sein Bruder war der amtierende Sultan al-Kamil, in dessen weit gespanntem Reich unter anderem Palästina, Mesopotamien, Nubien und Ägypten lagen. Und das ehemalige christliche Königreich der Himmel, die Heilige Stadt Jerusalem. Al-Malik war siebenundzwanzig Jahre alt und besaß die Selbstsicherheit eines Mannes, dem man zeit seines Lebens gesagt hat, dass er besser sei als der Rest der Welt. Abgesehen von dieser kleinen Untugend war er seinem großen Bruder treu ergeben, weil es zwischen ihm und al-Kamil noch zwei weitere Brüder gab, die dies nicht waren, und weil al-Malik erkannt hatte, dass es besser war, zum alten Löwen zu halten, solange die jungen Löwen noch nicht schlau genug waren, ihn vom Thron zu stoßen. Er bewegte sich in seinem eleganten seidenen Gewand durch das Land der Ungläubigen, als gehöre es ihm, und seine zwölfköpfige Leibwache konnte vor Arroganz und Kraft kaum gehen. Friedrichs normannische Elitesoldaten musterten sie unter gesenkten Lidern. Ihre scharf gemeißelten Gesichter waren so vollkommen ausdruckslos, dass man Nüsse darauf hätte knacken können.

»Jedes Mal zwölf Gefolgsleute«, murmelte Hermann von Salza. »Das tut er mit Absicht. Als wäre er Jesus mit seinen Jüngern.«

»Was sagt Euer Knecht?«, fragte al-Malik den Kaiser auf Arabisch.

Friedrich lächelte. »Dass Ihr auftretet wie Isa, der Prophet, und seine zwölf Apostel, nur dass Isa und seine Jünger Friedfertigkeit und Fischgeruch verströmten statt Arroganz und den Duft von Rosenwasser.« Der junge Kaiser hatte ebenso perfekt Arabisch gesprochen wie sein Gast.

Al-Malik musterte Friedrich. Beide Männer standen sich auf Augenhöhe gegenüber – auch al-Malik war kein Riese unter den Menschen.

»Arroganz und Rosenwasser?«, fragte er gedehnt.

»Wie ein römisches Bordell kurz vor dem Besuch des Kardinalskollegiums«, sagte Friedrich.

Al-Malik und Friedrich lieferten sich ein Blickduell, in dem eine volle Minute keiner der beiden blinzelte. Dann drehte al-Malik sich um und musterte seine Leibwache. Die Männer funkelten Friedrich an und fingerten an den Griffen ihrer Schwerter. Danach wanderten die Blicke des ägyptischen Gesandten zu Friedrichs Männern, die stoisch dastanden und die Hände hinter dem Rücken zusammengeschlagen hatten, was irgendwie noch bedrohlicher wirkte als das demonstrativ aufgebrachte Gehabe seiner eigenen Wache, die jedes Wort verstanden hatten. Er bellte einen Befehl.

Die ägyptischen Leibwächter zogen ihre Schwerter, knieten vor Friedrich nieder und hielten ihm die Griffe der Waffen entgegen als Zeichen der Unterwerfung. Auch al-Malik kniete nieder.

»In Demut erbitte ich, gehört zu werden«, sagte er geschmeidig.

Friedrich zögerte keine Sekunde. Er kniete sich neben den Ägypter.

»In Demut«, sagte er, blickte zu den Sternen empor und bekreuzigte sich, »erbitten wir, von Dir gehört zu werden, Vater im Himmel.«

Al-Malik holte tief Luft. »Allahu akhbar«, sagte er dann.

Friedrich stand als Erster auf und hielt al-Malik die Hand hin. Als der Ägypter einschlug, zog er ihn daran in die Höhe. Al-Maliks Leibwache stand auf, steckte die Schwerter wieder ein und sah sich um. Unsichere Blickkontakte mit Friedrichs Normannen folgten, dann rollte einer der Normannen die Augen in Richtung des Feuers, das unter den Bäumen brannte und den Frühlingsduft mit dem Geruch von frisch gebackenen Fladen anreicherte. Die Ägypter zuckten mit den Schultern, dann grinsten sie. Sie folgten den Normannen zum Feuer; mehrere von ihnen klopften Friedrichs Soldaten auf die Schultern oder bekamen freundliche Rippenstöße. Die Männer kannten sich von einem Dutzend vorhergehender Gespräche ihrer Herren an ähnlich geheimen Orten.

»Wisst Ihr«, seufzte Friedrich, der al-Malik zu zwei mit Kissen und Decken gepolsterten Findlingen führte, die am Rand des Feuerscheins standen, »ich verstehe nicht, wieso jedes Mal wieder so ein Theater nötig ist.« Er klopfte im Vorbeigehen Hermann von Salza auf den Oberarm. Der Mann war so angespannt, dass es sich anfühlte, als er hätte er eine Marmorstatue berührt. »Halten Eure Männer Euch sonst für einen Schwächling?«

»Ich tue das für Euch, Majestät«, erwiderte al-Malik. »Damit Eure Männer nicht denken, Ihr verhandelt mit jemandem, der nichts zu sagen hat.«

»Wie überaus rücksichtsvoll von Euch, mein Freund.«

»Ich tue nur, was mein Bruder mir aufgetragen hat.«

Friedrich wies auf einen der beiden Findlinge. »Wein?«, fragte er.

»Majestät, ich bin gläubiger Muselmane.«

»Es ist Nacht«, sagte Friedrich.

Al-Malik zuckte mit den Schultern. »Sehe ich das richtig, dass für Euch … Andersgläubige noch die Fastenzeit vor dem Osterfest herrscht?«

»Es ist ein roter Sizilianer«, sagte Friedrich.

Sie sahen sich an. »Ich will nicht unhöflich sein«, erklärte al-Malik und grinste.

Hermann von Salza, der hinter ihnen hergestapft war, stieß die Luft aus. »Jede Minute, die ich bei diesen Gesprächen dabei bin, werden mir zehntausend Sünden erlassen. Ich schwör's.«

3.

»Ganz unumwunden, Majestät«, sagte al-Malik. »Mein Bruder, der Sultan al-Kamil, will keinen bewaffneten Konflikt. Er will nicht Krieg führen gegen ein Heer von Kreuzfahrern, nur um die Stadt Jerusalem zu behalten, die, unter uns gesagt, ein Furunkel am Hintern der Welt der Vernünftigen ist. Er kann es sich auch gar nicht leisten, weil unsere Brüder das sofort ausnützen und ihm den Krieg erklären würden, und dann hätte der Sultan mit deinen fränkischen Rittern und einem Bürgerkrieg gleichzeitig zu kämpfen. Und deshalb, Majestät, soll ich dir von ihm ganz offen ausrichten: Wenn du die nötigen Voraussetzungen erfüllst, wird er dir Jerusalem überlassen, ohne dass ein Tropfen Blut vergossen wird.« Seit sie sich gesetzt hatten, hatten al-Malik und Friedrich lateinisch gesprochen, um Hermann von Salza nicht aus ihrem Gespräch auszuschließen. Der Ägypter beherrschte die Sprache seines Gegners so mühelos wie dieser die seine.

»Was wären die ›nötigen Voraussetzungen‹?«, fragte Friedrich.

Al-Malik hob zwei manikürte Finger. »Es gibt zwei. Erstens: Mein Bruder, der Sultan, möchte sicher sein, dass du nicht der gleiche Barbar bist wie deine Vorgänger an der Spitze des Reichs, sondern ein Mann, der seiner Freundschaft und Verehrung würdig ist.« Al-Malik lächelte. »Diese Voraussetzung hast du bereits erfüllt.«

»Ach«, sagte Friedrich, der sich nicht anmerken lassen wollte, dass er gleichzeitig erleichtert, geschmeichelt und verlegen war. »Woher will er das wissen?«

»Es gibt viele Sendboten meines Bruders, des Sultans, in diesem Land, und nicht alle strömen Arroganz und Rosenwasserduft aus wie ein Garten voller Gespielinnen im Palast des Kalifen – oder sind auf Anhieb zu erkennen …«

»Ich sprach von einem römischen Bordell und dem Kardinalskollegium.«

»Ach«, sagte nun Al-Malik, »was sollen wir uns um Details streiten?«

»Noch etwas Wein, mein Freund?«

»Gerne, Majestät.«

Hermann von Salza, dessen Gesicht so rot angelaufen war, dass es im schwachen Licht so dunkel wirkte wie das al-Maliks, knurrte: »Was ist die zweite Voraussetzung?«

»Siehst du, Majestät, ich will, was deine Verhältnisse betrifft, so offen sein wie ich es über die Verhältnisse meines Bruders war.«.

»Als ob du darüber so genau Bescheid …«, brauste Hermann von Salza auf.

»Lass den Mann ausreden, Hermann«, sagte Friedrich ruhig.

»Du hast wieder und wieder dein Kreuzzugsgelübde gebrochen«, sagte al-Malik. »Du und ich wissen, dass du es getan hast, weil du seit Jahren mit meinem Bruder, dem Sultan, über die friedliche Übergabe Jerusalems verhandelst. Dein Volk hier und vor allem deine Priester halten dich hingegen für einen Zauderer. Du hast unsere Glaubensbrüder in Sizilien, die Sarazenen, besiegt, aber statt sie zu vernichten hast du sie nur umgesiedelt, worauf sie dir Treue geschworen haben. Deine Priester legen dir das als Bündnis mit dem Teufel aus. Du hast Universitäten gegründet und dem Zugriff deines Klerus entzogen; deshalb wirft dieser dir vor, du würdest das Studium unheiliger Dinge unterstützen. Du hast im Norden deines Reichs das Volk der Balten unter deinen persönlichen Schutz gestellt und die Befriedung dieses Gebiets deinem Freund hier und seinen Deutschordensrittern übertragen, obwohl der Papst darauf seit Jahren Anspruch erhoben hat. Er hat dort zwar nicht Frieden geschaffen, sondern nur den Bernstein ausgebeutet, aber das hindert seine Kardinäle nicht daran, dich als Dieb und Vertragsbrecher zu bezeichnen. Nun gibt es einen neuen Papst, und anders als sein Vorgänger ist er nicht nur aus politischen Motiven, sondern aus ganzem Herzen dein Todfeind. Die Fürsten deines Reichs sind aber nicht anders als die Herren im Land meines Bruders, des Sultans: Sie sind Schakale, die nur darauf warten, dass der Löwe wankt, um ihn von hinten anzugreifen. Der neue Papst wird dich zum Wanken bringen, Majestät.«

»Und was haben meine Schwierigkeiten im Reich mit deinem Bruder zu tun, mein Freund?«

»Wenn mein Bruder, der Sultan, die Stadt Jerusalem ohne Kampf einem Mann übergibt, dem in seinem Reich nicht einmal die eigenen Leute folgen, dann wird das ihn ins Wanken bringen«, erklärte al-Malik. »Das kann er nicht riskieren.«

Friedrich blickte betroffen zu Boden. Hermann von Salza, der ein loyaler Freund Friedrichs, aber ein ebenso pragmatischer Verhandlungsführer war, sagte nüchtern: »Das heißt, wenn Friedrich nicht die Fürsten hinter sich schart und Papst Gregor deutlich macht, wer im Reich das Sagen hat, dann wird al-Kamil nicht zum Frieden bereit sein.«

Al-Malik neigte zustimmend den Kopf.

»Wenn ich nicht ins Heilige Land aufbreche, wird Papst Gregor mich exkommunizieren«, sagte Friedrich. »Dann wird über kurz oder lang jemand anderer einen Kreuzzug ins Leben rufen, und er wird nicht al-Kamils Wort wollen, sondern seinen Kopf. Wenn ich aber ins Heilige Land aufbreche, ohne mit deinem Bruder ins Reine gekommen zu sein, wird es ein Kriegszug werden, der auf beiden Seiten Zehntausende von Toten fordert. Gelingt es mir, Jerusalem zu erobern, wird es der Untergang deines Bruders sein. Scheitere ich, wird es mein Untergang. Ganz gleich, was geschieht, einer von uns wird daran zugrunde gehen. Um vor diesen Alternativen zu stehen, hätten wir nicht seit Monaten zu verhandeln brauchen, mein Freund.«

Nun betrachtete al-Malik düster den Boden. Ohne zu fragen, griff Hermann von Salza nach dem Weinkrug und schenkte beiden Männern nach. Dann goß er sich selbst einen Becher voll und kippte ihn, als wäre es ein Schluck Wasser. Friedrich und al-Malik starrten ihn an. Der Deutschordensmeister zuckte mit den Schultern. »Wenn euch nichts einfällt, um das Dilemma zu lösen, besaufe ich mich. Und ihr wollt keinen besoffenen Deutschordensritter neben euch sitzen haben, das garantiere ich.«

»Wieso, wirst du dann aggressiv?«, fragte al-Malik.

»Nein, sentimental.«

»Du lieber Gott«, sagte Friedrich. »Wir sind verloren.«

Sie sahen sich an, dann brachen sie in Lachen aus. Am Feuer wandten die normannischen und ägyptischen Leibwächter, die in bunter Folge um die Flammen saßen, die Köpfe, nickten, lachten selbst und tauschten Essen und Trinken untereinander aus. Es wirkte nicht so, als stünde ihre Welt auf Messers Schneide und als habe die feige Entscheidung eines Zirkels alter Kirchenfürsten, dem Machtgierigsten unter ihnen die Schlüssel zum Himmelreich in die Hand zu drücken, die Kraft, diese Männer, die gerade noch Brot und Wein teilten, morgen schon zu erbitterten Feinden zu machen.

Nach einer Weile sagte al-Malik ganz ohne sein übliches Pathos: »Al-Kamil hat mir aufgetragen, dir von der Legende zu erzählen. Er sagte: Wenn alle Weisheit meines Bruders im Geiste versagt, dann erzähle ihm die Geschichte von den Tränen der Jungfrau.«

»Was?«

»Als der Prophet Isa starb und sein Leichnam in die Arme seiner Mutter gelegt wurde, der Jungfrau ...«

Friedrich schoss in die Höhe, dass Hermann von Salza seinen Wein verschüttete. Der Kaiser starrte auf den jungen Sendboten des Sultans hinunter. »Was?« Er schrie es fast.

»Kennst du die Geschichte?«

»Das ist ... das ist ... Philipp hat mir dieses Märchen erzählt, kurz bevor er starb«, keuchte Friedrich.

Hermann von Salza kratzte sich am Kopf. »Das Märchen, über das du dich immer so lustig gemacht hast?«

»Philipp war ... so begeisterungsfähig. Ich dachte ... Ich hab sogar ihm zuliebe so getan, als sei ich empört, dass ein Stein ...«

Nun war auch al-Malik aufgestanden. »Du kennst die Geschichte vom Stein, dem die Herrscher der Welt folgen?«

»Kennen? Ich hab sie für absoluten Blödsinn gehalten!«

Al-Malik schüttelte den Kopf. »Was ist nur los mit euch Christen? Ihr glaubt, dass der Scheitan ein gefallener Engel ist und unter der Erde lebt und Seelen frisst – aber an den Schmerz einer Mutter, die ihren Sohn sterben sieht, glaubt ihr nicht.«

»Ich glaube nicht daran, dass ein Edelstein irgendeinem Mann die Macht verleiht, die Menschen hinter sich zu scharen.«

»Nicht irgendeinem Mann. Du hast die Geschichte nicht richtig verstanden.«

Friedrich unterbrach sich im Luftholen. Ratlos zuckte er die Achseln. Al-Malik seufzte, dann wischte er mit dem Stiefel ein paar alte Zweige beiseite und kniete vor Friedrich nieder. Er faltete die Hände und hob sie hoch in der Geste eines Vasallen, der seinen Herrn bittet, ihn in seinen Dienst zu nehmen.

»Du könntest dieser Mann sein«, sagte er ruhig. »Wenn du den Stein in der Krone trägst, wird mein Bruder, der Sultan, dir folgen, so wie ein Waffengefährte dem anderen folgt, so wie ein

Prophet den Fußstapfen seines Vorgängers folgt. Dein Prophet, Isa, und unserer, Mohammed – und du, Kaiser Friedrich, Herr über die Christen, und mein Sultan al-Kamil, Herr über die Gläubigen. Trage den Stein, Friedrich, und deine Träume werden wahr werden. Trage den Stein, und das Königreich der Himmel wird deines sein, ohne dass ein Tropfen Blut es entweiht, und du und mein Bruder, der Sultan, werden gemeinsam in seiner Mitte das Brot brechen und Freunde sein.«

Friedrich blinzelte. Er brauchte so lange mit seiner Antwort, dass al-Malik, der das Haupt gesenkt hatte, hochblickte. Friedrich war blass geworden.

»Ich hab das verdammte Ding nie gesehen«, brachte er schließlich hervor. »Und ich weiß zum Teufel nicht, wo es ist.«

Er starrte zu den Sternen empor.

»Aber ich weiß, wer ihn zuletzt in der Hand gehalten haben muss«, flüsterte er.

4.

Hademar Durr zerrte seine Tunika unter seinem Gürtel hervor und strich sie dann wieder glatt. Zwei heftige Gefühle stritten in ihm: der Respekt, den er vor dem berühmten Mann empfand, in dessen Haus er stand; und die Wunschvorstellung, dass man auch ihm, dem reichen Fuchtwanger Kaufherrn, ein wenig Respekt schuldete. An Letzterem herrschte hier eindeutig Mangel. Ersteres wiederum schien nicht gefordert, und doch konnte Hademar seine Hochachtung unmöglich verbergen. Hühner beginnen zu scharren, wenn ihr Hühnerhirn in einen inneren Konflikt gerät. Hademar Durr bearbeitete seine Tunika. Ober- und unterhalb des Gürtels war sie schweißfleckig und zerknittert.

»Deshalb …«, sagte er schwitzend.

»Deshalb was?«, fragte der Mann mit dem graublonden, langen Haar.

»Deshalb …«, bekräftigte Hademar und schwitzte noch mehr.

Der ältere Mann seufzte. Schließlich stand er von der Truhe auf, die vor dem brennenden Kamin stand, und nötigte Hademar zu dessen Überraschung, sich an seiner statt dort hinzusetzen. Der Kaufmann plumpste ungraziös auf seinen Hintern.

»Vielleicht geht's so leichter«, sagte Hademars Gastgeber. »Stellt Euch vor, Ihr seid der Hausherr und ich der Besuch, und wenn Euch etwas nicht passt, könnt Ihr mich jederzeit rauswerfen. Also, Ihr wolltet mir erklären, dass mein Knecht Eurer Tochter ein Liebesgedicht geschrieben hat, und seit sie es gelesen hat, will Eure Tochter nicht mehr ihren auserwählten Bräutigam heiraten, den Sohn Eures Geschäftspartners Herbord, sondern meinen Knecht. Und für den Fall, dass Ihr Euch diesem Wunsch verweigert, in ein Frauenkloster gehen und den ganzen Tag lang dem Herrn und allen Heiligen auf Knien liegend schildern …«

»Auf blutigen Knien …«, korrigierte Hademar.

»… auf blutigen Knien liegend schildern, was für ein schlechter Mensch und noch schlechterer Vater Ihr seid. Oder für den Fall, dass Ihr Euch auch der Mitgift für das Kloster verweigert, in ein Bordell gehen und jedem Freier hinterher die Warnung mitgeben, seine Tochter anständig zu behandeln, wenn er nicht will, dass sie genauso endet.«

Hademar nickte. »Ihr habt es sehr kurz zusammengefasst, aber so ist es.«

»Und deshalb …?«

»Deshalb«, stotterte Hademar unglücklich, »deshalb … bin ich gekommen, um Euch zu bitten, Euren Knecht ans andere Ende der Welt zu senden und dann ein Wort mit meiner Tochter zu sprechen, um ihr wieder den Kopf geradezurücken.« Die Worte waren aus seinem Mund gepurzelt, als könnten sie nicht schnell genug nach draußen kommen und sich dann unter dem Tisch verstecken.

»Ausgerechnet ich soll mit Eurer Tochter sprechen?«

»Herr Walther … Euer Knecht hat meine Tochter mit Poesie vergiftet. Das könnt nur Ihr wieder richtigstellen.«

»Sehe ich so aus, als wüsste ich mit wild gewordenen Töchtern umzugehen?«

»Ihr seid ein Mann, der mit Frauen umzugehen weiß, die von der Lyrik verwirrt worden sind.«

Walther von der Vogelweide starrte auf den Kaufmann hinab, der auf seiner Truhe saß und das Vorderteil seiner Tunika ruinierte. Die letzte Bemerkung Hademars hatte ihn getroffen. Das habe ich nie gewusst, dachte er. Ich wusste immer nur, diese Verwirrtheit auszunutzen, um die Wunde in meiner Seele zu bandagieren. Aber die Wunde heilte nie, und die Bandagen fielen nach wenigen Tagen ab.

»Alles, was ich weiß«, sagte er halblaut, ohne zu merken, dass er es sagte, »ist, dass keine Poesie den Schmerz der Liebe heilen kann.«

Hademar blinzelte den grau gewordenen Sänger an. »Ja«, sagte er. »Ähem.« Es war eindeutig, dass das Geständnis Walthers sich keinem der Fächer zuordnen ließ, mit denen Hademar die Erfahrungen, die das Leben ihm bereitete, vorsortierte. Der Kaufmann begab sich auf vertrauteres Terrain. »Ich lasse Euch zwei Ballen Damast zum Sonderpreis zukommen, wenn Ihr meine Tochter wieder zur Vernunft bringt. Immerhin ist es ja Euer Knecht, der an dem Unglück schuld ist.«

»Warum lasst Ihr sie nicht meinen Knecht heiraten?«, fragte Walther mit einem boshaften Unterton.

»Aber ich bitte Euch … den Gehilfen eines Sängers!«, sagte Hademar, horchte seinen Worten hinterher und fügte hastig an: »Das heißt … ich meine natürlich … also selbstverständlich könnte sich jeder Vater geehrt fühlen … ähem … aber die Geschäfte, es ist ja nur wegen der Gesch…«

»Zeigt mir mal, was mein Knecht geschrieben haben soll.«

Hademar stand auf und zog ein zerknittertes Pergament aus seiner Gürteltasche. An einer Kante war noch der Rest einer Goldillumination zu erkennen, als wäre das Pergament mit einem scharfen Messer von der Seite eines Codex abgeschnitten worden. Walthers Blicke fielen unwillkürlich auf die Bibel, die ungeöffnet auf einem alten Schreibpult unter dem Kruzifix in der Ecke lag. Er hatte den plötzlichen Verdacht, dass nicht mehr alle Seiten vollständig waren.

Das Pergament war nicht mehr als einen Daumen breit und einen hoch. Walther hielt es auf Armeslänge von sich, damit er die winzige Schrift entziffern konnte. Schließlich nickte er, trat – als würde er eine schlafende Giftschlange in den Händen halten – zum Feuer und legte das Pergament in die Flammen. Es wellte sich, bog sich auf, wurde schwarz und verging.

»Wisst Ihr was?«, sagte Walther. »Ich rede mit meinem Knecht. Danach wird er mit Eurer Tochter reden und ihr erklären, dass alles ein Missverständnis war und dass er ihr eigentlich einen Witz über den Papst aufschreiben wollte, aber die Zettel verwechselt hat.«

»Einen Witz über den Papst!?«

»Meinetwegen auch einen über den Kaiser, wenn Euch das lieber ist.«

»Also … also … bei allem Respekt, Herr Walther … aber ein Witz über den Papst …?«

Walther komplimentierte seinen Gast zur Tür. »Und was den Damast betrifft – gebt mir nur einen Ballen, und ich werde ihn dem Kaiser zum Geschenk machen, wenn sein Bote das Pamphlet abholt, das ich gerade für ihn verfasse. Ich werde Euch und Euer Handelshaus in höchsten Tönen loben und als Lieferant für den kaiserlichen Hof empfehlen.«

»Ah?«, machte Hademar, dessen Gesicht sich plötzlich aufhellte.

Walther schloss die Tür und lehnte sich dagegen. Nach ein paar Herzschlägen hörte er jemanden davor husten. Er öffnete sie wieder. Hademar Durr stand immer noch draußen und stopfte gerade seine Tunika wieder zurück.

»Ähem …«, sagte Hademar. »Weil ich schon mal hier bin … meint Ihr, Ihr könntet das hier mal …?«

Er reichte Walther einen kleinen Bogen grauen Hadernpapiers. Sein Gesicht rötete sich wie ein Sonnenuntergang.

Walther spähte auf die mit Kohlestift hingeschmierten Zeilen. Sie wimmelten von Streichungen, Ausbesserungen und erneuten Streichungen.

»Unter den Eichen?«, las Walther ungläubig.

»Ähem … also … ich will ja zugeben, dass mich das Gedicht Eures Knechts … also … inspiriert hat …«

»Was soll ich damit?«

»Würdet es Ihr eventuell lesen und mir sagen, was man daran noch … verbessern kann?« Hademars Gesicht war so rot, dass ein Sommerapfel dagegen blass ausgesehen hätte.

Walther las fassungslos: »Unter den Eichen / wollt ich nicht weichen / denn ich konnt' dich beim Bade erblicken sodann …«

»Ähem«, sagte Hademar nicht völlig ohne Stolz.

»Aus des Eichenhains Mitten / sah ich deine … Also, zum Henker, Hademar, was soll das werden?«

»Dieser Satz klingt noch nicht richtig«, sagte Hademar verzweifelt.

»… Und ich dacht' nur, wie ich dich wohl … Hademar, das ist kein Gedicht, das ist ein Lied für ein Bordell!«

»Vielleicht findet Ihr eine elegantere Formulierung?« Hademar sah aus, als flehe er um die Erlösung aus der ewigen Verdammnis.

»Soll das für Eure Frau sein!?«

»Wo denkt Ihr hin?«

Walther ließ das Papier sinken. »Ich mache keine Liebeslieder mehr!«, sagte er grober als beabsichtigt.

Hademars Schultern sanken herab. »Sie raubt mir den Verstand«, flüsterte er.

»Wer?«

»Na, das Mädchen in dem Bordell, für das ich diese Verse …«

Walther drückte dem Kaufmann das literarische Werk in die Hände. »Ihr seid eine verdammte Seele, Hademar Durr.«

»Ich weiß!«, heulte Hademar. »Aber Ihr würdet mich verstehen, wenn Ihr erst mal ihre …«

»Gott mit Euch!«, knurrte Walther und schloss die Tür endgültig. Es dauerte eine Weile, bis er den Hufschlag von Hademars sich entfernendem Pferd hörte. Er verließ das kleine Haus durch die hintere Tür, trat in den Obstgarten hinaus, der bald voller Blüten sein würde, und brüllte aus vollem Hals: »LAURIN!«

Ein schlaksiger junger Mann, der mit dem Rücken an einen der Obstbäume gelehnt in den Frühlingshimmel geblickt hatte, schoss in die Höhe.

»Diesmal hast du's übertrieben!«, sagte Walther.

»Ich schwöre dir, Walther, ich wollte nur einen einzigen Kuss von ihr. Nur einen Kuss.«

»Wohl eher tausend«, knurrte Walther.

Laurin holte Luft für weitere Erklärungen, dann unterbrach er sich, als er die Anspielung verstand. »Verdammt«, sagte er. »Sie hat's ihrem Vater gegeben.«

»Und der hat es mir gegeben.«

»Und du …?«

»Ich hab's dorthin getan, wo es hingehört – in die Luft, in den Äther, in die ewigen Weiten der ungeschriebenen Poesie …«

»Äh?«

Walther holte aus und gab dem jungen Mann vor sich eine Kopfnuss. »Ich hab's verbrannt!«

Laurins Schultern sanken herab. »Es war gut«, flüsterte er. »Sie hat mich abgewiesen, bis ich ihr das Gedicht geschrieben habe. Dann war sie es plötzlich, die wollte, dass ich …«

»Es war von mir!«, brüllte Walther. »Ich hab es vor ungefähr zehntausend Jahren geschrieben!«

»Es war gut«, beharrte Laurin. »So was solltest du schreiben anstatt irgendwelcher … Dinger … für Kaiser Friedrich! Ein Adler, der zu Fuß geht.«

Walther blinzelte. Was er hatte erwidern wollen, war plötzlich vergessen. »Es ist ein Kreuzzugsaufruf«, sagte er hilflos. »Du weißt, wie wichtig es für Friedrich ist, dass die Fürsten hinter ihm stehen. Und die Beziehung zwischen ihm und mir ist nicht mehr so, dass ich es mir hätte leisten können, abzulehnen …«

»Der große Walther schreibt Pamphlete auf Bestellung!«

»Ich bin nicht der große Walther …«

»Ich bleibe dabei: Du verschwendest dein Talent.«

»Dann kann ich ja froh sein, dass wenigstens du noch einen Nutzen draus ziehst«, sagte Walther hitzig.

Laurin sagte ebenso hitzig: »Einer muss es schließlich tun«, und stapfte davon.

Walther seufzte. Er wusste nicht, was er noch hätte sagen sollen. Er hatte Laurin einen Kopf kürzer machen wollen für die Frechheit, mit einem von Walthers alten Liedern ein Mädchen ins Heu zu locken, und nun hatte der junge Mann mit ein, zwei unschuldigen Sätzen die letzten zwanzig Jahre seines Lebens zum Einsturz gebracht. Nicht, dass Walther dies in vielen durchwachten Nächten nicht schon selbst längst getan hätte. Aber wenn man es selbst tat, war man am nächsten Morgen in der Lage, die Bruchstücke zusammenzuleimen und einen weiteren Tag lang so zu tun, als sei man am Leben. Wenn jemand anderer allerdings das brüchige Gebilde von zwanzig Jahren Flucht und Selbstbetrug einriss …

Dachte Laurin, er, Walther, habe erst mit der Auftragsarbeit für Kaiser Friedrich aufgehört, ein Liebesdichter zu sein?

Der junge Bursche hatte keine Ahnung.

Walthers Leben als Poet hatte aufgehört, als Eirene gestorben war. Er hatte noch ein paar Jahre so getan, als würden Liebesgedichte aus seiner Feder fließen können. Dann hatte er damit aufgehört. Man konnte Gott und den Teufel belügen, aber nicht die Poesie.

Walther stand in der offenen Tür seines Hauses und folgte mit seinen Blicken dem Pfad, der von seinem kleinen Anwesen zur Straße führte. Er schnaubte. So lange Zeit – und noch immer fühlte er den irren Hoffnungsschimmer, dass er plötzlich sehen würde, wie sie die Straße entlangkam. Ihre schlanke Gestalt, die dunkle, hochgesteckte Haarmähne, die schwarz umrandeten Augen blitzend, das Gesicht einer stolzen Königin, doch in den Mundwinkeln die Andeutung eines Lächelns; dieses Lächeln, von dem er immer gewünscht hatte, es zu einem Lachen werden zu sehen, zu einem befreiten, glücklichen, perlenden Lachen, zum Lachen einer Frau, die im Arm ihres Liebsten lag und mit ihm zu den Sternen emporgewirbelt war wie ein Schmetterlingspaar im Aufwind der Leidenschaft und die wusste, dass dies nur eine Pause war, dass ein erneuter Flug zu den Sternen bevorstand.

Nur ein einziges Mal hatte er ihr Herz in seinem Arm klopfen gespürt: In dem entsetzlichen Augenblick, als es für immer verstummt war.

Zwanzig Jahre … und der Schmerz war so frisch wie am ersten Tag.

Der einsame Baum, der die Weggabelung beschattete, wo ein anderer Pfad sich mit dem seinen vereinigte, verschwamm und wurde zu einer Gestalt, die sich näherte und ihn doch niemals erreichen würde.

»Verdammt«, flüsterte Walther und wischte sich über die Augen. »Verdammt.« Er holte aus und schlug mit der Faust gegen den Türrahmen.

Das Gedicht, das Laurin gestohlen hatte: Natürlich hatte er es für sie geschrieben. Alle seine Lieder, alle Gedichte waren für sie gewesen seit jenem Tag, an dem er ihr zum ersten Mal begegnet war. In allen seinen Träumen war sie es gewesen, der er es vorgetragen hatte.

»Eirene …«, flüsterte er. »Wie kannst du tot sein, wenn du in meinem Herzen bist?«

Er sah vor seinem inneren Auge, wie er vor wenigen Augenblicken das Pergament von Hademar Durr verbrannt hatte. Er sah die Buchstaben und Worte in den Flammen vergehen.

Unter den Linden / auf der Heide / wo unsere Bettstatt war / da könnt ihr sie noch finden / zerdrückt alle beide: / die Blumen und das Gras …

»Verdammt!«, flüsterte er erneut.

Vor dem Wald dort in dem Tal / tandaradei! / wie herrlich sang die Nachtigall.

»Wie konntest du mir das antun, Laurin? Wo ich beinahe glauben konnte, ich hätte es vergessen.«

Zwanzig Jahre waren vergangen, doch in seinem gebrochenen Herzen nicht einmal ein Tag. So viel war geschehen in dieser Zeit, doch die Wunde hatte sich nicht geschlossen. Alle Wunden heilt die Zeit, nur nicht die, die die Liebe schlägt.

Er hatte Laurin damals zu Freunden nach Nuorenberc gebracht, ohne ihnen zu verraten, wer das Kind war. Er hatte keine Erklärung abgegeben, und sie hatten in sein Gesicht gesehen und keine verlangt. Er hatte gewusst, dass der Junge in der Obhut seiner Zieheltern glücklich werden würde, so wie er gewusst hatte, dass er selbst die Jagd nach dem Glück aufgegeben hatte. Danach waren die Jahre turbulent gewesen – nur er hatte sich gefühlt, als stünde er bewegungslos im Zentrum von Dingen, die ihn nur am Rand berührten.

Otto von Braunschweig war nach dem Tod Philipps zum Kaiser gekrönt worden – nicht der junge Friedrich, wie Philipp erhofft hatte. Die meisten Fürsten waren zum Braunschweiger übergelaufen. Otto hatte es nicht ungeschickt angestellt, indem er wie ein treuer Sachwalter Philipps die Reichsacht über seinen Mörder verhängt und das Verlöbnis mit Philipps Tochter Beatrix bekräftigt hatte. Noch im Todesjahr Philipps hatte er Burg Stoufen in Besitz genommen. Und Walther, der nicht gewusst hatte wohin, war in seinen Dienst getreten. Nirgendwo konnte man weiter weg sein von der Erinnerung an König Philipp und Königin Eirene als am Hof des drögen, uninspirierten Otto von Braunschweig.

Ein Jahr später begann Friedrich in Sizilien seinen eigenen, entschlossenen Weg in Richtung Kaiserthron. Pläne wurden geschmiedet, verworfen, vergingen; Menschen starben. Walther nahm alles wie von ferne wahr. Heinrich von Kalden stellte Philipps Mörder und tötete ihn im Zweikampf – als er den Sieg der

Gerechtigkeit feierte, war Walther nicht mit dabei. Beatrix, die jugendliche Gemahlin Kaiser Ottos, die ihr Vater für zu jung gehalten hatte, um den Pfalzgrafen von Wittelsbach zu heiraten, starb einundzwanzig Tage nach dem Vollzug ihrer Ehe – Walther hörte, dass Gerold von Waldeck die Totenmesse gelesen und Heinrich dem frisch verwitweten Kaiser gedroht hatte, er werde enden wie der Wittelsbacher, wenn er am Tod der Vierzehnjährigen Schuld trage, doch er hörte es nur aus zweiter Hand und war nicht in der Lage, Wut oder Trauer zu empfinden. Papst Innozenz III. starb vier Jahre später, ein Zitat aus seinem eigenen Frühwerk auf den Lippen: Aus der Hölle gibt es kein Entrinnen! – Er musste es wissen, denn unter seinem Pontifikat waren Zehntausende im Ketzerkreuzzug erschlagen worden, doch Walther empfand weder Befriedigung noch Häme für seinen Tod. Dann starb Kaiser Otto, im Kirchenbann stehend, ein einsamer, geschlagener, gescheiterter Mann, der sich mit seinem letzten Atemzug fragte, warum ihn keiner jemals verstanden hatte.

Und ein neuer Stern, dessen erstes Funkeln Walther an jenem Tag wahrgenommen hatte, an dem seine Welt in Scherben gegangen war, hatte zu strahlen begonnen: Friedrich von Stoufen, als Kind Federico genannt. Walther hatte versucht, der Begegnung mit ihm auszuweichen, doch dann war er eines Tages vor ihm gekniet, dem jungen Mann, dem er einmal gesagt hatte, seine Satzstellung lasse zu wünschen übrig. Er war selbst schockiert gewesen, als eine Erkenntnis die Kruste aus Trauer, die sich um ihn gebildet hatte, durchbrach: das Bewusstsein, dass er mit seiner Flucht vor der Welt einen schweren Fehler begangen hatte. Mit diesem Bewusstsein war eine Reue über ihn gekommen, die ihn erbleichen ließ, während er versuchte, dem Blick Friedrichs standzuhalten. Am Ende hatte er Philipp doch verraten – indem er seinen Neffen Friedrich verraten hatte. Vage hatte er Erleichterung empfunden, dass Otto, Gerold und Heinrich nicht bei dieser Zusammenkunft zugegen waren.

»Von Euch«, hatte Friedrich leise gesagt, »hätte ich das nicht erwartet.«

Was hätte er darauf erwidern sollen? Ich brauchte ein Dach über dem Kopf? Ich brauchte etwas zu essen? Es wäre nur ein Bruchteil der Wahrheit gewesen.

Er hatte geschwiegen und den Kopf gesenkt. Der versammelte Hof hatte fassungslos eingeatmet, als Friedrich neben Walther in die Hocke gegangen war, sein Kinn umfasst und sein Gesicht gehoben hatte, bis der Sänger nicht mehr anders gekonnt hatte, als in die blauen Augen des Staufers zu blicken.

»Ihr wart sein Freund«, hatte Friedrich gesagt. »Warum habt Ihr sein Andenken an seinen Feind verkauft?«

»Es tut mir leid, Majestät«, hatte Walther geflüstert. Er hatte in Friedrichs Gesicht die Enttäuschung gesehen, den Wunsch nach einer Erklärung, nach irgendetwas, und sei es noch so unzusammenhängend, nur ein paar dürre Silben vom größten Meister der Worte – nicht, um verstehen, sondern um verzeihen zu können.

War es wirklich so undenkbar gewesen, zu rufen: Ich habe sie beide geliebt, Majestät! Ich brauchte als Zuflucht einen Ort, der von ihnen so weit entfernt war wie nur möglich!

Friedrich hatte ihn gehen lassen. Eine Freundschaft war schon am Anfang zerbrochen, die vielleicht ebenso fest hätte werden können wie die zu Philipp. Aber eines musste sich Friedrich mitgeteilt haben – dass der Mann, der vor ihm kniete und von dem der ganze Hof dachte, dass er aus reinem Opportunismus die Seiten gewechselt und aus reinem Trotz das Versöhnungsangebot des Kaisers ausgeschlagen hatte, am Ende seiner Kräfte war. Und dass die Poesie ihn verlassen hatte. Er hatte ihm den Auftrag erteilt, das eine oder andere Schreiben für ihn zu verfassen, und er hatte ihm ein Lehen gegeben: einen kleinen Hof in der Nähe des Königsguts Fuchtwang, der sein Einkommen daraus bezog, Obst, Gemüse, Eier, Ziegenhäute und den einen oder anderen fetten Truthahn an das Stift Fuchtwang und das Virteburher Stefanskloster zu liefern. Walther hatte versucht, sich dafür dankbar zu zeigen, indem er ein Freudenlied dichtete, das ebenso erbärmlich wie übertrieben war und seinen

Ruf als Heuchler am Kaiserhof endgültig festigte. Es schüttelte ihn noch heute, wenn er daran dachte: ›Ich hab mein Lehen, Welt hör zu, ich hab mein Lehen! / Nun beißt mich der Winter nicht mehr in die Zehen!‹ Argh!

Und dann war – vor etwa einem Jahr – ein junger Mann vor seiner Tür gestanden, den er noch nie zuvor gesehen und dessen Anblick dennoch etwas in ihm bewegt hatte. Das Gesicht war ihm unbekannt und dennoch seltsam vertraut gewesen. Er wusste, noch bevor der Besucher seinen Namen genannt und mit seinem vor Aufregung knallroten Kopf beim Eintreten gegen den Türrahmen gestoßen war, wen er vor sich hatte. Da hatte er den zweiten Schock erlebt, denn in der Kälte seiner Einsamkeit war auf einmal ein Licht aufgeglommen, das er als Freude darüber interpretierte, einen jungen Menschen zu sehen, den er seinerzeit als Kind gerettet hatte. Die Zuneigung, die er beinahe auf Anhieb für den nach dem Tod seiner Zieheltern zum Waisen gewordenen jungen Mann empfand, musste davon kommen, dass er Eirenes und Philipps Sohn war – oder vielleicht auch daher, dass er keinem von beiden ähnelte und Walther sich ihm deshalb verbunden fühlte, weil er selbst ebenso wenig zu der Welt passte, aus der er gekommen war. Walther hatte keine Ahnung, was Laurins Zieheltern über ihn, Walther, erzählt hatten. Aber es musste stark übertrieben gewesen sein, denn Laurin strömte nichts weniger als Heldenverehrung aus, wenn er Walther nur ins Gesicht sah.

Walther hatte ihn bei sich aufgenommen, hatte ihm die nüchterne Kanzleischrift, die Laurins Ziehvater, ein redlicher Händler, ihn gelehrt hatte, auszutreiben versucht, hatte ihn mit den stilistischen Feinheiten von Texten vertraut gemacht – und hatte bei all seinen Bemühungen auf ganzer Linie versagt.

Offenbar hatte er es auch versäumt, dem jungen Mann beizubringen, dass man die Poesie der Hohen Minne nicht wie einen heimlich verstärkten Wein benutzte, um ein Mädchen willig zu machen. Plötzlich verzog ein Grinsen Walthers Gesicht, das so unverhofft kam, dass er über sich selbst den Kopf schüttelte.

Und küsst' er mich? Wohl tausend Stund' / Seht nur, wie rot ist mir der Mund.

Walther schnaubte. »Tandaradei«, knurrte er.

Dann sah er, dass dort, wo der einsame Baum stand, tatsächlich Bewegung auf dem Pfad zu seinem Besitz entstanden war.

Als Laurin nach einigem Zögern zurückkehrte, um sich zu entschuldigen, erblickte er den alten Sänger, wie er mit nass glänzenden Augen in der Tür stand und auf den Pfad hinaus- und auf seine Vergangenheit zurückblickte. Als Walther plötzlich grinste und etwas murmelte, fühlte der junge Mann, der sich hinter die Hauswand zurückgezogen hatte, so etwas wie Erleichterung. Dass er mit seinem Übermut den Schmerz aufgerührt hatte, den der Sänger mit sich herumtrug, hatte er von Herzen bedauert. Und dennoch – er hätte nie im Leben gedacht, welche Wirkung das Gedicht Walthers, das er als sein eigenes ausgegeben hatte, auf Hademar Durrs Tochter haben würde. Von spröde bis schmelzend hatte es nur der Zeitspanne bedurft, in welcher die junge Dame die Zeilen unter Zuhilfenahme ihres Fingers mit lautlosen Lippenbewegungen gelesen hatte. Selbst auf Laurin hatten sie ihre Wirkung nicht verfehlt. Als sie ihn geküsst hatte, war die Süße ihres Kusses nicht nur in seine Hosen, sondern ein wenig auch in sein Herz geschossen.

Er wandte sich um, als vom Pfad her Hufgetrappel ertönte. Ein halbes Dutzend Reiter näherten sich. Weiße Mäntel mit schwarzen Tatzenkreuzen darauf flatterten im Wind.

5.

Jedes Mal in den letzten zwölf Monaten, wenn Cyra ihre Gefolgschaft zusammengerufen hatte, dachte Anna, dass es nun endlich so weit sei. Und jedes Mal enttäuschte Cyra sie wieder, indem sie nicht starb.

In der ersten Zeit während ihrer selbst gewählten Klausur unter den Frauen, die sich als Hüterinnen des Waisen verstanden, war Anna beinahe jede Nacht aufgewacht und hatte schwitzend in die Dunkelheit gestarrt. Sie hatte Königin Eirene getötet! Während sie versucht hatte, mit dieser ungeheuerlichen Erkenntnis fertigzuwerden, hatte sie den ruhigen Atem des Kindes in der Wiege neben ihrem Lager vernommen. Valeria war völlig anspruchslos. Es war, als hätte die Tatsache, dass sie in den ersten Stunden nach der Geburt dem sicheren Tod entronnen war, das kleine Mädchen unempfindlich gegen die anderen Anfechtungen des Lebens gemacht. Hunger, Durst, Krankheit, Kälte, Hitze – Valeria war gut gelaunt, während sie wach war, und ihre Schlafphasen waren tief und ruhig. Es gab Nächte, in denen Anna die Kleine regelrecht darum beneidete, wie sorglos sie schlafen konnte.

Mit den Monaten war Annas Entsetzen abgestumpft – oder ihre Sinne hatten sich erschöpft. Danach war die Zeit gekommen, in der sie mit einer solchen Sehnsucht nach Walther von der Vogelweide aufgewacht war, dass ihr Herz sich zusammengezogen hatte. Sie hatte sich vorsagen müssen, dass es keinen Grund für diese Sehnsucht gab. Nicht auf seiner Seite, denn er hatte seine Liebesschwüre vergessen; und nicht auf ihrer Seite, denn sie hatte versucht, ihn umzubringen. Meistens knirschte sie mit den Zähnen vor Ärger, dass es ihr nicht gelungen war; manchmal jedoch wünschte sie nur aus dem Grund, erfolgreich gewesen zu sein, damit sie ihn bei seinen letzten Atemzügen im Arm halten und ihm verzeihen und sich dann neben seiner Leiche einen Dolch ins Herz hätte stoßen können, um wenigstens in einer anderen Welt mit ihm vereint zu sein.

Als auch diese Zeitspanne vergangen war, hatte sie sich resigniert klargemacht, dass sie es kein zweites Mal über sich bringen würde, Walter töten zu wollen. Sie hatte einen anderen Plan. Die Zeit war auf ihrer Seite.

Sie hatte sich ihrer Umgebung zugewandt. Valeria verlangte wenig Aufmerksamkeit und schien irgendwie jedermanns Kind geworden zu sein. Es fand sich immer eine der Frauen, die sich mit der Kleinen abgab oder sie fütterte, und so hatte Anna genügend Zeit gehabt, den Alltag der Hüterinnen zu verstehen – und die Gefühlswelt ihrer Anführerin Cyra.

Allmählich hatte ihr zu dämmern begonnen, dass Cyra über die Ereignisse in der Köhlerhütte noch schlechter hinwegkam als sie selbst. Es hätte kein Tropfen Blut vergossen werden sollen bei der Aktion, tatsächlich waren drei Menschen gestorben. Cyra hatte gemessen an ihren eigenen Maßstäben versagt. Anna verstand niemals zur Gänze, ob Cyras Selbstvorwürfe auch damit zu tun hatten, dass sie in ihrer Verkleidung als Eirenes Zofe der Königin Treue geschworen und diesen Eid gebrochen hatte; die Byzantinerin war bei allem Leid, das man ihr an den Augen ablesen konnte, nie vollständig durchschaubar. Im Grunde teilten sie dieselbe Bürde. Sie hätte Freundinnen aus ihnen machen können.

Sie hatte keine Freundinnen aus ihnen gemacht.

Und nun, zwanzig Jahre nach den Ereignissen in der Köhlerhütte, lag Cyra im Sterben. Ihre herbe Schönheit war vergangen. Sie war nur wenig älter als Anna, die etwas über vierzig war und bei günstigem Licht auch als Dreißigjährige durchgehen konnte, aber sie war verbraucht. Cyra hatte die Gemeinschaft zusammengehalten, doch in den letzten Jahren war es immer mehr Anna gewesen, die mit entsprechenden Bemerkungen dafür gesorgt hatte, dass die Frauen den Glauben an ihre Aufgabe nicht verloren. Was aus dem Stein geworden war, dem die Fürsten folgten, interessierte Anna im Grunde so wenig wie die Frage, wem die Fürsten der Welt wohin folgten oder wer sich letztlich als würdig erweisen würde, den Stein zu besitzen. Ihre Agenda, was die Mission der Hüterinnen betraf, war eine ganz andere: Sie war überzeugt, dass der Stein ihr am Ende den Weg zu Walther von der Vogelweide zeigen würde. Und sie hatte einen Grund dafür, den sie nie jemandem verraten hatte.

Anna betrat die Kammer, in der sich Cyras Bett und ihre wenigen Habseligkeiten befanden. Die Klausur der Gemeinschaft in einem unbedeutenden Viertel Roms war so reich geschmückt, als sei die vergangene Pracht von Byzanz darin konserviert – es gab Teppiche und seidene Schals an den Wänden, Mosaike, die meergrün, himmelsblau und sonnengold schimmerten, Leuchter aus Bronze und Weihrauchgefäße aus Kupfer, Perlmuttvorhänge vor den Durchgängen und feinste Kissen auf allen Bänken. Vögel sangen in Käfigen, Wasserspiele verbreiteten ihre eigene glucksende Musik. Es konnte in ganz Konstantinopel keinen Palast geben, der verschwenderischer ausgestattet war als das Heim von Cyras Gemeinschaft – und keinen größeren Gegensatz als den zu Cyras persönlichem Bereich, der karg war wie der einer Zisterzienseräbtissin.

Cyra lächelte ihr unergründliches Lächeln. Die Haut spannte sich über ihre Wangenknochen.

»Ich habe dich gebeten zu kommen, weil es Neuigkeiten gibt«, sagte Cyra.

»Gute oder schlechte?«

»Das kommt darauf an.«

»Worauf?«

Cyras fiebrig glänzende Augen musterten Anna. »Viele unserer Gefährtinnen haben dich als meine Nachfolgerin vorgeschlagen.«

Anna bemühte sich, ihre Überraschung nicht zu zeigen. »Ist das die Nachricht?«

Cyra tat, als habe sie Annas Frage nicht gehört. »Es gibt ebenso viele, die sich für Fausta aussprechen. Ich werde eine Entscheidung treffen müssen.« Cyra schloss die Augen. »Sehr bald.«

Anna wartete, doch es kam nichts mehr. Cyras Augen öffneten sich nicht mehr. Nach einer Weile ging ihr Atem tief und ruhig. Sie schien eingeschlafen zu sein. Anna trat zur Tür und öffnete sie.

»Ich habe nie verstanden, was dich bei uns gehalten hat«, erklang Cyras Stimme vom Lager her.

Anna erstarrte, die Tür in der Hand. »Wohin hätte ich sonst gehen sollen?«

»Nicht nach Rehperc«, bestätigte Cyra. »Und nicht nach Stoufen. Aber dir wäre das ganze Reich offengestanden, nachdem Valeria alt genug war, sich für dich oder für uns zu entscheiden. Wir hätten dir eine Existenz außerhalb unserer Gemeinschaft aufgebaut, das weißt du. Warum bist du geblieben?«

»Wäre es dir lieber, wenn ich nicht mehr hier wäre?«, fragte Anna vorsichtig.

»Die Hälfte dieser Gemeinschaft würde es bedauern.«

»Willst du damit sagen, ich trage zur Spaltung bei?«

»Ich will damit sagen, dass ich nie verstanden habe, was dich hier hält.«

Anna zuckte mit den Schultern. Endlich drehte sie sich um. Cyra lag mit geschlossenen Augen im Bett, aber trotzdem schien es Anna, als würde sie einer eingehenden Musterung unterzogen.

»Die Nachricht ist«, flüsterte Cyra zuletzt, ohne die Augen zu öffnen, »dass Kaiser Friedrich die Spur nach dem Waisen wieder aufgenommen hat. Unsere Mission beginnt erneut. Nur wird diesmal jemand anderer sie leiten müssen, nicht ich.«

»Fausta«, sagte Anna.

»Es hätte ehrlicher geklungen, wenn du *deinen* Namen genannt hättest.«

»Es hätte ehrlicher geklungen, wenn du *ihren* gleich erwähnt hättest«, sagte Anna.

Cyra zuckte zusammen. Anna gab ihr keine Gelegenheit zu einer Erwiderung. Sie trat durch die Tür und schloss sie hinter sich.

6.

Hermann von Salza postierte je einen seiner Männer an den beiden Türen von Walthers Haus und kam dann mit den restlichen dreien herein. Er schenkte Walther einen langen, kalten Blick, stapfte durch das Haus, rüttelte an Truhen und schaute hinter Wandteppiche und fühlte sich nach Kräften wie zu Hause.

»Mein Heim ist Euer Heim«, sagte Walther sarkastisch.

»Etwas zu trinken wäre nicht schlecht«, sagte Hermann.

»Der Brunnen ist draußen.«

Die beiden ungleichen Männer maßen sich mit Blicken. Hermann von Salza war für Kaiser Friedrich so etwas Ähnliches, was Heinrich von Kalden für König Philipp gewesen war. Dass der Deutschordensmeister jedoch kein Freund von Walther war, sondern ihn vom ersten Moment an seine Feindseligkeit hatte spüren lassen, verlieh ihrem Treffen eine zusätzliche Schärfe. Das Blickduell wäre endlos so weitergegangen, wenn Laurin nicht hereingekommen wäre mit einem Weinkrug und vier Tonbechern, in die er vier Finger gesteckt hatte, um sie alle gleichzeitig tragen zu können. Er stellte seine Last ab, grinste in die Runde, verschwand in dem Nebenraum, der zugleich als Lager und Küche diente, kam mit zwei weiteren Bechern wieder, setzte sich an die Tafel, schenkte mit selbstverständlicher Miene ein, hob seinen Becher und sagte: »Schön, mal Besuch zu haben. Gesundheit!«

Walther war bemüht, sich die Erleichterung nicht anmerken zu lassen, dass Laurin die unerträglich gewordene Spannung durchbrochen hatte. Der Junge hatte kein Gespür, wie man einen Satz richtig an den anderen reihte, aber er besaß ein Gefühl für den richtigen Augenblick. Hermann von Salza sah sich gezwungen, den Blickkontakt zu unterbrechen, um nach einem Becher zu greifen. Seine Ritter taten es ihm nach. Walther nippte am Wein und stellte das Gefäß wieder ab. Die fragenden Blicke Laurins ignorierte er.

»Setzt Euch«, grummelte er schließlich.

Hermann von Salza deutete auf Laurin. »Wer ist er?«

»Mein Knecht«, sagte Walther.

»Er hat ziemlich saubere Fingernägel für einen Knecht.«

»Meine Hilfe ist mehr geistiger Natur«, erklärte Laurin.

»Lasst es uns kurz machen, Sänger«, knurrte Hermann und schob den Weinbecher beiseite. »Wo ist das Ding?«

»Ich habe keine Ahnung, was Ihr meint«, erwiderte Walther, aber die Pause, die er davor gemacht hatte, war zu lang gewesen. Alles, was er hatte tun können, um seinen Schreck zu verbergen, war, ein unbewegtes Gesicht zu machen. Er wusste genau, wovon Hermann sprach. So wie kein Tag in den letzten zwanzig Jahren vergangen war, ohne dass er an Eirene gedacht hatte, so war auch keiner vergangen, ohne dass er an den Waisen gedacht hatte. Es war immer die gleiche Gedankenkette gewesen: Hätten er und Otto nicht das Lied gesungen, dann wäre alles anders gekommen …

»Natürlich wisst Ihr das«, sagte Hermann angewidert.

Walther betrachtete die Tischplatte. Er kämpfte mit sich. »Lass uns allein, Laurin«, sagte er schließlich. »Bitte.«

»Aber …«

»Ich habe mir damals geschworen, dich nicht in diese Geschichte hineinzuziehen.«

»Was für eine Geschichte?«

»Bitte«, sagte Walther.

Laurin holte Luft, um erneut zu widersprechen, aber dann senkte er den Kopf, erhob sich und marschierte hinaus. Er ließ die rückwärtige Tür knallen.

»Wer ist er?«, fragte Hermann.

»Mein Schützling.«

»Und was hat er mit dem Waisen zu tun?«

Walther verfluchte sich im Stillen. »Wie kommt Ihr darauf, dass er was damit zu tun haben könnte?«

Hermann von Salza sah ihn an wie jemanden, der in der Speisekammer mit fettverschmiertem Mund vor einem angebissenen Schinken erwischt worden ist und mit vollem Mund sagt: »Wer, ich?«

»Es geht Euch überhaupt nichts an«, sagte Walther steif.

»Alles, was mit dem Stein zu tun hat, geht mich was an.«

»Ihr werdet Euch noch wünschen, dass es nicht so wäre«, murmelte Walther.

»Was habt Ihr gesagt?«

»Ich sagte: Seit wann, wenn man fragen darf?«

Hermann von Salza ballte die Faust. »Seit der Kaiser ein Interesse daran hat.«

Die rückwärtige Tür öffnete sich, und einer der beiden Ritter, die Hermann als Wächter draußen postiert hatte, schlenderte herein. Er hatte die Kapuze seines Mantels über den Kopf gezogen und streckte sich gemütlich. Hermann blickte auf.

»Warum bleibst du nicht auf deinem Posten?«

»Der Junge ist draußen und schmollt. Außerdem, wer soll uns vom Garten her schon angreifen? Die Steckrüben wirken ganz friedlich.«

Walther war beim ersten Klang der Stimme herumgefahren. Der Ritter schlug seine Kapuze zurück und musterte Walther aus klaren blauen Augen. Sein Mund zeigte kein Lächeln.

»Wo ist der Stein der Fürsten, Walther?«, fragte Friedrich von Stoufen, Kaiser des Heiligen Römischen Reichs. »Gebt ihn mir, und ich will glauben, dass nichts zwischen uns steht als ein großes Missverständnis.«

»Wie kommt Ihr darauf, dass ich den Stein haben könnte?«, fragte Walther nach einer gefühlten Ewigkeit des Schweigens. Er spürte, wie Hermann ihn unterm Tisch anstieß, und fügte hinzu: »Majestät.«

»Philipp hat ihn Euch gegeben an jenem verhängnisvollen Tag in Papinberc. Als Ihr und Graf Otto ihn besungen habt.«

»Er hat ihn mir nicht gegeben.«

»Wollt Ihr mir erzählen, Ihr hättet das Lied einfach so gedichtet? Ihr, dessen Poesie so unter die Haut geht, weil Ihr der Dichtung stets die Praxis vorausgestellt habt, besonders was Eure Liebesdichtung betrifft?« Friedrich sah sich neugierig im Raum um und trat schließlich zu dem Schreibpult, auf dem der Entwurf von Walthers Kreuzzugsaufruf lag. Er musterte ihn.

»Ich war noch nie auf einem Kreuzzug und schreibe dennoch darüber«, sagte Walther patzig.

»Aber nicht besonders gut«, erwiderte Friedrich und lächelte.

»Selbst wenn ich den Stein hätte, würde ich ihn Euch nicht geben«, sagte Walther, der bleich geworden war.

Hermann räusperte sich drohend, aber Friedrich winkte ab. Er trat vor Walther und blickte zu ihm hoch. »Ich wollte nie Euer Feind sein«, sagte er leise. »Aber Ihr habt mir keine Chance gegeben, Euer Freund zu werden.«

»Ihr kommt hierher in mein Haus, verkleidet und in Begleitung eines halben Dutzends Totschläger, und redet von Freundschaft?«

»Wo ist der Stein, Walther?«

»Ich habe ihn nicht!«

Friedrich wandte sich ab. Sein Gesicht verriet nichts, nur seine blauen Augen waren starr geworden. Walther kannte diesen besonderen Blick; er musste ein Teil des Familienerbes sein, auch Philipp hatte ihn besessen, wenn er sich von blanker Unvernunft behindert gefühlt hatte.

Friedrich deutete auf eine Laute, die an der Wand hing und deren Holz viel zu wenig abgegriffen war unter einer viel zu dicken Staubschicht. Das Wappen, das daraufgemalt war, war ein Kunstwerk, wo es nur der Kunst der Musik bedurft hätte, um Aufmerksamkeit zu erregen. »Ist sie das?«, fragte der Kaiser.

»Was?«

»Die einzigartige Laute des Walther von der Vogelweide?«

Walther zuckte mit den Schultern.

Friedrich schritt zu der Laute hinüber und musterte sie. »Darf ich?«

»Bitte.«

Der Kaiser nahm das Musikinstrument vom Haken, stellte einen Fuß auf die Bank neben Hermann von Salza, stupste die an einem Lederbändchen vom Hals baumelnde kleine Laute aus Ton an und schlug einen Akkord. »Verstimmt«, sagte er.

Walther zuckte erneut mit den Schultern. Friedrich hängte die Laute wieder zurück. Wo er sie angefasst hatte, waren Spuren in der Staubschicht zu erkennen. »Das ist nicht Eure Laute«, sagte er nüchtern.

»Es ist eine Laute, oder?«

Friedrich fuhr plötzlich herum. »Aber es ist nicht Eure!«, rief er. »Vielleicht ist es eine Laute. Vielleicht spielt Ihr sogar ab und zu darauf. Aber es ist nicht Eure – es ist nicht jenes einzigartige Musikinstrument, von dem man sagt, der Musiker gehöre eher ihm als umgekehrt! Habt Ihr sie versteckt, Walther, weil Ihr Euch schämt, dass die Musik, die Ihr ihr entlockt, ihrer nicht mehr würdig ist? Wo ist sie, Walther? Habt Ihr sie zerstört, weil Ihr ihr nicht mehr gewachsen wart? Ihr seid nur noch ein Schatten Eurer selbst, Walther. Warum gebt Ihr den Waisen nicht heraus? Ist es aus Eifersucht, weil Ihr es nicht ertragt zu wissen, dass er ebenso einzigartig ist wie Eure Laute, die Ihr verloren habt?«

»Stellen wir ihm die Bude auf den Kopf, Majestät«, sagte Hermann.

Friedrich reagierte nicht darauf. Walther fühlte erneut seinen musternden Blick. Alles, was er tun konnte, war, gerade stehen zu bleiben, obwohl seine Welt unter den Vorwürfen des Kaisers schwankte.

»Und wieder sagt Ihr nichts. Der Mann, der ein Frauenherz mit zwei Sätzen erobern konnte, schweigt, wenn es darum geht, sein eigenes Herz zu offenbaren.«

»Meinetwegen durchsucht das Haus«, sagte Walther mit rauer Kehle. »Es ist ohnehin Eures.«

»Wo ist der Stein?«

Walther schüttelte stumm den Kopf.

Friedrich riss die Laute wieder herunter, hob sie über seinen Kopf und zerschmetterte sie an der Tischkante. Die Saiten rissen mit einem Jaulen, das Walther ins Herz schnitt. Holztrümmer wirbelten herum, der Korpus krachte auf den Boden. Friedrich trat auf ihn ein, bis er nur noch ein Haufen bemalter Brettchen war. Unter seinen Tritten rollte der kleine Lautentalisman aus Ton hin und her. Laurin stürzte zur Tür herein, einen erschrockenen Ausdruck im Gesicht. Zwei Deutschordensritter fingen ihn ab.

»Raus mit ihm!«, stieß Friedrich hervor. Der Kaiser atmete schwer. Laurin versuchte sich freizukämpfen. »Bringt ihn raus!«

Die Ritter schoben Laurin zur Tür.

»Walther?«, schrie der Junge. »Was ist hier los? Soll ich die Nachbarn holen? Lasst mich los, ihr verdammten ...«

»Bringt ihn raus«, sagte Walther tonlos. Seine Blicke fielen in Friedrichs gerötete Augen. Auf Latein fügte er hinzu: »Niemand soll den Kaiser so sehen.« Er spürte den überraschten Blick Hermanns und ignorierte ihn.

»Was hast du zu ihnen gesagt, Walther?«, rief Laurin. Die Ordensritter zerrten ihn nach draußen. Die Tür fiel ins Schloss.

Friedrich trat mit den Füßen den Trümmerhaufen auseinander.

»Der Stein ist nicht hier«, sagte Walther ruhig.

Friedrich bückte sich und hob die tönerne Lautennachbildung auf. Seine Augen verengten sich, als er bemerkte, mit welchem Blick Walther das Teil ansah. Mit einem Ruck drehte er den Hals der Nachbildung ab, dann warf er sie zu Boden und trat darauf ein, bis sie nur noch roter Staub und zerriebene Bruchstücke war. Seine Schultern sanken herab.

»Warum, Walther?«, flüsterte er. »Wodurch habe ich mir Euch zum Feind gemacht? Ich habe Euch die Hand gereicht, nachdem Ihr meine Familie an Otto von Braunschweig verraten hattet, und ich habe sie Euch heute erneut hingestreckt. Warum schlagt Ihr sie aus?«

»Ich schlage sie nicht aus! Ich könnte Euch den Stein nicht geben, selbst wenn ich ihn hätte, weil er Verderben bringt!«, flüsterte Walther zurück. »Lasst ihn ruhen, wo immer er ist. Philipp hat sich geirrt. Es sind nicht die Fürsten, die dem Waisen folgen, sondern Tod, Unheil und Schmerz.«

»Ich brauche ihn, Walther. Was immer Ihr von ihm zu wissen glaubt – andere glauben, er ist die Rettung.«

»Und was glaubt Ihr, Majestät?«

Der Kaiser ließ sich auf die Bank neben Hermann von Salza plumpsen. Seine Wangen waren noch immer gerötet, aber der starre Ausdruck war aus seinen Augen gewichen. »Ich glaube, dass ich erledigt bin ohne ihn. Und dass Zehntausende den Tod finden werden im Heiligen Land und dass Jerusalem auf ewig verloren sein wird.«

Er nahm Walthers Becher, den dieser nicht mehr angerührt hatte, und trank ihn auf einen Schluck leer. Dann stand er auf. Die verbliebenen Deutschordensritter, die so getan hatten, als wären sie gar nicht hier, strafften sich. Hermann von Salza kam langsam in die Höhe. Sein Gesichtsausdruck, als er Walther ansah, war noch immer genauso missbilligend wie zuvor, doch in seinen Augen war nun zusätzlich Sorge zu lesen – Sorge um Friedrich, seinen Kaiser.

»Ich brauche ihn«, sagte Friedrich noch einmal statt eines Abschieds. Seine Männer folgten ihm zur Vordertür hinaus, wo die Pferde angebunden waren. Hermann von Salza bellte einen Befehl zur hinteren Tür hinaus. Die beiden Ritter, die Laurin festgehalten hatten, kamen herein, gefolgt von einem ziemlich zerzausten Laurin, dessen Augen vor Wut und Triumph funkelten. Einer der beiden Deutschordensritter hatte eine blutige Nase.

»Ha!«, schrie Laurin, der seine Füße nicht stillhalten konnte und auf der Stelle tanzte wie ein Derwisch. »Wenn dein Kumpan mich nicht festgehalten hätte, könntest du jetzt nicht mehr aus den Augen schauen, du Hampelmann! Komm allein her, wenn du Mut hast, dann bekommst du so was auf die Glocke, dass du denkst, deine Ordensburg ist dir um die Ohren geflogen. Na, was ist? Kommst du jetzt oder nicht …?«

Die beiden Ritter ignorierten ihn. Walther packte ihn am Arm und schüttelte ihn, bis Laurin blinzelte und in sich zusammenfiel. Sein Blick fiel auf die zerstörte Laute.

»Oh Mann, Walther, was soll denn das alles?«, stöhnte er.

Walther begegnete Hermann von Salzas Blick. »Ich würde mich für ihn häuten lassen«, grollte dieser. »Das heißt nicht, dass ich alles gut finde, was er tut. Aber wenn Ihr versucht, ihn zu hintergehen, Sänger, dann finde ich Euch, wo immer Ihr

Euch versteckt, und weder die Gnade Gottes noch die der Heiligen Jungfrau werden Euch vor einem Tod verschonen, von dem man noch in tausend Jahren mit Grausen erzählen wird.«

Walther seufzte. »Viel zu viele Worte«, sagte er.

Hermann von Salza schnaubte und stapfte hinaus. Walther stellte sich in die Tür und sah ihnen zu, wie sie davonritten. So viele Gefühle stritten sich in ihm, dass er sich wie betäubt fühlte.

»Walther, wenn du mir nicht endlich sagst …«, begann Laurin.

»Schschsch«, machte Walther.

Einer der Reiter wendete plötzlich sein Pferd und jagte in wildem Galopp zurück. Walther sah Laurin die Fäuste ballen und unwillkürlich einen Schritt zurücktreten. Er straffte sich. Kaiser Friedrich brachte sein Pferd in einer Staubwolke zum Stehen.

»Könnt Ihr mir das mit der Laute verzeihen?«, rief er vom Rücken des Pferdes herab.

»Dass Ihr sie zerschmettert habt?«

»Nein«, sagte Friedrich. »Das, was ich darüber gesagt habe.«

»Ich weiß es nicht«, erwiderte Walther ehrlich.

»Bringt mir den Stein bis zum Pfingstfest nach Stoufen«, sagte Friedrich, und in seiner Stimme lag ebenso viel Drohung wie flehentliche Bitte. Er riss seinen Gaul herum und sprengte davon.

Laurin stand der Mund offen. Er hatte erst jetzt erkannt, wer Walthers Besucher gewesen war. »Das war ja … das war …«, stotterte er.

»Schschsch«, machte Walther erneut. In seinem Inneren hörte er eine Stimme. Es war seine eigene, und sie sagte: Zwanzig Jahre hast du dich vor dem Stein versteckt, und nun hat er dich wieder eingeholt.

7.

In der Nacht erwachte Walther und war so hellwach, als habe er nie geschlafen. Er wusste plötzlich, wo der Waise war. Es war lächerlich. Es war traurig. Es war … es war so offensichtlich, dass er nie daran gedacht hatte.

Er tappte die hölzerne Treppe nach unten, die von den beiden Schlafkammern im Obergeschoss in den großen Wohnraum im Erdgeschoss führte. Er hatte keine Ahnung, welche Stunde es sein mochte, aber es war so dunkel, dass er sich seinen Weg ertasten musste. Das Haus war still bis auf das markerschütternde Schnarchen Laurins. Es war erstaunlich, dass ein so hübscher junger Mann solche Geräusche hervorbringen konnte; man stellte sich unwillkürlich einen haarigen alten Räuberhauptmann vor. Das kleine Gesinde, das Walther bei den Arbeiten auf dem Gut half, schlief in einer Kammer über der Scheune. Walther trat auf die knarrende Stufe, die zu vermeiden er sich vorgenommen hatte. Laurins Schnarchen unterbrach sich kurz und setzte dann etwas moderater wieder ein. Walther wusste, dass es binnen Kurzem die alte Lautstärke erreichen würde. Laurins Gesäge hatte Charakter und einen eigenen Willen.

In der Stube tastete Walther sich zum Kamin vor und blies so lange in die Asche, bis ein winziger Funke aufglomm. Er entzündete einen Docht und mit dem Docht ein Talglicht. In seinem Licht öffnete er die große Truhe und wühlte sich durch Schichten von Leinwand und Wolle, an seinem alten muffigen Mantel vorbei bis zum Boden. Seine Finger fanden einen Beutel, dessen Leder brüchig und rau geworden war, schlossen sich um ihn, holten ihn heraus.

Als er den Lederbeutel auf dem Tisch liegen hatte, zitterten seine Hände. Er hatte ihn nicht mehr geöffnet seit dem Tag, an dem er ihn von Eirenes Gürtel genestelt und an sich genommen hatte. Plötzlich fürchtete er die Emotionen, die der Inhalt wecken würde.

Er zog die Schnur auf. Er schüttelte den Inhalt des Beutels in seine Hand. Warum war ihm damals nicht aufgefallen, dass die Tonfigur schwerer war, als sie eigentlich hätte sein dürfen? Er wog sie.

Die tönerne Laute, die Friedrich zermalmt hatte, war eine Nachbildung gewesen. Es gab nur zwei Originale – jenes an der Laute, die er Otto mitgegeben hatte und die inzwischen vermutlich in irgendeiner Kammer auf Burg Stoufen verrottete, und dieses hier, das er Eirene gegeben hatte. Friedrich hatte nichts zerstört, was irgendeinen ideellen Wert besessen hätte, nur etwas, was Walther in einer Torheit in Auftrag gegeben hatte und was schon tot gewesen war, als er es zum ersten Mal in die Hand genommen hatte, genauso wie die Laute …

Er hielt die tönerne Laute an das Talglicht. In seinem Schein sah er, dass der Boden des Korpus einmal aufgebohrt und dann wieder verschlossen worden war. Wie groß war der vermaledeite Stein, dass er hier hineinpasste? Er hatte ihn doch gesehen, damals in Konstantinopel. Er war ihm groß vorgekommen. Aber die Erinnerung mochte trügen.

»Verzeih«, flüsterte er. »Verzeih, mein Herz.«

Er legte die Laute auf den Boden, erhob sich von der Bank, rückte sie zur Seite, bis eines der Beine auf dem Spielzeug stand, und setzte sich dann mit einem Ruck. Das Knirschen fuhr ihm in die Seele. Er sammelte ein paar Herzschläge lang seine Kraft, bis er aufstand und die Bank wieder zurückstellte.

Die Laute war zerbrochen. Eine kleine, goldene Hülse war herausgerollt, kleiner als Walthers Daumen, an einer Seite eingedellt vom Druck der Sitzbank. Er glotzte sie verständnislos an. Die Hülse besaß einen winzigen aufgesetzten Deckel, der sich halb geöffnet hatte. Als er die Hülse aufhob, fiel der Deckel herunter. Im Inneren der Hülse befand sich eine kleine Rolle aus Pergament, brüchig wie Birkenrinde.

Er entrollte sie und starrte sie an.

Jemand hatte mit raschen Schnitten einen kleinen Teil aus etwas herausgetrennt, was wie eine alte Abrechnung eines Kämmerers aussah. Es standen zwei Namen darauf. Einer war in der präzisen, runden Schrift eines professionellen Skribenten geschrieben.

Walthero cantori de vogelweide.

Dicht darunter, so dass es aussah, als hielten die Unterlängen seines Namens die Oberlängen des zweiten Namens fest, hatte sie ihren Namen geschrieben. Walther hätte ihre Handschrift unter Tausenden erkannt: hastig, eckig, als hätte sie dazu gedient, ihr eigentliches Wesen, das nichts von Hast und Eckigkeit besessen hatte, zu verbergen. Er beherrschte die griechische Schrift nicht, aber ihren Namen hätte er dennoch blind in ihr schreiben können.

Eirene Maria Angeloi.

Es sah so aus, als liebkosten die Unter- und Oberlängen einander. Als hielten sie sich bei den Händen. Als küssten sie sich. Als liebten sie sich mit all der Zartheit zweier Herzen, die wissen, dass ihre Zeit begrenzt ist.

Eirene musste den Ausschnitt aus einer der vielen Abrechnungen genommen haben, mit denen die effiziente Hofverwaltung Philipps die Honorare der Bediensteten abrechnete. Walther war es gewöhnt, seinen Namen zwischen denen von Tierpflegern, Hufschmieden und Pastetenbäckern zu finden. Sie hatte Walthers Geschenk angenommen, einem Stück Pergament anvertraut, für wen ihr Herz in Wahrheit schlug, diesen Beweis in Gold gefasst und dort versteckt, wo sie ihn ständig bei sich tragen konnte.

Und er hatte gedacht, der Waise sei in der tönernen Laute versteckt gewesen.

Walther nahm den Zettel in die Hand, als halte er einen Schmetterlingsflügel, und sah ihn an. Bis Pfingsten würde er sich etwas einfallen lassen müssen, aber das war im Augenblick nebensächlich.

Unter den Linden
auf der Heide
wo unsere Bettstatt war

könnt ihr sie noch finden
zerdrückt alle beide:
die Blumen und das Gras …
Vor dem Wald dort in dem Tal
tandaradei!
Wie herrlich sang die Nachtigall.

Walther merkte nicht, dass er die Melodie des Lieds summte. Er hatte sie zwanzig Jahre nicht mehr gesummt, aber auch nie vergessen. Und er merkte nicht, dass Laurin, der die ganze Zeit über an der Tür seiner Kammer gelauscht hatte, herunterschlich, nachdem Walther mit dem Kopf auf den Armen am Tisch eingenickt war, Walthers alten Mantel aus der Truhe holte und über die Schultern des Sängers breitete, den Zettel in Walthers Hand las, ratlos den Kopf schüttelte und wieder in seine Kammer schlich, wo er lange nicht einschlafen konnte.

8.

Valeria schlüpfte so leise wie ein Hauch in Annas Kammer, doch Anna war seit Stunden wach und setzte sich auf. Durch das schmale Fenster und den dünnen Seidenstoff, der in einem Rahmen davorgespannt war, sickerte graues Dämmerlicht.

»Mama?«, flüsterte Valeria. »Bist du wach?«

»Ja.«

»Ich wollte viel eher kommen, aber Fausta bestand darauf, dass ich meine Nachtwache in der Kirche zu Ende bringe.«

»Fausta hält viel auf die ehrwürdigen Traditionen.«

Es gab nichts darauf zu antworten, also antwortete Valeria nicht.

»Woher weiß Cyra, dass Kaiser Friedrich die Suche nach dem Waisen aufgenommen hat?«, fragte Anna.

»Jemand hat den Kaiser in Rom die ganze Zeit über beobachtet und ist ihm zu allen Gesprächen heimlich gefolgt«, erwiderte Valeria. Der Stolz in ihrer Stimme war nicht zu überhören.

»Der Jemand trägt deinen Namen«, sagte Anna. Valeria nickte selbstzufrieden.

»Ich dachte mir schon, dass Cyra die Beste geschickt hätte.«

Im Zwielicht der Kammer sahen sie sich an. Liegt es am Tanz mit dem Tod in deinen ersten Lebensstunden, dass du so eine Schönheit geworden bist?, fragte sich Anna. Hat er dir ein Geschenk gemacht, nachdem er dir das Leben nicht nehmen konnte? Manchmal fragte sie sich, was aus dem Kind geworden war, das sie zur Welt gebracht hatte, aber sie schob diesen Gedanken immer so schnell wie möglich von sich, weil er in ihrem Herzen einen Abgrund öffnete. Dann fragte sie sich, wieso niemand außer ihr erkannte, wie ähnlich Valeria ihrer leiblichen Mutter sah. Aber Königin Eirene war seit zwanzig Jahren tot, und woran die Leute sich erinnerten, war nicht der Mensch, sondern die Erinnerung an den Menschen, der Eirene gewesen war; und diese Erinnerung trug bei jedem andere Züge. Es schien Anna, dass sich das Gesicht der echten Königin nur ihr eingeprägt hatte.

Jeder andere sah in Valeria die Tochter von Anna von Rehperc. Nicht einmal Cyra, die misstrauische, hatte in dieser Hinsicht jemals gemerkt, wie die Dinge wirklich waren.

»Mama – es gibt etwas, das ich Cyra nicht erzählt habe.«

»Willst du es mir erzählen?«

»Nur dir. Deshalb weiß auch Cyra nichts davon. Kaiser Friedrich hat sich nicht selbst auf die Suche nach dem Stein gemacht. Er hat jemanden damit beauftragt.«

In Anna verkrampfte sich etwas. Plötzlich wusste sie im Voraus, welchen Namen Valeria gleich nennen würde. Es brauchte dazu nicht einmal prophetischer Gaben. Er war damals König Philipps besonderer Freund und Vertrauter gewesen. Es war vollkommen denkbar, dass sich dieses Vertrauensverhältnis auf Philipps Neffen Friedrich übertragen hatte.

»Walther von der Vogelweide«, sagte sie tonlos. Erst als Valeria ihr eine Hand an die Wange legte, bemerkte sie die Tränen ihrer Mutter.

»Er wird bezahlen für all den Schmerz, den er dir bereitet hat«, flüsterte Valeria. »Das ist die Gelegenheit, auf die du gewartet hast.«

Anna blickte die schöne junge Frau an, die alle Welt für ihre Tochter hielt. Sie konnte Valerias Liebe für sie in jeder Geste, jeder Mimik erkennen. Diese Liebe war Valerias Geschenk an sie, obwohl Anna sie zeit ihres Lebens angelogen hatte – über ihre Herkunft, über alles, was dazu geführt hatte, dass Valeria heute die beste der Hüterinnen war. Sie war nicht das einzige Geschenk. Ein Mord würde das zweite Geschenk sein.

Anna wusste, dass Valeria nicht das Herz hatte, einen kaltblütigen Mord zu begehen. Sie würde Walther, wenn sie ihm gegenüberstand und der Stein in ihrem Besitz war, eine reelle Chance geben. Aber ein Mord würde es dennoch sein, denn Walther würde sich nicht wehren.

Er wird wehrlos sein, weil er Eirene in dir erkennen wird, dachte Anna. Deshalb habe ich all die Jahre geplant, dass du den Mord, den ich nicht ausführen konnte, an meiner Stelle begehen sollst. Weil Walther nicht einmal dann die Hand gegen sie erheben würde, wenn sie käme, um ihm das Herz mit einem stumpfen Messer herauszuschneiden. Weil er erkennen würde, dass er zwanzig Jahre einer Illusion aufgesessen war, dass er zwanzig Jahre lang das falsche Kind beschützt hatte, dass er nicht einmal Eirenes letzten Wunsch hatte erfüllen können. Aber hauptsächlich würde er wehrlos sein, weil Valeria seiner verlorenen Liebe glich wie ein Ei dem anderen.

Deshalb war Valeria Annas Todesbotin; deshalb und weil Anna davon geträumt hatte, dass Valeria das Werkzeug ihrer Rache sein würde, in der Nacht, nachdem sie auf ihrer Flucht zusammen mit den Byzantinerinnen erschöpft eingeschlafen war. Dieser Traum hatte sie zwanzig Jahre lang durchhalten lassen.

Die Bilder des Traums waren so frisch in ihr wie am Morgen danach. Die Sonne … der Wind … die knatternden und flatternden Fahnen … wie auf einem Turnierplatz, nur dass sich keine Zuschauer eingefunden hatten. Zwei einsame Figuren darauf … eine zierliche, deren schwarzes Haar im Wind wehte wie ihre eigene Fahne, und ihr gegenüber die stolze, männliche Gestalt Walthers … sein langes Haar um sein Gesicht gepeitscht, seine Züge … seine Augen … die Lachfalten um sie herum und die Kerben in seinen Mundwinkeln …

So hatte er ausgesehen, als sie in der Köhlerhütte beisammengelegen hatten: das blonde Haar wirr, die Augen blitzend, über sie gebeugt, sein Gewicht mit dem Armen abstützend, aber es war ihr kostbar gewesen, dieses Gewicht, ebenso wie die Tatsache, dass ihre Haut schweißnass war und dass ihr Herz so schnell schlug, dass ihr schier der Atem verging … das und das Gefühl, dass er immer noch in ihr war, während ihre Beine ihn umklammerten … o mein Gott, ich habe dich so geliebt, Walther, dich und dein arrogantes Lächeln und die Art, wie du mit einem Kuss mein Blut erneut zum Kochen bringen konntest, obwohl ich noch atemlos war vom letzten Höhepunkt …

Mittlerweile würde er natürlich graues Haar haben, und die Kerben in seinem Gesicht würden tiefer sein, aber er würde immer noch stolz und aufrecht dastehen … und seinen Tod empfangen von der Hand der Tochter jener Frau, die er allen anderen vorgezogen hatte, und ganz besonders Anna von Rehperc. Und mit seinem letzten Atemzug würde er die schreckliche Ironie verstehen … Bei aller Rachsucht spürte sie über zwanzig Jahre hinweg noch immer seine Küsse.

»Mama«, sagte Valeria, »hör auf zu weinen. Ich werde bald dafür sorgen, dass er für das Unrecht, dass er dir angetan hat, bezahlen muss.«

Anna hatte Valeria eine entstellte Version der wahren Geschehnisse erzählt – dass sie einer Intrige Walthers wegen von zu Hause hatte fliehen müssen; dass ihr Leben in Gefahr gewesen war, weil Walther sie verleumdet und angeschwärzt hatte, um sich an ihr zu rächen. Valeria glaubte, dass Walther sich eine Geschichte von Ehebruch und Betrug ausgedacht und sie bei Hof verbreitet hatte, weil Anna ihn abgewiesen hatte. Die besten Lügen waren die, die so nahe an der Wahrheit waren wie nur irgend möglich.

»Ich musste warten«, sagte Anna beinahe unhörbar. »Musste warten, bis du alt genug warst und deine Ausbildung beendet hattest. Warten, bis sich eine Gelegenheit bot, dich auf die Suche nach Walther zu senden. Warten, bis ich die Macht hatte, diese Suche auszulösen. Und nun scheint es, als seien diese drei Voraussetzungen auf einmal erfüllt.«

»Wegen des Steins, Mama?«

»Wegen des Steins.«

»Und Cyra …?«

»Liegt im Sterben, Valeria. Schon bald werde ich ihre Nachfolgerin sein.«

9.

»Ich habe dich rufen lassen«, flüsterte Cyra, »um dir zu sagen, dass du nicht meine Nachfolgerin sein sollst.«

Anna blinzelte. Ihr wurde kalt. Konnte es sein, dass das siegessichere Gespräch mit Valeria erst einen Tag her war?

»Fausta wird meine Nachfolgerin. Und du wirst ihr gehorchen.«

»Wobei?«

Cyra war so schwach, dass sie ihre Augen ständig geschlossen hielt. Ihre Stimme war wie das Flüstern von totem Gras im Herbstwind.

»Dabei, meine letzte Anordnung auszuführen. Sie lautet, dass dein sinnloser Racheplan zu Ende ist.«

Anna wurde ebenso bleich wie Cyra. Unwillkürlich sah sie über ihre Schulter, aber sie und die sterbende Byzantinerin waren allein in der Kammer. Cyra hatte es sich zum Prinzip gemacht, schlechte Nachrichten dem Empfänger zuerst zu übermitteln – und in der Privatheit ihrer Kammer. Cyra hatte stets Wert darauf gelegt, gerecht zu handeln. Annas Blut rauschte in ihren Ohren.

»All die Jahre habe ich gewartet, dass du mir offenbarst, was ich schon lange gewusst habe – warum du hiergeblieben bist. Du kannst nicht die Anführerin unserer Gemeinschaft sein und ein solches Geheimnis mit dir herumtragen. Du hast gelogen, als du damals erzählt hast, die Armbrust wäre aus Versehen losgegangen. Ich habe gesehen, dass du Walther von der Vogelweide damit erschießen wolltest, aber ich habe nie etwas gesagt, weil es deine Aufgabe war, dir das von der Seele zu reden. Und ich habe dir zugesehen, wie du deine Tochter zu einem Werkzeug deiner Rache geformt hast. Ja, sie ist die Beste von allen, aber sie hätte auch die Demütigste sein können ... oder die Kunstsinnigste ... oder die beste Sängerin ... Sie hat so viele Anlagen, wie ich sie selten bei einem jungen Menschen gesehen habe. Aber du hast sie immer nur zu einem gedrängt: in den Kämpfen zu bestehen, die Prüfungen auf sich zu nehmen, als Siegerin aus jedem Training hervorzugehen. Es braucht nicht besonders viel Scharfsinn, um zu erkennen, was du vorhast: Du willst sie aussenden, um den Mord zu vollenden, der dir vor zwanzig Jahren nicht gelungen ist. Und deshalb darfst du nicht die Macht bekommen, es zu tun.«

»Valeria würde auch so gehen ... ich brauche sie nur zu bitten ...«, krächzte Anna.

»Nein, das würde sie nicht. Denn sie ist im Geist dieser Gemeinschaft aufgewachsen. Und du würdest sie nicht bitten, wenn du es nicht legitimieren könntest, denn dann würdest du ihr enthüllen, dass alles, was du zu ihr gesagt hast, eine große Lüge ist.«

Anna stockte der Atem. War Cyra selbst hinter dieses letzte Geheimnis gekommen – wer Valeria wirklich war? O Gott, wie sehr hatte sie die Byzantinerin unterschätzt?

Aber Cyra fuhr fort: »Du möchtest sicher nicht, dass deine eigene Tochter dich für eine Lügnerin hält. Vielleicht hätte ich mich einmischen und unterbinden sollen, dass du Valeria zu der geschicktesten Kriegerin ausbilden lässt, die diese Gemeinschaft je gesehen hat … aber für die Mission, zu der wir ausersehen sind, ist Valeria ein Gottesgeschenk. Für die Mission, Anna – nicht für deinen privaten Feldzug!«

»Du scheinheilige …«, flüsterte Anna.

Cyra schnaubte schwach. »Diese Gemeinschaft zu leiten, ist eine Bürde. Meine Entscheidung, sie nicht in deine Hände zu legen, ist richtig. Du verschwendest nicht einmal einen Gedanken daran, dass alles, was Valeria gelernt hat, im geschützten Bereich unserer Gemeinschaft geschehen ist. Sie ist allen anderen überlegen – aber ist sie das auch in einem echten Kampf, gegen Soldaten oder Ritter, die gelernt haben, dass Ritterlichkeit im ernsthaften Duell nur dazu führt, dass man ritterlich unterliegt? Ist dir klar, dass du sie vielleicht deinem egoistischen, sündigen Ziel opferst? Und trotzdem würdest du sie aussenden. Du kannst auf keinen Fall …«

Plötzlich stockte Cyra. Ihre Augen öffneten sich. Sie waren gerötet. Der ausgemergelte Körper zuckte unter der Decke.

»Ich habe nicht mehr lange«, stieß sie hervor. Sie stöhnte. Anna sah mit Entsetzen, wie ihr linker Arm sich plötzlich unter einem Krampf zusammenzog und die Hand zu einer Kralle formte. »O Gott … hol … hol die anderen«, keuchte Cyra. »Hol Fausta … schnell, Anna … ich habe keine Zeit mehr! Sie müssen wissen, dass ich mein Vertrauen in Fausta … hier, sie muss den Schlüssel bekommen … Anna, bitte!«

Cyra krümmte sich auf ihrem Lager. Mit der rechten Hand fuhr sie an ihren Hals und riss an dem dünnen Lederband, das sie trug, seit Anna sie kannte. Ein kleiner, unscheinbarer Schlüssel hing an dem Band. Anna wusste, dass er zu einer Truhe gehörte, die den Waisen beherbergt hatte. Der Schlüssel war das Symbol für die Mission der Gemeinschaft: den Waisen zurückzuholen und wieder vor der Welt zu verstecken, bis seine Zeit gekommen war. Cyra war zu schwach, um den Schlüssel abzureißen. Ihr Gesicht verzerrte sich vor Schmerz und Verzweiflung.

»Anna«, flüsterte sie kaum hörbar. Über ihren Körper liefen Krämpfe. »Bitte …!!«

Anna wandte sich zur Tür. Sie ahnte, wo Fausta und die anderen waren, die den Kern der Gemeinschaft bildeten – in der Kirche. Sie beteten dort für Cyras Seele. Es war wichtig, dass die Frauen Cyras letzte Worte hörten; es war wichtig, dass sie sahen, wie Cyra ihrer Nachfolgerin den Schlüssel übergab, auch wenn diese ihn selbst von Cyras Hals nahm, weil die Sterbende es nicht mehr konnte. Anna sah sich durch den Gang zur Kirche eilen, verfolgt vom Keuchen Cyras, vom Anblick, wie die Oberin sich gegen den Tod wehrte, um ihre Aufgabe zu Ende zu bringen, verfolgt von den Worten, die Cyra über Anna und Valeria gesagt hatte, begleitet von der Erkenntnis, dass ihre so lange geschmiedeten Pläne nichtig waren …

… ausgenommen, dass sie es nicht tat. Sie verließ die Kammer überhaupt nicht.

Sie stand bei der Tür und gab Cyras Blick zurück, deren Augen sich weiteten in der Erkenntnis, dass sie einen Fehler begangen hatte, dass Anna nicht vorhatte, Gehorsam zu leisten, dass ihr Prinzip, bis zum Schluss fair zu sein, falsch gewesen war angesichts einer Frau, die zwanzig Jahre lang ihre geheimsten Gefühle verleugnet hatte und nur von Verzweiflung und Rachsucht aufrecht gehalten worden war.

»Die Mission …!«, krächzte Cyra.

»Wird weitergehen«, sagte Anna.

»Du darfst nicht …«, stöhnte Cyra. Sie bäumte sich auf und griff nach dem Schlüssel, wie um ihn zu schützen. Sie fiel auf das Lager zurück. Ihr Kopf sank zur Seite.

Anna wartete, bis sie sicher war, dass die weit geöffneten Augen nichts mehr sahen, was von dieser Welt war. Dann löste sie Cyras tote Hand beinahe zärtlich vom Schlüssel und legte sie auf ihre Brust. Sie schob den Körper zurecht, bis er ausgestreckt auf der Bettstatt lag, ordnete das Laken und die Decke, streckte den verkrampften linken Arm aus und schuf das Trugbild von einem friedlichen, sanften Tod. Zuletzt riss sie die Lederschnur mit einem Ruck ab, legte sie um ihren eigenen Hals und knüpfte sie wieder zu. Der Schlüssel war zugleich kalt und heiß auf ihrer Haut. Wenn die anderen sie damit sahen, würden sie keine Fragen stellen; schon gar nicht Fausta, deren Treue zu Cyra und zu ihren Traditionen niemals in Zweifel gestanden hatte.

Ein paar Herzschläge lang stand sie mit geschlossenen Augen da und bemühte sich, die Gefühle zu ergründen, die in ihr stürmten, bemühte sich, eines davon zu lokalisieren. Schließlich traten ihr Tränen in die Augen. Tränen sah man nicht an, ob sie aus echter oder aus geheuchelter Trauer flossen.

Sie trat in den Gang hinaus, holte Atem und schrie, so laut sie konnte: »SCHWESTERN!«

10.

Nur zwei Tage später verließ eine zierliche Gestalt in Männerkleidern das Heim der Gemeinschaft. Sie trug eine formlose, in der Mitte gegürtete Tunika, einen leichten Mantel und eine Kapuze; das halblange schwarze Haar war unter einer Bundhaube zusammengefasst. Am Sattel ihres Pferdes hing ein Schild mit den Farben eines Wappens, das es nicht gab, aber wer hatte schon alle Wappen auf der Welt im Kopf? Quer über ihrem Schoß lag ein Schwert, den weichen Schwertgurt korrekt um die Scheide gewickelt. In einem Köcher steckten die Schäfte von zwei Lanzen und wippten, als ob an ihren Enden fröhliche Wimpel baumelten. Den Eindruck eines Ritters, der auf der Suche nach einem Abenteuer oder einem neuen Herrn war, dem er dienen konnte, trübte nur die Tatsache, dass die Gestalt allein unterwegs war, denn Ritter reisten immer mit einem kleinen Gefolge, selbst wenn sie nur das besaßen, was sie mit sich führten. Aber vielleicht hatte die Gestalt unter dem Mantel ein Gelübde abgelegt. Es war niemals ratsam, einen Ritter danach zu fragen, woher er kam und wohin er wollte, es sei denn, man war ein

Fürst oder ein anderer Ritter, bevorzugt mit einem größeren und besser bewaffneten Gefolge. Deshalb fragte niemand Valeria nach ihrem Woher und ihrem Wohin, als sie durch das Stadttor hinausritt und die nach Norden führende Straße nahm. Erst nachdem sie eine kleine Strecke zurückgelegt hatte, drehte sie sich zu der Stadt um, die ihre Heimat gewesen war.

Rom erhob sich hinter ihren Mauern in der frühen Morgensonne wie ein Kunstwerk aus Alabaster, Marmor und rotem Stein, vom Sonnenaufgang golden überstrahlt. Selbst die Rauch- und Dunstwolke über der Stadt besaß in diesem Licht ihren Zauber. Die Enge der Gassen war ebenso wenig wahrzunehmen wie die Schäbigkeit der meisten Häuser, der schamlose Prunk der Klerikerpaläste oder, aus dieser Entfernung, das Aroma von vergorener Fischsoße, schlechtem Hausbrand, Kloake und dem Schweißgeruch Tausender ungewaschener Tagelöhner. Rom wirkte im Morgenlicht, als beherrsche es die Welt zu Recht. Auch die versteckte Enklave in ihrer Mitte, in der der Geist und die Schönheit von Konstantinopel behütet wurden, der Stadt, der eigentlich die Herrschaft über die Welt gebührt hätte, war Valerias Blicken von hier aus entzogen. Erkennbar war sie nur noch für Valerias Herz, das sich plötzlich vor Heimweh zusammenzog.

Sie wandte sich ab und trieb das Pferd wieder an. Da sie sich nicht mehr umdrehte, bis die Stadt in der sie umgebenden Landschaft versunken war, bemerkte sie nicht, dass eine Gruppe von finster aussehenden Männern, deren schäbiges Äußeres in keinem Verhältnis zu ihrer hervorragenden Bewaffnung stand, eine verlassene Hütte unweit der Straße verließ, sich auf ihre Pferde schwang und ihr gemächlich folgte.

11.

»Ich verstehe nicht, wieso du mich nicht mitnimmst!«, klagte Laurin zum hundertsten Mal.

Walther seufzte. »Wie oft soll ich deine Frage noch beantworten?«

»Weil du mich ›nicht in die Geschichte reinziehen‹ willst«, leierte der Junge genervt. »Welche Geschichte, Walther? Jedes Mal weichst du mir aus. Was glaubt Kaiser Friedrich, dass du ihm vorenthältst? Und was hat das mit mir zu tun?

»Gar nichts.«

»Pfff!«

Walther hatte sich in den vergangenen Tagen noch mehr als mit Laurins Ungeduld mit der Frage gequält, ob dies der richtige Zeitpunkt war, Laurin reinen Wein über seine Herkunft einzuschenken. Aber er wusste nicht, wie er beginnen sollte. Er wusste noch nicht einmal, ob das, was er vorhatte, das Richtige war. Was hinderte ihn daran, einfach hierzubleiben? Er hatte doch nicht den Hauch einer Chance, den Waisen zu finden. Er wollte es noch nicht einmal. Ob Kaiser Friedrich an ihm Rache nahm, weil er auf der Suche versagte oder weil er sie gar nicht erst angetreten hatte, war einerlei. Alles, was er wusste, war, dass der Gedanke, Laurin in Gefahr zu bringen, ihm unerträglich war.

Eine kurze Zeit hatte er mit dem Gedanken gespielt, dass Friedrich ihm die Frist nur gesetzt hatte, damit er genügend Zeit hatte, zu verschwinden und sich irgendwo zu verstecken. Aber das war nicht die Art und Weise, in der der junge Kaiser dachte. Außerdem wusste Walther aufgrund der Polemiken, die er für Friedrich geschrieben hatte, dass um Pfingsten herum das große Treffen mit dem Kreuzzugsheer stattfinden sollte, das der Landgraf von Thüringen auf die Beine gestellt hatte. Friedrichs Vorgabe war ernst gemeint gewesen.

Und was kümmerte es ihn, Walther? Er war so wie damals davon überzeugt, dass der Stein Unglück brachte. Zwei Dinge waren es, die Walther dazu gebracht hatten, sich Proviant einpacken zu lassen, seinen alten Sattel einzufetten, das Schwert von der Wand zu nehmen, die Rostflecken herauszuschleifen und zu sehen, ob ihm sein alter Waffenrock und das Panzerhemd noch passten. Dass Friedrich zurückgekommen war und ihm nochmals gestanden hatte, dass er den Waisen brauchte – und eine widersinnige Hoffnung, dass Friedrich, und vielleicht nur er, derjenige war, dem der Stein nicht das Verderben brachte.

Walther hätte nichts lieber getan, als das beschauliche, ruhige – versteinerte! – Leben fortzusetzen, das er die letzten Jahre geführt hatte. Doch es war nicht mehr möglich. Die Geschichte hatte ihn eingeholt, der Stein hatte ihn eingeholt – vor allem aber das Versprechen, das er und seine Freunde König Philipp gegeben hatten. Friedrich hatte recht: Am Ende hatte Walther alle verraten, denen er Treue geschworen hatte. Er und die anderen drei hatten den Waisen aus Konstantinopel gestohlen; er und die anderen drei hatten ihn zu Philipp gebracht; er und die anderen drei waren zugegen gewesen, als die hastig erdichteten Lieder über den Stein gesungen wurden.

Nun hoffte er von ganzem Herzen, die anderen würden auch dabei sein, wenn er den Stein in Friedrichs Hände legte – in die Hände, für die Philipp ihn von Anfang an auserkoren hatte, zum Besseren oder Schlechteren. Der Kreis würde sich schließen.

Und deshalb brach Walther von der Vogelweide auf, um nacheinander Heinrich von Kalden, Gerold von Waldeck und Otto von Botenloube aufzusuchen und sie zu bitten, ihm bei der Suche zu helfen. Sie alle waren viel zu alt, um noch einmal auf Abenteuerfahrt zu gehen, und Walther hasste den Gedanken daran schon jetzt. Aber es war der einzige Weg.

Er kletterte auf sein Pferd und stellte fest, dass ihm diese Übung schon einmal leichtergefallen war.

»Glaub bloß nicht, dass ich Freudensprünge mache, wenn du zurückkehrst«, sagte Laurin beleidigt.

Walther beugte sich herab und zerzauste Laurins Haar, wie man es bei einem kleinen Jungen machte. Er wusste, dass Laurin das so wütend werden ließ wie einen spanischen Edelmann, dessen fünften Nachnamen der Herold bei der Vorstellung vergessen hat.

»Ich hab dir einen Brief hinterlassen«, sagte Walther. »Ich hab ihn aber versteckt, damit du ihn nicht gleich findest. Leb wohl.«

»Ha!«, spuckte Laurin. »Du wirst es noch bereuen, dass du mich nicht mitgenommen hast.«

Walther zauberte ein Grinsen auf sein Gesicht. Später, wenn seine – mit voller Absicht geweckte – Wut über die herablassende Geste geschwunden war, würde Laurin verstehen, dass dies ein Abschied für immer gewesen war. Der Brief war in Wahrheit ein Testament, in dem Walther allen Besitz bis auf seine Ausrüstung und seine Waffen an Laurin überschrieben hatte. In der Tasche trug er einen weiteren Brief, in dem er die wahre Geschichte Laurins niedergeschrieben hatte. Diesen Brief würde er an Kaiser Friedrich übergeben, entweder mit dem Waisen oder ohne ihn, und ihn bitten, Laurin das Geheimnis seines Lebens zu eröffnen.

Und da er danach kaum noch den Mut aufbringen würde, Laurin in die Augen zu sehen, würde er über alle Berge davonreiten. Er, der so sehr über sein Lehen jubiliert hatte, würde wieder auf der Straße leben wie damals, nur dass er mindestens zwanzig Jahre zu alt war dafür.

Der Hintern tat ihm jetzt schon weh. War der Sattel damals bereits so unbequem gewesen?

12.

Bis zur Kaltenburg, dem Sitz, den Heinrich von Kalden für sich im Lonetal erbaut hatte, waren es mindestens drei Tagesreisen.

Walther verbrachte die erste Nacht in einer Herberge, deren Wirt so sauer schaute wie sein Wein schmeckte und der zur Begrüßung nur ein einziges Wort gesagt hatte: »Essengibtsnich'.«

Er wälzte sich auf einem Strohlager hin und her und hätte sich gern einsam gefühlt, was angesichts des regen Lebens im Inneren der Matratze nicht möglich war. Am Morgen kroch er zerschlagen und übermüdet in den Sattel und hing die längste Zeit des Tages darauf wie ein schlecht gefüllter Sack. Der Einzige, der an diesem Tag Freude daran hatte, die Straße unter die Hufe zu nehmen, war der Gaul.

Die zweite Nacht fand er Unterkunft in einem Hospiz. Er war zwar nicht auf Pilgerreise, aber sonst schien es auch niemand zu sein, und die Mönche, die das Hospiz betrieben, hungerten offensichtlich nach den Nachrichten, die ein Fremder mitbringen mochte. Sie speisten Walther mit ihrer dünnen Pilgersuppe, waren aber so anständig, ihm Brot hineinzubrocken, und verstießen in ihrer Langeweile so eklatant gegen das Klausurgebot, dass Walther nicht anders konnte, als ihnen Geschichten zu erzählen. Sie wussten nicht, wer er war, und er war bemüht, es sie auch nicht wissen zu lassen. Am Ende saßen nur noch der Prior, der Bruder Pförtner und der Kellermeister an Walthers Tisch in dem sonst leeren Speisesaal des Hospizes. Der verwässerte Wein hatte dem im Kloster gebrauten Bier Platz gemacht, was an sich schon ungewöhnlich war, weil die Mönche in der Regel ihr Bier nicht mit Außenstehenden teilten; zudem wurde auch noch ständig nachgeschenkt. An dem auf diese Nacht folgenden Tag hing Walther noch miserabler im Sattel, und die Reise ging nur unter Verzögerungen weiter, weil sich der verkaterte Sänger des Öfteren gezwungen sah, ein Gebüsch aufzusuchen.

In der dritten Nacht kampierte er unter freiem Himmel. Er hatte ein Feuer entfacht, den Gaul nahe bei sich angebunden und hielt das blanke Schwert auf dem Schoß. Wann immer etwas knackte, zuckte er zusammen und packte den Schwertgriff fester. Er war überzeugt, dass er auch diese Nacht kein Auge zutun würde, und hasste alles, was dazu geführt hatte, dass er jetzt an genau diesem Fleck war. Irgendwann schlief er dennoch ein. Das Feuer brannte herunter, der Gaul döste mit hängendem

Kopf neben ihm. Das Knacken und Knacksen und gelegentliche Fiepen, wenn eine Maus die Länge der Lichtung, über die eine Eule wachte, falsch eingeschätzt hatte, war um ihn herum und machte eine Musik, die keinen Text besaß und keine Melodie, aber dafür Leben.

Als er mitten in der Nacht die Augen aufschlug, der Länge nach im feuchten Gras liegend, das Schwert neben sich und die Kleider feucht, wölbte sich der freie Himmel über ihm und glitzerte von Abermillionen Sternen. Es schien ihm, dass sie allein für ihn funkelten. Diese Nacht gehörte ihm. Er war frei. Er war zwanzig Jahre lang eingesperrt gewesen.

Er hatte sich selbst zwanzig Jahre lang eingesperrt gehabt. Nun hatte er sich befreit.

Mit diesem Gedanken schlief er ein, und es war die erste Nacht seit zwanzig Jahren, in der sein letzter Gedanke nicht Eirene und seiner verlorenen Liebe galt, sondern dem Wunder der Schöpfung, dass es so viel Leben auf Erden gab und dass man nur die Hand danach auszustrecken brauchte, um es in Besitz zu nehmen, selbst wenn man mit leerem Magen und fröstelnd neben einem erloschenen Feuer lag und nicht wusste, ob man in ein paar Wochen noch im Diesseits weilte oder bereits in der jenseitigen Welt.

Er lächelte, als er eingeschlafen war.

Am vierten Tag, als die Kaltenburg und mit ihr das vorläufige Ende seiner Reise in Sicht kam, tat es ihm fast leid.

13.

Heinrich von Kalden hatte seine Burg mit dem langen Atem erbaut, den er bei all seinen Unternehmungen zu beweisen pflegte. Er hatte mit einem einzeln stehenden Turm auf dem Burgfelsen begonnen, den sein Vater noch errichtet hatte; mittlerweile hatte er den Graben auf der Angriffsseite des Bergs vertiefen lassen, den Besitz mit einer Mauer umwehrt und Wachtürme aufstellen lassen. In der Vorburg herrschte das übliche Treiben aus Lieferanten, Handwerkern, Pächtern, Bittstellern und Burgmannen. Die einfachen Soldaten, die Walther am Tor aufhielten, erkannten ihn nicht, aber sie waren geneigt, ihren Sergeanten zu holen, einen ergrauten alten Kämpen, der mit Walthers Namen etwas anfangen konnte. Als der Sergeant eine Legitimation verlangte – »Nichts gegen Euch persönlich, Herr, und mit Sicherheit seid Ihr, wer Ihr vorgebt zu sein, aber Ihr wärt der Erste, der sich freuen würde, wenn ein Hochstapler, der Euren Namen benützt, aus dem Verkehr gezogen würde, nicht wahr, also: Wie könnt Ihr mir beweisen, dass Ihr wirklich Herr Walther seid?« –, wurde es kurzfristig kompliziert, doch dann ertönte eine dröhnende Stimme von der zweiten Mauer, die die innere von der Vorburg abtrennte.

»Ich werd verrückt!«, rief die dröhnende Stimme. »Ich dachte, dich hätte schon längst der Teufel geholt!«

Heinrich von Kalden hatte sich im Kreis seiner Familie eingerichtet. Im Lauf seines Dienstes zuerst für König Philipp, dann für Kaiser Friedrich hatte er diverse Güter zu Lehen erhalten und seine Söhne und Neffen dort als Herren und Verwalter etabliert; die Kaltenburg hatte er als seinen Alterssitz auserkoren. Dem ständig etwas angespannten Gesichtsausdruck seines Sohnes Dietmar nach zu schließen, hätte der sich – bei aller Verehrung für den Vater – wohl gewünscht, der alte Heinrich hätte sich einen anderen Ort ausgesucht – oder ihn, Dietmar, anderswo als Verwalter eingesetzt. Im Saal im ersten Stock des Wohnturms liefen jede Menge Kinder durcheinander. Die Enkel Heinrichs waren genauso schmutzig und laut wie die Kinder des Gesindes, und Heinrich, ein Berg von einem Mann mittendrin, fühlte sich offensichtlich wohl in der Rolle des Patriarchen auf Burg Kaltenburg.

Sie saßen in einer der Fensternischen, sahen hinaus auf die Ländereien unterhalb der Burg, die im Grün des Frühlingswaldes und im Weiß der Blüten in den Obsthainen schillerten, teilten einen Krug Wein und die Erinnerungen an alte Zeiten. Walther war auf der Hut und wartete darauf, dass Heinrich fragen würde, was zum Teufel in ihm vorgegangen und warum er für seine Freunde eine derartige Enttäuschung gewesen war, aber Heinrich war ohne Umschweife abgetaucht in die Reminiszenzen an alte Heldentaten und die Freundschaft unter Waffenbrüdern.

»Weißt du noch, wie wir uns in der Schlacht bei Wassenberg in der Nähe dieses großen Sumpfes im Gebüsch verborgen hatten? Und Herzog Otto kommt mit seinen Rittern und Soldaten ahnungslos anmarschiert, weil er denkt, wir belagern die Burg – zehntausend Mann oder mehr …«

»Knapp dreitausend«, sagte Walther. »Heinrich, weswegen ich …«

Heinrich schlug sich mit der Faust begeistert in die hohle Hand. »Und wie du aufgesprungen bist, als Philipp dir das Zeichen gab, und geschrien hast: Hie Waibling!, gerade als die Nachhut Ottos den einzigen Pfad durch den Sumpf betreten hatte, und weißt du noch, was für ein Chaos ausbrach, als wir auf sie losstürmten. Die Rösser versanken im Morast und die Ritter fielen ins Wasser und die Soldaten liefen durcheinander und wir trugen einen derartigen Sieg davon, dass Otto und die paar, die wir laufen lassen mussten, mit qualmenden Schuhsohlen nach Wassenberg flohen, zu Fuß, als sei der Teufel hinter ihnen her. Dabei waren's wir … mit Philipp an der Spitze, der das Stauferbanner schwenkte wie verrückt … Du lieber Gott, wie lang ist das alles her – fünfundzwanzig Jahre?«

»Einundzwanzig«, sagte Walther in der Hoffnung, diesmal eine gangbare Furt in Heinrichs Redestrom zu finden. Er war erneut zu langsam.

»Fünfundzwanzig Jahre«, sagte Heinrich und schüttelte den Kopf. »Da hattest du noch so blondes Haar, mein Freund, dass Philipp dir zwei Stunden vor der Schlacht befahl, die Panzerkapuze aufzusetzen oder dir Schlamm reinzuschmieren, damit es nicht durchs Gebüsch leuchtete. Und ich hatte hier«, er klopfte sich auf seinen umfangreich gewordenen Bauch, »nichts als Muskeln ... höhö, die sind immer noch da, aber jetzt verstecken sie sich ein bisschen, so wie wir uns damals im Dickicht verborgen haben ... willst du mal sehen, wie ich die jungen Burschen hier beim Bankdrücken besiege, einen nach dem anderen?«

»Nein, Heinrich, mir geht es um ...«

»Und Konstantinopel«, seufzte Heinrich. »Mann, das war der Höhepunkt – rund um uns herum haben sie die Stadt angesteckt, und wir mittendurch wie Diebe in der Nacht, und das waren wir ja auch, nur dass die Nacht taghell erleuchtet war ... rein in den Palast und den Stein aus seinem Versteck geholt wie nichts ...«

»Genau darum geht es mir«, unterbrach Walther ihn verzweifelt.

Heinrich blinzelte, aus seinen Erinnerungen gerissen. »Hä?«

Einen Herzschlag lang suchte Walther nach Worten; einen Herzschlag, in dem er erkannte, dass Heinrich von Kalden, der im Alleingang größere Taten im Dienst seiner jeweiligen Herrscher vollbracht hatte als fünf andere gute Männer zusammen, in seinen Erinnerungen nur in Erlebnissen schwelgte, bei denen sie zusammen gewesen waren; in dem ihm klar wurde, wie sehr er diesen in die Breite gegangenen und grau gewordenen Helden geliebt und wie er sich immer blind darauf verlassen hatte, dass er aus jedem Dilemma einen Ausweg finden würde; in dem ihn Fassungslosigkeit befiel angesichts der Tatsache, dass er ihre Freundschaft mit Füßen getreten hatte ... Und welches Willkommen hatte Heinrich ihm bereitet! Hinter ihnen, im Saal, hastete das Gesinde herum im Bemühen, ein Festbankett zu Ehren des Gastes vorzubereiten. Er riss sich zusammen und begann zu sprechen, aber es gelang ihm nicht, Heinrich in die Augen zu sehen.

»Der Kaiser war bei mir. Er braucht den Waisen. Er dachte, ich hätte ihn. Er sagte, er sei erledigt ohne ihn.«

»Was? Wie kommt Friedrich ausgerechnet auf dich? So ein Unsinn! Er ist zu viel mit diesem Sauertopf von Deutschordensritter zusammen, Hermann dem Salzfass. Was hat er denn gedacht, der Jungspund? Dass du ihm den Stein vorenthalten würdest?«

»Ja«, sagte Walther, weil es nichts anderes darauf zu antworten gab.

»Ha!«, schrie Heinrich so laut, dass die Mägde, die im Saal aus Platten und Böcken eine lange Tafel bauten, die Köpfe reckten. »Trägt er dir immer noch die Geschichte mit Otto von Braunschweig nach? Er soll sich mal nicht so anstellen, schließlich hat er sich in Sizilien um seinen Thronschatz gekümmert, während hier das Reich vor die Hunde ging. Selbst ich habe mit Otto, diesem Sohn eines Blutegels, verhandelt, um Schlimmeres abzuwenden. Du hast dich ja sogar öffentlich bei Friedrich entschuldigt und um seine Gnade gebeten!«

»Nein, habe ich nicht«, sagte Walther.

»Hä? Aber er hat dich doch in Ehren aufgenommen und dir sogar ein Lehen …«

»Er hatte es erwartet, aber ich habe die Worte nicht über die Lippen gebracht«, sagte Walther bitter. »Er hat mir das Lehen trotzdem gegeben; so ein Mann ist Friedrich.«

Das Schweigen war lang nach Walthers Geständnis. In Heinrichs bärtigem Gesicht arbeiteten Brauen, Kiefermuskeln und Mund auf der Suche nach einer passenden Erwiderung, dass es aussah, als fahre ein Sturm durch einen grauen Wald. »Warum denn nicht?«, brachte der ehemalige Marschall schließlich hervor. »Du warst doch nie Friedrichs Feind.«

»Eben deshalb«, murmelte Walther. »Glaube ich. Ich weiß es nicht mehr.« Er erzählte die Lüge dem Fußboden, weil es ihm erneut nicht gelang, Heinrichs Blick zu begegnen. Zwanzig Jahre nach ihrem Tod schützt du immer noch Eirenes Andenken, dachte er fassungslos. »Es ist schon so lange her. Es war keine leichte Zeit.«

Heinrich schüttelte den Kopf. »Ich habe immer geglaubt, dass es miese Hofpropaganda sei, was mir nach deiner Begegnung damals mit Friedrich zugetragen worden war.«

Walther blickte auf, plötzlich tief getroffen. »Was meine Motive betraf, war es miese Propaganda!«, rief er. »Warum muss man sich einen Verräter nennen lassen, wenn man mal die Welt nicht in die Tiefen seines Herzens blicken lässt!?«

»Niemand nennt dich einen Verräter, es sei denn, er will von mir einen solchen Tritt in den Arsch, dass der Stiefel zu den Ohren wieder rauskommt«, sagte Heinrich.

»Großpapa, wieso ist der Mann da ein Verräter?«, fragte eine helle Stimme.

Walther schaute sprachlos nach unten. Ein unglaublich verdrecktes kleines Mädchen stand vor ihnen. Erst wenn man genau hinsah, sah man, dass das Kleidchen unter der Schmutzschicht von teurer Machart war. Ein Geruch stieg von ihr auf, der unzweifelhaft …

»Lieber Himmel, Bea-Mäuschen, bist du in den Misthaufen gefallen?«, stieß Heinrich hervor.

»Nein, Großpapa, wir haben drin gespielt. Warum ist der Mann ein Verräter?«

»Er ist kein Verräter. Er ist ein ganz alter Freund und hat deinen Großpapa unzählige Male vor den bösen Feinden gerettet.«

»Ich erinnere mich eher, dass es andersherum war«, murmelte Walther.

Das kleine Mädchen hüpfte davon. »Großpapa hat gesagt, er würde jemandem so in den Arsch treten …«, sang sie fröhlich. Eine nicht mehr blutjunge Frau fing sie ab und warf Heinrich einen aufgebrachten Blick zu. »Mama, Großpapa hat gesagt …«

»Ich hab's gehört«, zischte Heinrichs Schwiegertochter. »Geh dich waschen. Und wenn ich noch einmal so ein Wort von dir höre, komme ich persönlich und spül dir den Mund aus.« Sie funkelte den alten Kämpfer vorwurfsvoll an, dann war sie wieder hinter den Mägden her und scheuchte sie an die Arbeit. Walther und Heinrich wandten sich gleichzeitig von ihr ab; ihre Blicke begegneten sich.

»Jjjjjja«, sagte Heinrich. »Die Kleine merkt sich alles, hol's der Teufel.«

»Kindermund«, sagte Walther und räusperte sich.

Sie sahen sich an.

»Hast du den Waisen?«, fragte Heinrich.

»Natürlich nicht. Ich nehme an, er ist damals in Papinberc geblieben.«

»Nein, ist er nicht«, sagte Heinrich. »Gerold und ich haben alles nach ihm durchsucht, als du und Otto mit der Königin weg wart.«

»Verdammt!«, stieß Walther hervor.

»Du bist auf der Suche nach dem Ding, oder?«

Walther nickte resigniert.

»Denkst du, das Zerwürfnis zwischen dir und Friedrich auf diese Weise beseitigen zu können?«

»Heinrich, er hat mir ganz klar gesagt, dass er mir nicht glaubt, als ich ihm mitteilte, ich hätte den Stein nicht. Er hat mir bis Pfingsten Zeit gelassen, ihn nach Stoufen zu bringen.«

Heinrich schnaubte. »Ein Fuchs, der junge Bursche. Rechtzeitig zur Heerschau mit Ludwig von Thüringen. Wäre ein toller Zeitpunkt, um plötzlich das Ding hervorzuzaubern, von dem seit zwanzig Jahre keiner mehr was gehört hat. Du hast ihm hoffentlich gesagt, dass der verfluchte Klunker Unglück bringt?«

»In der Hinsicht ist er wie Philipp«, schnaubte Walther.

»Na, dann viel Spaß. Wie kann ich dir helfen, mein Junge? Ich hab den Stein nämlich auch nicht.«

»Ich …«, Walther räusperte sich. »Ich wollte dich fragen, ob du … ähem … Zeit hast, mir bei der Suche zu helfen?«

Heinrichs Reaktion war bestürzend. Seine lebhaften Gesichtszüge froren ein, und in seine Augen trat ein Ausdruck, als schaue er auf einmal durch einen schützenden Panzer aus durchsichtigem Stahl. »Jetzt nimm erst mal ein Bad, mein Junge. Meine überaus korrekte Schwiegertochter hat dir eines im Hof richten lassen. Beim Abendessen reden wir weiter.«

Beim Abendessen hatte Heinrich zu seiner jovialen Form zurückgefunden, aber es schien, als ob er es darauf anlegte, der versprochenen Unterhaltung auszuweichen. Mit seinen Erzählungen beherrschte er den Tisch, seine Stimme dröhnte laut, sein Lachen noch lauter. Die Dienstboten kamen mit der schönen Regelmäßigkeit von Bettelmönchen und schenkten ihm Wein nach und legten Fleischbatzen auf die dicke, soßengeschwängerte Brotscheibe vor ihm auf dem Tisch.

»Das hättet ihr sehen sollen!«, rief Heinrich. »Zehntausend Mann hatte Otto von Braunschweig aufgeboten, um uns fertigzumachen. Aber wir saßen im Gebüsch versteckt – und er hier, Walther, musste sich Schlamm in die Haare schmieren, weil sie so blond waren, dass man sie noch in der Nacht gesehen hätte – und dann sagte Philipp zu ihm, er solle das Zeichen geben …«

Walthers Aufmerksamkeit driftete ab; nicht nur, weil es dieselbe Geschichte wie am Nachmittag war, sondern weil er etwas bemerkte. Für die Dienstboten war Heinrich offensichtlich der Herr auf der Kaltenburg, nicht sein Sohn Dietmar. Sie waren ständig bemüht, es ihm an nichts mangeln zu lassen; aber sie führten dabei einen ebenso vergeblichen Kampf wie Otto von Braunschweigs zum Untergang verdammtes Heer vor den Mauern Wassenbergs. Sobald Heinrich sich von seinem frisch eingeschenkten Becher abwandte, um den Kindern und den am unteren Ende der Tafel versammelten Dienstmannen der Burg eine seiner Anekdoten zu erzählen, wurde er gegen einen ausgetauscht, der deutlich weniger Inhalt hatte – und deutlich verwässerter, wie Walther vermutete. Das Fleisch, das auf seiner Brotscheibe erschien, verschwand, kaum dass er einen Bissen genommen hatte, und wurde durch ein kleineres, weniger fetttriefendes ersetzt, bei dem ein Knochen den größten Anteil des Volumens ausmachte. Das Zusammenspiel zwischen Heinrichs Sohn und seiner Schwiegertochter war fantastisch; Walther hatte das Gefühl, Gauklern bei ihren Kunststücken zuzusehen.

Dann spürte er, dass jemand ihn beobachtete. Er hob den Kopf und begegnete dem Blick Dietmars. Noch bevor Walther für seine Neugier eine entschuldigende Miene aufsetzen konnte, deutete Dietmar verstohlen auf seine Hand- und Fingerknöchel und verzog dann für einen Lidschlag schmerzlich den Mund. Walther nickte: Heinrich hatte die Gicht. Und sein Sohn und seine Tochter versuchten, die größten Schäden zu verhindern, die der alte Kämpfer sich selbst zufügte. Walther wusste nicht, ob er gerührt oder verärgert sein sollte. Dass man dem alten Heinrich nicht mit Argumenten beikommen konnte, wenn er sich etwas in den Kopf gesetzt hatte, war ihm nur zu bewusst; dennoch hatte die Art und Weise, wie Dietmar und seine Frau den alten Mann hintergingen, etwas ungewollt Erniedrigendes. Es reduzierte Heinrich, auf den sich zwei Kaiser blind verlassen hatten, auf einen unbelehrbaren alten Schwätzer, der sich nicht im Griff hatte und deshalb behandelt werden musste wie ein unvernünftiges Kind.

Und noch etwas sah Walther, nun, da seine Sinne plötzlich geschärft waren. Die Aufmerksamkeit von Heinrichs Zuhörern war gespielt, und das nicht einmal gut. Die Dienstmannen gähnten hinter vorgehaltener Hand; zwei unterhielten sich flüsternd. Die Kinder hatten die Köpfe in die Hände gestützt, aber die Augen, mit denen sie Heinrich ansahen, waren glasig. Wenn Heinrich ihnen Fragen stellte – »Und was glaubt ihr, wer dem Kerl das Schwert aus der Hand schlug und ihn dann mit einer Hand aus dem Sattel zog?« –, musste er sich die Antworten selbst geben: »Natürlich euer alter Großvater!« Und das, obwohl klar ersichtlich war, dass die Kinder die Antwort kannten. Sie hatten die Frage bestimmt schon Hunderte Male gehört.

Heinrich war in der Tat ein alter Schwätzer geworden, ein Singvogel mit schütteren Federn, lahmen Schwingen und der Kaltenburg als goldenem Käfig. Das Allertragischste daran war, dass er es nicht zu merken schien.

Am nächsten Morgen verließ Walther die Burg, ohne zu jemand anderem Lebewohl zu sagen als den Torwachen. Auf der Straße drehte er sich einmal um, weil er das Gefühl hatte, Heinrichs Blicke folgten ihm von den Fenstern des Saals aus, aber die Fenster waren nur schwarze Löcher in der Wand eines trutzigen, finster schweigenden Turms.

14.

Überall im Reich war der Frühling angebrochen, nur die Berge ignorierten ihn und hüllten sich weiterhin in Schnee und Eis. Einem kleinen Warentreck, der über den Brennerpass in Richtung Norden unterwegs gewesen war, waren die schlechten Wetterverhältnisse zum Verhängnis geworden. Die Wagen waren nur noch mühsam durch die Schneewehen vorwärtsgekommen, man hatte die Zugtiere prügeln müssen, damit sie weitermachten, und schließlich war es einfacher gewesen, anzuhalten und zu hoffen, dass sich das Wetter besserte. Die Männer, die die Wagen lenkten, und die Bewaffneten, die sie begleiteten, waren abgestiegen und hatten sich in den Windschatten ihrer Karren gestellt. Nach einiger Zeit waren sie so steif gefroren, dass sie sich gegen die Banditen auch dann nicht hätten wehren können, wenn sie sie früher bemerkt hätten.

Der Besitzer der Waren und damit der Hauptleidtragende des Überfalls hieß Francesco di Datino und stammte aus Prato. Er hatte es für eine gute Idee gehalten, den Treck mit kostbarer Wolle aus seiner für Tucherzeugnisse berühmten Heimatstadt selbst über die Alpen zu begleiten; immerhin steckte so gut wie sein ganzes Vermögen darin. Nun war er sich nur zu bewusst, dass zu dem immensen Schaden wegen der geraubten Waren ein weiterer Verlust entstehen konnte, nämlich wenn die Banditen herausfanden, dass er einer der wohlhabendsten Händler in Prato war. Dann würden sie ein fettes Lösegeld für ihn verlangen. Freilich konnte er auch ohne finanzielle Einbußen durch das Messer eines der heruntergekommenen Burschen sterben. In seiner nüchternen Art bewertete er das letztgenannte Risiko hinsichtlich seiner Schadenshöhe als schlimmstenfalls drittrangig. Er hatte vor der Abreise all seinen Besitz an seine Frau Margherita überschrieben, die zwar ein Drachen war, aber auch eine äußerst fähige Nachfolgerin abgeben würde.

Vorerst war Francesco bemüht, sich nicht anmerken zu lassen, wer er war und dass er mit zweien seiner Leibwächter auf dem Deckel eines Geheimfachs saß, in dem die besonders teuren Stoffe versteckt waren. Die Banditen würden die Wagen zurücklassen, weil sie sie im bergigen Gelände nicht brauchen konnten. Mit etwas Glück blieb Francesco der wertvollste Teil seiner Lieferung erhalten. Derweil tobten die Banditen lachend und grölend wie Kinder durch Francescos Besitz, wickelten sich in teures Tuch ein, soffen die Weinschläuche leer, fraßen den Räucherspeck und benahmen sich wie Kardinäle nach der Papstwahl. Francesco versuchte nicht daran zu denken, dass zwei seiner Männer, die versucht hatten, sich den Räubern zu widersetzen, jetzt tot unter dem Wagen lagen. Er hörte, wie die Banditen Lieder sangen, und keiner von ihnen war ein Sangesgenie.

Dumm waren die Gesetzlosen jedoch nicht – sie hatten Wachposten ober- und unterhalb des Straßenabschnitts postiert, auf dem der Überfall stattgefunden hatte. Der Wachposten vom südlichen Straßenabschnitt keuchte heran und flüsterte dem Anführer der Banditen etwas ins Ohr. Der Anführer spuckte einen Knorpel aus und grinste.

»Allein?«, rief er.

Der Wachposten nickte.

»Und mit Gepäck auf dem Pferd?«

Der Wachposten nickte erneut.

Der Anführer der Banditen grinste noch breiter. »Entweder er ist ein Trottel, der gern sein Hab und Gut loswird – dann machen wir ihn fertig. Oder er ist ein Idiot, der meint, hier auf der Straße für Ordnung sorgen zu müssen – dann machen wir ihn auch fertig. Los, Männer, tut so, als seid ihr respektable Leute.«

Er schlenderte zu dem Wagen, in dem Francesco und seine Begleiter saßen, die Hände mit Stricken gefesselt. »Von euch keinen Mucks«, grollte er, nahm Francesco die teure Pelzmütze ab, setzte sie sich auf den Kopf und zerrte die Plane des Wagens so zurecht, dass man seine Insassen nicht gleich sehen konnte. Francesco rutschte so lange herum, bis er durch die Öffnung im Heck wenigstens einen Teil der Straße überblicken konnte. Das Auftauchen eines einzelnen Reiters konnte die Situation umkippen lassen. Im Augenblick waren die Banditen noch gut gelaunt. Wenn es aber zu einem Kampf käme, dann konnten sie ärgerlich werden, besonders wenn ein paar von ihnen Blessuren davontrugen. Francesco schickte ein Stoßgebet zum Himmel, dass der einsame Reiter sich ohne Schwierigkeiten würde fertigmachen lassen, um ihm und seinen Leuten weiteren Kummer zu ersparen.

Nach ein paar Herzschlägen sah Francesco den Reiter herankommen. Der Wind, der über die Straße pfiff, ließ dessen Mantel flattern, die Mähne und der Schweif seines Pferdes wehten. Er sah weniger wie ein einsamer Reisender aus als vielmehr wie eine Erscheinung, von der sich nur nicht sagen ließ, ob sie vom Himmel oder aus der Hölle stammte. Das Pfeifen des Windes ließ kein Stampfen oder Hufgetrappel hören, als ob sich der Reiter völlig lautlos näherte. Das Flattern von Mantel und Pferdehaar und der hochgewirbelte Pulverschnee verstärkten die Illusion, dass er über den Boden schwebte. Was er trug, war schwarz – der Mantel, die Kapuze, das Tuch, das er sich zum Schutz vor dem Wetter vor das Gesicht gebunden hatte, die Tunika, die unter dem Mantel sichtbar war, auch die Stiefel … aber es war nicht das übliche Stoffschwarz, das sich kaum einer leisten konnte und das schon nach kurzem Tragen so aussah, als hätte sein Träger sich in grauer Herdasche gewälzt. Dieses Schwarz schien vielmehr das Fehlen jeglicher anderen Farbe zu sein, es leuchtete förmlich aus dem Schneegestöber heraus, wie es nur eine Farbe kann, die das absolute Gegenteil der Umgebung ist. Das Pferd hingegen war ein Schimmel. Plötzlich fiel

Francesco ein, was er als Kind von einer Amme gelernt hatte: dass der Tod ein schwarzer Reiter auf weißem Pferd war. Er schluckte.

Der Reiter hielt an. Francesco sah durch den Ausschnitt der Hecköffnung, wie der Anführer der Banditen auf ihn zutrat und sich dabei so benahm, als sei er der Treckführer. Mit übertriebenen Gesten schien er den Reiter einzuladen, sich zu ihnen zu gesellen und das Ende des schlechten Wetters abzuwarten. Plötzlich hoffte Francesco nicht mehr, dass der Neuankömmling möglichst problemfrei um die Ecke gebracht würde; plötzlich hoffte er, der Reiter würde ablehnen, davongaloppieren und er, Francesco, würde eine Gestalt wie ihn nie wieder zu Gesicht bekommen.

Der Reiter nickte, trieb sein Pferd an und verschwand aus Francescos Blickfeld. Der Anführer der Banditen folgte ihm langsam. Auch er schien plötzlich Zweifel zu haben, aber er überwand sie. Francesco sah ihn ein Zeichen machen – sicherlich der Befehl an seine Leute, sich auf den Reiter zu stürzen. Dann war auch er aus Francescos Blickfeld verschwunden.

Danach folgte etwas, von dem Francesco sich zeit seines Lebens fragen würde, ob es wirklich stattgefunden hatte. Zu sehen war nichts mehr außer dem Ausschnitt einer menschenleeren Landschaft in der Hecköffnung des Wagens. Aber zu hören war etwas: Geräusche, die gedämpft durch das Heulen des Windes zu ihnen drangen. Geräusche, die wie dumpfe Schläge und Tritte klangen, andere hörten sich metallisch an. Dazwischen meinte er Keuchen und Stöhnen zu hören. Francesco und die neben ihm sitzenden Männer wechselten mit weit aufgerissenen Augen Blicke. Dann schreckten sie auf, weil außen etwas gegen den Wagen prallte und dann daran herunterrutschte. Der Lärm verdoppelte seine Intensität. Schließlich wurde es beinahe still – ein letztes, feuchtes Geräusch noch. Francescos Fellkappe flog ins Blickfeld, wurde vom Wind noch ein paar Schritte über den Boden getrieben und blieb schließlich im Schnee stecken. Dann war nur noch das Heulen des Windes zu hören.

Plötzlich das Geräusch von Hufschlägen, die sich langsam dem Wagen näherten. Francescos Lider begannen zu zucken, als er erkannte, dass der eigene Tod, wenn man ihn förmlich herannähern hörte, plötzlich doch nicht drittrangig war. Die Huftritte kamen direkt vor dem Wagen zum Halten.

Ein von schwarzen Tüchern umhüllter Kopf tauchte in der Hecköffnung auf. Die Männer im Wagen schrien unisono auf.

»Alles in Ordnung bei Euch da drin?«, fragte der schwarze Reiter mit dumpfer Stimme. Er führte sein Pferd am Zügel mit.

»Äh …«, sagte Francesco, weil sonst auch niemand etwas sagte und ihm wieder einfiel, dass er der Treckführer war.

»Das waren Banditen«, sprudelte einer der Wagenlenker hervor. »Wir dachten, sie töten Euch!«

»Das dachten sie auch«, sagte der Reiter. Er entriegelte die niedrige Klappe am Heck des Wagens und warf sie beiseite. »Kommt raus.«

Sie folgten dem Befehl zögernd. Als der Wind ihn erfasste, merkte Francesco, dass er schweißgebadet war. Er erschauerte. Die Wagen standen noch so da wie vorhin. Lange Bahnen von weggeworfenen Tuchballen flatterten wie Banner. Über den Bock eines der Wagen ragte ein bestiefeltes Bein in die Höhe; sein Besitzer schien im Innenraum zu liegen. Im Holz eines anderen Wagens steckten zwei Armbrustbolzen dicht beieinander. Neben den Wagen lagen dunkle Formen, auf die sich bereits erste Schneeflocken senkten. Das Schwert des Reiters steckte in der Scheide. Es sah nicht aus, als sei es jemals gezogen worden, aber Francesco bildete sich ein, dass auf dem schwarzen Gewand des Reiters ein paar nasse Flecken zu sehen waren, als sei etwas daraufgespritzt.

»Seid Ihr der Besitzer dieses Warentrecks?«, fragte der Reiter.

»Äh …«, wiederholte Francesco, weil sich die Antwort vorhin schon bewährt hatte.

Der Reiter zog sich die Handschuhe aus und begann, die Knoten an Francescos Fesseln zu lockern. Er hatte schmale Hände mit dunklem Teint. »Wenn Ihr Eure Tuche aus dem Schnee holt und beim nächsten Halt gut durchtrocknet, solltet Ihr ohne größeren Schaden davonkommen. Ich muss weiter. Ich würde Euch um Proviant bitten, weil mir das Dörrobst zum Hals heraushängt, aber ich sehe, dass die Banditen Euch nicht viel übrig gelassen haben.« Die Fesseln waren auf; der Reiter zog sich die Handschuhe wieder an. Dann schwang er sich auf sein Pferd, beugte sich herab und hielt Francesco eine behandschuhte Hand hin. »Gott mit Euch«, sagte er. »Mir war klar, dass etwas faul war, als ich sah, dass Eure Wagen hielten. Kein Händler mit mehr als Vogeldreck im Hirn hält bei so einem Wetter mitten auf der Straße an.«

Francesco starrte in die kohlumrandeten Augen, die ihn über die Tuchverhüllung hinweg anblickten und ihm freundlich-spöttisch zuzwinkerten. Etwas in seinem Gehirn, das schon vorher einen leichten Stups erhalten hatte, erwachte plötzlich zum Leben und überwand seine Erschütterung.

»Ihr seid ja … eine Frau«, stieß er hervor.

»Wie kommt Ihr denn darauf?«, fragte der Reiter, ohne mit der Wimper zu zucken.

Francesco versuchte dem Blick des Reiters standzuhalten. Zwei Stimmen stritten sich in ihm. Die eine war die des einflussreichen Ratsherrn und Fernhändlers, der nicht oft Widerspruch erfuhr, und sie sagte: Also, was soll denn das, ich bin doch nicht von gestern, ich erkenne die Augen einer Frau, wenn ich sie sehe! Überdies hätte ein Mann die Fesseln einfach durchgeschnitten! Die andere war die des gewieften Verhandlers, der aus langer Erfahrung wusste, wann ein Gespräch mehr unbekannte Risiken in sich barg, als es Nutzen brachte. Sie sagte: »Verzeihung, ich bin noch ein bisschen wirr im Kopf. Wo habe ich bloß hingesehen.« Er hörte sich selbst reden und erkannte, dass die zweite Stimme sich durchgesetzt hatte.

»Kein Problem«, sagte der Reiter. »Gute Reise.«

»Äh …«, sagte Francesco zum dritten Mal.

Der Reiter verschwand so, wie er gekommen war – eine Erscheinung in flatterndem Mantel in einem Schwarz, das aussah, als hätte jemand ein Loch in die Welt gestanzt. Francesco bückte sich nach seiner Fellkappe. An ihrem Rand waren ein paar winzige Tröpfchen Blut. Er atmete tief durch. Plötzlich fiel ihm noch eine Geschichte ein, die er gehört hatte, allerdings nicht von seiner Amme, sondern von seinem Nachbarn in Prato, dessen Frau aus Konstantinopel stammte. In der Geschichte war es darum gegangen, dass die vor zwanzig Jahren verstorbene Königin Eirene nach ihrem Tod Wunder gewirkt hätte – an ihrem Grab wären Blinde sehend, Lahme gehend geworden, und unglücklich Liebenden hätte sie das gebrochene Herz wieder zusammengefügt.

Francesco war sicher, dass er in die Augen einer Frau geblickt hatte. Er sah sich um. Der Reiter war im Schneegestöber verschwunden, als hätte es ihn nie gegeben. Als Francesco sich unbeobachtet fühlte, machte er das Kreuzzeichen.

15.

Gleich unterhalb der Passhöhe, die das Ziel von Francescos Warentreck gewesen war, befand sich eine kleine Ansammlung von Gebäuden und Stallungen. Hier luden alle nordwärts Reisenden ihr Gepäck von den Wagen auf Saumtiere um, weil die Passstraße steil und eng wurde, und stellten die Wagen unter, bis sie in der Gegenrichtung wieder zurückkamen. Die südwärts Reisenden konnten hier Wagen mieten. Die Bewohner der Hütten hatten sich voll und ganz auf das Leben an einem Knotenpunkt im Nord-Süd-Warenverkehr eingestellt, verlangten Fantasiepreise für Kost, Logis und das Futter für die Tiere und ließen im Übrigen weder durch die Pracht ihrer Behausungen noch durch besondere Gastfreundschaft erkennen, dass sie auf diese Weise zu beträchtlichem Reichtum gekommen waren.

Ein einsamer Reiter kam von Norden her die steile Passstraße herauf. Als er die Hütten erblickte, orientierte er sich kurz und trieb sein Pferd dann von der Straße weg. Nach kurzer Zeit erreichte er eine Ansammlung von Felsen, die absolut genauso aussah wie jede andere Ansammlung von Felsen, von denen es in der Gegend eine ganze Menge gab. Er stieg vom Pferd ab, schlug die Kapuze zurück, die er zum Schutz vor dem Schneeregen übergezogen hatte, und stieß einen Pfiff aus. Gleich darauf ertönte von den Felsen ein Antwortpfiff.

Der einsame Reiter führte sein Pferd um die Felsen herum, wo der Boden sich jäh absenkte und etwas Ähnliches wie ein natürliches Amphitheater enthüllte, das von der anderen Seite nicht einsehbar gewesen war. Ein weiteres Pferd stand dort unter einem Baum, eingehüllt in eine Decke, von der der Regen tropfte. Es wandte den Kopf und sah den Reiter gottergeben an. In der unzureichenden Deckung der Felsen saß eine Gestalt auf dem Boden, die exakt genauso gekleidet war wie der Reiter. Vor ihr flackerte ein kleines Feuer an der einzigen zuverlässig vom Regen geschützten Stelle, und auf dem Feuer stand ein abgeschlagener Tontopf, aus dem eine kleine Dampfwolke aufstieg.

Der einsame Reiter schnupperte. Die Gestalt auf dem Boden sagte: »Versprich dir nicht zu viel. Wenn man Wasser anbrennen könnte, würde es mir anbrennen.«

Der einsame Reiter trat in die Deckung der Felsen und nahm die schwarze, aus Tuchstreifen gewickelte Maske ab. Darunter kamen straff im Nacken zusammengebundes, mahagonifarbenes Haar zum Vorschein und ein scharf geschnittenes, hübsches Gesicht, das in einem breiten Lächeln erstrahlte.

»Wartest du schon lange, Valeria?«, fragte der einsame Reiter, der eine einsame Reiterin war, nervös. Ihr Name war Gordia. Sie war eine Hüterin wie Valeria, nur jünger und mit ihrer Ausbildung noch nicht am Ende. Sie hatte Valeria geholfen, Kaiser Friedrich auszuspionieren. Valeria hatte sie zurückgelassen, als sie zum Hauptquartier der Hüterinnen aufgebrochen war, um die Kunde von Friedrichs Suche nach dem Waisen zu überbringen. Gordia hatte währenddessen eine ganz bestimmte Aufgabe erledigt.

Valeria sah von ihrem Feuer und ihrem Tontopf auf. »Hast du Hunger? Ich hab Suppe gemacht. Wie immer sie auch schmeckt, sie ist zumindest heiß.«

Gordia setzte sich. Sie bewegte sich hektisch vor Eifer. »Ich bin total durchgefroren. Ich habe gedacht, ich könnte mich an das Wetter jenseits der Berge gewöhnen, aber daran gewöhnt sich kein normaler Mensch. Immer nur Regen, Regen, Regen … und dann auch noch das hier! Schnee!«

Valeria tunkte eine Schale in den Topf und schöpfte Suppe für Gordia heraus. Die junge Frau nahm dankbar ein paar Schlucke und stutzte dann. »Was hast du da reingetan, Valeria?«

»Ein bisschen Trockenobst und was ich an Grünem fand.« Valeria gestikulierte vage in die Landschaft. »Wie oft bist du schon hier gewesen, Gordia?«

»Nur drei Mal, Valeria. Wie lange hast du auf mich gewartet?«

»Bin gestern angekommen.«

»Ich bin nur jeden zweiten Tag heraufgeritten«, sagte Gordia schuldbewusst. »Es tut mir leid. Ich hätte jeden Tag kommen sollen, dann hättest du nicht warten müssen.«

»Du hast deine Sache richtig gemacht, Gordia. Kein Grund zur Aufregung. Ich wusste ja, dass du kommen würdest – und dass du gute Nachrichten hast!«

Sie deutete auf ein Stück dicker Kiefernrinde neben dem Topf. Valeria hatte sie in dem Versteck gefunden, das sie und Gordia vereinbart hatten, als sie diese Stelle hier bei der ersten Reise nach Norden gefunden und als Treffpunkt festgelegt hatten. Die Zeichen, die Gordia auf der Rückseite eingeritzt hatte, konnten nur die Hüterinnen verstehen. Die Geheimschrift besagte, dass Valeria hier auf Gordia warten solle, weil Gordia ihre Aufgabe erfüllt hatte.

Wäre keine Kiefernrinde da gewesen, wäre Valeria unverzüglich weitergeritten. Sie war erleichtert gewesen, als sie sie entdeckt hatte.

Gordia wetzte eifrig auf dem Stein herum, auf dem sie saß.

»Kann ich loslegen?«, fragte sie und legte im gleichen Atemzug los, ohne auf die Antwort zu warten. Ihre Aufgabe war es gewesen, die Spur Walthers aufzunehmen und Valeria seinen vermutlichen Aufenthaltsort zu nennen. Dies hatte sie geschafft und gab Valeria nun eine grobe Beschreibung, wie sie nach Fuchtwang und letztlich zu Walthers Besitz finden würde. Als sie mit ihrer Schilderung fertig war, strahlte sie noch immer so viel Nervosität und Unruhe aus, dass Valeria nicht anders konnte, als sie danach zu fragen.

»Ich verstehe nicht, warum dieser alte Sänger so wichtig ist, Valeria«, stieß Gordia hervor. »Ich habe gehört, dass er nicht gerade in großem Reichtum lebt. Wenn er den Stein hätte, würde er doch hausen wie ein Herzog!«

»Der Waise lässt sich nicht zu Geld machen«, widersprach Valeria.

»Nein, aber die Fürsten würden sich Walthers Tür in die Hand geben beim Versuch, ihn auf ihre Seite zu ziehen, und ihn mit Geld überschütten, um ihn sich gewogen zu machen.« Gordia verstummte. Valeria, die sich nicht unbedingt darüber freute, dass ihre Kameradin sich so viele Gedanken machte, holte Luft, um sie mit einer Bemerkung von ihren Überlegungen abzulenken. Doch Gordia hatte nur eine Atempause gemacht. »Und wenn Walther den Stein besessen, aber einfach nicht hergegeben hätte, wäre doch über kurz oder lang irgendjemand gekommen, um ihn mit Gewalt zu überreden – sei es im Auftrag des Kaisers oder im Dienst eines der Reichsfürsten. Es war nicht schwer, herauszufinden, wo er lebt. Er versteckt sich nicht gerade. Valeria, irgendwas passt bei dieser Geschichte nicht zusammen.«

»Ich vertraue auf die Befehle und die Weisheit unserer Oberin«, sagte Valeria und dachte bei sich, dass es nicht einmal gelogen war. Nur, dass die Anweisungen Annas nicht von der Art waren, die sie mit Gordia teilen konnte.

»Wie geht es Cyra?«, fragte Gordia.

»Gott hat Cyra zu sich heimgeholt, kurz bevor ich aufgebrochen bin.«

»Oh!« Gordia sah betroffen zu Boden. »Wer hat dich dann ausgeschickt? Wer leitet unsere Schwesternschaft nun?«

»Meine Mutter«, sagte Valeria schlicht.

Gordias Gesicht leuchtete auf. Es tat Valeria körperlich weh, zu sehen, wie erleichtert die junge Frau auf einmal war – und dass sich Gordias Argwohn nur geregt hatte, weil sie sich Sorgen um Valeria machte. »Dann ist ja alles in Ordnung«, sagte sie. »Deine Mutter würde dich nicht aussenden, wenn etwas nicht stimmen würde.«

»Nein, das würde sie nicht«, sagte Valeria.

»Nimmst du mich mit auf deine Mission?«

»Nein.«

»Warum denn nicht? Ich könnte dir helfen …«

»Gordia, meine Mutter wird sich etwas dabei gedacht haben, dass sie mich alleine losgeschickt hat. Ich werde ihr den Gehorsam nicht verweigern, und das wirst du auch nicht.« Valeria lächelte die junge Frau ihr gegenüber an. Ich führe eine persönliche Rachemission aus, dachte sie, ohne dass ihr Lächeln auch nur geflackert hätte. Eigentlich verstoße ich gegen die Regeln unserer Gemeinschaft. Aber am Ende meiner Mission werde ich den Waisen zurückbringen, das zählt; und dass ich den Schmerz, den Walther von der Vogelweide meiner Mutter zugefügt hat, sühne. Und deshalb kann ich nicht anders, als allein auf mich gestellt zu handeln. Ich werde dich da nicht mit hineinziehen.

Gordia seufzte. »Darf ich dir dann wenigstens einen ehrlichen Rat geben? Du bist zwar die Ältere, und ich will mich nicht aufspielen, aber ich glaube, es ist wichtig …«

»Du bist eine genauso gute Hüterin wie ich«, erwiderte Valeria. »Ich bin dir für jeden Rat dankbar. Worum geht es? Hat man hier im Norden besondere Waffen? Beherrscht man Kampfkünste, die wir nicht kennen?«

»Nein, es geht um deine Suppe. Was du hineingetan hast. Wenn du so kochst, vergiftest du dich noch aus Versehen! Valeria – nicht alles, was grün ist, kann man auch essen! Du darfst dir kein Beispiel an den Pferden nehmen!«

16.

Im Obstgarten von Walther von der Vogelweides kleinem Gut steckte Laurin in Schwierigkeiten. Er saß auf einer Decke im Gras unter einem der Bäume, bei jedem leichten Windstoß eingehüllt in einen köstlichen Schauer aus Blütenblättern. Ebenfalls auf der Decke, näher bei ihm, als es schicklich war, saß die Tochter von Hademar Durr, lehnte am Baumstamm und sah ihn mit glänzenden Lippen und ebenso glänzenden Augen an. Der erste Glanz kam von einem Kuss, in den Laurin alles hineingelegt hatte, was er fühlte – weshalb sich in seiner Hose eine organische Veränderung ereignet hatte, die nicht wenig schmerzhaft war, weil er nur eine leichte Tunika trug und versuchte, die verräterische Erektion mit den Beinen einzuklemmen. Der zweite Glanz kam von dem Gedicht, mit dem er schon beim letzten Mal Irmlas Liebesfunken entzündet hatte. Es hatte auch heute wieder funktioniert. Und genau deshalb hatte er ein Problem.

»Weiter?«, flüsterte Irmla, schloss die Augen und öffnete die Lippen in Erwartung des nächsten Kusses. Bis jetzt hatten sie nach jeder Strophe einen getauscht.

»Ähem …«, machte Laurin. »Also … äh … er hat mit Liebe die Bettstatt aus Blumen gemacht / dort war'n wir verliebt und haben gemeinsam gelacht …«

»Nein, du Dummchen«, murmelte Irmla. »Die hatten wir schon. Eine neue Strophe.«

»Ah … klar …«, sagte Laurin. »Nun …«

»Weißt du«, flüsterte Irmla, »deine Gedichte lassen hier drin Blumen aufgehen.« Sie griff nach seiner Hand und legte sie auf ihr Herz.

»Mmmmmbl«, machte Laurin, der unter dem dünnen Stoff ihres Kleids fühlte, dass die Blume in Irmlas Herz außen eine harte Knospe gebildet hatte. Seine Erektion drohte unter der Tunika ihrem Gefängnis zu entkommen, aber Irmla sah es Gott sei Dank nicht. Sie hatte die Augen wieder geschlossen und hielt Laurins Hand dort fest, wo sie war. Die Hand fühlte sich an, als sei sie so groß wie ein Burgtor und als mündeten sämtliche ihrer Nervenenden direkt in Laurins Lendenregion.

»Komm, dichte mir eine neue Strophe«, flüsterte Irmla. Plötzlich beugte sie sich nach vorn und gab Laurin einen so leidenschaftlichen Kuss, dass ihm die Luft wegblieb. »Erzähl mir, was unter den Linden noch geschieht.«

»Ähm ... meinst du nicht, wir sollten ... ich meine, wegen deiner Magd ...«, stotterte Laurin mit beginnender Verzweiflung und der ewig vergeblichen Hoffnung des verhinderten Dichters, dass im nächsten Moment die Erleuchtung kommen möge. Er sah sich um. Irmlas Magd war kaum älter als ihre Herrin und nirgendwo zu sehen. Laurin vermutete sie bei einem der Knechte hinter dem Stall, wo die beiden auch ohne Lyrik ihren Spaß miteinander hatten.

»Mach weiter«, seufzte Irmla.

»Ja ... also ... dass er hier bei mir lag / wird niemals jemand wissen ...«

»Nein, Laurin!«, sagte Irmla und öffnete die Augen. »Etwas Neues! Das hatten wir auch schon! Fällt dir nichts mehr ein!?«

»Im Moment nicht«, gestand Laurin in der ebenso vergeblichen Hoffnung des Dichters, dass ihm sein Publikum sein Versagen verzeihen möge. Er dachte: Verdammt, wieso hat Walther nicht einfach weitergedichtet? Was soll das, vier Strophen und dann nichts mehr? Hat er vielleicht mit vier jämmerlichen Strophen allein die Weiber ins Bett gebracht? Und reichlich ernüchtert kam er zu dem Schluss: Ja, hat er. Offensichtlich ...

»Was?« Irmla richtete sich auf und schob seine Hand weg.

»Ich meine ... ich meine ... kein Mann auf der ganzen Welt könnte dichten, wenn er die Hand an deiner ... ich meine, wenn er dich ...«

»Du hast gesagt, du bist ein Poet. Ein Poet kann das!« Sie raffte ihr Kleid und zog die Knie an den Leib. »Jetzt bin ich böse auf dich!«

»Nein, o nein, bitte nicht. Warte ... äh ...« Laurin kniff die

Augen zu in einer Anstrengung, die Soldaten nicht empfanden, die auf einer Sturmleiter eine Burgmauer eroberten, während von oben Steine und kochendes Wasser heruntergeschüttet wurden. »Äh … ah ja … ich lachte, und er … hmmm … ja! … und er … äh … ließ sich nicht lange bitten … ähem … bitten … hm, bitten … er hob die Hand und … dings … und fasste zart … fasste zart an meine … oh … äh …«

Irmla richtete sich empört auf. »Laurin!«

»Herr Laurin?«, rief eine sich nähernde Stimme. Laurin fuhr herum. Der Knecht kam herbei, Stroh im Haar. Irmlas Magd folgte ihm verschämt und mit noch mehr Stroh im Haar und reichlich zerknittertem Rock. Laurin war noch nie im Leben so dankbar für eine Unterbrechung gewesen. Er sprang auf.

»Was gibt's?«

»Es ist Besuch für Herrn Walther angekommen.«

»Herr Walther ist nicht da.«

»Ich wusste nicht, ob ich's dem Herrn verraten durfte, also hab ich gesagt, er solle warten.«

»Wer ist der Kerl?«

Der Knecht zuckte mit den Schultern.

»Ein Deutschritter?« Laurins Argwohn erwachte schlagartig.

Der Knecht schüttelte den Kopf. Schließlich bequemte er sich dazu, zu sagen: »Sieht fast wie ein Mohr aus, wenn Ihr mich fragt.«

»Ein Maure?«

Der Knecht legte sich die Hände vor die Stirn und vor den unteren Teil des Gesichts, so dass nur noch seine Augen zu sehen waren. »Die laufen doch auch so rum.«

»Du hast keine Ahnung«, sagte Laurin, der ebenfalls keine Ahnung hatte, herablassend. Was faselte der Knecht da? Wollte er ihn auf den Arm nehmen? Laurin öffnete den Mund, um irgendeine geistreiche Bemerkung über die Zuverlässigkeit knechtischer Beobachtungen in Situationen knechtischer Beschäftigung mit den Reizen des weiblichen Geschlechts zu formulieren, aber es fiel ihm nichts ein.

»Fräulein Irmla, ich glaube, wir müssen nach Hause«, sagte Irmlas Magd schüchtern. »Der Kirchgang …«

Irmla stand abrupt auf. »Ja, das Gefühl habe ich auch.«

Laurin machte ein paar beschwörende Gesten. »Nein, bitte … bleib!«, flehte er.

»Mein Vater weiß gar nicht, dass Herr Walther nicht da ist«, sagte Irmla, als hätte sie es auch eben erst erfahren.

»Bitte … ich denk mir etwas Besseres aus.« Oder vielleicht finde ich auf die Schnelle irgendwas in Walthers Papieren. »Ich kann das.«

»Hm!«

»Bitte.« Laurin ertappte sich dabei, dass er die Hände flehentlich erhoben hatte – und den Knecht bei einem verächtlichen Grinsen über diese Demonstration männlicher Unterwürfigkeit. Er fuhr herum.

»Sag Bescheid, dass der Hausherr gleich kommt, um sich des Besuchs anzunehmen!«

»Aber Herr Walther ist nicht …«

»Genau! Daher bin ich der Hausherr! Wird's bald?«

Irmla setzte sich wieder, offenbar beeindruckt von Laurins Entschlossenheit. Laurin verdrängte den Verdacht, dass der Knecht beim Abwenden mit den Augen gerollt und selbst Irmlas Magd leise gegrinst hatte. Er räusperte sich.

»Einen Augenblick nur, meine Liebe.« Er hatte in seine Stimme so viel männliches Timbre und zugleich Zärtlichkeit gelegt, wie er aufbringen konnte. Irmla blinzelte und öffnete unwillkürlich die Lippen, so dass er eine Zungenspitze sehen konnte, die sich einen Augenblick nach vorn schob. Er wandte sich schnell ab, damit ihn sein bestes Stück nicht erneut kompromittieren konnte, und stapfte auf den ersten Dutzend Schritten in einem komischen Storchengang auf das Haus zu, bis seine Schritte plötzlich wieder freier wurden. Irmla seufzte und lehnte sich wieder an den Stamm. Sie begann in einer getragenen Melodie zu murmeln: »… wie hat er selig mich gemacht / und küsst' er mich? Wohl tausend Stund' …«

Laurin drückte sich bewusst noch eine Weile an der Hausecke herum, damit er nicht zu bald nach dem Knecht in die Stube trat und damit allzu eifrig wirkte. Zu einer gewissen Verzögerung seiner Schritte hatte auch beigetragen, dass ihm plötzlich der Verdacht gekommen war, der Besucher wäre Hademar Durr. Doch ihn hätte der Knecht erkannt und Laurin gewarnt. Nein, es musste ein Fremder sein. Da war das ganze Jahr über, in dem Laurin nun bei seinem Mentor lebte, kein Mensch zu Besuch gekommen, und nun ging es quasi Schlag auf Schlag. Vor zwei Wochen die Deutschritter und – Laurin schluckte unwillkürlich – Kaiser Friedrich, und jetzt schon wieder ein geheimnisvoller Fremder. Plötzlich hielt er es für eine gute Idee, sich von dem Besucher erst einmal einen Eindruck zu verschaffen. Das war einfach. Er kletterte an den dicken Ranken des Weins, der an der Rückseite des Wohngebäudes wuchs, in die Höhe, hangelte sich zu einer der Fensteröffnungen und schlüpfte ins Haus. Auf Zehenspitzen schlich er zu der engen, hölzernen Treppe, kauerte sich leise auf die oberste Stufe und spähte zu seinem Besuch hinunter.

Nach einer Minute war er fassungslos.

Nach eineinhalb Minuten war er fasziniert.

Nach zwei Minuten war er bis über beide Ohren verliebt.

Was als Nächstes passierte, war, dass er sich dämlich anstellte, das Gleichgewicht verlor und die Treppe hinunterkullerte, seiner neuen persönlichen Göttin direkt vor die Füße.

17.

Valeria war eine Weile unschlüssig in der Stube des kleinen Hauses auf und ab geschritten. Sie hatte sich etwas anderes vorgestellt. In Wahrheit war sie sich nicht sicher, was sie sich vorgestellt hatte, aber sie glaubte sich zu erinnern, dass es groß und kühl und abweisend und arrogant ausgesehen hatte – wie ein Ort, an dem ein gefühlloser Schuft sein schwarzes Herz vor der Welt verbarg. Doch das Haus, in dem Walther von der Vogelweide lebte, war klein, der Pfad, der von der Straße hierherführte, endete direkt davor. Es gab kein Tor, keine Mauer. Zwei weitere Gebäude, die wie ein Vorratsschuppen und eine Scheune aussahen, fassten einen Obstgarten ein, der von der Vorderseite des Gebäudes nur zu erahnen war. Bestellte Gemüsebeete, kleine Felder und einige Hecken bildeten eine Art ausgedehnter Insel in der schütteren Wildnis eines trockenen Mischwaldes, der vor Grün flirrte. Schon von Weitem hatte das kleine Gut gewirkt wie ein Ort, an den man immer wieder zurückkehren wollte.

Die nächste Überraschung hatte sie drinnen erlebt. Auf den ersten Blick löste die Stube mit der Feuerstelle, dem Tisch, einigen Schemeln und Bänken und den Truhen entlang der Wände eine Art von frugaler Heimeligkeit aus. Es war ein Ort, an dem die Gedanken frei wandern konnten, weil es nicht zu viel Kram gab, an dem sie sich hätten festhaken können. Dann jedoch schlich sich ein anderes Gefühl ein, eines, das mit dem Fehlen von Wandteppichen oder Fellen auf dem Dielenboden und Trophäen auf den Stellflächen zu tun hatte. Egal, wie lange der Herr dieses Hauses schon hier lebte, er war niemals wirklich angekommen. Das Haus war das Haus, in dem Walther von der Vogelweide lebte; es war nicht *sein* Haus. Bestürzt erkannte Valeria, dass sie eine ähnliche Atmosphäre wie diese hier sehr gut kannte – so war sie aufgewachsen, in der geräumigen Kammer, die sie mit ihrer Mutter im Haus der Gemeinschaft in Rom bewohnt hatte. Es hatte nicht an ihr gelegen; Anna war diejenige gewesen, die auf subtile Weise den Eindruck erzeugt hatte, sich am falschen Platz zu fühlen.

Wie sollte sie dem Mann entgegentreten, der ihrer Mutter solchen Schmerz zugefügt hatte? Und wie sollte sie es anstellen, dass sie das Ziel, mit dem sie auf diese Mission gegangen war, nämlich den Waisen zurückzuholen, nicht aus den Augen verlor? Die Dinge hatten eine Tendenz, schwierig zu werden, je näher man ihnen kam; von fern, in Rom, hatte es einfacher ausgesehen. Nimm dem Sänger den Stein ab und töte ihn. Ramm ihm dein Schwert in die Brust. Und jetzt, wo sie möglicherweise nur noch Minuten von dieser Tat entfernt war … konnte sie sich kaum vorstellen, ihre Klinge zu zücken und jemanden zu töten, der sie nicht bekämpfte. Für so eine Tat war sie nicht erzogen worden. Aber sie war zum Gehorsam erzogen worden, gegenüber der Anführerin ihrer Gemeinschaft, die nun ihre Mutter war; und sie war aufgewachsen in der leidenschaftlichen Liebe für diese Frau, die sie, je ferner sie ihr seelisch oft gewesen war, umso verzweifelter geliebt hatte.

Ich werde dich nicht enttäuschen, Mama, dachte sie. Sie fühlte Ruhe in sich einsinken, wie immer, wenn sie sich vorstellte, wie sie zurückkehrte und Anna schilderte, dass ihr Leid nun gesühnt sei.

Es war warm im Haus. Ohne lange nachzudenken, nahm sie ihren weiten Mantel von den Schultern und legte ihn auf den Tisch. Sie streckte sich – von der langen Reise waren ihre Glieder steif. Die Männerkleidung, die sie trug – ein schwarzer Surcot über einem ebenfalls schwarzen Hemd –, konnte ihre weiblichen Formen nicht verbergen, als sie die Hände in die Hüften stemmte und sich lockerte. Unter der Gesichts- und Kopfbedeckung begann sie zu schwitzen. Sie hatte zunächst die Absicht gehabt, sich erst zu enthüllen, wenn sie Walther gegenüberstand, aber die Tücher waren zunehmend lästig. Ah, verdammt – sie streifte sie ab, fuhr sich mit den Händen durchs Haar, kämmte das Lederband heraus, das ihre schwarze Mähne im Nacken zusammengehalten hatte, und schüttelte sie aus. Das war besser. Sie holte tief Luft und nahm den Duft wahr, der im Haus hing – in der Sonne warm gewordenes Holz, alter Rauch von der Feuerstelle, ein leiser Hauch von Blütenduft, der von draußen hereingekommen war.

Plötzlich brauchte sie die Sicherheit, die ihre Fertigkeiten ihr verliehen. Im nächsten Augenblick war das Schwert in ihrer Hand, bildete einen metallflirrenden Wirbel um ihren Oberkörper – mit einem Ausfallschritt streckte sie den Arm durch – und mit dem letzten Zoll ihrer Vorwärtsbewegung stieß die Schwertspitze mit einem geradezu sanften Klingen auf eine dunkle Stelle an der Wand, die nicht größer war als die Handfläche eines Kindes. Sie reckte sich und atmete tief ein. Das Schwert verschwand wieder in der Scheide.

Und dann ertönte von der hölzernen Treppe ins Obergeschoss plötzlich ein Poltern. Jemand kam die Stufen herunter, ohne die Füße zu benutzen. Als der Jemand vor ihren Füßen zu liegen kam, hatte sie längst das Schwert wieder gezückt. Die scharfe Spitze schwebte genau über der Kehle eines jungen Mannes, der zu ihr emporstarrte und dessen Gesicht sich langsam zu dem dümmsten Grinsen verzog, das sie je gesehen hatte.

18.

Etliche peinliche Minuten später saß Laurin der geheimnisvollen Besucherin am Tisch gegenüber und fragte sich, ob er es bloß purem Glück zu verdanken hatte, dass sein Kopf noch auf seinem Hals saß. Eine der Frauen vom Gesinde trieb sich in einer Ecke der Stube herum, um die Schicklichkeit zu wahren und den jungen Herrn nicht mit einem weiblichen Gast allein zu lassen. Laurin fragte sich ebenfalls, wie viel Schicklichkeit geboten war angesichts einer Besucherin, die in Männerkleidung und maskiert angekommen war und das Schwert schneller handhabte, als er je gesehen hatte, schneller als ein durchschnittlicher Ritter darüber nachdenken konnte, ob er seine Waffe an der linken oder rechten Hüfte trug. Hauptsächlich fragte er sich aber, wie er die junge Frau von sich einnehmen konnte. Auf seiner persönlichen Wunschliste stand das Vorhaben, sie zu beeindrucken, mit weitem Vorsprung auf Platz eins.

»Wann kann ich Herrn Walther zurückerwarten?«, fragte die junge Frau, die außer ihrem Namen Valeria – ach … Valeria, war das nicht der passendste Name für eine Schönheit wie sie? –

nichts von sich preisgegeben hatte, was Laurin jedoch kaum aufgefallen war, so dass sich die Warnmeldung seines Bewusstseins gegen die viel lauteren Botschaften seines Herzens nicht durchsetzen konnte.

»Äh … keine Ahnung«, sagte Laurin.

»Und wohin er sich begeben hat, wisst Ihr auch nicht.«

»Äh … genau.« Laurin lächelte so verführerisch er konnte. »Wer will schon mit Herrn Walther von der Vogelweide sprechen, wenn er auch mit mir sprechen könnte?«

»Ich will«, sagte Valeria nüchtern. »Denkt nach – hat er gar nichts geäußert über sein Ziel?«

Ein sich verzweifelt zu Wort meldender Rest von Argwohn ließ Laurin sagen: »Nicht das Geringste.« In Wahrheit war ihm zumindest so viel klar, dass Walthers Aufbruch mit dem Besuch von Kaiser Friedrich zu tun hatte und dass Walther versuchen wollte, seine alten Verbündeten als Helfer bei der Suche nach einem Edelstein zu gewinnen, dessen Bedeutung Laurin vollkommen unklar war. Ihm fiel der Brief ein, den Walther erwähnt hatte. Er hatte nicht danach gesucht. Zuerst war er zu wütend auf Walther gewesen und dann zu beschäftigt damit, Irmla Durr herumzukriegen. Vielleicht wäre es schlauer gewesen, er hätte Walthers Worte ernster genommen. Vielleicht stand in dem Brief auch etwas über maskierte junge Frauen, die sich nach seinem Mentor erkundigten. Ach, Valeria …

»Hm …?«, machte Laurin.

»Ich sagte, Ihr sollt nachdenken, ob Herr Walther etwas über sein Ziel …«

»Wieso seid Ihr eigentlich maskiert hier hereingekommen?«, fragte Laurin.

»Ich war nicht maskiert – das Tuch war ein Schutz gegen den Straßenstaub.«

»Und in Männerkleidung.«

»Glaubt Ihr, es macht Spaß, als Frau allein zu reisen? Die Verkleidung ist ein Schutz.«

»Und das Schwert …?«

»Denkt selber nach!«

»Auch eine … Schutzmaßnahme?«, riet Laurin.

»Nicht jeder, dem man auf Reisen begegnet, ist ein edelmütiger Charakter oder so vorzüglicher Gastgeber.«

Laurin nickte. Er bezog die beiden Charakterisierungen auf sich und vergaß, dass ihm noch eine Frage auf der Seele lag, nämlich die nach Valerias bemerkenswerten Schwertkünsten. Er vergaß außerdem, dass er seinem Gast weder zu essen noch zu trinken angeboten hatte, und er wusste auch nicht mehr, wie sie an diesen Punkt der Unterhaltung gelangt waren.

»Ich habe vergessen, was Ihr von Walther wollt«, sagte er.

»Ich habe es Euch noch gar nicht mitgeteilt«, sagte Valeria und lächelte Laurin an. Es hatte eine verheerende Wirkung auf seine Gehirntätigkeit.

»Äh … genau.«

Valeria seufzte. »Jemand, den ich gut kenne, hat seit zwanzig Jahren eine Ehrenschuld bei Herrn Walther. Ich bin ausgesandt worden, um die Begleichung dieser Schuld zu ermöglichen.«

»Oh … Walther ist großzügig. Er wird nicht darauf bestehen.«

»Ich habe den Auftrag, keinen Widerspruch zu dulden.«

»Es ist eine Liebesgeschichte, oder?«, sagte Laurin. »Bei Walther geht es immer um Liebesgeschichten.«

»Ich kann Euch versichern, dass Liebe keine Rolle spielt.«

»Ihr wollt mir nicht mehr sagen, oder?«

»Es ist eine Angelegenheit, die Euch nichts angeht.«

»Jeder sagt das, verdammt noch mal!«

Valeria musterte ihn. »Jeder sagt was?«

»Dass es nicht meine Sache ist, dass mich irgendeine Geschichte nichts angeht, dass ich nicht hineingezogen werden soll …« Laurin schloss den Mund, weil ihm klar wurde, dass er sich anhörte wie ein nörgeliger Junge.

Valeria stand auf. »Es tut mir leid, Euch gestört zu haben.«

Laurin sprang ebenfalls auf. »Was habt Ihr vor?«

»Ich reite weiter. Ich muss Herrn Walther finden.«

»Aber wenn Ihr doch nicht wisst, wohin …«

»Ich werde anderswo fragen.«

Laurin war sicher, dass Valerias letzte Aussage einen unhörbaren Zusatz besaß: wo man nicht so vertrottelt ist wie hier. Sein Stolz und sein Wunsch, ihr zu imponieren, kämpften einen heftigen Kampf mit seinem Argwohn. Er sah ihr zu, wie sie ihren Mantel an sich raffte, die Tuchstreifen einsteckte und mit einer raschen Bewegung ihr Haar im Nacken zusammenband. Gleich würde sie aus dem Haus, aus seinen Augen und aus seinem Leben verschwinden. Laurins Argwohn warf die Waffen weg und kapitulierte.

»Stoufen«, blökte Laurin.

»Wie?«

»Stoufen … ich meine, mir fällt gerade ein, dass ich glaube, möglicherweise von diesem Ort gehört zu haben.«

»Natürlich, es ist die Hauptburg des Kaisergeschlechts.«

»Nein … äh … ja, natürlich! Ich meine, im Zusammenhang mit Walthers Abreise …«

Sie setzte sich so abrupt, dass er zusammenfuhr und ebenfalls wieder niedersank. »Genauer«, verlangte sie.

»Ich weiß nur, dass er am Pfingsttag dorthin kommen soll«, sagte Laurin resigniert.

»Wozu?«

»Um Kaiser Friedrich zu treffen.«

Es hätte ihn stutzig machen sollen, dass sie nicht erstaunt ausrief: Was, den Kaiser? Aber er war noch zu sehr erfüllt von Erleichterung, dass er sich ihr gegenüber doch als hilfreich erwiesen hatte. Seine Hochstimmung bekam sofort einen Dämpfer.

»Wozu ist er dann jetzt schon aufgebrochen? Nach Stoufen sind es von hier aus nur ein paar Tage.«

»Keine Ahnung«, sagte Laurin zu seiner Verbitterung und zum dritten Mal.

Valeria stand endgültig auf.

»Ich komme mit Euch«, sagte Laurin rasch.

»Wozu?«

»Na, äh … um zu … weil ich Walther viel besser kenne als Ihr. Wie wollt Ihr ihn denn in Stoufen finden?«

»Ich frage einfach. Irgendjemand wird schon so etwas Ähnliches wie eine Ahnung haben.«

Laurin schob den Unterkiefer nach vorn. »Vielleicht verrate ich Euch ja nur nicht alles, was ich weiß?«

Valerias Blick fiel auf ihr Schwert. »Nun – tut Ihr das?«

Laurin schwieg. Sie zuckte mit den Schultern und beachtete ihn nicht länger.

»Und ich komme doch mit, ob Ihr wollt oder nicht. Ich muss nur mein Pferd holen!«

Sie blieb an der Tür stehen. »Ich kann Euch nicht daran hindern, irgendwohin zu reiten. Aber wenn Ihr mir zu nahe kommt oder Euch einfallen lasst, mir zu folgen, werfe ich Euch vom Pferd, binde Euch an dessen Schwanz und jage es dorthin zurück, wo Ihr hergekommen seid.«

Laurin setzte alles auf eine Karte. Wie hätte Walther an seiner Stelle gehandelt? Er hatte keine … genau! Er hatte keine Ahnung. »Ich kann Euch nicht gehen lassen. Ihr habt mich verzaubert. Nur in Eurer Gegenwart kann ich atmen!«

Valeria begann zu lachen. »Spart Euch die Mühe«, rief sie. »Wenn ich mir Liebesschwüre anhören möchte, dann von einem Mann und nicht von einem glattgesichtigen Jüngling, der Treppen hinunterfällt.«

Sie verschwand aus der Tür und ließ einen glattgesichtigen Jüngling zurück, dem die Wangen und die Ohren brannten. Eine solche Demütigung hatte er noch nie einstecken müssen. Und das von einer Fremden, die so unbedeutend war, dass sie nicht einmal Reisebegleitung fand und sich stattdessen verkleiden musste.

Hm … eine Fremde, die nicht älter war als er und schön wie die Nacht.

Eine Fremde mit einer merkwürdigen Aufgabe, um die sie herumgeredet hatte wie ein Händler, der keinen Rabatt geben will.

Eine Fremde, die mit dem Schwert umging, als wäre es ein Körperteil von ihr.

Hier passten ein paar Sachen absolut nicht zusammen.

Und außerdem war er überzeugt, dass diese spröde, spöttische, arrogante Fremde die Liebe seines Lebens war. Er musste sie nur davon überzeugen, dass er auch die Liebe ihres Lebens war. Wie konnte ihm dies besser gelingen, als indem er ihr Geheimnis enträtselte und ihr zeigte, dass er ihr durchaus ebenbürtig, ja überlegen war.

Laurin hörte den Hufschlag ihres Pferdes, als sie davonritt. Er riss sich zusammen. In einem Gefühlsaufruhr, dessen Zusammensetzung ihm selbst nicht ganz klar war, rannte er zum Hinterausgang hinaus in Richtung Stall … direkt in die Arme von Irmla Durr. Sie hatte die Hände in die Hüften gestützt. Ihre Augen blitzten vor Zorn und unvergossenen Tränen, und ihr Gesichtsausdruck ließ unmissverständlich erkennen, dass sie spioniert und sein Gespräch durchs Fenster verfolgt hatte.

»Oh-oh …«, sagte er.

19.

Die Stadt Freisingen lag an den *mons doctus*, den Domberg, hingeschmiegt wie ein Schoßtier an die Beine seines Besitzers und demonstrierte, wer hier das Sagen hatte – jedenfalls nicht die Stadt, die nicht einmal befestigt war. Die Stadtmauer umschloss nur den Domberg.

Walther traf drei Tage nach seinem Aufbruch von der Kaltenburg dort ein. Er hatte sein Pferd hart angetrieben, zunächst, um möglichst viel Distanz zwischen sich und die Erinnerung an Heinrich von Kalden zu bringen, wie er in seinem Saal saß, seiner Würde beraubt durch Zeit, Alter und seine eigene Dickfelligkeit. In diesem Tempo waren sie oft zusammen geritten, er, Heinrich, Gerold, Otto … und Philipp. Sie hatten das halbe

Reich durchmessen in jungen Jahren, oftmals einen oder zwei Tage dem Heer voraus, mit dem Philipp die Kaiserwürde für seinen Neffen Friedrich zu sichern versucht hatte.

Nachdem die Kaltenburg weit genug hinter ihm lag, hatte Walther angefangen, an dem scharfen Tempo Gefallen zu finden, und sei es nur, weil die Anstrengung ihn daran hinderte, seinen traurigen Gedanken nachzuhängen. Seine erschlafften Muskeln und steif gewordenen Knochen hatten ihre Geschmeidigkeit längst nicht wiedererlangt und würden es auch nie mehr tun, aber sie hatten begonnen, sich daran zu erinnern. Vorerst vergolten sie Walther diese Erinnerung mit Schmerzen, aber auch die Schmerzen waren besser, als darüber zu sinnieren, was aus Heinrich geworden war – oder wie er, Walther, reagiert hätte, wenn es umgekehrt gewesen wäre und Heinrich bei ihm vorgesprochen hätte.

Die Glocken des Mariendoms und der Kirche von St. Georg im Moos läuteten um die Wette, und Walther fiel ein, dass es Mittwochabend war – Zeit für den Kirchgang. Das Gotteshaus war umso besser besucht, als das Osterfest nahte. Morgen war schon Gründonnerstag. Eine Woche hatte Walther bereits verloren.

Walther verspürte kein sonderliches Bedürfnis danach, mit Gott Zwiesprache zu halten, aber es war eine gute Gelegenheit, Gerold von Waldeck zu beobachten, ohne dass dieser es wusste. Die Begegnung mit Heinrich hatte Walther unsicher gemacht. Einen weiteren ehemaligen Freund zu besuchen und festzustellen, dass er nur noch ein Schatten seiner selbst war, hätte ihn entmutigt. Walther mischte sich unter die Menschen, die von den umliegenden Pachthöfen und aus den Gassen der Stadt zu den beiden offenen Toren in der Dombergbefestigung strömten, und führte sein Pferd an frischen Baustellen und den noch immer gähnenden Ruinen des Stadtbrandes von 1224 vorbei zum Dom hinauf.

Der Gottesdienst war die übliche Mischung aus dem Gedröhn des Pfarrers, der mit dem Rücken zum Kirchenschiff die

Messe in Latein las, und dem Lärm der Gottesdienstbesucher, die kein Wort vom Ritus verstanden und sich daher lieber miteinander unterhielten. Walther schob sich durch die Menge. Es hatte Zeiten gegeben, da hätte er das nicht tun können, ohne ein Schwarm Bewunderer, Bittsteller und sonstiger Aasgeier hinter sich herzuziehen. Heute drehte sich nur noch jemand nach ihm um, wenn er ihn aus Versehen anrempelte. Es war im Grunde genommen nur eine andere Form der Missachtung wie die des Sergeanten auf der Kaltenburg.

Als er die letzten Schritte in den weihrauchgeschwängerten Bereich direkt vor dem Altar tat, erkannte er Gerold von Waldeck. Der sehnige Mann schien sich kaum verändert zu haben. Gerold saß auf dem mittleren, erhöhten Sitzplatz unter den Chorstühlen und folgte dem Ritus mit unergründlicher Miene. Walther trat zurück, damit der Bischof ihn nicht gleich entdeckte, und musterte seinen alten Freund aus der Deckung der Gottesdienstbesucher heraus. Gerolds Gesichtszüge blieben den ganzen Gottesdienst über unbewegt; nur ein einziges Mal flüsterte er mit dem Mann in der Mönchskutte neben ihm und nahm nachher beinahe exakt die gleiche Haltung ein wie zuvor. Er schien völlig entspannt zu sein. Die wenigen Male, in denen Walther Gerolds beringte Finger auf der Armlehne seines Bischofsthrons trommeln sah, waren vermutlich eher dem Versuch zuzuschreiben, nicht in den nächsten Minuten einzuschlafen. Walthers Interesse an Gerolds Mimik und Gestik erlosch im gleichen Maß, wie seine Erleichterung stieg. Was hatte er erwartet? Dass Gerold nickend und sabbernd wie ein Greis im Bischofsstuhl hängen würde, während seine Beisitzer wie die Habichte darüber wachten, dass er nicht versehentlich herauskippte?

Vor dem Ende des Gottesdienstes verließ Walther den Dom mit dem Plan, draußen auf Gerold zu warten. Zwei Männer, die gleich nach Walther die Kirche verlassen hatten, stapften an ihm vorbei und warfen ihm schiefe Seitenblicke zu, bevor sie um die Fassade herum verschwanden. Walther postierte sich etwas abseits der kleinen Menge von Bettlern und Versehrten, die sich für die nachgottesdienstliche Almosenvergabe sortierten.

»Also«, hörte er einen Mann mit nur einem Bein sagen, der sich auf eine Krücke stützte. »Wir machen das auf die klassische Art – zuerst die Blinden nach vorn, das verlangsamt den Abgang der Herren Kleriker, weil es Unglück bringt, einen Blinden umzurennen. Lentfried, Vortwin und Ortolf, ihr kniet euch gleich nach dem Kirchenportal auf den Boden. Was ruft ihr?«

»Eine milde Gabe für die Blinden«, antworteten zwei routinierte Stimmen.

»Vortwin?«

»Wieso muss ich heute blind sein«, rief Vortwin, ein Mann mit einer Stimme, die nicht mehr war als ein Krächzen. »Ich war ganz zufrieden damit, den Stummen zu geben.«

»Weil deine Stimme leidend klingt«, sagte der Mann mit der Krücke.

»Darum mache ich ja normalerweise den Stummen!«

»Sag mal, Reinbold …«, begann einer der Männer.

»Nachher, Sifrid, du kommst gleich dran. Wir müssen Abwechslung reinbringen, sonst gibt der Bischof nichts.«

»Aber sag mal, Reinbold …«

Reinbold, der Krückenträger, winkte ab. »Also, nach den Blinden die Beinlosen, das gibt ungefähr eine Höhe und ein schönes Bild. Dahinter dann die, die selber stehen können. Die Stummen stellen sich ein bisschen abseits, damit der Bischof das Gemümmel hören kann. Wo sind die Stummen? Nein, Vortwin, du sollst dich nicht melden. Glaubst du, ich bin dämlich?«

»Mmmm-mmm«, machten die Stummen. Dann räusperte sich einer und sagte: »Also, Reinbold, was ich fragen wollte …«

»Lass mich um Gottes willen ausreden, Sifrid, die Messe ist gleich zu Ende. Wichtig ist, dass wir nachher alle so schnell wie möglich abhauen. Vergesst nicht, die ›Blinden‹ zu führen, und ihr, Lentfried, Vortwin und Ortolf, ich möchte nicht noch mal erleben, dass den Mädchen nachgepfiffen wird oder dass einer in seine Spendenschüssel schaut und ruft: Ganz schön geizig, Euer Gnaden!«

»Das war ich nicht, das war Kunrat.«

»Deswegen ist Kunrat auch heute unter den Stummen«, sagte Reinbold.

»Mmmmm«, machte einer der Stummen ohne große Begeisterung.

»Äh … Reinbold …«

»Gleich, Sifrid, gleich. Wissen alle, was sie zu tun haben? Ist der Treffpunkt hinterher klar? Und wie wir die Almosen aufteilen? Ich kann euch nicht hören, Männer!«

»Ja, Reinbold«, ertönte ein Chor.

Reinbold verzog das Gesicht. »Wieso hab ich jetzt ein paar Stumme gehört, zum Henker?«

Die Stummen sahen sich betreten an. »Tschuldigung, Reinbold.«

»Das kommt von dem ganzen Rumgetausche«, erklärte Vortwin. »Mit mir als Stummen wär das nicht passiert.«

»Reinbold … was ich noch sagen wollte …«

Reinbold seufzte theatralisch. »Ja, Sifrid. Jetzt bist du dran. Was ist denn?«

»Normalerweise fehlt dir das andere Bein.«

Reinbold sah an sich herab. Unter seiner zerlumpten Tunika entfaltete sich ein Bein und stellte sich auf den Boden. Er wechselte die Krücke unter den anderen Arm und zog dieses Bein unter die Tunika. Er räusperte sich anhaltend. »Ähem … kann ja mal vorkommen, Leute. Alles auf Posten, jetzt!«

Walther wanderte ein paar Schritte weiter, um sich vom Almosenkommando zu distanzieren. Die Domglocken begannen zu schwingen. Gleich würden die geistlichen Würdenträger die Kirche verlassen. Als jemand neben ihn trat, wandte er sich dem Neuankömmling zu. Im nächsten Augenblick fühlte er sich von der anderen Seite aus hinten am Genick gepackt. Eine Hand umklammerte sein Handgelenk und wand ihm den Arm nach hinten, und noch bevor er schreien oder um sich treten konnte, stießen die unbekannten Angreifer ihn vorwärts, so dass er laufen musste, um nicht zu fallen. Innerhalb weniger Herzschläge hatten sie ihn in ein Gässchen zwischen zwei Gebäuden verschleppt, das zu einer der üblichen Hinterhofstallungen führte, wo sich Schweine auf dem Boden suhlten und Hühner gackerten. Walther fühlte sein Handgelenk befreit und sich herumgedreht. Finger krallten sich in seine Kehle. Er wurde mit dem Rücken so hart an eine Hausmauer gestoßen, dass sein Hinterkopf gegen einen Balken prallte und die Luft aus seinen Lungen entwich. Er versuchte, einen Faustschlag zu platzieren, aber er schlug ein Luftloch. Er wollte brüllen, aber die Finger um seine Kehle ließen keinen Laut zu und so gut wie keine Luft hindurch. Walther zerrte an der Hand, die seinen Hals umklammerte.

»Der zappelt wie 'n Aal, nich' wahr«, brummte der eine der zwei Männer.

»Hört gleich auf damit«, sagte der zweite und stieß mit dem Knie zu.

Walther rutschte an der Wand nach unten. Plötzlich war nichts mehr von Bedeutung als der heiße Ball aus Schmerz in seiner Körpermitte, und er rollte sich um ihn herum ein und lag dann neben dem Schweinepferch auf dem Boden. Vom Domplatz hörte er wie aus tausend Meilen Entfernung den Chor des Almosenkommandos: »Eine milde Gabe für die Blinden!« Ein Schwein steckte den Rüssel durch die Zaunlatten und besabberte sein Gesicht, bevor es das Interesse verlor. »Ich … bin … Wa … Walther von der Vogelweide …«, stieß Walther hervor. Seine Mühe brachte ihm einen Fußtritt ein.

»Halt die Fresse. Wir wissen genau, wer du bist. Reden kannst du, wenn der Bischof dich verhört.«

»Aber … ich …«

Fußtritt. »Was hab ich gesagt? Fresse halten! Hier, kneble den Idioten, bevor er mich noch dazu bringt, ihm wehzutun! Dann hol den Ehrwürdigen Vater.«

20.

Walther hörte die hastigen Schritte sich nähern, gerade als er wieder halbwegs Luft bekam. Er versuchte sich aufzurichten. Ein Stiefel stellte sich in seinen Nacken und drückte ihn wieder nach unten und die noch saubere Hälfte seines Gesichts in den Dreck. Er wollte sich wehren, aber dann fühlte er den kalten Stahl einer Schwertklinge an seinem Hals.

»Halt still, Arschloch!«

Walther biss die Zähne um den Knebel herum zusammen. Der Knebel bestand aus einem Fetzen seines Surcots, den der eine der Männer kurzerhand abgetrennt hatte, bevor er davongelaufen war. Alles, was Walther aus seiner Position sehen konnte, war der haarige, schmutzige Rüssel des Schweins, das von Neuem Interesse an ihm gewonnen hatte und ihm seinen Atem ins Gesicht blies. Er spürte halbflüssigen Schlamm aus seinen Haaren über seine Wange rinnen. Mit der rechten Hand tastete er nach dem Dolch an seinem Gürtel, den seine beiden Angreifer ihm nicht abgenommen hatten. Warum hatte er nur den Wachen am Tor gehorcht und sein Schwert dort gelassen? Aber wäre er noch am Leben, wenn er versucht hätte, es gegen die beiden Männer zu ziehen? Wann hatte er das letzte Mal einen Kampf bestehen müssen?

»Ich seh das«, brummte der Mann, dessen Stiefel in Walthers Nacken stand. »Lass deine Pfote, wo sie ist, oder das Schwein kriegt sie zu fressen.«

»Also gut, was ist hier los?«, zischte eine Stimme, die Walther zusammenzucken ließ. Sie war gealtert und heiserer geworden, aber es war unzweifelhaft die von Bischof Gerold. Er versuchte, durch den Knebel hindurch etwas zu rufen.

»Wir haben einen von den Kerlen geschnappt, Ehrwürdiger Vater«, sagte der Stiefelträger. »Wie ich Euch prophezeit hab – sie wollten Euch entführen!«

»Woraus hast du das geschlossen?« Die Stimme Bischof Gerolds klang trocken und interessiert.

»Mmmmmm!«, machte Walther.

»Hat sich beim Gottesdienst in der Kirche rumgedrückt und kein Auge von Euch gelassen, Ehrwürdiger Vater. Ist noch vor Ende der Messe rausgegangen und hat dann hier alles ausgekundschaftet.«

Hab ich nicht!, wollte Walther rufen, aber alles, was dabei herauskam, war ein weiteres »MMMMMMM!«.

»Ich wette, die wollten Euch bei nächster Gelegenheit abpassen und verschleppen, Ehrwürdiger Vater.«

»Was sagt der Mann selbst dazu?«

»Wir wollten Euch die Gelegenheit geben, ihn zu fragen, nich' wahr?«, sagte die Stimme von Walthers zweitem Angreifer mit unüberhörbarem Stolz.

»Nicht schlecht, meine Herren, nicht schlecht«, sagte Bischof Gerold. »Ich gestehe, dass ich nicht viel davon gehalten habe, als Herzog Ludwig mir vorschlug, zwei seiner Männer als meine Bewacher abzustellen, aber es scheint sich gelohnt zu haben.«

»Nich' wahr!«, bekräftigte der zweite Angreifer.

»Mmmmmm!«

»Der Kerl kann's gar nicht mehr aushalten, mit Euch zu reden, Ehrwürdiger Vater.«

»Richtet ihn auf.«

Durch den Dreck in seinen Augen erkannte Walther eine sehnige Gestalt in vollem Bischofsornat, die auf ihn heruntersah. Kirchbesucher hatten inzwischen einen Halbkreis um die Szene gebildet und verstopften den kleinen Platz zwischen der Gassenöffnung und dem Schweinepferch.

»Hm!«, sagte der Bischof.

»MmmmmMMMM!«, machte Walther, dessen Venen auf der Stirn pulsierten von dem Versuch, sich verständlich zu machen. Warum erkannte ihn Gerold nicht? Dann fiel es ihm ein: Sein Gesicht war mit Dreck verschmiert. Er wischte sich mit beiden Händen hindurch, woran ihn niemand hinderte, und hatte den Verdacht, dass er es damit nicht besser machte. Er versuchte den

Knebel zu lockern, aber der eine seiner beiden Angreifer schlug ihm die Hände weg.

Bischof Gerold raffte seine Robe und ging ächzend in die Hocke. Er spähte in Walthers Gesicht.

»MMMM!«

Gerold kniff die Augen zusammen und schüttelte dann den Kopf. Walther war einen Herzschlag lang sprachlos. Der Bischof rückte noch näher an ihn heran. Walther stierte ihn an. Langsam wich seine Fassungslosigkeit dämmerndem Verständnis. Gerold von Waldeck war so kurzsichtig geworden wie ein Maulwurf. Beim Gottesdienst hatte er deswegen so starr geschaut, weil er vermutlich nichts scharf sah, was weiter als zwei Schritte entfernt war.

Der Bischof zuckte mit den Schultern. »Nie gesehen, den Kerl. Schafft ihn ins Gefängnis, ich befasse mich später mit …«

Walthers Hände zuckten nach oben, er warf sich nach vorn und erwischte den Bischof am Kragen. Er zog ihn zu sich heran. Die Mitra fiel in den Dreck. Er starrte in die vor Schreck weit aufgerissenen Augen Gerolds und grunzte und knurrte durch den Knebel. Er hörte, wie die Zuschauermenge aufschrie, dann riss jemand den Bischof zurück. Zwei Fetzen goldbestickten Brokats blieben in Walthers Händen. Der Bischof stolperte nach hinten und prallte mit dem Rücken gegen den Schweinepferch. Das Schwein quiekte. Der eine von Walthers Angreifern hob sein Schwert über den Kopf und schrie: »Jetzt mach ich den Drecksack fertig!«

Das Schwert zuckte herab. Walther schloss unwillkürlich die Augen. Als er eine unbekannte Zeit später immer noch das Gefühl hatte, am Leben zu sein, öffnete er sie wieder. Die sehnigen Hände Bischof Gerolds hielten das Handgelenk des Schwertträgers umklammert. Er hatte den Streich aufgehalten; Walther ahnte, dass der kurzsichtig gewordene Bischof nur dank einer glücklichen Fügung nicht danebengegriffen hatte. Gerold von Waldeck stierte Walther an. Der Schwertträger versuchte, sich zu befreien, aber der Bischof hielt mit aller Kraft fest.

»Walther?«, fragte Gerold.

Walther zerrte sich den Knebel aus dem Mund; endlich hinderte ihn niemand daran. Er spuckte Stofffetzen und Schweinedreck aus.

»Ja, Walther!«, brüllte er. »Stell dir vor! Was machst du eigentlich mit einem Besucher, der nicht ein alter Freund ist? Lässt du ihn auf der Stelle vierteilen?«

»Walther …?«

»Ja, zum Teufel!« Walthers Stimme überschlug sich. Er versuchte auf die Beine zu kommen, aber vor Wut und Aufregung rutschte er auf dem glitschigen Boden aus und setzte sich wieder hin.

Der Bischof zwang den Schwertarm seines Leibwächters nach unten. »Habt ihr denn den Mann nicht nach seinem Namen gefragt?«, fragte er mit gefährlicher Ruhe.

»Äh … nö …«, sagte der Schwertträger, der sichtlich nicht verstand, was gerade vorging.

»Ich hab ihn freiwillig gesagt!«, schrie Walther vom Boden her. »Die Kerle sagten, sie wüssten genau, wer ich wäre!«

»Äh … wir ham vielleicht nich' richtig zugehört, Ehrwürdiger Vater«, sagte der zweite Angreifer, der offenbar schneller als sein Kumpan kapiert hatte, dass irgendwie ein Fehler passiert war. »Das Gesocks sagt doch immer irgend 'ne Scheiße … Anwesende ausgenommen, nich' wahr, Ehrwürdiger Vater.«

»Dieser Mann«, sagte Bischof Gerold und gab dem Mann vor sich eine Ohrfeige, »ist mein ältester«, eine weitere Ohrfeige, »und bester«, eine dritte Ohrfeige, das Schwert schepperte auf den Boden, »Freund!«, eine vierte Ohrfeige. Der Schwertträger sank auf die Knie und schützte seinen Kopf mit beiden Unterarmen, was Gerold in seinem blinden Zorn nicht sah, während er weiter auf die Deckung einprügelte. »Und wenn ihr ihm auch nur ein Haar gekrümmt habt, dann gnade euch Gott, weil ich euch dann nämlich an die Unterseite eines Floßes binden und zu Herzog Ludwig nach Lantshut treiben lasse, wo er das, was von euch übrig ist, vom höchsten Turm seiner Burg hängen wird, damit die Raben daraufkacken können!«

Walther, der sich aufgerappelt hatte, fiel Gerold in den Arm. »Lass gut sein, Gerold«, sagte er. »Du bist zwar blind wie ein Maulwurf geworden, aber deine Drohungen haben nichts an Farbigkeit eingebüßt.«

Der Bischof ließ schwer atmend die Hände sinken und blies sich dann auf die brennenden Handflächen. Der Schwertträger blinzelte vorsichtig aus seiner Deckung heraus. Die Zuschauermeute hielt immer noch den Atem an. Der zweite Angreifer schob das von seinem Kameraden fallen gelassene Schwert mit dem Fuß beiseite und lächelte dann Walther mit einer geradezu entwaffnenden Nichts-für-ungut-Miene zu. Gerold und Walther sahen sich an.

»Bist du in Ordnung?«, fragte der Bischof.

»Seh ich so aus?«, fragte Walther zurück.

»Keine Ahnung. Komm mal näher ran.«

»Mann, Gerold, kannst du überhaupt was erkennen, was weiter als …«

Gerold drückte Walther ungestüm an sich. »Ich will dich doch nur umarmen!«, knurrte er. Er löste sich von Walther, achtete die Schmutzstreifen nicht, die sich nun auf seinem Ornat befanden, drehte den Sänger an den Schultern herum in Richtung der Zuschauermeute und rief: »Dies ist Herr Walther von der Vogelweide, und ich bin stolz darauf, ihn zu meinen Freunden zählen zu dürfen!«

Die Zuschauer, von denen es den meisten zu schnell gegangen war, applaudierten.

»Komm mit mir in den Bischofspalast«, sagte Gerold aus dem Mundwinkel. »Dich schickt der Himmel. Ich stecke in Schwierigkeiten.«

21.

Gegen Abend hatten Valeria und Laurin eine Übereinkunft gefunden. Sie ließ ihn mitreiten, wenn er in allen Belangen so tat, als sei er ihr Knecht, und er akzeptierte die Rolle als Knecht, wenn sie ihn niemals so behandelte. Valerias Motive waren ihr selbst nicht ganz klar. Ein Grund war sicher die kühle Kalkulation, dass sie den jungen Mann vielleicht als Druckmittel verwenden könnte, wenn Walther ihren Forderungen nicht nachgab. In welchem Verhältnis er und der Sänger zueinander standen, darüber war sie sich nicht ganz im Klaren. Laurins Aussage, er sei der Sohn enger Freunde Walthers und dieser habe ihn, als seine Eltern verstarben, bei sich aufgenommen, mochte stimmen; wäre Laurin tatsächlich ein Bastardsohn des Sängers gewesen, wäre es für diesen kein Problem gewesen, die Wahrheit zu sagen und den jungen Mann aufzuziehen. Für Männer war es niemals eine Schande, einen Bastard gezeugt zu haben. Für die Frau, die den Bastard ausgetragen hatte, bedeutete es den gesellschaftlichen Ruin. Dennoch – ohne dass sie den Finger darauf hätte legen können, war sie überzeugt, dass es zwischen Laurin und Walther stärkere Bande gab als nur ein Gefühl der Verpflichtung toten Freunden gegenüber. Dieser auf den ersten Blick tollpatschige, übereifrige junge Mann besaß irgendein Geheimnis, das er vermutlich selbst nicht kannte. Trotz ihres unglücklichen ersten Zusammentreffens verspürte Valeria eine gewisse Faszination, die von diesem Geheimnis ausging und sich auch auf die Person Laurins selbst übertrug.

Dies war ein weiteres Motiv, warum sie ihn nicht abgewiesen hatte, als er sie auf der Straße eingeholt hatte. Noch ein Grund war die Hartnäckigkeit, mit der Laurin erklärt hatte, er würde einfach im Abstand von ein paar Dutzend Schritten hinter ihr herreiten, bis sie beide auf Burg Stoufen angekommen wären. Irgendwo unter dem Äußeren eines verwöhnten Bürschchens steckte ein sehr willensstarker Charakter. Er hatte ihr einen Seitenblick zugeworfen, als er seine Erkärung mit den Worten

»… und das werde ich tun, ob es Euch passt oder nicht!« beendet hatte, und für einen schwindelerregenden Moment hatte Valeria gedacht, einen Seitenblick ihrer Mutter aufzufangen. Seitdem liefen ihre Gedanken in eine merkwürdige Richtung, und egal wie oft sie sie von diesem Pfad herunterzwang, wandelten sie doch immer wieder von Neuem darauf. Lag die Feindschaft ihrer Mutter zu Walther von der Vogelweide etwa darin begründet, dass …? Aber Laurin war in etwa so alt wie sie. Und er hatte gesagt, seine Eltern hätten in Nuorenberc als redliche Kaufleute gelebt … Ihren Gedanken zu gestatten, sich ihre eigenen Konsequenzen auszumalen, hätte bedeutet, alles, was sie wusste, alles, worauf ihre eigene Existenz und ihre Mission gründete, infrage zu stellen. Nein, diese Ähnlichkeit der Mimik war nur ein Zufall! Und dennoch … sie hatte den Ausschlag gegeben, dass sie Laurin am Ende gestattet hatte, sie zu begleiten.

Und nun, während sie aus dem Waldstück kam und in die Abenddämmerung hinaustrat, erkannte sie, dass es einen weiteren Grund gab, über den sie bislang noch gar nicht nachgedacht hatte. Er schwebte in der Luft, dieser Grund – es war der Duft des Kochfeuers.

Valeria war in den Wald gegangen, um in zweierlei Hinsicht dem Ruf der Natur nachzukommen. Laurin hatte sich im Lauf des Tages einmal vom Pferd geschwungen (war vom Pferd gefallen, wäre der bessere Ausdruck gewesen, er war nicht unbedingt Gottes eigener Reitersmann) und sein Wasser gegen einen Baum geschlagen, ohne sich im Mindesten zu genieren; er hatte sogar über die Schulter weiter mit ihr gesprochen, während sie versucht hatte, überall anders hinzusehen und das Plätschern zu ignorieren. Valeria hingegen wäre eher geplatzt, als vor einem anderen Menschen ihre Notdurft zu verrichten. Deshalb hatte sie, als sie ihr Lager etwas abseits der Straße aufgeschlagen hatten, sofort angekündigt, nach etwas Essbarem zu suchen. In Wahrheit war sie hinter den nächsten Baum verschwunden, kaum dass sie das kleine Waldstück betreten hatte, und hatte eine Minute lang mit geschlossenen Augen und erleichtert seufzend der Natur ihren Lauf gelassen. Danach hatte sie die Spuren auf dem Waldboden aufmerksam verfolgt und war schließlich jenseits des Wäldchens in eine kleinteilige Felderlandschaft getreten, in der Hecken die brachliegenden und die bewirtschafteten Felder voneinander trennten. In einiger Entfernung war der Rauch von Herdfeuern in den Abendhimmel gestiegen. Er stammte aus einem Dorf, dessen Abzweigung von der Straße sie ein paar Minuten vorher gesehen hatten. In ihren Händen wog sie rundliche, handtellergroße Steine. Auf den Feldern hoppelten Hasen herum, versunken in ihre eigene Hasenwelt, die aus dem Drang zu fressen und dem noch stärkeren Drang zu kopulieren bestand.

Für einen von ihnen war etliche Sekunden später die irdische Mühsal vorüber. Sie trug ihn mit sich, als sie zum Kochfeuer zurückkehrte. Laurin blickte auf und nickte ihr zu. Mit einem abgeschälten Stöckchen rührte er das Wasser im Kessel um, aus dem ein verführerischer Duft aufstieg. Valeria schnupperte. Neben dem Feuer lagen ein paar kleine Sträußchen Grünzeug und eine in dicke Scheiben geschnittene Zwiebel. Valeria spähte in den Kessel. Weitere Zwiebelscheiben, sich allmählich in ihre Ringe auflösend, trieben darin.

»Was soll das?«, rief sie scharf. »Wart Ihr an meinen Satteltaschen?«

Laurin zuckte mit den Schultern. »Ich dachte, Ihr hättet Vorräte dabei. Ich habe nichts mitgenommen, als ich aufbrach.«

Valeria musterte Laurins zugeschwollenes Auge ungnädig. Es begann sich bereits blau zu färben. »Man sieht, dass Ihr es eilig hattet.«

»Ähem … der Knecht und ich hatten eine Auseinandersetzung. Er sieht schlimmer aus als ich.«

»Euer Knecht hat ausnehmend kleine Hände.«

»Ja … äh … also, ich wollte nicht schnüffeln oder so … ich meine, wegen Eurer Satteltaschen.«

»Das ist Medizin!«, sagte Valeria und deutete auf die Zwiebeln. »Gegen Insektenstiche, Sonnenbrand und kleinere Verletzungen.«

»Vor allem aber ist es was zu essen«, erklärte Laurin nicht ohne Würde. »Mit einer halben Zwiebel und etwas Speck kann jeder Mensch ein schmackhaftes Essen zubereiten – jedenfalls hat das meine Mutter immer behauptet, und sie hatte recht. Sagt bloß, das habt Ihr nicht gewusst.«

»Hm!«, grummelte Valeria. Sie legte den Hasen neben den Kessel. »Könnt Ihr mit dem hier auch umgehen?«

»Wo habt Ihr ihn her? Ihr könnt nicht einfach ein totes Tier vom Waldboden aufklauben und dann essen!«

»Ich hab ihn erlegt«, sagte Valeria ungeduldig.

»Was? Das hier ist überall königliches Jagdgebiet. Ihr habt gewildert!«

Valeria verdrehte die Augen. »Der König ist, soweit ich weiß, der unmündige Sohn von Kaiser Friedrich. Und ich glaube nicht, dass er oder sein Verweser sich um einen einzelnen toten Hasen kümmern, besonders in Zeiten wie diesen.«

»Die meisten Jagdrechte sind in den Händen der örtlichen Ministerialen«, murmelte Laurin. »Und die kümmern sich sehr wohl um das, was in ihren Verantwortungsbereichen vorgeht, weil sie nicht wollen, dass ihnen die Verantwortung wieder entzogen wird. Der Kaiser achtet sehr genau darauf, dass seine Beamten ihre Pflicht erfüllen.«

»Der Kaiser, der Kaiser, der Kaiser«, stöhnte Valeria. »Jeder zweite Satz handelt davon, wie gut sich der Kaiser um das Reich kümmert. Von wem habt Ihr all die Lobeshymnen? Bestimmt nicht aus den Kirchenbesuchen …«

»Von Walther«, sagte Laurin. »Wenn Ihr den Hasen häutet und ausnehmt und einen Stock findet, auf den wir ihn spießen können, dann bereite ich ihn zu. Je eher wir ihn gegessen und die Knochen vergraben haben, desto weniger geraten wir in Gefahr, von einem Jagdaufseher erwischt zu werden. Leute, die draußen übernachten, obwohl in erreichbarer Nähe ein Dorf liegt, sind ohnehin verdächtig.«

»Ich bin es gewöhnt, draußen zu übernachten«, sagte Valeria, die wusste, welches Aufsehen sie in einer Schänke erregt hätte in ihrer ungewöhnlichen Kleidung und als Frau, die nur mit einem Mann als Begleitung reiste. Je weniger Menschen sich erinnerten, sie überhaupt gesehen zu haben, desto besser.

Laurin zuckte mit den Schultern. »Ich meine ja nur«, brummte er. Er zupfte etwas Grünzeug von seinen Häuflein und warf es in das kochende Wasser.

»Was ist das?«, fragte Valeria.

»Wilder Thymian.«

»Und der gehört da hinein?«

»Wenn es nach was schmecken soll, schon.«

»Und was ist das da?«

»Wilder Salbei.«

»Wo habt Ihr das Zeug her? Ich hatte es bestimmt nicht mit dabei.«

»Nein«, sagte Laurin boshaft, »obwohl der Salbei auch als Medizin zu verwenden wäre. Ich habe es hier gefunden.« Er machte eine weit ausholende Handbewegung über die Wiese.

»Hm!« Valeria machte sich an dem Hasen zu schaffen. Laurin sah sich um.

»Rosmarin«, sagte er. »Zu gebratenem Fleisch ... eine Delikatesse. Aber hier gibt's keinen.«

»Warum rupft Ihr nicht einfach die Wiese ab?«

»Weil Rosmarin in kleinen Sträuchern wächst und ich ihn schon lange gesehen hätte, wenn hier welcher wachsen würde. Außerdem wildert er nicht so leicht aus wie Thymian und Salbei.«

Valeria hob den Kopf. »Ihr kennt Euch gut aus«, sagte sie, und zu ihrer eigenen Verwunderung schwang diesmal nicht der sonst übliche Spott in ihrer Stimme mit. Laurin blickte ebenfalls erstaunt auf. Valeria fühlte plötzliche Verlegenheit. Sie griff den Balg des Hasen, den sie bereits an den nötigen Stellen aufgeschnitten hatte, und zog dem Tier mit einem Ruck das Fell über die Ohren. Laurin zuckte zusammen.

»Zu Hause im Kräutergarten haben wir einen ganzen Strauch

Rosmarin … er wächst an einer Hausmauer empor, dort, wo die Sonne tagsüber hinscheint …«

»Jenseits des Waldes«, sagte Valeria, »dort, wo die Felder beginnen, habe ich einen verlassenen alten Garten gesehen. Vermutlich stand dort mal ein kleines Gehöft. Es sind nur ein paar Hundert Schritte. Geht und schaut nach, ob es dort Rosmarin gibt.«

»Er sieht aus wie ein kleiner, struppiger Nadelbaum mit weichen, dunkelgrünen Nadeln …«, begann Laurin.

»Ihr müsst schon selbst gehen«, seufzte Valeria.

»Passt auf, dass die Suppe nicht anbrennt«, sagte Laurin und brach auf. Valeria funkelte ihn an, doch dann nahm sie das Stöckchen und rührte beinahe panisch im Kessel um. Auf einmal schien ihr der Gedanke, bei so etwas Alltäglichem wie der Essenszubereitung in den Augen ihres Weggefährten zu versagen, unerträglich.

Laurin war erstaunlich schnell wieder zurück. Er musste gerannt sein. In beiden Händen trug er Pflanzen, die für Valeria kaum unterscheidbar waren. »Ich hab Galgant, Bertram und Lauch gefunden«, sagte er und hob eine erdbeschmutzte Hand. »Und hier …«, er wedelte mit der anderen, »Rosmarin.«

Er breitete die Sträuße vor dem Feuer aus. Valeria griff nach dem Rosmarin und wollte ihn in den Kessel werfen. Laurin packte ihr Handgelenk und rief: »Nein, der gehört doch …«

Jahrelange Übung und die überraschende Härte, mit der er zugegriffen hatte, ließen Valerias Reflexe die Oberhand gewinnen. Einen Herzschlag und ein paar geschmeidige Handbewegungen später war Valeria frei, beide von Laurins Handgelenken in ihrem Griff, sie ließ sich nach hinten fallen, zog ihn über sich, stemmte gleichzeitig die Füße gegen seinen Oberkörper, wuchtete ihn über sich hinweg und ließ sich von seinem Schwung mitziehen. Noch während er nach Luft schnappte nach dem harten Aufprall, saß sie schon rittlings über ihm, die Knie auf seine Oberarme gestemmt und beide Fäuste kampfbereit. Erst jetzt wurde ihr klar, dass er nur versucht hatte, sie vor einer kulinarischen Sünde zu bewahren.

Die Überraschung in seinen Augen wich einem Anflug von Zorn. Er bäumte sich auf. Valeria, die sich gerade hatte entschuldigen wollen, rutschte ab. Er fuchtelte mit den Händen herum.

»Ich-hab-die-Schnauze-voll!«, keuchte er. Sie bekam eine seiner Hände zu fassen. »Noch-mal-werd-ich-nicht-von-einem-Mädchen-verprügelt!« Er versuchte, sich zu befreien. Sie hielt seine andere Hand fest. »Ich-zeig-Euch-mit-wem-Ihr-Euch-angelegt-habt!« Er bockte wie ein Pferd. Sie rang ihn mühelos nieder. »Ich-werde ... ich-werde ...« Er lag auf dem Rücken, die Arme ausgebreitet, Valerias Hände hielten seine Handgelenke fest wie eiserne Fesseln, und als sie ihre bestiefelten Füße über seine Hüften rutschen ließ und seine Männlichkeit zwischen ihnen einklemmte, hörte er mit dem Zappeln auf. Ihr Gesicht war so dicht an dem seinen, dass sie seinen keuchenden Atem auf den Lippen spüren konnte. »Ich-werde ... aufgeben«, stieß er hervor. »Genau. Ich gebe auf. Aua! Ich gebe auf!«

Sie sahen sich an, beide keuchend. Valeria verringerte den Druck der Fußklemme. Laurin stöhnte erleichtert auf.

»Ich wollte doch nur ...«, begann Laurin.

»Es war nur ein ...«, begann Valeria gleichzeitig.

Sie sahen sich erneut an. Valeria richtete sich ruckartig auf und ließ Laurins Hände los. Als sie sich von seinem Schoß schwingen wollte, packte er sie plötzlich um die Hüften. »Bleibt doch ... aua! Schon gut, schon gut! Ich fasse Euch nie wieder an. Auaaa!«

»Noch so ein Versuch«, zischte sie, wieder halb auf ihm liegend und ihn gegen den Boden drückend, »und ich garantiere für nichts.«

»Ja«, sagte Laurin.

Die folgenden Minuten verliefen schweigsam. Schließlich sah Laurin, der wieder vor dem Topf kauerte und umrührte, auf und murmelte: »Der Rosmarin gehört in den Hasen, nicht in die Suppe. Das ist alles.«

Valeria sah von der Arbeit auf, den Hasen auf einen geraden Ast zu schieben, der als Bratspieß diente. »Es hätte gereicht, ›Halt!‹ zu sagen.«

»Wieso seid Ihr so schnell? Und zu Hause in der Stube – was Ihr da mit dem Schwert gemacht habt … also …«

»Ich habe geübt.«

»Aber wozu? Ihr seid doch eine Frau!«

»Wieso könnt Ihr kochen? Ihr seid doch ein Mann!«

»Ich hab's bei Walther gelernt. Die Köchin, die er hatte, hätte noch Wasser angebrannt … oh, habt Ihr Euch verschluckt? … Na, jedenfalls, er war so dünn und abgehärmt, und das Essen so unerträglich, dass ich mich dafür zu interessieren begann, wie es gemacht wird.« Er senkte vor ihrem Blick die Augen.

»Abgehärmt?«

»Er sitzt oft einfach nur so da und starrt ins Leere – während die Tinte von seiner Feder läuft und auf sein Schreibpult tropft. Wenn man ihn nicht ans Essen erinnert, vergisst er's.«

»Ich habe gehört, er sei der große Liebling auf allen Feierlichkeiten«, sagte Valeria vorsichtig.

»Das war vielleicht mal. Ich kenne ihn nicht anders als betrübt. Manchmal kommt es mir vor, als habe er vor langer Zeit vergessen, wie man lebt.«

Valerias Blick musste so ungläubig-spöttisch gewesen sein, dass Laurins Wangen sich vor Ärger röteten. »Vielleicht hat er auch nur ständig Bauchweh, was weiß ich!«, rief er, offensichtlich unzufrieden damit, dass er Valeria so tief in sein Herz – und das Walthers – hatte blicken lassen. »Und ich habe kochen gelernt. Na und? Es schadet ja nichts!«

»Sich verteidigen zu können schadet auch nichts.«

»Verteidigen? Ich wette, Ihr würdet mit einem Dutzend Banditen fertig.«

Valeria konnte nicht widerstehen. »Das Mädchen, dem ich Unterricht gegeben habe, wird mit einem Dutzend Banditen fertig«, sagte sie.

»Was? Von Eurer Sorte gibt's noch mehr? Und sie nimmt bei Euch Unterricht? Lieber Himmel, wer seid Ihr eigentlich? Herkules' kleine Schwester?«

Valeria antwortete nicht darauf. Wie Laurin kurz zuvor verfluchte nun auch sie sich dafür, der Stimmung eines Augenblicks nachgegeben und mehr gesagt zu haben, als sie eigentlich wollte. Nach einer Weile räusperte Laurin sich. Er deutete nach oben in das Geäst des Baums, unter dem sie saßen.

»Das ist eine Linde«, sagte er.

»Was interessiert mich das? Gehört die auch in den Hasen statt in die Suppe?«

»Aus den Blüten machen die Bienen einen ganz vorzüglichen Honig ... aber das gehört nicht hierher. Passt auf ...« Er hob einen der Rosmarinzweige. »Schließt die Augen.«

Sie sah ihn nur an. Er seufzte. »Vertraut mir. Oder besser – vertraut Euren Reflexen. Wenn ich Euch was antun wollte, könntet Ihr mich mit geschlossenen Augen und einem Grashalm zu Tode prügeln.«

»Was hat der Rosmarin mit der Linde zu tun?«

»Schließt einfach die Augen.«

Valeria tat ihm den Gefallen. Ihre Sinne stellten sich sofort auf die vorübergehende Blindheit um. Sie spürte, wie er sich bewegte und ihr etwas vors Gesicht hielt. Sofort schnellte ihre Hand nach oben und hielt sein Handgelenk fest.

»Bitte ...!«, sagte er.

Zögernd gab sie ihn frei. Gleich darauf stieg ein würziger, scharfer Duft in ihre Nase.

»Das«, flüsterte er, »ist der Duft von Rosmarin. Wisst Ihr, dass man ihn nicht nur zum Kochen verwendet? Er ist ein Symbol für die Liebe. Ein Minnesänger, der seiner Herrin ein Herzensgeschenk machen will, überreicht ihr einen Rosmarinstrauß ... eine junge Braut windet ihn in ihren Brautkranz ...«

»Was hat das mit der Linde zu tun?«

»Nehmt Ihr den Duft wahr? Wie empfindet Ihr ihn?«

Valeria öffnete ein Auge und musterte Laurin.

»Schließt die Augen, schließt die Augen«, sagte er hastig. »Erzählt mir etwas über den Duft.«

»Riecht nach der Truhe, in der meine Mutter die Kleidung aufbewahrt.«

»Nein, das ist Lavendel. Aber der Duft ist ähnlich. Woran erinnert er Euch noch?«

Valeria fragte, halb spöttisch, halb unsicher: »Nach einer Linde?«

Sie hörte ihn seufzen. Der Rosmarinzweig und sein Duft verschwanden. Sie öffnete die Augen. Er saß näher bei ihr, als er es vorhin getan hatte, aber sie ließ es durchgehen. Sein Gesicht mit dem prangenden Veilchen darin zeigte einen Anflug von Verzweiflung.

»Die Linde …«, begann er.

»Jetzt sind wir nicht mehr beim Rosmarin?«

»Die Linde ist der Baum der Verliebten … unter den Linden halten die jungen Frauen beim Maitanz nach ihrem künftigen Bräutigam Ausschau … bitte, schließt noch einmal die Augen.«

»Wozu?«

»Nur noch einmal!«

»Ich bin nicht auf der Suche nach einem Bräutigam.«

»Dann könnt Ihr ja unbesorgt die Augen schließen, nicht wahr?«

Da dies das erste logische Argument seit Langem war, das sie von ihm gehört hatte, kam sie seinem Wunsch erneut nach.

»Unter den Linden …«, flüsterte er, »… hat er mit Liebe die Bettstatt aus Blumen gemacht / dort war'n wir verliebt und haben gemeinsam gelacht / wer immer des Weges auch kommen mag / die Rosen verraten / tandaradei / wo ich bei meinem Liebsten lag …«

Valeria schlug die Augen auf. Sie hatte gewusst, dass er nun dicht vor ihr saß. Wie zuvor konnte sie seinen Atem fühlen.

»Was ist das?«, fragte sie leise.

Laurin lächelte. »Dazu hat mich die Linde inspiriert …«, wisperte er. »Und Euer süßes Gesicht …«

»Ah«, sagte sie, noch immer mit dem gleichen Timbre in der Stimme. »Es muss die gleiche Linde sein, unter der Euer Freund Walther schon gelegen hat.«

Sie sah ihn stutzen.

»Das Gedicht ist von Walther von der Vogelweide, Ihr Narr!«, sagte sie. »Glaubt Ihr nicht, dass ich mich ein wenig mit ihm beschäftigt habe, wenn ich schon auf der Suche nach ihm bin? Ihr seid ein erbärmlicher kleiner Wichtigtuer!«

Sie griff hinter sich, ohne sich umzudrehen. Seine Augen weiteten sich. »Nicht mit dem Hasen ...«

Der frisch abgezogene Hase klatschte Laurin um die Ohren. Hastig rückte er zurück, bis er aus ihrer Reichweite war. »Hier – stopft das Vieh mit Rosmarin aus und mit allem, was Euch sonst noch einfällt, damit er genießbar wird. Und wenn Ihr noch einmal versucht, mich mit der Poesie eines anderen Mannes einzulullen oder mir auf die Pelle zu rücken, bis Ihr mich fast küssen könnt, dann schwöre ich Euch, dass ich Euch das Fell über die Ohren ziehe wie diesem Hasen.« Ihr Herz schlug heftig vor Ärger auf ihn, aber noch mehr wegen der Gefühle, die das Gedicht urplötzlich in ihr hervorgerufen hatte. Das Wissen, dass sie, wären die Zeilen von Laurin gewesen, ihm vermutlich gestattet hätte, sie zu küssen, empörte sie. Im Grunde war sie wütender auf sich selbst als auf ihn. Was hatte es mit diesem Burschen auf sich, der, wenn er über seine Gefühle für Walther oder über seine Kochkünste sprach, so sympathisch offen wirkte und so beleidigend ungeschickt, wenn er versuchte, verführerisch zu sein? Welches Band spannte sich von ihm zu ihr, obwohl sie sich noch keinen ganzen Tag kannten?

Sie warf Laurin den Hasen zu.

22.

»Scheiße, die braten den Hasen, und wir können das mufflige alte Geräucherte fressen. Seit Rom gibt's fast nur kalten Brei und Scheißgeräuchertes. Das regt mich langsam auf. Und ich garantier euch, ihr wollt nicht, dass ich mich aufrege!«

»Halt die Schnauze, Adonis.«

»Ja, was passiert, wenn du dich aufregst, Adonis? Wirst du uns mit deinem Sabber ersäufen?«

»Ihr seid verdammte Arschlöcher«, sagte der Sprecher, den die anderen Adonis nannten. Spucke sprühte, wenn er sprach.

»Haltet alle miteinander die Schnauze«, sagte der Anführer der Gruppe. »Am Ende hört uns die Kleine noch. Kein Aas weiß, was diese Hexen alles können.« Er bekreuzigte sich.

Die Männer gehörten zu der Gruppe, die Valeria seit Rom gefolgt war. Sie steckten in dem kleinen Wäldchen, das Valeria bei ihrer Ankunft aufgesucht hatte, um sich zu erleichtern. Die Stimmung war gereizt. Das schlechte Essen war daran schuld. Und Valerias unermüdliches Tempo, das die Männer gezwungen hatte, mit heraushängenden Zungen hinter ihr herzujagen. Und der Umstand, dass sie vorhin, als Valeria in den Wald gekommen war, nur um Haaresbreite der Entdeckung entgangen waren. Sie hatten nicht damit gerechnet, dass die junge Frau praktisch in ihr Versteck gerast kam, kaum dass sie vom Pferd abgestiegen war. Und dass Valeria sich das dichteste Gebüsch aussuchte, dasjenige, das die Männer bereits zu ihrem Nachtlager erkoren hatten. Sie waren ja nicht zimperlich, aber das Gebüsch war jetzt trotzdem als Schlafplatz passé.

Die Stimmung war aber nicht zuletzt deswegen gereizt, weil die Männer ein wild zusammengewürfelter Haufen waren, die sich vorher nicht gekannt hatten, keine Kameradschaft füreinander empfanden und nicht wirklich wussten, wozu sie hier waren. Das wusste nur Aldo, ihr Anführer, und die meisten hatten den Verdacht, dass auch er nicht alles wusste. In Rom waren sie anerkannte und gefürchtete Meister auf ihrem Gebiet in ihren jeweiligen Stadtteilen gewesen. Jetzt jedoch waren sie nur Söldner.

Sehr gut bezahlte Söldner, das musste man zugeben. Aber von dem versprochenen Lohn hatten sie noch nichts gesehen, der würde erst nach erfüllter Mission ausgezahlt werden. Keiner von ihnen konnte sich ganz der Gedanken erwehren, welche Reichtümer ihnen derweil wohl in Rom durch die Lappen gingen – oder wer während ihrer Abwesenheit versuchen würde, sich ihrer jeweiligen Position in der Hierarchie ihres Stadtgebiets zu bemächtigen.

Und nicht nur das; sie waren auch noch Söldner im Auftrag eines Weibs, vor dem man sich regelrecht fürchten musste, weil sie wie jede einzelne ihrer verdammten Schwestern imstande war, einem Mann den Kopf abzureißen und ihm in den Hals zu pinkeln, noch während der Torso darüber nachdachte, was ihm auf einmal fehlte. Außer Aldo hatte keiner von ihnen ihre Auftraggeberin zu Gesicht bekommen, aber Aldo hatte ihnen, nachdem er sie angeworben hatte, erzählt, was mit seinem Konkurrenten um diesen Auftrag passiert war. Der Konkurrent, hatte Aldo erzählt, war während des Gesprächs frech geworden und hatte sich darüber ausgelassen, dass er normalerweise keine Anweisungen von Frauen entgegennahm. Er hatte beschrieben, was er stattdessen mit Frauen zu tun pflegte, ausführlich und in unzweideutigem Vokabular. Ihre Auftraggeberin hatte ihm ruhig zugehört, dann hatte sie einer der beiden jungen Frauen, die sie begleitet hatten, zugenickt. Diese hatte sich Aldos Konkurrenten angenommen. Aldo war noch im Nachhinein blass geworden, als er die Schnelligkeit beschrieb, mit der die zierliche junge Dame einen vulgären, vor Selbstsicherheit und Kraft strotzenden Totschläger so windelweich geprügelt hatte, dass man ihn noch monatelang mit weichem Haferbrei würde aufpäppeln müssen.

Die Männer hatten den Verdacht, dass auch Aldo, der über die Grenzen seines Viertels hinaus im Ruf eines brutalen und skrupellosen Räuberhauptmanns stand, nicht ohne seelischen Knacks aus dieser Besprechung hervorgegangen war. Besonders der panische Blick in seinen aufgerissenen Augen, als er erzählte, sein Konkurrent habe schon nach wenigen Sekunden um Erbarmen gefleht, hatte sie erschüttert. Und dass Aldo hinzugefügt hatte: »Vergeblich …!«

Das waren sie also: sechs Männer aus den übelsten Gegenden Roms, jeder mit einem Lebenslauf, in dem es von nächtlichen Raubüberfällen, Einbrüchen, Prügeleien, Erpressungen, Entführungen, Meuchelmorden und Vergewaltigungen nur so wimmelte. Erbarmen und Nächstenliebe kannten diese rauen Gesellen bestenfalls vom Hörensagen. Mit der Intelligenz war es ähnlich.

Aldo war ihr Anführer. Die anderen kannten sich nur mit den Spitznamen, die sie innerhalb kurzer Zeit füreinander gefunden hatten. Adonis hieß so, weil er ausnehmend hässlich war mit seiner dicken, hängenden Unterlippe, von der ständig Spucke in seinen Bart troff. Weißbrot hatte eine unnatürlich helle Gesichtsfarbe und fast weißes Haar. Toro, wie er sich selbst nannte, hatte bei der Vorstellung mit der Größe seines Geschlechtsteils geprahlt und war daher von den anderen sofort »Bue« genannt worden, der Ochse. Caligula trug teure Stiefel, auf die er stolz war und die er laut eigenem Bekunden ihrem Vorbesitzer von den Füßen gezogen hatte, während er noch zuckte. Senzasperanza schließlich stand im Ruf, dass es ihn völlig unbeeindruckt ließ, wenn seine Opfer um Gnade baten.

Als der Bratenduft des Hasen in ihr Versteck wehte, sammelte Aldo seine Helden um sich und zog sich mit ihnen tiefer in den Wald zurück. Erstens waren sie dort nicht so stark dem peinigenden Duft ausgesetzt, zweitens hatte Aldo beschlossen, die Männer ein wenig stärker in die Angelegenheit einzuweihen. Dabei würde es bestimmt verblüffte Ausrufe und Flüche geben. Je weiter sie sich in den Wald zurückzogen, desto weniger wahrscheinlich war es, dass sie sich dadurch aus Versehen verrieten. Und die beiden jungen Leute konnten eine Weile unbeobachtet bleiben. Sie würden den Hasen fertig braten und dann essen, und das würde seine Zeit dauern.

Aldo erklärte ihnen, wozu er sie angeheuert hatte. Dann erklärte er es noch einmal, weil die Männer andeuteten, dass er es nicht verständlich genug erklärt hatte. Dann kamen die Rückfragen, in der Reihenfolge der Wichtigkeit für die Fragesteller.

»Was hast du gesagt, ist der Stein wert?«

»Er ist von unschätzbarem Wert – für die Schwesternschaft«, sagte Aldo. »Hat jedenfalls meine Auftraggeberin behauptet. Für jemand anderen wäre er wertlos. Aber die Schwesternschaft will ihn unbedingt wiederhaben.«

»Warum sollen wir ihn dann an die blöden Weiber abliefern?« Man konnte sich darauf verlassen, dass Adonis immer einen Grund zum Nörgeln fand. »Behalten wir ihn doch und holen ein bisschen mehr Geld aus ihnen raus dafür, dass wir ihn hergeben.«

»Weil uns die blöden Weiber innerhalb einer Woche aufspüren und zu Hackfleisch machen, wenn wir nicht nach ihren Regeln spielen.«

»Oh«, sagte Adonis.

»Und den Stein hat jetzt wer?«, fragte Bue.

»Das wissen wir nicht. Aber es besteht eine Chance, dass dieser Sänger ihn hat. Oder weiß, wo er ist.«

»Der Sänger, den die Kleine suchen soll?«

»Genau«, sagte Aldo und begann zu hoffen, dass seine Truppe doch alles verstanden hatte.

»Aber der Sänger ist doch der Typ, mit dem sie am Feuer sitzt«, sagte Senzasperanza. »Warum schnappen wir ihn uns nicht und bringen ihn zum Reden, wo er das Ding versteckt hat?«

Aldo seufzte resigniert. »Der Typ ist nicht der Sänger. Der Sänger heißt Walther von der Vogelweide und ist ein alter Sack. Sieht das Bürschchen am Feuer aus wie ein alter Sack?«

Weißbrot sagte ruhig: »Wir folgen der Kleinen, bis sie Walther den Stein abgenommen hat oder wir uns sicher sein können, dass sie rausgekriegt hat, wo er ist. Das wissen wir, wenn sie Walther kaltgemacht hat, denn das ist ihr Auftrag: Walther kaltzumachen. Dann treten wir auf den Plan. Wir machen alle fertig, die irgendwas von dem Stein und von der ganzen Sache erfahren haben könnten, zum Beispiel den Hänfling dort drüben am Feuer – und wer sonst noch alles zum fraglichen Zeitpunkt in der Nähe ist. Dann schnappen wir uns die Kleine und den Stein und bringen beide zurück nach Rom.«

Aldo nickte. »Richtig, Weißbrot.«

Bue sagte: »Mit der Kleinen haben wir aber vorher unseren Spaß, oder?«

»Nein, du Idiot. Wenn wir der Kleinen auch nur ein Haar krümmen, haben wir die ganzen Hexenweiber am Hals.«

»Ah«, sagte Bue und kratzte sich ratlos zwischen den Beinen.

»Ist jetzt alles klar?«, fragte Aldo.

»Eine Frage hätte ich noch«, sagte Caligula.

»Ja?«

»Wieso zum Henker schickt uns die Alte der Kleinen hinterher, wenn die ohnehin den Auftrag hat, Walther abzumurksen? Wieso darf keiner am Leben bleiben, der von der Sache erfährt? Wo der Stein doch angeblich keinen Wert hat?«

»Das sind drei Fragen«, sagte Adonis.

»Und mit jeder einzelnen von ihnen hat Caligula verdammt recht«, knurrte Aldo. Ihm war klar geworden, dass ihm die Ungereimtheiten überhaupt nicht aufgefallen waren. Verflucht. Das hatte man davon, wenn man sich mit Hexenweibern einließ. »Scheiß drauf«, sagte er. »Der Auftrag bringt Geld, und alles, was wir dafür tun müssen, ist ein paar Idioten die Hälse durchzuschneiden, die keine Ahnung haben, was sie erwartet.«

»Und wochenlang muffliges Geräuchertes fressen«, brummte Adonis.

»Und eine süße Kleine beschatten, ohne ihr am Ende ans Pelzchen zu dürfen«, seufzte Bue.

»Was mich darauf bringt, dass wir wieder auf unseren Horchposten zurückkehren sollten«, sagte Aldo.

Sie krochen in ihr altes Versteck. Es war mittlerweile fast Nacht geworden. Der Hase steckte immer noch auf dem Spieß und hing über dem Feuer. Der Duft von gebratenem Fleisch ließ ihnen allen das Wasser im Mund zusammenlaufen; in Adonis' Fall in den Bart. Der Duft hatte jetzt allerdings eine etwas scharfe, angebrannte Note. Aldo kniff die Augen zusammen und versuchte, die Düsternis mit den Blicken zu durchdringen. Nach ein paar Augenblicken war er sich sicher. Betroffen sprang er auf.

»Die sind weg, verdammte Scheiße!«, rief er.

Er platzte aus dem Gebüsch heraus und rannte zum Feuer. Es war, wie er gesagt hatte. Die Lagerstätte war verlassen. Um den Hasen hatte sich schon eine Weile niemand mehr gekümmert. Er war auf der Feuerseite schwarz verbrannt. Die Kleine und der Grünschnabel hatten die Zeit genutzt, in der Aldo und seine Männer sich tiefer in den Wald zurückgezogen hatten. Aldo war fassungslos. Woher hatten die beiden gewusst, dass sie beobachtet wurden? Aber es war egal. Was jetzt zählte, war Schnelligkeit. In der Nacht konnte man eine Spur so leicht verlieren wie eine Novizin ihre Unschuld beim Besuch eines Priesterseminars.

»Holt die Pferde!«, brüllte er. »Wir müssen hinterher!«

Adonis, der nach ihm ins Freie gelaufen war, bückte sich und riss den Spieß mit dem Hasen an sich. »Nicht ohne dich, Schätzchen«, sagte er.

23.

Valeria drückte Laurins Kopf tief in die vorjährige Blätterschicht, als die sechs Reiter vorbeitrabten. Sie spähte vorsichtig aus der Deckung der Hecke, die ein paar Dutzend Schritte neben der Straße wuchs. Sie sah, dass die Reiter sich vorsichtig umblickten und versuchten, durch die Dunkelheit zu spähen. Sie hoffte, dass ihre Pferde, die sie noch weiter von der Straße entfernt am Waldrand versteckt hatte, nicht schnaubten oder wieherten. Aber die

Gäule verhielten sich still. Die Reiter trabten vorüber und verschwanden in der Finsternis. Valeria ließ Laurin los. Laurin tauchte aus dem verschimmelten Laub auf und holte tief Luft.

»Woher hast du gewusst, dass die Kerle im Wald steckten?«, fragte er.

»Weil sie sich so schlecht versteckt hatten, dass ein Blinder sie gesehen hätte.«

»Wann hast du sie entdeckt? Gleich am Anfang, als du in den Wald gelaufen bist, weil du ...«

»Genau«, unterbrach Valeria, die nicht darüber reden wollte, bei welcher Verrichtung ihr die Männer aufgefallen waren.

»Was glaubst du, wollten die?«

»Zuerst hab ich sie für Wegelagerer gehalten. Aber dass sie uns jetzt gefolgt sind ... hmmm ...«

»Du meinst, die haben es speziell auf uns abgesehen?«

Valeria zuckte mit den Schultern. »Aber wozu? Ich habe keine Ahnung. Wenn wir wüssten, ob die von hier sind oder ... oder ob sie mir schon längere Zeit auf den Fersen sind.« Sie dachte mit einem Anflug von Sorge an Gordia, die den Männern, wenn sie Valeria schon vor der Passhöhe gefolgt waren, möglicherweise in die Hände gelaufen war. Sie hoffte, dass die junge Frau das Geschick bewiesen hatte, allen Begegnungen auszuweichen. Ihre Ausbildung jedenfalls befähigte sie dazu.

»Was wäre dann?«

»Dann wären wir im Grunde genau so schlau wie jetzt auch. Los, wir kehren zurück zu unserem alten Lagerplatz. Das ist der Ort, an dem die Kerle uns heute Nacht am wenigsten suchen werden. Mit ein bisschen Glück haben sie den Hasen umgedreht und er ist nicht ganz verbrannt.«

24.

Walther hatte noch nie so viele unsortierte Dokumente auf einem Haufen gesehen wie in dieser Stube des Bischofspalastes, die Gerold als sein *scriptorium* bezeichnete. Eine Menge Lichter brannten in Ölschalen und fügten dem muffig-staubigen Geruch eines schlecht gelüfteten Raums den beißend-scharfen Gestank heißen Öls und eine stickige Wärme hinzu.

Gerold ließ sich auf eine Truhe plumpsen und gestikulierte zu den Bergen aus Rollen, Abschnitten und Abrissen von Pergament, zu den Hunderten von Wachstäfelchen, Lederlappen, Holzplättchen und Rindenstücken, auf die irgendwelche Dinge gekritzelt worden waren, deren Bedeutung ihnen ein Platz in diesem Chaos gesichert hatte. »Da!«, sagte Gerold bitter. »Siehst du das? Das ist mein Leben.«

»Warum arbeitest du es nicht einfach weg?«, fragte Walther, der Gerold die grobe Behandlung durch seine Leibwächter immer noch ein bisschen übel nahm.

»Sieht das so aus, als könnte ein einzelner Mann damit fertigwerden?«

»Du hast doch bestimmt jede Menge Schreiber.«

»Denen kann ich nicht vertrauen. Waschweiber, alle miteinander.«

»Das hört sich ja gerade so an, als stapelten sich hier all die fiesen Geheimnisse deines Bistums.«

Gerold antwortete nicht. Walther erinnerte sich an die Bemerkung, er stecke in Schwierigkeiten. »Was ist hier los, Gerold?«

»Reden wir nicht davon. Reden wir von dir. Es ist gut, dich zu sehen. Um ehrlich zu sein, dachte ich, dich hätte schon längst der Teufel geholt.«

»Das hab ich erst kürzlich gehört«, seufzte Walther.

»Obwohl ich lügen müsste, wenn ich sagte, ich hätte deinen Namen nicht ab und zu vernommen. Wenn es um politische Aufrufe ging, zum Beispiel. In den letzten Jahren flogen etliche davon durch die Gegend, von denen es hieß, sie stammten von dir.«

»Warum hast du dann gedacht, es gäbe mich schon lange nicht mehr?«

»Weil die Dinger so schlecht waren, dass sie nie und nimmer von dir sein konnten. Ich dachte, in der kaiserlichen Kanzlei würde einfach dein Name verwendet, um dem Geschreibsel mehr Gewicht zu geben.«

»Die waren alle von mir«, gestand Walther bitter.

»Ja«, sagte der Bischof, ohne dass ihm irgendeine Verlegenheit anzumerken gewesen wäre, »das wird mir jetzt auch klar.«

Walther schwieg, noch bitterer als zuvor. Dabei sollte ich eigentlich erleichtert sein, dachte er. Zum zweiten Mal werde ich mit allen Ehren von einem Mann willkommen geheißen, dessen Freundschaft ich mit Füßen getreten habe. Dass die Leibwächter über Walther hergefallen waren, war nur ein Unfall gewesen. Was wirklich zählte, war, was Gerold danach zu den Zuschauern gesagt hatte. Heinrich und Gerold – zwei Kameraden, die er verloren geglaubt hatte, waren in Wahrheit immer geblieben, was sie gewesen waren, bevor sich alles verändert hatte: Freunde.

»Mach dir nichts draus«, sagte Gerold unerwartet sanft. »Jeder hat mal eine Zeit, in der es nicht so läuft. Schau mich an.« Er wies mit großer Geste zu der chaotischen Dokumentenlandschaft. Walther wischte sich zähneknirschend über die Augen und verzichtete darauf, Gerold den wahren Grund seiner Gerührtheit zu verraten.

»Mein halbes Leben ist es nicht ›so gelaufen‹«, knurrte er. »Deswegen bin ich auch hierhergekommen. Gerold, ich möchte dich bitten …«

»Dieser ganze Mist hier«, sagte Bischof Gerold, »weißt du, was das ist? Das ist die Bilanz des Bistums Freisingen der letzten drei Jahre. Wenn man das alles sortieren würde, ginge es von A wie Abgabenausfall bis Z wie Zinsschulden. Ich bin so dermaßen pleite, dass mir die Kirchenmäuse Gerstenkörner in die Almosentruhe werfen würden, wenn sie es wüssten. Und weißt du, wem ich das verdanke?«

»Nein …«

»Zwei verdammten Narren unter den Freisingener Töpfermeistern, die ihre beiden Werkstätten zu einer einzigen großen zusammenlegen wollten und dachten, sie könnten sich den Abriss sparen. Sie haben sie einfach angezündet, und aus Versehen gleich die halbe Stadt mit. Du hast die Schäden ja gesehen. Ich kann aus den meisten Freisingenern nicht mal mit Gewalt Geld rausholen, selbst wenn ich zu solchen Maßnahmen greifen würde. Die meisten sind mittellos. Und schlimmer noch: Das Bistum unterstützt noch diejenigen Familien, bei denen der Ernährer gestorben ist und denen von keiner Zunft unter die Arme gegriffen wird. Wenn ich nicht ein paar jüdische Kaufleute von früher kennen würde, die mir persönlich Kredit zu vernünftigen Konditionen gegeben haben, könnte ich mich gleich in der Isar ersäufen. Und um den Wiederaufbau der Stadt kann ich mich nebenher auch noch kümmern. Wiederaufbau! Ich! Ha! Du kennst mich, Walther, ich war immer eher der Mann dafür, irgendwas einzureißen, was im Weg steht. Und was meinst du, was in den nächsten Tagen los sein wird, mit dem Osterfest? Morgen ist Gründonnerstag! Alle Sünder und Exkommunizierten, denen im Lauf des letzten Jahrs vergeben worden ist, dürfen morgen zum ersten Mal wieder am Gottesdienst teilnehmen – und ich muss jeden dieser Unseligen küssen. Und danach folgt eine Messe der anderen!« Gerold verschaffte seinem Unmut mit einem tiefen Seufzer Luft. »Manchmal wache ich am Mittag auf und denke mir: Wenn ich jetzt ein Pferd hätte, das ohne Pause bis zum Ende der Welt laufen könnte, dann würde ich mich sofort in den Sattel schwingen, ohne einen einzigen Blick zurückzuwerfen.«

Walther glaubte, das Gespräch habe unverhofft einen Punkt erreicht, an dem er einhaken konnte. »Dann habe ich das Richtige für dich …«, begann er.

»Im Grunde genommen gibt es nur eine Möglichkeit«, setzte

Gerold, der lediglich Atem geschöpft hatte, seine Tirade fort. »Seine Gnaden der Herzog wären auch interessiert. Wäre ja auch dumm, wenn er's nicht wäre. Aber wie ich das dem Heiligen Vater schmackhaft machen soll, weiß der Teufel. Ich weiß es jedenfalls nicht. Wenn ich das nur vorschlage, werde ich wahrscheinlich schon exkommuniziert.«

Gerold hielt inne und musterte Walther. »Wie ist deine Meinung? Soll ich es tun oder nicht?«

»Was tun?«

»Hast du mir grade nicht zugehört?«

»Gerold, du redest in Rätseln!«, rief Walther. »Woran ist der Herzog interessiert? Welcher Herzog?«

»Herzog Ludwig von Baiern natürlich. Der gerade zwanzig Meilen flussabwärts seine neue Hauptstadt aus dem Boden stampft.«

»Woher soll ich denn das wissen? Gerold, dein Bistum ist nicht der Nabel der Welt.«

»Das kommt auf den Standpunkt an.«

»Ja, für dich stimmt das natürlich«, seufzte Walther. »Gerold, ich habe zwar keine Idee, wie du die Probleme in deinem Bistum lösen kannst, aber ich kann dir zumindest anbieten, sie eine Weile hinter dir zu lassen, und danach wird Kaiser Friedrich sicher ein offenes Ohr für dich ...«

»Schade, ich hatte gehofft, du wüsstest etwas. Das, was mir eingefallen ist, bringt mir mehr Scherereien als Vorteile. Der Einzige, der rundum davon profitiert, ist Herzog Ludwig.«

»Kaiser Friedrich hat mich vor etlichen Tagen aufgesucht«, sagte Walther. »Er will, dass ich ihm den Waisen beschaffe.«

»Die Lösung, die mir eingefallen ist, ist, dass ich das Bistum dem Herzog als Lehen überschreibe. Dann würde er alle Schulden übernehmen, und ich wäre sie los. Aber der Papst bringt mich um, wenn ich das tue. Und der hier ansässige Klerus und die Hälfte der Bürgerschaft auch, die Burschen suchen sowieso ständig nach einem Vorwand, mich loszuwerden, weil ich angeblich zu sorglos mit dem Geld umgehe! Pah. Was glaubst du, warum der Herzog mir die Leibwächter überlassen … *Was* wollte der Kaiser von dir!?«

»Dass ich ihm den Waisen bringe!«, rief Walter, dankbar dafür, dass er endlich zu Gerold durchgedrungen war.

»Hast du ihn denn?«

»Ich hab ihn wie du das letzte Mal gesehen, als wir in Papinberc …«

»Ja. An den Tag erinnere mich gut. Leider.«

»Friedrich glaubt, dass ich weiß, wo der Waise ist, und dass ich ihn vor ihm verstecke, weil …«

»… weil du damals mit Otto das Lied auf den Stein gesungen hast und weil Friedrich weiß, dass Philipp dir so vertraut hat wie sonst nur seiner Frau Eirene.«

»Ja«, sagte Walther, wie immer tief getroffen von dieser Wahrheit und von der Nennung von Eirenes Namen.

»Hast du den Stein?«

»Nein, Gerold.«

»Weißt du, wo er ist?«

»Nein!«

»Hm.«

Walther war fassungslos. »Du glaubst mir nicht?«

»Doch, ich glaube dir schon. Ich frage mich nur, wie du an das Ding kommen willst, wenn du nicht weißt, wo es ist. Ich gehe mal davon aus, dass Friedrich schon alles versucht hat, ihn zu finden, bevor er sich an dich gewandt hat.«

»Ich glaube, er ist zuerst zu mir gekommen«, sagte Walther.

Gerold stand auf und trat nahe an Walter heran. »Wie ist die Stimmung zwischen dir und dem Kaiser?«

»Wie soll sie schon sein nach allem, was vorgefallen ist?«

»Und was *ist* vorgefallen? Ich habe nur Berichte aus zweiter Hand gehört, und in all denen kommst du nicht gut weg. Ich habe sie immer für erlogen gehalten.«

»Wenn man sie unvereingenommen betrachtet, sind sie es nicht.«

Gerold schwieg. Walther war versucht zu sagen, dass es sich

mit den Berichten verhielt wie mit den Fragen um das Bistum Freisingen: Es kam auf den Standpunkt an. Aber er verzichtete darauf. Alles, was er sagte, war: »Gerold, ich brauche deine Hilfe. Ja, ich weiß, ich habe zwanzig Jahre nichts von mir hören lassen. Ich habe mich nicht wie ein Freund verhalten. Ich hatte meine Gründe, und wenn ich könnte, würde ich sie dir erzählen, aber ich habe mir geschworen, dass ich sie für immer in meinem Herzen verschließe. Sie sind nicht unehrenhaft, doch selbst wenn du mir jetzt ins Gesicht sagen würdest, dass du mich für einen Schuft und Verräter und Feigling und schlechten Kameraden hältst und nur die Wahrheit dich dazu bringen könnte, anders von mir zu denken, würde ich nicht darüber reden.«

»Hm.«

»Bitte hilf mir, Gerold. Ich habe keine Ahnung, wo der Stein ist. Ich weiß nur, wo ich mit der Suche anfangen werde. Wir haben ihn schon einmal gefunden, als wir noch vier Freunde waren. Vielleicht gelingt es uns wieder. Nicht mal so sehr um meinetwillen. Sondern für Friedrich.«

»Vier Freunde«, sagte Gerold langsam. »Du, ich, Heinrich und der alte Saladin …«

»Ich war bereits bei Heinrich.«

»Was hat er gesagt?«

»Ich bin allein hier, oder nicht?«

Gerold schwieg lange. Walther ging auf, dass ihn das unausgesprochene Geständnis, dass Heinrich Walthers Bitte nicht gefolgt war, erschütterte. Zugleich wurde ihm klar, dass die Verbindung zwischen Gerold und Heinrich abgerissen sein musste, als er damals abgetaucht war. Sonst wäre der Bischof nicht so überrascht gewesen, dass Heinrich jetzt nicht an ihrer Seite stand. Walther hatte gedacht, dass nur er sich aus ihrer Kameradschaft verabschiedet hatte. In Wahrheit hatte er sie zerstört.

»Was ist mit Otto?«

»Ich weiß nicht, wo er ist. Weißt du es?«

»Ja. Es wird dir nicht gefallen.«

»Ist er tot!?«

»Nein, aber er lebt im Heiligen Land. Er hat dort seine Beatrice geheiratet, wie er es immer vorhatte, und sich niedergelassen.«

Walther biss die Zähne zusammen. »Verdammt«, knirschte er.

»Es sind nicht mehr wir vier, Walther. Was einmal war, ist nicht mehr. Die Zeiten sind über uns hinweggerollt, und wir haben es geschehen lassen.«

»Ich habe es geschehen lassen. Ich war euch ein schlechter Freund.«

»Ach was. *Wir* waren schlechte Freunde, Walther! Du hast uns vielleicht alle im Stich gelassen, aber wir haben es akzeptiert, dass du es getan hast! Es wäre unsere Aufgabe gewesen, dir beizustehen, statt zuzusehen, wie du in der Versenkung verschwindest. Was immer dich dazu gebracht hat zu denken, dies wäre der einzig richtige Weg – wir haben dir nicht dabei geholfen, einen anderen zu finden.«

Walther schluckte. »So siehst du das?«

Gerold zuckte mit den Schultern. »Kann man es anders sehen?«

Vor der Tür hustete jemand und trat dann ein. Es war ein junger Mann. Walther hatte einen Mönch oder einen Novizen erwartet, aber der Ankömmling trug keine Tonsur. »Ehrwürdiger Vater, eine Abordnung vom Kloster Neustift und von Sankt Jörg im Moos bittet, Euch zu sprechen.«

»Was? Um diese Zeit?«

»Sie sagen, es sei wichtig.«

»Wenn es so wichtig ist, können sie auch noch eine Weile warten.«

»Sehr wohl, Ehrwürdiger Vater.«

»Handelt sich ohnehin nur wieder um eine Beschwerde«, brummte der Bischof, als der Dienstbote verschwunden war. Walther blickte betroffen zur geschlossenen Tür. Als der Domestik hereingekommen war, hatte er gedacht, einen winzigen

Hauch eines üblen Geruchs wahrzunehmen. Er sagte sich vor, dass das reine Einbildung sei, aber der Geruch war mit dem Tag, an dem Walthers Welt zusammengebrochen war, untrennbar verbunden – und was diesen verhängnisvollen Tag betraf, stand Walther alles immer noch vollkommen klar vor Augen. Einbildung hatte dort keinen Platz.

Er blickte auf, als Gerold ihm eine Hand auf die Schulter legte. »Also – Heinrich hat sich verweigert, Saladin lässt sich im Orient die Sonne auf die Glatze scheinen … wie es aussieht, sind wir beide auf uns gestellt.«

Walther vergaß den Geruch. »Heißt das, du hilfst mir?«, stieß er hervor.

»Solange du nicht ein Lied darauf dichtest: Ich hab einen Waffengefährten, Welt, hör zu, ich hab einen Waffengefährten.« Der Bischof blickte in Walthers Gesicht und räusperte sich. »Entschuldige, das war gemein.«

»Ich hab es wohl verdient.«

»In Wahrheit tust du mir einen Gefallen, wenn ich das Osterfest versäume, weil ich auf der Straße bin! Das wird das glücklichste Ostern der letzten zwanzig Jahre!«

Walther ließ alle Zurückhaltung fahren und umarmte Gerold. Plötzlich hätte er laut lachen mögen. »Gott, bin ich froh! Danke, Gerold. Du weißt nicht, wie viel mir das bedeutet!«

»Du quartierst dich jetzt irgendwo in der Stadt ein und sagst dem Herbergswirt, dass das Bistum die Kosten übernimmt.«

»Ich dachte, das Bistum sei pleite?«

»Die Wirte in der Stadt sind es auch. Er wird so tun, als würde er mir dein Logis von den Steuerabgaben abziehen, und ich werde so tun, als würde er überhaupt Steuern zahlen.«

»Ich kann aber schon für mein Logis …«

»Unfug. Leg dich schlafen. Aber nimm vorher noch ein Bad. Du riechst nach Schweinestall. Morgen planen wir, wie wir vorgehen und was wir an Ausrüstung mitnehmen.«

»Ich gehe davon aus, dass wir waffentechnisch nichts entbehren müssen?«

Gerold strahlte. »Ich zeig dir morgen meine Waffenkammer!« Er legte Walther den Arm um die Schulter und begleitete ihn zur Tür. Als er sie öffnete, prallte Walther zurück.

Der Grund war zum einen das Dutzend Männer, teils in Ordensgewändern, teils in bürgerlicher Kleidung, die in dem Raum vor dem bischöflichen Scriptorium standen.

Der andere Grund war ihr Anführer.

Er trug Priesterornat und deutete auf Walther wie ein Inquisitor auf einen überführten Ketzer. Er öffnete den Mund und rief: »Dort ist die Schlange!« Vier Wörter, vier Wellen Verwesungsgestank.

Der Priester war Munibert.

25.

Einige Zeit später stand Walther allein vor der Herberge, zu der ihm Gerold den Weg gewiesen hatte. Sie lag still und dunkel da, nur in der Schankstube im Erdgeschoss brannte ein Licht, das zeigte, dass dort jemand auf den späten Gast des Bischofs wartete. Walther führte sein Pferd am Zügel. Das Tier spürte die Unruhe seines Herrn und schnaubte und schüttelte immer wieder seine Mähne.

Walther hatte schon die Faust erhoben gehabt, um gegen die Tür zu dreschen, dann hatte er sie wieder sinken lassen. Er erinnerte sich an das Gespräch, das Bischof Gerold mit der Abordnung geführt hatte. Ach was, Gespräch. Es war ein Streit in höchster Lautstärke gewesen. Bischof Gerold hatte mit hochrotem Kopf gebrüllt. Die Delegation hatte zurückgebrüllt. Von Frieden und Eintracht zwischen Dom, Klerus und Bürgerschaft war man im Bistum Freisingen meilenweit entfernt.

Walther war wie schon bei seinen ersten Begegnungen mit Munibert tief erschüttert und aus dem Gleichgewicht. Er hatte den Hass des Mannes damals nicht verstanden. Jetzt, zwanzig

Jahre später, war er immer noch genauso glühend, und er verstand ihn immer noch nicht.

Gut, Munibert mochte mittlerweile einen Grund für seine Abneigung gegen Walther haben. Nachdem Gerold die Delegation unter Androhung von Gewalt aus dem Bischofspalast geworfen hatte, hatte er Walther anvertraut, dass er Munibert bewusst kaltgestellt hatte. Um Walther – der es ihm mit zwanzig Jahren Schweigen gedankt hatte – vor dem Fanatismus des Kirchenmannes zu schützen, hatte er seinerzeit dafür gesorgt, dass die Diözese Freisingen eine dauerhafte Station in Muniberts Leben wurde. Gerold hatte ihn mit nachrangigen Aufgaben betraut und ihn in der Kirchenhierarchie keinen Schritt weiterkommen lassen. Seit Jahren diente er als Hilfspfarrer in Sankt Jörg im Moos und hatte ein halbes Dutzend vorgesetzter Geistlicher kommen und gehen sehen, ohne jemals von seinem Posten loszukommen. Walthers wegen hatte Muniberts möglicher Aufstieg in der Kirche nicht stattgefunden; er war ein Gefangener der Loyalität, die Gerold gegenüber Walther empfand.

Insofern war Muniberts Verachtung verständlich. Aber warum Munibert den Sänger schon bei ihrer ersten Begegnung so leidenschaftlich gehasst hatte, war Walther weiterhin ein Rätsel.

Jedenfalls war die Macht, die Bischof Gerold all die Jahre über Munibert ausgeübt hatte, seit dem Stadtbrand schwach geworden. Munibert hatte sich, so hatte Gerold erzählt, nach dem Brand bei den unzufriedenen Bürgern und dem einfachen Klerus, der mit dem Bischof auf Kriegsfuß stand, lieb Kind gemacht. Die Fraktion der Nörgler hatte ihn zu ihrem Sprecher erkoren, weshalb Gerold keine Sanktionen mehr gegen Munibert verhängen konnte, ohne in Verdacht zu geraten, er wolle damit seinen Bürgern das Maul stopfen – und dadurch noch mehr Gegenwind herauszufordern. Wenn die Pläne, die er mit dem Bistum hatte, einigermaßen funktionieren sollten, konnte er keine Gemeinde brauchen, in der es so dermaßen gärt, dass Herzog Ludwig kein Interesse mehr daran hatte und dass der Papst darauf aufmerksam wurde.

Walther dachte daran, während er unschlüssig vor der Tür der Herberge stand. Er dachte an Muniberts Forderung, Walther aus der Stadt weisen zu lassen. Er dachte an die Vorwürfe, dass der Bischof das Geld des Bistums verwenden würde, um den alten Sänger zu finanzieren. Er dachte an die Drohung, dass Beschwerdebriefe geschrieben würden.

Er dachte daran, dass ein Mann wie Munibert völlig ungestört das Bistum aufhetzen und entzweien und Gerold die allergrößten Schwierigkeiten machen konnte, wenn der Bischof abwesend war.

Ihm wurde klar, dass Gerold nicht mitkommen durfte. Die Treue, die der Bischof ihm gehalten hatte, musste Walther nun vergelten, indem er die eine Freundschaftstat, derentwegen er hergekommen war, nicht einforderte. Er holte tief Luft. Mittlerweile hatte er das Gefühl, dass er überall in Freisingen den Gestank Muniberts wahrnehmen konnte.

»Danke, Gerold«, flüsterte er mit belegter Stimme, dann schwang er sich auf sein Pferd und verließ die Stadt.

Sie waren zu viert gewesen, damals, als sie den Waisen aus Konstantinopel gerettet hatten. Nun war Walther allein. So hatte er sich das nicht vorgestellt.

Was hatte er sich überhaupt vorgestellt? Bei seinem Aufbruch von seinem Gut hatte er noch keinen Plan gehabt außer dem, seine alten Kameraden zu finden und dann mit ihnen zusammen eine Lösung zu suchen. Mittlerweile hatte er jedoch Zeit zum Nachdenken gehabt. Er würde mit der Suche in Papinberc beginnen. Dort war zum letzten Mal die Rede vom Waisen gewesen, dort war er zum letzten Mal gesehen worden. Vielleicht hatte ihn jemand in dem Chaos nach Philipps Ermordung gefunden, und er lag ganz unschuldig zwischen all dem anderen Geschmeide des Domschatzes? Das war zwar unwahrscheinlich, aber man konnte ja hoffen, oder nicht?

Natürlich wäre auch unter diesen Umständen die Hilfe Heinrichs und Gerolds von unschätzbarem Wert gewesen. Heinrich mit seinem alten Geflecht aus Beziehungen und Gefälligkeiten aus seiner Zeit als Reichsmarschall, Gerold als Bischof, den sein Amtsbruder sofort empfangen würde ... Wer würde schon springen, wenn ein alternder Sänger namens Walther von der Vogelweide daherkam und um einen Gefallen bat? Aber es half nichts.

Wie lange würde der Ritt nach Papinberc dauern? Walthers Pferd war nicht ausgeruht, er würde ihm zwischenzeitlich mindestens einen Tag Ruhe gönnen müssen. Vier Tage also, eher fünf. Er verlor Zeit, er verlor unendlich Zeit, ohne dafür bisher irgendein Ergebnis eingefahren zu haben!

Walther zog den Kopf zwischen die Schultern und redete sich ein, dass er die Stadt nur deshalb verließ, um Gerold nicht noch mehr in Bedrängnis zu bringen. Aber tief in seinem Herzen wusste er, dass es auch eine Flucht vor dem Hass Muniberts war, der eindringlicher und schmerzhafter als alles andere die schrecklichen Geschehnisse des Sommers 1208 in Walther wachrief.

26.

Bischof Gerold von Waldeck traute nur wenigen Menschen in seiner Umgebung. Einer davon stand jetzt in seinem Scriptorium, aufmerksam und dienstbereit, obwohl es mitten in der Nacht war. Sein Name war Utto.

»Wie geht es dir, mein Freund?«, fragte der Bischof. »Ich bedauere nochmals, dass ich dir in der Sache mit deiner Mutter nicht helfen konnte. Die Gesetze der Kirche sind manchmal hart.«

»Ich bete dafür, dass ihre Seele trotzdem zu Gott gelangen möge«, sagte Utto. »Danke für Eure Sorge, Euer Gnaden.«

»Hast du das Gespräch zwischen Walther und mir mit angehört?«

»Wie Ihr befohlen habt, Euer Gnaden.«

»Was hältst du davon?«

»Wenn der Kaiser den Stein braucht und Herr Walther ihn finden kann, dann muss Herrn Walther geholfen werden.«

»Ich habe Walther zu Wolframs Herberge geschickt«, erklärte Gerold. »Bezieh dort Posten und begleite ihn dann morgen nach der Laudes zu mir.«

»Fürchtet Ihr, dass Herrn Walther etwas geschehen könnte?«, fragte Utto.

»Ja«, sagte Gerold einfach. »Aus verschiedenen Gründen, die nichts mit seiner Suche zu tun haben.«

Utto nickte. »Worauf muss ich mich einstellen?«

»Ich erwarte einen oder zwei Totschläger«, sagte Gerold.

»Wie weit darf ich gehen?«

»Es schadet nichts, wenn es ein paar Totschläger weniger gibt in meinem Bistum.«

»Verstanden. Habe ich Euren Segen, Euer Gnaden?«

»Ego te absolvo a peccatis tuis.« Gerold zeichnete das Kreuz über Uttos gesenkten Kopf.

»Gratias tibi ago.«

Wenig später und nachdem er weder zu vorsichtig noch zu unachtsam durch die dunklen Gassen geschlichen war, klopfte Utto vorsichtig an eine Tür. Sie wurde sofort geöffnet. Der Mann, der dahinter stand, hatte offensichtlich schon auf ihn gewartet. »Und?«, fragte er mit finsterer Miene.

»Der Bischof hat mich beauftragt, über Walthers Leben zu wachen«, erklärte Utto.

»Wie ich es mir gedacht habe.« Der Mann trat aus der Tür und klopfte Utto auf die Schulter. »Gut gemacht. Hat er gesagt, von welcher Seite er die Gefahr erwartet?«

»Von deiner. Er hat es nicht gesagt, aber ich weiß es.«

Der Mann grinste böse. »Und recht hat er.«

Utto zögerte. »Meine Mutter«, sagte er. »Du hältst dein Versprechen, ja? Es bedeutet mir viel, wegen des nahen Osterfests. Wenn die Schmerzen nicht so schlimm gewesen wären, hätte sie so etwas nie getan.«

»Keine Sorge. Hier. Ich halte es sofort.« Der Mann griff noch einmal ins Dunkel hinter der Tür und holte einen hölzernen Spaten hervor. »Du weißt ja, wo sie liegt. Grab sie noch heute Nacht aus und bring sie auf den Friedhof. Ich habe ein unbezeichnetes Grab öffnen lassen. Bette sie dort hinein. Niemand wird dich stören, dafür habe ich gesorgt. Dann wird sie in geweihter Erde liegen können, und niemand erfährt jemals etwas davon. Anders als der Bischof helfe ich denen, die mir helfen.«

»Um den Preis von Walthers Leben«, sagte Utto bitter. »Und dafür, dass ich heimatlos werde.«

»Das Leben eines Ketzers und unkeuschen Sängers. Kein zu hoher Preis für den ewigen Frieden deiner Mutter. Und was dich betrifft – sprich bei Bischof Ekbert in Papinberc vor, wie ich es dir geraten habe. Meine Empfehlung wird dafür sorgen, dass er dich in Lohn und Brot nimmt.«

Utto nickte verbissen. »Der Bischof hat Walther bei Wolfram einquartiert.«

»Was hat er sonst noch gesagt?«

»Nichts.«

»Bist du sicher? Denk an deine Mutter. Ihre unerlöste Seele windet sich derzeit in unvorstellbaren Qualen im Höllenfeuer und schreit nach der Hilfe ihres Sohns.«

»Walther soll einen Karfunkelstein für den Kaiser finden. Man glaubt, dass der Stein besondere Kräfte hat und es dem Kaiser ermöglicht, die Fürsten des Reichs hinter sich zu bringen.«

Uttos Gesprächspartner zog die Augen zusammen. »Der Waise«, murmelte er. »Sieh an. Geh mit Gott, Utto.«

Utto packte den Holzspaten fester, wandte sich ab und schlurfte grußlos davon. Der Mann wartete ab, bis er von der nächtlichen Dunkelheit verschluckt worden war, dann sagte er halblaut. »Gut, ihr könnt rauskommen.«

Zwei bullig gebaute Kerle traten ins Freie. Ihre Gesichter waren rußgeschwärzt. Der Mann wandte sich an sie und raunte: »Wartet, bis er draußen beim Schindanger ist und angefangen hat zu graben. Dann hört er euch nicht kommen. Er sieht harmlos aus, aber er ist gefährlich. Lasst es nicht auf einen Kampf ankommen. Es muss aussehen, als sei er von Gesetzlosen überfallen worden. Und lasst ihn auf keinen Fall am Leben! Wenn er zu Bischof Ekbert nach Papinberc rennt und erfährt, dass meine Empfehlung dort so viel wert ist wie Gänsedreck, kommt er zurück und bringt mich um.«

»Mir wissen, was mir zu tun ham, Hochwürden.«

Munibert nickte geistesabwesend. »Das wäre ja noch schöner, dass eine verfluchte Selbstmörderin auf meinem Friedhof beerdigt wird. Aber so schlagen wir zwei Fliegen mit einem Streich. Bischof Gerolds Spion findet sein verdientes Ende, und in derselben Nacht«, er holte tief Luft, »tritt auch das größte Schwein im gesamten Reich seine Reise in die Hölle an.«

»Solln wir nich' lieber mitkommen, Hochwürden?«

»Nein, mit dem Sänger werde ich allein fertig. Wahrscheinlich liegt er besoffen auf seinem Lager, neben irgendeiner Hure. Die trifft Gottes Zorn dann gleich mit.« Munibert griff in die Finsternis hinter der geöffneten Tür zu seiner Sakristei und holte ein Beil heraus, dessen Klinge selbst im kaum vorhandenen Licht vor Schärfe zu schimmern schien.

»Wird Wolfram dich reinlassen, Hochwürden?«

»Ich werde ihn nicht um Erlaubnis fragen, seine Wanzenburg betreten zu dürfen.« Munibert packte das Beil fester. »Ab mit euch!«

»Äh, Hochwürden …?«

»Ja, ja.« Munibert nestelte einen Schlüssel von seinem Gürtel los. »Aber lasst ein bisschen was drin, hört ihr? Und den Schlüssel legt ihr mir nachher auf mein Lager. Ihr habt Glück. Gestern nach dem Gottesdienst haben viele was in den Opferstock getan, besonders die verdammten Seelen, die sich einbilden, ihre Anwesenheit morgen bei der Messe wäre Gott kein Greuel, weil sie die Absolution erhalten haben. Ihr seid reich.«

Die beiden rußgeschwärzten Männer nahmen den Schlüssel mit Ehrfurcht entgegen, grinsten sich dann an und schlichen auf dem gleichen Weg davon, den Utto genommen hatte.

27.

Neunzehn Jahre, dachte Munibert, während er zu Wolframs Herberge stapfte. Neunzehn Jahre, zwei Monate und fünf Tage seit seiner größten Demütigung. Seit alles, was er für gut und richtig gehalten hatte, in den Schmutz getreten und verhöhnt worden war.

Neunzehn Jahre, zwei Monate und fünf Tage, seit sein Herz gebrochen und zu einer schwärenden, faulenden Wunde geworden war, die nicht heilen konnte, weil ein Name sie vergiftet hatte. Ein Name, der damals immer und immer wieder genannt worden war, ein Name wie eine Klinge, die in sein Herz gestoßen wurde.

Walther von der Vogelweide.

Am Lichtmesstag des Jahres 1208 hatte Munibert auf dem Stuhl in der Kapelle der Burg gesessen, wie üblich vor sich hinträumend und den kleinen, lässlichen Sünden, denen er als Beichtvater lauschte, kaum Beachtung schenkend. Es war auch nicht nötig. Welche Sünden hätte *sie* schon begehen können, *sie*, die Madonna unter den Frauen, die wahrhaft Gebenedeite, die Rose, deren schierer Existenz wegen dem ganzen Geschlecht Evas vergeben werden durfte!

Neben ihm auf dem Schemel hatte Königin Eirene gekniet und ihm, ihrem Beichtvater, ihre Seele offenbart. Wie immer in den letzten Monaten, seit er ihr *confessor* geworden war. Er hatte sich vom ersten Augenblick an in sie verliebt. Mit allen Sinnen, wie ein Wahnsinniger, brennend vor Verlangen, wenn er ihr fern war, eiskalt vor Angst sich zu verraten in ihrer Nähe, glücklich in seinen Tagträumen, in denen sie in seine Zelle kam und in seine Arme sank, in der Realität verzweifelt vor Ratlosigkeit, wie er sich ihr je erklären konnte.

Neunzehn Jahre, zwei Monate und fünf Tage. Und der Schmerz war so lebendig wie die Erinnerung …

Eirene, die mit ihrer Beichte geendet hatte und schwieg. Munibert, der daraufhin ansetzte, ihr die Absolution zu erteilen, ohne auch nur ein Wort von dem verstanden zu haben, was sie gesagt hatte …

»Ego te absol …«

»Ich bin noch nicht fertig, Vater.«

»Oh.«

Eirene schluckte. Muniberts Träumereien endeten jäh, als er die Tränen in ihren Augen glitzern sah. Rasch blickte er weg. Was beunruhigte sie plötzlich? Ihm wurde kalt.

»Ich …«, begann sie.

»Ja?«

»Ich …«

»Gott hört dir zu, Hoheit.«

»Ich …«

»Gott vergibt dir jede Sünde, Hoheit. Sei ohne Furcht.« Gütiger Himmel, was glaubte die Königin getan zu haben? Munibert wurde noch kälter. Und gleichzeitig begann eine Stimme in seinem Inneren zu jubeln. Die Königin war völlig außer sich! Er aber, er, Munibert der Barmherzige, er würde sie absolvieren, ganz gleich, was sie getan hatte! Und dann würde sie zu ihm aufblicken, tränenblind vor Erleichterung, und er würde aufstehen und ihr aufhelfen und ihr erklären, dass die Absolution bei Gott umso mehr zählte, weil er, Munibert der Gnadenreiche, sie ausgesprochen hatte, und weil sie auf den Flügeln der Liebe in das Ohr des Herrn getragen worden war – jener Liebe, die er, Munibert der Segensspendende, für sie empfand! Und sie würde lachend und weinend vor Glück seine Hände küssen und dann seinen Mund, und dann, dann … Nun, vielleicht würde sie ihm nicht gleich in allen Fantasien folgen, in denen er sie und sich selbst schon gesehen hatte, aber auch da würde er sie gütig und selbstlos führen …

»Ich … Ich habe gesündigt in Gedanken, aber nicht in Worten und Werken«, stotterte Eirene.

»Welche Gedanken waren es?«, fragte Munibert, der nur mühsam von seinem Höhenflug wieder herunterkam und außerdem plötzlich vorne einen nassen Fleck in der Kutte spürte.

Es war der letzte Moment in den vergangenen neunzehn Jahren, zwei Monaten und fünf Tagen, in dem er Glück verspürt hatte. Der letzte, an dem er sich nicht übergeben wollte, wenn er *seinen* Namen hörte.

Walther von der Vogelweide.

Ihn liebte Königin Eirene. Und nicht Munibert. Ihn begehrte sie mit ihrem Herzen, ihrem Körper, ihren Sinnen. Ihn wünschte sie in ihr Lager, unter ihre Decke, tief in sich. Ihn, und nicht Munibert.

Die Beichte sprudelte förmlich aus dem Mund der Königin.

Niemand wusste von dieser verzehrenden, verzweifelten Liebe. Nicht der König, nicht Eirenes Zofen. Schon gar nicht das Objekt dieser Liebe. Obwohl …

Fassungslos musste Munibert mitanhören, wie Eirene, völlig selbstvergessen, laut denkend, zu ergründen versuchte, ob Walther etwas von ihrer Liebe ahnte – und mehr noch, ob er auch etwas für sie empfand. Hatte er ihr nicht immer eher auszuweichen versucht? Aber dann hatte sie sich eingebildet, dass er rasch wegblickte, wenn sie bei irgendeiner Feierlichkeit zu ihm hinsah. Dass er dabei rot wurde. Irgendwie schien ihr, als hätten seine Melodien einen etwas beschwingteren Rhythmus bekommen. Byzantinisch? Nur einen Hauch davon, eine Idee, eine Andeutung, wie es bei einem Musiker passieren konnte, der während des Komponierens an etwas dachte, was in seinem Herzen war und das sich deshalb in seine Kompositionen schlich …

Oh, wie sie hoffte, dass auch er sie liebte. Wie sie wünschte, dass sie ihm ihre Liebe gestehen könnte. Und wie sie sich danach verzehrte, wenigstens einen einzigen Kuss von ihm zu bekommen. Danach konnte sie ihretwegen sterben.

Natürlich dürfte, würde dieser eine Kuss niemals geschehen, denn sie war die Frau eines anderen, und der war der beste Freund Walthers. Außerdem war sie die Königin, von der vor allen anderen verlangt wurde, dass sie mit gutem Beispiel voranging!

Aber – oh, wie sie von ihm träumte.

Von ihm. Walther. Nicht von ihm, Munibert dem Abgewiesenen.

Munibert starb in diesen Minuten. Seine Hülle blieb übrig. Er füllte sie mit Hass. Nicht auf Eirene, denn er würde sie ewig lieben, ewig in seinen Träumen mit ihr eins sein.

Sein Hass galt Walther von der Vogelweide.

In seinem Mund war ein Geschmack wie von verbranntem, verdorbenem, verfaultem Fleisch, als er in Eirenes tränenüberströmtes Gesicht sah und krächzte: »Ego te absolvo a peccatis tuis in nomine patris et filii et spiritus sancti.«

Sie sagte: »Gratias, dominus.«

Er dachte: Ich vernichte dich, Walther von der Vogelweide.

Heute, neunzehn Jahre, zwei Monate und fünf Tage später, würde er diesen Schwur endlich erfüllen.

28.

Munibert hatte nie weiter gedacht als bis zu dem Moment, an dem das Beil Walthers Schädel spalten würde und er seinen persönlichen Dämon endlich loswürde. Jetzt, als er durch die nicht versperrte Tür in den Schankraum platzte, der im Erdgeschoss von Wolframs Herberge lag, und den überrascht aufblickenden Wirt anstarrte, wurde ihm klar, dass er an einem ganz greifbaren Endpunkt seines Lebens angekommen war.

Wenn er nicht den Wirt, dessen Familie und die Bediensteten der Herberge ebenfalls erschlagen wollte, würde Bischof Gerold binnen einer Stunde wissen, wer Walther von der Vogelweide auf dem Gewissen hatte. Munibert würde fliehen müssen. Sein Dasein als Kleriker, das seit neunzehn Jahren, zwei Monaten und *vier* Tagen auf der Stelle trat, würde mit einem Schlag enden, und er würde für den Rest seines Lebens ein Gesetzloser, ein Vogelfreier, ein Mann auf der Flucht sein.

Einen Tag nach Eirenes Beichte war Munibert, innerlich

brennend, zu Königin Eirene gegangen und hatte ihr alles gestanden. Seine Liebe. Seine Fantasien. Seinen Hass auf Walther. Seine Überzeugung, dass sie nur an seiner Seite ihr Glück finden würde. Seinen Willen, sofort mit ihr zu fliehen und ein Leben im Wald zu führen, wenn sie nur mitkäme. Sein Angebot, Walther, den teuflischen Verführer und Verzauberer der unschuldigen byzantinischen Seele, mit bloßen Händen zu erwürgen, wenn sie dies wünsche. Denn es konnte, zu dieser Überzeugung war er in einer langen, qualvollen Nacht gelangt, nur an Walthers verfluchter Ketzermusik liegen, dass Eirene irrigerweise annahm, in ihn verliebt zu sein.

Eirene hatte, ganz Königin, gesagt, dass sie ihm seine Anmaßung vergebe und dass sie nur eines wünsche, nämlich dass er sich aus ihrer Nähe entferne. Für immer. Er war halb betäubt in sein Quartier zurückgetaumelt, wo ihn kurz darauf der Kaplan der Burg Stoufen aufgesucht und offiziell von seinen Pflichten als Beichtvater entbunden hatte.

»Hochwürden?«, fragte Wolfram und schielte auf das Beil. »Ist es nicht zu spät zum Holzhacken?«

»Wo ist der Sänger?«, stieß Munibert hervor und hob drohend die Waffe.

»Welcher Sänger?«

»Walther«, stöhnte Munibert. »Walther von der Vogelweide. Er nächtigt unter deinem Dach. Zeig mir sein Lager, oder ich schlag dir und deinem Weib und deinen Kindern die Schädel ein.«

»Habt Ihr was Schlechtes gegessen, Hochwürden?«, fragte der Wirt.

Munibert antwortete, indem er das Beil mit solcher Wucht in eine der hölzernen Tragsäulen des Erdgeschosses hieb, dass er es nur mit allergrößter Kraftanstrengung wieder herausreißen konnte. Der Hieb hallte durch die stille Herberge. Das Traggerüst des Hauses erbebte.

»Verdammt«, sagte Wolfram, der blass geworden war.

»Walther!«, flüsterte Munibert. Er stolperte mit hoch erhobenem Beil auf Wolfram zu. Der Wirt wich zurück. Er stieß mit dem Rücken an den aufgemauerten Kamin. Hinter ihm lehnte ein schwerer Schürhaken an der Wand. Er schnappte ihn sich, ohne hinzusehen. Munibert schwang das Beil. Die Klinge traf den Schürhaken und schlug ihn Wolfram aus der Hand. Er wirbelte davon und landete scheppernd in einer Ecke. Munibert holte neuen Schwung. Das Beil schlug Funken, als es neben Wolframs Kopf an die Kaminwand krachte und ein Stückchen Ziegelstein herausbrach.

»Er ist nicht hier!«, schrie Wolfram. »Ich warte schon den ganzen Abend auf ihn! Überzeugt Euch, wenn Ihr wollt, Hochwürden. Er ist nicht hier! Tut meiner Familie nichts!«

»Wo ist er?«

»Ich weiß es nicht, Hochwürden.«

»Du lügst.«

»Bei der Gnade des barmherzigen Jesus, ich sage die Wahrheit, Hochwürden! Schaut in jeden Raum, wenn Ihr wollt.«

Munibert hielt inne. Erst jetzt sah er Wolfram, der sich mit dem Rücken gegen den Kamin presste, wirklich: die weit aufgerissenen Augen, das verzerrte Gesicht, den Ausdruck der Panik im Gesicht des Wirts.

Ihm ging auf, dass ihm Walther, sei es durch Zufall oder List, entkommen war. Und dass niemand ihm sagen würde, wohin der Sänger aufgebrochen war.

Ihm ging auch auf, dass er in Freisingen auf ewig erledigt war. Morgen würde man Uttos Leiche finden. Zu diesem Zeitpunkt würde Wolfram schon bei Bischof Gerold berichtet haben, dass der Hilfspfarrer von Sankt Jörg wie ein Irrer in seiner Herberge gewütet und nach Walther von der Vogelweide verlangt hatte. Mit einem Beil in der Hand! So umstritten der Bischof auch in Freisingen war, seine Macht würde reichen, um Munibert den Mord an Utto anzuhängen und ihm den Prozess zu machen. Muniberts Stellung als Sprecher der vom Bistum Enttäuschten würde ihm keinen Augenblick lang nützen. Eher im Gegenteil.

Munibert wandte sich wortlos ab und stapfte zur Tür. Als er hindurchging, hörte er Wolfram noch rufen: »Hochwürden? Ist Euch nicht gut, Hochwürden? Wollt Ihr, dass ich dem Bischof Bescheid gebe, Hochwürden?«

Er hatte geglaubt, dass an diesem Ort alles enden würde. Aber es ging weiter. Und auch wenn er nicht wusste, wohin Walther sich gewandt hatte, wusste er doch, wohin er sich nun wenden musste.

Nicht viele Menschen wussten davon. Er schon. In der Burg Lantshut, zwei Tagesmärsche von Freisingen, traf sich dieser Tage der schwankende Kaiser Friedrich mit einem seiner mächtigsten Verbündeten, dem baierischen Herzog. Munibert ließ das Beil fallen. Er brauchte es nicht mehr. Am Karfreitag würde er in Lantshut sein und mit einer viel schärferen Waffe einen Feind für Walther erschaffen, vor dem der Sänger nicht fliehen konnte, egal wohin er sich wandte. Dieser Feind würde Munibert zu Walther führen.

Dieser Feind würde Kaiser Friedrich sein.

Die viel schärfere Waffe waren Worte. Lügen. Munibert würde sie Friedrich erzählen. Er würde dazu das Beichtgeheimnis einer Toten verletzen.

Dank Königin Eirene kannte Munibert den Traum, den König Philipp gehegt hatte. Und dank Uttos Bericht wusste er, was der schwankende Kaiser mehr als alles andere brauchte.

Den Waisen.

Am Karfreitagabend würde Kaiser Friedrich überzeugt sein, dass Walther den Stein hatte und das Reich verderben wollte, so wie er Muniberts und Eirenes Liebe verdorben hatte.

29.

Valeria verwendete den Tag nach der Entdeckung ihrer Verfolger dazu, einen großen Kreis zu schlagen. Sie war mit einem hervorragenden Orientierungssinn ausgestattet und brauchte nur wenige Richtungsangaben von Laurin, um sich zurechtzufinden. Laurin war bereit zu wetten, dass sie sich danach besser in der Gegend auskannte als er, und er war hier quasi aufgewachsen.

Sie verließen ihre bisherige südwestliche Richtung zur Burg Stoufen und reisten nördlich weiter, bis Crailsheim. Danach ritten sie eine Weile in Richtung Hall, bogen aber noch eine ganze Strecke vor der Stadt nach Süden ab und folgten schließlich der Salzstraße und südöstlicher Richtung bis in die Nähe des Klosters Elwangen, von dem sie am Morgen nur noch eine kurze Strecke getrennt hatte.

»Kennst du das Kloster?«, fragte Valeria, die ihr Pferd angehalten hatte und abgestiegen war, um es neben der Straße grasen zu lassen.

»Nein. Ich weiß nur, dass die Mönche dort Benediktiner sind, dass die Abtei stinkreich ist, dass sie ständig an ihrer Kirche herumbauen und dass die Brüder allesamt aus dem höchsten Reichsadel stammen.«

»Das hört sich nicht an wie ein Ort, an dem Leute wie wir wegen einer Übernachtungsmöglichkeit vorsprechen sollten. Ein Pilgerhospiz oder eine Herberge hat das Kloster sicher auch?«

»Ja.«

»Natürlich«, sagte Valeria. »Das bringt Geld und Almosen und Spenden für den Kirchenbau. Wenn dort also Reisende übernachten, werden es eher welche mit Geld sein – Adlige, die mit dem Kaisergeschlecht verbündet oder verwandt sind und das Osterfest in Stoufen feiern, hohe Kleriker, die dort schmarotzen wollen, und reiche Kaufleute, die Waren für die Feierlichkeiten auf der Burg liefern. Hm. Und die Kerle, die wir auf die falsche Fährte gelockt haben, suchen nach einem Mann und einer Frau, die allein reisen. Wenn wir sie dauerhaft abschütteln wollen, gibt es zwei Möglichkeiten.«

»Die suchen nach zwei Männern«, korrigierte Laurin. »Ihr seid immer noch verkleidet.«

»Die wissen genau, wer ich bin, sonst hätten sie uns nicht beobachtet. Normale Wegelagerer wären einfach über uns hergefallen. Ich bin sicher, dass die mich schon seit einer Weile verfolgen.«

Laurin fühlte eine plötzliche Beklommenheit, als Valeria diese Möglichkeit so emotionslos in den Raum stellte. Die Wegelagerer waren Valeria schon länger auf den Fersen? Was bedeutete das? Ihm wurde auf einmal bewusst, dass er eigentlich überhaupt nichts von Valeria und ihrer Mission wusste, dass er ihr wie ein Idiot gedankenlos hinterhergeeilt war. Wie lange, nahm sie an, folgten die Männer ihr schon? Und von wo war sie überhaupt aufgebrochen? Auf einmal wurde ihm klar, dass er in etwas hineingeraten war, das er überhaupt nicht überblickte und das gefährlich werden konnte. Er schluckte und dachte unwillkürlich darüber nach, wie er sich am elegantesten verabschieden konnte. Doch dann sah er Valeria ins Gesicht und wusste wieder, warum er ihr hinterhergelaufen war. Die zweite Erkenntnis war die, dass sie ja nach Walther suchte und der alte Sänger daher genauso gefährdet sein konnte wie Laurin und dass es sich nicht gehörte, sich zu verdrücken, wenn der Gönner und Freund in Gefahr zu geraten drohte. Und drittens gestand er sich ohne große Illusionen ein, dass Valeria ihn gewiss nicht daran hindern würde, sie zu verlassen – und dass ein in Liebe entflammtes Herz wie das seine unter diesen Umständen keinesfalls aufgeben konnte.

»Was sind also unsere beiden Möglichkeiten?«, fragte er und bemühte sich, lässig und tapfer zu klingen.

»Erstens: Wir schließen uns in Elwangen einer Reisegruppe an, die nach Stoufen unterwegs ist, und finden so Schutz in der Anonymität der Menge …«

»Dann wähle ich Möglichkeit zwei. Ich will nämlich weiterhin mit Euch allein reisen.«

Valeria zuckte mit keiner Wimper. »Wie Ihr wollt. Möglichkeit zwei lautet: Ihr verkleidet euch als Frau, ich lege meine Verkleidung ab, und dann reisen wir als zwei Frauen weiter.«

Laurin starrte Valeria an. Ihm wurde klar, dass sie es absolut ernst meinte. »Sagte ich zwei?«, fragte er schwächlich. »Ich meinte natürlich eins. Anonymität in der Menge. Ist auf jeden Fall vorzuziehen. Sehr klug gedacht.«

»Euer Lob bedeutet mir viel.«

Laurin kletterte seufzend über diesen neuerlichen Spott auf seinen Gaul. Valeria begann in den Taschen zu kramen, die hinter dem Sattel über dem Rücken ihres Pferds hingen. »Ihr übernehmt das Reden, wenn wir in Elwangen ankommen«, befahl sie, ohne aufzublicken.

»Und was übernehmt Ihr?«

»Alles andere, wozu man nicht nur eine große Klappe, sondern auch Verstand braucht.«

»Und warum übernehmt Ihr dann nicht auch noch gleich das Reden?«, fragte Laurin säuerlich.

»Weil«, sagte Valeria und zog ein paar zerknitterte Kleidungsstücke heraus, die sie ausschüttelte und die sich dabei als Unterkleid und Surcot entpuppten, »wir weiter für Verwirrung sorgen werden, indem wir nicht als zwei Männer in das Kloster einziehen werden, sondern ganz offiziell als Frau und …«

»… Mann«, ergänzte Laurin und strahlte.

»… ihr Knecht«, korrigierte Valeria. »Los, dreht euch um und schaut in die andere Richtung. Wenn Ihr auch nur einen Blick riskiert, werdet Ihr …«

»Ich weiß. Dann werde ich mir wünschen, *keinen* Blick riskiert zu haben.«

»Ihr lernt schnell, Herr Poet.«

30.

Für alle Klöster im Reich galt die Regula Benedicti, welche klösterliche Gastfreundschaft vorschrieb. In Elwangen war es nicht anders als in anderen Abteien. Die Gäste wurden ihrem Rang entsprechend willkommen geheißen: Hohe Kleriker und Adlige erhielten bessere Schlaflager als das sonstige Volk, und was die Verköstigung anging, durften die Höhergestellten auch ein besseres Essen erwarten. Es kam natürlich letztlich darauf an, wie wohlhabend das bewirtende Kloster war. Im wohlhabenden Elwangen konnten sich die hohen Gäste über Fleisch- und Fischspeisen freuen. Der Rest kaute auf Brot und Käse herum. Zahlen mussten weder die Armen noch die Reichen für Kost und Logis. Aber selbstverständlich erwarteten der Abt und der Bruder Kellermeister Bezahlung in Form von Spenden und Schenkungen. Manchmal kamen Reisende todkrank in einem Kloster an und verschieden dort. Wer von ihnen Geld oder Besitz hatte, fand es meistens angemessen, den Abt, der ihm die letzte Ölung spendete, als Erben zu benennen. Auf diese Weise gelangten manche Klöster an Landbesitz, der über das ganze Reich verstreut war und den die Klosteroberen niemals zu Gesicht bekamen, es sei denn in Form des Zinses aus den Gütern, die diese Höfe erwirtschafteten.

Zu Laurins Überraschung hatte Valeria ihm so viele Münzen gegeben, dass der Gehilfe des Kellermeisters, den Laurin mit scheinheiliger Demut fragte, wem er diese kleine Spende überreichen dürfe, sie ohne weitere Fragen in den Teil des Herbergsgebäudes geleitete, in dem die hohen Gäste beim Essen saßen. Als er ihnen einen Platz zuwies und sie sich setzten, von allen Anwesenden mit ebenso großer Neugier wie Argwohn beobachtet, raunte Laurin: »Im anderen Gebäudeteil wären wir weniger stark gemustert worden. Ich meine nur – wegen der Anonymität in der Menge und so.«

»Im anderen Gebäudeteil hätten wir nur arme Schlucker gefunden, die selbst darauf hoffen, sich einer Reisegruppe anschließen zu können. Und jetzt seid Ihr noch mal dran.«

»Womit?«

Valeria deutete grinsend auf die Feuerstelle, über der ein Kessel hing, bewacht von einem weltlichen Klosterdiener. »Holt uns das Essen, Knecht.«

Während Laurin darauf wartete, dass der Bursche zwei Holzschüsseln mit einem wohlriechenden, dicken Eintopf füllte – Laurin nahm Zwiebeln, Majoran, Ingwer und Zimt und den Duft von frischem Fisch wahr; ein fürstliches Karfreitagsmahl! –, fiel ihm ein älterer Mann mit einem runden, gemütlichen Mondgesicht auf, der in der Nähe der Feuerstelle saß. Er war teuer gewandet. Um ihn herum saßen zwei bullige Haudegen mit Steppwämsern und auf ihre Tuniken aufgenähten Wappen, eine nicht mehr ganz junge Frau in einem einfachen Kleid und eine aufwendig gekleidete Dame, die vom Alter und der Erscheinung her zu dem Mann passte. Die Wappen auf den Tuniken des Herrn und der beiden Haudegen – ein doppelköpfiger Adler über einem rot-weiß gewürfelten Feld – sowie die Anwesenheit der Haudegen überhaupt sagten Laurin, dass er es mit einem Adligen zu tun hatte, wahrscheinlich einem Ritter mit einem einträglichen Besitz, der dem Kaisergeschlecht Treue geschworen hatte und nach Stoufen reiste. Er kannte das Wappen nicht.

Der Ritter und seine Frau schienen großzügig zu sein, denn sie hatten einen Teil ihrer Entourage – die beiden Burgmannen, die als Leibwächter mitreisten, und die Kammerdienerin der Herrin – in den Speisesaal mitgenommen und verköstigten sie dort. Ihre Spende in die klösterliche Almosentruhe würde dementsprechend hoch sein.

All das war es aber nicht, was Laurins Aufmerksamkeit auf die Gruppe gelenkt hatte. Es war der Gesichtsausdruck des Ritters und dass er sich halb von seinem Platz erhoben hatte. Das gemütliche Mondgesicht war auf einmal gar nicht mehr gemütlich. Laurin folgte unwillkürlich dem Blick des Mannes und stellte erschrocken fest, dass er Valeria anstarrte. Valeria, die ihm ein paar Tische weiter das Profil zuwandte, schien ihn noch nicht bemerkt zu haben.

Wieso starrte der alte Bursche Valeria mit einem solchen Ausdruck der Verwirrung und des Schreckens an? Was dachte er denn, wer die junge Frau war?

»Aua!« Etwas Brühendheißes schwappte plötzlich über Laurins Daumen. Er hatte die Hände offen gehalten, aber zu dem alten Ritter hinübergegafft, und der Klosterknecht hatte ihm die Schüsseln etwas zu schwungvoll hineingedrückt. Der heiße Eintopf rötete Laurins Haut. Aufgebracht wandte er sich um.

»'tschuldigung, Euer Gnaden«, sagte der Klosterknecht.

Laurins Blicke wanderten wieder zu dem alten Ritter, als von seinem Tisch her laute Stimmen ertönten. Der Mann war inzwischen noch bleicher als vorher und seine Augen weit aufgerissen. Seine Gattin redete besorgt auf ihn ein. Die Kammerfrau goss ihm aus einem Krug einen Schluck in seinen Becher.

Die beiden Haudegen hingegen starrten finster in Laurins Richtung. Es lag daran, dass auch ihr Herr zu Laurin herblickte.

Laurin war ganz offensichtlich der Grund dafür, dass die Aufregung, die der Mann beim Anblick Valerias empfunden hatte, in Fassungslosigkeit umgeschlagen war. Er schien Laurin vorher gar nicht bemerkt zu haben.

Einer der Haudegen erhob sich langsam, bereit, für seinen Herrn erst zuzuschlagen und dann zu fragen, was eigentlich los war.

Der alte Ritter schüttelte den Kopf und nötigte ihn, sich wieder hinzusetzen. Dann streifte er die besorgten Hände seiner Frau ab, holte Luft, erhob sich, stierte Laurin noch einmal an – und stapfte hinaus. Man konnte seinem eckigen Gang den Tumult seiner Gefühle ansehen. Alle an seinem Tisch gafften jetzt Laurin an, ohne dass sie zu wissen schienen, was den Ritter so erregt hatte.

Das zumindest hatten sie mit Laurin gemeinsam.

Verwirrt und beklommen brachte Laurin die Schüsseln zu Valerias Tisch. Wie nicht anders zu vermuten, war auch sie inzwischen auf den Aufruhr aufmerksam geworden.

»Was war da los?«, fragte sie.

»Schaut nicht hin«, raunte Laurin, »aber an dem Tisch dort drüben saß ein alter Ritter, der zuerst bei Eurem und dann bei meinem Anblick völlig aus dem Leim geriet. Er ist geradezu rausgerannt.«

»Rausgerannt?«, zischte Valeria. »So, als ob er jemanden alarmieren würde? Los, rafft Euer Zeug zusammen. Wir müssen sofort weg!«

Sie wartete nicht auf Laurin. Sie stand auf und trat neben den Tisch. Drüben bei der Gruppe des Ritters hatte sich auch die Herrin zögernd erhoben und schaute in ihre Richtung. Sie schien nicht zu begreifen, was ihren Gatten so aufgeregt hatte. Der leichter erregbare der beiden Haudegen erhob sich neben ihr, wie um ihr Schutz zu geben.

»Das darf nicht wahr sein!«, flüsterte Valeria. Ihr Unterkiefer klappte herab.

»Sagt bloß, Ihr kennt den Kerl!«, quiekte Laurin.

»Das Wappen …!«, sagte Valeria. »Ich kenne das Wappen! Ich kenne die Wappen von allen vieren!«

»Das sind aber fünf … wenn man den Ritter mitrechnet, der rausgegangen ist …«

»Wo ist der Mann hin?« Valeria fuhr so schnell herum, dass Laurin erschrak und Mantel und Taschen, die er aufgerafft hatte, wieder fallen ließ. »Der Ritter – wo ist er hin?«

»Raus …«

»Lasst das Zeug liegen, Ihr Tolpatsch. Der Mann kommt wie gerufen. Los, folgt mir.«

»Ihr habt doch gerade gesagt, ich soll es …«

Laurin fühlte sich gepackt und hinter Valeria hergezerrt. Im Saal begannen ein paar Gäste zu lachen, als sie Laurins unbeholfenes Gehampel mitansahen. Valeria zog ihn hinter sich her und zum Portal hinaus ins Freie.

Dort stand der alte Ritter, schwer atmend und sich bekreuzigend. Er fuhr zusammen, als Valeria und Laurin in den Vorhof des Herbergsgebäudes platzten.

»Der Graf von Botenloube?«, rief Valeria.

Der alte Ritter starrte sie an. Laurin starrte ihn und abwechselnd Valeria an. Botenloube? Laurin kannte den Namen. Walther hatte ihn oft erwähnt, und nie ohne Melancholie. Er hatte auch noch zwei andere Namen erwähnt, dann und wann.

Gerold von Waldeck.

Heinrich von Kalden.

Und Otto von Herneberch, Graf von Botenloube.

Moment mal!

Wenn man noch den offenbar in dieser Aufzählung fehlenden Namen Walthers hinzufügte, dann kam man auf vier Männer.

Ich kenne die Wappen von allen vieren.

Was zum Henker sollte das bedeuten? Zum hundertsten Mal fragte Laurin sich: Was ging hier eigentlich vor?

Otto von Herneberch – wenn er es war – sah aus, als habe er einen Geist gesehen. Nein, als habe er zwei Geister gesehen. Aus irgendwelchen Gründen waren Laurin und Valeria diese Geister. Er bekreuzigte sich sogar, als Valeria auf ihn zutrat.

»Herr von Herneberch? Ihr seid es doch, oder? Ich kenne Euer Wappen.«

Der alte Ritter schüttelte sich. In seiner Fassungslosigkeit verlor er alle guten Manieren und deutete auf Laurin: »Ihr … Ihr seht aus wie … ich kenne ihn seit unserer Knappenzeit … Ihr seid ihm aus dem Gesicht geschnitten … aber wie kann das sein? Euer Vater ist doch … o Gott, Walther, hast du mir doch nicht alles …?«

»Was hat mein Vater mit Euch zu tun?«, fragte Laurin. »Und von welchem Walther sprecht Ihr? Meint Ihr Walther von der Vogel …?«

Otto hatte ihm gar nicht zugehört. Seine Blicke saugten sich förmlich an Valerias Gesicht fest. »Und Ihr … wer seid Ihr? Seid Ihr ein Geist? Seid Ihr aus Fleisch und Blut?«

»Wessen Geist sollte ich denn sein?«, fragte Valeria interessiert, typischerweise weit weniger aus dem Gleichgewicht gebracht als Laurin.

Doch Otto von Herneberch holte plötzlich tief Luft, fuhr sich mit den Händen durch das Gesicht und schien danach wieder Herr seiner Sinne zu sein. »Ich glaube nicht, dass Ihr zufällig hier seid«, sagte er. »Kommt mit hinein. Wir müssen reden. Ich muss wissen, wer Ihr seid.«

»Wir sind nicht verpflichtet, Euch das zu sagen«, erklärte Valeria. Aber dann winkte sie ab. »Was soll's! Euch zu treffen ist mir sehr gelegen.«

31.

Sie kehrten zusammen mit Otto von Herneberch an dessen Tisch zurück. Der alte Ritter stellte ihnen seine Frau vor – Beatrice de Courtenay. Laurin übernahm es, Valeria und dann sich selbst vorzustellen. Er hatte den merkwürdigen Verdacht, dass Otto zumindest seinen Namen bereits geahnt hatte.

»Was geht hier vor?«, fragte Valeria, nachdem die Höflichkeiten vorüber waren. »Was habt Ihr in unseren Gesichtern gesehen? Wem sieht Laurin ähnlich? Und wem sehe ich so ähnlich, dass Ihr das Kreuz geschlagen und mich für einen Geist gehalten habt?«

Otto konterte mit einer Gegenfrage: »Und woher habt Ihr gewusst, wer ich bin?« Doch dann stockte er und hob die Hand, als würde er um Entschuldigung bitten. »Wir fangen das falsch an«, sagte er. »Wie immer die Antworten lauten, wir müssen uns ihnen nähern wie … wie dem Höhepunkt eines Epos.«

»Gesprochen wie der berühmte Sänger, der Ihr seid«, sagte Valeria sarkastisch. »Als ob die Wirklichkeit ein Epos wäre. Aber meinetwegen. Beantwortet das Eure Frage: Ich habe Euch an Eurem Wappen erkannt?«

»Ich *war* ein berühmter Sänger – vor fast zwanzig Jahren, also vor Eurer Geburt. Und ich war neunzehn von diesen fast zwanzig Jahren auf meinem Besitz im Heiligen Land und habe dort keinen Ton gesungen. Kein Aas kennt heute noch mein Wappen.«

»Walther hat von Euch gesprochen«, sagte Laurin. Er sah sich einem prüfenden Blick aus dem runden Mondgesicht ausgesetzt, dessen gemütliches Aussehen, das war ihm mittlerweile klar, durchaus täuschen konnte.

»Das könnt Ihr nur wissen, wenn Ihr ihn täglich seht. Ich glaube nämlich nicht, dass er das oft tut. Keiner von den vieren, die wir damals waren, hat, fürchte ich, die Namen der anderen in den letzten Jahren so oft genannt, wie er es hätte tun sollen.«

»Walther hat mich auf seinem Gut aufgenommen, um mich zu …«, Laurin stockte, als ihm wieder einfiel, dass er sich Valeria als wichtigster Bestandteil des Waltherschen Haushalts vorgestellt hatte und nicht als jemand, den zu unterweisen der Sänger angeboten hatte. »Ich helfe ihm bei seinen Studien und Dichtungen.«

»Indem er Walthers alte Verse ausgräbt und sie an Ahnungslosen ausprobiert«, versetzte Valeria. Laurin knirschte mit den Zähnen.

Otto lächelte schwach. »Warum seid Ihr beiden hier?«, fragte er.

»Vielleicht wollen wir nicht darüber reden?«

»Nicht? Wo ich Euch doch wie gerufen komme?«

»Na gut.« Valeria gab nach. »Wir sind auf der Suche nach Walther von der Vogelweide. Und was tut Ihr hier?«

»Ich warte auf Walther von der Vogelweide«, sagte Otto schlicht. »Seht Ihr – es funktioniert wie ein *jeu parti*. Ihr sagt einen Satz, ich sage einen Satz. Daraus wird mit der Zeit eine Strophe. Mein nächster Satz ist eine Frage: Wieso habt ihr mein Wappen erkannt, wenn hier in diesem gesamten Saal«, er machte eine umfassende Armbewegung, »es seit Tagen keiner erkennt? Und dabei sind Leute hier, die damals bei einem meiner Auftritte dabei gewesen sein könnten.«

»Ihr seid schon ein paar Tage hier?«

»Warten hat vor allem mit Geduld zu tun.«

»Weshalb wartet Ihr auf Walther?«

»Hmmm!«, machte Otto und schüttelte den Kopf. »So geht das Lied nicht. Eure Antwort steht noch aus.«

»Ich habe Euer Wappen erkannt, weil ich es mir eingeprägt habe, bevor ich zu meiner Mission aufbrach. Eures, das von Heinrich von Kalden, das von Gerold von Waldeck und natürlich das von Walther.«

»Wozu das?«

»Weil ich vorhatte, mich an einen von euch um Hilfe zu wenden, wenn ich Walther nicht finden sollte.«

»Davon habt Ihr mir nichts gesagt«, stellte Laurin gekränkt fest.

»Ihr hättet es vielleicht erfahren, wenn ich zu dem Schluss gekommen wäre, dass *Ihr* mir nicht helfen könnt.«

»Ich habe das Gefühl, ich bin nur dabei, weil ich so dekorativ bin.«

»Wenn es wenigstens so wäre«, seufzte Valeria. Sie wandte sich von dem empörten Laurin ab und erneut Otto zu. »Also, jetzt seid Ihr wieder dran. Wozu wartet Ihr auf Walther?«

»Weil ich mir dachte, dass er hier über kurz oder lang vorbeikommen muss und ich ihn gern wiedersehen möchte.«

»Hier vorbeikommen? Weshalb sollte Walther hier vorbeikommen?«

»Es ist die logische Wegstation zwischen seinem Besitz und Burg Stoufen.«

»Ach, Ihr wisst, wo Walther lebt? Warum sucht Ihr ihn denn nicht dort auf, wenn Ihr ihn wiedersehen wollt?«

»Würde es denn Sinn ergeben? Walther ist nicht zu Hause, sonst wärt Ihr, junger Freund, nicht mit dabei, um ihn zu suchen.«

»Ihr glaubt also, dass Walther auf dem Weg nach Stoufen ist.«

»Früher oder später.«

»Weshalb?«

»Weil sich der Kaiser dort zu Pfingsten mit dem Kreuzzugsheer treffen will und Walther dabei nicht fehlen wird.«

»Bis Pfingsten sind es noch über sechs Wochen!«

»Ich sagte ja, dass Warten mit Geduld zu tun hat.«

»Wisst Ihr was?«, sagte Valeria hitzig. »Ich glaube, dass Ihr uns an der Nase herumführen wollt.«

»Was wollt Ihr denn von Walther?«

»Sie löst für jemanden eine Ehrenschuld ein«, sagte Laurin, der das Gefühl bekommen hatte, dass die Unterhaltung total an ihm vorbeilief, und den Versuch unternahm, das zu ändern.

»Eine Ehrenschuld?«

»Eine, die zwanzig Jahre alt ist.«

Otto wandte sich an die verbissen dreinblickende Valeria. »Das ist aber lange her.«

»Manche Schulden erlöschen nie«, knurrte sie.

»Wer ist mit dem Bezahlen dran? Derjenige, der Euch geschickt hat – oder Walther?«

Valeria lächelte plötzlich. »Um die Antwort darauf zu hören, braucht Ihr Eure hervorragendste Tugend, Herr von Herneberch. Geduld. Weil Ihr nämlich darauf lange warten könnt. Ich lasse mich von Euch nicht mehr weiter ausfragen.«

»Wie Ihr wollt. Dann seid Ihr wieder mit einer Frage dran. Wir nähern uns dem Höhepunkt des Epos.«

»Ich habe auch nur noch eine: Wem sehen wir beide so ähnlich, dass Euch fast der Schlag getroffen hätte?«

»Tut mir leid, aber das kann ich Euch nicht sagen.«

»Was? Ich dachte, das sei der Höhepunkt des verdammten Liedes?« Valerias Stimme hob sich vor Ärger. »Darauf ist doch unsere ganze Unterhaltung zugelaufen.«

Otto lächelte friedlich. »Das hat ein gutes Epos so an sich«, erklärte er. »Dass am Ende manchmal eine Überraschung steht.«

»Oh, Ihr heuchlerischer …«, begann Valeria. Ihre Augen blitzten.

»Unser gemeinsames kleines Lied hat aber noch eine zweite Überraschung. Ich biete Euch den Schutz einer Reisegruppe an. Meiner Gruppe. Zu zweit reist es sich gefährlich.«

»Sehr freundlich. Wollt Ihr denn auf einmal nicht mehr warten? Was ist, wenn wir Euer Angebot ausschlagen?«

»Dann seid Ihr ungeschickt. Wo wollt Ihr hin?«

»Burg Stoufen«, sagte Laurin.

»Irrtum. Ihr *wolltet* nach Stoufen. Das ist jetzt nicht mehr Euer Ziel.«

»So? Wohin wollen wir dann?«, fragte Valeria.

»Nach Papinberc. Dort werden wir einen der Männer treffen, dessen Wappen Ihr auch kennt. Er weiß zwar noch nichts davon, aber das wird sich ändern, sobald ich dem Kloster hier so viel Geld in den Rachen geworfen habe, dass sie den schnellsten ihrer Boten zu ihm senden. Fräulein Valeria, Herr Laurin – ab sofort suchen wir gemeinsam nach meinem alten Freund Walther.«

3. BUCH

Wie Diebe in der Nacht
1227 A. D.

1.

Walther traf im Lauf des Ostermontagvormittags in Papinberc ein. Wenn es noch eines Beweises bedurft hätte, wie sehr er aus der Welt gefallen war, dann bekam er ihn jetzt. Er fand keine Unterkunft. Früher hatte er stets ein Logis in der kaiserlichen Pfalz gehabt. Sein Name war Ausweis genug gewesen. Aber als er diesmal dort vorsprach und seinen Namen nannte, hieß es, man sei wegen des Osterfestes voll, weil man Bischof Ekbert erlaubt habe, seine Gäste in den Räumlichkeiten einzuquartieren.

Niemand sagte Dinge wie: »Oh, Herr Walther, natürlich, Euer Name hat einen guten Klang, wir werden sehen, dass wir für Euch eine Schlafstatt finden.« Stattdessen sah man ihn höflich-ungeduldig an und wartete darauf, dass er sich wieder trollte, was er schließlich auch tat. Sich aufzuspielen machte keinen Sinn, besonders weil er die Gunst des Hofverwalters brauchte, um Einlass in die Pfalz zu bekommen und sich nach dem Waisen umzusehen. Wenn er jetzt Schwierigkeiten machte, würde der Truchsess sicher nicht geneigt sein, ihm später zu helfen.

Der langjährige Truchsess in Papinberc hieß Conrad von Pommersfelden. Walther kannte den Namen, aber nicht den Mann. Er war nach dem Mord an Philipp zu Amt und Würden gelangt, als Nachfolger seines Vaters, Conrad des Alten. Der alte Conrad hatte zu denen gehört, die für die freundschaftliche Nähe eines Mannes wie Walther zu König Philipp nicht viel übrig gehabt hatten. Man musste im Zweifel davon ausgehen, dass er seine Haltung an seinen Sohn vermacht hatte.

Hauptsächlich jedoch gab er auf, weil ihm während des Wartens aufgegangen war, dass er im Gebäude kein Auge zutun würde. Er war seit Philipps Tod nicht mehr hier gewesen. Was ihn betraf, steckte die Königspfalz voller trauriger, alter Geister.

Alle einigermaßen anständigen Unterkünfte in Papinberc waren ebenfalls belegt. Jeder andere Reisende hatte es leichter als ein fahrender Sänger – Kaufleute und Handwerker wurden von ihren hiesigen Zunftgenossen in deren Häusern aufgenommen, Kleriker schliefen bei den örtlichen Priestern oder in den Klöstern. Adlige waren gern gesehene Gäste bei ihresgleichen. Für alle anderen gab es Schlaflager in Herbergen, aber die waren alle voll. Schließlich kam er in der Benediktinerpropstei von Sankt Fides oberhalb des Michelsbergs unter, und das auch nur, weil er den Umweg über eine offizielle Spende in die Almosentruhe gar nicht erst einschlug, sondern dem Propst so lange Münzen in die Hand drückte, bis dieser zu lächeln begann.

Danach lief er ziellos durch die Stadt. Bei seinem Aufbruch von Freisingen hatte es sich irgendwie einfach angehört: nach Papinberc zu reiten und dort mit der Suche zu beginnen, weil dort der Waise zuletzt gesehen worden war. Tatsächlich war es überhaupt nicht einfach, und das lag nicht nur daran, dass ihm nicht mehr wie früher die meisten Türen offen standen. Hatte er gedacht, die Königspfalz sei voller Geister? Die ganze Stadt war es. Es gab zu viele Plätze, mit denen sich Erinnerungen verbanden – an Philipp, an Heinrich von Kalden, an Bischof Gerold, an Otto … und natürlich an Eirene.

Schließlich wartete er neben der Adamspforte am Ostchor des Doms, aus dem die gesamten Gottesdienstbesucher strömten, angeführt von Bischof Ekbert, den Domherren und allen Angehörigen der hohen Geistlichkeit. Weitere Gläubige, die auf dem Platz gewartet hatten, schlossen sich an. Es war die traditionelle Emmausprozession, und wie es schien, nahm halb Papinberc daran teil. Walther wartete ab, bis der Strom endete, dann schlüpfte er in das Kirchenschiff, das vom Dröhnen der Glocken widerhallte, und schlurfte zögerlich in Richtung des Hauptaltars, der sich im Westchor befand. Ein halbes Dutzend Messbesucher waren in der Kirche geblieben, statt sich der Prozession anzuschließen. Sie knieten vor den Stufen zum Altar auf dem steinhart festgetretenen Erdboden. Der Umbau des Doms war immer noch nicht abgeschlossen; der Boden würde zu den letzten Dingen gehören, die vollendet wurden. Walther kniete ebenfalls nieder und bekreuzigte sich. Er versuchte, irgendeinen frommen Gedanken in seinem Hirn wachzurufen, aber alles, was ihm in den Sinn kam, war, dass er nicht hier sein wollte. Oder sonst wo. Seit zwanzig Jahren wollte er nirgends mehr sein. Er war ein Narr gewesen, so etwas Ähnliches wie Hoffnung zu hegen bei diesem Abenteuer, das sich von Anfang an zu einer traurigen Demonstration dessen entwickelt hatte, was aus ihnen allen geworden war seit Philipps Tod – und was ihn betraf, speziell seit Eirenes Tod. Sie hatten damals gedacht, die Welt bewegen zu können. In Wahrheit hatte die Welt sich weiterbewegt und sie am Rand stehen lassen, zusammen mit den traurigen Resten – Heinrichs alten Geschichten, die niemand hören wollte, Gerolds veschuldetem Bistum, das ihn zum Teufel wünschte, und Walthers schlechten und lahmen Versen zu politischen Themen. Man konnte nur hoffen, dass wenigstens Otto von Herneberch sein Glück gefunden hatte im Heiligen Land.

Unvermittelt bekam er das Gefühl, dass jemand ihn beobachtete. Er hob den Kopf. Etwas weiter weg kniete eine Frau mit einem Mantel, dessen Kapuze sie lose über den Kopf gezogen hatte. Sie schaute ihn an. In der Düsternis des Doms und wegen der Kopfbedeckung konnte er ihr Gesicht nicht erkennen. Er fragte sich, wieso sie ihn musterte – doch da streifte sie die Kapuze ab und zeigte sich ihm.

Sein Herz setzte aus.

Seine Knie wurden weich.

Die Frau war Eirene.

2.

Walther wurde bewusst, dass die Betenden zu beten aufgehört hatten und stattdessen ihn argwöhnisch ansahen. Die, die ihm am nächsten knieten, rückten etwas von ihm ab. Er war vor dem Altar jählings in die Knie gegangen, nun stützte er sich zitternd und keuchend auf seine Hände. Kreuzzeichen wurden geschlagen mit der Rechten, während sich linke Hände ihm verstohlen entgegenreckten in der Geste für die Abwehr von Übel – Zeige- und kleiner Finger aus der Faust gespreizt. Nur ein einziger Kirchenbesucher blieb unbewegt. Er hatte sich aufgerichtet und musterte ihn reglos.

Sie hatte sich aufgerichtet.

Die Frau mit dem Kapuzenmantel.

Eirenes Geist.

Walther hörte ein Geräusch aus seiner Kehle. Ein Teil von ihm wollte sie nicht anschauen, der überwiegende Teil von ihm jedoch konnte die Blicke nicht von ihr abwenden.

Es gab keine Geister.

Daher konnte die junge Frau nicht Eirenes Geist sein.

Der Beweis: die Kirchenbesucher, die seinem Blick folgten und die junge Frau mit dem beginnenden Misstrauen musterten, das angebracht war, wenn in der Kirche jemand plötzlich beim Beten nach vorn kippte und zu keuchen begann und dabei das Objekt des beginnenden Misstrauens unverwandt anstierte.

Geister existieren nur in der Vorstellung der Menschen. Außenstehende konnten sie nicht sehen. Walther wusste es. In den ersten Jahren hatte er Eirene überall gesehen – in Mengen auf Marktplätzen, an Bankettischen, in Messgemeinden und an einsamen Orten, zu denen er geflohen war, weil sein Kummer ihn plötzlich erdrückte. Niemand sonst hatte die Königin gesehen. Nur er.

Langsam sickerte in sein Bewusstsein, dass er die junge Frau in Schwierigkeiten brachte. Er richtete sich im Knien auf und bekreuzigte sich und sagte laut: »O Herr, du hast mich mit dieser Schwäche geschlagen, um mir die nötige Demut zu geben. Ich danke dir dafür.« Er wandte sich an seine Nachbarn: »Verzeiht, wenn ich Euch erschreckt habe. Es ist nichts. Nur eine alte Verwundung aus dem Kreuzzug.«

Die Mienen der Kirchenbesucher änderten sich von argwöhnisch zu mitfühlend. Kreuzzugsveteranen standen immer in hohem Ansehen, und jetzt, da ein neuer Kreuzzug beginnen sollte, umso mehr. Vermutlich würde dieser alte Haudegen auch wieder mitgehen und empfahl hier nur sein Leben in die Hände des Gottes, für den er streiten wollte. Die Kirchenbesucher nickten Walther zu, und er nickte mit gut gespielter Pietät zurück, bevor er endgültig aufstand und langsam durch das Kirchenschiff zur Adamspforte stapfte. Er brauchte seine ganze Selbstbeherrschung, um nicht zu der Frau im Kapuzenmantel zurückzublicken.

Er hörte die schnellen Schritte, als er das Portal schon fast erreicht hatte. Neben dem südlichen Aufgang zum erhöht gebauten Ostchor blieb Walther stehen und drehte sich um.

Die Frau im Kapuzenmantel war ihm gefolgt.

Er holte tief Luft und versuchte sie anzulächeln, als sie bei ihm ankam.

»Geht es Euch gut?«, fragte sie. Erneut fand er sich einer intensiven Musterung ausgesetzt, wie er sie so freimütig noch selten erlebt hatte. Sein Herz klopfte. Ihre Ähnlichkeit mit Eirene war aus der Nähe gesehen nicht mehr so groß, aber trotzdem – das Gefühl, das er vorhin gehabt hatte, war noch da und machte es ihm schwer, an etwas anderes als die größte Liebe seines Lebens zu denken.

»Es war nichts«, sagte er schließlich. »Darf ich Euch fragen, warum ihr mich so angesehen habt, als ich mich zum Beten niederkniete?

»Ihr wart ein Neuankömmling und außerdem der einzige Mann im richtigen Alter.«

»Wartet Ihr hier auf jemanden?«

»Seit gestern. Ich habe eine wichtige Botschaft für ihn.«

»Vielleicht kenne ich ihn?«, fragte Walther in einem Versuch, leichtherzig zu klingen und zugleich das Gespräch in die Länge zu ziehen. Er wollte noch nicht Abschied nehmen von diesem Gesicht, das seine ganz eigene Individualität besaß, je länger man es ansah. Und das bereits jetzt so wirkte, als kenne er es seit Langem, und das lag nicht nur an der Ähnlichkeit mit Eirene. Es war beinahe, als versteckten sich hinter den schönen, kühnen Zügen zwei Gesichter, die Walther vertraut waren. Es war verwirrend. Auf einmal hatte Walther das Bedürfnis, darüber und über seine Verwirrung ein Lied zu dichten. Ein Liebeslied, keine politische Auftragsarbeit. »Ich komme viel herum«, fügte er hinzu, als sich ihre Augenbrauen hoben.

»Na gut, womöglich könnt Ihr mir wirklich helfen. Sein Name ist Walther von der Vogelweide.«

»Ach?«, murmelte Walther, weil es das Einzige war, das ihm in seiner Fassungslosigkeit einfiel. Er hatte den Verdacht, dass er erneut die Kontrolle über seine Gesichtszüge verlor. Wie berechtigt diese Sorge war, bemerkte er an der Reaktion der jungen Frau: »Was habt Ihr? Kennt Ihr den Mann etwa wirklich?«

»Flüchtig«, brachte Walther heraus. Gerade noch rechtzeitig erwachte der Argwohn in ihm. Wer war diese unbekannte Schöne? Was wollte sie von ihm? War sie eine Abgesandte von Kaiser Friedrich? Aber Friedrich war eher dafür bekannt, dass er die schönen Frauen in sein Bett lud, statt sie mit Missionen zu betrauen.

»Seid Ihr aus Papinberc?«, fragte die junge Frau.

»Nein, ich stamme aus der Nähe von Fuchtwang.«

»Dann könntet Ihr ihn tatsächlich kennen, er lebt auch dort in der Gegend.«

»Was wollt Ihr denn von ihm, wenn ich fragen darf?«

Die junge Frau trat einen Schritt zurück. Ihr Gesicht wurde ernst. »Ihr seid Walther, oder?«, fragte sie.

»Wie kommt Ihr darauf?«

»Ihr fragt zu eifrig nach. Seid Ihr's, oder seid Ihr's nicht?«

Wäre Walther weniger erschüttert gewesen von der Erscheinung der jungen Frau, er hätte sich vermutlich weiter in Ausreden geflüchtet. So sagte er nur resigniert: »Ja, ich bin's.«

Woraufhin etwas Befremdliches geschah. Für einen winzigen Moment – später redete er sich ein, dass er sich das alles nur eingebildet hatte in seiner Verwirrung! –, für einen winzigen Moment war er überzeugt, dass die junge Frau ihn töten würde.

Ihre Augen weiteten, ihr Mund verzerrte sich.

Sie war zurückgetreten; jetzt glitt sie wieder einen Schritt nach vorn, auf Walter zu, und gleichzeitig fuhr ihre rechte Hand unter ihrem linken Arm durch, als verberge sie etwas. Ihr ganzer Körper war auf einmal gespannt, geduckt, wie der einer Schlange, die zustoßen würde … Einen Wimpernschlag später war alles vorbei.

Über die Treppenstufen des Choraufgangs klapperten zwei Bendiktinernovizen herunter, die dort oben stumm irgendwelche Dienste für den Dom verrichtet hatten. Sie stutzten beim Anblick der beiden, dann drückten sie sich an ihnen vorbei. Weitere folgten ihnen ebenso schweigsam, während sie mit ihren Sandalen die Treppenstufen herunterschlappten.

Der Moment war vorüber. Walther würde sich später ebenfalls einreden, dass er *nicht* das Aufschimmern einer Dolchklinge gesehen hatte, bevor diese wieder in ihrem Versteck verschwand.

Er öffnete den Mund und schloss ihn wieder, weil er vergessen hatte, was er sagen wollte. Seine Zunge war rau und trocken.

Die junge Frau lächelte ihn an. »Wie schön, dass ich Euch gefunden habe. Folgt mir. Ich bringe Euch zu jemandem, der ebenso dringend auf Euch gewartet hat wie ich.«

3.

Es gab ungläubige Blicke, Tränen, ein mächtiges Auf-die-Schulter-Klopfen und Sätze wie »Mann, bist du grau geworden!«, dann wieder Gelächter und neue Tränen. Während sich die alten Recken Walther, Otto und Heinrich in den Armen lagen, hielten Laurin und Valeria sich abseits, an dem Tisch, an dem Ottos Frau mit ihrer Kammerfrau und den beiden Leibwächtern saß; Laurin mit einem Kloß im Hals, Valeria mit einem unergründlichen Gesichtsausdruck. Als die Emotionen im Raum schließlich wieder so weit verebbt waren, dass ein vernünftiges Gespräch möglich schien, wagte sich der Schankwirt heran, um nach den Wünschen der Herren zu fragen. Nach der Bestellung eines großen Krugs Bier zog er freudig wieder ab, voller Zuversicht, dass es nicht der letzte sein würde.

Im Schankraum war es warm und stickig. In der offenen Brandstelle unterhalb eines mächtigen rußigen Rauchabzugs loderte ein Feuer. Der Tisch der drei alten Freunde stand in der Nähe der Flammen. Heinrich von Kalden und Walther schwitzten und lockerten ihre Gürtel, schoben die Ärmel ihrer Tuniken nach hinten und rückten von ihren auf den Sitzbänken gebauschten Mänteln ab. Otto von Herneberch hatte ebenfalls den Mantel abgelegt und die Ärmel von Surcot und Hemd aufgerollt, trug aber weiterhin seine Bundhaube, als fürchte er, sich den Kopf zu verkühlen. Er hatte sie sogar unterm Kinn geschnürt. Mit seinem rotbäckigen runden Mondgesicht sah er damit fast so aus wie ein glücklich gestillter Säugling in seiner Wiege.

Am Tisch der drei Männer wurde es still. Laurin sah, wie Otto von Herneberch zu seiner Frau herüberblickte, ein fröhliches Strahlen im Gesicht, und ihr zuzwinkerte. Zu Laurins Überraschung zwinkerte Beatrice zurück. Mit ihren feinen aristokratischen Zügen, die von einem Gebende aus feinstem stickereiverziertem Leinen und einem ebenfalls bestickten Schapel eingerahmt wurden, und ihrer ruhigen Art wirkte sie unnahbar. Laurin hatte jedoch mehrfach in den vergangenen Tagen das Gefühl bekommen, dass dies nur der äußere Schein war und dass sich dahinter eine lebenslustige, witzige und leidenschaftliche Frau verbarg, die ihren Mann ebenso innig liebte wie er sie. Wenn man die beiden ansah, hatte man das Gefühl, dass es auch schön sein könnte, alt zu werden. Bislang hatte Laurin, was das Älterwerden betraf, nur Walther näher beobachten können, und dessen eisig-stumme Verzweiflung hatte auf ihn keinen guten Eindruck gemacht. Auch an Heinrich von Kalden bemerkte er deutlich Züge von Resignation, obwohl der ehemalige Reichsmarschall sie mit dröhnendem Gepolter und alten Heldengeschichten überdeckte. Otto von Herneberch und seine Fau dagegen wirkten so, als hätten sie all die Vorteile des gesetzten Alters entdeckt und keinen einzigen Nachteil. Und während Laurin nun Walther verstohlen von der Seite musterte, als der sich auf seiner Bank zurechtsetzte und dann seine beiden alten Freunde angrinste, schien es dem jungen Mann, als würde Walthers seelische Vereisung bereits auftauen. Auch Heinrich von Kalden wirkte zufriedener und wacher als zuvor.

Laurin war bewusst, dass Walthers Zustand von einer verlorenen Liebe herrührte, auch wenn der alte Sänger nie darüber gesprochen hatte. Er ahnte, dass es sich bei Heinrich von Kalden ähnlich verhielt, nur dass dessen Liebe wahrscheinlich die Sorge für das Reich gewesen war und er sie verloren hatte, als er zu alt für das Amt des Reichsmarschalls geworden war. Die Liebe ihres Lebens war weiterhin fern von den beiden alten Männern, doch dafür war etwas anderes wiedererweckt worden: ihre Freundschaft, die sie miteinander und mit Otto von Herneberch verband. Laurin wurde auf einmal klar, dass sein eigenes Leben in dieser Hinsicht arm war. Seine Beziehung zu Walther war eher die eines ungelehrigen Schülers zu seinem meist geduldigen Mentor. Weitere Freunde hatte er nicht. Er hatte, als er alt genug dafür geworden war, nur der Liebe nachgestellt und sich heftig darum bemüht, seinen ersten Kuss zu bekommen beziehungsweise – als er dem zarten Knabenalter entwachsen war – seine Unschuld zu verlieren. Um Freundschaften hatte er sich nicht gekümmert. Ihm dämmerte, dass er da vielleicht einen Fehler begangen hatte.

Er wünschte, er könnte erfahren, was Valeria beim Anblick der Dreierrunde am Nachbartisch durch den Kopf ging. Ihr Gesicht war so steinern, dass dahinter ein wahrer Gefühlssturm toben musste. Aber während es ihm relativ leicht schien, wenigstens ein wenig hinter die Fassaden der drei alten Kämpfer zu blicken, blieb Valeria ein Buch mit sieben Siegeln. Wenn es nicht absurd gewesen wäre, hätte er beinahe gedacht, sie denke über eine versäumte Gelegenheit nach, wie jemand, der sich im Stillen fragt, ob er einen Fehler begangen hat. Aber welchen Fehler könnte sie gemacht haben? Sie war es doch gewesen, die mit dem Vorschlag, im Dom nach Walther zu suchen, guten Instinkt bewiesen hatte. Alle anderen dagegen hatten Walther verpasst: Otto hatte im Kloster Michelsberg ebenso vergeblich Stellung bezogen wie Heinrich bei den Stadttoren und Laurin in den Stallungen der Königspfalz.

Der Wirt brachte den Krug Bier und drei Becher. Beatrice de Courtenay, Ottos Frau, winkte ihn heran.

»Was habt ihr den Männern gebracht?«, fragte sie.

»Bier, edle Frau.«

»Warum bringt ihr nicht auch welches an diesen Tisch?« Beatrice lächelte, und der Wirt schluckte die offensichtliche Bemerkung, dass man ja keines bestellt habe, zugunsten eines verdoppelten Umsatzes hinunter und eilte davon. Beatrices Leibwächter begannen zu strahlen. Beatrice wandte sich an Laurin und Valeria und sagte: »Was die Herren können, können wir auch. Ich kenne meinen Mann. Dieses Wiedersehen wird länger dauern. Vertreiben wir uns auch die Zeit, so gut es geht.« Sie musterte Valeria, und Laurin hatte auf einmal den Verdacht, dass Beatrice die befremdliche Stimmungslage der jungen Frau ebenfalls aufgefallen war. Möglicherweise hatte sie die Absicht, Valeria mithilfe eines Humpen Biers wieder geselliger zu machen. Raffiniert, dachte er anerkennend.

Am Nachbartisch sagte Heinrich von Kalden: »Eine Schande, dass Gerold nicht da ist. Konnte er sich von seinen Bischofspflichten nicht losreißen wegen des Osterfestes?«

Walther zuckte mit den Schultern. »Er wäre gekommen, aber ich bin aus Freisingen aufgebrochen, ohne ihm die Chance zu geben, mich zu begleiten. Es hätte ihm geschadet. Er hat Schwierigkeiten in seinem Bistum.«

»Du hast ihn zurückgelassen, obwohl du dachtest, ich wäre nicht mit von der Partie und Otto weile noch im Heiligen Land?«

»Ich hielt es für das Richtige.«

»Walther, du musst deine Freunde selbst entscheiden lassen, was für sie das Richtige ist«, sagte Otto und lächelte.

»Wie hätte ich so etwas verlangen können, nachdem ich euch jahrelang nicht …«

»Hör mit der alten Geschichte auf«, grollte Heinrich, der Meister des Erzählens alter Geschichten. »Du bist scheint's der Einzige von uns vieren, der sich das nicht verzeihen kann.«

»Hast du mir verziehen, Heinrich?«, fragte Walther. »Ist das der Grund, warum du doch gekommen bist? Als ich die Kaltenburg verließ, dachte ich, ich sehe dich niemals wieder.«

»Ich hatte dir schon verziehen, als ich dich beim Tor mit der Burgwache diskutieren sah, ob sie dich reinlassen sollen.« Heinrich hob seinen Becher, in den Otto, der sich des Krugs bemächtigt hatte, eingeschenkt hatte. »Auf deine Gesundheit, Walther. Und deine, Saladin. Und auf abwesende Freunde!«

»Ich habe einen Boten zur Kaltenburg geschickt, nachdem ich in Elwangen auf Valeria und Laurin gestoßen war«, sagte Otto.

»Saladins Botschaft hat dich überredet?«, fragte Walther. Heinrich grinste.

»Weiß der Teufel, was Saladins Botschaft war.« Er wandte sich an Otto. »Was war deine Botschaft?«

Otto rollte mit den Augen und sagte zu Walther: »Das Geld für den Boten hätte ich mir sparen können. Als wir in Papinberc ankamen, war Heinrich schon da. Der Bote hat ihn gar nicht mehr auf der Kaltenburg angetroffen.« Und zu Heinrich: »Meine Botschaft war natürlich, dass du nach Papinberc kommen solltest.«

»Ich bin ein paar Tage nach deinem Aufbruch zu dem Schluss gekommen, dass ich es nicht zulassen kann, dass du ganz allein alles durcheinanderbringst«, erklärte Heinrich und schlug Walther gegen den Arm. »Verzeih mir, dass ich es nicht gleich gemerkt habe. Oder eigentlich hab ich es gleich gemerkt. Aber …«

»Aber dir war klar, dass dein Sohn und deine Schwiegertochter auf der Kaltenburg ohne dich überhaupt nicht zurechtkämen«, vollendete Walther. »Und wahrscheinlich haben sie sich, als du abgereist bist, an deine Steigbügel gehängt und dich angefleht, hierzubleiben.«

»Genau so war es«, dröhnte Heinrich. Sein Grinsen erlosch für einen Moment. »Aber weißt du was: Ich hab es ihnen keinen Augenblick lang abgenommen. *Tempus passatinus*, oder wie sagt man?«

Bevor die Melancholie, die in Heinrichs Gesicht zu sehen war, sich festsetzen konnte, sagte Otto: »Uns war unabhängig voneinander klar, dass du in Papinberc mit der Suche beginnen würdest, Walther. Deshalb haben wir hier auf dich gewartet. Und es heißt *tempi passati,* Heinrich.«

»Das heißt es für uns alle«, sagte Walther. Erneut wurde es still am Tisch.

Diesmal schüttelte Walther die drohende Schwermut ab, die er selbst heraufbeschworen hatte. »Wie schön, dass ihr schon wusstet, was ich tun würde, bevor ich es selbst wusste. Was ich auch noch gerne wissen würde: Was hat dich an diesen Ort geführt, Saladin? Heinrich habe ich alles erzählt, Gerold auch. Aber von dir dachte ich, du lebtest mit deiner überaus bezaubernden Frau im Heiligen Land.«

»Herrje, du alter Schleimer«, sagte Otto lachend, während Beatrice de Courtenay Laurin aufs Neue überraschte, indem sie ihren Becher hob und Walther zutrank. »Aber du hast recht – Beatrice ist mein Gold aus dem Morgenland. Nicht wahr, meine Liebste?« Beatrice trank ihrem Mann zu und wurde vor Verlegenheit rot. »Wir lebten dort bis vor ein paar Jahren. Dann haben wir das Land, das Beatrice geerbt hat, an den Deutschen Orden verkauft und haben den Orient verlassen. Wir sind ein bisschen herumgezogen und haben uns schließlich auf Burg Herneberch bei Kissingen niedergelassen; die Burg gehörte einem Zweig meiner Familie. Und alles andere …« Otto sah sich in der Schänke um.

Sie war halb voll und füllte sich immer mehr. Die vorösterliche Fastenzeit war endlich vorüber und die Leute hungrig und durstig. Der Wirt hatte sich sogar die Mühe gemacht, Essen in dem Kessel zuzubereiten, der über dem offenen Feuer hing. Er musste zuversichtlich sein, dass seine Gäste nicht nur tranken und ihr mitgebrachtes Essen verzehrten, sondern auch bereit waren, ihm eine Mahlzeit abzukaufen. Der Duft von gekochtem Fleisch und Rüben driftete vom Kessel her.

»Für alles andere ist es hier zu voll«, hörte Laurin Otto raunen. »Wir brauchen einen ruhigeren Ort. Wo übernachtest du, Walther?«

»In Sankt Fides. Ich habe eine Zelle für mich.«

»Nicht schlecht. Ich habe uns direkt im Kloster Michelsberg untergebracht. Wir sind fast Nachbarn.«

»Was? Da haben sie mich abgewiesen, diese herzlosen …«

»Ich bin beim hiesigen Vertreter von Reichsmarschall Anselm untergebracht«, erklärte Heinrich. »Ich halte Anselm zwar für einen Idioten, aber da sein hiesiger Vertreter das auch tut, haben wir uns sofort blendend verstanden.«

»Wenn wir uns im Kloster Michelsberg weiter besprechen, wecken wir die Neugier aller Mönche vom Abt abwärts«, sagte Otto. »Ich glaube, das wollen wir nicht.«

»Das Gleiche gilt für Sankt Fides«, sagte Walther.

»Dass Anselms Vertreter meine Meinung über Anselm teilt, heißt nicht, dass ich ihm rückhaltlos vertrauen würde«, meinte Heinrich.

»Wo finden wir also einen Ort, an dem niemand lauschen kann?«, fasste Otto zusammen.

Laurin kam eine Idee, die so überwältigend war, dass er nicht länger darüber nachdachte. Er sprang auf. »Hier«, sagte er.

4.

»Ich hab den Jungen unterschätzt!«, schrie Walther.

»Was?« schrie Otto zurück.

»Ich sagte …«

»Gott, man hört ja sein eigenes Gebrüll nicht!«, beschwerte sich Heinrich.

»Was hast du gesagt?«, erkundigte sich Otto.

»Saladin, nimm die verdammte Bundhaube ab, dann hörst du was!«, brüllte Walther.

»Bundeslade? Wieso Bundeslade?«

Die Schänke tobte. Wenn alle Gäste gegeneinander gekämpft hätten, hätte es nicht lauter sein können. Aber sie sangen nur miteinander. Ein jeu parti, nur nicht zwischen zwei Sängern, sondern zwischen zwei Dutzend ausgelassenen Schankgästen auf der einen und zwei Dutzend auf der anderen Seite. Als Taktgeber und Anführer des Wettstreits tat sich Laurin hervor.

»Und jetzt wieder die linke Seite!«, hörten sie ihn mit bereits heiserer Stimme kommandieren. »Los geht's! Was reimt sich auf ›Er hieb um die Ohren mir den zappelnden Barsch!‹?« Vierundzwanzig Schänkenpoeten holten begeistert Luft.

Walther packte Otto und Heinrich am Genick und zog ihre Köpfe über den Tisch, bis sie sich fast mit den Stirnen berührten. »Wieso bist du hier, Saladin?«, rief er.

»Weil ich mitbekommen habe, dass du in den größten Schwierigkeiten steckst, die du die letzten zwanzig Jahre hattest.«

Otto von Herneberch machte nicht viele Worte. Zusammenhängende Sätze waren ohnehin fast unmöglich bei dem Lärm in der Schänke. Laurin hatte in seinem Bemühen, für die drei Männer einen Ort zu schaffen, an dem ihre Gespräche nicht belauscht werden konnten, ganze Arbeit geleistet. Sie konnten sich selbst kaum hören. Mit rhythmischem Klopfen auf einer Tischplatte und der Aufforderung an die anderen Schänkenbesucher, sich an einem Lied zu beteiligen, hatte es angefangen. Die wegen der langen Fastenwochen nach Fröhlichkeit lechzenden Gäste hatten sofort mitgemacht. Der Lärm war nach draußen gedrungen und hatte Neugierige angezogen, die sofort in den Gesang mit einfielen. Aus einem ruhigen Schankraum war innerhalb kürzester Zeit ein Hexenkessel geworden, mit einem schwitzenden Wirt in seinem kulinarischen und einem nicht weniger schwitzenden Laurin in seinem musikalischen Zentrum und einer unbeschreiblichen Kakofonie, die um diese beiden Mittelpunkte herumschwappte. Walther, Heinrich und Otto hatten mit offenen Mündern zugesehen und mit dem Gefühl, das ein Mann hat, der sieht, wie aus einem kleinen Schneeball eine donnernde Lawine wird. Ottos Mund war noch weiter aufgeklafft, als seine Frau auf ihre Sitzbank gestiegen war und die Gäste händeklatschend angefeuert hatte. Lediglich um Valeria herum gab es eine Art stillen, undurchdringlichen Raum. Die junge Frau saß reglos auf ihrem Platz und ließ kein Auge von Walther, was dieser mit Verwirrung und zunehmendem Unbehagen bemerkte, aber nach Kräften verdrängte, um sich dem Gespräch mit seinen beiden Freunden zu widmen.

Ottos Erklärung war einfach. Er war als wohlhabender Mann aus dem Heiligen Land zurückgekehrt und mit exzellenten Beziehungen zum Deutschen Orden. Beides hatte dazu geführt, dass ein Deutschritter ihn aufgesucht hatte. Zum einen, um ihm freundlich und unverbindlich mitzuteilen, dass der Orden auch Ländereien im Reich, die Otto zu veräußern wünsche, gerne erstehen würde. Zum anderen, um ihn neugierig zu fragen, ob er Genaueres über einen geheimnisvollen Karfunkelstein wisse, nach dem Kaiser Friedrich angeblich suche. Otto hatte doch vor vielen, vielen Jahren einmal ein Lied über einen einzigartigen Edelstein gedichtet …?

Otto hatte weitere Erkundigungen eingezogen und aus ihnen herauszuhören geglaubt, dass der Kaiser sich an Walther von der Vogelweide gewandt und ihn damit betraut hatte, den Stein zu finden.

»Eher gezwungen als betraut«, knurrte Walther.

»Hab ich mir schon gedacht«, erwiderte Otto. »Damit war klar, dass du früher oder später nach Stoufen reiten würdest. Und da das Kloster Elwangen auf dem Weg von deiner Bleibe nach Stoufen liegt und es von Elwangen ein guter Tagesritt nach Stoufen ist, war ich mir sicher, dass du dort Station machst und ich dich treffen würde.«

»Warum wolltest du Walther dort treffen?«, fragte Heinrich.

»Na, um ihm zu helfen. Ich hab die andere Hälfte des verdammten Lieds gedichtet, erinnerst du dich? Ich fühle mich verantwortlich.« Er brauchte nicht hinzuzufügen, dass er sich auch noch wegen der Dinge, die nach dem Mord an Philipp geschehen waren, verantwortlich fühlte. Walther wusste es auch so. Heinrich war ebenso wie Gerold damals im Dunkeln gelassen worden über die Umstände von Königin Eirenes Tod und dass Philipps Thronfolger vor der Welt versteckt worden war. Es war etwas, das von den vier Freunden nur Otto und Walther miteinander teilten. Walther fühlte eine solche Wärme für seinen rundlich gewordenen Sängerkollegen und Freund in sich aufsteigen, dass er sich fragte, wie er es zwanzig Jahre ohne diese Freundschaft ausgehalten hatte.

»Warum hast du dann nicht weiter in Elwangen gewartet?«, fragte Walther. Zu seiner Überraschung warf Otto einen verstohlenen Blick in Richtung Valeria. »Ihretwegen?«, fragte er erstaunt. Auf einmal fiel ihm wieder ein, dass er im Dom für einen kurzen Moment geglaubt hatte, Valeria hätte einen Dolch zücken wollen.

»Und Laurins wegen. Aber das müssen wir an einem anderen Ort besprechen«, wehrte Otto ab.

»Du lieber Himmel.« Walther versuchte sich daran zu erinnern, wie viel Otto damals mitbekommen hatte. Die Antwort war: alles. Otto wusste, dass Laurin der Sohn von Philipp und Eirene war, aber von der Identität seiner leiblichen Eltern und dem eigenen Status nichts ahnte. Heinrich wusste dies alles nicht. Wollte Otto damit andeuten, dass er mit Walther allein darüber sprechen wollte, weil es Walthers Aufgabe war, Heinrich einzuweihen – oder es bleiben zu lassen? Doch warum hatte Otto zuallererst zu Valeria geblickt? Zu Valeria, die, wenn man sie zum ersten Mal sah, wie die Inkarnation von Königin Eirene aussah? Walther fühlte, wie sein Herz schwer und beklommen schlug. Er hatte den Eindruck, dass er nur einen Bruchteil der Geschichte verstand, obwohl er selbst darin die Hauptrolle spielte. Er war mehr als erleichtert, wenigstens Otto und Heinrich nun an seiner Seite zu haben. Und er wünschte sich, Laurin, dessen Schutz seine allergrößte Verantwortung war, wäre sicher auf dem heimischen Gut geblieben und würde mit Walthers alten Liebesliedern die örtliche Jungfrauenschar betören.

Heinrich schien Ottos ausweichender Antwort keine große Bedeutung beizumessen. »Wie geht's jetzt weiter?«, fragte er.

»Du warst doch immer der, der die Pläne schmieden musste«, sagte Walther.

»Wollte nur sicherstellen, dass das noch klar ist. Also – wenn es hier in Papinberc einen Ort gibt, an dem der Waise versteckt ist, dann kann es nur die Königspfalz sein.«

Die beiden anderen Männer nickten.

»Also gehen wir in die Königspfalz und holen ihn uns.«

»So wie du es sagst, hört es sich ganz einfach an.«

»Kannst du dich erinnern, wie er uns damals in Konstantinopel erklärte, wie wir an den Waisen kommen?«, fragte Walther. »Er sagte: Wir gehen rein und holen ihn uns.«

»Und – war's etwa schwer?«, fragte Heinrich.

Walther dachte bei sich: Ich wünschte, es wäre schwerer gewesen. Ich wünschte, es wäre unmöglich gewesen. Dann wäre Philipp vielleicht noch hier, und Eirene wäre nicht … und der rechtmäßige König stünde jetzt nicht auf einem Schänkentisch und dirigierte einen Gesangwettstreit, ohne zu wissen, wer er in Wahrheit ist. Aber er sagte nichts, weil er nicht wollte, dass sich erneut Melancholie in ihre Unterhaltung schlich.

»Und diesmal ist es vielleicht noch einfacher«, meinte Otto. »Heinrich ist der ehemalige Reichsmarschall. Mit ihm können wir uns in der Königspfalz frei bewegen und tun und lassen, was wir wollen.«

Heinrich sah von einem zum anderen. »Es gibt nur ein klitzekleines Problem«, sagte er. »Anselms Stellvertreter lässt mich nicht unbeaufsichtigt in die Königspfalz. Er sagte, ich brauche dazu eine Genehmigung des Kaisers oder des derzeitigen Reichsmarschalls, also Anselms. Offen gestanden ist der Kerl genauso ein Idiot wie der Reichsmarschall selbst.«

»Woher weißt du das?«, fragte Walther, während Otto das Gesicht in den Händen vergrub und irgendetwas murmelte, das sich wie »… und ich dachte, wenigstens einmal wäre etwas leicht …« anhörte.

»Weil ich gefragt habe, als ich dort war. Nicht nach dem Waisen, natürlich – ich habe gesagt, er habe doch sicher nichts dagegen, wenn sich ein alter Mann aus reiner Nostalgie an alter Wirkungsstätte in der Pfalz umsähe.« Heinrich zog eine grimmige Miene.

Walther verstand, dass die Ablehnung Heinrich nicht zuletzt deswegen so zusetzte, weil sie ein neuerlicher Beweis dafür war, dass er zum alten Eisen gehörte und nicht mehr wichtig war. »Und wie kommen wir jetzt rein?«, fragte er.

Heinrich strahlte schon wieder. »Wie damals in Konstantinopel in den Blachernen-Palast.«

»Da haben wir uns unter Lebensgefahr reingeschlichen!«, protestierte Otto.

Heinrich strahlte noch mehr. »Ich hab doch gesagt, ich hätte einen Plan!«

5.

Der Rückweg von der Schänke zu ihrem Nachtquartier war für die Gruppe von Otto und Walther der gleiche. In der steil ansteigenden Gasse zum Michelsberg hinauf begann Otto plötzlich zu hinken.

»Die Hüfte macht mir zu schaffen«, klagte er. »Ich hab wahrscheinlich zu viel Speck draufgepackt. Beatrice, geh du mit den jungen Leuten voran, Walther und ich kommen nach. Es sei denn, du willst nicht mit einem fetten, hinkenden, alten Mann zusammen gesehen werden, Walther.«

»Mit niemandem würde ich lieber gesehen werden«, sagte Walther.

Die beiden alten Sänger fielen zurück. Walther fing ein paar Mal die Blicke Valerias auf, die sich über die Schulter umsah, als wäre es ihr nicht recht, nicht in Walthers Nähe bleiben zu können. Als sie außer Sichtweite waren, hörte Otto zu hinken auf, ging aber langsamer. Walther wurde klar, dass er seine Beschwerden nur gespielt hatte, um sich allein mit ihm unterhalten zu können.

»Also gut, frag mich noch mal«, sagte er.

Walther brauchte nicht lange nachzudenken. »Du hast angedeutet, du hättest Valerias und Laurins wegen nicht in Elwangen gewartet. Was soll das heißen?«

»Ich weiß natürlich, wer Laurin ist«, begann Otto. »Aber weiß ich es wirklich?«

»Wie meinst du das?«

»Walther, wir kennen uns seit unserer Jugend. Du bist mein ältester Freund. Die Tragödie um Eirenes Tod und Laurins Geburt haben wir gemeinsam durchgestanden. Trotzdem hast du keine Veranlassung, mir etwas zu sagen, dass nur dich und … und Eirene etwas angeht. Ich bin dir nicht böse, wenn es dein Geheimnis bleibt. Du sollst aber wissen, dass ich nicht schlechter von dir denke, ganz egal, was vorgefallen ist. Ich weiß, welche Macht die Stimme hat, mit der das Herz spricht. Und ich weiß, wie sehr du Eirene geliebt hast.«

»Könntest du das noch mal in verständlichem Deutsch sagen?«, fragte Walther, völlig verwirrt.

Otto seufzte. »Weißt du, wie ich auf Valeria und Laurin in Elwangen aufmerksam geworden bin? Ich habe Laurin erkannt.«

»Erkannt? Aber du hast ihn zuletzt gesehen, als er ein Neugeborenes war. Oder hast du ihn zwischenzeitlich mal besucht? Aber du warst doch die ganze Zeit im Heiligen Land … und er hätte es mir bestimmt gesagt, wenn …«

»Walther, ich hab ihn erkannt, weil er aussieht wie du in seinem Alter.«

Walther öffnete den Mund, schloss ihn wieder, öffnete ihn erneut und brachte schließlich hervor: »Was?«

»Darum hab ich vorhin gesagt, dass du mir nichts zu gestehen brauchst, was nur Eirene und dich was angeht. Ich frag dich aber dennoch: Ist Laurin dein Sohn? Hast du ihn mit Eirene gezeugt?«

Um Walther herum begann sich die Gasse zu drehen. Er hörte kaum, was Otto noch anfügte: »Philipp war unser König und unser aller Freund, und Eirene haben wir als die vollkommene Königin verehrt. Aber wenn du und sie wenigstens einmal in Liebe zusammengefunden habt, dann würde ich mich für dich freuen und dich nicht verdammen.«

»Nein«, krächzte Walther, betroffen und bestürzt, wie weh es immer noch tat, daran zu denken, dass er und Eirene nur einen einzigen Kuss gehabt hatten.

»Du musst es mir nicht …«

»Nein. Bei allem, was mir heilig ist, Otto, bei unserer Freundschaft: Nein.«

»Dann verstehe ich überhaupt nichts mehr«, sagte Otto.

»Du musst dich getäuscht haben.«

»Laurin sieht dir so ähnlich wie ein Sohn seinem Vater.«

»Aber das kann nicht sein. Und es müsste doch sonst noch jemandem aufgefallen sein außer dir!«

»Wem denn? Die Leute, zu denen du ihn als Kind gegeben hast – kannten die dich in jungen Jahren? Auch Heinrich kennt dich erst, seit du als Sänger an Philipps Hof kamst. Ich bin der Einzige in deinem Umfeld, der dich kennt, als du noch ein milchbärtiger Page warst.«

»Aber das gibt's doch nicht. Wie kann das sein?« Walther wusste nicht, was ihm mehr zusetzte: der wiedererwachte Herzschmerz oder die bohrende Frage, was hier eigentlich vorging. Ihm war nie aufgefallen, dass Laurin eine besondere Ähnlichkeit mit ihm selbst hätte. Aber wie auch? Wann sah man schon sein eigenes Gesicht, außer man hielt es über einen stillen Teich und betrachtete es in der Wasserspiegelung? Und warum sollte man das tun, wenn man stattdessen interessantere Dinge betrachten konnte, zum Beispiel das Gesicht der Frau, die man liebte? Oder den Rest der Welt? Wenn man sicherstellen wollte, dass man anständig angezogen war, ließ man sich von einem Diener zurechtmachen. Wenn man die Haare oder den Bart geschnitten bekommen musste, ging man zum Bader und vertraute sich ihm an.

»Das ist nicht die einzige Ungereimtheit«, sagte Otto.

Walther riss sich zusammen. »Valeria«, knurrte er.

»Was weißt du von ihr?«

»Ich? Du hast sie doch eher getroffen als ich.«

»Aber sie hat nach dir gesucht.«

»Ich hab sie nie vorher gesehen.«

»Das stimmt nicht«, sagte Otto einfach.

Walther nickte. Seine Stimme war rau. »Du hast recht. Ich hab sie vorher schon mal gesehen. Oder besser gesagt die Erinnerung an sie. Als sie ihm Dom die Kapuze zurückschlug und mich anblickte, dachte ich im ersten Moment, ich sehe Eirenes Geist.«

»Ging mir genauso. Wo kommt sie her, Walther? Und was will sie von dir?«

»Ich bin noch nicht dazugekommen, mit ihr allein und in Ruhe zu sprechen. Was deine erste Frage angeht: keine Ahnung.«

»Könnte sie aus der byzantinischen Königsfamilie stammen? Könnte das der Grund für ihre Ähnlichkeit mit Eirene sein?«

»Aber was tut sie dann hier? Eine Frau als Botin für eine geheimnisvolle Nachricht aus Byzanz, die auch noch ganz alleine reist, wenn wir von Laurin absehen? Das passt überhaupt nicht zusammen.«

»Kann es mit dem Waisen zu tun haben? Wenn ich mitbekommen habe, dass Friedrich nach ihm sucht, kann es sich auch bis nach Konstantinopel rumgesprochen haben. Immerhin hat man dort den Waisen jahrhundertelang behütet, bis wir ihn geklaut haben.«

»Ich muss mit ihr reden«, sagte Walther. Er hatte auf einmal ein paar verhüllte Gestalten vor Augen, die in einer Köhlerhütte gegen schwer bewaffnete Soldaten kämpften und den Kampf mühelos gewannen. Gestalten, die sich als junge Frauen entpuppt hatten. Die wegen des Waisen gekommen waren und, getarnt als Eirenes Hofdamen, Philipps Bemühungen um den Stein ausspioniert hatten. Ohne deren Auftauchen Eirene vielleicht nicht hätte sterben müssen. Schockiert dachte er an Anna von Rehperc und an die Armbrust. Es war nicht so, dass er nie mehr an sie gedacht hätte in den letzten zwanzig Jahren. Er hatte es nur vermieden, das Bild vor seinem inneren Auge erstehen zu lassen, wie sie auf ihn feuerte und Eirene traf.

»Walther, du bist auf einmal totenbleich«, sagte Otto besorgt. »Willst du dich setzen?«

»Nein. Ich bin … es ist nur … ich war plötzlich wieder in … in der Köhlerhütte …«

»Da war ich in meinen Alpträumen auch ein paar Mal seit damals«, gestand Otto. »Um wie viel schlimmer muss es für dich sein.«

»Ich werde Laurin aushorchen. Ich muss ihm sowieso noch die Hammelbeine lang ziehen dafür, dass er einfach von zu Hause abgereist ist, ohne meine Erlaubnis abzuwarten. Er kennt Valeria von uns allen am längsten, weil er mit ihr gereist ist. Vielleicht ist ihm was aufgefallen …«

»Ach du lieber Himmel, Walther, hast du ihn dir mal angesehen, wenn er neben ihr sitzt? Dem ist nur eines aufgefallen.«

»Was meinst du?«

»Du bist wirklich eingerostet, mein Alter, was Herzensdinge betrifft. Laurin ist bis über beide Ohren in die Kleine verliebt.«

»Verflucht«, sagte Walther. »Kann die Lage noch komplizierter werden?«

»Natürlich. Schlimmer geht immer. Stell dir einfach vor, wir werden geschnappt, wenn wir heute Nacht die Königspfalz durchstöbern.«

»Na wunderbar. Ermutige mich nur weiter.«

»Du musst mit Valeria reden. Sie müsste ja darauf brennen, dir die Nachricht zu übermitteln, derentwegen sie hergekommen ist. Vielleicht bringt das Licht ins Dunkel. Und lass dich nicht davon ablenken, wie ähnlich sie Eirene sieht. Was Laurin betrifft – ich glaube dir und hab keine Ahnung, woher diese Ähnlichkeit kommt. Denk nicht weiter drüber nach. Auch das wird sich irgendwie klären. Zuerst kommt die Aufgabe, die Friedrich dir aufgebürdet hat – den Waisen zu finden.«

»Ich bin nicht besonders gut darin, darauf zu bauen, dass alles am Ende gut wird. Nicht mehr.«

Otto seufzte. Dann legte er Walther in einer sehr freundschaftlichen Geste die Hand auf die Schulter. »Pass auf mit dem Mädchen. Weißt du, warum ich nicht in Elwangen auf dich gewartet habe? Weil ich mir dachte, wenn ich zusammen mit ihr und Laurin nach Papinberc reite, habe ich sie wenigstens im Blick. An ihr stimmt einiges nicht, mehr als nur ihre beunruhigende Ähnlichkeit mit Eirene. Sieh dich vor.«

»Sie wird ja wohl nicht gekommen sein, um mich umzubringen«, sagte Walther. Vor seinem geistigen Auge sah er wieder Valerias rasche Bewegung und das Aufschimmern von etwas, das einer Dolchklinge verdammt ähnlich sah.

6.

Valeria war bestürzt, dass sie beinahe ihre Mission kompromittiert hätte. Um ein Haar hätte sie Walther im Dom erstochen! Wenn die jungen Geistlichen nicht die Treppe heruntergeschlappt wären …! Walthers Tod war zwar das Ziel ihrer Mission, aber nur zur Hälfte. Die andere Hälfte war die Erlangung des Waisen. Sie hätte keine Chance gehabt, ihn zu finden, wenn Walther im Dom mit ihrer Dolchklinge im Herzen gestorben wäre. Ihr Atem beschleunigte sich immer noch, wenn sie nur daran dachte.

Zugleich war sie überrascht, verwirrt und bewegt von der offen demonstrierten Freundschaft, die Heinrich von Kalden und Otto von Herneberch für Walther gezeigt hatten. Sie konnte Heinrich noch nicht richtig einschätzen, doch er wirkte wie jemand, der sich nicht so leicht durch Schmeicheleien und Lügen einwickeln ließ. Und Otto hatte sie in den paar Tagen seit Elwangen als aufrechten, integren und ehrlichen Mann kennengelernt. Aus den Worten ihrer Mutter hatte Valeria geschlossen, dass Walther ein selbstsüchtiger, eitler, rücksichtsloser, gewissenloser Mensch war, der persönliche und politische Loyalitäten wechselte, wie es ihm passte, und der nur deswegen immer damit durchgekommen war, weil er eine goldene Zunge besaß. Sie hatte gedacht, dass Walther der einsamste Mensch auf der Welt sein müsste, weil jeder ihn hasste – und ihm diese Einsamkeit mit aller Kraft gegönnt.

Und nun hatten zwei Männer vom Kaliber Heinrichs und Ottos Freudentränen in den Augen beim Wiedersehen mit Walther, und sich ihrer nicht geschämt. Mehr noch, auch Walthers Augen waren vor Rührung feucht gewesen. In der kurzen Zeit, in der sie den alten Sänger nun beobachtet hatte, war er auch nicht rücksichtlos, selbstsüchtig oder eitel aufgetreten, niemals hatte er sich mit leeren Worten und geölten Phrasen eingeschleimt. Im Gegenteil: Wenn sie ihn anhand ihrer Beobachtungen hätte beschreiben sollen, hätte sie gesagt, Walther von der Vogelweide war ein trauriger, zweifelnder, in seinem Weltvertrauen erschütterter Mann – ein Mann mit einem in tausend Stücke gebrochenen und nie geheilten Herzen. Er war der einsamste Mensch auf der Welt, aber nur, weil er den Anschluss an die Welt verloren hatte. Er hatte weitergelebt bis zum heutigen Tag; seine Seele jedoch war irgendwo, irgendwann in der Vergangenheit schwer verwundet worden. Valeria musste gegen den Impuls ankämpfen, Mitgefühl mit Walther zu empfinden, und aus diesem Mitgefühl heraus Sympathie. Wahrscheinlich war durch die Anspannungen der letzten Tage Valerias Urteilsvermögen getrübt. Es würde sich wieder in voller Kraft einstellen, und dann würde sie Walther als den Mann sehen, den ihre Mutter ihr beschrieben hatte.

Und dann würde sie ihm den Waisen abnehmen und ihm den Dolch ins Herz stoßen.

Ihr war klar, dass Otto von Herneberch sein Hinken nur gespielt hatte, um sich mit Walther zurückfallen zu lassen. Was war es, von dem Otto nicht wollte, dass es der Rest der Truppe mitbekam, worüber würden sie sprechen? Mit Sicherheit auch über sie, Valeria. Otto wäre nicht der Mann, als den sie ihn einschätzte, wenn er nicht leises Misstrauen ihr gegenüber empfand. Seine heftige Reaktion, die er in Elwangen bei ihrem Anblick gezeigt hatte, gab ihr allerdings immer noch Rätsel auf. Wahrscheinlich würde er mit Walther darüber reden. Und natürlich über Laurin, auf den Otto noch überraschter reagiert hatte. Es erfüllte Valeria mit Unbehagen, dass sie keine Ahnung hatte, was die beiden über sie redeten. Sich ebenfalls zurückfallen zu lassen und zu versuchen, ihr Gespräch zu belauschen, war leider unmöglich gewesen.

Valeria vermutete, dass Walthers nächster Schritt sein würde, sie aufzusuchen. Immerhin hatte sie sowohl Laurin als auch Otto gegenüber erwähnt, dass sie eine Botschaft für Walther habe, die nur ihn etwas anginge – eine Botschaft über die Einlösung einer alten Schuld. Es war eine Schutzbehauptung gewesen. Lange Zeit hatte sie keine Idee gehabt, was sie als vermeintliche Botschaft vorbringen sollte. Doch eine Bemerkung von Ottos Frau Beatrice während der Reise nach Papinberc hatte ihr einen Einfall beschert. Beatrice hatte sie gefragt, ob sie aus dem Lateinischen Kaiserreich stamme oder Verwandte dort habe.

Das Lateinische Kaiserreich war das, was mithilfe von Venedig und den Anführern der Kreuzfahrer von 1204 aus dem Byzantinischen Reich entstanden war. Die Sieger hatten Byzanz in einem formellen Vertrag unter sich aufgeteilt. Venedig hatte Inseln und Stützpunkte in der Ägäis erhalten, die Franken das unmittelbare Gebiet rund um die Stadt Konstantinopel. Wahlmänner hatten Balduin von Flandern zum ersten Kaiser des Lateinischen Reichs gewählt. Mittlerweile hieß der Lateinische Kaiser Robert und war, was Beatrice mit einer Mischung aus Stolz und Belustigung erzählt hatte, auch ein Courtenay und damit weitläufig mit ihr verwandt.

Auf die erstaunte Frage, wie Beatrice darauf kam, dass Valeria aus dem Lateinischen Reich stammen könnte, hatte Ottos Frau geantwortet, dass Valeria byzantinische Gesichtszüge habe.

»Aber ich bin in Rom aufgewachsen«, hatte Valeria gesagt.

»Du sprichst, soweit ich das beurteilen kann, nicht mit einem römischen Akzent.«

»Meine Mutter stammt aus dem Deutschen Reich. Wir sind in einer Gemeinschaft von weltlichen Schwestern untergekommen, als meine Mutter nach dem Tod König Philipps und den anschließenden Wirren fliehen musste. Mein Vater ist in dieser Zeit ums Leben gekommen.«

Beatrice hatte mitfühlend genickt und sich in ein paar Sätzen darüber ausgelassen, dass vielleicht irgendwo in Valerias Ahnenlinie ein Byzantiner steckte, der in ihrem Blut wieder hervorgekommen war, und dass es im Übrigen egal wäre, woher ihre Vorfahren stammten, weil sie auf jeden Fall eine außergewöhnlich schöne junge Frau sei. Danach war das Thema nicht mehr zur Sprache gekommen. Valeria jedoch hatte es auf die Idee gebracht, was sie Walther erzählen konnte. Auf seine Weise war ihr Einfall genial, besonders weil er so nahe an der Wahrheit war und doch so weit davon entfernt.

Otto hatte zwei Räumlichkeiten in der Herberge des Klosters am Michelsberg angemietet. Valeria war sich klar darüber, dass jeder andere an der Klosterpforte mit dem Hinweis abgewiesen worden wäre, alles sei belegt, dass solche Kammern aber für hohen Besuch frei gehalten wurden. Offenbar hatte Otto glänzende Beziehungen; nun, wenn seine Frau mit dem lateinischen Kaiser verwandt und ihm selbst der Deutsche Orden zu Dank verpflichtet war, weil er ihm seine Ländereien bei Jerusalem verkauft hatte, dann hatte man wohl die besten Beziehungen, die ein Mensch nur haben konnte.

Otto teilte sich die eine Kammer mit Laurin und den beiden Leibwächtern, Beatrice die andere mit ihrer Kammerfrau und Valeria. Als die Gruppe in die Räume zurückkehrte, ging Valeria nur so lange mit, bis sich die Tür des Männerraums hinter Laurin geschlossen hatte. Ihn konnte sie jetzt überhaupt nicht gebrauchen, und sie hatte auch keine Lust, Fragen von der Art »Wohin willst du denn ganz allein?« und »Soll ich dich nicht lieber begleiten?« zu beantworten. Oder ihnen auszuweichen. Sie entschuldigte sich bei Beatrice damit, dass sie ihr ein wenig Privatheit gönnen wolle, und lehnte sich im Klostervorhof an die Mauer gleich hinter der Pforte.

Otto und Walther kamen wenig später durch das Tor. Otto hinkte kein bisschen. Valeria nickte befriedigt. Die beiden gingen an ihr vorbei und sahen sie nicht, bis sie sich bemerkbar machte.

»Herr Walther?«, fragte sie.

Die beiden Männer drehten sich um. Otto klopfte Walther freundschaftlich gegen den Oberarm und verschwand im Inneren des Gebäudes. Walther trat zögernd auf Valeria zu. Er wirkte blass und aufgewühlt.

»Bei jedem Blick, den ich Euch zuwerfe, seht ihr …«, begann er und räusperte sich.

»Sehe ich was?«

»Nichts.«

»Doch, es ist etwas. Im Dom, als Ihr mich zum ersten Mal gesehen habt, war es das Gleiche.«

»Irgendwann erzähle ich es Euch vielleicht.«

»Erzählt es mir jetzt.«

»Ich glaube, es ist an Euch, etwas zu erzählen. Welche wichtige Botschaft habt Ihr für mich, dass Ihr Euch allein auf den Weg zu mir gemacht habt?«

Valeria holte Luft. »Ich komme aus Konstantinopel«, sagte sie und registrierte, wie Walther zusammenzuckte und gleichzeitig knapp nickte, als sei nun eine Vermutung, die er gehegt hatte, bestätigt worden. Befriedigt dachte sie, dass die erste Hürde geschafft war. Wenn die Einleitung einer Geschichte die stille Vermutung eines Zuhörers bestätigte, war er in der Regel geneigt, den Rest auch zu glauben. »Es gibt eine Legende, die den wertvollsten aller Edelsteine betrifft – man nennt ihn den Waisen, weil er so einzigartig ist. Dieser Stein verleiht dem Fürsten, der seiner würdig ist, die Kraft, all die anderen Fürsten hinter sich zu scharen und ihr oberster Anführer zu sein.«

»Ich weiß«, sagte Walther, der zuerst überrascht die Augen aufgerissen hatte und sie jetzt zusammengekniffen hatte.

»Der oberste Anführer der Fürsten ist der Kaiser«, erzählte Valeria weiter. »Aber das ist er nur nominell. Erst wenn er den Waisen in seiner Krone trägt und ihn verdient hat, erkennen die anderen ihn rückhaltlos an und folgen ihm überall hin.«

»Ich habe ein Lied über den Waisen gedichtet«, sagte Walther. Es hörte sich widerwillig an.

»Ich weiß. Deshalb habe ich euch gesucht. Aber das ist der zweite Teil meiner Geschichte. Der erste Teil …« Valeria holte nochmals Luft. »Meine Familie ist mit dem Lateinischen Kaiser in Konstantinopel verbunden, Robert de Courtenay. Mein Vater zählt zu seinen engsten Vertrauten. Der Kaiser hat meinen Vater und meinen Bruder mit einer Botschaft zum Herrn des Heiligen Römischen Reichs geschickt. Ich bin mitgekommen, weil mein Vater mich Kaiser Friedrich vorstellen und ihn bitten wollte, mich in seinen Hofstaat aufzunehmen. Wir sind über Venedig gereist …« Valeria verstummte und bemühte sich, ein betroffenes Gesicht zu machen.

»Was ist passiert?«, fragte Walther.

»Mein Vater und mein Bruder sind bereits auf dem Schiff erkrankt und während unseres Aufenthalts in Venedig verstorben.«

»Das tut mir sehr leid.«

»Ich wollte … ich konnte …«

Walther hob die Hand. »Lasst mich raten. Ihr wolltet die Mission Eures Vaters erfüllen. Vorher konntet Ihr nicht nach Hause zurückkehren.«

Valeria schüttelte stumm den Kopf und biss sich auf die Lippen. Innerlich triumphierte sie. Walther hatte ihre Geschichte so vollständig geglaubt, dass er sie selbst erzählte. Sie hatte den alten Sänger eingewickelt! Ihre Mutter würde stolz auf sie sein, wenn sie ihr nach der Rückkehr davon erzählte! Zugleich fühlte sie einen derartigen Widerwillen gegen ihre Lüge und dagegen, wie sie mit Walther umging, dass ihr Gefühlswiderstreit nicht gespielt werden musste. Ihr Triumph war hohl. Sie verachtete sich dafür, was sie gerade tat.

»Warum habt Ihr dann nach mir gesucht?«, fragte Walther.

»Wäre ich als vollkommen Unbekannte zu Kaiser Friedrich vorgelassen worden? Als Frau? Die ganz allein reist? Deshalb habe ich nach Euch gesucht, weil ich von meinem Vater wusste, dass Ihr mit dem Kaiser befreundet seid.«

»Leider eine starke Übertreibung«, seufzte Walther.

»Mit Eurer Hilfe kann ich bei Kaiser Friedrich vorsprechen und ihm die Botschaft übermitteln, mit der mein Vater losgeschickt wurde.«

»Wie lautet die Botschaft? Oder darf nur Friedrich sie hören?«

Valeria tat so, als würde sie mit sich kämpfen. »Nein, ich denke, Ihr könnt sie auch hören«, sagte sie zuletzt. »Die Botschaft von Kaiser Robert, die mein Vater übermitteln sollte, lautet: Das Lateinische Kaiserreich weiß, dass der Waise sich im Römischen Reich befindet, seit er aus Konstantinopel gestohlen wurde. Das Lateinische Kaiserreich glaubt, dass Friedrich II. der rechtmäßige, auserwählte Erbe des Steins ist. Das Lateinische Kaiserreich erlaubt Friedrich II., den Stein öffentlich in seiner Krone zu tragen und erkennt ihn als den Führer aller christlichen Fürsten an.«

Walther sah aus wie vor den Kopf geschlagen. »Für diese Botschaft«, murmelte er, »wird Friedrich euch mit Gold und Titeln überschütten. Das ist genau, was er hören möchte.«

Valeria lächelte.

»Das Problem ist nur«, sagte Walther, »Friedrich hat den Stein nicht. Niemand weiß, wo er sich befindet. Er ist vor zwanzig Jahren verloren gegangen. Dass Friedrich ihn nicht schon längst in seine Krone montiert hat, hat nichts mit Pietät oder Respekt vor dem Lateinischen Kaiser zu tun.«

»Das ist bitter«, sagte Valeria. »Umso bitterer, da mein Vater und mein Bruder damit völlig umsonst gestorben sind.«

Walther schien mit sich zu ringen, aber was immer er hatte

sagen wollen, sagte er dann doch nicht. Valeria ahnte, was es war. Er hätte ihr beinahe verraten, dass er auf der Suche nach dem Stein war. Nun musste der dritte Teil ihrer Geschichte kommen. Sie hoffte, dass wiederum Walther ihr dabei helfen würde, sie zu erzählen.

Er tat ihr den Gefallen, ohne es zu wissen. »Laurin und Otto sagten mir, Ihr hättet von einer Ehrenschuld gesprochen, in die ich verwickelt wäre und derentwegen Ihr mich ebenfalls gesucht hättet.«

»Die Schuld hängt mit dem Waisen zusammen. Kaiser Robert …«, Valeria räusperte sich, »… Kaiser Robert weiß, wer den Stein damals aus Konstantinopel gestohlen hat. Er weiß, dass Ihr es wart.«

Walther hielt sich ganz still und musterte sie nur.

»Kaiser Robert lässt Euch ausrichten, dass der Diebstahl verziehen ist. Er hat dazu geführt, dass der Stein dort ist, wo er hingehört – in den Händen des Herrn des Römischen Reichs. Dort, wo er den größten Nutzen hat.«

Walther schwieg eine lange Weile. »Soll ich Euch sagen, welchen Nutzen der Stein hatte?«, stieß er plötzlich heftig hervor. »Er hat den Tod eines großen, guten Mannes verursacht und mir die Liebe, den Lebensmut und die Poesie genommen! Der Stein bringt nichts als Unglück, Zwietracht und sinnlose Gewalt!«

»Das wusste ich nicht …«

»Und soll ich Euch noch etwas sagen? Friedrich hat überall nach dem Waisen gesucht und ihn nicht gefunden. Nun habe ich den Auftrag, ihn zu finden. Ich! Weil ich dabei war, als er aus dem brennenden Konstantinopel gestohlen wurde, weil ich ein Lied über ihn gedichtet habe, weil er glaubt, dass nur ich ihn finden kann oder ohnehin weiß, wo er sein könnte. Kaiser Robert hat mir vergeben, dass ich beim Diebstahl des Waisen dabei war? Pah! Seitdem ist mein Leben verflucht, und davon kann mich auch die Vergebung des Lateinischen Kaisers nicht heilen!«

»Was werdet Ihr nun tun?«

»Was soll ich schon tun? Wir suchen das dreimal verfluchte

Ding – Otto, Heinrich und ich. Zum Pfingstfest erwartet Friedrich, dass wir ihm den Stein aushändigen. Wir können nur unser Möglichstes tun, und wenn wir scheitern, ihm die Nachricht unseres Scheiterns überbringen und dann sein Urteil abwarten.«

»Kann ich Euch helfen?«

»Wie wollt Ihr uns helfen? Nein, meine Liebe, ich werde versuchen, Euch zu helfen. Bleibt bei uns, wenn Ihr wollt. Ich werde Euch Kaiser Friedrich persönlich vorstellen. Dann überbringt ihm Eure Botschaft für ihn.«

»Das würdet Ihr für mich tun?«

»Ja – in der Hoffnung, dass Friedrich es nicht als Hohn auffasst, wenn er mit meiner Hilfe die Absolution für das Tragen des Steins erhält und zugleich die Nachricht, dass wir den Stein nicht gefunden haben.«

»Ihr glaubt nicht, dass Ihr ihn finden werdet?«

»Nein.«

»Aber wie könnt Ihr mit der Suche überhaupt beginnen, wenn Ihr nicht an den Erfolg glaubt?«

»Weil ich es Friedrich schuldig bin, es wenigstens versucht zu haben. Ihm, aber vor allem Philipp und ...«

»Und wem?« Valerias Interesse war nicht gespielt. Der Gesichtsausdruck Walthers hätte einen Stein dazu bewegt, nachzufragen.

Walther hob eine Hand, als wolle er Valeria über die Wange streichen. Ihr ganzer Körper spannte sich an. Er konnte es nicht bemerkt haben, aber er ließ die Hand dennoch wieder sinken. »Ihr seht jemandem ... sehr ähnlich. Jemandem, den ich ... den ich damals ... ich habe mich, seit ich Euch im Dom gesehen habe, gefragt, woher diese Ähnlichkeit kommt. Seit ich Eure Geschichte gehört habe ... Eure Familie: Ist sie mit dem Lateinischen Kaiserhaus verwandt, oder stammt Ihr aus dem byzantinischen Adel?«

Die Frage überraschte Valeria. Sie dachte blitzschnell nach. Was hatte Beatrice gesagt? Sie habe byzantinische Gesichtszüge?

»Wir sind Byzantiner«, sagte sie.

Walther seufzte. »Das ist wahrscheinlich die Erklärung«, murmelte er. »Das *muss* die Erklärung sein.«

»Die Erklärung wofür? Wem sehe ich so ähnlich, dass mein Gesicht sowohl Euch als auch Graf Otto verwirrt?«

»Jemandem, den ich vor langer Zeit gekannt habe«, sagte Walther kaum hörbar. »Danke für Eure Botschaft, Valeria. Ich werde dafür sorgen, dass Ihr sie persönlich bei Kaiser Friedrich vortragen könnt.«

»Wollt Ihr hier in Papinberc auf ihn warten?«

»Nein. Wir treffen ihn auf Burg Stoufen.«

»Und was tun wir dann hier in Papinberc?«

»Was Ihr tut, weiß ich nicht«, sagte Walther mit halbem Lächeln. »Was Heinrich, Otto und ich tun, ist, an ein paar Stellen in der Königspfalz nachzusehen, an denen der Stein versteckt sein könnte – wenn er überhaupt hier ist.«

»Wie kommt Ihr denn unbeaufsichtigt in die Pfalz hinein?«

»Ah«, sagte Walther und lächelte breiter, und Valeria hatte auf einmal eine Ahnung, wie Walther als junger Mann ausgesehen haben musste, »das ist die Frage, die nur Heinrich von Kalden beantworten kann.«

7.

»Das ist dein Plan?«, fragte Otto von Herneberch ein paar Stunden später fassungslos, während draußen die Dämmerung einsetzte.

Heinrich zuckte mit den Schultern. »Hast du was gegen Pferde?«

»Ich habe was dagegen, mich auf dem stinkigen Heuboden eines Stalls zu verstecken, in dem die Mäuse quietschen!«

»Eines Stalls«, Heinrich hob einen Finger, »dessen Rückwand an die Rückwand der Stallungen in der Königspfalz grenzt! So was muss man erst mal finden.«

»Hast du auch Werkzeug gefunden, mit dem wir die Bretter in der verdammten Rückwand lockern, damit wir uns rüberschleichen können?«

Heinrich klopfte vielsagend auf das Schwert, das neben ihm im Heu lag. Otto schnaubte.

Walther sagte: »Seid leise, sonst hört uns noch jemand.«

Sie lagen im hintersten, finstersten Winkel des Heubodens. Unter ihnen schnaubten Pferde, man hörte ihre Hufe auf dem Boden klappern oder gegen die Wände ihrer Pferche schlagen. Ab und zu drang die gemurmelte Unterhaltung von Pferdeknechten oder Bediensteten herauf, die Pferde unterstellten oder abholten. Im Heu raschelte es ununterbrochen und quiekte. Der Heuboden roch muffig. Das Heu war noch vom Vorjahr und zum Teil angeschimmelt, welk und verbraucht. Eine halbe Stunde vorher waren sie zu dritt hier hereingekommen, Heinrich großspurig voran, hatten so getan, als wären sie die Besitzer einiger Pferde, die hier standen. Heinrich hatte sogar einem massigen Braunen, der sich im Pferch umgedreht hatte und neugierig herausspähte, den Hals getätschelt und einem Pferdeknecht eine Münze zugeworfen mit der Bemerkung, sich besonders um »Bucephalos'« Wohlergehen zu kümmern. Der Pferdeknecht hatte die Münze erfreut eingestrichen und sich auf die Suche nach einem Striegel gemacht, um seine Dienstfertigkeit unter Beweis zu stellen. Wo die eine Münze herkam, konnten ja noch mehr sein. Der wahre Besitzer des Pferds wiederum würde sich freuen, wenn er seinen Gaul holte und ihn unerwarteterweise so glänzend vorfand wie ein frisch geputztes Kettenhemd.

Nach kurzer Zeit hatte keiner der Bediensteten der Anwesenheit der drei Männer mehr Aufmerksamkeit geschenkt, und sie waren die Leiter zum Heuboden hochgeklettert und hatten sich dort versteckt. Jetzt warteten sie, bis es dunkel war und in der Königspfalz nur noch die Nachtwache sein würde.

Heinrichs Plan war simpel: Sie würden so viele Bretter in der Rückwand des Stalls lockern, bis sie hindurchschlüpfen konnten. Dann würden sie hinübergreifen und dasselbe mit der Rückwand des königlichen Stalls tun. Durch die beiden Löcher würden sie hinübergelangen, ein paar von den Verstecken durchsuchen, die sie noch aus ihrer Zeit mit König Philipp kannten und die mit etwas Glück seither niemand entdeckt hatte, und – mit noch mehr Glück mit dem Waisen in der Tasche – auf demselben Weg auch wieder zurückkehren. Oder, um es mit Heinrichs geflügeltem Wort zu sagen: Wir gehen rein und holen ihn raus.

»Fangen wir an«, sagte Heinrich gut gelaunt.

»Was hast du eigentlich in dem Beutel, Saladin?«, fragte Walther.

»Ausrüstung«, erwiderte Otto knapp und half Heinrich dann, seine Schwertklinge unter eines der Bretter zu schieben.

Die Bretter waren einander überlappend mit Holznägeln am Rahmenwerk des Baus befestigt worden. In einem trockenen Sommer konnte eine Verbindung mit Holznägeln schon einmal locker werden, weil das Holz sich zusammenzog und der Nagel in seinem vorgebohrten Loch nicht mehr stramm saß. Aber jetzt war noch Frühling. Die Nägel quietschten wie arme Sünder, als sie nach und nach von der Hebelwirkung von Heinrichs Klinge und der schieren Kraft des alten Reichsmarschalls aus ihren Löchern gezogen wurden, zusammen mit den Brettern, die sie gehalten hatten. Nach dem ersten Brett setzte Heinrich sich keuchend auf das Heu und massierte seinen Rücken. »Das ging früher leichter«, ächzte er.

»Früher war das Holz anders«, sagte Walther solidarisch.

»Besser«, sagte Otto.

Heinrich nahm sein Schwert auf. »Dann wollen wir mal wieder«, seufzte er.

»Warte mal.« Walther griff durch die entstandene Lücke hindurch. Sehen konnte er die Rückwand des königlichen Stalls in der Dunkelheit nicht, aber fühlen. Eigentlich hatte er nur prüfen wollen, wie weit der Abstand zwischen den Rückwänden der beiden Gebäude war. Doch was er unter seiner Handfläche fühlte …

»Da ist eine Ziegelmauer«, sagte er.

»Wo?«, fragte Heinrich.

»Na, dort. Die Rückwand des königlichen Stalls ist gemauert!«

»Ich will verdammt sein«, sagte Heinrich. »Hätte nie gedacht, dass die Kerls meinen Vorschlag umsetzen.«

Otto starrte Heinrich fassungslos an. »Du hast gewusst, dass dort eine Mauer ist!?«

»Gewusst nicht – aber irgendwann in meinen letzten Monaten als Reichsmarschall hab ich angeregt, dass man die Rückwand so verstärken sollte, dass niemand durch die Stallungen in die Pfalz eindringen könnte.«

»So wie wir das gerade vorhatten«, knurrte Walther.

»Was meinst du, was mich auf die Idee gebracht hat, es so zu versuchen?«

»Aber wieso zum Teufel versuchen wir es dann, wenn die Idee mit der gemauerten Rückwand auch noch von dir stammt?«, zischte Otto.

»Ich dachte doch nicht, dass mein idiotischer Nachfolger irgendetwas Sinnvolles zustande brächte.«

Otto blickte fassungslos von Walther zu Heinrich und zurück. »Walther, hau ihm eine rein«, sagte er.

Heinrich beugte sich ächzend nach vorn und griff durch die Lücke. Sie hörten seine Finger über die Ziegelwand kratzen. Er zog den Arm zurück und brachte die Hand ganz nah an seine Augen, um in der Dunkelheit etwas sehen zu können. Er schnupperte an seinen Fingern. »Ich hätte es mir denken können«, brummte er zufrieden. »Alles Idioten. Los, wir müssen noch ein paar Bretter lösen.«

»Wozu denn? Willst du die Wand dort drüben mit dem Schädel einrennen?«

»Wenn, dann mit deinem, Saladin«, erklärte Heinrich vergnügt. »Es würde dir nicht mal wehtun, du trägst doch sowieso immer irgendeinen Kopfschutz, selbst wenn es ganz ungefährlich ist.«

»Das ist nicht wahr«, sagte Otto. »Und außerdem schadet es nicht, das wichtigste Körperteil zu schützen.«

»Deshalb hat Walther früher immer einen Sackschutz getragen«, rief Heinrich und lachte dröhnend.

»Haha«, machte Walther. »Schrei gern noch ein bisschen lauter, damit sie uns bis rüber zum Michelsberg hören.«

Otto und Walther halfen Heinrich, weitere Bretter zu lösen. Nur Heinrich hatte sein langes Schwert mitgebracht; Otto und Walther trugen lediglich ihre Dolche. Aber auch deren Klingen waren breit und stark. Nach etlichem Ächzen und Fluchen und dem Quietschen kapitulierender Holznägel war eine Lücke offen, durch die jeder von ihnen bequem schlüpfen konnte.

»Und jetzt?«, fragte Walther.

»Jetzt hilft uns die übliche Schlamperei, die immer dann eintritt, wenn eine Arbeit nicht ordentlich beaufsichtigt wird.«

Mittlerweile hatten sich ihre Augen so gut an die Dunkelheit gewöhnt, dass sie das Muster der Ziegelwand drüben deutlich sehen konnten – die dunklen Rechtecke der Backsteine und das ordentliche Netz der Mörtelfugen. Heinrich setzte die Spitze seines Schwerts an eine der Fugen an und drückte sie dagegen. Zu Walther Überraschung drang die Spitze ein, zwei Fingerbreit weit ein. Mörtel splitterte ab und rieselte unter der Klinge heraus. Heinrich stieß noch ein paarmal rund um den Backstein herum zu. Dann griff er hinüber und versuchte den Ziegelstein herauszuziehen. Es ging nicht. Wortlos drückte Walther ihm den Griff seines Dolchs in die Hand. Heinrich kratzte und schrappte mit der Dolchklinge weiter. Dann lehnte er sich auf einmal zurück und warf den gelösten Backstein aufs Heu. »Da!«, stieß er hervor und klang gleichzeitig befriedigt und verbittert.

Walther betrachtete die zerkratzte und ruinierte Spitze seines Dolchs. Ein Schwertfeger würde vonnöten sein, um sie wieder in Ordnung zu bringen. Er seufzte.

Otto sagte: »Wie ist das möglich?«

»Schlechter Mörtel«, sagte Heinrich. »Zu viel Sand. Und die Mauer konnte nicht ausreichend trocknen. Der Mörtel roch muffig. Das schwächt ihn auch. Wahrscheinlich hat man die Mauer auf die Schnelle hochgezogen, als der Stall hier gebaut wurde. Den gab's damals nämlich noch nicht. Irgendwer hat sich gedacht, dass der Rat des alten Heinrich, eine Mauer zu bauen, doch nicht so verkehrt wäre, wenn an der Rückseite der königlichen Stallungen erst ein anderes Gebäude steht, in dem Angreifer unbeobachtet Bretter lösen können. Aber statt ordentlich zu arbeiten, wurde geschlampert.«

»Na gut«, sagte Otto und machte Anstalten, mit seinem Dolch weitere Steine herauszukratzen.

»Gib dir keine Mühe«, brummte Heinrich. »Stützt mich mal.«

Sie hielten seine Oberarme fest. Heinrich lehnte sich zurück, zog ein Bein an und trat dann wuchtig durch die Lücke. Sie hörten Backsteine drüben aus der Mauer brechen und über einen Bretterboden kollern. Mit wenigen weiteren Tritten hatte der alte Reichsmarschall eine Öffnung geschaffen, durch die sie in die Pfalz eindringen konnten. Sie krochen hinüber, lauschten sichernd nach allen Seiten und nickten sich zu. Wenn die Nachtwache etwas gehört hätte, wären jetzt schon Männer in das Erdgeschoss des Stalls gelaufen. Aber niemand kam.

»Moment«, sagte Otto, griff durch die Lücke und angelte nach seinem Beutel. Er öffnete ihn und holte etwas heraus.

»Ich hab's gewusst«, stöhnte Walther.

»Ich sagte doch, es ist Ausrüstung.« Otto stülpte einen leichten Nasalhelm aus matt schimmerndem Metall auf den Kopf und verschloss penibel den Riemen unterm Kinn. Er sah die anderen beiden an. »Der alte Topfhelm wurde mir zu schwer«, sagte er. »Also los. Worauf warten wir?«

8.

»Ich wusste es«, knirschte der Vertreter des Reichsmarschalls, der für die Papinbercer Königspfalz verantwortlich war. Er hieß Adolf von Gründlach. »Ich wusste es von dem Moment an, als der alte Sack harmlos tat und fragte, ob er sich die Pfalz aus reiner Nostalgie von innen ansehen dürfe.«

Er und der Sergeant der Nachtwache sahen drei Gestalten dabei zu, wie sie über den dunklen Innenhof der Pfalz huschten. Die drei Männer waren aus den Stallungen gekommen.

»Welcher von denen ist der alte Reichsmarschall?«, fragte der Sergeant.

»Das Schwergewicht.«

»Da gibt's zwei davon, soweit ich das sehen kann.«

»Der Größere. Der ohne Helm.«

»Und wer sind die anderen beiden?«

»Keine Ahnung«, sagte Adolf von Gründlach. »Wir werden es wissen, wenn wir sie geschnappt haben.«

»Was glaubt Ihr, wie sie es geschafft haben, hier hereinzugelangen?«, fragte der Sergeant.

»Keine Ahnung. Noch mehr würde mich interessieren, was Heinrich von Kalden hier will. Aber auch das werden wir erfahren, sobald sie in Eisen liegen.«

Die drei Männer verschwanden in der Pfalz. Das Eingangsportal wurde lautlos geöffnet und wieder geschlossen. Jetzt waren sie im Inneren des Gebäudes. Adolf von Gründlach musste zugeben, dass Heinrich von Kalden und seine Helfer geschickt vorgegangen waren. Er hatte erwartet, dass Heinrich irgendwie versuchen würde, über den Dom in den Innenbereich der Pfalz zu gelangen. Der Weg über die Stallungen hatte ihn überrascht. Er war schon jetzt gespannt, wie sie sich Zugang verschafft hatten.

»Sollen wir jetzt gleich zuschlagen, Herr?«, fragte der Sergeant.

»Nein, dann erfahren wir ja nie, was sie hier gesucht haben.

Wir nehmen sie fest, wenn sie die Pfalz verlassen. In der Gasse. Mit roten Händen, sozusagen.«

»Das heißt, ich brauche meine Männer nicht vor den Kirchenportalen zu postieren?«

»Natürlich nicht.« Adolf von Gründlach seufzte. Einfache Soldaten konnten so begriffsstutzig sein. »Wir gehen jetzt rüber zu den Stallungen, schauen nach, wie die Kerle reingekommen sind, dann postieren wir deinen Trupp auf der anderen Seite des Eingangs. Was ist auf der anderen Seite? Leupolds Ställe, oder? Wir hätten dem Kerl nie erlauben sollen, sie Rücken an Rücken zu unseren Stallungen zu bauen. Egal. Folgt mir.«

Adolf von Gründlach, der Sergeant und sein fünfköpfiger Trupp verließen die extrem eng gewordene Wachkammer über dem Haupttor und trabten über den Hof. Adolf hätte sich am liebsten die Hände gerieben. Reichsmarschall Anselm würde mehr als glücklich sein, wenn er ihm Heinrich von Kalden als Brecher des königlichen Friedens in der Papinbercer Pfalz präsentierte. Anselm hatte seinen Vorgänger nie leiden können. Abgesehen davon war Anselm ein Idiot, wie Adolf fand. Aber Heinrich von Kalden war ebenfalls ein Idiot, auch wenn Adolf sich diese Einschätzung im Gespräch mit dem alten Reichsmarschall nicht hatte anmerken lassen. Eigentlich war nur er, Adolf von Gründlach, kein Idiot – und dieser Coup konnte vielleicht dazu führen, dass er Anselm bald als Reichsmarschall ablösen würde. Im Grunde war es völlig zweitrangig, was Heinrich und seine beiden Kumpane hier suchten; sie waren das Geschenk Gottes an Adolf für seinen festen Glauben und seinen jahrelang unterdrückten Ehrgeiz.

Dies war ein guter Tag.

9.

Falls die Männer den Waisen wirklich in der Königspfalz fanden, hatte Valeria zwei Möglichkeiten.

Sie konnte abwarten, bis sie – entweder noch heute Nacht oder morgen – ihren Triumph verkündeten. Dann würde sie den Stein an sich nehmen können. Aber zu diesem Zweck würde sie Walther töten müssen. Und natürlich auch alle anderen. Alle meinte: wirklich alle. Die drei alten Haudegen. Beatrice. Beatrices Kammerfrau. Die zwei Leibwächter. Laurin … So viel unschuldiges Blut konnte weder die Rache ihrer Mutter noch der Waise wert sein! Ihr Herz weigerte sich, diesen Gedanken zu Ende zu führen.

Die zweite Möglichkeit würde weniger Blut fordern: Sie konnte sich zur Pfalz schleichen und sie beobachten und die drei Männer, wenn sie herauskamen, abfangen. Wenn sie den Stein hatten, würde es nur drei Tote geben: Heinrich, Otto und Walther. Wenn sie ihn nicht hatten, würde sie weiterhin unschuldig tun und bei der Gruppe bleiben, um die nächste Gelegenheit abzuwarten.

Auch die zweite Lösung hatte einen üblen Haken: den Tod von Heinrich von Kalden und Otto von Herneberch. Valeria, die auf ihrem Lager in der Kammer lag, die sie mit Beatrice de Courtenay teilte, und gerade so tat, als würde sie schlafen, fühlte, wie sich ihr Magen bei diesem Gedanken umdrehte. *Mutter*, dachte sie zum ersten Mal, seit sie aufgebrochen war, *Mutter, warum bürdet mir deine Rache eine solche Last auf? Ich mag diese Männer. Sie sind aufrecht.*

Wenn man ehrlich sein wollte, musste sie sich geradezu dagegen wehren, auch Walther von der Vogelweide zu mögen.

Es blieb dennoch keine Wahl. Sie würde die zweite Möglichkeit wählen – wenn sie eine Ausrede fand, das Kloster allein zu verlassen, obwohl es bereits dunkel war. Das war die nächste Schwierigkeit: Beatrice de Courtenay schien Gefallen an ihr gefunden zu haben und ließ sie keine Minute aus ihrer fürsorglichen, freundlichen Obhut. Das Läuten der Gebetsglocken zur Komplet löste wenigstens dieses Problem.

»Ich werde für die Sicherheit meines Mannes und seiner Freunde beten«, sagte Beatrice, nachdem sie Valeria geweckt und diese erfolgreich die aus dem Schlummer Erwachende gemimt hatte. »Die Mönche lassen Gäste zu den Stundengebeten zu. Wollt Ihr mich begleiten?«

»Ich möchte auch für ihre sichere Rückkehr beten«, erwiderte Valeria. »Aber bitte seht mir nach, wenn ich es unter freiem Himmel tun möchte. Die Schwestern, denen ich meine Erziehung verdanke, haben mir beigebracht, dass die größte Kathedrale Gottes die freie Natur ist und dass Gebete am besten an Gottes Ohr dringen, wenn man sie allein für sich spricht.«

»Ihr habt ein gutes Herz, meine Liebe«, sagte Beatrice und strich Valeria über die Wange. »Ich danke Euch im Namen meines Mannes und der anderen schon jetzt für Euer Gebet.«

Ja, dachte Valeria, und mein gutes Herz lügt dir ins Gesicht und tötet heute unter Umständen noch deinen Mann. Eine Stimme in ihr schrie: Mutter, warum tust du mir das an?

Sie wartete, bis Beatrice und ihre Kammerfrau gegangen waren, dann verließ sie das Klosterhospiz und huschte zu den Ställen. Sie hatte die Männerkleidung, in der sie vor dem Zusammentreffen mit Ottos Gruppe gereist war, in den Packtaschen verstaut. Am Boden der Packtaschen fanden sich auch ihre Waffen: zwei kurze Messer mit gebogenen Klingen für den Nahkampf und, in einer dazu passenden flachen Scheide, vier übereinandergesteckte Wurfklingen. Alle sechs Waffen waren in bestem Zustand, spitz und schreiend scharf. Ein langes, dünnes Tau komplettierte ihre Ausrüstung.

Niemand außer ihr und den Pferden war im Stall. Sie hängte die Männerkleidung vor sich auf die Bretter eines leeren Pferchs, schlüpfte aus dem zerknitterten Kleid und legte es ordentlich in eine der Packtaschen. Dann zog sie die Männersachen an. Die Scheide mit den Wurfklingen kam an die Unterseite ihres linken Unterarms, mit den kurzen Griffen nach vorn;

sie konnte sie auf diese Weise blitzschnell herausziehen und schleudern. Die Dolche ruhten in lederverstärkten Taschen auf der Innenseite ihres Mantels, so dass sie sie sofort ziehen konnte, wenn sie die Arme überkreuzte. Der Mantel hatte Schlitze für die Arme links und rechts und in Höhe der Kehle und der Taille Haken und Ösen. Wenn sie sich im Kampf schnell bewegen musste, konnte sie verhindern, dass er aufklaffte und sie störte. Der Kapuze sah man nicht an, dass festes Leder zwischen dem äußeren Stoff und dem Innenfutter in sie eingenäht war, das etwas Schutz gegen Schläge bot. Sie wand sich das Seil um den Oberkörper und legte den Mantel an, steckte die Arme durch die Schlitze und verschloss Haken und Ösen. Als sie fertig war, legte sie die Packtaschen wieder zu den Sätteln zurück und trat nach draußen.

Das Tor, das vom äußeren Klosterbereich zur Gasse hinaus führte, war bereits geschlossen. Gelangweilte Klosterknechte hockten in der kleinen Wachstube im Tordurchgang. Sie bekamen Valeria nicht zu Gesicht, denn sie kletterte auf den Stall und von dort auf das Schindeldach der hölzernen Hurde, die auf der Mauerkrone saß und unter deren Dach ein schmaler Wehrgang verlief. Valeria schwang sich in den Wehrgang und huschte ihn entlang, bis sie zu einer der im Boden eingelassenen Klappen gelangte, durch die man im Verteidigungsfall Fäkalieneimer oder heißes Wasser auf die Feinde kippen konnte. Sie befestigte das eine Ende des Seils an einem Balken, dann ließ sie es sich durch die geöffnete Klappe entrollen. Das Seil trug sie, als sie sich mit übereinandergeschlagenen Füßen daran nach drunten rutschen ließ. Die Klostermauer war nicht hoch – zwei Mannslängen, mehr nicht, aber hoch genug, um sich zu verletzen, wenn man einfach hinuntersprang.

Als sie auf dem Gassenboden stand, blickte sie nach oben. Wenn einer der Klosterknechte eine Runde über den Wehrgang machte, würde er auf die geöffnete Klappe und das Seil stoßen und misstrauisch werden. Sie konnte es nicht ändern. Das Risiko musste sie eingehen. Besonders hoch war es nicht. Die Zeiten waren noch ruhig im Reich und im Bistum Papinberc, die Männer würden die Zeit in der Wachstube totschlagen.

Das Seil sicherte Valerias Rückkehr ins Kloster. Hatte sie den Waisen erbeutet, würde sie daran hochklettern, ihr Pferd aus dem Stall holen, die Wachen beim Tor unschädlich machen und wie der Wind davonreiten, um sich an anderer Stelle in der Stadt zu verstecken. Drei tote alte Männer außerhalb der Königspfalz und ein Ausbruch aus dem Klosterbereich würden zwar für Aufsehen sorgen, aber nicht genug, dass der Bischof die Stadttore auch tagsüber schließen ließ. Sie würde Papinberc ganz unschuldig durch eines davon verlassen, sobald sie im Morgengrauen geöffnet wurden.

Hatten die drei Männer versagt, würden sie Valeria gar nicht zu Gesicht bekommen. Sie würde vor ihnen wieder zurück im Kloster sein und ihre lange Abwesenheit damit erklären, dass sie sich im Gebet verloren hatte. Alles würde so sein wie zuvor, und sie würde die Gruppe zum nächsten Ort begleiten, an dem Heinrich, Otto und Walther nach dem Waisen suchten.

Valeria hoffte, der Waise wäre nicht hier in Papinberc. Beim nächsten Mal mochte die Situation anders und sie nicht gezwungen sein, Heinrich und Otto zu töten. Dann müsste nur Walther von der Vogelweide sterben.

Wie ein schwarzer Schatten glitt sie die Gasse entlang, den Michelsberg hinunter und in Richtung Domberg, eine bildschöne junge Frau in Männerkleidung, ein Todesengel, der vergeblich versuchte, die aufkeimenden Zweifel an seiner Mission zu unterdrücken.

10.

Laurin starrte nachdenklich zu der Stelle empor, an der sich Valeria vom Dach des Stalls zur Hurde hochgeschwungen hatte. Er wusste nicht, ob er so ein Kunststück auch zuwege bringen würde. Diese Frau machte einen wahnsinnig – was immer man konnte, sie konnte es besser und noch ein paar Hundert Sachen zusätzlich.

Wo wollte sie hin? Als sie nicht in der Kirche gewesen war, um zur Komplet mitzubeten, war er plötzlich sicher gewesen, dass sie sich heimlich aus dem Staub machen würde. Was hielt sie hier noch, wenn sie Walther ihre Botschaft überbracht hatte?

Hm.

Er hatte gehofft, dass er, Laurin, ein Grund wäre, warum sie blieb.

Jedenfalls reiste sie nicht ab, das stand fest. Sie hatte ihr Pferd zurückgelassen, ihre Packtaschen, ihre gesamte Habe. Aber wozu hatte sie ihre Männersachen angezogen und sich wie ein Dieb aus dem Kloster gestohlen?

Weil das Tor geschlossen war und die Wachen es nicht ohne Auftrag des Abts oder des Bruders Pförtner öffnen würden. Der heimliche Weg war der einzige, der nach Torschluss aus dem Kloster hinausführte.

Laurin seufzte. Was hatte Valeria vor? Er konnte es sich nicht denken. Er konnte nur versuchen, ihr zu folgen.

Auf das Dach des Stalls zu klettern war noch halbwegs einfach. Von dort konnte man, wenn man hochsprang, den Boden des Wehrgangs erreichen. Dann musste man sich nur mit der Kraft seiner Arme hochziehen, bis man ein Bein auf den Wehrgang schwingen und sich hinaufrollen konnte. Das war alles. Gar nicht … so …

… schwer …

Laurin lag keuchend und mit zitternden Armmuskeln auf dem Wehrgang. Zuvor hatte er beinstrampelnd und ächzend an seinen Fingern gehangen und sich gefragt, ob das Dach des Stalls unter ihm nachgeben und er mit einem riesigen Krach, der das gesamte Kloster auf den Plan rief, hindurchkrachen würde, wenn ihn die Kraft verließ.

Schließlich rappelte er sich auf und fragte sich, in welche Richtung sich Valeria bewegt haben mochte. Rechts ging es zum

Tor. Unwahrscheinlich, dass sie dorthin gehuscht war. Laurin schlich nach links. Nach einer Weile kam er zu einer Stelle, an der die Hurde und der Wehrgang eine Ausbuchtung hatten und über die Mauerzinnen ragten. Er konnte sich denken, dass dort eine der Klappen war, durch die man Angreifern Dinge auf den Kopf schütten konnte. Die Klappe war offen. Ein Seil, das oben festgeknotet war, führte nach unten. Es war so dünn, dass Laurin wusste, er würde nie daran herunterklettern können. Valeria hingegen musste es getan haben. Die Verfolgung war zu Ende, noch bevor sie begonnen hatte; abgesehen davon hätte er ohnehin nicht gewusst, wohin er sich wenden sollte, denn natürlich hatte Valeria bereits einen Riesenvorsprung.

Aber Valeria würde über dieses Seil wieder ins Kloster zurückkehren wollen. Er machte es vom Balken los und holte es ein, dann setzte er sich neben der geöffneten Klappe auf den Wehrgang und wartete auf Valerias Rückkehr. Endlich hatte er einmal die Oberhand über sie, und sie würde mit der Heimlichtuerei Schluss machen und ihm reinen Wein einschenken müssen, wenn sie wollte, dass er ihr das Seil wieder hinunterließ.

Mit diesem befriedigenden Gedanken schlief er ein und erwachte erst wieder, als einer der Klosterknechte, der doch eine Runde gedreht hatte, ihn am Kragen packte und auf die Beine zog, während er ihm zugleich seinen Dolch an die Kehle hielt.

11.

Der große Saal in der Pfalz war dunkel und voller Gespenster. Walther wurde schwindlig, während er den anderen beiden folgte. Er sah sich und Otto, wie sie das Lied über den Waisen sangen, er sah Philipps Mörder, wie er das Kunststück mit dem Apfel und dem Schwert vollführte und wie Heinrich ihm offenen Mundes dabei zusah, er sah am Tag nach dem Mord den geifernden Munibert in der Mitte der Halle stehen und Walther anklagen. Und immer wieder sah er Eirene. Seine Königin, seine Liebe. Er war froh, als sie den Saal endlich verließen und die Treppe zu den königlichen Gemächern emporstiegen, aber in der ehemaligen Schlafkammer des Königs war es nicht besser, weil er dort Philipp stehen sah, der ihnen bei der Hochzeitsfeier großzügige Geschenke gemacht und danach voller ehrfürchtiger Begeisterung über den Waisen geredet hatte. Und er sah ihn in seinem Blut auf dem Boden liegen, die klaffende Wunde im Hals, und er erinnerte sich, wie eiskalt und hoffnungslos er sich gefühlt hatte beim Anblick des toten Königs.

Die königliche Schlafkammer war so gut wie leer. Es gab nicht einmal Wandbehänge. Die Würde des Königs – wie die des Kaisers – war die eines Monarchen auf der Reise. Wenn er sich zum Besuch einer seiner Pfalzen entschloss, räumten der jeweilige Verwalter, die reichsten Bürger und die nächstgelegenen Adligen ihre Häuser leer, um die Pfalz wohnlich zu machen. War der Monarch abgereist, holten die Eigentümer ihr Mobiliar zurück, und die Pfalz wurde wieder zu dem, was sie vorher gewesen war: einer leeren Hülle, die darauf warten musste, dass der König ihr Leben einhauchte.

In Philipps Schlaf- und Sterbekammer waren die wenigen vorhandenen Gegenstände auf einen kleinen Haufen zusammengeschoben und mit einem großen Leintuch vor Staub und Feuchtigkeit geschützt. Ihre Formen zeichneten sich undeutbar unter dem Tuch ab. Eine Truhe? Ein Fußschemel? Ein leichter Reisesattel? Mehr als ein paar Objekte konnten es nicht sein. Walther musste an ein Leichentuch denken, unter dem der Leichnam undeutlich erkennbar ist, und schüttelte sich.

Heinrich stemmte die Hände in die Hüften und sah sich in dem durch die zwei kleinen Eckfenster schummrig beleuchteten Raum um. Vor der Pfalz und rund um den Platz herum brannten Fackeln, die der Nachtwache die Orientierung im Dunkeln erleichterten. Ihr Licht war das einzige, das hereinfiel, aber die Augen der drei Männer hatten sich inzwischen so an die Dunkelheit gewöhnt, dass sie recht gut sehen konnten. Allerdings nicht gut genug.

»Licht«, sagte Heinrich.

Otto entzündete einen Docht in einer kleinen Laterne. Die Änderung der Lichtverhältnisse war nicht wesentlich, doch Heinrich grunzte zufrieden. Er stapfte in dem leeren Raum herum, dass die Bodendielen knarzten. Walther starrte auf die Stelle, an der Philipp gelegen hatte. Er hätte geschworen, dass das Blut des Königs einen dunklen Fleck auf den Brettern hinterlassen hatte. Doch die Stelle sah nicht anders aus als alle anderen. Ein paar Augenblicke dachte Walther, er hätte sich die Raumverhältnisse falsch eingeprägt. Dann fiel ihm auf, dass Heinrich bei jedem Durchmessen des Raums einen Bogen um die Stelle machte.

Der alte Reichsmarschall seufzte. »Na gut«, sagte er. »Ich glaube, ich weiß es jetzt wieder.« Er trat zu einem der Fenster, stellte den Fuß so an die Wand, dass die Stiefelspitze exakt auf Höhe der Außenkante des Fensters stand, und maß dann Fußlängen ab, wobei er sorgsam Ferse vor Fußspitze setzte. Dabei zählte er flüsternd bis zwanzig. Dann blieb er stehen und begegnete den fragenden Blicken seiner Freunde.

»Zwanzig Schritte bis zu Philipps Geheimversteck unter den Bodendielen«, sagte er. »Zu Philipps Lebzeiten wussten davon nur er, wahrscheinlich die Königin – und ich. Oder irre ich mich?« Er blickte fragend in die Runde.

»Auch unter Freunden muss es Geheimnisse geben«, sagte Otto nüchtern und bestätigte damit, was auch für Walther galt – die beiden Sänger hatten von diesem Versteck nie etwas gehört.

»Weshalb zwanzig Schritte?«, fragte Walther. »Warum nicht sieben oder neun oder zwölf oder eine andere bedeutsame Zahl?«

»Die Zahl hat eine Bedeutung«, erklärte Heinrich. »Philipp und Eirene haben an einem fünfundzwanzigsten Mai geheiratet, also dem fünften Monat. Fünfundzwanzig weniger fünf ergibt zwanzig.«

»Warum hat er die Daten nicht zusammengezählt?«, fragte Otto.

»Weil das zu einfach wäre«, sagte Heinrich und zuckte mit den Schultern. »Ist ja ein Geheimversteck, oder nicht? Helft mir mal.«

Sie leuchteten ihm, als er sich niederkniete und die Spitze seines Schwerts in einen Holznagel bohrte, mit dem die Bodendiele, auf die er beim zwanzigsten Schritt getreten war, auf dem Tragbalken befestigt war. Keuchend und ächzend versuchte er mit seiner Klinge den Holzstift zu lösen, brachte dabei aber nur Spähne hervor. Der Nagel selbst bewegte sich nicht.

»Merkwürdig«, brummte Heinrich.

»Was denn? Falsche Diele oder falscher Nagel?«, fragte Otto.

Heinrich knurrte etwas und ballte die Faust. »Nein, falsche Fußgröße«, sagte er. »Die zwanzig Schritte galten für Philipp. Ich hab etwas größere Treter.« Er dachte nach, dann rückte er drei Dielen zurück.

»Ist sie das jetzt?«, fragte Walther.

»Ich hoffe es.«

»Probier ruhig weiter, wir haben die ganze Nacht Zeit«, sagte Otto sarkastisch.

Erneut bohrte Heinrich die Schwertspitze unter den Holznagel. Diesmal jedoch sprang der Kopf sofort davon. Er war nicht dicker als eine massive Goldmünze und in ein Loch gedrückt worden, das genau seinem Umfang entsprach. Darunter saß der schwarze, breite Kopf eines Eisennagels.

»Sag ich doch«, meinte Heinrich zufrieden.

Er stieß die Spitze seines Schwerts unter den Nagel und stellte einen Fuß unter die Klinge, um ihn als Angelpunkt zu nutzen. Durch die Hebelwirkung löste sich der Nagel ohne Mühe. Als er zur Gänze aus seinem Loch heraußen war, kippte er zur Seite und rollte in einem kleinen Halbkreis aus. Walther sah, dass der Nagelstift viel dünner war als das Loch, in dem er gesteckt hatte. Er und der vermeintliche Holznagel waren nur Tarnung. Der Eisenstift verhinderte lediglich, dass die Diele beim Drauftreten verrutschte und dadurch jemanden misstrauisch machte.

»Hast du das gebaut?«, fragte Walther.

»Was denkst du denn?«, gab Heinrich zurück. Er rutschte auf den Knien zum anderen Ende der vielleicht drei Ellen langen Diele und wiederholte dort die Prozedur. Dann hebelte er die Diele mit dem Schwert hoch, bis Otto und Walther sie greifen und herausheben konnten. Das rechteckige Loch darunter war stockfinster. Otto nahm die Laterne und leuchtete hinein.

Die drei Männer starrten das an, was die Laterne beleuchtete. Dann sahen sie sich gegenseitig an. Dann sahen sie wieder in das Loch hinunter. Heinrich schüttelte den Kopf. Otto stieß langsam die Luft aus.

»Wir können noch so lang da hinuntergaffen, es wird nicht mehr«, sagte Walther. »Gibt's noch ein anderes Versteck?«

Heinrich schüttelte erneut den Kopf. »Ich war mir absolut sicher«, sagte er frustriert.

Das Geheimversteck war leer bis auf verstaubte Spinnweben und tote, seit Jahrzehnten mumifizierte Insekten.

»Schöner Mist«, sagte Otto. »Was nun?«

Er und Heinrich sahen Walther an, der als Erster wieder auf den Beinen stand. Bis zu dem Zeitpunkt, als sie das Geheimversteck geöffnet hatten, hatte Walther weniger Vorfreude als Beklemmung verspürt. Dann war schlagartig die Hoffnung erwacht, den Waisen dort unten zu finden und die Suche beenden zu können. Jetzt fühlte er sich enttäuscht und ratlos.

»Macht das Brett wieder drauf«, sagte er rau. »Ich muss nachdenken.«

»Versuch zu vermeiden, dabei gegen die Wände zu treten, sonst weckst du noch die Nachtwache aus dem Schlummer«, sagte Otto.

Walther stapfte davon. Den Rest der Pfalz zu durchsuchen war sinnlos. Der Waise würde nicht offen irgendwo herumliegen. Wenn er nicht in dem Versteck war, war er entweder überhaupt nicht in Papinberc, oder irgendjemand hatte ihn bereits an sich genommen und verwahrte ihn seit zwanzig Jahren. Beides kam auf das Gleiche heraus – Walther, Otto und Heinrich würden ihn nicht zu fassen kriegen.

Wenn der Stein nicht in Papinberc war, wo war er dann?

Er blieb vor dem kleinen, zugedeckten Haufen stehen. Eine Truhe? Ein Fußschemel? Ein leichter Reisesattel? Er bückte sich und zog das Tuch weg. Staub wallte auf. Er hustete und versuchte zu erkennen, was unter dem Tuch gewesen war.

Tatsächlich. Eine Truhe. Der Deckel war offen. Sie war leer. Außer ihr war nur noch ein anderes Objekt unter dem Tuch gewesen. Kein Fußschemel. Kein Reisesattel.

»Gottverdammt«, sagte Walther.

Er spürte, dass Otto neben ihn trat. »Oje«, sagte der alte Sänger. »An die hab ich gar nicht mehr gedacht.«

Neben der Truhe lag die Quinterne, auf der Walther das Lied über den Waisen begleitet hatte. Das Instrument, das Philipp ihm am Tag vor seinem Tod geschenkt hatte. Es lag auf den Saiten. Sein bauchiger Klangkörper wölbte sich in die Höhe.

»Ich hab sie hier vergessen«, sagte Walther. »Und zwar total. Gleich nach Philipps Tod. Ich hab sie keinen Tag vermisst.«

Er schluckte, dann bückte er sich und hob sie auf. Sie fühlte sich leicht an – vertrocknetes Holz, Staub und ein paar alte, rissig gewordene Saiten aus Schafsdarm, die dennoch gehalten hatten. Zwanzig Jahre lang. Der Hals war ein wenig nach vorn geneigt, von der Spannung der Saiten aus der Verankerung gezogen, der Leim alt und schwach geworden. Zwanzig Jahre ungespielt, ungewünscht, vergessen irgendwo herumzuliegen und unter einer Art Leichentuch enden – das war das Schicksal des kleinen Musikinstruments, das das letzte Geschenk eines Königs und Freundes gewesen war. Sie hatte nur ein einziges Lied gespielt. Ein Lied, das ihr Besitzer nicht hatte spielen wollen. Walther räusperte sich. Seine Hände zitterten, als er über die Quinterne strich.

Plötzlich sah er sich in der Stube seines Gutshofes, wie er die tönerne Nachbildung der Laute unter dem Fuß der Sitzbank zermalmt hatte, in dem Glauben, der Waise sei vielleicht darin. Seine Hände begannen noch stärker zu zittern. Was, wenn er die richtige Idee gehabt hatte, nur das falsche Objekt? Er versuchte, die Wirbel zu drehen, um die Saiten zu lockern und zu entfernen, aber er zitterte zu stark. Außerdem wäre das Schallloch viel zu klein gewesen, um hineinzugreifen. Und ruiniert war die Quinterne ohnehin.

»Verzeih mir, Philipp«, sagte er.

»Was machst du da, Walther?«, rief Otto alarmiert und versuchte ihm in die Hände zu fallen. Es war zu spät. Walter brach den Hals des Musikinstruments über dem Knie ab. Die Saiten rissen mit einem müden Ploppen. Er ließ den Korpus fallen und trat ihn mit dem Stiefel ein. Dünnes, trockenes, wunderbar geschwungenes und liebevoll verleimtes Holz zersplitterte. Es hörte sich an, als brächen die Knochen eines alten Skeletts.

»Um Gottes willen«, sagte Otto und bekreuzigte sich.

Walther fühlte, dass ihm der Schweiß ausgebrochen war. Ihm war seltsam schwindlig und übel. Noch nie im Leben hatte er ein Musikinstrument absichtlich zerstört. Er kniete sich neben das Wrack. »Licht«, stieß er hervor. Er fühlte den schweren Schritt Heinrichs neben sich. Der alte Reichsmarschall sagte nichts. Er und Otto knieten an Walthers Seite nieder, Heinrich stellte die Laterne daneben. Vorsichtig klaubten sie die zerstörte Quinterne auseinander.

Der Waise war nicht da.

Walther ließ sich auf die Fersen zurücksinken und fuhr sich mit den Händen über das Gesicht. Zu spät wurde ihm klar, dass er wahrscheinlich Schmutzspuren darin hinterließ. Er fror. Die Übelkeit verging und ließ Leere zurück.

Heinrich schob die Trümmer zusammen. »Mit ein bisschen Leim ist das Ding nachher wieder wie neu«, sagte er in einem Versuch zu scherzen. Er schwieg, als die anderen nicht darauf reagierten.

»Lassen wir's gut sein«, sagte Walther nach einer langen Weile. »Der Stein ist nicht hier.«

Otto und Heinrich nickten. Sie schoben die Überreste der Quinterne neben die Truhe und breiteten wieder das Tuch darüber. Dann verließen sie den Palas, huschten nach ausgiebigem Sichern über den leeren Innenhof, in die Stallungen, krochen durch das Loch und befestigten die Bretter auf ihrer Seite, so gut es ging. »Muss ja nicht gleich jeder sehen, dass es da einen Hintereingang in die Pfalz gibt«, brummte Heinrich. »Ich werde Adolf von Gründlach eine Nachricht zukommen lassen, dass er die Mauer reparieren soll, sobald wir weit genug von Papinberc weg sind.«

Weit genug weg, dachte Walther. Aber in welche Richtung? Wohin konnten sie sich jetzt wenden? Sollten sie jede einzelne Pfalz durchsuchen, auf der Philipp sich einmal aufgehalten hatte? Aber der König hatte damals den Stein bei sich gehabt! Er musste in Papinberc sein, oder? Oder?

Sie kletterten die Leiter hinunter. Otto verstaute seinen Helm wieder in seinem Beutel. Heinrich musterte unzufrieden sein schartig gewordenes Schwert, bevor er es wieder zurück in die Scheide steckte. In Walthers Ohren hallten immer noch die Geräusche nach, die die Quinterne gemacht hatte. Wie zwei Todesschreie. Er holte Luft. Zusammen traten sie auf die Gasse hinaus.

Plötzlich wusste Walther, wo der Stein war. Wusste es mit der Gewissheit, die jemand verspürt, der etwas die ganze Zeit schon geahnt hat, aber zu beschäftigt gewesen ist, um richtig nachzudenken. Er blieb stehen, als sei er gegen eine Wand gelaufen. Er sah das Versteck vor sich. Er sah sich, wie er vorhin mit zitternden Händen über die Quinterne strich. Er sah sich von Otto Abschied nehmen, damals, in dem Wald mit der Köhlerhütte, als die Dinge, die er früher über alles geschätzt hatte, plötzlich keinen Wert mehr besaßen. Als die Welt mit Eirenes Tod gestorben war und er mit ihr.

»O mein Gott«, stieß er hervor.

»Nicht ganz«, sagte Adolf von Gründlach und trat mit einem halben Dutzend Bewaffneter um die Gassenecke. Gespannte

Armbrüste richteten sich auf die drei alten Recken. Der Vertreter des Reichsmarschalls grinste hämisch. »Seid mir gegrüßt, Herr von Kalden. Hat Euch die Nostalgie nicht schlafen lassen?«

12.

Burg Lantshut stand auf einem steilen Hügel über der Isar. Die zugehörige Stadt schmiegte sich zu ihren Füßen auf einem schmalen Uferstreifen zwischen dem Berghang und dem Fluss. Man konnte erkennen, dass Herzog Ludwigs neue Hauptstadt vorher ein Dorf gewesen war, das jetzt ausgebaut wurde. Überall herrschte rege Bautätigkeit. Die Stadt war vor gut zwanzig Jahren gegründet worden und war immer noch ein Flickenteppich aus alten Hütten, neu erbauten, zweistöckigen Holzhäusern, Handwerkerbuden, freien Parzellen, Obstgärten und kleinen Ackerflächen. Teile der Stadtmauer waren noch die alte Palisade, die sich um die frühere Wehrsiedlung herumgezogen hatte; auch die Burg bestand noch in Teilen aus hölzernen Wehrbauten, lediglich der wuchtige Bergfried war ganz aus Backstein errichtet. Überall herrschte eine geschäftige, fröhliche Aufbruchsstimmung, die Munibert nervös und unleidlich machte, weil sie in starkem Kontrast zu dem in sich zerstrittenen Freisingen stand. Dass Charaktere wie er an der Spaltung Freisingens Schuld trugen, war ihm zwar klar, aber er war zugleich überzeugt, dass es richtig war, Bischof Gerold das Leben so schwer wie möglich zu machen. Immerhin zählte der Mann eine Kreatur wie Walther von der Vogelweide zu seinen Freunden, überdies hatte er Munibert eine glanzvolle Kirchenkarriere verbaut. Ja, es war angebracht und nur zu gerecht, Bischof Gerolds Wirken in seiner Domstadt zu hintertreiben, wann immer sich eine Gelegenheit bot.

Nicht, dass dies Muniberts Wut darüber, wie er hier in Lantshut behandelt wurde, irgendwie verringert hätte. Er hockte seit

Ostersamstag in der Kapelle der Burg und wartete vergeblich darauf, dass der Kaiser ihm Audienz gewährte.

Er war von der falschen, der nördlichen Isarseite her gekommen und hatte am gegenüberliegenden Ufer weit marschieren müssen, um über die Brücke und in die Stadt zu gelangen. Die Brücke lag gut fünfhundert Mannslängen nordöstlich des eigentlichen Ortskerns und der Burg. Nachdem er ausgiebig mit den Brückenwächtern wegen des Brückenzolls gestritten hatte, natürlich ohne Erfolg, hatte er den ganzen Weg wieder zurücklaufen müssen, und zwar durch eine von Karrenrädern und Zugschlitten, Ochsen- und Pferdehufen in eine knöcheltiefe Schlammlandschaft verwandelte Hauptstraße, die selbst bei schönstem Wetter nie ganz austrocknete. Der Dreck war ihm zwischen den Zehen hindurchgequollen, und seine Sandalen, von der zweitägigen Wanderung ohnehin schon stark in Mitleidenschaft gezogen, waren jetzt endgültig ruiniert.

Zur Burg hinauf hatte ein steiler Hohlweg geführt, auf dem Bürger, Gesinde und Boten auf und ab liefen und Munibert angeraunzt hatten, wenn er nicht schnell genug zur Seite gesprungen war. Er hatte sich natürlich nichts gefallen lassen. Man konnte sagen, dass er den Weg zur Burg hinauf weniger gegangen als ihn sich vielmehr erstritten hatte. Jedenfalls hatte er, nachdem er dem Burghauptmann sein Anliegen, mit dem Kaiser zu sprechen, endlich vorgetragen hatte, die Nase so dermaßen voll von den Lantshutern gehabt, dass er in der Kapelle erst einmal einige Vaterunser zum Himmel schickte und den Herrn darum bat, die Stadt möglichst bald mit Feuer, Wasser und Pest heimzusuchen.

Die Heimsuchungen ließen auf sich warten, was insofern ein Glück war, als sich Munibert ja noch in der Stadt aufhielt. Die Audienz bei Kaiser Friedrich ließ allerdings auch auf sich warten. Ihm war klar, dass der Kaiser wichtige Gespräche mit dem mächtigen Herzog Ludwig führte und dass er offiziell gar nicht hier war, was die Wartezeit zusätzlich verlängerte. Andererseits war er, Munibert, nicht irgendjemand, und außerdem hatte er wichtige Nachrichten. Nachrichten, die Walther von der Vogelweide vernichten würden. Es gab nichts Wichtigeres.

Am späten Abend des Ostermontags suchte ihn schließlich jemand in der Kapelle auf und erklärte ihm, dass der Kaiser nun Zeit für ihn habe. Munibert folgte dem Mann in den nur im Erdgeschoss aufgemauerten, in den oberen Stockwerken jedoch hölzernen Palas, wo ein mit Wandteppichen verhängter und einem großen Kaminfeuer ausgestatteter Saal so etwas wie Herrscherpracht demonstrierte. Er hatte erwartet, dass der Kaiser allein sein würde, doch zu seinem Ärger saß auf der Bank neben ihm ein hagerer Mann mit krausem schwarzen Haar und einem ebenso krausen, kurz geschnittenen Vollbart. Hinter ihnen lehnte ein Bär von einem Mann am warmen Kamin. Die Soldaten in den goldfarbenen, mit dem Kaiseradler bestickten Tuniken, die an der Längswand standen, waren zu erwarten gewesen, aber die anderen beiden? Der in Munibert schwelende Ärger führte dazu, dass er unbeholfen niederkniete und bei seiner Begrüßung verbissen zu Boden blickte, statt wenigstens danach den Kopf zu heben und dem Kaiser freimütig in die Augen zu schauen.

»Da haben wir aber ein griesgrämiges kleines Priesterchen, Majestät«, sagte der kraushaarige Mann gemütlich auf Bairisch. »Dem ist die Wartezeit in meiner Kapelle nicht bekommen.«

»Ist vielleicht eine schönere Kirche gewöhnt«, erwiderte der Kaiser. Er sprach mit einem italienischen Akzent.

»Glaubst du? Bei den dreckigen Füßen, die er hat, betet er sonst wohl eher im Schweinestall.«

Muniberts Brust hob und senkte sich im krampfhaften Bemühen, seine Wut zu unterdrücken. Ihm war jetzt klar, wer der kraushaarige Mann war – Herzog Ludwig von Baiern. Den Kaiser hatte er erkannt, weil er Beschreibungen von ihm gehört hatte: mittelgroß, athletisch, rothaarig, sommersprossig, ein Jungengesicht mit strahlend blauen Augen. Wer der dritte Mann im Saal war, wusste er nun auch. Er hätte es sich gleich denken können, als er die weiße Tunika mit dem schwarzen Ordenskreuz gesehen hatte: Hermann von Salza, der Großmeister der Deutschritter. Eigentlich hätte die Anwesenheit dieser drei Männer, die zu den mächtigsten der Mächtigen im Reich gehörten, Munibert Ehrfurcht einflößen müssen. Aber er kochte vor Wut und alles, was er denken konnte, war, dass die spöttischen Anreden so klangen, als hätten sie auch von Walther von der Vogelweide kommen können.

»Steh auf, Hochwürden«, sagte der Kaiser. »Und sieh mir ins Gesicht. Wenn du mit dem Boden reden willst, kannst du das auch draußen tun.«

Munibert rappelte sich auf. »Ich habe eine wichtige Botschaft, die nur für die Ohren Eurer Majestät bestimmt ist«, sagte er.

Der Kaiser lehnte sich zurück. Seine Augen verengten sich ein wenig, dann wedelte er sich mit der Hand vor dem Gesicht. »Meine Güte, was hast du gegessen?«, fragte er. »Irgendwas, was schon seit Wochen tot in der Sonne gelegen hat?«

Irritiert blickte Munibert zu Herzog Ludwig, der nur erstaunt eine Braue in die Höhe zog. Der Kaiser warf Ludwig einen Seitenblick zu. »Riechst du das nicht?«, fragte er und deutete mit dem Daumen auf Munibert.

Ludwig zuckte mit den Schultern. »Riecht nicht strenger als irgendein Mönch«, sagte er. »Das Feuer geht davon nicht aus. Wenn auch nur knapp.«

»Hm.« Friedrich schüttelte den Kopf, blieb aber zurückgelehnt auf der Bank sitzen. »Dann bilde ich es mir nur ein. Also, Hochwürden: rede.«

»Ich bitte um Verzeihung, aber es ist nur für die Ohren Eurer Majestät bestimmt«, wiederholte Munibert, der Friedrichs Anspielungen nicht verstanden hatte, aber Ludwigs Worte als Beleidigung auffasste.

»Ja. Hab ich schon verstanden. Und worum geht es?«

Munibert gestikulierte hilflos zu Herzog Ludwig und dem Deutschordensritter.

»Was hast du da an den Händen?«, fragte der Kaiser.

Munibert versteckte *amor* und *dolor* hastig, indem er die Hände wie in einer demütigen Geste vor der Brust zusammenpresste. »Ich wollte Majestät unter vier Augen …«, begann er.

»Nun, Hochwürden, was du mir zu sagen hast, dürfen meine engen Verbündeten und Freunde auch hören. Wenn es wichtig ist, würde ich es ihnen sowieso nachher mitteilen. Wenn nicht, ist es auch nicht schlimm, wenn sie es hören, weil sie und ich es sofort vergessen werden.«

Herzog Ludwig grunzte erheitert. Munibert mahlte mit den Zähnen.

»Majestät suchen etwas«, begann er dann unvermittelt. »Und ich weiß, wer es hat …«

Weiter kam er nicht, denn der bullige Deutschordensritter stand auf einmal vor ihm. Munibert fühlte sich an seiner ungepflegten Tonsur gepackt, sein Kopf wurde ihm in den Nacken gezogen, dann spürte er den kalten Stahl einer Messerklinge an seiner Kehle. Was er noch hatte sagen wollen, verklang in einem Gurgeln.

»Wovon sprichst du, du verwanzter Bastard?«, grollte der Deutschordensritter.

»Hermann, lass ihn ausreden«, befahl der Kaiser.

Der Großmeister des Deutschen Ordens ließ Munibert los und trat einen Schritt zurück. Munibert schluckte. Seine Knie zitterten im plötzlichen Schock. Er keuchte.

»Majestät«, knurrte Hermann von Salza, »wenn schon eine Laus wie der hier weiß, wonach Ihr sucht, dann weiß es auch der Papst, und dann wird die Kirche nicht ruhen, vor dir den Stein zu finden und ihn dann gegen dich zu verwenden. Gregor hasst dich mit einer Inbrunst, die es kein zweites Mal gibt.«

»Dann bringt es auch nichts, wenn du diesem Mann hier den Hals durchschneidest, bevor er sich äußern konnte. Außerdem … hm …« Der Kaiser musterte Munibert lange und intensiv. »Doch, ich glaube, so einen Hass gibt es noch ein zweites Mal. Ich habe das Gefühl, sein zweiter Hauptvertreter steht gerade vor uns und riecht bei jedem Wort nach Aas.«

Munibert schluckte noch einmal, diesmal trocken. Sein Adamsapfel machte klickende Geräusche.

»Wie kommst du darauf, Majestät?«, fragte Herzog Ludwig.

»Weil er nicht gesagt hat, er wisse, wo der Stein ist, sondern wer ihn hat. Das klingt nach Ans-Messer-Liefern, nach Verrat, vielleicht auch nach Verleumdung ... aber das werden wir ja sehen. Denn es geht um den Stein, Hochwürden, nicht wahr?«

Munibert nickte.

»Sag es, Hochwürden«, schnappte Friedrich.

»Es geht um den Waisen«, brachte Munibert hervor.

»Weißt du, wo er ist?«

Munibert schüttelte den Kopf.

»Aber du weißt, wer ihn hat?«

»Ja ...«

Der Kaiser hob die Hand, bevor Munibert den Namen sagen konnte, der ihm seit so langer Zeit Magenkrämpfe verursachte. »Ganz sachte«, befahl der Kaiser. »Bevor du den Namen nennst, denk nach. Denk nach, ob du ihn mir verraten willst und warum. Denn wenn es jemand ist, der mein Feind ist und den Stein gegen mich verwenden will, dann werde ich ihn töten.«

»Gut!«, stieß Munibert hervor. Endlich lief das Gespräch in die Richtung, die er erhofft hatte. »Es ist ...«

»Ts, ts. Denk nach, Hochwürden. Und während du nachdenkst, sag mir etwas anderes. Sag mir, woher du von meiner Suche weißt.«

»Warum wollt Ihr das wissen, Majestät?«

»Weil ich entscheiden muss, ob ich dich auch töte, nachdem du mir den Namen verraten hast.«

»Was? Aber ich ...«

»Ja, ja, du bist nur hier, um mir zu helfen. Deshalb findest du es auch gut, dass ich gesagt habe, ich würde den derzeitigen Besitzer möglicherweise töten. Du magst, was den Hass angeht, in Papst Gregor einen ebenbürtigen Bundesgenossen haben, aber in puncto Scheinheiligkeit bist du, glaube ich, sein Meister.«

»Spuck es aus, du Sacklaus«, knurrte Hermann von Salza.

»Wieso sind Majestät so gegen mich eingestellt?«, rief Munibert. »Ich bin zwei Tage gelaufen, um Euch die Nachricht zu bringen. Ihr braucht den Stein doch, oder nicht?«

»Oha, er appelliert an die Dankbarkeit eines Kaisers«, sagte Herzog Ludwig und grinste.

»Hermann, sag's ihm«, seufzte Friedrich.

Der Deutschordensmeister grollte: »In den zwei Tagen, in denen du in der Kapelle gewartet hast, dass Seine Majestät sich Zeit für dich nimmt, sind Meldungen eingegangen. Von den Brückenwächtern, denen ein abgerissener, schlecht rasierter Geistlicher mit der Exkommunikation gedroht hat, wenn sie ihn nicht gratis über die Brücke lassen, und der, als sie nicht einknickten, sowohl ihre Mütter als auch ihre Schwestern, Ehefrauen und Töchter nach Fisch stinkende Huren geheißen hat, die sich mit Eseln und Hunden paaren, wenn sie es nicht gerade mit ihren Blutsverwandten treiben. Kommt dir was davon bekannt vor?«

Munibert fühlte unter seinen Achseln Schweiß ausbrechen, zugleich stieg wieder die Empörung in ihm empor, die er auf der Brücke empfunden hatte. Er öffnete den Mund, um sich zu rechtfertigen, doch Hermann von Salza kam ihm zuvor.

»Weiter gibt es Meldungen von Bürgern, die am Karsamstag auf dem Weg zur Burg oder hinunter in die Stadt waren. In denen ist von einem immer noch schlecht rasierten Geistlichen die Rede, der behauptete, der Papst persönlich sende ihn und dass er nicht daran denke, beiseitezutreten, auch wenn es jemand eiliger habe als er, und dass niemand wichtiger sei als er und seine Nachricht, auch nicht ein gichtiger Lantshuter Krämer und seine verfettete Kebse oder irgendein verschwitzter Schwannendrücker im Auftrag des prunksüchtigen Herzogs oder des gottlosen Antichristen auf dem Kaiserthron.«

»Das habe ich nie gesagt ...«, stotterte Munibert, der sich tatsächlich nicht mehr an alles erinnern konnte, was er in seiner heißen Wut auf dem Hohlweg zur Burg alles hervorgestoßen hatte. Er ahnte aber, dass die Anschuldigungen möglicherweise zutrafen.

»Was zum Henker ist ein Schwannendrücker?«, fragte Herzog Ludwig.

»Ein Schimpfwort für einen Bediensteten, Euer Gnaden«, sagte Hermann von Salza über die Schulter.

»Ach geh. Nie zuvor gehört. Ich muss meine Frau fragen, ob sie das Wort kennt. Die Böhmen können fluchen wie die Flößerknechte, vielleicht ist es ihr schon untergekommen.«

»Zuletzt haben wir die Aussage des Burgkaplans, der in seiner Sakristei war, als er jemanden zwischen den Zeilen des Vaterunser hervorstoßen hörte, dass Gott der Herr den geilen Sumpf, der sich Lantshut nennt, mit Feuer, Wasser und Pest schlagen und sich dabei viel Zeit lassen solle, damit jeder einzelne Lantshuter möglichst lange zu leiden habe. Und stell dir vor, du Papstfurz – als der Kaplan in die Kapelle hineinspähte, sah er dort einen schlecht rasierten Geistlichen knien, weiß im Gesicht vor Wut und sich das Vorderteil der Kutte mit Geifer einspeichelnd.«

»Ich …«, begann Munibert und verstummte.

»Und nachdem wir das jetzt hinter uns gebracht haben«, sagte Kaiser Friedrich und winkte Hermann von Salza, dass er auf seinen Platz neben dem Kamin zurückkehren solle, »widmen wir uns wieder der Frage, woher du weißt, dass ich nach dem Waisen suche – und warum du überhaupt von der Existenz des Steins Kenntnis hast.«

Munibert hasste Walther nun noch mehr, dass er ihn zwang, diese Tortur zu durchleiden. Warum war der Sänger nicht in Freisingen geblieben und hatte bei Wolfram übernachtet? Dann würde sein zu Brei zermalmtes Hirn schon seit Tagen an Wolframs Kammerwand trocknen, und Muniberts Seele hätte ihre Ruhe. Er holte Luft und wusste, dass die Abneigung der drei Männer hier im Saal gegen ihn – die er inbrünstig zurückgab – gleich noch mehr steigen würde. Er hasste den Kaiser, den Herzog und den Deutschordensmeister so sehr, dass er selbst den unbeteiligten Soldaten, die an den Wänden auf ihrem Posten standen, schreckliche Tode wünschte.

»Vom Waisen habe ich Kenntnis, weil ich früher am Hof König Philipps war«, sagte er.

Friedrich riss die Augen auf. »Verdammt«, rief er. »Wie war dein Name gleich noch mal?«

»Munibert.«

»Ich wusste doch, dass ich den Namen schon mal gehört hatte, als Ludwigs Burghauptmann ihn nannte. Du warst Königin Eirenes Beichtvater!«

»Ein Missverständnis hat leider dazu geführt, dass ich …«

»Ein Missverständnis!«, platze der Kaiser heraus. »Dass ich nicht lache!«

»Steckt da eine interesssante Geschichte dahinter, Majestät?«, fragte Herzog Ludwig.

»Keine interessante, eine jämmerliche!«

»Ah.« Munibert fühlte Ludwigs erneute Musterung wie grobe Hände, die über sein Gesicht tasteten. »Ein Geistlicher, der seine Finger nicht bei sich behalten kann? Hast du Chorknaben unters Hemd gefasst, frommer Mann? Oder in den Opferstock gegriffen? Obwohl, das wäre keine interessante Geschichte, nur eine ganz gewöhnliche.«

»Es ist noch viel erbärmlicher«, erwiderte Friedrich. »Ich erzähle es dir mal, wenn ich in Stimmung bin.«

Erbärmlich! Munibert hatte Königin Eirene seine tiefe Liebe gestanden, und der Kaiser nannte das erbärmlich! Munibert fühlte eine solche Galle in sich aufsteigen, dass ihm der Hals eng wurde. Hass! Er hasste sie alle! Wenn Gott doch nur einen Blitzstrahl senden würde, der sie verbrannte. Munibert stellte sich vor, wie sie sich schreiend und lichterloh brennend auf dem Boden wälzten und er ihnen dabei zusehen konnte. Und wenn sie nur noch röchelten, würde er sich hinstellen und die Kutte hochschlagen und auf ihre rauchenden, stinkenden, verschmorten Körper pissen, so dass ihre Seelen zusammen mit dem verdampfenden Urin in der Luft erloschen. Er schwitzte, weil er laut brüllen und sie verfluchen wollte und keinen Pieps von sich geben durfte.

»Jedenfalls erklärt das, wie du von dem Karfunkelstein wissen konntest«, sagte Friedrich. »Ich nehme an, Eirene hat dir davon erzählt, weil sie sich Sorgen um Philipp machte. Unter der Beichte, oder? Aber was ist schon ein verratenes Beichtgeheimnis, besonders eines, das zwanzig Jahre alt ist.«

»Ihr habt mich gezwungen, es Euch zu erzählen, Majestät.«

»Gezwungen hat Seine Majestät dich nicht, nur gefragt«, knurrte Hermann von Salza. »Wenn wir jemanden zwingen, sieht das anders aus.«

»Und wahrscheinlich fließt dabei Blut«, sagte Munibert voller Zorn, weil er sich nicht mehr zurückhalten konnte.

Hermann von Salza lächelte knapp. »Jede Menge.«

»Aber Hochwürden hat keine Märtyrerqualitäten, so viel steht fest«, sagte der Kaiser. »Deshalb verrät er das Andenken an die, die ihm vertraut haben, ohne zu zögern. Gut. Die erste Frage ist geklärt. Die zweite lautet: Wieso weißt du von meiner Suche nach dem Waisen?«

»Jeder Herrscher möchte den Waisen besitzen.«

»Das ist eine Ausflucht. Die Wahrheit, Hochwürden.«

»Ich hatte einen Spion im Palast von Bischof Gerold.«

»Gerold von Waldeck?«, rief Herzog Ludwig.

»Ja, Euer Gnaden.«

»Gerold war ein enger Freund Philipps, als er noch Domherr war«, sagte Friedrich. »Ich erinnere mich an ihn. An ihn, an Heinrich von Kalden, an Otto von Herneberch …«

Munibert erkannte Friedrichs Stocken vor dem letzten Namen und wagte es, in dessen Rede hineinzuplatzen. Sein Instinkt sagte ihm, dass er mit seinem Plan, Walther beim Kaiser anzuschwärzen, möglicherweise auf offene Ohren treffen würde.

»… und Walther von der Vogelweide«, stieß er hervor. »Genau der, Majestät.«

»Was ist mit ihm?«

»Ihr habt ihn beauftragt, den Stein zu suchen.«

»Weiter.«

Munibert wusste, dass er jetzt nicht schlucken, nicht zögern, nicht Luft holen durfte. Keine Unsicherheit durfte er sich anmerken lassen. »Man könnte sagen, er hat ihn gefunden.«

»Warum kommt er dann nicht zu mir?«

»Als ich sagte, man könnte sagen, er habe ihn gefunden, meinte ich damit, er musste ihn gar nicht suchen. Er hatte ihn immer.«

Friedrich sprang auf. Hermann von Salza war sofort an seiner Seite.

»Was?«, schrie der Kaiser.

»Er hatte ihn immer. Die ganze Zeit. Er hat Euch zum Narren gehalten, Majestät. Und er wird ihn Euch nie aushändigen.« Nun holte Munibert doch kurz Luft. Im Lauf seiner Rede war ihm aufgegangen, dass er noch einen zweiten Feind der Vernichtung preisgeben konnte. »Das hat er Bischof Gerold erzählt. Der Bischof heißt sein Verhalten gut. Die beiden planen, ihn meistbietend zu verschachern, wenn Ihr mit dem Heer auf Pilgerfahrt im Heiligen Land seid und sie nicht daran hindern könnt.«

Friedrich setzte sich wieder hin. Er war totenblass.

Herzog Ludwig sagte: »Das kann ich mir von Bischof Gerold gar nicht vorstellen. Er hat seine Fehler, aber er ist mir, dem Reich und der Kaiserkrone gegenüber immer loyal vorgekommen …« Auch der Herzog schien erschüttert.

»Die Kröte lügt«, sagte Hermann von Salza. »Er hat ein persönliches Interesse daran, die beiden Männer zu verleumden, da bin ich mir sicher.«

»Ausgerechnet du verteidigst Walther? Ich dachte, du verachtest ihn?«, fragte Friedrich.

»Den hier verachte ich noch mehr.«

Munibert wusste, was er zu sagen hatte. Hermann von Salza hatte ihm vorhin das Stichwort geliefert. Das konnte er jetzt nutzen, um seiner Aussage Gewicht zu verleihen. Er war sicher, dass er es im Moment gefahrlos tun konnte. »Ihr könnt mir alle Glieder brechen und mir die Nase und die Ohren abschneiden, und ich werde nichts anderes aussagen«, erklärte er so würdevoll wie möglich.

Friedrich kämpfte mit sich. Schließlich räusperte er sich. »Gut«, sagte er. »Gut. Das lässt sich ja einfach rausfinden. Walther hat bis spätestens zum Pfingstfest Zeit. Wenn er mir dann den Waisen nicht übergibt, finde ich Mittel und Wege, ihn mir von ihm zu holen. Wenn er sich wirklich in seinem Besitz befindet, wird er sich danach nur noch wünschen, sterben zu dürfen.«

»Und wenn es nicht stimmt, dass Walther den Stein behalten will? Wenn Hochwürden gelogen hat?«, fragte Hermann von Salza.

»Dann wird Walther mir den Stein ohne Weiteres aushändigen, und Hochwürden erfährt die Behandlung, die ich für Walther vorgesehen hatte.«

Munibert wurde blass. Seine Gedanken begannen zu rasen. Damit hatte er nicht gerechnet. Er würde sich gleich nach der Audienz aus Lantshut absetzen müssen, selbst wenn es bedeutete, durch die Nacht zu laufen. Er musste zusehen, dass er das Reichsgebiet verließ. Es bestand ja immerhin die Möglichkeit, dass Walther, der Verfluchte, mit dem Teufel im Bund war und den Stein fand. Und ihn selbstverständlich dem Kaiser übergab. Munibert hatte geglaubt, dass das Gespräch jetzt endlich den Weg nahm, den er sich gewünscht hatte, aber der verdammte Italiener, der sich Kaiser nannte, kam ständig mit einer neuen überraschenden Gedankenwendung daher.

»Wenn Walther den Stein nicht selbst hat, aber ihn auch nicht findet?«, fragte der Deutschordensritter.

»Dann«, sagte Friedrich, »ist ohnehin alles verloren.«

»Darf ich nun gehen, Majestät?«, fragte Munibert.

Friedrich beachtete ihn nicht. Er wandte sich an Herzog Ludwig. »Bis dahin gehe ich vor wie besprochen. Zwischen uns ist alles geklärt, mein Freund?«

»Ja, Majestät. Ich folge dir mit allen Rittern und Soldaten ins Heilige Land, sobald du den Befehl zum Aufbruch gibst.«

»Ich danke dir.«

»Der wittelsbachische Löwe steht treu an der Seite des Adlers.«

»Gut. Dann breche ich wie geplant in zwei Tagen mit meinem Gefolge nach Burg Stoufen auf.«

»Meine Schmiede werden sich um eure Pferde kümmern und meine Schwertfeger stehen bereit für alle deine Männer, die ihre Waffen nachgeschliffen haben wollen. Selbstverständlich kostenlos.«

»Danke.«

»Und Bischof Gerold nehme ich mir persönlich vor!«

»Nein, tu das nicht. Wir warten mit allem bis zum Pfingstfest.«

»Darf ich gehen, Majestät?«, wiederholte Munibert. »Ich habe einen weiten Fußmarsch zurück vor mir …«

Friedrich beachtete ihn nicht. Er schaute zu Hermann von Salza hoch, der immer noch neben der Bank stand. »Hochwürden bleibt unter deiner Obhut. Bringt Walther mir den Stein nicht, obwohl er ihn hat, dann kann Hochwürden frei abziehen und meinetwegen unter dem Galgen, an dem Walthers Überreste hängen, einen Freudentanz aufführen. Bringt Walther mir den Waisen, lasse ich Hochwürden mit Walther und Bischof Gerold eine halbe Stunde lang in einem abgelegenen Kellerraum allein, damit sie sich mal aussprechen können.« Nun wandte er sich doch an Munibert. »Du bist eine widerwärtige Kreatur, die aus dem Maul stinkt wie ein Höllenhund, Hochwürden, und deinen Verrat an Walther übst du nicht um meinetwillen, sondern aus persönlichen Motiven. Da stimme ich mit Hermann von Salza überein. Ich will deine Gründe nicht wissen. Aber du kommst mit mir nach Stoufen. Gott sei deiner armen Seele gnädig, wenn du mich belogen hast!«

13.

Adolf von Gründlach war unzufrieden.

Er hatte die drei Männer von der Nachtwache durchsuchen lassen, und sie hatten nichts bei sich gehabt, was man als aus der Pfalz gestohlen betrachten konnte. Was hatte dieser nächtliche Einbruch für ein Ziel gehabt?

»Habt ihr anständig gesucht?«, fuhr er die Nachtwache an.

»Wir haben nur die Körperöffnungen ausgelassen«, sagte der Sergeant säuerlich.

Heinrich von Kalden fuhr sich mit der Hand unter die Tunika und kramte an dem Teil der Bruche herum, der seinen Hintern bedeckte. »Bitte«, sagte er. »Ich hab nichts zu verbergen. Aber ich bestehe darauf, dass Ihr persönlich sucht, Herr von Gründlach.«

»Verdammt«, sagte Adolf. »Ist doch egal, ob Ihr etwas gestohlen habt oder nicht. Ihr seid in die Pfalz eingedrungen, obwohl ich es Euch verboten habe. Ich halte Euch fest, bis der Kaiser mir auf meine Frage antwortet, was ich mit Euch anfangen soll.«

»Wieso der Kaiser?«, fragte der andere schwergewichtige Mann, dessen Namen Adolf nicht kannte.

»Weil es bei ihm am längsten dauert, bis eine Rückantwort kommt«, versetzte Adolf garstig.

»Ihr könnt uns nicht festsetzen«, sagte der dritte Mann.

»Ich werd's euch gleich beweisen.«

»Dann formuliere ich es anders: Ihr dürft uns nicht festsetzen.«

»Ich darf alles. Ich bin der Stellvertreter des Reichsmarschalls in Papinberc. Da der Reichsmarschall und der Kaiser nicht anwesend sind, kommt oberhalb von mir nur noch Gott.«

»Da hat er ja Glück gehabt, sonst würdet Ihr ihn auch noch verhaften, was?«

»Hört her, Herr von Gründlach«, begann der zweite Dickwanst, »es gibt gute Gründe dafür, dass wir in die Pfalz eingedrungen sind. Wir geben Euch unser Ehrenwort, dass es nur zum Nutzen von Kaiser und Reich geschah und dass wir Euch bei Friedrich nicht anschwärzen werden, nur weil Ihr Herrn von Kalden nicht erlaubt habt, sie ganz offiziell zu betreten.«

Adolf glaubte, nicht richtig gehört zu haben. Die Kerle hatten den Nerv, ihm auch noch unverblümt zu drohen?

»Führt sie ab«, befahl er. »In Fesseln. Und ich will, dass sie stramm sitzen.«

Dann schaute er nach oben, weil er vom Dach von Leupolds Stall ein Geräusch hörte. Ein Schatten hockte dort oben, noch schwärzer als die Nacht. Einen fassungslosen Moment hatte er den Eindruck, als ob der Schatten ihm zunickte. Im nächsten Augenblick stürzte der Schatten herab, mit den Füßen voraus, und fiel genau auf Adolf.

14.

Es war nicht schwer gewesen, die Stelle zu finden, an der Walther, Heinrich und Otto in die Pfalz eingedrungen waren. Valeria hatte ausgeschlossen, dass sie es durch das Tor probiert hatten. Deshalb war sie um die Mauer herumgelaufen, bis sie den Stall an seiner Rückseite gesehen und erkannt hatte, welche ideale Gelegenheit er darstellte. Sie war an seiner Außenfassade in die Höhe geklettert und in das Heulager im Obergeschoss eingedrungen. Dort hatte sie das Loch entdeckt und war dann auf das Dach geklettert, wo sie sich unterhalb des Dachfirsts flach auf die Schindeln gelegt und gewartet hatte.

Der Verhaftungsversuch durch die Nachtwächter mit ihrem fein herausgeputzten Befehlshaber hatte sie überrascht. Sie hatte weiter gewartet, was daraus würde, und dabei erfahren, dass der Einbruch in die Pfalz ein Fehlschlag gewesen war. Die Suche musste weitergehen. Und es konnte nicht sein, dass sie hier aufgehalten wurde, weil ein aufgeblasener Kerl seine Wichtigkeit demonstrierte, indem er die drei Männer in den Kerker warf.

Sie glitt zum Rand des Dachs. Von hier waren es gute zwei Mannslängen bis zum Boden. Man konnte sich verletzen, wenn man aus dieser Höhe auf hart gestampftes Erdreich sprang. Aber Valeria hatte nicht vor, direkt auf den Boden zu springen. Sie hatte sich etwas ausgesucht, das ihren Aufprall dämpfen würde.

Sie schnalzte leise mit der Zunge. Der Befehlshaber der Nachtwache blickte nach oben. Sie nickte ihm zu.

Sie sprang.

15.

Es war zugleich einfacher und schwerer, als mit den Gesetzlosen auf dem Pass fertigzuwerden, die den Kaufmannstreck überfallen hatten. Zwischen den Nachtwächtern standen Walther, Otto und Heinrich, und ihnen durfte nichts zustoßen. Sie durften auch nicht erkennen, wer der maskierte Helfer war, der ihnen so unerwartet beisprang.

Valeria versenkte sich in die Situation, in die bevorstehende Aufgabe und die nötigen Bewegungsabläufe. In diese Versenkung zu kommen dauerte nur einen Augenblick. Danach war sie ein Wirbelwind auf zwei Beinen, ein unüberwindbarer Kämpfer, der kein einziges Mal eine Waffe zog und dennoch seine Gegner ausschaltete, ohne einen von ihnen lebensgefährlich zu verletzen.

Der teuer gekleidete Anführer der Nachtwache war bereits kampfunfähig. Valerias ausgestreckten Füße hatten ihn ins Gesicht getroffen, er war unter dem Aufprall ihres Gewichts zusammengesackt, sie hatte sich auf ihm abgerollt und war auf den Beinen gewesen, noch während er mit einem letzten Ächzen besinnungslos wurde.

Der Sergeant der Nachtwache war der Nächste. Ihre geschärften Sinne sahen ihn wie in verlangsamter Bewegung nach seinem kurzen Schwert greifen. Da war sie schon halb an ihm vorbei, trat ihn in die Kniekehle und, als er nach hinten sackte, hämmerte ihm den Ellbogen zielgenau zwischen die Augen.

Zwei am Boden, fünf übrig.

Walthers Augen waren fassungslos aufgerissen. Sie tanzte um ihn herum, eine halbe Körperdrehung, ein Bein schnellte durch die Luft, der Fuß daran traf auf dem Höhepunkt der Bewegung die Brust des Nachtwächters, der ihn hatte fesseln wollen. Der Nachtwächter flog nach hinten, verlor seinen Helm und prallte mit dem Hinterkopf an die gegenüberliegende Hausmauer.

Drei am Boden, vier übrig.

Der hier hatte bereits die Stricke um Heinrichs Handgelenke gewunden und ließ sie jetzt fallen, um nach dem Spieß zu greifen, den er an die Stallwand gelehnt hatte. Ein splitterndes Krachen später lag er im Inneren des Stalls, ein Bein über den scharf gezackten Rand des Lochs hängend, das er in die Bretterwand gebrochen hatte.

Vier am Boden.

Der nächste Nachtwächter rannte mit einem Kampfschrei auf Valeria zu, den Spieß vorgestreckt. Sie wich aus, packte den Spieß hinter der Spitze und wirbelte ihn herum, wobei sie die Vorwärtsbewegung des Wächters zu ihrem Vorteil nutzte. Er prallte mit der Schulter gegen die Hausmauer und ließ den Spieß los. Valeria stieß mit dem stumpfen Eisenschuh am anderen Ende zu und traf eine Stirn.

Fünf am Boden.

Zwei übrig.

Zwei unschlüssige Nachtwächter, die sie mit unter den Helmrändern panisch aufgerissenen Augen anstierten.

Sie nahm ihnen die Entscheidung ab, sie anzugreifen. Sie griff ihrerseits an.

Der ihr am nächsten stehende Nachtwächter hob die Fäuste, dann fiel ihm ein, dass er ein Messer im Gürtel stecken hatte, und senkte die Hände, um es zu greifen. Es war für diesen Abend sein letzter Fehler. Valeria sprang, drehte sich in der Luft um die eigene Achse, am Ende der Drehung traf ein Fußballen eine Schläfe, ein Helm flog durch die Luft und landete scheppernd auf dem Boden, ein bewusstloser Wächter sackte in sich zusammen wie ein Puppe.

Einer übrig.

Der letzte Nachtwächter suchte sein Heil in der Flucht. Valeria nahm den Spieß auf und schleuderte ihn dem Fliehenden hinterher, um seine Querachse wirbelnd. Er traf den Mann in den Rücken wie ein wuchtiger Schlag mit einem Knüppel aus stahlhartem Eschenholz. Er fiel zu Boden. Bis er sich umgedreht hatte, war Valeria schon über ihm. Nun hatte sie doch eines ihrer Messer gezogen, aber nur, um ihren Schlag zu verstärken. Ihre Faust, um den massigen Griff des Messers geklammert, traf das Kinn des Wächters. Sein Kopf schnappte zurück, seine Augen verdrehten sich.

Sieben am Boden.

Keiner übrig.

Valeria richtete sich auf. Drei Augenpaare in drei Alte-Männer-Gesichtern starrten sie an. Drei Münder hingen offen.

»Lauft schon, ihr Narren«, grollte Valeria mit verstellter Stimme, dann rannte sie selbst leichtfüßig davon, ihr Kopf schwimmend von der überstandenen Aufregung des Kampfes, ihr Herz hämmernd von seiner Heftigkeit, ihre Seele voller Triumph über ihren Sieg.

Sie zweifelte nicht daran, dass sie das Kloster mit Leichtigkeit erreichen konnte, bevor die drei alten Recken endlich dort ankamen. Sie würde längst das Seil emporgeklettert sein, alle Spuren ihres nächtlichen Ausbruchs beseitigt haben und an einer weniger beleuchteten Stelle im Hof des Klosters knien, als würde sie unter freiem Himmel beten, selbstverständlich wieder in ihrem Kleid, wenn man sie suchen ging.

Dann stand sie an der Stelle, an der das Seil hätte sein sollen, und wusste, sie hatte ein Problem.

16.

Als sie auf halbem Weg den Michelsberg hinauf völlig außer Atem stehen blieben, begannen Walther, Otto und Heinrich über das Vorgefallene zu reden.

»Wer zum Henker war der Kerl?«, keuchte Heinrich.

»Ich gehe davon aus, dass keiner von uns ihn als Nachhut auf dem Stalldach postiert hat«, stieß Walther hervor.

»Jetzt, wo du es sagst, hört es sich wie eine gute Idee an«, ächzte Otto. »Abgesehen davon, dass ich niemanden kenne, der so kämpfen kann.«

»Hat mich an dich erinnert, als du jung warst«, sagte Walther zu Heinrich und zwinkerte dem alten Reichsmarschall zu. Er kam als Erster wieder zu Atem, aber seine Beine mussten auch nicht so viel Körpermasse bewegen wie die seiner Freunde.

»Schleimer.«

»Nein, im Ernst – auch ich hab so was noch nie gesehen. Wie lange hat er gebraucht für sieben Mann?«

»Nicht sehr lange«, konstatierte Otto.

»Wieso hat er uns geholfen?«

»Keine Ahnung.«

»Hat jemand seine Stimme erkannt?« Heinrich richtete sich auf. »Die Herren Sänger? Ihr habt bessere Ohren als ich.«

»Ich würde sagen, sie war verstellt. So heiser und grollend klingt keine normale Stimme.«

Walther nickte zu Ottos Worten. »Der Kerl ist noch ein junger Mann. Das jedenfalls lassen seine geschmeidigen Bewegungen vermuten.«

»Hilft uns das weiter?«, fragte Heinrich.

»Mir nicht.«

»Mir auch nicht.«

»Vielleicht«, sagte Walther, »ist die Frage ja nicht, warum er uns geholfen hat, sondern warum er gegen Adolf und die Nachtwache gekämpft hat.«

»Ah, du meinst, wir waren bloß zufällige Nutznießer einer

Abrechnung mit dem Vertreter des Reichsmarschalls?« Heinrich kratzte sich missmutig am Kopf.

Walther zuckte mit den Schultern. Er glaubte es selbst nicht, aber er wollte den Gedanken ausgesprochen haben.

»Das sagt uns aber immer noch nicht, was für ein Kerl das war und wo er so kämpfen gelernt hat.«

»Wir werden diese Frage nicht dadurch klären, dass wir hier rumstehen«, sagte Otto. »Beeilen wir uns lieber.«

»Er hat recht«, sagte Heinrich. »Wenn Adolf zu sich kommt und wieder in der Lage ist, Befehle zu geben, macht sich jeder Soldat in der Stadt auf, um uns doch noch zu verhaften. Wir sollten zusehen, dass wir Papinberc hinter uns lassen.«

»Erreicht haben wir hier allerdings gar nichts«, sagte Otto enttäuscht.

»Das ist kein Problem«, erklärte Walther. »Ich weiß, wo der Stein ist.«

»Was?«

»Es gibt keine andere Lösung.« Walther dachte an den Einfall, der ihn hatte stocken lassen, kurz bevor Adolf von Gründlach um die Ecke gebogen war. »Er ist in Stoufen.«

»Unmöglich«, stieß Heinrich hervor. »Man hätte ihn längst gefunden.«

Walther schüttelte den Kopf. »Er ist in einem Versteck, in dem ihn keine Menschenseele vermutet.«

»Was für ein Versteck wäre das?«

Walther zögerte. Er dachte daran, dass er schon zweimal mit ähnlichen Einfällen ganz sicher gewesen war. Aber der Waise war weder in der Tonfigur gewesen noch in der Quinterne. Und dennoch – diesmal fühlte sich seine Sicherheit anders an. Unausweichlich.

Er sagte es ihnen.

»Verdammt«, erwiderte Otto.

»Was ist das für eine verrückte Geschichte?«, fragte Heinrich.

»Wenn der Waise wirklich dort ist, werde ich dir alles erklären«, sagte Walther.

»Na gut.« Heinrich setzte sich schulterzuckend in Bewegung. »Bevor wir nicht in Stoufen angekommen sind, nützt uns das Wissen ohnehin nichts. Vergiss es nur nicht, Walther.«

»Keine Sorge.« Die Bitterkeit, die sich mit dem möglichen Versteck verband, würde von ganz allein dafür sorgen, dass Walther die Erinnerung erhalten blieb.

Otto hielt Walther einen Moment lang zurück. Heinrich stapfte ahnungslos weiter.

»Wenn ich das damals gewusst hätte …«, flüsterte Otto.

»Keiner von uns konnte das ahnen. Und es ist nur eine Vermutung.«

»Ich habe sie in dem Moment geglaubt, in dem du sie ausgesprochen hast. Mir ist aber noch etwas anderes klar geworden, als du mich an die Ereignisse von damals erinnert hast. Ich glaube, dass wir beide doch schon mal jemanden gesehen haben, der so kämpft wie der Bursche, der uns gerettet hat.«

»Wo?«

»In der Köhlerhütte.«

Walther hatte auf einmal das Gefühl, dass sein Herz Eis in seinen Körper pumpte statt Blut.

»Die schwarz gekleideten Kämpferinnen«, flüsterte er. »Mein Gott, du hast recht. Die … die Hüterinnen des Steins.«

»Mir scheint, die erste Frage, die wir uns stellen sollten, ist nicht die, warum oder für wen unser Retter eingegriffen hat. Sondern ob er ein Junge ist oder ein Mädchen.«

17.

Laurin saß in der Wächterstube des Klosters und versuchte sich auf die zwei Männer zu konzentrieren, die ihn seit einer guten Stunde abwechselnd verhörten. Der eine war der Wachführer, der andere der Bruder Pförtner. Es gelang ihm nur unvollständig. Er fühlte sich gedemütigt dadurch, dass er geschnappt worden war, eingeschüchtert durch die Grobheit des Wachführers einerseits und die stille Autorität des Pförtners andererseits, und voller banger Unruhe, wenn er daran dachte, wie Walther ihm nachher die Leviten lesen würde. Wenn sein nächtlicher Ausflug nicht damit endete, dass das Kloster ihn den Stadtbehörden übergab und diese ihn erst einmal als verdächtige Person einkerkerten. Davor würden dann auch Walther und seine beiden Freunde Laurin nicht bewahren können.

Außerdem schweiften seine Gedanken dauernd zu Valeria ab. Wieso hatte sie das Kloster auf diesem heimlichen Weg verlassen? Und wie würde sie nun zurückkommen? Er hatte ihr den Rückweg unmöglich gemacht. Verdammt! Wäre er doch nur auf seinem Lager geblieben, statt Valeria hinterherzuschnüffeln.

»Zum hundertsten Mal«, sagte Laurin erschöpft, »ich gehöre zum Gefolge des Grafen von Herneberch. Ihr müsst Euch doch erinnern, dass ich heute mit ihm hier angekommen bin! Das ist alles ein Missverständnis.«

Der Wachführer stützte sich mit beiden Händen auf dem Tisch ab, an den sich zu setzen man Laurin gezwungen hatte. Er brachte sein Gesicht ganz nahe an das Laurins, redete aber aus dem Mundwinkel zum Bruder Pförtner.

»Ich bin nach wie vor der Ansicht, dass wir den Kerl dabei erwischt haben, wie er das Seil hinuntergelassen hat, um damit Angreifern den Weg ins Kloster zu ermöglichen.«

Der Bruder Pförtner zuckte mit den Schultern.

»Das ist doch Unsinn«, erwiderte Laurin. »Welche Angreifer sollten das denn sein?«

»Sag du es mir – sind doch deine Leute.«

»Und wo wären sie dann jetzt?«

»Haben sich versteckt, als sie mitkriegten, dass du geschnappt wurdest.«

»Hätten sie nicht vielmehr versucht, mir zu helfen, wenn es sie gäbe?«

»Das haben sie nicht, weil du dich so dämlich angestellt hast, dass du keinen Wert mehr für sie hast. Ich hätte es nicht anders gemacht.«

»Wenn du recht hast«, sagte der Bruder Pförtner zum Wachführer, »wäre das Verrat, weil er die Gastfreundschaft des Klosters genossen hat.«

»Das erinnert mich an den einbeinigen Bettler, der vor ein paar Jahren versucht hat, die Klosterpforte für seine gesetzlosen Freunde zu öffnen«, meinte der Wachführer.

»Den hat der Bischof aufhängen lassen, oder nicht?«

»Verräter haben nie ein langes Leben.«

Obwohl Laurin genau wusste, dass es ein Spiel war, das die beiden Männer spielten, um ihn zu verunsichern, verfehlte die Taktik nicht ihre Wirkung. Er schluckte.

Ein gedämpftes Hämmern war zu hören. Gleich darauf kam einer der Soldaten herein und meldete, dass jemand am Tor sei und hereinwolle. Der Wachführer und der Bruder Pförtner sahen sich erstaunt an. »Um diese Zeit?«

Laurin blinzelte. Konnte das Valeria sein? Aber sie würde doch nicht einfach anklopfen, oder? Oder kehrten Walther, Otto und Heinrich schon zurück? Sie würden Laurin aus der Patsche helfen. Erleichterung durchströmte ihn. Und dann würde Walther ihm die Hammelbeine lang ziehen. Beklommenheit löste die Erleichterung ab.

»Ich übernehme das«, sagte der Bruder Pförtner. »Bleib du bei diesem Galgenvogel.«

»Mit Vergnügen«, erwiderte der Wachführer und mimte, als der Mönch die Wachstube verlassen hatte, mit grimmigem Vergnügen in Laurins Richtung einen Mann, dem der Henkersstrick die Kehle abschnürt.

»Vielleicht sind das ja die zehntausend Angreifer, die ich ins Kloster führen wollte«, sagte Laurin sarkastisch. »Dann wird sich ja zeigen, wessen Hals in Gefahr ist.«

»Wenn die zu dir gehören, glaube ich gern, dass sie dämlich genug sind, um ans Tor zu klopfen.«

Nach kurzer Zeit kam der Pförtner wieder zurück – in seiner

Begleitung waren Walther von der Vogelweide, Otto von Hernebereh und Heinrich von Kalden. Laurin richtete sich hoffnungsvoll auf, wurde aber vom Wachführer wieder auf seinen Hocker zurückgedrückt. Der Bruder Pförtner verstaute etwas in der Tasche, die er an einem Riemen über die Schulter hängen hatte und in der Schlüssel und Schlösser klimperten. Was er hineintat, klimperte noch mehr. Laurin ahnte, dass der wohlhabende Otto sich und den anderen beiden den Rückweg ins Kloster erkauft hatte. Wahrscheinlich hätte der Pförtner ihn auch so wieder eingelassen, Torschluss hin oder her – dass man ihm zwei Kammern im Kloster zur Verfügung gestellt hatte, bewies zur Genüge, dass er im Ruf eines wichtigen und einflussreichen Mannes stand. Die Münzen würden dafür sorgen, dass der Pförtner und die Wache den kleinen nächtlichen Ausflug der Herren dem Abt gegenüber diskret übergehen würden.

Die drei alten Recken sahen verschwitzt und abgehetzt aus. Laurin wurde klar, dass sie kein Glück gehabt hatten.

»Der hier«, sagte der Pförtner und gestikulierte in Richtung Laurin, »behauptet, er gehört zu Euch, Durchlaucht.«

»Ich bin mit dem Grafen heute hier angekommen, zum Henker!«, rief Laurin. »Ihr habt mir sogar noch den Segen gegeben!«

»Wo habt Ihr ihn gleich noch mal festgenommen?«, fragte Otto.

Der Pförtner schilderte die Umstände von Laurins Festnahme mit kurzen Worten. Laurin bemerkte erstaunt, dass die drei Freunde Blicke tauschten. Heinrich zuckte mit den Schultern; Otto zog fragend die Brauen hoch; Walther betrachtete Laurin und schüttelte dann den Kopf. Für Laurin, der den dreien mit den Augen folgte, war es wie ein: *Kann er es gewesen sein?*. Und die Antwort darauf: *Nein*. Konnte Laurin *was* gewesen sein? Er blinzelte ratlos.

»Wenn wir das dem Ehrwürdigen Vater Abt melden, übergibt der den Burschen an das bischöfliche Gericht, und der Bischof lässt ihn womöglich als Verräter aufhängen«, erklärte der Pförtner und schaffte es, so zu klingen, als sei er um Laurin besorgt.

»Hm«, machte Otto. »Ich kenne den Kerl nicht. Sonst jemand?«

Laurin war fassungslos.

»Nie gesehen«, sagte Heinrich.

»Großer Gott, Walther«, sagte Laurin flehend, als auch sein Mentor so tat, als müsse er überlegen.

»Ich auch nicht«, sagte Walther.

Laurin versuchte erneut aufzuspringen. Der Wachführer gab ihm einen groben Klaps auf den Hinterkopf, so dass Laurin die Haare ins Gesicht fielen.

»Ah, Moment«, sagte Walther, »jetzt kommt er mir bekannt vor.«

Einige Minuten später stapften sie in Richtung der Klosterherberge, Walther verbissen schweigend, während Laurin neben ihm herlief und zu erklären versuchte, dass er nur aus Sorge um sie drei versucht hatte, einen heimlichen Weg aus dem Kloster zu finden. Er hatte beschlossen, Valeria zunächst unerwähnt zu lassen. Wenn sie allerdings nicht in der nächsten Stunde zurückkehrte, würde er Walther und den anderen reinen Wein einschenken, damit sie sich darum kümmern konnten, dass die junge Frau wieder irgendwie heil ins Kloster gelangte.

»Die Situation ist schon schwierig genug, ohne dass du törichte Alleingänge unternimmst«, zischte Walther schließlich. »Bei der nächsten Narretei schicke ich dich zurück aufs Gut, auch wenn du mich auf Knien anbettelst, bleiben zu dürfen!«

Laurin ließ den Kopf hängen und starrte betreten auf den Boden. Diese Haltung behielt er bei, bis sie an der Tür zu Beatrices Kammer angeklopft hatten und die Dienerin von Ottos Frau ihnen öffnete. Dann riss er die Augen verblüfft auf. Valeria saß neben Beatrice auf deren Lager, und nur wer sie genau musterte und ohnehin schon einen Verdacht hegte, konnte sehen, dass sie ganz leicht erhitzt aussah.

»Wir haben uns Sorgen gemacht«, erklärte Beatrice erleichtert und ließ sich von ihrem Mann in den Arm nehmen.

»Wir wurden aufgehalten«, erwiderte Otto und schilderte,

was sie am Tor aufgehalten hatte. Laurin fühlte sich der Musterung Beatrices und Valerias ausgesetzt und versuchte, nicht knallrot anzulaufen. Zugleich stieg Wut in ihm auf, dass Valeria so unschuldig tat. Am liebsten wäre er mit der Wahrheit herausgeplatzt.

»Wir haben für Eure heile Rückkehr gebetet«, sagte Beatrice.

»Gott hat dein Gebet erhört, Liebste. Nur hättest du auch darum beten sollen, dass wir Erfolg haben.«

»Oh – war er nicht …?«

»Nein, war er nicht«, brummte Heinrich.

»Aber Walther glaubt zu wissen, wo er sein könnte«, sagte Otto.

Walther nickte. Dann wandte er sich an die drei jungen Leute im Raum – Valeria, Laurin und die Kammerfrau. »Bitte lasst uns allein.«

»Was?«, fuhr Laurin auf. »Warum hast du auf einmal Geheimnisse vor mir?«

»Keine Diskussion«, sagte Walther. Seine Stimme war hart.

Die Kammerfrau neigte den Kopf und trat zur Tür. Valeria stand von ihrem Lager auf. Laurin hätte wetten mögen, dass ihre Bewegungen eckiger wirkten als sonst. Sie war offensichtlich noch wütender als er, dass sie ausgeschlossen wurde, konnte aber nicht dagegen protestieren.

»Aber …«, begann Laurin.

»In zwei Tagen kannst du zu Hause sein, wenn du möchtest«, sagte Walther. Es klang wie ein gut gemeinter Vorschlag, war aber eine Drohung.

»Ich gehe«, erklärte Laurin voller verletztem Stolz. »Aber komm nachher nicht und beschwer dich, wenn du meine Hilfe brauchst und ich sie dir nicht geben kann, weil ich nicht eingeweiht war.«

»Ich werde weinen, wenn es soweit ist«, sagte Walther.

Valeria blieb ein paar Augenblicke unschlüssig vor der Kammertür stehen, dann wandte sie sich ab und stapfte den Gang entlang zur Herbergspforte. Die Kammerfrau lehnte sich an die

Wand und verfiel in den routinierten, gedankenleeren Wartezustand aller Bediensteten, die gerade nicht gebraucht werden. Laurin folgte Valeria nach draußen, obwohl er ahnte, dass sie genau das beabsichtigt hatte, und er wütend darüber war, dass er sich so leicht manipulieren ließ.

Er war kaum ins Freie getreten, da fühlte er sich schon gepackt und so hart gegen die Wand der Herberge geschleudert, dass sein Kopf daranschlug. Valerias Unterarm presste sich gegen seine Kehle. Er bekam fast keine Luft mehr. Er versuchte Valerias Arm wegzuziehen, aber sie hatte mehr Kraft als er. Ihre freie Hand ballte sich zur Faust und holte aus.

»Du!«, zischte sie, alle Formalität vergessend. »Bist du mir nachgeschlichen? Du schuldest mir drei wirklich gute Messer und ich dir eine solche Tracht Prügel, dass du …«

»Wer bist du, wenn du die schwarzen Sachen anziehst und dich hinausschleichst wie ein Dieb in der Nacht?«, krächzte Laurin.

Die Frage brachte sie zum Stutzen. Sie senkte die Faust und hob sie sofort wieder.

»Ich hätte dich jederzeit verpfeifen können. Bei der Wache, beim Bruder Pförtner, bei Walther und den anderen.«

»Warum hast du's nicht?«

»Warum hast du dich rausgeschlichen? Wen wolltest du draußen treffen?«

»Das geht dich nichts an.«

»Ich habe versucht, dir den Rücken zu decken.«

»Du hast dafür gesorgt, dass ich drei hervorragende Messer in die Klostermauer rammen musste, um auf ihnen zur Hurde hinaufzusteigen. Die stecken da immer noch, falls sie nicht längst gestohlen sind!«

Laurin holte ächzend Luft. »Du erstickst mich«, sagte er.

Valeria gab ihn frei. Sie senkte die Faust. Einen Augenblick lang sah sie ihn ratlos an. Laurin massierte sich den Hals.

»Was hast du vor, Valeria?«, fragte er. »Wie viel von dem stimmt, was du mir erzählt hast? Und Walther?«

»Das kann ich dir nicht sagen.«

»Versuch es!«

»Wenn ich es dir erkläre, müsste ich dich nachher töten.«

Laurin lachte auf, bis ihm klar wurde, dass Valeria es gar nicht scherzhaft gemeint hatte. Ihr Gesicht war reglos.

»Kann ich dir vertrauen?«, fragte er.

Sie schnaubte. »Inwiefern?«

»Dass du uns nicht in Gefahr bringst.«

»Wovon sollte diese Gefahr denn ausgehen?«

Laurin fühlte sich seltsam. Er hätte sich noch mehr gedemütigt fühlen sollen, weil er sich gegen Valeria nicht hatte zur Wehr setzen können. Stattdessen kam er sich ihr auf einmal merkwürdig ebenbürtig vor. Ganz tief in seinem Inneren regte sich der Gedanke, es könnte daran liegen, dass Valeria in dieser Situation jeden anderen verprügelt oder vielleicht sogar getötet hätte, aber er war zu abwegig und bizarr, und er verdrängte ihn wieder. Das Gefühl, dass sich endlich so etwas wie Augenhöhe zwischen ihnen einzustellen begann, blieb dennoch.

»Von dir?«, fragte er zurück.

Sie blinzelte. Über ihr Gesicht huschte ein Schatten, der sich sofort wieder in einer unbewegten Miene auflöste.

»Du musst die Frage, ob du mir vertrauen kannst, selbst beantworten«, sagte sie. Erneut dachte Laurin, dass sie jeden anderen eiskalt mit der Floskel *›Ja, du kannst mir vertrauen‹* abgespeist hätte. Erneut verwarf er den Gedanken.

»Wenn du Walther etwas antun willst, werden sich die anderen beiden gegen dich stellen«, sagte er.

»Wie kommst du darauf, dass ich ihm etwas antun will?« Wieder der Schatten, diesmal stärker und länger anhaltend.

»Und ich werde mich dann auch gegen dich stellen. Ich traue dir zu, dass du Otto und Heinrich überwältigst, und ich bin sowieso kein Gegner für dich. Aber du wirst mich in Stücke zerhacken und in den Boden stampfen müssen, weil ich noch mit meinem letzten Atemzug versuchen werde, Walther zu schützen. Ist dir das klar?«

»Ja«, sagte sie, und diesmal bildete Laurin sich ein, so etwas wie Betroffenheit in ihren Augen glitzern zu sehen.

Die Kammerfrau meldete sich von der Tür der Herberge. »Wir sollen wieder hineinkommen«, sagte sie.

Valeria nickte und schritt um Laurin herum. Er wollte sie am Arm festhalten, war sich aber nicht sicher, ob er dann nicht auf dem Boden enden würde.

»Willst du Walther etwas antun?«, fragte er nur.

Sie sah ihn über die Schulter hinweg an. »Sei unbesorgt«, erwiderte sie nach einer schweren Pause. »Ich schwöre dir, ich will Walther nichts tun.«

Laurin nickte erleichtert. Doch während er hinter ihr herstapfte, wurde ihm klar, dass er die Frage falsch gestellt hatte.

Er hätte fragen sollen: »*Wirst* du Walther etwas antun?«

18.

Gerold von Waldecks Kammerdiener weckte den schlafenden Bischof mit einem vorsichtigen Rütteln an der Schulter.

»Der Gefangene will reden.«

»Schon?«

»Er sagt, er hält die Tortur nicht mehr länger aus.«

»Sag dem Henker, ich komme gleich.«

In Bischof Gerolds Palast gab es keine offizielle Peinkammer. Aber jeder leer stehende Raum konnte sofort zu einer werden, wenn die nötigen Instrumente dort aufgestellt wurden – eine Bank, auf der man jemanden festbinden konnte, ein Feuerbecken mit rot glühend gemachten Eisen darin, ein paar Zangen, Schaber, Daumenschrauben und eine Seilwinde. Der Gefangene saß mit gefesselten Hand- und Fußgelenken auf der Bank, war schweißnass und zitterte am ganzen Körper. Aus einem Nachbarraum drangen in Abständen die grauenhaften Schreie eines bis über die Grenze des Aushaltbaren gemarterten Menschen. An den Gefangenen hier hatte noch niemand Hand angelegt, aber ein finster blickender Mann mit einem Schlachterkittel stand in der Ecke. Das Feuerbecken glühte und hätte den Raum angenehm warm gemacht, wenn die Schmerzensschreie nicht zu hören gewesen wären. Das Aroma von heiß gemachtem Eisen, glühenden Kohlen, Schweiß und nervöser Blasenschwäche hing zwischen den schmucklosen Wänden.

Bischof Gerold ließ sich von einem Bediensteten einen Stuhl zurechtrücken und setzte sich. Er nahm das bekritzelte Papier entgegen, das man ihm reichte, und hielt es sich dicht vor die Nase, damit er es lesen konnte. Er spürte die Wärme der Kerze, die er in der anderen Hand hielt, um etwas Licht zu haben, auf der Wange. Er ließ sich Zeit mit dem Lesen.

»Hier steht«, sagte er unvermittelt, so dass der Gefangene zusammenzuckte, »dass man dich gefasst hat, als du gerade den Opferstock von Sankt Jörg ausleeren wolltest.«

»Heilige Maria Mutter Gottes, Euer Gnaden …«, stöhnte der Mann.

Mit gespielter Besorgnis beugte sich Bischof Gerold nach vorn. »Was ist los? Geht es dir nicht gut? Man hat doch nicht schon mit der Befragung angefangen? Wenn ja, werde ich den Henker rügen müssen.«

Der Mann in der Ecke grunzte. Die Blicke des Gefangenen zuckten zu der Wand, hinter der eben ein qualvolles Geheul verklang. »Nein, nein, Euer Gnaden … es ist nur … o heilige Gottesmutter Maria …«

»Lass dich von dem Geschrei nicht irre machen«, sagte Bischof Gerold väterlich. »Du bist ein kluger Bursche und lässt es gar nicht so weit kommen, was?«

»Erbarmen, Euer Gnaden!«

Der Bischof vertiefte sich wieder in das Papier. »Hier steht außerdem, dass man dich in Verbindung bringt mit einem Mord. Ein Mann namens Utto, übrigens einer meiner loyalen Diener und deshalb ein großer Verlust für mich, wurde in der Nacht vor dem Gründonnerstag erschlagen auf dem Schindanger aufgefunden. Neben ihm lag ein weiterer Toter, der anscheinend auf des toten Utto Rechnung geht. Der andere Tote, heißt es hier, war dein Kumpan …«

»Ich hab doch schon alles gesagt!«, heulte der Gefangene.

»Stimmt, du hast schon alles gesagt. Ich wiederhole es nur, damit alles seine Richtigkeit hat. Du hast gesagt, du wärst von Hochwürden Munibert beauftragt worden, Utto zu ermorden, während er auf dem Schindanger war und versuchte, seine dort wegen Selbstmord verscharrte Mutter auszugraben. Die Belohnung war der Inhalt des Opferstocks, zu dem Munibert Euch den Aufbewahrungsort eines Schlüssels anzeigte. Utto starb, aber er nahm deinen Kumpan mit ins Grab. Du ranntest nach der Schandtat voller Panik zur Kirche von Sankt Jörg, nur um festzustellen, dass Munibert euch den falschen Schlüssel bezeigt hatte. Du hast wie ein Verrückter versucht, den Opferstock aufzubrechen, und wurdest dabei vom Sakristan der Kirche gefasst. Richtig so weit?«

»Jaaaaa!«, stöhnte der Gefangene.

»Dann ist das dein Geständnis?«

Die Lider des Gefangenen zuckten unschlüssig. Von drüben wurde ein geradezu irres Kreisches vernehmbar, das in einem so grauenhaften »Hört auf, hört auf, ich kann nicht mehr!« endete, dass man damit Steine hätte erweichen können.

»Jaaaaa!«

»Dafür wirst du hängen, mein Sohn.«

»Alles, nur keine Schmerzen.«

»Na gut. Ich werde drüber nachdenken.«

»Es gibt noch was, Euer Gnaden«, stotterte der Gefangene. »Ich sag es Euch, aber bitte, lasst nicht zu, dass ich gefoltert werde. Euer Bediensteter, Utto … er hat Munibert auch geglaubt. Er hat ihm alles gesagt, was er bei Euch erlauscht hat, um die Seele seiner Mutter zu retten. Und Munibert wollte Euren Freund umbringen. Den Sänger.«

Bischof Gerold musste sich zusammenreißen, damit man ihm seinen Schreck nicht ansah.

»Weißt du, wo Munibert jetzt ist? Er ist verschwunden.«

»Nein, Euer Gnaden. Tut mir so leid, Euer Gnaden. Ich weiß es wirklich nicht, Euer Gnaden.«

Bischof Gerold stand auf. »Bringt ihn zurück in den Turm, bis das Urteil vollstreckt werden kann. Und lasst ihn das Geständnis vor einem Zeugen gegenzeichnen.«

Als Gerold aus der Peinkammer nach draußen trat, stand dort ein dicklicher Mann vor der offenen Tür des angrenzenden Raums und trat nervös von einem Fuß auf den anderen. »Braucht Ihr mich noch, Euer Gnaden? Es ist nur … meine Frau hält das Essen für mich warm.«

»Du kannst nach Hause gehen, mein Sohn. Vielen Dank für deine Hilfe.«

»Jederzeit.«

Der Gefangene hatte ihn ängstlich gemustert. Jetzt spähte er ratlos in den leeren Raum, aus dem der Dicke gekommen war. »War das … war das der andere Henker?«, fragte er mit unsicherer Stimme.

»Nein, das Opfer.«

»Hä?«

»Ach, mein Sohn?«, rief Gerold dem dicklichen Mann hinterher. »Dürfte ich dich noch einmal um eine Kostprobe bitten?«

Der Mann zuckte mit den Schultern, holte Luft und stieß einen grauenhaften, lang gezogenen Schrei aus, der in einem blubbernden »Ich kann nicht mehr hört auf hör auf bei allen Heiligen hört aaaauuuuuf!« endete. Dann räusperte er sich und sagte: »Kann ich jetzt …? Es verkocht sonst alles.«

Der Gefangene stierte ihm nach. Bischof Gerold lächelte. »Ach komm«, sagte er, »hast du gedacht, ich lasse wirklich Menschen foltern? Kirche und Reich verbieten es, und ich selbst lehne es entschieden ab. Wo kommt nur diese schlechte Meinung her, die alle von mir haben?«

Über das Gesicht des Gefangenen lief ein Zucken, während sich sein Gesicht zu allen Grimassen zwischen Überraschung,

Wut und Fassungslosigkeit verzog. Dann krächzte er: »Und was wäre, wenn ich nicht drauf reingefallen wär?«

Bischof Gerold lächelte ein Lächeln ohne jedes Amüsement. »Dann wärst du der Erste gewesen.«

19.

»Papinberc war ein Umweg«, eröffnete Walther ohne Umschweife, als Laurin und Valeria wieder in der Kammer waren. »Vielleicht ein nötiger Umweg, aber er hat Zeit gekostet. Deshalb brechen wir morgen in aller Frühe auf.«

»Außerdem wird uns morgen, wenn Adolf von Gründlach wieder geradeaus denken kann, der Boden hier ganz schön heiß werden«, brummte Heinrich.

»Bitte pack meine Sachen zusammen«, sagte Beatrice zu ihrer Kammerfrau. »Wir wollen morgen keine Zeit verlieren.«

»Sehr wohl, edle Frau.«

»Meine Leibwächter kümmern sich erst um alle Pferde hier«, sagte Otto. »Dann wird einer von ihnen zu Walthers Bleibe gehen, um auch dessen Pferd reisefertig zu machen und hierher zu bringen. Heinrich, du kannst deinen Gaul nicht unbemerkt aus Adolfs Stall holen. War das Tier wertvoll?«

»Ein ganz gewöhnliches Ross«, meinte Heinrich schulterzuckend. »Ein bisschen kräftiger als gewöhnlich vielleicht …« Er klopfte auf seinen ausladenden Bauch.

»Wir leihen uns aus dem Bestand des Klosters ein anderes Tier und den Sattel und das Zaumzeug dazu. Ich kümmere mich um alles. Wir übernachten alle in meiner Kammer. Keiner von euch beiden sollte heute Nacht den Schutz der Klostermauern verlassen.«

Walther kramte in seiner Gürteltasche und begann dann Münzen auf seiner Handfläche zu zählen. »Ich weiß nicht, ob das reicht«, sagte er dann und hielt Otto das Geld hin.

»Wofür?«

»Für Heinrichs Pferd und die Ausrüstung …«

»Die bezahle ich selbst«, grollte Heinrich. »Das wäre ja noch schöner.«

»Aber es geht um meine Angelegenheiten. Dass ihr mir helft, ist schon mehr, als ich erwarten konnte …«

»Deine Angelegenheiten sind unsere Angelegenheiten, Walther, selbst wenn es nicht um Philipps Vermächtnis ginge. Also steck deine Reichtümer ein und kauf dir lieber mal eine warme Suppe dafür.«

»Ich schäme mich«, murmelte Walther. »Ich habe nichts getan, um so eine Freundschaft zu verdienen.«

»Mach dir keinen Kopf darum«, sagte Heinrich und schlug ihm grinsend auf den Arm. »Wir mögen dich ja auch nur wegen deiner schönen blonden Haare.«

»Die sind alle grau geworden, mein Freund.«

»Fällt nur im Tageslicht auf.«

»Was ist unser Ziel?«, fragte Valeria.

Walther wandte sich an sie. »Ich löse mein Versprechen an Euch ein. Wir reiten nach Stoufen.« Und bei sich dachte er: Ich hätte damals nach Stoufen reiten sollen, zusammen mit Otto. Dann stünden wir alle jetzt nicht hier und jagten einem Ding hinterher, das wir am liebsten gar nicht finden würden.

4. BUCH

Die Heimat des Königs
1227 A. D.

1.

Am Abend des ersten Reisetags überwand Laurin seinen Groll und gesellte sich zu dem abseits des Lagers sitzenden Walther. Sie hatten ein paar Dutzend Schritte abseits der Straße haltgemacht und auf einer Lichtung ein Feuer entzündet. Dies waren die südlichen Ausläufer eines großen, hügligen Waldgebiets, das Heinrich als Steygerewalt bezeichnete und dessen Besitz sich die Bistümer Papinberc und Virteburh und die Zisterzienser des Klosters Ebra teilten. Bei Einbruch der Dämmerung waren sie an einer kleinen Stadt namens Wizinsten am Fuß eines schroffen Hügels vorbeigekommen, in dessen steilster Flanke zwischen Buschwerk helle Flecken schimmerten – ein aufgelassener Steinbruch. Die drei alten Recken hatten befunden, dass es noch zu früh war, um einzukehren, und hatten die Stadt nach einem kurzen Gespräch mit den Torwachen über die weitere Beschaffenheit ihres Reisewegs links liegen gelassen.

Laurin brach das Eis aus zwei Gründen. Der eine war seine Furcht, dass Walther es sich doch noch überlegen und ihm auftragen könnte, auf das Gut zurückzukehren. Der Weg von Papinberc nach Stoufen führte mehr oder weniger direkt dort vorbei; Walther brauchte ihm nur befehlen, vom Weg abzuweichen und nach Hause zu reiten. Er würde den Gehorsam nicht verweigern. Nicht weil er Angst vor Walther hatte, sondern weil er ihn unmöglich vor seinen beiden ältesten Freunden brüskieren konnte.

Der andere Grund war etwas delikater und umso schwerer anzusprechen, weil Walther seit ihrem Aufbruch aus Papinberc still und in sich gekehrt und noch melancholischer schien als sonst.

Walther blickte auf, als Laurin vor ihm stand. Laurin gestikulierte auf eine Stelle neben Walther. »Darf ich?«

Walther nickte.

»Ich verstehe zwar nur die Hälfte von dem, was hier vorgeht …«, begann Laurin.

»… und das ist schon zu viel«, murmelte Walther.

Hm. Schlechter Gesprächsbeginn. Laurin beschloss, noch einmal von vorn anzufangen.

»Auch wenn ich nicht alles verstehe, möchte ich dir sagen, dass ich auf deiner Seite bin, Walther.«

Walther nickte erneut.

»Es geht um diese Sache, die der Kaiser dir aufgetragen hat. Es ist nicht gerecht, dich damit zu belasten.«

»Es ist vielleicht nicht gerecht, aber es ist richtig. Ich habe diese Sache vor zwanzig Jahren begonnen. Ich wollte damals schon nicht, aber ein König hatte mich darum gebeten. Insofern ist es nur konsequent, dass es mir jetzt, da ich es noch weniger möchte als damals, ein Kaiser befiehlt.« Walther warf ihm einen Seitenblick zu. »Und damit habe ich schon zu viel gesagt. Wenn du kein anderes Thema hast, lade ich dich ein, schweigend neben mir zu sitzen oder dir Gesprächsstoff am Feuer zu suchen.«

»Heinrich und Otto sind in alten Geschichten versunken und beachten mich nicht, Ottos Frau schläft, ihre Kammerfrau auch, und die beiden Leibwächter stehen Wache …«

Walther ließ ein schwaches Lächeln sehen. »So ein Pech aber auch, dass dir da als Gesprächspartnerin nur der einzige Mensch in deinem Alter bleibt, der zufällig auch noch von ausgesuchter Schönheit ist – eine Rose ohne …«

»Was wolltest du sagen, Walther?«, fragte Laurin, als der alte Sänger plötzlich schwieg.

»Nichts.«

»Ähem … aber da du gerade auf Valeria zu sprechen kommst …«

»Erzähl mir noch mal, wie du sie aufgelesen hast.«

»Wie ich schon gesagt habe, eigentlich hat sie mich aufgelesen. Aber was ich dich in Wahrheit fragen wollte …«

»Erzähl.«

Laurin schilderte, wie Valeria auf dem Gut aufgetaucht war und wie er kurzerhand beschlossen hatte, ihr zu folgen. Die weniger schmeichelhaften Details ließ er aus, wie schon bei der ersten hastigen Erzählung, nachdem er und Walther sich in Papinberc wiedergesehen hatten. Er hoffte, dass seine jetzige Schilderung keine Widersprüche zur ersten enthielt, aber er schien sie vermieden zu haben, denn Walther nickte nur.

»Ist dir an ihr irgendwas aufgefallen?«, fragte er dann. »Besonders schnelle Reaktionen, vielleicht ein ungewöhnlich sicherer Umgang mit einer Waffe?«

Laurin kratzte sich am Kopf, um seine Überraschung zu verbergen. Jetzt wäre der richtige Moment, um Walther den ganzen Rest zu schildern, einschließlich seines Gesprächs mit Valeria gestern Abend, sagte er sich. Aber er tat es nicht. Eine Mischung aus noch nicht ganz verrauchtem Ärger über Walther, Verliebtheit in Valeria und der Wille, dieser Geschichte auf den Grund zu kommen, ohne Walthers Hilfe in Anspruch zu nehmen, ließ ihn schweigen. »Wie kommst du darauf?«, erkundigte er sich vorsichtig, um Zeit zu gewinnen.

»Weil sie außergewöhnlich mutig sein muss, um die Reise ganz allein zu machen.«

Laurin erkannte, dass Walther ihm genauso auswich wie er ihm. Nun war sein Entschluss, die Wahrheit über Valeria allein herauszufinden, noch stärker als zuvor. Sie hatte ein Geheimnis, ohne Zweifel, und er war nicht mehr so naiv wie zuvor, was ihre Aufrichtigkeit betraf – aber sein Herz schlug auch mächtig für sie, und daher konnte er sich nicht vorstellen, dass sie wirklich irgendjemandem in der Gruppe und schon gar nicht Walther schaden wollte. Er würde Walther beeindrucken, indem er den Schlüssel zu Valerias Geheimnis und ihren wahren Motiven ganz alleine fand. Und wenn sie doch – was eigentlich unmöglich war, aber ein umsichtiger Mann wie er würde auch das geringste Risiko noch in Betracht ziehen! – ihre Hand gegen Walther erheben sollte, wer wäre dann besser geeignet als er, Valeria daran zu hindern.

Wahrscheinlich würde sich dann ohnehin herausstellen, dass sie durch merkwürdige Umstände zu ihrem Verhalten gezwungen worden war. Laurin würde sie von diesem Zwang erlösen, und dann würde sie ihn mit anderen Augen sehen.

Mit den Augen einer Liebenden.

Er seufzte.

Bis dahin war noch einiges zu tun.

»Also, was ich dich fragen wollte …«, begann er. Er stockte. Es hatte sich wie eine gute Idee angefühlt, doch jetzt, da er seine Bitte aussprechen wollte, kam sie ihm wie ein Sakrileg vor. Es half nichts. Nur wer wagte, gewann. Und um Valeria zu beeindrucken, musste er zunächst und vor allem Mut beweisen, dessen war er sich sicher.

»Ja?«

»Ich … ich habe ein Sonett für Valeria gedichtet. Ich möchte dich bitten, drüberzuschauen und es womöglich zu verbessern.« Da. Es war gesagt. Was würde Walther jetzt tun? Immerhin hatte Laurin diesmal selbst eine Vorleistung gebracht, statt eines von Walthers alten Liedern zu stehlen.

Walther überlegte so lange, bevor er Laurin die erwünschte Zusage gab, dass in dem jungen Mann der Verdacht keimte, der alte Sänger hege einige Hintergedanken. Aber das Wichtigste war, dass Walther ihm nicht sofort die Ohren abgerissen hatte. Und dass er ihm helfen würde!

»Danke«, stammelte er. »Danke, Walther. Das vergesse ich dir nie.«

»Lass sehen«, sagte Walther.

»Ich … äh … ich hab nichts aufgeschrieben. Ich wollte es dir vortragen.«

»Na gut, lass hören.«

Laurin räusperte sich. »Ich komme mir komisch vor.«

»Du wolltest, dass ich's mir anhöre.«

»Na gut.« Laurin holte tief Luft und stürzte sich hinein. Er spürte, wie er feuerrote Ohren bekam und auch seine Wangen sich vor Verlegenheit röteten, als er Walther seine Verse vortrug. Er konnte Walther dabei nicht ins Gesicht schauen.

Es waren nur ein paar Zeilen. Sie hatten ihn geistig die

längste Zeit seit ihrem frühmorgendlichen Aufbruch aus Papinberc beschäftigt. Als er fertig war, hielt er den Blick gesenkt und wartete auf das Urteil.

»Ein bisschen was solltest du ändern«, sagte Walther.

»Und was?«

»Die erste Strophe.«

»Das Ding hat nur eine Strophe«, stöhnte Laurin.

»Sag ich doch.«

Laurin vergrub das Gesicht in den Händen. »Ich bin hoffnungslos«, murmelte er dumpf.

»Nein«, sagte Walther und erstaunte Laurin damit noch mehr als mit seiner Zusage, ihm helfen zu wollen. Dann machte er ihn komplett fassungslos, indem er hinzufügte: »Ich denke mal über deine Zeilen nach und schreibe sie um. Das Ergebnis kannst du dann Valeria vortragen.«

»Du solltest es ihr selbst vortragen«, erwiderte Laurin zögernd. »Was nutzt es mir, wenn ich ihr Herz zu gewinnen versuche mit Versen von Walther von der Vogelweide.«

»Du musst ihr ja nicht verraten, dass sie von mir sind.«

Laurin starrte ihn an. »Auf dem Gut hast du mich halb umgebracht, als ich Irmla …«

»Da hattest du mir meine alten Lieder geklaut«, sagte Walther. »Das hier ist etwas anderes. Ich schreibe dir etwas Neues und schenke es dir ausdrücklich.«

»Aber … das würdest du echt tun?«

»Otto hat bestimmt Federn und Tinte und irgendwas zum Draufschreiben dabei. Hatte er früher immer. Besorg dir die Ausrüstung und bring sie mir, und morgen kannst du Valeria schon etwas vorträllern.«

»Wenn Otto fragt, wozu ich die Sachen brauche?«

Walther zuckte mit den Schultern. »Sag ihm, ich brauche sie.«

»Wenn Valeria was merkt …?« Er erinnerte sich voller Scham an seinen letzten Versuch, mit Walthers Poesie bei ihr Eindruck zu schinden. Würde sie nicht annehmen, dass er es nun wieder probierte?

»Wenn, wenn, wenn«, versetzte Walther. »Wenn du es nicht riskierst, wirst du nie wissen, ob es klappt.«

Laurin sprang auf. »Ich hole dir die Sachen!« Er eilte ein paar Schritte zum Lager, dann kehrte er nochmals zurück. »Wenn es ihr nicht gefällt?«

»Hau ab«, sagte Walther. »Komm ja nicht ohne die Schreibsachen zurück.«

2.

Walthers Bereitschaft, sich auf Laurins Bitte einzulassen und ihn bei seinem Liebeswerben zu unterstützen, beruhte auf zwei Motiven.

Das eine war die nüchterne Erkenntnis, dass es Laurin auf diese Weise gelingen mochte, ein bisschen näher an Valeria heranzukommen und mehr über sie herauszufinden. Walther war mittlerweile überzeugt davon, dass die Geschichte, die sie ihm erzählt hatte, frei erfunden war. Welche Absichten sie verfolgte, konnte er sich allerdings nicht vorstellen. Manchmal dachte er an das Aufschimmern der Klinge im Papinbercer Dom, doch mittlerweile war er überzeugt, dass er sich das eingebildet haben musste. Valeria hatte ihn nicht töten wollen; seitdem hätte es genug Gelegenheiten für sie gegeben, ihm die Gurgel durchzuschneiden, und sie hatte es nicht getan. Vage war ihm bewusst, dass er diese Überzeugung auch auf Valerias Ähnlichkeit mit Eirene gründete und er unwillkürlich Eirenes Sanftmut und ihre Liebe zu Walther auf die junge Frau übertrug. Es änderte nichts an seiner Überzeugung, dass sie etwas im Schilde führte.

Was er für möglich hielt, war, dass Valeria hinter dem Waisen her war. Erinnerungsfetzen, die Ottos Bemerkung über den Kampf in der Köhlerhütte heraufbeschworen hatten, erschienen immer wieder vor Walthers innerem Auge. Die Hüterinnen. Die jungen Frauen, die mühelos mit den Soldaten fertiggeworden waren. In der Nacht vor ihrem Aufbruch aus Papinberc hatte Walther von der Köhlerhütte geträumt und war mit tränennassen Augen erwacht. Er hatte Anna von Rehperc im Traum gesehen, wie sie auf ihn schoss und Eirene traf. Er hatte das Gewicht der sterbenden Königin in seinen Armen gespürt und den letzten kalten, leblosen Kuss auf seinen Lippen. Im Traum hatte Eirene das Gesicht Valerias gehabt. Anders als in der Wirklichkeit hatte er sich dann gesehen, wie er auf die schreckerstarrte Anna zugetreten war, um ihr sein Schwert in den Leib zu stoßen. Dann hatten sich die Traumbilder vermischt, weil er statt Eirene plötzlich Anna in den Armen gehalten, ihr beim Sterben zugesehen und einen letzten Kuss auf ihre toten Lippen gehaucht hatte.

Mit Erleichterung war Walther aus dem Schreckenstraum erwacht. Heute hatte er untertags lange gebraucht, um die Erinnerung an Anna von Rehperc und die Frage, was wohl aus ihr geworden war, zu verdrängen. Sie war die Mörderin Eirenes! Sie hatte kein Recht, überhaupt noch in seinen Gedanken vorzukommen. Doch natürlich war das nur die halbe Wahrheit. Anna hatte auf ihn, Walther, schießen wollen, dafür, dass er sie verlassen, dass er ihre Liebe verschmäht hatte. Die Anna, die er damals geliebt hatte, war leidenschaftlich und ungestüm beim Liebesakt gewesen, aber gewiss keine Mörderin. Erst sein schnödes Verhalten hatte sie dazu gemacht. Für sein Fehlverhalten hatte Eirene mit dem Tod gebüßt und er selbst mit zwanzig Jahren Trauer.

Und das war der zweite, ihm selbst nicht ganz durchsichtige Grund, weshalb Walther bereit war, Laurin mit etwas Poesie auszuhelfen: Er hatte das Gefühl, dass Valerias Ähnlichkeit mit Eirene etwas wach gerüttelt hatte. Immer wieder hatte er sich im Gespräch mit der jungen Frau in Erinnerung rufen müssen, dass er nicht vor Eirene stand, seiner Königin, der Liebe seines Lebens. Als Laurin ihm seine Bitte vorgetragen hatte, war ihm auf einen Schlag klar geworden, dass der Panzer, den er über sein Herz gezogen hatte, durch Valeria Risse bekommen hatte. Er hatte das Bedürfnis, auszuprobieren, ob nicht doch noch ein

Funken Poesie den Winter in seinem Herzen überlebt hatte. Aber er brauchte dazu eine Stütze, wie ein Verwundeter, der nach langem Leiden mithilfe einer Krücke die ersten Schritte wagt. Die Verse einer Frau zu widmen, die fast ein lebendes Abbild Eirenes war, konnte eine solche Krücke sein. Er konnte so tun, als ob er in Wahrheit an Eirene schrieb. Er konnte versuchen, mit der vielleicht neu erwachenden Poesie über den Abgrund von zwanzig Jahren Schmerz und Trauer und Verlassenheit hinweg einem guten Geist die Hand zu reichen.

Und vielleicht … vielleicht! … sich selbst zu vergeben, bevor er mit leeren Händen vor den Kaiser trat und sein Leben endete. Denn noch etwas war ihm klar geworden: Selbst wenn er ihn fand – er würde Friedrich den Stein, der nur Unglück brachte, nicht ausliefern.

»Nachtigall, hast du ein Lied im Sinn / für meine edle Königin? / Sing, dass mein Herz und Kopf in Flammen stehen / und bitt' sie, lass mich zu ihr gehen.«

Walther betrachtete die vier Zeilen. Puh. Aber irgendwie besser als alle polemischen Aufrufe, die er geschrieben hatte. Und definitiv etwas, mit dem man arbeiten konnte, und sei es nur, um es total zu ändern.

Er begann im schwachen Widerschein des Lagerfeuers, hier ein Wort zu streichen und dort zu ergänzen, während um ihn herum alles schnarchte. Er hatte ein so leichtes Gefühl, wie er es seit Jahren nicht empfunden hatte. Er nahm sich nicht die Zeit, in sich hineinzuhorchen, sonst hätte er seine innere Stimme leise flüstern hören: Ich bin glücklich, Eirene, ich bin glücklich.

3.

Aldo und seine Männer langweilten sich. Das heißt, mittlerweile langweilten sie sich. Am Anfang hatten sie sich einen Tag lang fast eingenässt vor Angst.

Sie waren den Anweisungen gefolgt, die Aldo von ihrer Auftraggeberin erhalten hatte. Diese besagten, dass sie sich auf Burg Rehperc einfinden sollten, falls sie Valerias Spur oder die Spur Walthers von der Vogelweide verlieren würden. Sie sollten sich dort als kaiserliche Gesandtschaft ausgeben, die nach Quartieren für das Gefolge Friedrichs Ausschau hielt, das in naher Zukunft in der Gegend eintreffen würde. Auf Rehperc würde man nicht viele Fragen stellen. Der Anfang des Jahres kinderlos verstorbene Herr von Rehperc war ein kaiserlicher Ministerialer gewesen und dem Reich zum Dienst verpflichtet. Der Burghauptmann würde sich sogar besonders bemühen, die vermeintlichen Gesandten gut zu empfangen, weil er hoffte, dass der Kaiser dann keinen neuen Herrn auf der Burg einsetzte, sondern ihm die Verantwortung dafür übertrug. Und dass die Gesandten ein wenig verlottert aussahen und italienisch sprachen, würde auch keinen übergroßen Argwohn hervorrufen. Der Kaiser umgab sich mit vielen Getreuen aus seinem Geburtsland Apulien; seinem Hofstaat gehörten noch viel bizarrere Gestalten als Aldo und sein Trupp von Halsabschneidern an.

Woher seine Auftraggeberin die Verhältnisse auf einer nichtssagenden Burg im nichtssagenden Nirgendwo des Reichs nördlich der Alpen so gut kannte, hatte Aldo zwar gewundert, aber nicht genug, um nachzufragen. Abgesehen davon hatte zu dem Zeitpunkt, an dem sein Argwohn leise angeklopft hatte, sein Mitbewerber um den Auftrag bereits stöhnend und zuckend auf dem Boden gelegen. Kein Anblick, der einen zu Nachfragen ermutigte.

Es hatte alles wie am Schnürchen geklappt. Das gefälschte Dokument mit dem gefälschten kaiserlichen Siegel war ohne Weiteres akzeptiert worden. Man hatte ihnen angeboten, in der ehemaligen Schlafkammer des verstorbenen Burgbesitzers zu nächtigen. Die Kemenate der Burgherrin, die angeblich vor vielen Jahren verstorben war – Aldo war sicher, dass an dieser Einlassung irgendetwas nicht stimmte, aber eigentlich konnte es ihm und seinen Männern egal sein –, war ebenfalls mit Gästen belegt, hatte es geheißen. Eine Gruppe reisender Klosterschwestern mit ihrer leider erkrankten Priorin war dort untergebracht.

Irgendwelche Nonnen konnten ihm und seinen Leuten eigentlich auch egal sein, hatte Aldo gedacht. Dann hatte diese Einstellung eine radikale Änderung erfahren, als es nämlich, kaum dass sie es sich in ihrer Bleibe gemütlich gemacht hatten, an der Türe klopfte. Aldo hatte arglos geöffnet. Zwei Schwestern im Zisterzienserhabit hatten draußen auf dem Treppenabsatz gestanden. Zwei, drei Handgriffe später hatten sie ihn schon eine Treppe höher geschleift und vor der vermeintlichen Priorin, die sich als seine Auftraggeberin entpuppte, auf den Boden geworfen.

Verdammt.

Er hatte gedacht, sie sei in Rom.

Aldo fühlte immer noch den Schreck dieser Begegnung, selbst jetzt, nach ein paar Tagen absoluten Nichtstuns. Die Unterhaltung hatte sich förmlich in sein Gedächtnis eingebrannt. Seine Auftraggeberin hatte einen Schleier gelüftet, der ihr Gesicht verborgen hatte, und dann knapp bemerkt: »Wenn du und deine Bande hier seid, dann habt ihr die Spur eurer Beute verloren.«

»Äh … ich kann das erklären …«, hatte er einzuwenden versucht.

»Ihr habt versagt.«

»Na ja, die anderen sind nicht unbedingt …«

»Du hast versagt!«

»Vielleicht würdet ihr in Betracht ziehen, dass …«

»Bringt ihn zurück zu den anderen«, hatte sie ihn unterbrochen. »Keiner von euch verlässt den Raum. Lasst dem Burghauptmann ausrichten, ein paar von euch wären ebenfalls erkrankt. Wenn ihr Glück habt, finden meine Hüterinnen die Spur wieder. Dann könnt ihr mir weiter von Nutzen sein. Aber wenn nicht, dann …«

Als Aldo zurückgekommen war, hatten die anderen sich bereits im Zimmer verbarrikadiert gehabt. Keiner von ihnen wagte auch nur anzumerken, dass sie vor einer Bande junger, hübscher, als Klosternschwestern verkleideter Frauen die Schwänze eingezogen hatten. Falls es noch eines Beweises bedurft hätte, wie unberechenbar diese Frauen waren – die Mühelosigkeit, mit der zwei von ihnen den massigen Aldo überwältigt hatten, war ihnen Kostprobe genug.

Nach einigen Tagen lähmender Gefangenschaft, in der ihnen das Essen vor die Tür gestellt wurde und der Burghauptmann mit ihnen bestenfalls nervös durch die geschlossene Tür kommuniziert hatte, kamen die beiden vermeintlichen Klosterschwestern wieder und holten Aldo ab. Diesmal durfte er auf eigenen Füßen die Treppe emporsteigen.

In der Kemenate, die er mittlerweile insgeheim als die Hexenhöhle bezeichnete, war seine Auftraggeberin im Gespräch mit einer ihrer Schwestern. Deren Zisterzienserinnenhabit war staubig und ausgefranst. Aldo wurde klar, dass sie eben erst eingetroffen war. Vermutlich war sie in den letzten Tagen unterwegs gewesen.

»Gordia hat die Spur Walthers aufgenommen«, sagte seine Auftraggeberin statt einer Begrüßung. »Ihr dürft weiterleben.«

»Danke«, sagte Aldo und war sich im Klaren, dass dies sein erster Dank an einen anderen Menschen war, seit er alt genug gewesen, statt eines Danks einen Faustschlag zu verteilen. Und er kam auch noch von Herzen. Die Frauen hatten ihn völlig entnervt.

»Das Beste ist, sie sind auf dem Weg hierher.«

»Das ist gut«, beeilte sich Aldo zu sagen, der keine Ahnung hatte, ob es gut oder schlecht war.

»Ich brauche dich und deine Männer jetzt.«

»Wir reiten sofort los.«

»Nein, ich brauche euch hier. Ich möchte vermeiden, dass unnötiges Blut vergossen wird. Wenn meine Schwestern angreifen, kann es sein, dass ein paar der Burgknechte den Ernst der Lage verkennen und sich zu wehren versuchen. Vor einem Mann, der so aussieht wie deine Galgenvögel und eine Waffe in der Hand hält, haben sie eher Respekt. Ihr werdet sie daher begleiten und nachher so tun, als wärt ihr meine Leibwache.«

Aldo hatte nur verstanden, dass die Frauen angreifen sollten. »Angreifen?«, brachte er hervor. »Wen?«

»Wir übernehmen die Burg«, sagte seine Auftraggeberin.

4.

Eine gute Stunde später brachten Weißbrot und Adonis den Burghauptmann in den Saal im Obergeschoss der Burg. Als alle seine Männer bereits in Gefangenschaft geraten waren, hatte er sich mit seinen zwei verbliebenen Getreuen in der Wachstube oberhalb des Haupttors verschanzt. Dort hatten sie allen Versuchen von Aldos Männern, die Tür aufzubrechen, standhaft getrotzt, dabei aber vergessen, ihre Aufmerksamkeit auf die kleinen Fensteröffnungen zu richten, die für einen Mann zum Durchschlüpfen zu eng waren, aber nicht für zierliche junge Frauen mit Klettergeschick, Mut und Entschlossenheit.

Aldo stand einen Schritt hinter der Auftraggeberin, wie sie ihm befohlen hatte. Er zog ein steinernes Gesicht, wie er es einmal bei der Leibwache eines römischen Patriziers gesehen hatte. Weißbrot zwang den Burghauptmann niederzuknien.

»Ich weiß nicht, was das soll, ehrwürdige Mutter Priorin, aber Ihr könnt mir glauben, dass die ganze Welt davon hören wird«, stieß dieser aufgebracht hervor.

Aldos Auftraggeberin hob den Schleier von ihrem Gesicht. Die Verwandlung, die mit dem Burghauptmann vor sich ging, war erschreckend. Seine Augen traten hervor, er prallte zurück, dass er mit dem Rücken gegen Weißbrots Beine stieß, und wurde bleich. Er begann am ganzen Körper zu zittern. Sein Mund arbeitete zunächst vergeblich. »Alle guten Geister …«, stieß er hervor.

»Kein Geist«, sagte Aldos Auftraggeberin ungerührt.

»O mein Gott … aber … das ist doch nicht … heilige Maria … wie kann das … edle Frau! Ich verstehe gar nichts mehr …!«

Edle Frau? Der Vollidiot redete Aldos Auftraggeberin an, als sei sie seine Herrin? Aldo konnte ja verstehen, dass einen die Begegnungen mit den Hexenweibern durcheinanderbrachte, aber …

Eine Art Lichtlein begann in Aldos nicht übermäßig strapaziertem Gehirn zu dämmern.

Edle Frau?

Ja, gottverdammt! Edle Frau …!

Wieso war Aldos Auftraggeberin ausgerechnet auf diese Burg als Treffpunkt gekommen? Es hätte genügend andere Orte gegeben. Wieso hatte sie gewusst, dass der Burgherr letztes Jahr verstorben und die Nachfolge noch nicht geregelt war, so dass nur ein überforderter Burghauptmann das Regiment auf dem Besitz führte? Wieso hatte sie gewusst, dass es keine Witwe und keine Kinder gab?

Antwort: Weil sie die Burg gekannt hatte! Weil sie speziell auf Nachrichten aus dem Reich geachtet hatte, die Rehperc betrafen! Weil sie die »Witwe« war!

Edle Frau!

Was eine Burgherrin aus dem Norden des Reichs dazu bewogen hatte, in Rom Vorsteherin einer Bande von mörderischen Hexenweibern zu werden, konnte Aldo sich nicht vorstellen, aber ansonsten passte eines zum anderen. Er musste an sich halten, um nicht fassungslos den Kopf zu schütteln.

Mit der Selbstbeherrschung des Burghauptmanns war es nicht so weit her. Er stotterte und stammelte und wurde abwechselnd rot und bleich.

Die ehemalige Burgherrin schnitt ihm das Wort ab. »Es spielt keine Rolle, wo ich war und was dazu geführt hat, dass ich Rehperc und meinen Mann verlassen habe. Ich habe gehört, dass er letztes Jahr gestorben ist. Wie war sein Tod?«

»Er ist einfach verloschen, edle Frau …«

»Gott sei seiner Seele gnädig. Und dir und deinen Leuten

auch, wenn ihr nicht tut, was ich sage. Denk an deine Familie. Hast du verstanden?«

»Ja, edle Frau.«

»Hast du Frau und Kinder?«

»Ja, edle Frau.«

»Wen hast du geheiratet?«

»Eure ehemalige Kammerfrau Beatrix, edle Frau. Ich … ich wusste ja nicht, dass ihr … dass ihr nicht … sonst hätte ich Euch um Erlaubnis gefragt …«

Aldo hatte das Gefühl, dass die Burgherrin bei der Namensnennung zusammengezuckt war. Hatte sie am Ende doch so etwas wie menschliche Gefühle?

»Sorg dafür, dass ich sie nicht zu Gesicht bekomme.«

»Aber sie wird sich bestimmt freuen, Euch …«

»Halt sie fern von mir, verstanden?«

»Ja, edle Frau.«

»Gut.« Sie wandte sich so abrupt zu Aldo um, dass er unwillkürlich einen Schritt zurückwich und eine strammere Haltung annahm. »Also schön. Mein Name lautet Anna von Rehperc. Mein Mann war der Burgherr hier. Aber das hast du dir schon zusammengereimt.«

»Ja, edl… Ja.« Die verwirrte Servilität des elenden Burghauptmanns war direkt ansteckend!

»Sag deinen Männern, sie sollen die Burgknechte in der Wachstube einsperren. Das Gesinde arbeitet weiter wie bisher. Der Burghauptmann zieht mit seiner Familie in den Saal und wird bewacht. Wer von der Burg zu fliehen versucht, wird getötet. Wer eine Nachricht hinausschmuggeln will, ebenfalls – egal, ob Mann, Frau oder Kind.«

»Oder Brieftaube«, sagte Aldo, weil er das Gefühl hatte, er müsse gegenüber dem Burghauptmann demonstrieren, dass er weit weniger eingeschüchtert und servil war als dieser unselige Tropf und Witz genug besaß für launige Antworten.

»Was soll die dumme Bemerkung?«

»Das war ein kleiner Scherz, edle Frau.« Verflucht, das hatte er nicht sagen wollen. Außerdem fiel ihm ein, dass der Burghauptmann ihn ohnehin nicht verstanden hatte, weil Aldo mit Anna von Rehperc italienisch sprach und sie mit dem Burghauptmann deutsch, was Aldo in Grundzügen verstand, weshalb er dem Gespräch halbwegs hatte folgen können.

»Ein *sehr* kleiner.« Mitleidlose Blicke spießten Aldo auf.

»Entschuldigt.«

»Ich nehme an, Walther hat den Stein noch nicht gefunden, sonst würde Valeria längst unterwegs nach Rom sein und Walther die Graswurzeln küssen. Sie reisen laut Gordia in unsere Richtung, wahrscheinlich nach Stoufen. Es macht Sinn, dass er dort nach dem Stein sucht. Wir warten hier, bis er uns in die Arme läuft. Gordia und ein paar von den anderen werden ständig in der Umgebung patrouillieren, so dass ich Bescheid weiß, wenn er ankommt. Sobald er den Stein hat, seid ihr an der Reihe. Ich gebe euch noch eine Chance.«

»Danke.«

»Du!« Anna von Rehperc wandte sich an den Burghauptmann. »Gibt es etwas, das ich wissen muss? Wird hier irgendjemand erwartet? Hat sich Besuch angekündigt?«

»Nein, aber …«

»Was aber?«

Der Burghauptmann presste die Lippen zusammen. »Nichts.«

Anna nickte. Sie wandte sich an Aldo. »Schick einen deiner Männer zu seiner Familie.« Sie sprach langsam und auf Deutsch. Aldo nickte. Ihm war klar, dass das, was sie sagte, eigentlich für den Burghauptmann bestimmt war. »Er soll seiner Frau die Finger brechen. Alle zehn.«

»Um der Liebe Gottes willen – nein!« Der Burghauptmann war fast in Tränen aufgelöst. »Auf Burg Stoufen ist eine Brieftaube mit der Nachricht eingetroffen, dass der Kaiser auf dem Weg dorthin ist. Solche Besuche …«

»Ich weiß. Werden dem Herrn auf Rehperc als Nachbarn und Dienstmann routinemäßig mitgeteilt. Interessant. Friedrich kommt hierher, Walther kommt hierher, und keiner weiß, dass ich auf sie warte. Alles läuft noch besser als gedacht.« Sie lächelte knapp. »Du kannst gehen, Burghauptmann. Hol deine Familie und siedle in den Saal über. Und sorg dafür, dass niemand mich aufsucht. Ich bin in meiner Kemenate.«

Aldo begleitete sie zur Treppe. »Was ist jetzt mit der Frau dieses Trottels?«, fragte er. »Sollen wir ihr noch die Finger brechen? Ich kann Senzasperanza schicken …«

Anna blieb stehen und musterte Aldo, wie man etwas mustert, das man unter seiner Schuhsohle entdeckt hat und das dort festklebt und komisch riecht. »Das sind alles meine Leute«, sagte sie halblaut. »Krümmt einer von deinen Galgenstricken oder du hier irgendjemandem auch nur ein Haar ohne meine ausdrückliche Erlaubnis, kastriere ich dich.«

»Oh«, machte Aldo und vollführte unwillkürlich mit zwei Fingern die Geste einer zuschnappenden Schere.

»Irrtum«, sagte Anna kalt. »Ich reiß dir alles raus. Mit bloßen Händen.«

»Ja, edle Frau«, sagte Aldo und wünschte sich, er wäre bei dem Vorstellungsgespräch in Rom derjenige gewesen, der hospitalreif geprügelt worden war. Dann würde er jetzt friedlich in einem Bett liegen und Suppe durch einen Strohhalm schlürfen und sich keine Gedanken darüber zu machen brauchen, wie es sich anfühlte, wenn eine Megäre einem mit bloßen Händen die Familienjuwelen abriss.

5.

Walther und die anderen logierten in dem Dorf, aus dem Otto damals die Hebamme herbeigeholt hatte. Sie war längst nicht mehr am Leben. Die Leute in dem Dorf, das in Wahrheit nicht mehr war als ein lockerer Haufen einzelner Gehöfte, hießen die Besucher willkommen. Sie waren es wegen der Nähe zur Burg Stoufen gewöhnt, dass Gäste bei ihnen untergebracht wurden;

das Dorf war eines der Stammgüter der Burg und alle Bewohner dem kaiserlichen Burgverwalter zinspflichtig. In kurzer Entfernung zum Dorf ragte der Kegelstumpf des Bergs aus der welligen Landschaft, auf dem die Burg Stoufen stand. Der hoch aufragende Bergfried war selbst von hier aus klar zu sehen.

»Welche Strategie haben wir diesmal, um das Gebäude auf den Kopf zu stellen?«, fragte Walther.

»Egal welche, Hauptsache eine andere als in Papinberc«, versetzte Otto, der in dem Haufen aus Reisetruhen und Taschen herumkramte, auf die sich das Gepäck von ihm, seiner Frau, deren Kammerfrau und den beiden Leibwächtern verteilte.

»Die Leute hier sagen, der amtierende Vogt sei Conrad von Eberspach«, erklärte Heinrich. »Kein unbekannter Name, oder?«

»Ich erinnere mich an Volknand von Eberspach als Vogt auf Stoufen«, sagte Walther. »Wahrscheinlich Conrads Vater, oder?«

»Das war Volknand der Jüngere«, meinte Otto. »Wo hab ich bloß …?«

Heinrich nickte. »Richtig. Volknand der Ältere war ein Neffe von Kaiser Friedrich Rotbart, weshalb dieser ihm das Vogtsamt verlieh.«

»Fällt euch was auf, Freunde?«, sagte Otto, der frustriert seine Suche aufgab. »Wir können uns erinnern, wer vor zwanzig Jahren Vogt auf Stoufen war, aber mir fällt ums Verrecken nicht mehr ein, wo ich gestern meinen Helm hingepackt habe.«

»Saladin hat recht«, sagte Heinrich.

»Geht's dir auch so, alter Freund?«

»Nein, du hast recht damit, dass wir eine bessere Strategie brauchen als in Papinberc. Wir können uns ja wohl nicht drauf verlassen, dass uns im Notfall wieder ein geheimnisvoller vermummter Kämpfer beispringt.«

»Wer weiß«, murmelte Walther und bemerkte, wie Otto unwillkürlich einen Blick dorthin warf, wo bis vor Kurzem noch Valeria gesessen hatte, bevor sie nach draußen spaziert war; Laurin war ihr nach wenigen Minuten gefolgt.

»Wird Conrad uns reinlassen, wenn wir ihm unsere Namen nennen und ihm sagen, dass wir im Auftrag des Kaisers etwas suchen sollen?«, fragte Otto.

»Es gibt nur einen Weg, das rauszufinden«, erklärte Heinrich.

»Die ganze Wahrheit können wir ihm jedenfalls nicht sagen«, sagte Otto.

»Nein«, sagte Heinrich. »Können wir nicht. Aber ihr könntet sie mir erzählen, meint ihr nicht?«

Walther blickte auf in das breite, graubärtige Gesicht des alten Reichsmarschalls. Heinrich lächelte ohne Grimm oder Eifersucht zurück, aber an seiner Miene konnte man deutlich ablesen, dass er keine Ausflüchte erwartete. Walther war im Grunde nicht überrascht. Heinrichs breite Statur und sein Habitus als allzeit raufbereiter Haudegen hatten schon immer einen messerscharfen, schnell arbeitenden Verstand getarnt. Die Zeit auf der Kaltenburg hatte Heinrich ein wenig träge werden lassen, doch das war nun ganz offenbar überwunden.

Otto räusperte sich und wich Heinrichs Blick aus. »Es ist Walthers Geschichte, im Wesentlichen«, sagte er. »Ich finde, Heinrich sollte Bescheid wissen, wenn du mich fragst.«

»Ja, sollte er«, sagte Walther, der eine schier unüberwindbare Abneigung dagegen spürte, die Erinnerungen erneut aufzuwecken. Seine Seele war ohnehin im Aufruhr, seit sie in die Nähe der Burg Stoufen gekommen waren. Die ganze Gegend hier verband sich für ihn noch immer mit dem Tod von zwei Menschen, von denen er den einen verehrt und den anderen aus tiefstem Herzen geliebt hatte.

»Ich werde dir trotzdem helfen, ob du es mir erzählst oder nicht«, sagte Heinrich zu Walther. »Das nur fürs Protokoll. Aber es muss dir natürlich klar sein, dass ich mir meine Gedanken mache. Spätestens seit du in Papinberc gesagt hast, du glaubst, der Waise sei in deiner alten Laute versteckt, die seit zwanzig Jahren auf Burg Stoufen eingelagert ist, ist mir aufgegangen, dass mir ein paar entscheidende Bruchstücke der Geschichte fehlen. Deine Laute liegt seit damals irgendwo auf Stoufen herum? Sie war dein Augapfel, und niemand anderer durfte sie anfassen, außer Philipp. Und dann bringst du sie auf die Burg, ohne zu ahnen, dass darin der Stein versteckt ist, und kümmerst dich zwanzig Jahre nicht mehr darum? Ja, es fiel dir erst ein, dass sie das Versteck für den Stein sein könnte, nachdem du die Quinterne in Papinberc zerstört hattest. Wie soll der Stein deiner Meinung nach in die Laute reingekommen sein, wenn du ihn dort nicht verborgen hast? Glaubst du, Philipp hat es getan?«

»Nein, ich glaube, Eirene hat es getan«, sagte Walther.

»Die Königin?«

»Philipp hat ihr immer vertraut. Ich glaube, sie hat ihn nach Philipps Tod auf die Schnelle an einem Ort versteckt, an dem sie dachte, er sei absolut sicher.«

»Weil du deine Laute nie jemandem freiwillig ausgehändigt hast?«

»Nein, weil ...« Walther konnte auf einmal nicht weiterreden.

»Weil du das Lied über den Waisen zusammen mit Saladin gedichtet hast?«

Es half nichts. Heinrich hatte die Wahrheit verdient. Plötzlich hatte Walther nicht nur Angst vor dem Schmerz, den das Bekenntnis in seiner Seele auslösen würde, sondern auch davor, dass Heinrich ihn noch im Nachhinein als verräterischen Freund ansehen würde.

»Weil ich Eirene geliebt habe und sie mich und weil sie in der Panik nach Philipps Tod nur daran dachte, wem sie am allermeisten vertraute.«

Heinrich sagte eine lange Weile gar nichts.

»Ich habe nie ... nie ... auch nur ein unkeusches Wort zu Eirene gesagt«, flüsterte Walther. »Philipp war ihr Mann und mein Freund. Wir haben beide nie etwas getan, für das wir uns schämen müssten.«

»Nicht einmal nach seinem Tod?«

»Nach seinem Tod hatten wir ein paar Tage, in denen wir auf der Flucht nach Stoufen waren. Eirene war damals halbtot von den Schwangerschaftsbeschwerden und den Reisestrapazen. Ich habe sie im Leben zweimal geküsst. Einmal kurz vor ihrem Tod. Den zweiten Kuss habe ich von ihren toten Lippen gestohlen.«

Heinrich blinzelte überrascht.

»Du kennst eine andere Geschichte«, sagte Otto. »Das ganze Reich kennt eine andere Geschichte. Ihr zufolge ist Eirene nach einer Totgeburt im Kindbett gestorben. Ich habe das damals so eingefädelt und verbreiten lassen. In Wahrheit hat Eirene unterwegs in einer Köhlerhütte ein Kind zur Welt gebracht und ist in Walthers Armen gestorben.«

»Du warst mit dabei?«, fragte Heinrich.

Otto nickte.

Walther fühlte Heinrichs Blick auf sich ruhen und musste sich zwingen, ihn zu erwidern. Mit Schreck sah er, dass Heinrichs Augen schmal wurden. »Stimmt das, Walther?«

»Ja. Aber es ist noch viel komplizierter. Ich erzähle es dir …«

Heinrich hob eine Hand. »Bevor du das tust, möchte ich dir etwas sagen«, grollte er.

Walther nickte. Das Gefühl, dass soeben eine Freundschaft zu Ende ging, die zwanzig Jahre Trennung und Schweigen überstanden hatte, schnürte ihm die Kehle zu. Er erinnerte sich an den üblen Gestank, der damals Muniberts Anklagen begleitet hatte: Verräter, Verräter, Verräter! Würde er gleich dieselbe Anklage aus Heinrichs Mund hören?

»Wenn ich das damals gewusst hätte, wäre ich nicht hinter Otto von Wittelsbach hergejagt, um ihn zu stellen, sondern hinter dir«, sagte Heinrich.

Walther senkte den Kopf. »Ich hätte mich nicht gewehrt«, flüsterte er.

Heinrich schnaubte. »Gewehrt? Wogegen?«

Walther gestikulierte hilflos zu Heinrichs Schwert, das neben ihm lag. Heinrich nahm es und zog es zu sich heran. Walther wurde kalt, als Heinrich es ein Stück aus der Scheide zog und den blanken Stahl betrachtete, der sichtbar geworden war.

»Das Ding hat das Blut des Wittelsbachers zu kosten bekommen«, sagte er. »Er *hat* sich gewehrt, aber alle seine Kunststückchen haben ihm nichts genützt.«

»Wäre es dir lieber, es wäre mein Blut gewesen?«, fragte Walther. Er sah Ottos bestürztes, blasses Gesicht. Die Blicke des alten Sängers zuckten zwischen Heinrich und Walther hin und her.

Heinrich musterte Walther. »Für jemanden, der so viel von Treue und Liebe geschrieben und einen relativ klugen Kopf auf den Schultern sitzen hat, bist du erstaunlich dämlich«, brummte er. »Ich wäre lieber dir hinterhergereist, um euch beizustehen – dir und Saladin. Manchmal ist Freundschaft eine bittere Pflicht, wenn man gemeinsam durch ein Tal aus Schmerzen gehen muss. Je mehr Freunde diesen Weg zusammen gehen, desto besser.«

Walther schluckte. Er spürte, dass seine Augen schwammen. Er hatte die Liebe seines Lebens verloren, aber auf Schritt und Tritt wurde ihm eine Freundschaft bewiesen, die er sich eigentlich nicht verdient hatte. War es das, was Gott unter Gerechtigkeit verstand?

»Heinrich …«, er räusperte sich, der Satz blieb unvollendet.

»Werd jetzt bloß nicht sentimental«, warnte Heinrich.

Walther lachte und wischte sich über die Augen. Otto atmete auf. Dann beugte Walther sich nach vorn, packte Heinrich am Nacken, zog seinen Kopf zu ihm hinüber und küsste ihn auf die Stirn. »Irgendwas muss ich im Leben richtig gemacht haben, dass ich Freunde wie euch gefunden habe«, sagte er.

Heinrich rollte mit den Augen. »Hol's der Teufel, ihr Poeten seid doch alle sentimentale Hunde«, sagte er. »Schade, dass Gerold nicht hier ist, der würde die ganze Rührseligkeit beenden, indem er uns dazu zwänge, seine mobile Waffenkammer zu schleifen.«

»Ja, schade, dass Gerold nicht hier ist«, sagte Walther aus vollem Herzen.

»Wie geht sie nun weiter, deine komplizierte Geschichte?«, fragte Heinrich.

»Eirenes und Philipps Kind war keine Totgeburt. Es war ein Junge. Ich habe ihn in Sicherheit gebracht. Er ist bei Bekannten aufgewachsen und weiß nicht, dass er eigentlich die Königskrone tragen sollte. Und wenn es nach mir geht, wird er es auch nie erfahren.«

»Der Junge ist Laurin«, sagte Otto.

Heinrich schüttelte den Kopf. »Ihr seid verrückt«, sagte er.

»Es würde ihn nur unglücklich machen, wenn er es erführe. Das Reich wäre auf einmal wieder gespalten, und Friedrich, den Philipp immer als seinen Nachfolger angesehen hat, würde ihn bekämpfen müssen und …«

»Das meine ich nicht«, erklärte Heinrich. »Abgesehen davon besteht darüber ohnehin kein Zweifel. Nein, ich meine, ihr seid verrückt, wenn ihr mir einreden wollt, Laurin wäre der Prinz.«

»Na ja, Heinrich, aber wir waren ja dabei …«, begann Otto.

»Das ist schon richtig, aber irgendwo unterwegs muss euch ein Fehler unterlaufen sein. Ich glaube euch sofort, dass Philipps und Eirenes Kind lebt. Aber es ist kein Sohn. Es ist eine Tochter. Die ganze Zeit hat mich ihre Ähnlichkeit mit Eirene irritiert. Jetzt ist mir das endlich klar. Valeria ist Eirenes und Philipps Kind. Jede Wette.«

Walther schüttelte den Kopf, dann starrte er zu Heinrich und Otto. Heinrich nickte ihm mit stummer Überzeugung zu, während Otto dasaß wie vor den Kopf geschlagen. Walther blickte in den tiefen Brunnen aus verflossenen Jahren hinein, auf dessen Grund sich die Bilder von damals zeigten. Alles, was er dort sah, bewies, dass Laurin der heimliche Königssohn war. Und doch zweifelte er nicht an Heinrichs Theorie. Die ganze Zeit über hatte er alle möglichen Erklärungen im Kopf hin und her geschoben, Erklärungen, die versuchten, die unheimliche Ähnlichkeit Valerias mit Eirene plausibel zu machen. Auf das Naheliegendste war er nicht gekommen. Ottos Gesichtsausdruck bewies, dass es ihm genauso ging. Es hatte eines Außenstehenden wie Heinrich bedurft, um den richtigen Denkanstoß zu geben.

Aber wie war das möglich? Was hatten sie damals übersehen? Und wenn es stimmt – wer war dann Laurin? Wo war Valeria aufgewachsen? Bei wem? Was stimmte an der Geschichte, die sie Walther erzählt hatte? Ihre Herkunft aus Konstantinopel, die Nähe ihres Vaters zum Lateinischen Kaiser? Nichts? Oder war ihre Aussage wahr? War es nur ein fantastischer, bizarrer Zufall, dass sie ausgerechnet jetzt mit ihrer Versöhnungs-Botschaft des lateinischen Regenten an den Römischen Kaiser auf den Plan trat? Nein. Völlig unwahrscheinlich. Alles hing auf eine Weise zusammen, die Walther nicht verstand.

Wer war Valeria wirklich? Wer war Laurin wirklich? Walther hatte das Gefühl, dass der Brunnen ihn verschluckte.

»Eure Geschichte ist immer noch nicht vollständig«, hörte er Heinrich sagen. »Lasst mal alle Einzelheiten hören.«

6.

Burg Stoufen lag auf dem abgeflachten Plateau des Berges wie eine Krone auf einem königlichen Haupt. Seit Walther die Burg zum letzten Mal gesehen hatte, war nicht viel an ihr geändert worden. Schon Kaiser Friedrich Rotbart, der Großvater des jetzigen Kaisers, hatte seine Stammburg kaum aufgesucht, und Friedrich II. war auch nicht öfter dort gewesen. Die Burg führte daher seit Jahrzehnten eine Art Dämmerschlaf – halb vergessen von ihren Herren, dennoch ständig in Wartebereitschaft, sollten sie sich ihrer doch einmal erinnern, bewohnt von Dienstmannen, eher von ihrem Namen als von ihrer tatsächlichen Macht zehrend. Sie war wie eine Analogie auf Otto, Heinrich und ihn, dachte Walther. Sie hatten auch nur noch ihre Namen als Beleg einstiger Größe.

Das Plateau war von beinahe perfekter elliptischer Gestalt und zur Gänze von einer Ringmauer umschlossen, die rundherum bis zum Rand der Ebene gebaut war. Die Mauer war blank, ohne die übliche hölzerne Hurde, in deren Schutz ein Wehrgang verlief. Die Hurde war unnötig. Durch den rundherum steil abfallenden Hang konnte man weder Bogenschützen noch Kriegsmaschinen nahe genug heranführen, dass die Verteidiger der Burg Deckung von oben benötigt hätten. Lediglich der Torbau direkt neben dem Bergfried in der Südumfassung der Burg war mit hölzernen Aufbauten und Dachkonstruktionen versehen. Auch der Bergfried besaß ein Walmdach, eingedeckt mit Holzschindeln. Ihm gegenüber, an der Nordseite, stand der Palas, dessen Giebel sich über die Ringmauer erhob.

So unscheinbar und veraltet die Burg auch aussah, so geschäftig ging es in ihr zu. Walther, Heinrich und Otto mussten ihre Pferde am Zügel nehmen und führen, denn auf dem steilen Weg nach oben waren Karren, Lastträger mit bepackten Ochsen und Eseltransporte unterwegs. Möbel, Heuballen aus den letzten Wintervorräten, Brennholz, Körbe voller Stroh und Lebensmittel – die Burg bereitete sich darauf vor, dass endlich wieder einmal Leben in ihr aufblühte.

»Der Kaiser wird bald eintreffen«, sagte Walther. Ihm war mulmig, als er an das bevorstehende Treffen mit Friedrich dachte. Wenn er sich weigerte, den Stein auszuliefern, würde man ihn wahrscheinlich hängen. Der Gedanke daran verursachte ihm jedoch weniger Beklemmung als die Vorstellung von Friedrichs verständnislosem, verletztem Blick, wenn Walther sich ihm verweigerte.

»Hat sich wahrscheinlich durch einen reitenden Boten ankündigen lassen. Oder eine Taube«, mutmaßte Heinrich. »Wenn er eine funktionierende Kanzlei dabeihat, hat er die Tauben von allen wichtigen Standorten im Gepäck.« In Heinrichs skeptischen Worten klang klar als Zwischenton mit, dass, wäre er noch Reichsmarschall, die Kanzlei des Kaisers absolut perfekt funktionieren würde.

»Bei dem Trubel kommen wir wahrscheinlich ohne große Schwierigkeiten rein«, hoffte Otto. Er hatte seinen Helm nicht wiedergefunden und Walther gestanden, dass er das als schlechtes Omen wertete. Er war noch nie ohne Kopfschutz in einen Kampf gezogen. Auf Walthers Bemerkung, dass kein Kampf geplant war, hatte er düster entgegnet, dass man auch ohne Waffengeklirr und fliegende Fäuste kämpfen konnte – mit Worten. Walther, in seine eigenen düsteren Gedanken verstrickt, hatte ihm nur aufmunternd auf die Schulter geklopft.

Otto täuschte sich jedenfalls, denn die Torwachen waren alarmierter denn je. Selbst Heinrich musste grummelnd zugeben, dass die Organisation der Burg tadellos war, obwohl er nicht mehr das Amt des Reichsmarschalls innehatte.

»Wir möchten den Burgvogt sprechen«, sagte Walther, als die Wachen ihnen den Zutritt verweigerten und nach dem Grund ihres Hierseins fragten.

»In welcher Angelegenheit?« Der Torwächter erkannte, dass er es nicht mit abhängigen Bauern oder um ihre Rechnungen besorgten Händlern zu tun hatte, sondern mit Herren edler Abstammung. Er war höflich, aber reserviert.

»Das geht nur den Burgvogt und uns etwas an.«

»Der Burgvogt hat viel zu tun. Ihr müsst Euch gedulden.«

»Söhnchen«, grollte Heinrich, »ich bin Reichsmarschall Heinrich von Kalden, und diese beiden Herren sind Graf Otto von Herneberch und Walther von der Vogelweide. Egal, wen du hier zum Warten bringen möchtest, wir sind es nicht. Nun sei schön brav und hol den Burgvogt.«

»Wenn Ihr wäret, wer zu sein Ihr vorgebt«, sagte der Torwächter schlau, »würdet Ihr mit Gefolge reisen. Ganz abgesehen davon, edler Herr, dass mir Eure Namen leider gar nichts sagen. Der Reichsmarschall heißt Anselm von Justingen, im Übrigen.«

»Ich war sein Vorgänger, du Klotz.«

»Das muss hundert Jahre her sein«, versetzte der Torwächter, was Heinrich zu schockiertem Schweigen brachte.

Am Ende bequemte er sich doch, den Burgvogt benachrichtigen zu lassen. Walther vermutete, es lag weniger an ihrer Autorität als daran, dass sich hinter ihnen die Lieferanten stauten.

Conrad von Eberspach erinnerte Walther an Heinrichs Sohn, den er auf der Kaltenburg kennengelernt hatte – hektisch, ein wenig überarbeitet und halb erdrückt vom Schatten eines übermächtigen Vaters. Er hatte auch ähnlich schlechte Laune.

»Ich kenne die Namen, die Ihr angegeben habt, meine Herren, aber wer beweist mir, dass Ihr es wirklich seid?«

Heinrich, noch immer aus dem Gleichgewicht wegen der Bemerkung des Torwächters, antwortete das Falsche, indem er grollte: »Euer Vater würde uns erkennen.«

»Mein Vater«, sagte Conrad pointiert, »ist aber nicht der Burgvogt.«

»Er war es aber mal!«

Otto sagte schnell: »Antwortet jetzt lieber nicht, dass sei schon hundert Jahre her.«

»Was wollt Ihr hier?«

Walther sagte, wissend, dass es ohnehin keinen Sinn hatte und sich außerdem vollkommen bizarr anhörte: »Wir suchen meine alte Laute.«

Conrad starrte Walther an. Man konnte erkennen, dass er sich fragte, ob er es mit drei Spinnern zu tun hatte, die im Alter wunderlich geworden waren. »Eure Laute«, wiederholte er. »Aha. Und Ihr seid bitte wer?«

»Walther von der Vogelweide.«

»Ihr schreibt die kaiserlichen Aufrufe und Polemiken.«

»Ich habe ein *paar* Polemiken geschrieben.« Walther hatte das absurde Gefühl, sich verteidigen zu müssen.

»Und Ihr sucht Eure alte Laute? Wollt Ihr zu Euren Pamphleten singen? Könnt Ihr nicht bei Euch zu Hause nach Eurer Laute suchen?«

»Es ist eine ganz bestimmte Laute«, sagte Otto geduldig, als Walther nicht antwortete.

»Eine Polemiken-Laute?«

»Eine Laute, die wir dir um deinen dürren Hals wickeln werden, du Grünschnabel, wenn dir noch eine einzige launige Bemerkung einfällt«, sagte Heinrich.

»Was mir einfällt, ist das: Verschwindet hier, wenn ich bitten darf. Ist das unlaunig genug?«

Heinrich sagte: »Dein Vater hat dir wohl nicht oft genug die Hammelbeine lang gezogen?«

Inzwischen war der Auflauf vor dem Tor zu einer regelrechten Meute angewachsen. Die Zulieferer spitzten die Ohren, weil Streitereien zwischen den hohen Herren immer interessant waren für das gemeine Volk. Die Torwachen unterdrückten ein Grinsen und lauschten genauso eifrig wie die Lieferanten.

»Wenn das nicht der alte Reichsmarschall von Kalden ist!«, rief plötzlich eine heisere Stimme von oben. »Der größte Held des Reichs.«

Die drei Freunde und der Burgvogt schauten überrascht nach oben. Auf dem Wehrgang über dem Tor war der Kopf eines alten Mannes zu sehen, der herunterblickte. Dünnes weißes Haar bewegte sich in der Brise. Der Schädel des Mannes war so fleischlos, dass man den Knochenschädel darunter erkennen konnte.

»Vater«, sagte der Burgvogt schockiert, »was tust du hier?«

»Ich begrüße meinen alten Freund, den Reichsmarschall. Und die Herren Walther und Otto. Ist das vielleicht verboten, mein Junge? Es ist mir eine Freude, edle Herren.«

Walther und die anderen neigten die Köpfe. »Herr Volknand«, rief Walther nach oben, »Ihr habt Euch kein bisschen verändert seit damals.«

»Gesprochen wie ein echter Sänger«, sagte Volknand. »Gelogen, aber sehr charmant gelogen.«

Walther grinste.

»Vater, wie bist du überhaupt … wie bist du denn dort oben …? Du kannst doch nicht gehen!«

»Aber festhalten kann ich mich noch«, krähte der alte Burgvogt.

»Nein, ich meine, wie bist du überhaupt von deiner Kammer dort raufgekommen?« Walther, dem der junge Burgvogt zuerst unsympathisch gewesen war, revidierte seine Meinung. Aus

Conrad von Eberspachs Stimme klang echte Besorgnis um seinen hinfälligen Vater.

Ein zweiter Mann erschien neben Volknand und schaute auf Walther und die anderen herab.

»Man kann sich ja zu Tode warten, bis ihr endlich mal ankommt«, sagte er.

»Seine Gnaden Bischof Gerold hat mich hergetragen«, krächzte Volknand von Eberspach vergnügt. »Und jetzt lass die Herren rein, mein Sohn, sonst zieh ich dir noch in deinem fortgeschrittenen Alter die Hammelbeine lang.«

7.

Valeria hatte sich von Walther mit der Ausrede abspeisen lassen, dass er erst einmal die Lage auf Burg Stoufen sondieren wollte, bevor er sie dorthin brachte. Jetzt, da die Burg in Reichweite war und möglicherweise auch der Waise, war es egal. Die Geschichte, die sie Walther erzählt hatte, hatte ohnehin nur dazu gedient, sein Misstrauen einzulullen. Sie konnte sich zurücklehnen und warten, dass er den Waisen anschleppte – und sich dann mit ihm irgendwo in einem stillen Winkel zurückziehen, ihm den Dolch ins Herz stoßen und mit dem Waisen zurück nach Rom reisen. Auftrag ausgeführt. Und die Seele ihrer Mutter konnte endlich Frieden finden.

Valerias Seele hingegen würde vermutlich nie mehr Ruhe finden nach diesem kaltblütigen Mord. Ihre Zweifel, ob sie ihn wirklich würde ausführen können, waren mittlerweile riesig.

Aber sie hatte Gehorsam geschworen. Und selbst wenn sie ihn nicht geschworen hätte, würde sie ihn schuldig sein – ihrer Mutter, deren Liebe und Fürsorge sie stets begleitet hatten.

Walther würde sterben.

Sie wand sich innerlich. Nichts von dem, was sie bisher an Walther kennengelernt hatte, deutete darauf hin, dass er ein böser Mensch war oder früher gewesen sein könnte. Er machte Fehler, er dachte nicht immer schnell genug, er unterlag Fehleinschätzungen und hatte sich lange Zeit von der ganzen Welt zurückgezogen … doch sie hatte nicht den Eindruck, dass er jemandem absichtlich schaden würde, der ihm nichts getan hatte. Dass er Anna mit Intrigen und Verleumdungen bewusst ins Unglück gestürzt hatte, schien vollkommen unmöglich.

Manchmal stieg bei solchen Gedankenspielen in ihr die leise Hoffnung auf, dass sie ihn vielleicht gar nicht töten musste. Dass alles nur ein tragisches Missverständnis gewesen war. Dass es statt zu einem Mord zu einer Versöhnung kam. Sie wünschte sich von Herzen, ihre Mutter glücklich zu sehen. Jetzt, da sie ihn kannte, wünschte sie sich manchmal, auch Walther wieder glücklich zu sehen.

Wie ein aufgeräumter, mit sich im Reinen befindlicher Walther von der Vogelweide war, hatte sie auf der Reise von Papinberc hierher erfahren. Irgendetwas – vielleicht die Gewissheit, dass er den Stein auf Burg Stoufen finden würde – hatte den alten Sänger verändert. Er hatte gelacht und gescherzt. Sein Humor war flink und ironisch, ohne beleidigend oder zynisch zu werden, er war schlagfertig und voller Anekdoten, die manchmal die ganze Gruppe dazu brachten, hellauf zu lachen. Er, Otto und Heinrich lieferten sich humorvolle Verbalschlachten um skurrile Erlebnisse, die sie in der Vergangenheit geteilt hatten, und um aktuelle Beobachtungen, die sie auf der Reise entlang des Wegs machten. Sogar gemeinsam gesungen hatten er und Otto einmal. Walthers brüchig gewordener Singstimme hatte man angemerkt, wie schön sie einmal gewesen sein musste und wie voll sie heute noch sein könnte, wenn er sie wieder trainierte.

Jedenfalls hatte es Valeria zu denken gegeben, dass sogar die schweigsamen, eher ungehobelten Leibwächter Ottos in Walthers Nähe auftauten und mitlachten, dass Beatrices Kammerfrau in offener Verzückung an Walthers Lippen hing und dass auch Beatrice den alten Sänger mit Seitenblicken bedachte, die besagten: *Ich liebe meinen Mann von Herzen, aber wenn es ihn nicht gäbe und ich frei wäre, würde ich mich in dich verlieben.*

Valeria war definitiv nicht in Walther verliebt. Aber zu ihrer steigenden Verblüffung begann sie, echte Gefühle für Laurin zu entwickeln. Lag es an der Gesamtstimmung in der Reisegruppe, am anhaltend schönen Frühlingswetter? Oder lag es an den Versen, die Laurin für sie zu dichten begonnen hatte? Sie kannte alle Liebeslieder und -gedichte, die Walther jemals öffentlich vorgetragen hatte, denn ihre Mutter hatte sie alle aufgeschrieben. Laurins Verse waren nicht von ihnen abgekupfert. Er musste die Poesie in sich selbst gefunden haben. Dabei war es weniger der Inhalt, der Valerias Herz berührte. Nachtigallen und frühlingsfarbener Wald und purpurrot blühende Wiesen und dazwischen fein verschleierte erotische Anspielungen … alles schön und gut. Aber noch weit mehr berührte sie die kunstvolle Art, wie die Wörter sich aneinanderreihten, wie sie im Rhythmus des Versmaßes umeinander tanzten, wie sie sich liebkosten und eines zum anderen führte, wie alles aus einem Guss schien, von der Poesie zusammengehalten wie zwei Herzen von der Liebe.

Das Verrückte war: Sie hatte erst zweimal Laurins Vortrag gelauscht. Wie konnten seine Verse eine solche Macht ausüben, dass sie schon beim zweiten Mal das Verlangen nach einer Umarmung weckten? Als er sie zum ersten Mal beiseitegebeten und sich dann eine ganze Strecke vom Lager entfernt hatte, war sie zuerst ungeduldig und genervt gewesen, aber sie hatte gute Miene gemacht. Beim zweiten Mal am folgenden Abend hatte sie gemerkt, dass sie insgeheim gehofft hatte, dass er sie wieder ansprechen würde.

Jetzt war es nicht Abend, sondern später Morgen. Laurin hatte sie erneut gebeten, ihr etwas vortragen zu dürfen. Die drei alten Recken waren am frühen Morgen zur Burg Stoufen aufgebrochen. Einerseits hätte Valeria lieber in ihrem Quartier gewartet, um sofort zu erfahren, ob ihre Mission erfolgreich gewesen war oder nicht. Andererseits verlangte es sie danach, Laurins Poesie zu lauschen. Warten ließ es sich auch außerhalb des Quartiers, in der Morgensonne unter einem Baum.

Laurin setzte sich und lehnte sich an den Baumstamm. Er wirkte nervöser als bei den letzten beiden Gelegenheiten. Kam in seinen Versen heute etwa eine … eine Liebeserklärung vor? Bislang hatte er vermieden, sich selbst und sein Werben um Valeria einzubringen, das war nur zwischen den Zeilen zu hören gewesen. Valeria setzte sich neben ihn, wie sie es die letzten beiden Male auch getan hatte. Doch dann folgte sie auf einmal einer Eingebung, die sie selbst überraschte. Sie setzte sich anders, ließ sich zurücksinken und legte den Kopf auf Laurins Knie. Zu ihm hochsehend, erkannte sie, wie Überraschung, Freude und Unglauben seine Wangen rot färbten.

»Bild dir bloß nichts ein«, sagte sie. »Es ist nur, damit mir die Sonne nicht in die Augen scheint.«

»Hab mir nichts anderes gedacht«, sagte Laurin. Seine Stimme klang belegt. Aber Valeria ahnte, dass auch ihre Stimme heiserer als sonst geklungen hatte.

»Lies«, forderte sie ihn auf.

Laurin räusperte sich. »Ich hab das heute im Morgengrauen geschrieben«, erklärte er stockend. Er klappte das Wachstafelbüchlein auf, in das er seine Verse einkratzte. Es war aufwendig gestaltet mit Metallscharnieren statt der üblichen Lederbänder, die die insgesamt vier Tafeln zu einer Art Kodex verbanden. Valeria hatte den Verdacht, dass er es sich von Otto von Herneberch geliehen hatte; der alte Sänger umgab sich mit unaufdringlichem, elegantem Luxus.

Laurin räusperte sich erneut. »Ich fang jetzt an«, sagte er.

»Ich bitte darum.«

Laurins neuer Vortrag war die totale Überraschung.

Aber nicht, weil er Valeria darin einen Liebesantrag gemacht hätte. Er war eine Überraschung, weil er unfassbar schlecht war. Die Anspielungen waren grob. Die poetischen Bilder waren vorherigen Strophen entnommen. Die Wörter tanzten nicht mehr miteinander. Vielmehr rangen sie – doch nicht um Vorherrschaft in ihrer Strophe, sondern als ob sie gar nicht erst in sie hineingewollt hätten und nun mit ihren Kameraden darum kämpften, sie wieder verlassen zu dürfen. Kurz gesagt – Laurins neue Verse, die nur wenige qualvolle Zeilen umfassten, hörten sich an, als hätte ein anderer Dichter sie geschrieben. Einer, der mit der Wortkunst auf Kriegsfuß stand.

»Und?«, fragte Laurin zaghaft. »Kann sein, dass noch ein bisschen dran rumgefeilt werden muss, oder?«

Valeria richtete sich ruckartig auf. Sie war von der miesen Qualität des neuen Vortrags empört und regelrecht verärgert. Sie fühlte sich, als hätte sie Laurin erlaubt, einen Blick in ihr Herz zu tun, und er hätte über das, was er dort gesehen hatte, einen groben Scherz gemacht. Und ausgerechnet für diese paar Zeilen Schund hatte sie den Kopf auf seine Knie gelegt? Sie rückte von ihm ab.

»Oder dass noch viel dran rumgefeilt werden muss«, sagte Laurin unglücklich. »Oje.« Er klappte das Wachstafelbüchlein zu.

Ein Gedanke stieg in Valeria auf, der so unglaublich war, dass sie ihn zuerst gar nicht zu Ende dachte. Das konnte er nicht gewagt haben! Ihr Körper reagierte wie üblich noch schneller als ihr Geist. Sie schnappte sich das Büchlein und riss es Laurin förmlich aus der Hand.

»Nein!« Laurin schrie erschrocken auf. »Gib es mir wieder! Sofort!«

Er fasste danach. Valeria wehrte seine Hand ab. Er versuchte, ihr Handgelenk zu packen.

»Aua«, nuschelte er ein paar Augenblicke später, den Mund voller altem Laub und Gras. »Bitte. Nicht schon wieder.«

»Probier das nicht noch mal«, warnte sie ihn, nahm ihr Knie von seinem Rücken und ließ den Arm, den sie ihm nach hinten gedreht hatte, los. Laurin wälzte sich auf den Rücken.

»Bitte. Gib es mir zurück.«

»Warum soll ich nicht reinschauen?«

»Ich habe … das sind noch Notizen für weitere Verse, die nicht gut genug sind …«

»Was du mir gerade vorgelesen hast, war auch nicht gut genug.«

Valeria klappte das Büchlein auf. Da waren die ersten Verse – auf Täfelchen eins und zwei. Die mit Ruß eingefärbte Mischung aus Bienenwachs und Harz konservierte die eingeritzten Buchstaben hervorragend, man musste die Täfelchen schon auf einen erhitzten Stein legen und das weich gewordene Wachs mit einem Spatel glätten, um sie auszulöschen. Röter als die Rose, weißer als die Lilie … lass mich nicht sterben, Venus … da waren all die Verse, die zu Valeria gesprochen hatten. Sie blinzelte. Auf einmal wollte sie nicht weiterblättern, weil ihr Verdacht nicht zur Gewissheit werden sollte. Sie tat es dennoch.

Sie las die neuen Zeilen. Sie klappte die Täfelchen zurück und verglich. Es dauerte nur Sekunden. Valeria kam es vor, als stünde die Zeit still. Sie fühlte sich hintergangen, betrogen, ausgenutzt. Was noch schlimmer war: Sie fühlte sich, als habe sie gerade etwas sehr Wertvolles verloren.

Sie ließ das Wachstäfelchenbuch sinken und begegnete Laurins waidwundem Blick. »Ich kann das erklären«, flüsterte er.

»Unverkennbar ist das, was du heute gelesen hast, von dir«, sagte sie. Ihre Stimme klang zu ihrem eigenen Erstaunen ganz ruhig. »Von wem sind die Sachen, die gut sind?«

Laurin zuckte zusammen wie unter einem Schlag. »Ich hätte einfach nur länger daran rumfeilen müssen …«, murmelte er.

Valeria ignorierte die Aussagen. »Sind sie von ihm?«

»Ich hab das alles selbst geschrieben …«

»Mit zwei verschiedenen Handschriften?«

»Das sieht nur so aus. Das Wachs auf den hinteren Täfelchen ist von anderer Konsistenz … Und der Griffel hat Schwierigkeiten gemacht … und außerdem …«

»Die guten Verse sind von Walther«, stellte sie fest. »Der einzige andere Dichter in unserer Gruppe ist Otto, und der würde so etwas nicht machen.«

»Nein, Valeria, du irrst dich …!«

»Du hättest Walthers Verse auswendig lernen, dann seinen Eintrag aus dem Wachs löschen und ihn mit deiner eigenen Handschrift nachschreiben können. Dann hätte ich mich zwar über die nachlassende Qualität gewundert, aber ich hätte nicht gemerkt, was du hier mit Walthers Hilfe abgezogen hast. Doch du warst entweder zu faul oder zu blöd dazu.«

»Bitte, Valeria, es ist ganz anders, als es aussieht …«

»Wusste Walther, was du mit seinen Versen machst? Natürlich wusste er es. Zwei Trickser vor dem Herrn! War es seine Idee oder deine?« Plötzlich schäumte der Zorn so sehr in ihr hoch, dass sie regelrecht an sich halten musste, um nicht über Laurin herzufallen, ihn zu schlagen, ihm das Gesicht zu zerkratzen, ihm die Finger zu brechen und die Zähne einzuschlagen. Sie klappte das Wachstäfelchen auf und zerbrach es mit einem lauten Schrei über dem Knie. Die Metallscharniere platzten ab. Das harte Wachs zerbrach und flog in Stücken davon, Stücke, auf denen wundervolle Poesie stand, und andere Stücke mit eingekritzeltem Schund. Sie sprang auf die Beine, warf die Reste des Büchleins auf den Boden und trampelte darauf herum.

Laurin hatte versucht, sie daran zu hindern, hatte es aber nicht gewagt. Er saß auf dem Boden vor ihr und blickte schockiert zu ihr hoch. »Valeria …«

»Hau ab«, keuchte sie. »Hau ab und lauf. Irgendwohin. Dorthin, wo ich dich nie wieder anschauen muss. Hau ab, sonst töte ich dich.«

Sie sah ihn totenbleich werden. Sie hatte es nicht nur so dahingesagt. In diesem Augenblick war es die Wahrheit – sie fühlte sich imstande, ihn zu töten. Und Walther, der diesen Betrug mitgemacht oder vielleicht sogar erfunden hatte … Walther würde auf jeden Fall sterben. Hatte sie sich gefragt, ob er überhaupt imstande war, jemandem etwas Böses anzutun? Jetzt hatte sie die Antwort.

»Walther weiß nichts davon«, sagte Laurin. »Ich habe ihm die Täfelchen entwendet, ohne dass er es merkte, um dir vorzulesen. Ja, heute Morgen habe ich selbst gedichtet, weil Walther keine neuen Zeilen geschrieben hat. Als er sie schrieb, habe ich ihn belauscht …«

»Hau ab«, sagte Valeria tonlos. Sie ballte die Fäuste.

»Erschlag mich nachher, Valeria, aber hör mir noch einen Augenblick zu. Ja, ich habe Walthers Zeilen benutzt, um dein Herz zu erobern. Wenn mir ein anderer Weg eingefallen wäre, wäre ich ihn gerne gegangen. Du bist in meinem Herzen, in meiner Seele, unter meiner Haut. Wenn ich atme, atme ich deinen Namen.«

»Hau ab, Laurin. Lauf, so weit du kannst …«

»Ich habe Walthers Zeilen deshalb verwendet, weil ich wusste, dass ich nie so wie er das schreiben kann, was ich empfinde. Dass ich nie das Gefühl der großen, einzigen Liebe mit Worten festhalten kann, so wie er es in diesen Versen getan hat.«

Gegen ihren Willen ging Valeria darauf ein, indem sie hervorstieß: »Willst du mir sagen, Walther hat das aus Liebe für mich geschrieben?«

Laurin schüttelte den Kopf. »Ich habe ihn belauscht, als er die Verse schrieb. Es sind die ersten Liebesverse, die ich ihn je habe neu schreiben sehen, weil er mit der Liebesdichtung aufgehört hat, lange bevor ich zu ihm kam. Ich dachte, vielleicht lerne ich was, wenn ich ihm zuschaue, wie er es vollbringt. Aber alles, was ich gesehen habe, war ein Mann, der nachdachte und schrieb und lächelte und immer wieder einen Namen flüsterte.«

»Welchen Namen?«

»Eirene.«

»Wer?«

»König Philipps Frau. Die Byzantinerin. Sie starb vor zwanzig Jahren. Walther hat mir ein bisschen was über sie erzählt, aber nicht, dass er sie … dass er sie geliebt hat.« Laurin kam auf die Beine und blieb vor Valeria stehen, die Arme an den Seiten herabhängend. »Also – jetzt erschlag mich oder erdrossle mich oder töte mich mit deinen Blicken. Ich habe es verdient. Aber Walther ist unschuldig.«

Valeria war sicher, dass Laurin in einem Punkt log. Alles andere hörte sich glaubwürdig an, nur nicht die Sache mit den entwendeten Täfelchen. Wenn Walther späte Liebesgedichte an eine tote Königin schrieb, dann würde er sie so aufbewahren, dass niemand darankam, selbst wenn er schlief. Weshalb verteidigten alle den alten Sänger, selbst wenn sie sich selbst dazu übler Taten bezichtigen mussten?

»Geh mir aus den Augen«, befahl Valeria.

Laurin zögerte. Dann nickte er. Er drehte sich wortlos um und schlurfte davon.

Valeria stand reglos da und schaute ins Leere. Ihr wurde klar, dass sie für einen Moment bei Laurins Beichte gedacht hatte, er würde einen anderen Namen nennen. Den Namen, den Walther geflüstert hatte, als er seine Verse schrieb.

Sie hatte gedacht, er würde den Namen ihrer Mutter nennen.

Damit hätte sich so etwas wie ein Kreis geschlossen. Damit hätte sie einen Zipfel Verständnis erhaschen können, was ihre Mutter antrieb und warum sie, Valeria, letzten Endes hier war und einen Mordauftrag ausführen sollte.

Der Name, den Laurin stattdessen genannt hatte, brachte keine Erleuchtung. Er warf nur weitere Fragen auf. Königin Eirene, die Byzantinerin.

Beatrice de Courtenay hatte Valeria auf die Idee gebracht, als ihre Heimat Konstantinopel anzugeben, als sie ihr gesagt hatte, sie habe ein byzantinisches Aussehen.

Otto hatte gesagt, bei ihrem Anblick gedacht zu haben, er sähe einen Geist. Er war ausgewichen, als sie ihn gefragt hatte, wem sie denn so ähnlich sehe.

Sie erinnerte sich an Walthers Fassungslosigkeit, die ihn förmlich auf die Knie gezwungen hatte, als er Valeria im Papinbercer Dom zum ersten Mal begegnet war. Was hatte er später gesagt? Dass der Waise ihm die Liebe genommen habe? War diese Liebe Königin Eirene gewesen? Laurins Beichte ließ es vermuten.

Valeria hatte Walther gefragt, wem sie ähnlich sähe, da sie es aus Otto nicht herausgekriegt hatte. Er hatte nur gesagt: *Jeman-*

dem, den ich vor langer Zeit gekannt habe. Welcher Jemand hatte solche Macht über Walther, dass die Erinnerung, ausgelöst durch eine Ähnlichkeit der Gesichtszüge, den alten Sänger im Dom wie ein Blitzschlag getroffen hatte?

Königin Eirene, die Byzantinerin?

Und dieser Frau sollte Valeria ähnlich sehen?

Wie konnte das sein? Es gab keine Blutsbande, die sie mit Byzanz verbanden.

Plötzlich musste sie an einen geschliffenen Edelstein denken. Wenn man durch ihn hindurchschaute, verwandelte sich die Welt in voneinander getrennte und doch irgendwie miteinander verbundene Bruchstücke. Manche Dinge standen auf dem Kopf, andere waren verzerrt. So kam ihr die gesamte Situation vor. War es der Blick durch den Waisen, dem viele Protagonisten dieser Geschichte hinterherjagten, der dazu führte? Der Blick durch den Waisen würde alles, was man ansah, in roten Schimmer tauchen. Rot wie Blut.

Dann wurde ihren Sinnen, die in jahrelangem Training bis zur Perfektion geschärft worden waren, plötzlich bewusst, dass sie beobachtet wurde.

8.

In anderer Verfassung hätte Valeria wahrscheinlich versucht, den Beobachter zu umgehen und unauffällig in seinen Rücken zu gelangen. Doch so aufgewühlt, wie sie jetzt war, schritt sie nur schnurstracks in Richtung Waldrand, wo es die einzige Möglichkeit gab, aus einem Versteck heraus zu beobachten.

»Komm raus«, sagte sie. »Ich weiß, dass du da bist.« Sie hatte keine Ahnung, wer sich dort im Gebüsch verbarg, aber ihre Wut und ihr Gefühlsaufruhr machten sie zuversichtlich, dass sie mit jedem fertig werden würde, obwohl sie unbewaffnet war und Frauenkleider trug. Wenn der Beobachter sich ihr stellte, würde sie mit ihm kämpfen. Wenn er davonlief, würde sie ihn einholen. Ihre Muskeln spannten sich.

Links von ihr bewegte sich etwas. Eine dunkel gekleidete Gestalt richtete sich auf. Eine Hüterin! Eine ihrer Schwestern! Die Hüterin nahm das Tuch vom Gesicht. Es war Gordia.

Gordia verneigte sich. »Was hat mich verraten?«, fragte sie – und verstummte überrascht, als Valeria einer Anwandlung nachgab und die junge Frau umarmte.

»Was tust du hier?«, fragte Valeria dann. »Du solltest doch nach Hause reisen.«

»Die ehrwürdige Mutter hat mich mit hierher genommen. Ich bin ihr auf dem Rückweg begegnet.«

»Was? Meine Mutter? Wie konntest du ihr auf dem Rückweg …? Ist sie nach mir aufgebrochen? Hierher?« Als Valeria den besorgten Blick Gordias einfing, wurde ihr zweierlei klar: Ihre junge Mitschwester erlebte sie, die tüchtigste der Hüterinnen, zum ersten Mal wirklich fassungslos – und sie selbst verstand überhaupt nicht mehr, wie sich die Dinge entwickelt hatten.

Valeria riss sich zusammen. »Ich verstehe«, sagte sie. »Die Suche unseres Ordens nach dem Waisen findet hier wahrscheinlich ihr Ende. Es ist richtig, dass die ehrwürdige Mutter selbst mit dabei sein will.«

Gordia nickte zögernd. »Wir sind fast alle hier«, sagte sie dann. »Nur ganz wenige von uns sind in Rom zurückgeblieben. Wir sind als christliche Nonnen verkleidet gereist.«

»Wo seid ihr untergekommen?«

Gordia schenkte Valeria einen merkwürdigen Blick. »In deiner Heimat, Valeria«, sagte sie dann und schien es selbst nicht glauben zu können.

»In meiner Heimat? Unser Haus in Rom ist meine Heimat.«

»Valeria – wie es scheint, hat die ehrwürdige Mutter dir nicht alles gesagt. Es hat sich herausgestellt, dass sie die ehemalige Burgherrin von Burg Rehperc ist. Die Burg ist nicht weit von hier.«

Valeria hatte zum zweiten Mal an diesem Morgen das Gefühl, dass sie den Boden unter den Füßen verlor. »Ich dachte … ich habe immer gedacht … mein Vater wäre ein einfacher Ritter gewesen, der auf dem Kreuzzug …«

»Wir haben die Burg besetzt«, sagte Gordia unglücklich. »Mithilfe einer Gruppe von Halsabschneidern, die dort schon auf die ehrrwürdige Mutter gewartet haben.«

»Meine Mutter hat ihre eigene Burg besetzt!?«

»Valeria, bitte komm mit mir. Die ehrwürdige Mutter hat mehrere von uns überall in der Gegend postiert, um die Lage unter Kontrolle zu haben. Ich habe gehofft, dass ich mit dir Kontakt aufnehmen könnte. Ich verstehe einiges von dem, was hier vorgeht, nicht. Ich habe Angst. Was tun wir alle hier? Wieso war es nötig, die Burg zu besetzen? Wir wollen doch nur den Stein wieder zurückbekommen und in unsere Obhut nehmen. Aber es sieht aus, als würde sich die ehrwürdige Mutter für einen Feldzug rüsten. Gegen wen? Komm mit zurück, Valeria, und frag sie. Du bist ihre Tochter, sie wird dir offenbaren, was sie plant. Ich zweifle nicht an ihr, aber ich möchte gerne wissen, zu welchem Zweck wir uns wirklich hier befinden.«

Valeria fragte: »Denkst du allein so oder auch noch einige der anderen?«

»Soweit ich weiß, machen sich die anderen keine derartigen Gedanken. Sie befolgen die Anweisungen, wie es unser Gelübde verlangt.«

»Wenn ich zu meiner Mutter gehe, dann nur mit dem Waisen in der Hand«, sagte Valeria. »Außerdem kann ich jetzt die Gruppe nicht verlassen. Ich habe mir eine Ausrede ausgedacht, mit der ich es geschafft habe, dass sie mich mitgenommen und akzeptiert haben. Ich brauche nur zu warten, bis Walther von Burg Stoufen zurückkommt und den Waisen im Gepäck hat. Er glaubt zu wissen, wo er ihn finden kann. Vielleicht hält er ihn gerade in den Händen. Oder morgen. So groß ist die Burg ja nicht, dass die Suche danach Tage dauert.«

»Wird er ihn dir aushändigen?«

»Darüber denke ich nach, wenn ich sicher bin, dass er ihn hat«, log Valeria.

»Was denkt der Sänger, wo der Stein versteckt sein könnte?«

Valeria öffnete den Mund und schloss ihn wieder. Aus Gesprächsfetzen hatte sie sich zusammengereimt, dass die drei alten Recken vermuteten, das Versteck sei ein auf der Burg befindliches altes Musikinstrument. Welches es war und wo es sich befinden könnte, war ihr nicht klar geworden.

Sie teilte Gordia mit, was sie wusste. Und fühlte Schwindel, als sich ein Szenario in ihr entfaltete: Gordia, die Valerias Mutter Bericht erstattete; Valerias Mutter, die beschloss, dass diese Information reichte, um die Hüterinnen selbst erfolgreich in Stoufen nach dem Stein suchen zu lassen; der Befehl, der danach an Valeria ergehen würde: Töte Walther von der Vogelweide. Warte nicht, bis er den Stein hat. Töte ihn.

Töte ihn.

Und töte … wen noch?

Alle Mitwisser?

Otto von Herneberch.

Heinrich von Kalden.

Hatte Valeria nicht in Papinberc schon über diese Notwendigkeit nachgedacht? Was wäre, wenn sie nun die eindeutige Anweisung erhielt, es zu tun? Papinberc war erst vor vier Tagen gewesen. Und doch schien es eine Ewigkeit her, eine Ewigkeit, in der die Männer, deren Todesurteil im Raum schwebte, zu Mitmenschen geworden waren, zu Gefährten. Beinahe zu Freunden.

Beatrice de Courtenay.

Die Leibwächter.

Die Kammerfrau.

Laurin.

Laurin …

»Wenn ich das Versteck wüsste, wäre ich noch vor Walther in die Burg und hätte mir den Stein geholt«, sagte Valeria, und an Gordias Miene konnte sie erkennen, dass die gespielte Heftigkeit, mit der sie es gesagt hatte, ihre Mitschwester überzeugte. Gordia, ich hintergehe dich gerade und belüge dich, dachte sie entsetzt. Ich breche alle Gelübde, die mir mein ganzes Leben lang so wichtig waren.

»Sag meiner Mutter, dass ich den Stein bringe. Heute oder morgen.«

»Ja, Valeria.« Gordia wandte sich ab, dann drehte sie sich noch einmal um. »Wird das alles hier gut enden, Valeria?«

»Natürlich.« Valeria zwang sich ein zuversichtliches Lächeln ins Gesicht. »Was denkst du denn?«

Gordia nickte und verschwand im Unterholz.

Valeria schritt nachdenklich zu dem Baum zurück, unter dem sie mit Laurin gesessen hatte. Ihr Mantel lag noch dort auf dem Boden. Sie bückte sich, um ihn aufzuheben, da hörte sie Gordias Stimme hinter sich. Sie hörte sich noch angespannter an als zuvor. Einen wahnwitzigen Augenblick lang war Valeria überzeugt, Gordia habe den Auftrag, sie zu töten, und wolle ihn nun ausführen. So irre hat mich das Ganze schon gemacht, dachte sie, während sie herumwirbelte und der vermeintlichen Angreiferin sofort entgegentrat, den ganzen Körper gespannt für den Gegenangriff.

Gordia blieb stehen und starrte sie überrascht an. Sie war nicht allein. Sie führte jemanden vor sich her, dessen Arm sie auf den Rücken gedreht hatte und an dessen Kehle sie eine Messerklinge hielt. Ihr Opfer grinste verzerrt und winkte mit der freien Hand.

»Da bin ich wieder«, brachte er hervor. »Schön, eine Freundin von dir kennenzulernen. Habt ihr den gleichen Ausbilder gehabt?«

»Der Narr hat uns belauscht«, sagte Gordia. »Er gehört zu deiner Reisegruppe, oder?«

Valeria entspannte sich wieder – und dachte zugleich, dass die Lage sich nochmals verkompliziert hatte. »Du bist ein Idiot, Laurin«, sagte sie.

»Er hat wahrscheinlich alles gehört«, sagte Valerias Freundin – oder sollte Laurin besser sagen: Komplizin? »Wir sollten ihn töten.«

Die beiden jungen Frauen hatten Laurin in die Deckung des Waldsaums gezogen und gezwungen, sich dort auf den Boden zu knien. Valerias Freundin war so gekleidet, wie Valeria zu Anfang, und Laurins Schätzung nach ebenso schnell und kampferprobt. Zugleich war sie von exquisiter Schönheit, beinahe so schön wie Valeria. Die Situation, dass zwei der schönsten Frauen, die er je gesehen hatte, darüber diskutierten, ihm das Lebenslicht auszublasen, war so bizarr, dass er nicht einmal Angst empfand. Er fragte sich, was hier vorging, und fand nicht einmal ansatzweise eine Antwort. Begriffen hatte er nur, dass sich alles um den Stein drehte und dass Walther irgendwie in den Mittelpunkt der Ereignisse geraten war. Und er, Laurin, mit ihm. Was er daneben fühlte, war unendliche Scham, wenn er auch nur versuchte, Valeria in die Augen zu blicken.

»Ja, das sollten wir«, sagte Valeria. »Es gäbe viele Gründe dafür.«

Laurin schluckte nun doch. »Valeria …«, krächzte er.

»Wenn du deinen Reisegefährten Frieden für den Weg versprochen hast, tue ich es«, sagte Gordia. »Dann brauchst du deine Zusage nicht zu brechen.«

»Gordia, in der echten Welt geht es etwas weniger formal zu«, sagte Valeria, ohne Laurin aus den Augen zu lassen. Er gab ihren Blick hilflos zurück und dachte daran, wie rettungslos er in sie verliebt war. Sie würde ihn nicht umbringen! Oder zulassen, dass Gordia es tat. Dann fiel ihm wieder ein, wie fies er sie zweimal mit Walthers Poesie betrogen hatte, und dass sie ihm vorhin schon einmal sehr überzeugend angekündigt hatte, ihm den Hals umzudrehen. »Man findet sich zu einer Reisegruppe zusammen und geht einfach davon aus, dass man zusammenhält und sich nicht gegenseitig ins Verderben führt.«

»Wir sollten ihn trotzdem töten. Er darf mit niemandem über das sprechen, was er gehört hat.«

Valeria nickte. »Du hast recht.«

»Ich habe gar nichts gehört«, sagte Laurin hastig. »Schon gar nicht das mit den Hüterinnen und dem Waisen.«

»Gib mir deinen Dolch«, sagte Valeria.

Gordia packte Laurin mit der freien Hand an den Haaren, zog seinen Kopf nach hinten und stellte ihm gleichzeitig einen Fuß in die Kniekehle, damit er sich nicht freimachen konnte. Die Messerklinge löste sich von seinem Hals, als sie die Waffe Valeria übergab. Er begann krampfhaft zu atmen. »Valeria«, gurgelte er. »Ich wollte das alles nicht. Ich wollte dich nicht verletzen. Ich wollte doch nur beweisen, was ich für dich …«

»Halt den Mund«, fuhr ihn Valeria an.

»Wovon redet er?«, fragte Gordia.

»Dummes Geschwätz eines Narren«, versetzte Valeria.

Laurin schielte Valeria an. Er sah das Messer sich seinem Hals nähern. Dann spürte er die Kühle des Stahls seine Haut berühren.

»O mein Gott, Valeria«, sagte er.

Das Messer glitt seine Kehle hinab, ohne ihn zu verletzen. Er spürte es über den Stoff seines Hemds wandern, in den Halsausschnitt seiner Tunika hinein, dann über seine Brust, seinen Bauch, seine Mitte. Dort erhöhte sich plötzlich der Druck der Klinge.

Wollte sie ihm das Messer in den Bauch rammen? Ihn aufschlitzen? War ihre Wut auf ihn so groß, dass sie ihn verrecken lassen wollte, während er seine herausquellenden Eingeweide festhielt? Ein Geräusch löste sich aus seiner Kehle. Er biss die Zähne zusammen. Sie hatte ihn einen Narren, einen Idioten, einen Betrüger geschimpft, sie hatte ihn als erbärmlich bezeichnet. Sie sollte ihn wenigstens nicht einen Feigling nennen können. Schweiß brach ihm am ganzen Körper aus.

Er spürte, wie sich der Gürtel um seine Mitte plötzlich löste und auf den Boden fiel. Sie hatte ihn mit der Messerklinge geöffnet. Dann trat sie um ihn herum und schnitt die Lederbänder, mit denen seine kniehohen weichen Stiefel oben zusammengebunden waren, durch.

»Gordia, lass ihn aufstehen.«

»Was hast du vor, Valeria?«

»Lass ihn aufstehen und sichere ihn.«

Gordia zerrte Laurin auf die Beine. Eine Hand war immer noch in sein Haar verkrallt. Sie drehte ihm wieder einen Arm auf den Rücken. Laurins Herz schlug wie verrückt.

»Streck den freien Arm aus, Laurin.«

Er wollte protestieren, aber er hatte den Eindruck, dass es ohnehin nichts nützte. Er befolgte die Anweisung. Das Messer schob sich unter den Ärmel der Tunika, fand die Naht und trennte sie mit einem langen, schnellen Schnitt bis zur Schulter auf. Das Messer musste ungeheuer scharf sein. Der Ärmel klaffte auf und baumelte an Laurins Arm herab. Zwei Rucke, und er war an der Schulternaht abgerissen.

»Leg beide Hände auf den Rücken.«

Gordia hielt seine Hände zusammen. Die Lederbänder, die seine Stiefel gehalten hatten, fesselten seine Handgelenke.

»Zieh die Stiefel aus.«

Laurin schlüpfte unbeholfen unter Zuhilfenahme seines jeweils anderen Fußes aus den Lederröhren.

»Was soll das werden, Valeria?«, fragte Gordia.

»Wir fesseln seine Beine mit dem Gürtel, knebeln ihn mit dem abgeschnittenen Ärmel und legen ihn hier irgendwo im Gebüsch ab.«

»Es wäre sicherer, ihn zu töten«, murmelte Gordia. Laurin begann, große Abneigung gegen sie zu empfinden.

»Es ist sicher genug. Vertrau mir, Gordia. Und – bitte erzähl meiner Mutter nichts von ihm.«

»Du bittest mich, mein Gelübde zu brechen?«

»Ich bitte dich lediglich, mir zu helfen, kein unnötiges Blut zu vergießen.«

Schließlich lag Laurin in dichtem Unterholz, die Beine an

einen jungen Baum gefesselt, so dass er noch nicht einmal wegrobben konnte, die Hände auf dem Rücken verschnürt und seinen eigenen Ärmel als Knebel um den Kopf gebunden.

»Mmmmmh!«, machte er und wand sich. Nun, da die Lebensgefahr für ihn vorüber war, erinnerte er sich daran, wie oft Walthers Name in der Unterhaltung der beiden Frauen gefallen war, und er bekam Angst um seinen alten Mentor. Aber alles, was er herausbrachte, war »Mmmmmmh!«.

Valeria und Gordia ließen ihn zurück. Nach einigem vergeblichen Aufbäumen lag er still. Wie hatte er nur in diese Situation geraten können? Was war überhaupt die Situation? Er verstand überhaupt nichts mehr, nur, dass er in einer extrem unangenehmen Lage steckte. Fehlte nur noch, dass irgendwelche wilden Tiere ihn aufstöberten und an ihm zu fressen begannen.

Etwas tickte schrill über ihm. Er stierte nach oben. Auf den Zweigen des Baums turnte eine Meise herum. Sie hob die Bürzelfedern und ließ einen Klecks fallen. Der Klecks traf Laurin auf die Stirn.

»MMMMMH!«, machte er und zappelte wie ein Fisch. Die Meise flog davon.

Laurin ging nicht davon aus, dass sie Rettung herbeiholte.

10.

Die Kapelle auf Burg Stoufen war ein kleiner Raum, der vom Wohngeschoss mit einer Steinmauer abgetrennt war und mit einer Holztür verschlossen werden konnte. Burgvogt Conrad hatte ihn, nachdem alle Missverständnisse ausgeräumt waren und sein Vater ihn überzeugt hatte, dass man den alten Recken trauen konnte, für ein Gespräch unter vier Augenpaaren zur Verfügung gestellt.

Bischof Gerold lauschte Walthers zum zweiten Mal vorgetragener Erklärung aller Ereignisse stumm. Dann nickte er langsam.

»Heinrich, hast du das gewusst?«

»Nein. Das haben die zwei Sängerknaben für sich behalten.« Heinrich grinste.

Gerold erwiderte das Lächeln nicht. »Warum?«, fragte er dann Walther.

»Wie hätte ich euch das alles beichten sollen? Ich hätte Otto nicht von meiner Liebe zu Eirene berichtet, wenn er nicht von allein draufgekommen wäre …«

»Das meinte ich nicht. Ich meinte: Warum bist du neulich aus Freisingen weggeritten, ohne ein Wort?«

Walther stockte überrascht.

»Du machst den gleichen Fehler immer wieder, Walther. Du glaubst nicht, dass deine Freunde für dich Verständnis haben. Du glaubst nicht, dass du unserer Freundschaft wert bist.«

»Ich wollte dich nicht mithineinziehen, als ich sah, wie schwierig die Lage deines Bistums ist und wie viel Feindschaft dir entgegenschlug.«

»Vielleicht lässt du mich das nächste Mal gütigst selbst entscheiden, was gut oder was schlecht für mich ist?«

Walther senkte den Kopf. »Und … und was ist mit der Geschichte mit Eirene? Wie stehst du dazu?«

»Was hast du ihm auf diese Frage geantwortet, Heinrich?«

»Ich habe ihm gesagt, dass es eine Blödheit sondergleichen war, mich damals nicht einzuweihen, weil ich andernfalls nämlich versucht hätte, ihm und Otto beizustehen.«

»Wozu fragst du mich dann, Walther, wenn du meine Antwort schon von Heinrich kennst?«

»Lieber Gott, es ist nicht auszuhalten mit euch sentimentalen alten Säcken«, sagte Walther heiser, um seine Rührung zu verbergen.

»Was mich betrifft, ich bin nicht sentimental, das ist pure Dummheit«, sagte Gerold.

»Nicht, dass es uns überraschen würde«, sagte Heinrich. »Aber was bringt dich plötzlich zu dieser glorreichen Erkenntnis?«

Gerold ging nicht auf den Scherz ein. »Im Grunde genommen bin ich ganz froh, dass du einfach abgereist bist«, wandte er sich an Walther. »Wenn du in der Herberge übernachtet hättest, hätte Munibert dich aufgesucht.«

»Um mich mit seinem Drachenatem zu betäuben?«

»Nein, um dich mit einem scharf geschliffenen Beil zu Hackfleisch zu verarbeiten.«

Heinrich zischte.

Walther schüttelte überrascht den Kopf. »Er wollte mich töten?«

»Offensichtlich.«

»Der Kerl ist wahnsinnig!«

»Was hast du mit ihm gemacht, Gerold?«, fragte Heinrich.

»Gar nichts. Er ist spurlos aus Freisingen verschwunden.«

»Weiß er, dass Walther hier ist?«

»Ich weiß es nicht. Ich weiß nur, dass er es geschafft hat, einen meiner treuesten Knechte auf seine Seite zu ziehen. Der hat mit Sicherheit gehört, was ich mit Walther besprochen habe. Welchen Reim er sich darauf gemacht hat – keine Ahnung.«

»Wann ist er aus Freisingen verschwunden?«

»Ich nehme an, gleich nach dem missglückten Mordversuch. Am Guten Mittwoch.«

»Das ist neun Tage her. Genug Zeit, um fast alle südlichen Regionen des Reichs zu erreichen, wenn er ein Reittier hat. Auch Burg Stoufen.«

»Wir müssen die Augen offen halten«, sagte Gerold. Walther fragte sich, ob der Bischof damit einen Scherz versucht hatte. Der kurzsichtige Gerold konnte die Augen noch so weit offen halten, er würde kaum erkennen, wer sich ein paar Mannslängen entfernt von ihm aufhielt.

Gerold war nach seiner Warnung schon beim nächsten Thema angekommen. »Also – wo ist deiner Meinung nach der Waise versteckt?«

Walther versuchte, die Gedanken an Munibert beiseitezuschieben. Im Grund war der übergeschnappte Pfarrer nur eine von mehreren Bedrohungen, aber wie damals fühlte Walther auch jetzt wieder eine beinahe abergläubische Beklommenheit, die sich mit dem Mann verband. Er konzentrierte sich auf die Aufgabe, die vor ihnen lag. »In meiner alten Laute, die Otto damals hier deponiert hat.«

»Dann gehen wir sie mal suchen. Otto, wenn du derjenige warst, der sie hierher gebracht hat: Wo hast du sie damals gelassen?«

»Auf dem Trockenboden.«

Sie fanden die Laute auf dem Trockenboden unter dem steilen Walmdach des Palas. In einer Ecke lag verschiedenes Gerümpel in Truhen und Säcken verstaut. Walther erkannte den Beutel, in dem er das Musikinstrument verstaut hatte, obwohl eine dicke Staubschicht darauflag. Er blies sie weg, so gut er konnte. Dann streckte er entschlossen die Hände aus, zerrte die Laute aus dem Haufen heraus, nestelte das Verschlussband auf und … und …

In Wahrheit tat er nichts dergleichen. Er wollte, aber seine Arme gehorchten ihm nicht. Nachdem er den Staub entfernt hatte, stand er vorgebeugt da, starrte den Beutel an und zitterte innerlich.

»Alles in Ordnung, Walther?«, fragte Otto.

»Nein«, schnappte Walther. »Sehe ich so aus, als sei irgendwas in Ordnung?«

»Wenn der Stein dort drin ist, dann ist die Suche zu Ende«, sagte Gerold nüchtern. »Ist er nicht drin, treten wir alle vier dem Kaiser gegenüber und sagen ihm, dass das Ding vermutlich in der Hölle ist, wo es vielleicht auch hingehört. So oder so – du hast es dann hinter dir.«

»Darum geht es gar nicht«, sagte Walther rau. »Es geht darum, dass ich, wenn ich das Ding anfasse, all die Bilder wieder vor mir sehen werde, die ich zwanzig Jahre lang versucht habe, nicht zu sehen.«

»Warst du erfolgreich dabei?«

»Nein, verdammt!«

»Was kann dann noch schlimmer werden?«

Walther wandte sich um und sah Gerold mit offenem Mund an.

»Er hat recht«, sagte Otto sanft. »Tu es.«

Mit bebenden Händen zerrte Walther den Beutel heraus. Staub wallte auf und brachte die vier Männer zum Husten. Walther stellte den Beutel auf den Boden. Er vernahm den hohlen Klang, mit dem der Klangkörper der Laute auf den Stoß reagierte. Er wünschte sich von Herzen, er müsste sie nicht auspacken und anfassen.

Aber er tat es. Er löste das Verschlussband und zog den Beutel an der Öffnung auseinander. Weiterer Staub stieg hoch. Drinnen im Sack fingen polierte Holzteile, die Metallbeschläge und die Schafsdarmsaiten einen Lichtschimmer ein und reflektierten ihn schwach. Aus dem Sack stieg muffiger, modriger Ledergeruch auf.

»Heiliger Johannes, steh mir bei«, murmelte Walther. Er fasste in den Sack, bekam den Hals der Laute zu fassen und zog sie heraus.

Die anderen sagten nichts. Walther hielt das Instrument am ausgestreckten Arm und wappnete sich für den Gefühlssturm, den er befürchtete.

Doch es geschah – nichts. Er starrte die Laute an und fühlte – nichts. Das Zittern in seinem Inneren verebbte. Das honigfarbene Holz. Das Wappen in Gold- und Silberblech auf dem Korpus: der Vogel im Käfig. Die Laute hatte ihre Zeit gehabt. Sie war vorbei. Sie war ein Artefakt. Was immer Walther noch beschieden sein mochte, die Laute würde kein Teil mehr davon sein.

Auf einmal wollte er leben. Er wollte diese Geschichte hier überleben! Und dann eine neue Laute in Auftrag geben. Und so lange er es noch konnte, durch die Lande ziehen wie damals, nur denen verpflichtet, denen sein Herz und seine Treue gehörten, unbeschwert von Besitz, tragischen Erinnerungen und lähmender Trauer. Er schluckte und atmete schwer. Er hatte gedacht, die zwanzig Jahre lebendigen Totseins wären vorüber gewesen, als er von seinem Gutshof weggeritten war. Jetzt erkannte er, dass diese Episode erst jetzt wirklich ihren Abschluss fand. Die Laute war alt und wunderschön und vermutlich nicht mehr bespielbar, ein herrlich anzusehendes Wrack – und es machte ihm nicht das Geringste aus.

»Ich brauche ein Messer«, sagte er.

Otto fiel ihm in den Arm. »Bitte«, sagte er. »Was immer du für die Laute fühlst – und ungeachtet dessen, dass sie wahrscheinlich ohnehin ruiniert ist durch das lange Liegen in Hitze und Kälte – zerstör sie nicht, ich bitte dich. Sie ist ein Kunstwerk.«

Keine Angst, dachte Walther. Dafür hasse ich sie nicht genug. Auf der Quinterne habe ich Philipps und Eirenes Totenlied gedichtet. Die Laute ist unschuldig.

»Ich brauche ein Messer«, sagte er.

Drei Arme streckten sich ihm entgegen. Einer gehörte Heinrich von Kalden; auf seiner Handfläche lag sein kleines, leicht rostfleckiges Alltagsmesser. Die anderen beiden gehörten Gerold von Waldeck; auf beiden Handflächen lag je ein wunderbar gearbeiteter, leicht gekrümmter sarazenischer Dolch.

Heinrich schenkte Gerold ein Augenrollen und ein Grunzen. Gerold zuckte mit den Schultern.

Walther lächelte und nahm einen der Dolche. Dann schnitt er die Saiten über dem Schallloch damit durch. Saiten waren ersetzbar, wenn man wollte. Der Laute an sich war dadurch nichts geschehen. Walther nahm nun das kleine Messer von Heinrich und fuhr mit der Spitze am Rand der Rosette entlang, die in das Schallloch geklebt war. Es war die letzte Bestätigung, wenn es überhaupt noch einer bedurft hätte, dass jemand sich an der Laute zu schaffen gemacht hatte: Die Rosette löste sich ganz leicht. Sie war nur an wenigen Punkten wieder angeleimt worden, nachdem jemand sie entfernt hatte, und die waren im Lauf der Jahre auch noch ausgetrocknet.

Er hob die Rosette heraus und legte sie sanft neben sich auf den Boden.

Die anderen schauten ihn an. Walther fühlte eine Leichtigkeit, die er schon lange nicht mehr empfunden hatte.

»Soll ich?«, fragte er.

»Lass dir ruhig Zeit«, erwiderte Gerold.

Walther griff in das Schallloch, wissend, dass er gleich etwas berühren würde, was Eirene in der Hand gehabt hatte, kurz bevor sie gestorben war. Er ertastete einen Lederbeutel, in dem sich etwas Hartes befand. Der Lederbeutel war auf der Unterseite der Decke des Korpus angeleimt. Es war nicht schwer, ihn zu lösen. Walther fischte ihn mit spitzen Fingern heraus und legte ihn neben die Rosette. Das Leder war alt und brüchig und an der Stelle, an der es verleimt gewesen war, gebrochen. Etwas Rotschimmerndes war durch den Riss zu sehen. Sie betrachteten den Lederbeutel allesamt reglos.

»Von allein kommt das Ding wohl nicht raus«, sagte Walther schließlich.

»Kaum anzunehmen«, sagte Otto.

Gerold beugte sich vor, damit er den Beutel scharf sehen konnte. Er schüttelte seufzend den Kopf. *»Lapidi sacra fames«*, sagte er. »Was hast du alles angerichtet, verdammtes Ding.«

»Wir hätten den Stein besser an der tiefsten Stelle des Rheins versenken sollen, statt ihn Philipp zu bringen«, sagte Otto.

»Machst du den Beutel jetzt auf, oder was?«, fragte Heinrich.

Auch das Zugband, das den Beutel verschloss, war brüchig. Es riss ab, als Walter daran zerrte, aber der Beutel öffnete sich auch so. Walther schüttelte ihn vorsichtig. Er wollte den Stein nicht berühren.

Der Waise fiel heraus.

»Als wenn die strahlende Weiße von Schnee in das klare Rot von Wein eingedrungen wäre«, sagte Otto nach einigen Herzschlägen der Stille.

»Es ist nur ein ziemlich großer, blassroter, verdammter Stein«, sagte Heinrich.

»Es ist die zu einem Juwel gewordene Träne der Gottesmutter Maria«, sagte Gerold und breitete, als Heinrich ihn anstarrte, die Arme aus. »Was willst du? Ich bin Bischof, mein Lieber!«

Der Stein lag auf dem Holzboden, schwach funkelnd im Licht, das in ruhig stehenden Bahnen den Trockenboden erleuchtete. Staub tanzte in den Lichtbahnen und verwandelte den Speicher in eine Kathedale, deren Säulen substanzloser Schimmer waren. Es ist nur ein Edelstein, sagte sich Walther. Er hat keine Macht außer der, die wir ihm zubilligen. Er kann nichts. Er ist allenfalls ein Symbol dafür, was sein Träger kann. Er. Ist. Nur. Ein. Stein.

Nur ein Stein, der lediglich die Macht besaß, die die Menschen ihm verliehen, aber es war eine Macht, die mit dem Tod verbunden war. Die Geschichte, die sich um ihn rankte, war eine Legende, aber auch sie war mit Blut verbunden – dem Blut des geschundenen Heilands am Kreuze.

»Ich werde ihn Friedrich nicht aushändigen«, sagte Walther.

»Was?« Gerolds Kopf ruckte herum.

»Bist du verrückt?«, rief Heinrich.

»Ich hab mir schon so was gedacht«, sagte Otto.

Walther blickte in die Runde seiner Freunde. »Es war schön, noch einmal mit euch durch das Land zu ziehen«, sagte er mit belegter Stimme. »Aber geht jetzt nach Hause. Ich hätte euch gar nicht erst in diese Geschichte mithineinziehen sollen. Geht nach Hause. Ihr habt mehr für mich getan, als ich erwarten durfte. Ich gehe meinen Gang zu Friedrich, und wenn er mich verurteilt, dann werde ich auch nach Hause gehen, dorthin, wo ich dann auf euch warten werde, an einem Tisch mit Philipp und Eirene sitzend.«

»Und was willst du mit dem Stein machen?«, fragte Heinrich fassungslos.

Walther schob ihn mit spitzen Fingern zurück in den Beutel, dann ließ er den Beutel durch das Schallloch ins Innere der Laute fallen, drückte die Rosette im Schallloch fest und steckte die Laute zurück in den Beutel. »Da ist noch Platz für ein paar Steine drin«, sagte er. Er wog den Beutel in der Hand, dann stand er auf. »Tust du es noch einmal für mich, Saladin?«, fragte er. »Nimm du meine Laute und bring den Stein an einen sicheren Ort?«

»Welcher wäre das?«

»Die tiefste Stelle des Rheins.«

11.

Anna von Rehperc lauschte dem Bericht Gordias. Sie nickte, als die junge Frau geendet hatte. Eines war klar: Gordia hatte nicht alles erzählt. Irgendwie fehlte ein Teil in ihrer Geschichte. Anna konnte sich nicht denken, was Gordia verschwieg, aber es stand für sie fest, dass sie es tat. Ob Valeria sie dazu angestachelt hatte oder ob Gordia eigene Pläne hatte, ließ sich ebenfalls zunächst nicht feststellen. Möglicherweise war die junge Hüterin eine Anhängerin der von Anna ausgestochenen Fausta und glaubte, dass die Situation jetzt gerade günstig war, um Anna Steine in den Weg zu rollen. Jedenfalls konnte man ihr nicht mehr trauen. Anna würde etwas unternehmen müssen. Sie wusste auch schon, was.

»Walthers Gruppe besteht aus ihm, Otto von Herneberch, Heinrich von Kalden und zwei Leibwächtern?«, fragte sie nach.

»Und Ottos Gattin sowie deren Kammerfrau. Aber das sind nur meine auf die Schnelle gemachten Beobachtungen, ehrwürdige Mutter. Ich kann mich täuschen.«

»Soweit ich weiß, war bisher auf deine Beobachtungen immer Verlass.«

»Danke, ehrwürdige Mutter.«

»Glaubst du, dass Valeria in Gefahr sein könnte, wenn sie versucht, Walther den Stein abzunehmen? Es stehen fünf Männer gegen sie.«

»Drei davon sind nicht mehr die Jüngsten, und die Leibwächter taugen sicher nur zum Kindererschrecken.«

»Ich will nichts riskieren. Valeria ist meine Tochter. Wenn ihr etwas zustößt, weil wir leichtsinnig waren … nein, ich halte es für besser, wir sorgen schon vorab für ihre Sicherheit. Hol die anderen Hüterinnen. Und nacher will ich mit Aldo sprechen.«

Als die jungen Frauen in der Kemenate versammelt waren, legte Anna ihnen den Plan dar. Er war einfach. Sie würden so nah an das Dorf, in dem Walther und seine Gruppe untergekommen waren, heranreiten wie möglich, dann würden sie sich anschleichen und mithilfe Gordias, die den Ort kannte, in das Quartier eindringen und gefangen nehmen, wer immer sich darin aufhielt. Wenn Walther und die anderen schon wieder dort waren – und Walther den Stein hatte –, umso besser. Wenn nicht, würden sie dort warten, bis die drei alten Haudegen arglos zurückkehrten. Dann würden sie die ganze Gruppe nach Rehperc verschleppen, wo sie vollkommen in Annas Gewalt war.

Walther würde erfahren, wer Valeria wirklich war. Er würde ihr mit diesem Wissen in die Augen blicken müssen, wenn sie ihn tötete. Valeria würde schnell und effizient sein. Sie würde Walther nicht leiden lassen. Es kam nicht darauf an, dass er litt. Es kam nur darauf an, dass er starb.

Danach würden die Hüterinnen abreisen, mit dem Versprechen an die anderen Gefangenen, dass man sie freilassen würde, sobald Annas Truppe genügend Vorsprung gewonnen hatte. Aldo und seine Männer würden zurückbleiben und sie bewachen. Und sie alle zum gegebenen Zeitpunkt töten. Auf diese Weise würden die römischen Galgenvögel doch noch die Aufgabe erfüllen, derentwegen Anna sie angeheuert hatte. Diesen letzten Teil verschwieg Anna ihren Kämpferinnen.

Gut. Mit ganz winzigen Korrekturen, die der Unkenntnis der tatsächlichen Lage vor Ort geschuldet waren und die ein guter Taktiker immer einrechnen musste, konnte Annas ursprünglicher Plan so ablaufen wie gewünscht. Es war richtig gewesen, Valeria mit ein paar Tagen Abstand hinterherzureisen.

Eine Stunde nach der Versammlung in der Kemenate brachen die Hüterinnen auf. Damit niemand von der Rehpercer Burgbesatzung die Chance nutzen und irgendwo Alarm schlagen konnte, wurden alle im Weinkeller der Burg eingesperrt. Zwei Hüterinnen blieben zurück, um eventuelle Besucher der Burg zu empfangen. Waren es Leute, die nirgendwo vermisst wurden, sollten sie auf der Burg festgehalten werden. Andernfalls sollten sie schon am Torbau mit dem Hinweis, dass eine Seuche ausgebrochen sei, abgeschreckt werden – doch das galt nur im Notfall. Anna kam es darauf an, so wenig Aufmerksamkeit wie möglich auf Rehperc zu lenken.

In ihre unauffällige Klosterschwesterntracht gekleidet, brachen die Frauen auf. Anna bemühte sich, ihre aufkeimende Ungeduld zu bezähmen. Sie hatte zwanzig Jahre lang auf die Gelegenheit gewartet, sich an Walther zu rächen und gleichzeitig die große Mission des Ordens, der ihr Zuhause geworden war, zu erfüllen. Sie würde ein paar Stunden länger warten können, jetzt, da das Ziel so nahe war. Aber ihr Herz brannte vor Verlangen, Walther seinen letzten röchelnden Atemzug tun zu hören.

Oder brannte es nur darauf, ihn nach all der Zeit wiederzusehen?

12.

Walther und die anderen drei kehrten schweigsam in ihr Quartier zurück. Sie hatten sich nicht einigen können, was danach geschehen sollte. Walther wollte, dass sie abreisten und er Friedrich allein gegenübertrat. Heinrich, Otto und Gerold hatten sich geweigert, der Bitte zu entsprechen. Es hatte keinen Streit gegeben, aber es gab auch nichts weiter dazu zu sagen. Walther war hin und her gerissen. Er wünschte sich, seine Freunde in Sicherheit zu wissen. Aber er wünschte sich auch, jemanden an seiner Seite zu haben, wenn er Friedrich den Stein verweigerte.

Das Dorf verfügte über eine kleine Kapelle. Vor ihr knieten nun, den grauen Habit staubig und die Köpfe gesenkt, eine

Handvoll Zisterzienserinnen, die offenbar auf dem Weg nach Stoufen waren oder von ihrem Mutterkloster zu einer Tochtergründung reisten. Zisterzienser waren viel unterwegs, um das immer weiter wachsende Netz ihrer Klöster auszubauen. Die Frauen beachteten die Männer nicht, als sie langsam an ihnen vorbeiritten.

Das Quartier der Gruppe war eine große, leere Halle, ganz offensichtlich von den Dörflern nur zu dem Zweck errichtet, Gäste aufzunehmen, die von der Burg hierher ausgelagert wurden. An den Längswänden waren Brennholz, grob geschnittene Bretter, Findlinge aus den Feldern und Heuhaufen gelagert, was wahrscheinlich vom Stoufener Burgvogt nicht so vorgesehen war, aber keinen kümmerte, solange sich niemand beklagte. Walther und die anderen kamen bis in die Mitte der geräumigen Halle, als Walther auf einmal auffiel, wie unnatürlich still Beatrice de Courtenay und ihre Kammerfrau an dem Tisch saßen, der die Halle möblierte, und dass die beiden Leibwächter nirgends zu sehen waren.

Der Gedanke war kaum zu Ende gedacht, als vom Eingang her das Knallen eines Riegels ertönte, der das Tor von innen versperrte. Die vier Männer fuhren herum.

Zwei Zisterzienserinnen standen beim Tor. Sie richteten gespannte Armbrüste auf sie. Walther drehte sich wieder um. Aus den Schatten traten vermummte Armbrustschützen hervor, darunter diejenigen, die vermutlich vorher auf Beatrice und ihre Bedienstete gezielt hatten. Heinrich und Gerold, die zwei ungleichen Kämpfer, stellten sich Rücken an Rücken. Beide zückten ihre Schwerter. Gerold hatte sogar zwei Klingen und kniff die Augen zusammen, um irgendein Ziel zu erkennen. Weitere Gestalten kamen zum Vorschein und zielten auf die beiden.

Walther hörte Otto etwas fragen und seine Frau antworten. Sein Französisch war schlecht, doch er wusste, dass sein Freund sich erkundigt hatte, ob Beatrice in Ordnung war, und diese bejaht hatte. Ihre Stimme hatte nur leicht gezittert. Was ihn selbst anging, hätte er gar nicht sagen können, was er fühlte.

Ihm war klar, dass die Angreifer Hüterinnen waren. Die Zeit machte einen Sprung, und er war wieder in der Köhlerhütte und redete mit der Anführerin der Frauen, die ihn damals überfallen hatten. Cyra hatte sie geheißen. Er nahm nicht an, dass sie auch diesmal den Überfall leitete. Die Situation war zugleich unwirklich und von zwingender, schockierender Realität. Neben einem Bretterstapel entdeckte Walther Ottos Leibwächter, die reglos auf dem Rücken lagen, jeder mit einem Armbrustbolzen in der Brust.

Alles war in völliger Lautlosigkeit geschehen, sah man von dem kurzen Austausch zwischen Otto und Beatrice und den Geräuschen ab, die die stummen Akteure dieser gespenstischen Szene verursachten – den schnellen Schritten der Angreiferinnen auf dem fest gestampften Boden, dem Knallen des Riegels, dem Wispern der aus den Scheiden gezogenen Schwerter, dem Rascheln von Gewand. Jetzt hing Schweigen im Inneren des Gebäudes und war lauter als alle Geräusche zuvor.

Walther hatte das Gefühl, dass es seine Aufgabe war, das Schweigen zu brechen.

»Irgendwer muss jetzt was sagen«, erklärte er. »Wie wäre es mit: Geld oder Leben?«

Jemand drängte sich zwischen zwei der vermummten Hüterinnen hindurch. Die Frau trug den Zisterzienserinnenhabit und die schwarze Mantille über dem weißen Gebende; aber vor ihrem Gesicht hing wie ein Brautschleier ein gesticktes Tuch, das ihre Züge verbarg. Erst als sie vor Walther anhielt, zog sie das Tuch herunter.

Walther starrte sie an. Er versuchte zu verstehen. Dann verstand er alles. Fast alles.

Die Frau nahm den Schleier ab und zerrte das Gebende nach hinten. Ihr üppiges Haar quoll hervor. Es war mit Grau durchsetzt.

»Erkennst du mich jetzt?«, fragte sie.

»Ich habe dich gleich erkannt«, sagte Walther. Sein Herz und seine Gedanken rasten. Er sah ihr in die Augen und sah den

Hass wieder, den er vor zwanzig Jahren gesehen hatte, als diese Augen ihn über eine gespannte Armbrust hinweg angeblickt hatten. Es gab nur eine einzige Frage für diesen Moment. »Warum, Anna?«, fragte er.

Anna von Rehperc schnaubte. Sie strich an Walther vorbei. Er drehte sich um und sah, wie sie auf Otto zuging. »Kennt Ihr mich noch, Herr von Herneberch?«, fragte sie.

Otto nickte. »Ihr habt Königin Eirene auf dem Gewissen.«

Heinrich keuchte überrascht und machte eine rasche Bewegung, als wolle er sein Schwert heben. Armbrüste richteten sich auf ihn. Walther sprang auf ihn zu und hielt seine Hand fest.

»Wenn er noch einen Finger rührt, erschießt ihn«, sagte Anna.

Walther stellte sich vor Heinrich, der mit den Kiefermuskeln mahlte. »Deine Gefährtinnen sollen die Waffen senken«, verlangte er. »Ich bin es doch, den du willst.«

»Wie rührend«, sagte Anna. »Und was verleitet dich zu dem Glauben, dass ich dich nicht tot sehen will? Egal, ob mit durchschnittener Kehle oder mit Bolzen gespickt?«

»Meine Freunde haben nichts damit zu tun.«

»*Womit* haben sie nichts zu tun, Walther?« Anna wirbelte plötzlich herum und zischte in Ottos Richtung: »Ist es das, woran Ihr Euch zwanzig Jahre lang erinnert habt, Herr von Herneberch? Dass ich Königin Eirene erschossen habe? Ich werde Euch etwas erzählen, das es auch wert gewesen wäre, erinnert zu werden. Aber davon hat niemand geredet, schon gar nicht Walther. Euer Freund! Und Eurer, Bischof Gerold. Und Eurer, Heinrich von Kalden. Ich kenne Euch alle. Ihr kennt mich nicht, denn Walther hat vermutlich nie über mich gesprochen. Habe ich recht?«

»Anna …«

»Jetzt ist es zu spät, Walther. Jetzt werde ich die Geschichte erzählen – den Teil, der dazu geführt hat, dass Herr Otto von Herneberch sich an mich nur als Königsmörderin erinnert! Der dazu geführt hat, dass ich meine eigene Burg besetzen musste, weil ich dort nicht mehr zu Hause bin! Der mich ein Gelübde hat ablegen lassen, das härter ist als jeder Schwur, den je eine Frau geleistet hat!«

Sie trat zurück. »Aber alles zu seiner Zeit. Wo ist Valeria?«

»Willst du mich auf den Arm nehmen, Anna?«, fragte Walther. »Du hast sie doch geschickt, oder?«

»Gordia?«

Eine der vermummten Hüterinnen trat vor. Walther, der sich in einer Art Schockzustand befand und dessen Sinne so angespannt waren wie die Armbrustsehnen, kam es so vor, als bewege sie sich nervös und unsicher. »Valeria logiert hier mit den anderen, ehrwürdige Mutter. Ich nehme an, sie hat die Abwesenheit der vier Männer genutzt, um die Umgebung zu sichern. Du kennst ihre Gründlichkeit, ehrwürdige Mutter.«

»Na gut. Du wartest hier, bis Valeria zurückkommt. Schick sie zur Burg. Dann wirst du mit Aldo und seinen Männern dafür sorgen, dass uns dieser Ort für einen Rückzug erhalten bleibt.«

»Einen Rückzug, ehrwürdige Mutter?«

»Hast du nicht gerade von Gründlichkeit gesprochen? Wer glaubst du, hat Valeria die ihre beigebracht?«

»Ja, ehrwürdige Mutter.«

»Aldo?«

Ein Mann, der bisher noch nicht in Erscheinung getreten war, kam aus der Deckung eines Stapels herbeigeeilt. Seine vierschrötige Erscheinung kennzeichnete ihn schon von Weitem als Galgenvogel. Er neigte vor Anna den Kopf. »*Reverenda madre*?«

»Hast du gehört, was ich Gordia aufgetragen habe?«

»Ja.«

»Gut. Gordia ist die Anführerin. Du gehorchst ihr in allem.«

»Ja.« Aldo wandte sich ab. Walther mit seinen immer noch vibrierenden Sinnen hatte das Gefühl, dass über das Gesagte hinaus eine weitere Kommunikation stattgefunden hatte, die er nicht entschlüsseln konnte. Aber es war nicht von Belang.

Von Belang war, dass er und die anderen es hilflos geschehen lassen mussten, dass die Hüterinnen ihnen alle Waffen und ihr

Gepäck abnahmen und sie auf einmal alle Gefangene waren. Walther und die drei alten Recken wurden durchsucht, ihre Messer, Dolche und Schwerter landeten auf einem Haufen. Walther musste den Beutel mit der Laute hergeben. Walther konnte sehen, wie die anderen den Atem anhielten, als eine der Hüterinnen hineinblickte. Auch Walther wurde kalt.

Das Instrument wurde herausgehoben. »Eine kaputte Laute, ehrwürdige Mutter.«

»Deine, Walther? Es ist dein Wappen drauf. Wem hast du alles damit vorgespielt?«

»Ich erinnere mich, dass ich dir darauf vorgespielt habe.«

»Nicht lange genug. Sie war dein wertvollster Besitz, stimmt's?«

»Stimmt.«

Anna nahm die Laute, steckte sie in den Sack zurück und legte ihn vorsichtig neben den Waffenhaufen. Walther wusste, was nun kommen würde. Er wappnete sich.

Anna schenkte ihm ein verzerrtes Lächeln, dann trat sie mit voller Wucht auf den Beutel. Walther hörte, wie die Laute zerbarst. Wenn die Saiten noch gespannt gewesen wären, hätte sie aufgeschrien. Doch ihr war bereits die Stimme genommen. Ihr Splittern war nur noch ein durch den Lederbeutel bis zur Nebensächlichkeit gedämpftes Geräusch.

Anna sah Walther ins Gesicht. »Das«, sagte sie, »war erst der Anfang. Los, zu den Pferden.«

Es gab eine weitere Schrecksekunde, als Anna die vorhandenen Pferde zählte. »Das hier ist Valerias Pferd«, sagte sie. »Mit ihm sind es zehn Gäule. Ich zähle aber nur acht Hintern, wenn ich die beiden toten Leibwächter mitrechne. Läuft noch irgendwer von euch frei herum?«

Die Hüterin namens Gordia wollte etwas sagen, doch Gerold fiel ihr ins Wort. »Ich habe ein Ersatzpferd«, knurrte er. »Schließlich bin ich ein Bischof, zum Teufel noch mal.«

Er zwinkerte Walther zu, als die Frauen sich an den Pferden zu schaffen machten. Anna hatte die Erklärung akzeptiert. Walther atmete auf. Er hatte keine Ahnung, welche Pläne Valeria verfolgte und wie ihre Loyalitäten nun lagen – vermutlich bei ihren Ordensschwestern –, aber Gerolds Geistesgegenwart hatte dafür gesorgt, dass die Existenz des einen Mitglieds von Walthers Gruppe, das der Festnahme entgangen war, weiterhin unbekannt blieb: Laurin.

Er fragte sich, was Gordia, die ihr Quartier anscheinend ausgekundschaftet hatte und Laurin gesehen haben musste, damit bezweckte, dass sie ihn verschwieg. Aber vielleicht waren die Loyalitäten doch nicht so klar, wie es auf den ersten Blick den Anschein hatte, und es gab Grund zur Hoffnung. Denn dass sie in der Klemme steckten, stand fest. Der eine Blick in Annas Augen hatte ihm gezeigt, dass sie ihn immer noch töten wollte. Nur würden diesmal alle seine Freunde, Beatrice de Courtenay und deren Kammerfrau ebenfalls sterben müssen, denn Anna würde keine Zeugen am Leben lassen – weder für den Mord an Walther noch für die Existenz der Hüterinnen noch für den Versuch, sich des Steins zu bemächtigen.

Dass die Hüterinnen nicht nur Walthers wegen hier waren, war offensichtlich. Anna lieferte den Beweis, als sie in Richtung zur Burg Rehperc aufbrachen. Zuvor hatte man sie genötigt, hinter jedem von ihnen eine der Hüterinnen aufsitzen zu lassen. Für einen arglosen Betrachter musste es so wirken, als habe eine Reisegruppe freundlicherweise einer Schar von Zisterzienserinnen angeboten, eine Strecke weit mitreiten zu dürfen. Ein argloser Beobachter konnte die Messer nicht sehen, die den Reitern, von den Falten der Kleidung verdeckt, an die Nieren gehalten wurden.

»Wo ist der Stein, Walther?«, fragte Anna.

»Er ist nicht auf Burg Stoufen.«

»Natürlich nicht.«

»Anna, bitte lass die anderen gehen.«

»Wo ist der Stein, Walther?«

»Ich habe ihn nicht.«

»Solltest du ihn morgen immer noch nicht haben, wird der erste deiner Freunde sterben.«

»Du willst uns doch sowieso alle umbringen«, sagte Walther.

»Richtig. Es kommt aber darauf an, wie.«

»Ich habe die Hüterinnen unter ihrer früheren Anführerin Cyra kennengelernt. Sie sind keine Mörderinnen, die jemanden zu Tode quälen, auch nicht, wenn du es ihnen befiehlst.«

»Ich weiß. Deshalb habe ich Aldo und seine Männer mitgebracht. Das sind Männer, die niemals jemanden schnell sterben lassen, wenn sie eine Gelegenheit zum Quälen haben.«

Sie ritten an der Gruppe betender Nonnen vorbei. Diese standen auf, bekreuzigten sich, dann schritten sie hinter den Reitern her – eine harmlos aussehende, absolut tödliche Nachhut.

»Du hast an alles gedacht, Anna.« Insgeheim dachte Walther: Nur nicht an Laurin. Gott, bitte schütze ihn, wo immer er sich versteckt hält. Um seinetwillen – und um unseretwillen. Er ist unsere einzige Chance.

»Ich hätte damals an alles denken sollen«, sagte Anna, »dann hätte ich dir ins Gesicht gespuckt.«

»Du hast mich aber geküsst.«

»Ich werde diesen Fehler nicht zweimal machen.«

13.

»Warum befreist du mich?«, fragte Laurin.

Valeria richtete sich auf und warf den Gürtel, der Laurins Beine gefesselt hatte, neben ihn auf den Boden. »Weiß ich nicht. Los, schnür deine Sachen, dann kehren wir zu den anderen zurück.«

»Und was passiert dann?«

»Dann schenke ich Walther reinen Wein ein.«

Laurin schwieg. Valeria hatte ihm das, was er von der Unterhaltung Valerias mit Gordia nicht verstanden hatte, erklärt, als sie seinen Knebel und die Fesseln gelöst hatte. Walther würde Valerias Beichte nicht gefallen. Schon gar nicht würde ihm Valerias Forderung gefallen, ihr den Waisen auszuhändigen. Ein Kaiser wartete schließlich darauf, dass Walther ihm den Stein aushändigte. Mittlerweile wünschte Laurin sich, der Stein läge immer noch dort, wo er wahrscheinlich herkam, nämlich tief unter einem Berg.

»Und dann?«

»Weiß ich nicht. Bist du endlich fertig?«

Sie liefen über die Felder zum Dorf zurück. »Liegt es an Walthers Versen, dass du mich befreit hast?«, keuchte Laurin.

»Nein.«

Er dachte nach. »Es kann nicht an meinen Versen liegen.«

Valeria blieb plötzlich stehen. »Hör zu, du riesengroßer Narr!«, stieß sie hervor. »Nein, es liegt nicht an deinen Versen. Sie sind jämmerlich im Vergleich zu Walthers. Sie wären auch im Vergleich zu jedem anderen Vers jämmerlich! Aber du hast sie für mich geschrieben, obwohl du wusstest, dass du keine Ahnung vom Dichten hast, und hast sie mir vorgetragen, obwohl du ahnen musstest, dass ich sie dir um die Ohren hauen und dir auf deinen Schwindel kommen würde. Und das Ganze schon zum zweiten Mal. Jetzt sag mir ehrlich und offen: Warum hast du das getan?«

»Ich würde es noch ein drittes Mal und viertes und fünftes Mal tun … so lange, bis du mir glaubst, dass ich dich liebe.«

»Ich soll dir glauben, dass du mich liebst, weil du mir erbärmliche Reime vorwirfst?«

»Jeder kämpft mit dem, was er hat, Valeria.«

Valeria beugte sich auf einmal nach vorn, packte Laurin am Halsausschnitt seiner ruinierten Tunika, zog ihn zu sich heran und küsste ihn auf den Mund. »Deshalb habe ich dich befreit«, sagte sie schwer atmend, dann riss sie sich los und lief weiter, ohne sich noch einmal zu ihm umzudrehen. Laurin folgte ihr, schockiert und mit einem immer stärker aufschäumenden Gefühl des Glücks in seinem Herzen. Auf den letzten paar Hundert Schritten lief er neben ihr her, und als er fühlte, dass sie ihn anblickte, lächelte er ihr zu.

»Was?«, schnappte sie.

»Nichts«, erwiderte er.

Ein widerwilliges Grinsen stahl sich auf ihr Gesicht, dann begann sie mit aller Kraft zu rennen. Sie hängte ihn ab, aber er holte sie ein, und dann rannten sie wie die Verrückten nebeneinander her, bis an den Dorfrand, wo Valeria plötzlich bremste und ihn packte und ebenfalls dazu brachte, stolpernd anzuhalten. Keuchend standen sie da und betrachteten das, was Valeria gesehen und zum Anhalten veranlasst hatte.

Von Weitem konnte man eine breite Fährte aus Hufspuren erkennen. Sie führte vom hinteren Teil der Halle, in der ihre Gruppe logierte, erst in Richtung Straße und bog dann in nordöstlicher Richtung ab. Es sah so aus, als seien alle miteinander weggeritten, ohne auf Valeria und Laurin zu warten.

»Walther hat den Stein gefunden!«, war Laurins erster Gedanke.

Valeria schüttelte den Kopf. »Es gibt keinen Grund für sie, so überstürzt aufzubrechen. Hätten sie die Absicht gehabt, Kaiser Friedrich entgegenzureiten, wären Beatrice, die Kammerfrau und die Leibwächter hiergeblieben. Nein. Hier stimmt irgendwas nicht.«

»Was soll denn nicht stimmen?«

»Keine Ahnung. Aber der Kluge versucht, das herauszufinden, bevor er etwas Dummes tut. Wir gehen durch den Stall rein und machen uns ein Bild von der Lage.«

14.

Der Stall war im Grunde genommen nur der hintere Teil des Gebäudes und vom Wohnbereich nur durch eine Bretterwand abgeteilt, in der eine einfache Tür an ledernen Angeln hing. Der Boden war aus gestampftem Erdboden, so dass ihre Schritte keine Geräusche machten. Alle Pferde bis auf das Valerias waren weg; der Gaul schnaubte leise zur Begrüßung und senkte dann wieder den Kopf.

Valeria machte Laurin ein Zeichen, zurückzubleiben, dann presste sie das Gesicht an eine der Spalten in der Bretterwand.

Sie sah Gordia neben einem Mann knien. Der Mann lag reglos da. Ein Schopf weißblonden Haars war zu sehen. Eine Erinnerung regte sich in Valeria, die sich nicht zuordnen lassen wollte. Gordia schüttelte den Kopf, als könne sie nicht glauben, was passiert war. Es sah so aus, als wäre der Mann zusammengebrochen, und Gordia versuchte ihm zu helfen. Aber der Mann war jenseits aller Hilfe, und deshalb schüttelte Gordia den Kopf. Für wen war die Geste bestimmt?

Valeria veränderte den Blickwinkel. Jetzt sah sie mehrere Männer in einem Halbkreis in der Nähe stehen, sie wirkten schockiert. Ein weiterer Mann stand breitbeinig neben Gordia.

Der Mann hatte einen Knüppel hoch erhoben. Hoch über Gordias Kopf!

Das ruckartige Kopfschütteln ihrer Mitschwester war keine Geste gewesen. Gordia war halb besinnungslos und versuchte verzweifelt eine Ohnmacht, die sich ihrer bemächtigen wollte, abzuschütteln!

Weil der Knüppel sie schon einmal getroffen hatte!

Valeria sprang auf und vollführte eine halbe Drehung, an deren Ende sie der Wand den Rücken zuwandte und ihr linker Fuß mit dem Schwung der Körperdrehung die Tür traf. Sie explodierte förmlich aus ihren Angeln und flog in den Raum hinein. Aus der halben Drehung wurde eine ganze. Wie aus einem Tanzschritt heraus stürmte Valeria in den Wohnbereich der Halle.

Der Mann mit dem Prügel fuhr herum – und tat zwei Dinge, mit denen Valeria nicht gerechnet hatte. Statt zuzuschlagen, schleuderte er ihr den armlangen Knüppel aus glänzendem Hartholz mit voller Wucht entgegen. Im nächsten Moment bückte er sich und zerrte Gordia an den Haaren in die Höhe. Valeria riss die Arme in die Höhe und blockte den heranwirbelnden Knüppel ab; ihn aufzufangen war sie zu langsam. Das Holz prallte schmerzhaft gegen ihre Unterarme und klapperte in eine Ecke. Es hatte Valerias Ansturm lange genug aufgehalten, dass der Mann Gordia als Deckung vor sich halten und ihr mit einem Arm den Hals zudrücken konnte. Gordia wand sich in seinem Klammergriff, aber sie war noch immer halb betäubt.

»Selbst du bist nicht schnell genug, um sie davor zu retten, mit zerquetschter Kehle zu enden«, stieß der Mann auf Italienisch hervor. »Bleib stehen.«

Valeria blieb zwei Schritte von dem Mann entfernt stehen. Sie fing Gordias trüben Blick auf und war sich nicht sicher, ob ihre Mitschwester sie erkannte. Der Knüppel musste sie hart getroffen haben.

»Du bist Valeria«, sagte der Mann im selben Augenblick, in dem Valeria klar wurde, wer er und seine Spießgesellen waren – die Männer, die sie und Laurin beobachtet hatten und denen sie damals mit einem Trick entkommen waren. Sie waren die Halsabschneider, die ihre Mutter engagiert hatte. Der Mann bestätigte es, noch bevor sie fragen konnte. »Wir sind auf derselben Seite.«

»Ihr steht im Dienst der ehrwürdigen Mutter«, stellte Valeria tonlos fest. »Ihr seid mir gefolgt.«

Der Mann nickte.

»Lass Gordia los.«

Der Mann schüttelte den Kopf.

»Du weißt, dass du und deine Kerle gegen zwei Hüterinnen keine Chance habt.«

»Es muss ja keinen Kampf geben«, sagte der Mann. »Wir führen nur die Befehle unserer Auftraggeberin aus.«

Valeria versuchte, sich ihre Überraschung nicht anmerken zu lassen. Ihr erster Impuls war zu glauben, dass der Mann log, aber es gab keinen Grund für ihn, das zu tun! Er hatte im Moment die Oberhand. »Wie heißt du?«, fragte sie, um Zeit zu gewinnen.

»Aldo. Ich bin der Hauptmann.«

»Lass Gordia los.«

»Tut mir leid, wir haben eine klare Anweisung erhalten – von jemandem, dessen Anweisung auf die leichte Schulter zu nehmen ich mir abgewöhnt habe.«

»Eine Anweisung, Gordia niederzuschlagen?«

»Eine Anweisung, Gordia zu töten«, korrigierte Aldo nüchtern.

»Das glaube ich nicht.«

»Deine ehrwürdige Mutter hält sie für eine Verräterin.«

Valeria erstarrte innerlich. Gordia hatte Wort gehalten und Laurin nicht verraten. Aber alles in ihr lehnte sich gegen die Vorstellung auf, dass ihre Mutter Gordia zum Tod durch die Hand dieser skrupellosen Schurken verurteilt hatte.

»Du lügst.«

»Hör zu. Deine ehrwürdige Mutter befiehlt dir, so schnell wie möglich zur Burg Rehperc zu kommen. Wir haben nur deshalb auf dich gewartet, um dir das mitzuteilen.«

»*Gordia* hat nur deshalb gewartet.«

»Gordia hat auf den Tod gewartet, nur wusste sie es nicht.«

»Bis jetzt sehe ich nur einen Toten, und der gehört offensichtlich zu euch.«

»Ja. Weißbrot. Er hat sie abgelenkt, damit ich mich an sie anschleichen konnte. Sie hat ihn trotzdem noch erwischt. Ihr seid alle miteinander Hexenweiber. Aber du und ich, wir haben keinen Streit, also nimm dein Pferd und reite nach Rehperc, wie es deine Anführerin befiehlt.«

»Du hast ja Angst.«

»Ich brauche keine Angst vor dir zu haben, weil wir auf derselben Seite sind.«

»Hm.«

Aldo schüttelte die keuchende und gurgelnde Gordia. »Sie ist eine Verräterin. Vergiss sie und reite nach Rehperc. Wir stehen alle unter dem Befehl deiner ehrwürdigen Mutter.«

Valeria seufzte und wandte sich ab.

Und nutzte ihre Drehung zu einem Fußtritt, der darauf abzielte, Aldos Knie zu treffen und es zu brechen, um sodann, während er nach hinten umkippte, mit einem Schlag gegen den Kehlkopf den plötzlich in ihm hochschießenden Schmerz für immer zu beenden.

Ihr Fuß traf Luft. Aldo war beiseitegesprungen. Sie blickte in sein grinsendes Gesicht. »Ich hab euch Hexenweiber lange genug studiert«, sagte er. »Genau, wie ich's erwartet habe.«

Er ließ Gordia los. Sie sackte in sich zusammen und holte pfeifend Luft. Valeria nahm Kampfstellung ein. Ihr wurde bewusst, dass sie ihre Frauenkleider trug und keinerlei Waffe bei sich hatte. Und dass Laurin im Stall war und mit wahrscheinlich vor Schreck weit aufgerissenen Augen zusah. Sie hoffte, er war vernünftig genug, nicht einzugreifen.

»Jungs!«

Dass sie keine Waffen hatte, war ein Nachteil. Und die Männer hier waren keine völlig überraschten Gesetzlosen auf einem verschneiten Pass und auch keine verweichlichten Nachtwächter einer königlichen Pfalz. Sie waren gewiefte Halsabschneider, wahrscheinlich in den übelsten Gassen von Rom rekrutiert. Dennoch rechnete Valeria sich gute Chancen aus. Aldo hatte die Hüterinnen beobachtet? Nun, er hatte die *anderen* Hüterinnen beobachtet. Valeria war die Beste von ihnen, und er hatte keine Ahnung, wozu sie fähig war. Sie hatte ihn vorhin unterschätzt, aber das würde nicht mehr vorkommen. Nun war *er* es, der seine Gegnerin unterschätzte.

Das dachte sie, bis zwei von Aldos Komplizen gespannte Armbrüste auf sie richteten.

»Du wolltest mich von Anfang an nicht gehen lassen«, sagte Valeria.

Aldo breitete die Arme aus. »Weißt du, ich habe mir Folgendes überlegt«, erklärte er. »Wir sind wochenlang hinter dir hergehechelt, haben kalten Scheißfraß hinuntergewürgt …«

»… muffliges Geräuchertes«, stieß einer von Aldos Komplizen hervor, ein Mann von ausgesuchter Hässlichkeit.

»… und alles, was wir bislang als Dank gehört haben, waren arrogante Bemerkungen von deiner Anführerin. Die hier«, er deutete auf Gordia, »bedeutet ihr offenbar nichts, aber du scheinst ihr wichtig zu sein. Also gut: Wenn sie dich wiederhaben will, dann soll sie ihre Schatztruhe aufmachen. Warum warten, bis sie uns unseren Lohn bezahlt? Wir holen ihn uns vorzeitig ab – und dann auf Nimmerwiedersehen.«

»Hast du dir das ganz allein ausgedacht?«, fragte Valeria.

Aldo nickte grinsend.

»Hab ich mir gedacht. Dein Plan funktioniert nämlich nicht.«

»Warum nicht?«

»Weil ich dich töten werde.«

Aldo musterte sie. »Weißt du was – ich glaub dir sogar, dass du das möchtest. Aber ich hab was dagegen. Kleine Planänderung, Jungs. Erschießt sie.«

Valeria hörte den doppelten Knall der Armbrustsehnen. In ihrem Gedächtnis war gewohnheitsmäßig verankert, wohin die Männer gezielt hatten; auch ein Ergebnis jahrelangen Trainings. Schon bei Aldos letztem Wort hatte sie sich zur Seite fallen lassen. Bevor sie auf den Boden prallen konnte, vollführte sie eine Hüftdrehung. Ihre Beine rotierten durch die Luft und sorgten dafür, dass sie auf den Füßen landete. Dann ließ sie sich nach hinten fallen, fing sich mit den Handflächen ab, landete auf den durchgedrückten Schulterblättern und nutzte den Abprall ihres steif gemachten Körpers, um wieder aufzuspringen. Hinter sich hörte sie die Armbrustbolzen in die Bretterwand einschlagen und spürte gleichzeitig einen brennenden Striemen an einer Wange. Ihr Fall nach hinten war einen Sekundenbruchteil zu langsam gewesen; der Bolzen hatte sie noch gestreift.

Aldos Faust flog heran und traf sie mit voller Wucht zwischen die Augen. Sie erkannte, dass Aldo mit ihrer Reaktion gerechnet und gar nicht erwartet hatte, dass die Bolzen sie trafen. Es war nur ein Bluff gewesen. Sie hatte noch Zeit für den wunderlichen Gedanken, wie viel Angst Aldo wohl vor den Hüterinnen haben musste, dass sein Gehirn in der Lage war, einen solchen Bluff zu ersinnen. Dann löste sich ihr Geist in einem

Funkenwirbel auf. Sie spürte kaum, dass sie wieder nach hinten fiel und diesmal ungebremst auf den Boden prallte. Etwas Schweres fiel auf sie und presste ihr die Luft aus der Lunge. Sie hörte Aldo von ganz weit weg brüllen, obwohl er es war, der auf ihr lag. Er versuchte, ihre Beine und Arme unter sich festzuklemmen: »Helft mir, Jungs, ich hab sie!« Sie bekam einen Arm frei und fuhr ihm mit einer eisenharten Krallenhand unter die Achsel, wo sie die empfindlichen Nervenknoten zusammenpresste, dass er aufschrie, und sie schaffte es auch noch, ein Knie anzuziehen und es ihm wenigstens mit halber Kraft in die Weichteile zu rammen. Dann waren mehrere Männer über ihr und hielten sie fest und zerrten sie unter dem ächzenden Aldo hervor, und es spielte keine Rolle mehr, dass sie die Wirkung des Faustschlags verdaut hatte, denn ihre Gegner hielten sie zu dritt fest und machten es ihr endgültig unmöglich, sich zu wehren.

»Scheiße«, stöhnte Aldo. »Caligula, leg den Riegel vor, jetzt machen wir erst einmal die eine Hexe fertig, dann wird die andere schon stillhalten, wenn sie nicht das Gleiche erleben will.«

Caligula kam nicht bis zum Portal. Es sprang vorher auf. Der eine Flügel traf ihn mit Wucht und schleuderte ihn zu Boden. Valeria keuchte auf – es war Laurin, der hereinplatzte und mit lautem Gebrüll, eine hölzerne Mistgabel schwingend, zum Angriff überging. Er musste um das Gebäude herumgelaufen sein, um sich mit dem Angriff über den Vordereingang ein kleines Überraschungsmoment zu verschaffen.

O Gott, nein!, dachte Valeria.

Caligula warf sich herum und griff nach Laurins Füßen. Laurins stolperte und verlor die Mistgabel bei dem Versuch, auf den Beinen zu bleiben, bevor er doch zu Boden ging. Als er sich wieder hochrappelte, rannte Caligula mit woller Wucht in ihn hinein. Ineinander verkrallt taumelten die beiden quer durch den Raum. Valeria sah die ruckartige Schulterbewegung des geübten Messerstechers, hörte Laurins Keuchen und sah schockiert, dass Caligula den jungen Mann von sich stieß und dieser vornübergekrümmt davontorkelte. Laurin stöhnte. Auf wackligen Beinen stolperte er bis zu den beiden toten Leibwächtern, dann brach er in die Knie. Mit einem Ruck, der ihn aufschreien ließ, brachte er ein Messer zum Vorschein, stierte es an, ließ es zur Seite fallen, kippte nach vorn und lag dann röchelnd und stöhnend auf dem Gesicht.

Valerias Herz blieb stehen. Wie gelähmt sah sie Caligula dabei zu, wie er sein Messer aufnahm und es achtlos an Laurins Tunika abwischte, ohne wirklich hinzusehen. Er blickte stattdessen zu Valeria und grinste sie mit blutigen Zähnen an. Der Torflügel hatte ihn ins Gesicht getroffen und seine Lippe aufplatzen lassen, was er gar nicht zu spüren schien.

Laurin …

Aldo stand auf und holte ein paar Mal tief Luft. »Vielleicht legst du jetzt den Riegel vor, Caligula?«, sagte er gequetscht. »Ich hab von Störungen genug für heute.«

»Zu Befehl, capo.« Caligula grinste immer noch. Im Vorbeigehen gab er dem reglosen Körper Laurins einen Tritt.

Aldo kniete unbeholfen neben Valeria nieder und fasste ihr schmerzhaft ins Haar. »Pass auf, kleine Hexe«, flüsterte er. »Ich bin immer noch geneigt, dich lebend bei deiner verfluchten Anführerin abzuliefern. Aber um dir klarzumachen, wie du sterben wirst, wenn du weiter Schwierigkeiten machst, solltest du dir sehr genau ansehen, was gleich mit deiner Freundin geschieht.«

Er kam keuchend auf die Beine. »Bue, Adonis, Senzasperanza – haltet die Hexe weiter fest. Caligula, du bringst die andere Hexe dort rüber. Der Bretterstapel neben dem toten Volltrottel hat genau die richtige Höhe. Wirf sie so drüber, dass ich von hinten gut an sie rankomme. Und zieh ihr die verdammten Männerhosen runter. Ach, und noch was …« Er nahm einen der Wasserkrüge vom Tisch und schüttete ihn Gordia ins Gesicht. Sie hustete und spuckte und schien durch das kalte Wasser etwas mehr zu Bewusstsein zu kommen. »Schön. Mir ist es lieber, sie bekommt es mit, wenn ich sie ganz gemütlich aufreiße.«

»Lass uns was übrig, capo.«

»Ist genug für alle da, Jungs.«

Valeria wand sich, aber vergeblich. Voller Grauen wurde ihr klar, dass Gordia und vielleicht auch ihr nun das bevorstand, was vielen Frauen blühte, wenn sie in die Hände solcher Schurken gerieten. Sie hatte es aufgrund ihrer Kampfkünste für unmöglich gehalten, dass ihr das je widerfahren könnte.

Sie hatte sich getäuscht.

Aldo stapfte zu dem Bretterstapel hinüber, in seiner Hose kramend und den Latz aufknöpfend und dabei stöhnend, weil der Schmerz von Valerias Kniestoß noch immer in seinem besten Stück pochte.

Valeria wand sich wie ein Fisch. Ihre Peiniger lachten. Ihre Griffe waren zu fest.

Aldo knöpfte sich den Latz ganz auf und stopfte das herunterhängende, dreieckige Tuch penibel hinten in den Hosenbund. »Fangen wir an«, sagte er und nahm hinter Gordias entblößter Kehrseite breitbeinig Aufstellung.

15.

Laurin lag auf dem Boden, das Gesicht vom Geschehen abgewandt, und fragte sich verzweifelt, was er tun sollte. Caligulas Messerstoß hatte ihn nur oberflächlich gestreift und seine Tunika zerfetzt. Er hatte jedoch gewusst, dass er ein zweites Mal nicht so glücklich davonkommen würde, und daher so getan, als wäre er tödlich verletzt. Der Schnitt brannte auch so noch genug. Seine Hoffnung, dass Caligula das Messer nicht wieder an sich nehmen würde, war geplatzt – und er hatte Glück gehabt, dass der Halsabschneider es routinemäßig an Laurin abgewischt hatte, ohne genau hinzusehen. Er hätte sonst bemerkt, dass kaum Blut an der Klinge war. Aber alle List half ihm jetzt nicht weiter. Er lauschte der Unterhaltung der Männer, die er dank seiner Lateinkenntnisse bruchstückhaft verstand. Er war voller Entsetzen darüber, was sie vorhatten, wusste aber nicht, wie er eingreifen sollte. Er hatte keine Waffe, gar nichts, nur seine bloßen Hände und seine nicht übermäßig gut entwickelten Muskeln. Er hatte keine Chance.

Die beiden Leibwächter, die tot neben ihm lagen, waren kampferprobt und muskulös gewesen, und es hatte ihnen auch nichts genutzt. Der eine hatte die Augen geschlossen und lag auf dem Rücken, den Mund offen und schon voller Fliegen. Der andere, mit dem Laurin zu seinem Grauen fast auf Tuchfühlung lag, lag halb auf der Seite und hatte die Augen offen. Sie starrten blicklos in Laurins Gesicht.

Die Erkenntnis, dass die Augen gar nicht blicklos waren, war wie ein Schlag für Laurin. Er sah die Augenlider zucken und spürte ein paar Momente lang abergläubische Furcht. Dann ging ihm endlich auf, dass der Mann noch am Leben war. Sein Mund bewegte sich kaum merklich.

»Nimm, Kleiner ...«, hörte Laurin ihn hauchen.

Er spürte eine Berührung an der Hand, sanft wie eine Liebkosung. Er spähte nach unten. Ein Finger des sterbenden Leibwächters hatte ihn angestupst. Er gehörte zu einer Hand, die auf dem Griff eines langen Dolchs lag. Der Dolch war unversehrt und lag mit der Hälfte der Klinge unter dem Körper des Leibwächters. Die Banditen hatten sich nicht die Mühe gemacht, die vermeintlich toten Leibwächter zu filzen!

Laurin starrte dem Sterbenden ins Gesicht. Die Augenlider zuckten wieder. »Jetzt ...«, hauchte die Stimme des Mannes.

Laurin spürte die Bewegungen neben sich. Er hörte Gordias Keuchen, als sie mit dem Oberkörper unsanft auf den Bretterstapel geworfen wurde, und ihre schwachen Abwehrbewegungen; das Rascheln und Reißen von Stoff, der jemandem hastig heruntergezogen wird. Er fühlte, wie ein Stiefel ihn berührte, und wagte es, den Kopf so weit zu drehen, dass er etwas sehen konnte. Aldo stand so nah bei ihm, dass sein Stiefel Laurins linke Schulter berührte. Laurin schob seinen Arm ganz sachte nach unten und schloss die rechte Hand um den Griff des Dolchs.

Es war unmöglich. Er lag auf dem Bauch. Er würde den Dolch unter dem Sterbenden herausziehen und sich in einer Bewegung auf den Rücken werfen und mit diesem Schwung die Klinge in Aldos Fleisch stoßen müssen; am besten von unten ins Knie, das würde ihn fällen wie ein Blitz.

Der Sterbende hauchte etwas, das Laurin nicht verstand.

Aldo sagte: »Fangen wir an.«

Zeit, den unmöglichen Tanz zu wagen.

Nachher fragte Laurin sich, ob Valeria während eines Kampfes die Dinge immer genauso ablaufen sah. Das war, bevor er sich schwor, dass er diesen Anblick nie wieder sehen wollte.

Er warf sich herum.

Sein rechter Arm kam unter seinem Körper hervor, die Klinge vorgestreckt.

Sein Oberkörper bäumte sich auf.

Er befand sich direkt neben Aldos gespreizten Beinen. Über sich sah er Aldos Faust, die einen mächtigen erigierten Penis umklammerte. Noch weiter darüber sah er Aldos Gesicht, dessen grinsende Fratze vor Überraschung versteinerte.

All das geschah vermeintlich so langsam, dass Laurin Zeit zu haben schien, die Szene zu zeichnen.

Sein Arm schoss aus der Schulterdrehung heraus nach oben.

Er hatte die Klinge in Aldos Knie rammen wollen.

Er sah Aldos pralles Glied und darunter den ebenso prallen Hodensack und dachte, dass er und die anderen Gordia und Valeria zu Tode vergewaltigen wollten.

Seine Hand am Ende seines Arms war fest um den Dolchgriff geklammert, sein Handgelenk steif und fest.

Er ließ alle Kraft in die Aufwärtsbewegung des Arms fließen.

Er stieß an Aldos Knie vorbei.

Da.

Der Tanz hatte begonnen, und jetzt begann auch der Gesang.

Valeria sah ungläubig, dass Laurin sich plötzlich herumwarf und zustieß. Aldo zuckte zurück und begann zu kreischen wie eine Frau. Er taumelte nach hinten und stolperte über seine eigenen Füße, fiel auf den Rücken und wand sich, noch schriller kreischend als zuvor. Seine Hände krallten sich in sein Gemächt. Blut pumpte in einem hellen Strahl daraus hervor.

Die drei Männer, die Valeria festhielten, gafften verständnislos. Valeria fühlte ihre Griffe vor Überraschung erlahmen. Auch Caligula, der Gordia an den Oberarmen gehalten und ihren Oberkörper zu sich herangezogen hatte, um seinem Hauptmann sein niederträchtiges Vorhaben zu ermöglichen, starrte mit weit offenem Mund.

Training und Instinkte setzten ein. Bei beiden Hüterinnen.

Bei Valeria, weil sie gehofft hatte, dass sich irgendwie eine Rettungsmöglichkeit ergeben würde.

Bei Gordia, weil der kalte Wasserguss und die Entblößung ihres Unterleibes ihre Benommenheit mit einem Schlag fortgewischt hatten.

Es waren die Instinkte von Löwinnen.

Valeria sprang mit einem wilden Schrei auf und schüttelte die Hände der Männer ab, während Gordias Hände sich links und rechts in Caligulas Haar krallten und seinen Kopf ruckartig zu sich heranzogen. Ihre Stirn schnappte nach vorn und zermalmte Caligulas Nasenbein.

Valeria stand plötzlich frei vor den drei Halsabschneidern, bei denen ebenfalls die Instinkte erwachten. Allerdings die von Ratten. Statt Valeria anzugreifen, zuckten sie zurück.

Laurin hatte den Tanz begonnen.

Aldo lieferte immer noch den Gesang dazu.

Der Rhythmus kam jetzt von den beiden entfesselten Hüterinnen, und er war effizient, brutal und tödlich. Weder Caligula noch die anderen drei hatten eine Chance.

Aldo war der Letzte. Er hörte zu kreischen auf, als Gordia zu ihm trat, den bis zur Parierstange in seinen Weichteilen steckenden Dolch herauszog und ihm durch den Unterkiefer ins Gehirn rammte.

Dann herrschte Stille, die nur unterbrochen wurde vom Würgen des sich krampfhaft übergebenden Laurin.

17.

Anna wurde gleich bei ihrer Ankunft von einer der zwei Hüterinnen angesprochen, die sie zur Bewachung der Burg zurückgelassen hatte.

»Während du weg warst, sprach ein Bote vor, ehrwürdige Mutter.«

»Habt ihr ihn weggeschickt?«

»Nein, wir haben ihn eingelassen und dabehalten.«

»Was wollte er?«

»Er sagte, der Kaiser habe ihn geschickt.«

»Er kündigt wahrscheinlich die Vorhut des kaiserlichen Trosses an. Bist du sicher, dass niemand ihn dort zurückerwartet?«

»Schau ihn dir an, ehrwürdige Mutter. Den vermisst niemand.«

»Wo ist er?«

»Wartet im Saal.«

»Habt ihr ihm befohlen, dort zu bleiben, oder läuft er in der Burg herum?«

»Nicht direkt befohlen, ehrwürdige Mutter. Er war sehr unhöflich und aggressiv, daher haben wir ihn gefesselt und geknebelt. Er *wartet* eigentlich nur deshalb im Saal, weil er nirgendwo anders hin kann.«

Anna lächelte und nickte anerkennend. »Holt die Burgbediensteten aus dem Vorratskeller und bringt unsere Gäste dort unter. Und durchsucht vor allem den hier«, sie deutete auf

Bischof Gerold, der sie wütend anfletschte, »nach versteckten Waffen.«

»Ja, ehrwürdige Mutter.«

»Ich erwarte Valerias Ankunft. Sie soll sofort zu mir kommen, wenn sie hier ist.«

»Was ist mit den Männern aus Rom?«

»Die bleiben vorerst unten im Dorf. Gordia befehligt sie.«

Anna lief die Treppe hinauf, bis in die Kemenate, die sie für sich requiriert hatte. Von Rechts wegen war es sowieso *ihre* Kemenate, doch das Gefühl, dass hier ihr Zuhause war, stellte sich nicht mehr ein. Sie schlüpfte aus dem Zisterzienserinnenhabit und zog ähnliche Kleidung an wie ihre Hüterinnen – schwarze, praktische Männerkleidung, in der man sich schnell und natürlich bewegen konnte. Die Zeiten, in denen Anna selbst die Kampftechniken des Ordens gelernt hatte, waren zwar lange vorüber, aber sie fühlte sich in diesen Sachen wohler als in der Nonnenverkleidung. Außerdem war nun der Zeitpunkt gekommen, an dem keine Verkleidung mehr nötig war. Sie hatte das Visier gelüftet. Sie lächelte, während sie hinunter in den Saal eilte, um den merkwürdigen Boten in Augenschein zu nehmen. Danach wollte sie Walther motivieren, den Stein herauszugeben.

Der Bote saß in einem Fenstersims, die Hände auf dem Rücken gefesselt und die Knöchel kreuzweise zusammengebunden. Um seinen Kopf wand sich ein Tuch, das hinter den Ohren zusammengeknotet war und zugleich als Knebel diente. Es schien strammer zu sitzen als nötig, was darauf hinwies, dass der Mann die Hüterinnen ernsthaft verärgert hatte. Die gedämpften Geräusche, die er bei Annas Anblick von sich gab, verrieten ihr, dass man außerdem ein weiteres Tuch zusammengeknüllt und ihm in den Mund geschoben hatte. Herauslaufender Speichel hatte den Knebel durchnässt; krustige Spuren zogen sich von seinen Mundwinkeln nach unten zu seinem unrasierten Kinn.

Anna baute sich vor ihm auf und schaute auf ihn hinunter. Er zappelte und stieß erstickte Laute aus. Seine Augen waren gerötet, entweder von der Unbequemlichkeit seiner Lage oder vor Wut. Er hatte eine dickliche Figur und ein teigiges Gesicht, aus dem kürzlich überstandene Anstrengungen ein paar Konturen herausgearbeitet hatten und die Haut an seinen Wangen schlaff aussehen ließ. Er roch nach Schweiß und schlechter Hygiene. Das Bemerkenswerteste an ihm war jedoch die Soutane.

Der Bote war ein Priester.

Sie dachte daran, dass der Tross des Kaisers recht exotisch war und Menschen aus allen Teilen Italiens, Siziliens, Griechenlands, aber auch der deutschen Länder und des Heiligen Landes umfasste. Sie fragte auf Italienisch: »Kannst du mich verstehen, Hochwürden?«

»Gnnnnnnh?«

Sie wiederholte die Frage auf Deutsch. Die Augen des Mannes verengten sich, und er nickte zögernd.

»Gut. Ich nehme dir den Knebel ab. Wenn du versuchst, mich zu beißen, schlage ich dir sämtliche Zähne aus. Wenn du mich anspuckst, schneide ich dir die Lippen ab. Wenn du mich irgendwie anders als mit ›ehrwürdige Mutter‹ anredest, lasse ich dir die Zunge herausreißen. Jetzt denk darüber nach. Wenn du glaubst, ich gaukle dir mit diesen Drohungen etwas vor, brauchst du auf die nächste Frage nur den Kopf zu schütteln. Ansonsten nicke. Also: Wirst du dich friedlich verhalten wie jemand, dessen Tod mich weniger juckt als der einer Fliege? Lass dir ruhig Zeit mit dem Nachdenken.«

Der Mann nickte sofort. Unter der schweißigen Schmutzschicht in seinem Gesicht war er deutlich bleicher geworden.

Anna knotete das Tuch auf und entfernte es. Der Mund des Mannes arbeitete, dann spuckte er einen völlig durchweichten Klumpen aus. Anna sah mit Amüsement, dass es ein Fußlappen war. Sie betrachtete die gefesselten Füße des Priesters. Richtig – sie steckten in Sandalen, und einer davon war nackt. Der Bote musste Annas Hüterinnen schwer beleidigt haben.

Der Priester schmatzte mit den Lippen, um etwas Speichel in

seine ausgetrocknete Mundhöhle zu bekommen. »Die Hände«, lallte er dann und bewegte die Schultern.

»Hm?«, machte Anna.

»Bekomme ich die Hände befreit, ehrwürdige Mutter?«

»Nein.«

»Weshalb nicht?«

»Hm?«

»Weshalb nicht, ehrwürdige Mutter?«

»Wie kommst du darauf, dass du hier die Fragen stellst?«

»Ich bin ein Bote des Kaisers!«

»Als solcher hast du dich ausgegeben, stimmt.«

»Ich *bin* ein Bote.«

»Wo ist deine Botschaft? Oder handelt es sich um eine mündliche Nachricht? In diesem Fall würde ich dich nach deiner Legitimation fragen.«

»Deine Hex... deine ...«

»Hm?«

»Deine freundlichen jungen Helferinnen haben mich schon danach gefragt«, sagte der Priester und machte den Anschein, dass er fast an seinen höflichen Worten erstickte. »Sieh in meiner Gürteltasche nach. Sie haben das Siegel nicht geöffnet, ehrwürdige Mutter. Lies die Botschaft, dann weißt du, dass ich nicht gelogen habe.«

Anna öffnete eine speckige, säuerlich riechende Gürteltasche und holte mit spitzen Fingern ein mehrfach gefaltetes Stück Pergament heraus, das von einem Siegel mit dem kaiserlichen Adler verschlossen wurde.

»An wen ist das gerichtet?«

»An den Burgherrn von Rehperc. Aber ich nehme an, der bist jetzt du«, knurrte der Priester und setzte hinzu: »... ehrwürdige Mutter.«

»So ist es.« Anna knickte das Siegel und brach es. Sie las, was ein Kanzlist des Kaisers mit entschlossenen Schwüngen auf das Pergament gekritzelt hatte. In dem Schreiben kündigte Kaiser Friedrich an, dass er noch am Abend dieses Tags auf Burg Stoufen eintreffen würde. Er bat den Herrn von Rehperc oder dessen Burghauptmann, Vorräte für etwa hundert Menschen und die doppelte Menge von Pferden sowie Möbel nach Stoufen schaffen zu lassen und Gesinde bereitzuhalten, das die Mägde und Knechte auf Burg Stoufen gegebenenfalls bei der Versorgung des kaiserlichen Trosses unterstützte. Anna nickte. Der Kaiser reiste mit verhältnismäßig kleinem Gefolge. So wie sie Friedrich einschätzte, waren fast alle seine Begleiter kampferprobte Ritter aus den Ländern, mit denen das Reich Beziehungen hatte, ergänzt um eine Gruppe Deutschordensritter. Ein kleines Heer, das zu einem ernst zu nehmenden Gegner werden konnte, wenn man sich mit ihm anlegte, und das schnell genug war, um große Entfernungen in kürzester Zeit zurückzulegen. Kaiser Friedrich galt in allem, was er anpackte, als pragmatisch und zielorientiert. Luxus und Prunk leistete er sich nur, wenn er sich mit seinem Hof eine Pause gönnte.

»Hier steht außerdem, dass du ein Anrecht auf Logis und etwas zu essen hast«, sagte Anna zu dem Priester.

»Das Recht eines wichtigen Boten«, bestätigte der Priester.

»Stimmt, man kann den Zeilen entnehmen, für wie wichtig der Kaiser dich hält. Hier steht, du dürftest gerne im Schweinestall einquartiert werden, wenn man hier auf Rehperc die Schweine gering schätzt, und was man dir zum Fraß vorwerfe, bliebe uns überlassen. Morgen sollen wir dich zum Teufel jagen, aber darauf achten, dass du nicht in Richtung Stoufen davonrennst, weil du im kaiserlichen Tross nicht mehr willkommen bist.«

Der Priester starrte sie fassungslos an. Er versuchte etwas zu sagen, brachte aber keinen Ton heraus.

»Du scheinst ein gewinnendes Wesen zu haben, Hochwürden. Wie ist dein Name?«

»Munibert.« Die Antwort war nicht mehr als ein Flüstern.

»Gut, Munibert. Du weißt jetzt, was der Kaiser von dir hält, nämlich nichts. Ich kann mir diverse Gründe vorstellen, warum das so ist, und dein Aussehen und dein Geruch gehören dazu. Wieso hat der Kaiser dich überhaupt in seiner Nähe geduldet?«

»Ich konnte ihn überzeugen, mich mitzunehmen.«

»Aha. Mit anderen Worten – er wollte dich lieber unter Aufsicht haben, bis sich eine Gelegenheit ergab, dich dorthin abzuschieben, wo du keinen Schaden anrichten konntest.«

Munibert schwieg verbissen.

»Was also hat der Kaiser noch gegen dich?«

Jeder andere hätte ihr erklärt, dass sie das nichts anginge, dachte Anna. Der hier jedoch steckte so voller Galle, dass sie sofort übersprudelte. Der Inhalt seiner vergifteten Rede erstaunte sie über alle Maßen.

Munibert hatte den Kaiser vor einem Mann warnen wollen, der ein Verräter, ein Schurke, ein gewissenloses Ungeheuer und die Personifizierung von Korruption und Bösartigkeit war. Aber der Kaiser hatte nicht hören wollen. Der Kaiser empfand Sympathie für diesen Mann! Es hieß, dass der Kaiser ein Feind von Kirche und Glauben war. Wenn er einen solchen Mann schützte und zugleich einen aufrechten, ehrlich besorgten Mahner wie Munibert aus seiner Nähe verstieß, dann schien das zuzutreffen.

Der Mann, den Munibert als Ausgeburt aller menschlichen Widerwärtigkeiten denunziert hatte, war Walther von der Vogelweide.

Anna sagte und hoffte, dass Munibert ihr die Überraschung nicht anhören konnte: »Oh. Der berühmte Sänger. Vielleicht kann ich dir angesichts deines gerechten Zorns ein wenig helfen.«

»Kennst du ihn … äh … ehrwürdige Mutter?«

»Vielleicht kenne ich einen Weg, wie du ihm schaden kannst.« Bei sich dachte sie: Ich weiß noch nicht, wozu ich dich widerliche, hasserfüllte Kreatur brauchen kann, aber ich habe das Gefühl, du könntest ein Geschenk sein. Wir werden sehen …

»Ich bin ganz Ohr«, sagte Munibert.

»Dann lass mich deine Fesseln lösen … Verbündeter!«

18.

Anna wies ihre Ordensschwestern an, Munibert nicht in die Nähe des Vorratskellers zu lassen. Er sollte nicht wissen, wie nah er Walther war. Wie sich Walther den Hass des Priesters zugezogen hatte, hatte Anna nicht aus Munibert herausgebracht. Sie hatte es dabei bewenden lassen. Munibert war nur ein Mittel zum Zweck. Falls er bei der Aufgabe, die sie für ihn vorgesehen hatte, nicht ums Leben kam, würde sie ihn nachher töten lassen. Er war ihr so zuwider, dass sie eine Gänsehaut bekam, wenn sie an ihn dachte. Aber als nützliches Werkzeug ein Glücksfall, das stand fest.

Ihr nächstes Ziel war der Vorratskeller. Sie ging allein, bewaffnet nur mit einem Messer, das offen in dem Tuch steckte, welches sie wie eine Schärpe um ihre Mitte gewunden hatte. Sie wollte sich etwas beweisen. Und sie wollte nicht, dass eine von ihren Hüterinnen hörte, was sie Walther und seinen Freunden zu sagen hatte.

Ihre Gefangenen hatten sich aus Kisten, Fässern und umgedrehten Körben Sitzgelegenheiten gemacht. Otto von Herneberch hatte sich ein Fässchen neben die Kiste gezogen, die seine Frau mit ihrer Dienerin teilte, Bischof Gerold lehnte an einem Weinfass, Heinrich von Kalden saß auf dem groben Tisch, an dem bei An- und Auslieferungen der Cellerar der Burg Buch führte. Nur Walther lief wie ein gefangener Löwe im Keller auf und ab. Sie sah seine Wangenmuskeln spielen, als er sie erblickte. Nach außen hin gelassen verriegelte sie die Tür hinter sich.

Walther trat auf sie zu. »Lass die anderen gehen«, bat er nochmals.

»Wo ist der Stein, Walther?«

»Ich habe ihn nicht.«

»Wer von euch hat ihn?«

»Keiner. Und es geht dir auch nicht nur um den Stein.«

»Jetzt«, sagte Anna, »geht es mir aber um ihn. Wo ist er?«

»Wir haben ihn nicht gefunden«, sagte Otto. »Es war ein Irrtum, hierher zu kommen.«

»Würdet Ihr darauf schwören, Graf Otto?«

»Ich schwöre nur vor Gott.«

»Vielleicht wollt Ihr bei der Unversehrtheit Eurer Frau schwören?«

»Anna!«, rief Walther. »Hör mit diesen Drohungen auf.«

Heinrich von Kalden stand auf. »Ihr habt Mut, hier einfach hereinzukommen – ganz allein – und solche Dinge zu sagen.«

Anna stellte sich vor ihn hin. Sie war genauso groß wie er. »Draußen sind über ein Dutzend meiner Ordensschwestern, Herr von Kalden. Ich brauche nur zu rufen, und sie kommen herein. Jede von ihnen kann es mit zehn Kämpfern Eures Kalibers aufnehmen. Und dabei spreche ich von Euch als jungem Mann. Heute seid Ihr ein übergewichtiges Wrack.«

Sie lächelte, als Heinrichs Miene einfror. »Ihr könnt Eure jungen Fräulein genau einmal rufen«, knurrte er. »Weil Ihr beim nächsten Schrei nämlich schon tot seid.«

»Habt Ihr Angst, dass mich der Schlag trifft?«

»Wenn, dann ist es ein Schlag von meiner Faust.«

»Mhm«, sagte Anna, als ob sie diese Ankündigung zum Nachdenken brächte. Dann wirbelte sie herum und trat das Fässchen unter Otto von Herneberchs Hintern heraus. Otto plumpste mit einem überraschten Ausruf auf den Boden, doch da war sie schon vor Heinrich, hakte einen Fuß hinter seine Fersen und gab ihm einen harten Stoß vor die Brust. Heinrich fiel nach hinten, riss den auf Böcken stehenden Tisch um und krachte mit der Tischplatte nach unten. Im Fallen hatte er noch nach ihr gegriffen, schneller als sie gedacht hatte, aber sie hatte ihm ausweichen können. Sie wartete nicht ab. Sie sprang zu der Kiste, auf der die beiden Frauen saßen, und zerrte Beatrice de Courtenay in die Höhe und von ihr weg. Otto versuchte auf die Beine zu kommen. Anna schob Beatrice vor sich her, bis diese mit dem Rücken gegen eines der mannshohen Weinfässer prallte. Dann riss sie das Messer aus der Schärpe und presste

Beatrice die Klinge an die Wange, die Spitze nur einen Fingerbreit unter ihrem Auge. Sie blickte sich über die Schulter um und sah Bischof Gerold hinter ihr stehen, den Arm zum Stoß erhoben, in der Hand ein langes, dünnes Messer. Gerold verharrte, als Anna ihm den Blick auf Beatrice und die Klinge in ihrem Gesicht freigab.

»Ich wusste, dass meine Schwestern nicht alle Eure Waffen finden würden, Euer Gnaden«, sagte Anna. Ihr Atem ging nur geringfügig heftiger als zuvor.

»Nicht annähernd«, sagte der Bischof.

Anna ließ die Blicke von einem zum andern gleiten. Sie sah die Verzweiflung in Walthers Gesicht, den Schock in Ottos, die Demütigung in Heinrichs und die stille Wut in Gerolds. Die Zofe saß mit offenem Mund da und kreischte nur deshalb nicht, weil sie zu erschrocken dazu war.

Das war es, was Anna hatte beweisen wollen – dass sie es immer noch konnte. Sie war niemals so gut gewesen wie auch nur die schlechteste der jungen Hüterinnen, und jetzt war es zweimal knapp gewesen. Wenn Heinrich noch im Sturz ihr Haar zu fassen bekommen hätte … wenn Bischof Gerold einen Schritt schneller gewesen wäre … aber Tatsache war, dass sie es nicht geschafft hatten, Anna hingegen schon. Sie sah, dass sie die Männer überrascht und eingeschüchtert hatte. Triumph stieg in ihr auf, wilder, überschäumender Triumph, weil sie auf einmal mit absoluter Sicherheit wusste, dass der Tag ihr gehörte, dass die Rache ihr sicher war, dass die lange Wartezeit sich gelohnt hatte und dass sie einen Geist endlich aus ihren Gedanken verscheuchen konnte.

Es war der Geist eines Traums, es war die Vorstellung, was gewesen wäre, wenn ein gütiges Schicksal ihr einen anderen Lebensweg eröffnet hätte. All ihrem Hass auf Walther zum Trotz hatte der Geist dieses Traums Anna immer wieder heimgesucht. In diesem Traum war Walther zu ihr gekommen, sie hatte ihm den Sohn gezeigt, den sie ihm geboren hatte, er hatte sie um Verzeihung gebeten und sie hatte sie ihm gewährt. Der Geist dieses

Traums hatte so lange überleben können, weil Walther noch lebte.

In Kürze würde Walther tot sein, gefällt von der Hand eines Erfüllungsgehilfen, der noch viel besser war, als es Valeria jemals hätte sein können, und den das Schicksal ihr jetzt unverhofft an die Seite gestellt hatte.

»Hat Walther Euch die Geschichte erzählt?«, fragte sie in die Runde, die Klinge immer noch an Beatrices Wange pressend. »Dass er mich mit einem Kind hat sitzen lassen? Dass er mich genau in der Köhlerhütte geschwängert hat, in der er später von meiner Hand hätte sterben sollen und in der die Königin für ihn gestorben ist?«

Sie sah Walther bleich werden und das Entsetzen in sein Gesicht kriechen. Beatrices Augen weiteten sich. Heinrich und Gerold zuckten zusammen. Otto presste sich die Hand vor die Augen und murmelte: »Großer Gott.«

»Er hat es euch nicht erzählt!«, rief Anna voller Hohn. »Aber das liegt nicht an seiner gewohnheitsmäßigen Verlogenheit, sondern daran, dass er es selbst nicht wusste. Wie hättest du es auch wissen sollen, Walther? Du hast es ein paar Tage lang auf jede erdenkliche Art mit mir getrieben, und dann hast du mich weggeworfen wie das dreckige Tuch, mit dem ihr Männer euch die Schwänze abwischt, wenn ihr bei einer Hure wart. Du hast nicht lange genug gewartet, dass ich dir hätte sagen können, dass ich schwanger war.«

»Ich habe … du hast …«, stotterte Walther mit weißem Gesicht und blutleeren Lippen. »Ich wusste … ich habe nicht …«

»Es gab zwei Neugeborene in jener Nacht«, sagte Anna. »Das Kind der Königin – und unser Kind. Eines davon hätte von Rechts wegen sterben müssen. Beide haben überlebt.«

»Valeria ist Eure Tochter?«, fragte Beatrice. Walther suchte nach Worten, Otto ließ die Schultern hängen, Bischof Gerold wirkte grimmig und Heinrich eingefallen. Auf einmal sahen sie alle wie die alten Männer aus, die sie waren.

»Nein«, sagte Walther schließlich. »Valeria ist Eirenes Tochter. O mein Gott, natürlich, die Ähnlichkeit. Valeria ist Eirenes Tochter. Aber du hast sie an dich genommen, als du mit Cyra und den Hüterinnen gegangen bist. Warum die Verwechslung? Wie hast du …?« Er schwieg und sah nun noch fassungsloser aus als zuerst, weil ihm plötzlich die ganze Tragweite ihrer Erklärung zu Bewusstsein kam. Er torkelte und lehnte sich an ein Fass, konnte sich aber nicht auf den Beinen halten und rutschte mit dem Rücken daran herunter, bis er auf dem Erdboden saß. Otto machte eine Bewegung, als wollte er ihm beispringen.

»Bleibt, wo Ihr seid, Graf Otto!«, schnappte Anna. »Er soll allein mit dem Gedanken fertigwerden!«

Walther vergrub das Gesicht in den Händen. Sie hörte ihn dahinter erstickt keuchen. Ihr wurde bewusst, dass der alte Sänger weinte.

»Laurin«, sagte Otto. »Keiner von uns hatte eine Ahnung.«

»Ich habe die Prinzessin aufgezogen«, sagte Anna hart. »Sie weiß nichts von ihrer eigentlichen Herkunft. Und du, Walther – du hättest einen Sohn haben können, aber wahrscheinlich hast du ihn in ein Waisenhaus oder an irgendwelche einfachen Leuten übergeben, im Glauben, er wäre der Erbe von König Philipp und müsse vor der Welt versteckt werden. Merkst du den Hohn, Walther? Merkst du, wie du uns alle verspottet hast, aber am meisten dich selbst?«

»Es war nicht Walther, es war Euer Hohn«, sagte Beatrice zu Annas Überraschung. »Er hatte diese Geschichte nicht in der Hand. *Ihr* hattet sie in der Hand. Ihr habt daraus eine Tragödie werden lassen. *Ihr*, Frau von Rehperc, hättet einen Sohn haben können und habt ihn weggegeben.«

Anna starrte sie an. Die scharfe Messerklinge presste sich an Beatrices Wange, aber eine noch schärfere Klinge war eben in ihr Herz gefahren und war dort erbarmungslos herumgedreht worden. Auf einmal wollte sie Beatrice wehtun, sie verstümmeln, sie töten. Beatrice musste den Wunsch in Annas Augen gelesen haben, denn sie atmete heftig ein. Das Messer zitterte. Die Spitze ritzte die Haut auf Beatrices Wangenknochen. Ein einzelner Tropfen Blut quoll hervor und lief die Klinge entlang nach unten, bis er von der Parierstange aufgehalten wurde.

Anna trat zurück und zog Beatrice mit sich. Es kostete sie schier übermenschliche Anstrengung, diese Schritte zu tun. Wenn sie jetzt ihren Gefühlen nachgab, hatte sie nichts mehr in der Hand, mit dem sie Gerold, Otto und Heinrich in Schach halten konnte. Sie fühlte sich nicht in der Lage, noch einmal zu kämpfen. Das Geständnis, das dazu gedacht gewesen war, Walther zu demoralisieren, hatte auch ihr die Kraft geraubt. Am liebsten hätte sie sich wie Walther auf den Boden gesetzt und geweint.

Sie kam bis zur Tür, Beatrice wie einen Schild vor sich haltend. »Wo ist der Stein?«, fragte sie.

»Wir haben ihn in den Brunnen des Dorfs geworfen«, sagte Otto. »Er ist dort, wo er hingehört. In der Dunkelheit des Vergessens.«

»Nein, ist er nicht«, sagte Anna. Sie tastete mit der Hand hinter sich und steckte den Schlüssel ins Schloss. »Ihr lügt. Ich gebe euch Zeit, bis es dunkel wird. Dann führt ihr mich zu ihm oder händigt ihn mir aus, oder ich töte euch einen nach dem anderen und lasse die anderen dabei zuschauen.« Sie gab Beatrice einen Stoß, dass diese in die Arme ihres Mannes taumelte, sperrte die Tür auf und war hindurch und draußen, bevor jemand sie festhalten konnte. Sie schlug sie zu. Sie hörte ein leises Tocken, das von der Innenseite der Tür kam. Bischof Gerold musste seinen versteckten Dolch geschleudert haben. Sie stellte sich vor, wie die lange dünne Klinge federnd im Türblatt steckte. Sie drehte den Schlüssel herum und sperrte die Tür ab.

Anna wandte sich ab. Sie ahnte, dass sie in den letzten Minuten um Jahre gealtert war.

Valeria stand im Hof und musterte sie, als wäre sie eine Fremde und als sähen sie sich zum ersten Mal.

19.

Conrad von Eberspach schluckte, als er die Hundertschaft Reiter den Weg zur Burg heraufdonnern sah. Die schwarz-weißen Wimpel des Deutschen Ordens tanzten voran, dann folgte, schwarz auf goldenem Grund, das Banner des Kaisers. »Tor auf!«, brüllte er, und: »Macht Platz, macht Platz!«

Wenig später stapften Kaiser Friedrich und ein Deutschordensritter, von dem Conrad annahm, dass er Hermann von Salza war, in den Saal. Conrad hatte in aller Hast eine Tafel aufbauen und eindecken lassen. »Wenn wir gewusst hätten, dass Euer Majestät heute schon eintrifft …«, stotterte er nervös. »Wir haben nur das Nötigste, aber ich kümmere mich sofort darum …«

Friedrich klopfte ihm begütigend auf die Schulter und sah sich neugierig im Saal der Burg um, die die Heimatburg seiner Familie war und die er jetzt zum ersten Mal in seinem Leben in Augenschein nahm, so weit Conrad wusste. Als sein Blick auf einen mit Kissen und Polstern ausgekleideten Fenstersims fiel, wurde Conrad bewusst, dass er vergessen hatte, seinen Vater zurück in seine Kammer tragen zu lassen.

»Majestät«, krähte der alte Mann. »Ich würde gerne aufstehen, um vor Euch niederzuknien, aber meine Beine wollen nicht mehr.«

Friedrich schlenderte zu dem alten Mann hinüber und sah dabei Conrad fragend an. »Mein Vater«, beeilte sich dieser zu sagen. »Volknand von Eberspach. Mein Vorgänger als Burghauptmann auf Stoufen.«

»Und blitzeblank und in bestem Zustand hab ich dir die Burg übergeben, Junge!«

»Sie ist immer noch blitzeblank und in bestem Zustand, mein Freund«, sagte der Kaiser und legte Volknand eine Hand auf den Arm. »Ihr könnt stolz auf Euren Sohn sein, Herr von Eberspach.«

Volknand erglühte vor Begeisterung. »Majestät sind zu gütig, Majestät.«

»Wollt Ihr zuerst essen, Majestät, oder wünscht Ihr gleich einen Zustandsbericht der Burg?«, fragte Conrad.

»Für so etwas ist noch genug Zeit«, wehrte der Kaiser ab. »Ich hoffe, hier jemanden zu treffen. Anscheinend habe ich ihn überholt.«

»Ihr wartet aber nicht auf Herrn Walther von der Vogelweide, Majestät?«, fragte Volknand, und Conrads Herz sank, weil er dem Kaiser gerne verschwiegen hätte, dass vier Männer, bei deren Identifikation er nur seinen Vater als Garanten gehabt hatte, in der Burg herumgestöbert hatten. Und weil ihm einfiel, dass er vor lauter Hektik gar nicht daran gedacht hatte zu fragen, ob die vier gefunden hatten, was sie suchten, und wann sie die Burg wieder verlassen hatten. Er hatte sie total vergessen gehabt.

Der Kaiser beugte sich nach vorn. »Wie kommt Ihr auf ihn?«, fragte er argwöhnisch.

Volknand sagte: »Na, weil er heute da war. Und mit ihm die ganzen alten Helden von König Philipp, Eurem Oheim, Gott hab ihn selig, Majestät.«

»Wann war das?«, fragte der Kaiser scharf.

Conrads Blicke zuckten nervös zwischen dem Kaiser und Hermann von Salza hin und her. Der Deutschordensritter schien plötzlich genauso angespannt wie Friedrich.

»Äh … heute morgen, ganz früh«, sagte Conrad, bevor sein Vater etwas sagen konnte. »Ich … wir … ich habe sie eingelassen, weil sie hinreichend legitimiert waren …«

»Der Grünschnabel hat keinen von ihnen gekannt!«, erklärte Volknand vergnügt. »Aber ich habe sie alle erkannt: Walther von der Vogelweide, Otto von Herneberch, Heinrich von Kalden und Bischof Gerold, der Herr segne ihn, er hat mich bis zum Torbau getragen.«

»Ich hoffe, es war Euch recht, Majestät«, stammelte Conrad.

»Wo sind sie jetzt?«

»Sind wieder weggeritten, Majestät. Ich kann die Torwachen fragen, wann.«

»Wohin?«

»Ich habe nicht gefragt, Majestät. Hätte ich fragen sollen? Es war mir nicht klar, Majestät.«

»Herr von Eberspach, Ihr braucht Eure Zunge nicht zu verschlucken, wenn Ihr mit Seiner Majestät redet«, brummte Hermann von Salza. »Immer frei heraus. Ihr habt nichts falsch gemacht.«

»Haben die vier gesagt, was sie hier wollen?«

»Sie haben nach Herrn Walthers alter Laute gesucht«, sagte Volknand. »Ich nehme an, es wird ein Willkommenslied für Euer Majestät geben, oder? Irgendwas Besonderes muss an der Laute sein, dass es keine andere tut, oder?«

Friedrich und Hermann von Salza wechselten einen Blick. »Die Laute«, sagte der Kaiser. »Ich werd verrückt. Walthers berühmte Laute, die keiner anfassen durfte außer ihm. Ich erinnere mich, dass sie mir damals in Papinberc gezeigt wurde, als sei sie eine Reliquie.«

»Er hat sie als Versteck genutzt«, knurrte Hermann von Salza. »Und dann hier verstaut, quasi vor aller Augen. Dieser Fuchs. Jetzt ist ihm der Boden zu heiß geworden, und er versteckt sie irgendwo anders.«

»Vielleicht holt er sie auch nur, um mir den Stein zu übergeben, Hermann.«

»Du glaubst immer viel zu lange an das Gute in den Menschen, Majestät.«

»Wo sind Walther und die anderen untergekommen?«, fragte der Kaiser.

»Ich ... ich ... weiß es nicht«, brachte Conrad peinlich berührt hervor.

»Aber ich«, rief der alte Volknand fröhlich und nannte den Namen eines Dorfes zwischen Stoufen und Rehperc. »Sucht sie auf, Majestät! Es wird Ihnen eine Freude sein!«

»Kommt darauf an«, grollte Hermann von Salza. Aber der Kaiser stürmte schon aus dem Saal.

»Äh ... soll ich das Essen warm halten?«, rief Conrad hinter ihnen her. Er bekam keine Antwort darauf.

20.

»Man hat mir gesagt, du möchtest mich sprechen, Mutter? Hast du unser Quartier aufgesucht? Wo sind Walther und die anderen?«

»Ja.« Anna riss sich zusammen, um sich auf Valeria zu konzentrieren. »Ja. Danke, dass du gleich gekommen bist. Wo warst du?«

»Ich habe Burg Stoufen beobachtet, weil Walter und die beiden anderen heute Morgen dorthin geritten sind. Wenn sie nicht wieder zum Quartier zurückgekehrt wären, hätte ich sie unterwegs abgefangen. Ich wollte einige Zeit verstreichen lassen, bis ich selbst wieder ins Lager zurückkam. Als ich es tat, waren da nur deine Männer. Warum hast du mir nicht gesagt, dass du sie mir hinterhergeschickt hast?«

»Du hast sie unterwegs entdeckt und abgeschüttelt. Ich weiß. Es geschah zu deinem Schutz, nur zu Deinem Schutz.«

»Danke, Mutter.« Sie sah sich um. »Wo ist Gordia?«

Anna hielt die Luft an. Bedeutete diese Frage, dass Valeria ihre junge Mitschwester nicht mehr bei Aldo und seinen Männern gesehen hatte? Sie fühlte beginnende Erleichterung. Sie hatte Aldo gar nicht zugetraut, dass er den Auftrag so schnell erledigen würde. Aber offenbar hatten sie Gordia beseitigt, bevor Valeria zu ihnen gestoßen war. Jetzt, da ihr Plan so reibungslos ablief, fragte sich Anna, ob sie nicht mit Gordias Verurteilung ein wenig vorschnell gewesen war. Vielleicht hatte sie sich getäuscht mit ihrer Vermutung, dass sie nicht mehr zuverlässig war. Andererseits hatte die junge Frau während der ganzen Reise die Tendenz gezeigt, über Anweisungen nachzudenken, statt sie einfach zu befolgen, und für ein solches Verhalten war diese Mission der falsche Ort.

»Oh«, sagte Anna. »Ich dachte, sie sei dir vielleicht noch begegnet. Ich habe sie losgeschickt, um Burg Burren auszuspähen. Das ist nur eine kleine Turmanlage, aber sie gehört zum Einflussbereich Stoufens. Nicht, dass von dort plötzlich überraschend jemand kommt und hier nach dem Rechten sieht, weil man auf irgendeine Anfrage eine Anwort erwartet und der Burghauptmann uns das nicht gesagt hat, um uns reinzulegen.«

»Ich verstehe«, sagte Valeria. »Gut mitgedacht.« Anna schrieb es dem vorhin Erlebten zu, dass sie den Eindruck hatte, Valerias Stimme klinge plötzlich flach und kühl.

»Wo sind Walther und die anderen?«

»Sie sind unsere Gefangenen – im Vorratskeller.«

»Hat Walther den Stein?«

»Er leugnet es zumindest.«

»Hast du ihn nicht durchsuchen lassen?«

»Ich glaube nicht, dass er ihn bei sich trägt, selbst wenn er ihn gefunden hat. Ich möchte, dass er ihn mir freiwillig gibt. Ich möchte, dass er aus freien Stücken kapituliert.«

»Und wenn er es nicht tut?«

»Dann finde ich Mittel und Wege.«

»Mutter – ist das noch der Weg der Hüterinnen?«

Anna blickte ihre Tochter überrascht an. Valeria zuckte mit allen Anzeichen der Verlegenheit mit den Schultern. »Ich meine ja nur. Was den Stein angeht, verstehe ich das alles. Aber die Sache mit Walther …«

»Walther ist das Hindernis bei der Wiedererlangung des Waisen.«

»Haben wir ihn zu einem Hindernis werden lassen? Ich hatte den Eindruck, er will den Stein gar nicht an Friedrich ausliefern.«

»Kann ich mich noch auf dich verlassen, Valeria?«

Anna hatte geahnt, dass diese Frage Valeria dazu bringen würde, zurückzustecken und alle ihre trotzigen Gedanken aufzugeben. Und doch hatte sie wieder das Gefühl, dass Valerias Stimme etwas verbarg, als sie sagte: »Natürlich, Mutter. Bitte verzeih mir.«

»Willst du etwas essen?«

»Später. Ich möchte die Runde machen und unsere Schwestern begrüßen.«

»Gut.« Anna beugte sich nach vorn, einer Gefühlsaufwallung gehorchend, und küsste Valeria auf die Stirn. »Bald ist alles vorüber, meine Kleine«, sagte sie und dachte an Walther, der im Vorratskeller auf dem Boden gesessen und geweint hatte, und an die Worte Beatrices, dass sie einen Sohn hätte haben können und ihn weggegeben hatte.

21.

Friedrich hatte nur das Kontingent der Deutschritter mitgenommen; alles in allem zwei Dutzend Männer, die vier Dutzend normale Kämpfer ersetzten. Als sie in das Dorf hineinsprengten, flohen Hühner und Schweine vor den donnernden Pferdehufen. Mittlerweile ging es auf den frühen Abend zu, die Feldarbeit war erledigt, die Bauern zu Hause in ihren Hütten … oder besser gesagt, sie waren von den Feldern zurück, standen aber in einer dichten Gruppe von Gaffern am Tor einer großen Scheune. Die Ankunft der Reiter ließ sie die Köpfe recken. Friedrich wurde sich rasch klar, dass niemand wusste, wer er war, dass aber die Tuniken der Deutschritter bekannt waren und Respekt hervorriefen. Er war's zufrieden. Manche Dinge ließen sich einfacher erledigen, wenn man ein normaler Mensch war und nicht der Kaiser des Heiligen Römischen Reichs.

Hermann von Salza schritt durch die Gasse, die die Gaffer bildeten, Friedrich folgte ihm. Die Deutschritter postierten sich rund um das Gebäude und sorgten dafür, dass die Neugierigen noch weiter abgedrängt wurden.

Sie betraten die Halle. Es roch nach Blut.

Hermann von Salza blieb stehen und sah sich um. Er schnaubte und schüttelte den Kopf.

Sie lagen allein hier drin – sieben tote Männer. Die Gaffer hatten noch nicht genug Mut gefunden gehabt, die Halle zu betreten. Alles war unberührt. Friedrich trat neben den Deutschordensritter und versuchte zu verstehen, was er sah. Ohne dass sie es verabredet hätten, gingen die beiden langsam weiter und nahmen die Situation in sich auf.

Zwei tote Männer neben einem Bretterstapel. Sie lagen dort wie aufgebahrt, die Hände auf der Brust gefaltet. Einer von ihnen hielt ein langes Messer in den toten Fingern. Die Klinge war braun von eingetrocknetem Blut.

Ein Stück entfernt lag ein dritter Toter, ein großer muskulöser Mann. Die Leiche schwamm förmlich in gestocktem Blut. Friedrich sah die verkrustete Wunde unterhalb seines Kiefers und ging davon aus, dass hier eine Klinge durch Zunge, Gaumen und Nasenhöhle bis ins Gehirn des Mannes gerammt worden war – der Fangstoß. Eine zweite Wunde schien sich zwischen seinen Beinen zu befinden und hatte Blut zwei Schritte weit versprüht. Der Latz des Mannes war offen, sein verschrumpeltes, blau angelaufenes Glied entblößt. Hermann von Salza verzog das Gesicht. Er beugte sich über den Bretterstapel und schaute dahinter.

»Da liegt noch einer«, murmelte er. »Mit ihm sind es jetzt acht Tote. Sieht aus, als hätte ihm jemand zuerst die Nase zermalmt und dann das Genick gebrochen.«

Ein Mann mit albinoweißen Haaren lag auf der Seite. Er schien kaum geblutet zu haben. Hermann drehte ihn mit dem Fuß um. In der Höhe des Herzens war ein Loch in seiner Tunika, und der Stoff rundherum war nass. Wer ihn getötet hatte, hatte mit einem gezielten einzigen Stoß sein Herz getroffen. Ein Mann musste gut sein, um das zu bewerkstelligen.

Die letzten drei Toten lagen nebeneinander, als hätten sie gemeinsam gekämpft und wären gemeinsam gefallen. Auch an ihnen war wenig Blut zu sehen. Friedrich konnte einen zerquetschten Kehlkopf erkennen, eine gebrochene Nase, deren Nasenbein anscheinend durch einen Schlag ins Gehirn getrieben worden war, und ein weiteres gebrochenes Genick.

»Walther und seine Freunde sind das jedenfalls nicht«, konstatierte Hermann. Friedrich, der bis zuletzt befürchtet hatte, den alten Sänger unter den Toten zu finden, nickte.

»Zwei Möglichkeiten«, sagte Friedrich, »Erstens: Sie gehörten zu Walther, und jemand hat die ganze Gruppe überfallen und die hier erschlagen und Walther und seine Freunde entführt. Zweitens: Das hier waren die Angreifer, und Walther und seine Leute haben sie erledigt.«

»Und drittens, viertens, fünftens, Majestät. Wir haben keine Ahnung, was hier vorgefallen ist. Wir sollten uns die Dörfler vorknöpfen.«

»Ja, tu das bitte. Aber freundlich, Hermann.«

»Ich werde so sanft sein wie eine Mutter zu ihren Kindern.«

Hermann von Salza stapfte hinaus. Friedrich folgte ihm mit den Blicken. Der Deutschordensritter ging achtlos an einem Lederbeutel vorbei, der auf dem Boden lag, als würde er nirgendwo hingehören. Friedrich trat auf ihn zu und schob ihn mit dem Fuß an. Etwas war darin, etwas, das sich, als er vorsichtig mit der Sohle daraufttappte, zerbrochen anfühlte.

Er hörte den alten Volknand von Eberspach sagen, dass Walther wegen seiner alten Laute auf Burg Stoufen vorgesprochen hatte.

Mit steigender Aufregung kniete der Kaiser nieder und öffnete den Sack. Er fasste hinein, dann drehte er ihn um und schüttete ihn aus. Ein Dutzend Trümmerstücke fielen heraus. Zerbrochene Wirbel, zerschmetterte Späne, eine zerstörte Rosette, dazwischen das Gewirr von gerissenen oder zerschnittenen Saiten. Friedrich konnte das aufgemalte Wappen Walthers erkennen. Die Bruchstücke waren die Überreste von Walthers alter Laute! Wer hatte sie zerstört?

Wichtiger noch: warum?

Und am wichtigsten: Befand sich noch darin, weswegen Walther die Laute wahrscheinlich aus der Burg geholt hatte?

Die Suche war kurz, intensiv und ergebnislos. Friedrich blickte auf, als Hermann von Salza neben ihn trat.

»Ist das Walthers Laute?«, fragte der Ordensritter.

»Ja. Der Waise war nicht drin. Ich habe jedes noch so kleine Trümmerstück untersucht.«

»Wer hat sie zerstört?«

»Keine Ahnung. Was hast du herausgefunden?«

»Dass die hier alle doofe Bauern sind. Aber ein bisschen was ist doch rausgekommen. Jemand hat gemeint, seine alte Mutter habe vom Fenster ihrer Hütte aus beobachtet, dass die Leute, denen sie die Scheune hier überlassen haben, heute um die Mittagszeit abgezogen sind.«

»Abgezogen?«

»Ja. Er meinte, seine Mutter könnte beschwören, dass es die Leute waren: mehrere ältere Männer und eine Frau mit einer Dienstbotin. Lauter edle Frauen und Herren, wie sie meinte. Aber das Beste kommt noch: Sie waren in Begleitung einer Schar Nonnen.«

»Nonnen!?«

»Zisterzienserinnen, Majestät. Vielleicht will Walther in einem Frauenkloster ein paar Lieder zum Besten geben.«

Friedrich starrte seinen Freund und Waffengefährten an. »Zisterzienserinnen«, wiederholte er. Heiß stieg ein Gedanke in ihm auf. »Will Walther den Stein der Kirche ausliefern? Wenn er ihn dem Papst in die Hände spielt, ist das Kaisertum ein für alle mal erledigt! Und ich am allermeisten.«

Hermanns Gesicht wurde zu Stein. »Es heißt, in der Richtung, in der sie das Dorf verließen, liege Burg Rehperc.«

Friedrich rannte aus der Tür. »Schick zwei deiner Männer nach Stoufen, sie sollen die anderen alarmieren und mit ihnen nach Rehperc reiten. Du und die anderen – wir reiten direkt hin. Wenn wir rechtzeitig kommen und alle Ausgänge abriegeln, sitzt Walther in Rehperc fest. Dann können wir klären, ob es sich um ein Missverständnis handelt.«

»Und wenn nicht?«

»Dann räuchern wir die Bande aus.«

22.

Als der Himmel sich zu einem blassen Perlmutt veränderte, das die Farbe aus der Landschaft zu saugen schien, beschloss Anna, dass sie lang genug gewartet hatte. Wenn die Demonstration ihrer Kampfkunst, die Wartezeit und ihre Offenbarungen Walther und seine Gruppe nicht mittlerweile zermürbt hatten, dann würde auch ein noch längeres Zögern nichts nützen. Dann würde Anna so oder so Gewalt anwenden müssen.

Sie wollte diesmal nicht allein in den Vorratskeller gehen, aber Valeria mitzunehmen kam auch nicht infrage. Deshalb war sie froh, dass Valeria sich selbst für die Wache auf dem Wehrgang der Burgmauer eingeteilt hatte. Eine andere Hüterin war kurz nach Valerias Gespräch mit Anna gekommen und hatte ihr gemeldet, dass Valeria sie abgelöst habe. Anna wusste, dass ihrer Ziehtochter neben Gründlichkeit und Ausdauer auch ein großes Pflichtbewusstsein zu eigen war. Wahrscheinlich hatte Valeria gefühlt, dass sie es ihren Mitschwestern schuldig war, sie bei der langweiligen Pflicht zu unterstützen, nachdem sie so lange Zeit frei von allen Diensten unterwegs gewesen war. Den leise anklopfenden Gedanken, dass Valeria es vielleicht auch getan hatte, um ihr, Anna, auszuweichen, verdrängte die ehrwürdige Mutter des Hüterinnenordens. Warum sollte Valeria ihr aus dem Weg gehen?

Sie bat zwei Hüterinnen, von denen sie wusste, dass sie ihr blind ergeben waren, sie zu begleiten, und betrat den Vorratskeller erneut.

Die Sitzordnung war diesmal verändert. Alle saßen dicht beisammen auf der zusammengebrochenen Tischplatte, als wollten sie sich gegenseitig Trost spenden. Die Männer standen auf und stellten sich vor Beatrice und deren Kammerfrau.

»Du fasst sie nicht noch mal an«, sagte Walther, dessen Gesicht zerfurchter war denn je und dessen Augen noch immer vor Feuchtigkeit glänzten.

»Ich werde ihr kein Haar krümmen, wenn du vernünftig bist,

Walther«, sagte Anna. »Aber falls du es nicht bist: Was glaubst du, was dieser lächerliche Schutzwall aus vier alten Männern bewirken soll? Ihr liegt in Sekundenschnelle mit gebrochenen Gliedern in der Ecke, ich werde mir Gräfin Beatrice trotzdem schnappen, und dann könnt ihr zu euren eigenen Schmerzen auch noch die aushalten, die ich ihr zufügen werde. Überlegt es euch.«

Bischof Gerold sagte zu den anderen: »Mit den drei Schönheiten werden wir spielend fertig.«

Anna lächelte freudlos. »Danke für das Kompliment, Euer Gnaden. Komplimente sind immer gelogen. Ganz gleich, wo Ihr noch eine verborgene Waffe herauszieht, Ihr habt keine Chance. Wo ist der Waise?«

»Wenn du schon jemanden peinigen musst, dann nimm mich, Anna«, sagte Walther. »Ich bin es doch eigentlich, dem du dein Leid heimzahlen willst.«

»Keine Sorge. Die Schmerzen, die du empfinden wirst, wenn ich die Frau deines besten Freundes deiner Sturheit wegen foltere, werden schlimmer sein als alle Pein, die ich dir selbst zufügen könnte. Ich frage jetzt zum letzten Mal: Wo ist der Stein?«

Walther senkte den Kopf. »Er ist in der Laute, die du zertreten hast.«

»Was?« Anna spürte, wie ihr gleichzeitig heiß und kalt wurde. Sie war sich sicher, dass er diesmal die Wahrheit sprach.

»Und dort ist er immer noch. Es sei denn, die Dörfler haben die Trümmer durchsucht und den Stein gefunden. In diesem Fall dürfte er jetzt in einem wasserdichten Lederbeutel unter dem größten Dreckhaufen irgendeines Schweinestalls versteckt sein. Wo er meines Erachtens auch hingehört und für alle Zeiten bleiben sollte. Oder deine Totschläger haben ihn gefunden. Dann sind sie jetzt bestimmt schon in höchster Eile in Richtung Heimat unterwegs, um ihn dort meistbietend zu verhökern.«

Anna war sprachlos vor Entsetzen.

»Hättet Ihr mal die Laute nicht zertreten«, sagte Otto von Herneberch. »Respektlosigkeit gegenüber der Musik rächt sich immer.«

Anna wechselte unwillkürlich einen Blick mit den beiden Hüterinnen. Sie sah das fassungslose Entsetzen in den Blicken der beiden. Gleichzeitig erkannte sie, dass ihr selbst der Stein vollkommen egal war. Bislang hatte sie sich der Frage, wie sehr sie selbst hinter den Zielen des Ordens stand, niemals wirklich gestellt. Er war erst Zuflucht gewesen, dann ein Weg zur Macht und schließlich ein Instrument, um Rache an Walther zu nehmen. Nun musste sie ihre Vergeltung erneut aufschieben, weil der Stein dazwischenkam. Keine ihrer Hüterinnen würde es verstehen, wenn sie sich nicht sofort daranmachte, den Stein zu retten. Ihr Herz trommelte wie verrückt vor Schreck und Wut. Ihre Hände formten sich zu Krallen. Sie hob sie vor Walthers Gesicht und wünschte sich nichts so sehr, wie ihm die Augen auszukratzen. Walther zuckte nicht zurück.

»Der Stein ist verloren, Anna«, sagte er. »Was mit mir passiert, ist mir egal. Aber bitte verschone meine Freunde. Und lass nicht zu, dass Valeria von diesem Stein verschlungen wird wie wir. Ob er aus einer Träne der Gottesmutter entstanden ist oder nicht – er hat allen Unglück gebracht, die ihn haben wollten. Lass es jetzt enden. Du hast die Macht dazu.«

Sie starrte ihn an. Obwohl sie sein gealtertes, müde gewordenes, faltiges Gesicht klar und deutlich sehen konnte, war es ihr, als sähe sie ihn eigentlich so wie damals – mit zerraufter blonder Mähne, strahlend lächelnd, verschwitzt, mit blitzenden Augen, auf seine Arme gestützt und auf sie herabblickend, während sie ihn in sich fühlte. Sie biss sich auf die Lippen, damit der Schmerz den anderen Schmerz in ihrer Seele übertönte, und spürte, wie sich doch Tränen in ihren Augen bildeten. Ein warmes Rinnsal tröpfelte über ihr Kinn. Sie hatte sich die Lippe blutig gebissen.

»Es tut mir so unendlich leid«, flüsterte Walther. »Du hast mir nie eine Chance gegeben, mich doch noch zu dir zu bekennen.«

»Du hättest dich nie zu mir bekannt«, flüsterte sie zurück. »Du hast immer nur Eirene geliebt.«

»Ich habe dich geliebt, solange wir beisammen waren.«

»Das war nicht genug.«

»Nein«, sagte er. »Nein, das war es nicht.«

Ihre Blicke verklammerten sich ineinander. Sie fühlte ihre Augen überlaufen. Es ließ heiße, zerstörerische Wut in ihr emporschäumen. Eine Hand fuhr nach oben, ihre Fingernägel setzten an, Walther die Gesichtshaut in Fetzen zu reißen. Er fühlte sich so verschwitzt an wie damals, als sie seine Wange gestreichelt hatte und ihn gebeten hatte, sie noch einmal zur Ekstase zu führen – aber damals war er heiß gewesen. Jetzt war er eiskalt. Die Lippen, die sie damals geküsst hatten, waren heute blau und welk. Alles in ihr schrie danach, ihm Schmerzen zu bereiten. Alles in ihr schrie danach, noch einmal von ihm so geküsst zu werden wie damals.

»Ehrwürdige Mutter, was sollen wir nun tun?«, fragte eine der beiden Hüterinnen.

Sie nahm die Hand von Walthers Gesicht, ohne ihn auch nur geritzt zu haben. Sie starrte ihre Finger an. Sie bebten. Ihre Handfläche brannte. Mit einem Ruck, den sie durch und durch spürte, riss sie sich los und wandte sich um.

»Wir holen den Stein«, sagte sie. »Aldo und seine Männer bewachen die Halle. Niemand wird dort eingedrungen sein.« Als Valeria dort eintraf, waren die Männer immer noch treu dort gewesen, fügte sie in Gedanken hinzu. Andernfalls hätten sie sie gar nicht zu mir senden können. Sie haben keine Ahnung, was zwischen den Trümmern einer zertretenen Laute in einem alten Lederbeutel direkt vor ihren Füßen liegt. Es ist ausgeschlossen, dass sie den Stein gefunden haben und mit ihm davongeritten sind.

Sie brauchte den Stein, um ihre Stellung im Orden zu halten. Sie brauchte ihn, um ihre Rache an Walther vollziehen zu können. Wenn der Stein weg war, würde keine von ihren Mitschwestern verstehen, warum sie sich mit dem Mord an Walther aufhielt, statt sofort dem Stein hinterherzujagen. Am liebsten hätte sie laut geschrien vor hilfloser Wut. Und immer noch fühlte sie die Tränen auf ihren Wangen, die sie geweint hatte um eine Erinnerung, die nie in ihr verblasst war.

»Macht sechs Pferde bereit«, sagte sie. »Holt Valeria.« Sie ratterte die Namen von zwei weiteren Hüterinnen herunter. »Wir reiten so schnell wie möglich zum Dorf und holen den Stein.«

»Sollen wir uns wieder als Nonnen verkleiden, ehrwürdige Mutter?«

»Pfeift auf die Verkleidung«, stieß sie hervor. »Beeilt euch.«

Sie trieb die beiden jungen Frauen vor sich her aus dem Vorratskeller hinaus. Als sie sich noch einmal umwandte, fing sie Walthers Blick auf – und den von Beatrice de Courtenay. In Walthers Augen erkannte sie Trauer und Resignation. In denen Beatrices Mitgefühl.

Mitgefühl mit ihr!

Die Wut brodelte erneut in ihr hoch und erstickte sie fast. Sie warf die Tür zu und verschloss sie, dann rannte sie in ihre Kemenate hinauf, um sich zu bewaffnen. Sie hörte die beiden Hüterinnen die Namen ihrer Kameradinnen rufen und den Valerias. Plötzlich herrschte im Burghof eine Art Panikstimmung. Ich muss Ruhe und Zuversicht wieder herstellen, dachte Anna gehetzt. Ich muss mich selbst beruhigen, bis ich wieder zurück in den Burghof komme, sonst kann ich die anderen nicht beruhigen, und dann entgleitet mir die Kontrolle!

Das Training der Hüterinnen, dem sie sich auch unterworfen hatte, bestand nicht nur aus Kampfübungen. Auch in den Techniken, die ihnen innere Ruhe und Gefasstheit verlieh, war Anna bei Weitem schlechter als ihre jungen Mitschwestern, aber immer noch viel besser als jeder normale Mensch. Als sie den engen Burghof wieder betrat, zeugte nur noch das verkrustende Blut auf ihrer Unterlippe davon, dass die ehrwürdige Mutter der Hüterinnen einen grausamen emotionalen Aufruhr durchgestanden hatte.

Während die Pferde herausgeführt wurden und die Hüterinnen, darunter eine nervös wirkende Valeria, aufsaßen, wurde plötzlich eine Meldung vom Torbau heruntergerufen.

Eine Gruppe von Reitern raste in gestrecktem Galopp den Weg zur Burg herauf. Bis auf einen trugen alle die schwarz-weißen Tuniken des Deutschen Ordens. Der eine, der nicht in die Ordenstuniken gekleidet war, hatte so rotes Haar, dass man es von Weitem erkennen konnte.

Anna reagierte sofort.

»Alles absitzen«, schrie sie. »Tor zu! Brücke hoch! Alle Wehrgänge besetzen! Bogen und Armbrüste bereithalten! Bringt die Burgbewohner in den Saal! Wer ihn zu verlassen versucht, wird getötet! Valeria, komm mit mir!«

Sie folgte den Blicken, mit denen Valeria die erschrocken rufenden und hastig in Richtung Palas rennenden Burgbewohner musterte. Ihr war, als sähe sie in der Menge ein Paar, das eng beieinander blieb, einen jungen Mann und eine junge Frau mit Kopftuch. Die junge Frau stach irgendwie aus den anderen heraus, weil ihre Bewegungen geschmeidiger und eleganter wirkten als das panische Gerenne der anderen, vor allem als das Stolpern des jungen Mannes an ihrer Seite.

Valeria war plötzlich an ihre Seite getreten. »Mutter! Wer sind die Ankömmlinge?«

Die Frage riss sie aus dem Argwohn, der sie beim Anblick der beiden jungen Leute befallen hatte. Sie konzentrierte sich auf das naheliegende Problem.

»Kaiser Friedrich«, stieß sie hervor. »Ein rothaariger Mann, begleitet von einer Truppe Deutschritter. Es kann nur er sein. Was immer ihn hierher geführt hat, er darf auf keinen Fall die Burg betreten und Walther und die anderen finden.« Was immer ihn hierhergeführt hatte … Anna ahnte, dass es kein Zufall war. Ihr sorgfältig ausgeklügelter Plan löste sich von allen Ecken und Enden her auf wie ein aufdröselnder Teppich. Aber noch während sie versuchte, sich darauf einzustellen, nahm ein neuer Plan in ihr Gestalt an, ein Plan, der all das, was bisher geschehen war, von der Festnahme Walthers bis zum unerwarteten Auftauchen des hasserfüllten Priesters, so scheinen ließ, als wäre es von Anfang genauso bestimmt gewesen. Sie wandte sich ab, nahm Valerias Hand und zog sie mit sich zum Palas.

»Schnell, hilf mir«, stieß sie hervor, während sie rücksichtslos die sich im Eingang zum Herrenhaus drängelnden Menschen beiseitestieß, ohne auf die erschrockenen Schreie und Gesichter der Burgbewohner zu achten. »Hilf mir, den Zisterzienserinnenhabit anzulegen.«

»Was hast du vor, Mutter?«

»Vertrau mir.«

Es fühlte sich an, als würde Valerias Hand bei diesen Worten zucken und sich kurz verkrampfen, aber Anna schrieb es dem Umstand zu, dass sie die junge Frau mit aller Kraft hinter sich herzerrte. Als sie sich von Valeria dabei helfen ließ, ihre Männerkleidung aus- und den Habit in fliegender Hast anzuziehen, war ihre Zuversicht zurückgekehrt. Nun wusste sie, wie sie Walther zerstören, Kaiser Friedrich loswerden, den Stein für den Orden reklamieren und alles zu einem brillanten Ende führen konnte.

23.

Nicht lange zuvor hatte Valeria, die eine ihrer Mitschwestern auf dem Turm an der südwestlichen Ecke der Burgbefestigung abgelöst hatte, zwei Menschen geholfen, mithilfe eines Taus die Burg zu erklettern. Das Tau hatte sie auf der vom Torbau und dem Rest der Befestigung nicht einsehbaren Westflanke des Turms hinabgelassen.

Der eine der beiden hatte sich geschickt hinaufgehangelt und atmete nach der Anstregung kaum schneller. Den anderen hatten sie hochhieven müssen, als ihm auf den letzten Metern die Kraft ausging; es war ein unwürdiges Gezappel gewesen, bis er endlich unter dem Dach der Hurde in Sicherheit war.

»Mischt euch unter die Burgbewohner und sucht euch irgendwelche Tätigkeiten, die nicht auffallen«, hatte Valeria gezischt. »Gordia, setz dir ein Kopftuch auf, damit du dein Gesicht verbergen kannst. Laurin, versuch dir nicht wehzutun, wenn du etwas arbeitest.«

»Haha«, hatte Laurin gekeucht.

»Wie geht es weiter?«, hatte Gordia gefragt.

»Ich weiß es nicht. Ich muss die Lage sondieren. Alles, was ich bislang für sicher gehalten habe, stimmt nicht mehr.«

»Pass auf dich auf, Valeria.«

»Passt ihr auf euch auf.« Sie hatte Gordia und Laurin umarmt und gefühlt, wie vor allem Laurin die Umarmung stürmisch erwiderte.

Jetzt stand sie neben ihrer Mutter auf dem Wehrgang über dem Tor und schaute auf die Ankömmlinge hinunter. Es waren über zwanzig Männer. Die meisten von ihnen befanden sich auf dem Grund des natürlichen Grabens, der das eigentliche Plateau des Bergs von dem Felssporn trennte, auf dem die Burg erbaut war. Zwei von ihnen hatten ihre Pferde auf der anderen Seite des Grabens den steilen Abhang hinaufgetrieben und standen jetzt auf der äußeren Brückenhälfte, die über einen künstlich vertieften Graben zum Haupttor der Burg führte. Die andere Hälfte der Brücke konnte man hochziehen. Sie war hochgezogen. Die Burg war gesichert.

Die beiden auf der Brücke waren ein Hüne, der unter seiner weißen Tunika ein Kettenhemd trug, als sei dies seine natürliche Kleidung, und ein ungerüsteter Rotschopf, der deutlich kleiner war als sein Begleiter.

»Macht das Tor auf und lasst die Brücke herunter!«, rief der Hüne hinauf, der Valerias Mutter mit zusammengekniffenen Augen musterte.

»Warum?«

»Weil wir hineinwollen.«

»Genau aus diesem Grund habe ich das Tor schließen lassen«, versetzte Anna.

»Wer seid Ihr überhaupt?«

»Ihr seid die Neuankömmlinge«, erwiderte Anna. »Weist ihr euch erst einmal aus.«

»Kennt Ihr Euren Herrn, den Kaiser, nicht, Schwester?«

»Der Kaiser ist nicht mein Herr. Gott ist mein Herr.«

»Im Himmel vielleicht, aber nicht hier! Wo ist der Burgherr?«

»Er hat mich gebeten, für ihn zu sprechen.«

Die beiden Männer wechselten einen Blick, der wirkte, als sähen sie irgendwelche Befürchtungen bestätigt. Der Rotschopf, von dem ihre Mutter behauptet hatte, er sei der Kaiser, legte seinem Begleiter begütigend eine Hand auf den Arm, als dieser weitersprechen wollte.

»Seid Ihr die Mutter Oberin Eurer Kongregation?«, fragte er mit starkem italienischem Akzent.

»Wer sagt, dass es hier eine Kongregation gibt?«

»Alle, die euch hierher haben ziehen sehen.«

»Und wenn es eine Kongregation gäbe?«

»Dann gibt es auch die Gäste, von denen uns berichtet wurde, dass sie mit euch hierher gezogen sind.«

»Die müssen sich in dem Dorf erkundigt haben, ehrwürdige Mutter«, flüsterte eine der Hüterinnen. Sie hielt sich so wie alle anderen außer Sicht. »Vielleicht haben Aldo und seine Männer geplaudert. Wenn sie sich dieser Übermacht entgegengesehen haben ...«

Anna schien nachzudenken. Die Hüterin wandte sich, als sie keine Antwort bekam, voller Sorge an Valeria. »Die Gefangenen haben gesagt, der Waise wäre in ihrem Quartier zurückgeblieben! Wenn die Deutschritter ihn dort schon entdeckt haben?«

»Wenn der Kaiser ihn hätte, stünde er nicht dort unten und würde um Einlass bitten«, murmelte Valeria. Sie fragte sich, was wäre, wenn gleich herauskam, dass in dem Quartier vor allem sechs tote Halsabschneider zu entdecken gewesen waren. Würde ihre Mutter misstrauisch werden? Ihr war übel. Seit sie Gordia und Laurin in die Burg geschmuggelt hatte, hatte sie eine Grenze überschritten – die von Argwohn zu Ungehorsam. Sie kam sich von allen Seiten bedroht und fremd vor, wünschte sich von Herzen, lauter falsche Schlüsse gezogen zu haben, wusste, dass es nicht so war, und bebte innerlich wie ein gespannter Bogen.

»Man hat Euch nicht gut unterrichtet«, sagte Anna schließlich. »Meine Schwestern und ich sind hier die Gäste.«

»Wer ist dann der Gastgeber?«

Eine winzige Pause, als ob Valerias Mutter noch einmal alle Möglichkeiten durchdenken würde. »Herr Walther von der Vogelweide«, sagte Anna dann. Valeria glaubte, sich verhört zu haben. Welches Spiel spielte ihre Mutter hier?

Die Reaktion der beiden Männer auf der Brücke war bemerkenswert. Der Kaiser wurde ganz still und sein Blick leer. Sein Begleiter stieß einen ellenlangen, massiv obszönen Fluch aus.

»Ich möchte mit Walther sprechen«, sagte der Kaiser schließlich mit belegter Stimme.

»Ich spreche für ihn.«

»Wollt Ihr mir erzählen, er sei hier der Burgherr!?«

»Nein, nur derjenige, der im Moment das Sagen hat.«

»Holt ihn her, oder wir räuchern euch alle miteinander aus!«, brüllte der Deutschordensritter.

»Ihr und welches Heer?«

»Wie lange glaubt Ihr, dauert es, eines auf die Beine zu stellen, ehrwürdige Mutter?«, fragte der Kaiser. »Ein paar Wochen, in denen die Männer, die ich auf Burg Stoufen postiert habe, und meine treuen Ordensritter hier Rehperc so abriegeln, dass keine Maus hinein- oder herauskommt. Bis ich mit dem Sturm auf die Burg beginne, seid ihr alle halb verhungert. Es ist Frühling. Eure Vorratsspeicher sind leer.«

»Haltet Ihr es für ratsam, die Kreuzzugsvorbereitungen durch das Zusammenziehen eines Heers zu stören? Eines Heers, das dann um einen Ort Krieg führt, der zum unmittelbaren Einflussbereich Eurer Heimatburg gehört? Ein merkwürdiges Bild würde das nach außen abgeben – in Richtung Rom, in Richtung Jerusalem. Eines der Schwäche und Machtlosigkeit.«

Friedrich schwieg eine Weile. »Wisst Ihr, worum es mir geht?«, fragte er dann.

»Natürlich. Um den Leitstern der Fürsten. Um den einzigartigen Karfunkelstein. Um das mächtigste Juwel der Welt.«

»Was habt Ihr mit ihm zu schaffen?«

»Ich will verhindern, dass Ihr ihn bekommt.«

Eine erneute Pause. Valeria hatte das Gefühl, dass der Kaiser sich zwingen musste weiterzusprechen. »Und was will Walther?«

Anna lächelte. »Er will mit Euch darum kämpfen. Morgen früh. Auf der Wiese unterhalb des Hauptturms.«

Valeria war fassungslos. Sie hörte die anderen Hüterinnen erregt miteinander tuscheln. Ihre Mutter hingegen wirkte so kühl und überlegt, als hätte sie all das von langer Hand geplant.

»Er will WAS?«

»Walther wünscht ein Gottesurteil, Majestät«, sagte Anna und benutzte zum ersten Mal die respektvolle Anrede, die sie bisher vermieden hatte. »Es heißt, der Stein unterwerfe sich nur einem würdigen Träger. Ob Ihr würdig seid, soll Gott entscheiden. Morgen früh.« Ihre Stimme war immer lauter geworden, um sicherzustellen, dass alle vor dem Tor sie hören konnten, auch die Deutschordensritter auf dem Fuß des Grabens. »Ein Gottesurteil! Wagt Ihr, es anzunehmen, Majestät?«

Friedrich sagte nichts, offenbar zu schockiert für eine Antwort.

»Ihr werdet es morgen wissen, wenn wir auf dem Kampfplatz stehen!«, brüllte sein Begleiter schließlich hinauf. Er griff dem reglosen Kaiser in die Zügel und wandte sich mit ihm zusammen ab. Der Kaiser schien sich erst zu erholen, als die beiden mit den anderen Rittern den jenseitigen Abhang des Grabens erklommen. Er drehte sich noch einmal über die Schulter um und warf der Burg einen Blick zu. Sein Gesicht war weiß unter seinem flammend roten Haar.

»Weit reitet er nicht«, murmelte Anna. »Er kann nicht anders, als die Herausforderung anzunehmen. Er wird seine Ritter so um die Burg herum verteilen, dass niemand von uns sie verlassen kann, dann wird er um seine restlichen Männer, um seine Ausrüstung und um Sachen für ein Nachtlager nach Stoufen schicken. Noch im Lauf der Nacht werden wir Zeugen werden, wie er auf der Wiese, die ich ihm genannt hatte, ein Lager errichten und einen Kampfplatz abstecken lässt.«

»Was ist, wenn Walther gewinnt?«, fragte die eine der Hüterinnen aufgebracht. »Was ist dann, ehrwürdige Mutter?«

»Dann ist der Kaiser tot, unrühmlich gestorben durch die Hand eines alten, untrainierten Sängers. Sein Nachfolger wird anderes zu tun haben, als sich um den Stein zu kümmern. Er wird gegen alle Seiten Krieg führen. Walther wird, Gottesurteil hin oder her, fliehen müssen, und irgendjemand mit einem schwarzen Kreuz auf der weißen Tunika wird ihm hinterherjagen, um den Tod des Kaisers zu rächen. Wir werden in diesen Wirren wenig Mühe haben, den Stein an uns zu nehmen und zurück nach Byzanz zu bringen, um die große Mission unserer Schwesternschaft zu erfüllen.«

»Und wenn Walther verliert?«

»Dann ist Walther tot, aber der Kaiser bekommt den Stein trotzdem nicht. Er wird geschlagen abziehen, überall wird es heißen, der Kaiser habe seine Ehre verspielt, indem er einen alten Mann getötet hat. Er wird alle Hände voll damit zu tun haben, sich gegen die zu wehren, die diese Schwäche ausnutzen wollen, und um den Stein kann er auch nicht mehr buhlen, weil dieser mit dem schnöden Tod Walthers in Verbindung gebracht werden wird. Wir bringen den Stein zurück nach Byzanz und haben die große Mission unserer Schwesternschaft erfüllt.«

»Du tust alles, um das Reich ins Unglück zu stürzen«, sagte Valeria, als sie vom Wehrgang heruntergeklettert waren und über den Burghof zum Palas schritten.

Ihre Mutter schenkte ihr einen kühlen Blick. »Ich tue alles, um Walther tot zu sehen«, erwiderte sie.

»Ich dachte, wir Hüterinnen tun alles, um den Stein wieder in unseren Besitz zu bringen?«

»Das eine ergibt sich aus dem anderen. Was ist mit dir? Kann ich mich noch auf dich verlassen?«

»Ja, Mutter«, sagte Valeria. Aber ich kann mich nicht mehr auf dich verlassen, dachte sie bei sich.

5. BUCH

DER, WELCHER WÜRDIG IST …
1227 A. D.

1.

In der Nacht hielt Valeria es nicht mehr aus. Sie erhob sich von dem breiten Bett im ehemaligen Schlafgemach des Burgherrn, in dem die Hüterinnen, die keinen Dienst versahen, schliefen, beanwortete eine schläfrige Frage einer ihrer Mitschwestern, mit denen sie das Bett teilte, mit einer ebenso schläfrig klingenden Antwort, balancierte auf Zehenspitzen zwischen den auf den Boden schlafenden Gestalten hindurch und folgte dem Lichtsaum, der unter der Holztür zur Kemenate durchschien. Seit sie sich hingelegt und zu schlafen versucht hatte, hatte sie auf diesen schmalen Streifen Licht gestarrt. Sie kratzte leise an der Tür und öffnete sie dann.

»Mutter?«

Das Licht kam hinter Vorhängen hervor, die ein kleines Rechteck im Raum bildeten. Diese Kammer aus Stoffen war ein Rückzugsort für die Burgherrin, wenn sie allein zu sein wünschte, und wies Zugluft und Kälte ab. In den kalten Monaten lebte und arbeitete die Burgherrin hier, spann, hielt Korrespondenz, las, überprüfte die Rechnungen der Lieferanten und die Abgabenliste der Pächter und unterhielt sich mit ihren Kammerfrauen.

»Ich bin hier«, erklang Annas Stimme aus dem Geviert hervor.

Valeria trat ein. Ihre Mutter saß auf einem hochlehnigen Stuhl vor einem Schreibpult, an dessen Seite Zwingen und Köcher angebracht waren, um Kerzen, Tintenbehälter und Ersatzfedern aufzunehmen. Der Duft einer Bienenwachskerze, den Valeria schon draußen wahrgenommen hatte, hing schwer in dem Tuchgeviert; es roch nach heißem Honig, nach Wärme, nach Andacht und irgendwie nach Kindheit. Anna pickte am heißen Wachs herum und starrte geistesabwesend in die Flamme.

»Ich hab die Kerze in der Truhe gefunden«, murmelte sie. »Zusammen mit einem Dutzend anderer, fein säuberlich in ein Tuch eingeschlagen. Die meisten waren vertrocknet und zerbröselt, aber die hier war noch gut.« Sie hielt den Finger unter einen plötzlich herabrinnenden Wachsfluss und stoppte ihn. Sie schien die Hitze des flüssigen Wachses gar nicht zu spüren. »Ich kann mich erinnern, dass ich diese Kerzen damals entgegengenommen habe – als dies noch mein Zuhause war. Die Frau des Imkers hat sie gezogen. Es war ein Geschenk zur Geburt meines ersten Sohnes.«

Valeria, die ganz etwas anderes hatte ansprechen wollen, fühlte sich von dieser verblüffenden Eröffnung wider Willen in den Bann gezogen. Überrascht sagte sie: »Ich wusste nicht, dass ich einen Bruder hatte.«

Anna wandte den Kopf und sah sie an. So plötzlich wie das Wachs der Kerze übergelaufen war, rollte eine Träne aus einem Auge und über ihre Wange. Anna hielt sie nicht auf. »Alle meine Söhne hab ich verloren«, wisperte sie. »Alle meine Söhne.«

Valeria legte ihr die Hand auf die Schulter. Anna seufzte. Valeria hatte erwartet, dass ihre Mutter ihre Hand nehmen würde, aber Anna pickte nur weiter an der Kerze herum. Die ausbleibende Geste schnitt Valeria ins Herz.

»Mutter, darf ich dich etwas fragen?«

»Das hier war mein Schreibpult«, sagte Anna. »Siehst du, hier sieht man noch den Schatten eines Tintenflecks. Er ist nie wieder ganz rausgegangen. Als ich ein Tintenröhrchen auffüllte, ist es mir aus den Fingern geglitten. Es war ganz einfaches Pergament und wir hatten genug Tinte, aber Hildebrand hat trotzdem die Augen verdreht und mich einen Tolpatsch geschimpft. Vor meinen Dienerinnen. Das hab ich ihm lange nicht verziehen.«

»Hildebrand …?«, sagte Valeria vorsichtig, jetzt noch wissbegieriger als zuvor.

»Mein Mann.«

»Mein Vater.«

Anna starrte Valeria an. Diese hatte den Eindruck, dass ihre Mutter versuchte, zwei Dinge zusammenzubekommen, die nicht zusammengehörten. Mit einem Ruck schüttelte sie die melancholische Stimmung, in der Valeria sie angetroffen hatte, ab.

»Ja«, sagte sie, und ihre Stimme hörte sich wieder so knapp und sicher an wie sonst auch. »Dein Vater. Natürlich.«

»Wieso durfte ich nicht wissen, dass ich die Erbin von Rehperc bin, Mutter?«

»Weil du nicht …«, begann Anna heftig, dann räusperte sie sich. Sie holte tief Luft. »Verzeih mir, Valeria. Ich bin übermüdet. Ich finde hier keinen Schlaf. Weil du nicht mit dem Gedanken an ein verlorenes Erbe aufwachsen solltest. Wozu Dinge betrauern, die man sowieso nicht zurückholen kann?«

»Was hat dazu geführt, dass du dich den Hüterinnen angeschlossen hast? Du hast mir gesagt, ich sei damals ein Neugeborenes gewesen.«

»Wir waren Ministeriale von König Philipp. Als er umgebracht wurde, fühlte ich mich nicht mehr sicher.«

»Aber warum ist Vater nicht mit dir gegangen? Wieso hat er dich gehen lassen? Was ist passiert? Warum ist Rehperc für dich und mich verloren?«

»Das wirst du erfahren, wenn du etwas älter bist.«

»Mutter, ich bin alt genug, von dir mit einem Mord beauftragt zu werden!«

»Der Tag wird kommen, Valeria.« Valeria fühlte den prüfenden Blick ihrer Mutter und wusste, dass sie ihre Gedankenverlorenheit abgeschüttelt hatte und nun wieder voll konzentriert war. Achtlos wischte sie die Tränenspur von ihrer Wange. »Was wolltest du von mir?«

Valeria hatte sich vorgestellt, wie sie das Problem, das ihr auf dem Herzen lag, frei und offen anreden würde. Sie hatte gedacht, dass zwischen ihrer Mutter und ihr genug Vertrautheit herrschte. Nun wurde ihr klar, dass das nie der Fall gewesen war. In den letzten Minuten hatte sie ganz beiläufig Dinge erfahren, die sie nie gewusst hatte. Aufrichtigkeit und Vertrauen waren Dinge, die ihre Mutter ganz genau kalkuliert hatte. Sie fühlte sich plötzlich beklommen und sehr allein. Aber sie wäre nicht sie gewesen, wenn sie nicht den Mut gefasst hätte, die Sache trotzdem anzusprechen.

»Mutter, ich halte es für falsch, Walther und dem Kaiser diesen Zweikampf aufzuzwingen.«

»So.« Nun klang Annas Stimme kühl. »Ich nicht.«

»Die Folgen dieses Duells könnten das ganze Reich zum Wanken bringen.«

»Das Reich ist nicht unsere Sorge, sondern der Stein.«

»Unsere Aufgabe ist es, den Stein zu hüten, bis einer kommt, der seiner würdig ist. Wenn Friedrich nun derjenige ist?«

»Willst du mir erklären, was unsere Aufgabe ist, Valeria? Ich bin die Mutter dieses Ordens! Und was bist du?«

»Ich bin deine Tochter!«, rief Valeria.

»Nein, du bist eine Ordensschwester, die ein Gelübde abgelegt hat! Und das bist du gerade im Begriff zu brechen. Ich frage dich jetzt zum zweiten Mal, Valeria. Kann ich mich auf dich verlassen? Ein drittes Mal frage ich dich nicht.«

»Und was wirst du tun, wenn du dir die Frage doch noch ein drittes Mal stellen musst?«, stieß Valeria hitzig hervor. Wahrscheinlich genauso reagieren, wie du es bei Gordia getan hast, als sie anfing, sich Gedanken über diese Mission zu machen, dachte Valeria bitter. Sie konnte sich gerade noch zurückhalten, diesen Vorwurf zu äußern.

»Ich warte auf eine Antwort«, sagte Anna.

Valeria öffnete den Mund und schloss ihn dann wieder. Ich muss taktisch denken, schoss es ihr durch den Kopf. Großer Gott, ich spreche hier mit meiner Mutter, aber statt Offenheit und Vertrauen brauche ich vor allem eine Strategie. Was ist geschehen? Wieso ist plötzlich alles so falsch? Vor ihrem inneren Auge blitzten unvermittelt Bilder der letzten Tage auf – Otto, der vorsichtig, Heinrich, der direkt, Laurin, der umständlich, Beatrice, die nachdenklich, und Walther, der freundlich-ironisch sprach – aber immer im absoluten Vertrauen auf die Freundschaft untereinander; offen und ohne Taktiererei, manchmal grob, aber nie verletzend, manchmal unangenehm, aber nie beleidigend, manchmal mit bestimmten Zwecken, aber nie verlogen. Sie fühlte eine solche Sehnsucht nach diesen letzten Tagen, in denen sie selbst in der Position des Beobachters und doch irgendwie ein Teil der Gemeinschaft gewesen war, dass ihr der Atem kurz wurde. Diese Gemeinschaft war nun in höchster Gefahr. Valeria hatte sie in die Falle geführt.

»Ja, Mutter«, sagte sie und senkte den Kopf. »Du kannst dich auf mich verlassen.« Schockiert erkannte sie, dass sie Anna in diesem Moment hasste, weil sie gezwungen war, sie aus vollstem Herzen anzulügen.

»Gut. Leg dich wieder schlafen. Morgen ist der wichtigste Tag für unseren Orden.«

Morgen ist der katastrophalste Tag für unseren Orden, dachte Valeria. Laut sagte sie: »Ja, Mutter.«

»Gute Nacht.«

»Gute Nacht.«

Statt sich wieder hinzulegen, schlich Valeria die Treppe hinunter, sagte der Mitschwester, die dort am Eingang zum Saal Wache hielt, dass sie nicht schlafen könne, und wurde arglos durchgelassen. Sie winkte den beiden Frauen zu, die auf dem Wehrgang des Torbaus standen, und wechselte ein paar Worte mit der Wächterin, die den Eingang zum Pferdestall und dem Brunnen im Auge behielt. Von jenseits der Burgmauer hörte sie die Geräusche, die vom nächtlichen Aufschlagen eines Lagers kamen, und sah den Dachfirst des Hauptturms von einem schwachen Lichtsaum umgeben, der von Fackeln und Feuerstellen auf dem Bauplatz stammte.

Als sie sicher war, dass niemand mehr auf sie achtete, schlenderte sie um die Ecke des Gesindebaus herum und trat lautlos durch die Tür ein. Drinnen war es stockdunkel. Sie tastete sich an den Tischen und Bänken und der kalten Herdstelle vorbei zur Treppe ins Obergeschoss, schlich so leichtfüßig wie möglich hoch, um sich nicht durch knarrende Stufen zu verraten, durchquerte den gemeinsamen Schlafraum und kletterte die Leiter in das niedrige, für Lagerzwecke genutzte Dachgeschoss hinauf. Als sie den Kopf durch die Luke steckte, flüsterte sie gleichzeitig: »Laurin, Gordia – acht Männer liegen im Dorf.«

»Sechs davon haben es verdient«, wisperte eine Stimme so nahe an ihrem Ohr, dass sie zusammenzuckte. Gordia. Die junge Frau würde, wenn sie noch ein, zwei Jahre Erfahrung sammelte, viel besser sein als Valeria. Gut, dass sie die Parole vereinbart hatten. Valeria zweifelte nicht, dass sie andernfalls schon eine Hand auf dem Mund, ein Messer an der Kehle und die Warnung im Ohr hätte, dass die geringste Bewegung zu ihrem Tod führen würde.

»Wir haben dich schon kommen gehört, als du zur Tür reingingst«, sagte Gordia. »Du warst so laut wie eine Horde Benediktiner nach dem Ende der Schweigepflicht.«

»*Sie* hat dich gehört«, meldete sich Laurins verdrossene Stimme zu Wort. »Wahrscheinlich sieht sie dich sogar. Ich seh nicht mal meine eigene Nasenspitze.«

Nach dem Abzug des Kaisers hatte Anna die Burgbewohner wieder aus dem Saal entlassen und ihren Arbeiten nachgehen lassen. Valeria hatte es geschafft, mit Gordia kurz Kontakt aufzunehmen und ihr nahezulegen, sich mit Laurin im leer stehenden Gesindehaus zu verbergen. Wenn sie sich noch länger unter das Burgpersonal mischten, würde irgendjemand sie anreden, wer sie eigentlich waren, eine Diskussion würde entstehen, und das würde den Hüterinnen auffallen.

»Wird hier nach dem Rechten geschaut?«, fragte Valeria.

»Zweimal bis jetzt. Aber nur im Erdgeschoss und im Schlafraum. Nach hier oben ist niemand gekommen. Aber selbst wenn – Laurin und ich haben ein paar Kisten und Truhen aufeinandergestellt und dahinter ein Lager gemacht. Auch wenn man mit einer Fackel hier reinleuchtet, kann man uns nicht entdecken. Man müsste schon ganz hereinkommen und hinter den Stapel kriechen.«

»Gut«, sagte Valeria, die ein merkwürdiges Gefühl in sich aufkeimen fühlte, als Gordia von dem gemeinsamen Lager mit Laurin berichtete. Gordia hatte klug und umsichtig gehandelt – und trotzdem war es Valeria nicht recht. Sie versuchte, das Gefühl zu verdrängen.

»Was gibt es?«, fragte Gordia.

»Ich habe versucht, meine Mutter umzustimmen. Vergeblich.«

»War es schlimm für dich?«

»Ja«, sagte Valeria einfach und schwieg dann ein paar Herzschläge lang, weil sie mit den Tränen kämpfte. Auf einmal spürte sie eine warme, sanfte Hand an ihrer Wange, dann strich Gordias Atem über sie und gab ihr einen Kuss darauf.

»Es tut mir so leid für dich«, flüsterte Gordia.

»Die Entscheidung ist gefallen. Wir gehen so vor, wie wir es besprochen haben.«

»Einverstanden. Ich habe bereits versucht, den Gefangenen ein Signal zu senden, als sie in ihr Nachtquartier gebracht wurden, aber ich bin nicht sicher, ob sie es verstanden haben. Es hat ohnehin nur der andere Sänger den Eindruck gemacht, dass er es überhaupt mitbekommen hat.«

»Was wolltest du ihnen signalisieren?«

»Nur, dass sie die Hoffnung nicht aufgeben sollen.«

»Was wir tun wollen, wird nicht leicht werden. Wir haben alle unsere Mitschwestern gegen uns.«

Nun schwieg Gordia eine Weile. »Ja«, sagte sie dann rau. »Weil sie fehlgeleitet sind. Die eigentliche Schwesternschaft, das sind jetzt wir.«

»Wir sind eine Bruderschaft«, erklang Laurins Stimme. »Ich gehöre nämlich auch dazu.«

»Ach?«, machte Valeria. Sie war Laurin dankbar dafür, dass er mit seiner Bemerkung einen Weg geöffnet hatte, das Gespräch wieder optimistischer klingen zu lassen. »Nur weil ein einziger Mann dabei ist, ist es schon eine Bruderschaft?«

»Dann eben eine Gemeinschaft.«

»Laurin, komm her.«

Valeria hörte ihn grummeln und dann auf allen vieren seinen Weg zur Treppenluke suchen. Mittlerweile hatte Valeria lange genug in die Dunkelheit gestarrt, dass ihre Augen mit dem bisschen Nachtlicht, das durch die kleinen Fensterluken von draußen in den Schlafraum und von dort die Leiter hoch sickerte, etwas anfangen konnten. Sie sah Gordias Gesicht als kaum erkennbaren helleren Fleck in der Finsternis. Sie streckte die Hand aus, strich Gordia über die Wange. Gordia nahm ihre Hand und hielt sie fest. Sie verfolgte Laurins Weg anhand seiner tapsenden Bewegungen, dann spürte sie ihn mehr als sie ihn sah neben Gordia. Sie streckte die freie Hand aus, und als er sie ergriff, legte sie sie auf ihre und Gordias ineinander verschränkte Finger.

»Wir sind jetzt die Gemeinschaft«, sagte sie.

»Amen«, sagte Laurin.

»Viel Glück, ihr zwei. Wir sehen uns wieder, wenn alles geklappt hat.«

Gordia beugte sich nach vorn und küsste Valeria erneut auf die Wange. Dann beugte sich Laurin nach vorn und küsste sie auf den Mund.

Sie war so überrascht, dass sie ihre Lippen unwillkürlich öffnete. Sie spürte seine Zunge und erwiderte den Kuss, noch bevor sie darüber nachdenken konnte. Er dauerte so lange, dass ihr der Atem knapp wurde.

Dann zog Laurin sich zurück, und Valeria kletterte die Leiter hinunter, wortlos, atemlos, zerrissen von einem ungeheuren Gefühl des Verlustes, weil sie soeben dem Orden ihre Gefolgschaft aufgekündigt hatte, und einem ganz gegensätzlichen der Euphorie, weil Laurins Kuss das gewesen war, was sie sich gewünscht hatte, ohne es zu wissen.

Draußen warteten drei Hüterinnen auf sie. Sie waren bewaffnet.

»Hallo Valeria«, sagte ihre Anführerin. Sie hieß Aelia und war während Valerias Abwesenheit Annas Vertraute gewesen. »Hattest du ein Gespräch mit Gordia und dem jungen Mann, die du in die Burg eingeschmuggelt hast?«

2.

Walther und die anderen drei alten Recken verbrachten die Nacht in der von außen verschlossenen und bewachten Wachstube der Burg.

»Du solltest mich an deiner Stelle kämpfen lassen«, sagte Heinrich.

»Oder mich«, sagte Gerold.

»Du solltest gar nicht kämpfen«, sagte Otto.

»Ihr habt ja gehört, dass Anna euch nur unter dieser Bedingung laufen lässt. Ich hab keine Wahl«, erklärte Walther.

»Du hast keine Chance«, sagte Heinrich grimmig.

»Umso besser. Glaubst du, ich will Friedrich töten?«

»Diese Hexe!«, stieß Gerold hervor. »Sie hat dich in der Falle. Wie konntest du dich nur je mit ihr einlassen, Walther?«

»Weil sie damals keine Hexe war. Ich habe sie erst zu einer gemacht.«

»Sie hat sich selbst dazu gemacht«, widersprach Otto.

»Aber ohne mein Zutun wäre das nie geschehen.«

»Vielleicht erreicht dein Junge was«, meinte Gerold. Walther schluckte. Er zuckte jedesmal innerlich zusammen, wenn die anderen von Laurin als »seinem Jungen« sprachen. Sie hatten diese Sprachregelung sofort nach Annas Abgang verwendet. Walther wusste nicht, ob es ihn unendlich stolz oder unendlich traurig machte. »Immerhin scheinen sie ihn noch nicht geschnappt zu haben.«

»Ich kann nur hoffen, dass ihm nichts passiert ist.«

»Und das Mädchen? Valeria? Philipps und Eirenes Tochter?«

»Die gehört doch zu diesem Weiberzirkel«, stieß Heinrich hervor. »Wenn ich das richtig verstanden habe, sieht sie Anna als ihre Mutter an. Die hat uns doch verraten und verkauft.«

»Deshalb mache ich mir ja Sorgen um Laurin. Sie weiß, dass er existiert.«

»Aber wie es scheint, hat sie nichts von ihm erzählt. Sonst würden ihn diese Hüterinnen schon suchen«, sagte Gerold.

»Wer weiß, ob sie das nicht tun? Wir bekommen doch nur das mit, was Anna uns wissen lässt«, grollte Heinrich.

»Auf Burg Rehperc scheint Valeria aber nicht zu sein«, sagte Walther.

»Die verstecken sie nur vor uns. Oder sie ist nach Hause geritten, weil sie ihren Auftrag erfüllt hat. Verlass dich besser nicht darauf, dass sie irgendwie anders sein könnte als diese anderen Furien!«

»Wollt ihr mit mir beten, Freunde?«, fragte Walther. »Dann kann ich, wenn ich morgen früh vor der Pforte der Hölle stehe, dem Teufel wenigstens sagen, dass er auf eure Seelen nicht hoffen soll.«

»Wir würden dir lieber ein paar Kniffe beibringen«, sagte Heinrich.

»Ich werde nicht gegen Friedrich kämpfen.«

»Du bist ein Narr.«

»In jedem Sänger steckt auch ein Narr.«

»Aber nicht so einer«, knurrte Gerold.

Walther wandte sich an den ziemlich stillen Otto. »Saladin, wenn du dir Sorgen machst, dass sie deine Frau anständig behandeln, dann geh zu ihr. Unsere Freundschaft leidet nicht darunter. Du liebst sie.«

»Und weil ich das tue, werde ich dich in dieser Nacht nicht im Stich lassen. Ich will ihr ja weiterhin in die Augen schauen können.«

»Du wirkst so nachdenklich. Lass es sein. Aus dieser Geschichte komme ich nicht mehr heraus. Das, was gut von mir war, ist eh vor zwanzig Jahren gestorben. Der Rest hat sich ungebührlich lange gehalten.«

»Ich denke nach«, sagte Otto, »weil ich mir einbilde, dass mir auf dem Burghof eine Magd zugeblinzelt hat, als wir hierhergeführt wurden. Und das hat sie bestimmt nicht getan, weil sie mir schöne Augen machen wollte.«

»Weshalb dann?«, fragte Gerold und klang perplex.

»Das versuche ich ja zu ergründen.«

3.

»Du bist uns immer als Beispiel an Gründlichkeit vor Augen gehalten worden«, sagte Aelia. »Deshalb haben wir alle Wachrunden auch gründlich durchgeführt. Wir haben die beiden in ihrem Versteck ziemlich schnell gefunden.«

»Dann bin ich mit der Auswahl des Verstecks wohl diesmal nicht gründlich genug vorgegangen.«

»Es war nicht schlecht. Im Rahmen der gegebenen Möglichkeiten sogar fast perfekt.«

Valeria lockerte so unauffällig wie möglich ihre Schultern und bewegte die Füße, um einen besseren Stand zu bekommen. Es war unausweichlich, dass sie würde kämpfen müssen. Es fragte sich nur, wie viele Gegner sie hatte.

»Wer hat die beiden entdeckt?«, fragte sie.

»Ich selbst«, sagte Aelia.

»Wem hast du es bisher verraten?«

Aelia deutete stumm auf ihre Begleiterinnen, die Valeria mit der Intensität von Habichten musterten, die darauf warten, dass jemand sie vom Handschuh aufsteigen und die Beute schlagen lässt.

»Warum hast du es meiner Mutter noch nicht gesagt?«

»Weil ich hören wollte, was du dazu zu sagen hast.«

»Du kennst die Antwort, Aelia«, sagte Valeria, trat einen Schritt zurück und nahm eine Ausgangsstellung ein. Ihr Herz begann schwer und langsam zu schlagen. Dieser Kampf würde wie keiner sein, den sie jemals gekämpft hatte. Die drei Mitschwestern zu besiegen war so gut wie unmöglich, aber es blieb ihr nichts anderes übrig. Und danach? Der Kampf würde gehört werden. Er war verloren, bevor er begann. Sie ballte die Fäuste.

»Ich weiß nicht, Valeria. Kenne ich die Antwort? Sag sie mir.« Aelia machte keine Anstalten, eine Verteidigungsposition einzunehmen.

»Ich fürchte, meine Mutter hat den Weg unseres Ordens verlassen.«

Aelia nickte langsam und nachdenklich, bewegte sich aber sonst nicht. »Der junge Mann, den du versteckst – gehört er zu Walther von der Vogelweide?«

»Ja. Er ist harmlos. Aber das würde meine Mutter mir nie glauben.«

»Und warum versteckst du Gordia?«

»Meine Mutter war der Meinung, dass sie zu viele Fragen stellte. Deshalb hat sie Aldo und seinen Schurken den Auftrag gegeben, sie zu töten. Gordia hat die gleichen Fragen gestellt, die ich mir nun stelle. Statt Aldo und seinesgleichen hat sie mir nun aber euch auf den Hals gehetzt. Sehr schön. Bringen wir es hinter uns.«

»Was ist aus Aldo geworden?«

»Er und seine Männer sind tot.«

»Sehr gut«, sagte Aelia zu Valerias Überraschung. »Sechs Schweine weniger auf der Welt. Wie?«

»Einen Gordia, einen Laurin, vier ich.«

»Ah – der harmlose junge Mann.« Aelia lächelte. Und bevor Valeria etwas darauf antworten konnte, sagte sie weiter und hörte dabei zu lächeln auf: »Vertraust du Gordia und Laurin?«

»Ja.«

»Ich vertraue diesen beiden.« Aelia deutete auf ihre Begleiterinnen. »Valeria – Anna von Rehperc ist nicht deine Mutter.«

Zum zweiten Mal in dieser Nacht wurde Valerias Welt erschüttert, als Aelia weitersprach. Aber diesmal stürzte sie dabei vollkommen ein. Aelia war als Wache an der Tür zum Vorratskeller postiert gewesen, als Anna mit den Gefangenen gesprochen hatte. Als sie voller Wut und Hohn erzählt hatte, wie es vor zwanzig Jahren wirklich abgelaufen war. Aelia, die durch die Nähe zu Anna in den letzten Tagen bereits zu zweifeln begonnen hatte, ob das alles so richtig war, was geschah, hatte schockiert alles mitangehört. Und den Glauben verloren. Danach hatte sie Valeria beobachtet. Sie hatte sich mit ihren beiden Vertrauten beraten. Die drei hatten den Entschluss gefasst, Valeria anzusprechen.

»Dein Leben ist eine Lüge gewesen, Valeria. Die ehrwürdige Mutter hat es zu einer Lüge gemacht. Und unsere Gelübde hat sie ebenfalls zu einer Lüge gemacht, denn ihr geht es nur um ihre Rache an Walther von der Vogelweide und darum, die Erinnerung an seinen Namen zu beflecken. Alles andere ist ihr egal. Der Stein bedeutet ihr nichts.«

Valeria fühlte sich wie im freien Fall. Anna war nicht ihre Mutter. Sie war eine Prinzessin, die man um ihr Erbe betrogen hatte. Sie war eine Königstochter, deren Mutter von der Frau getötet worden war, die sie zwanzig Jahre lang als ihre wirkliche Mutter angesehen hatte. Nichts von dem, was der Mensch, dem sie am meisten vertraut hatte, ihr erzählt hatte, war richtig gewesen. Was machte das aus ihr? Die, die sie in Wirklichkeit war, hatte nie existieren dürfen. Und die, die sie gewesen war, hatte es in Wirklichkeit nie gegeben. Sie war ein glimmender Funken, der von einem Scheiterhaufen in die Höhe wirbelte und in der Dunkelheit der Nacht davontrieb und verlosch.

»Wie geht es jetzt weiter, Valeria? Die ehrwürdige Mutter wird sich fragen, wo du bist.«

»Sagt ihr, dass ihr mich gefunden habt, wie ich wegen meines Ungehorsams weinte und dass ich ihr erst wieder unter die Augen treten wolle, wenn ich mich für würdig erachte, sie um Verzeihung zu bitten.«

»Das ist eine krasse Lüge, Valeria.«

»Wie du schon gesagt hast: Diese ganze Mission ist eine Lüge.«

»Wir müssen den Zweikampf verhindern«, sagte Aelia. »Er ist nicht rechtens. Er bringt alles in Gefahr, was an diesem Reich noch halbwegs gut und wahrhaftig ist.«

»Nein«, erwiderte Valeria, der klar vor Augen stand, welchen Verlauf die Dinge nun zwangsläufig nehmen mussten. »Wir können Walther nicht davor bewahren. Er muss gegen den Kaiser antreten.«

4.

Nach dem Gespräch kehrte Valeria in den Gesindebau zurück und stieg zum Dachgeschoss hinauf. Sie fühlte sich immer noch wie im freien Fall. Alles in ihr schrie nach einem Anker, an dem sie sich festhalten konnte, um den Fall zu stoppen.

»Gordia?«

»Valeria?«

»Schlaft ihr schon?«

Zwei Antworten aus der Dunkelheit: »Nein.«

»Wir haben Verbündete unter unseren Schwestern.« Sie nannte die Namen der drei Hüterinnen. »Wir sind doch nicht so allein, wie wir dachten.«

»Gut«, sagte Gordia.

»Gordia, würdest du trotzdem etwas für mich tun? Würdest du die Eingangstür unten bewachen?«

Nach einem kurzen Zögern: »Ja, Valeria.«

Valeria kletterte ganz in das Dachgeschoss hinein und ließ Gordia hinuntersteigen. Sie tastete sich um den Sichtschutz herum, bis sie mit Laurin zusammenstieß.

»Oh, entsch…«, begann Laurin.

Er kam nicht weiter, weil sie ihm mit einem wilden Kuss den Atem raubte. Sie rissen sich gegenseitig die Kleider vom Leib. Sie fielen in der Dunkelheit übereinander her, ohne sich sehen zu können, nur von ihren Gefühlen und Instinkten geleitet, und die Gefühle und Instinkte ließen sie das Richtige tun.

Im Dachgeschoss des Gesindebaus, in der fast absoluten Finsternis des Verstecks, verlor Valeria ihre Unschuld und schenkte Laurin das, auf das er bislang vergeblich gehofft hatte, nämlich die Leidenschaft, in der zwei Menschen in ihrer Verschmelzung versinken. Der Bretterboden bebte, der Kistenstapel wackelte, ihr Keuchen hallte durch den leeren Bau.

Im Erdgeschoss des Gesindebaus hockte Gordia auf dem Boden, den Rücken an die Wand gepresst, weinte lautlos und war zugleich glücklich für die zwei Liebenden zwei Stockwerke weiter oben.

Im Dachgeschoss des Gesindebaus fand Valeria ihren Anker und hörte auf zu fallen.

5.

Im Morgengrauen kam Anna von Rehperc zusammen mit zwei Hüterinnen in die Wachstube und holte Walther ab. Die drei Frauen trugen wieder den Zisterzienserinnenhabit, aber sie waren mit gespannten Armbrüsten bewaffnet und hielten Heinrich, Otto und Gerold in Schach.

»Holen wir nach, was du vor zwanzig Jahren versäumt hast, Walther«, sagte Anna. »Dein Rendezvous mit dem Tod.« Sie lächelte, aber es war nur der Geist eines Lächelns. Ihr Gesicht war bleich und ihre Augen gerötet. Trotz ihrer Jahre war sie bis gestern Abend eine schöne Frau gewesen. Jetzt sah man ihr an, dass sie ein Leben geführt hatte, das nicht ihrer freien Wahl entsprach. Ihre Züge waren verhärmt und freudlos.

»Du musst das nicht tun, Anna«, sagte Walther.

»Das kann nur jemand sagen, der keine Ahnung hat.«

»Auch ich habe zwanzig Jahre gelebt in der Überzeugung, das Glück verloren zu haben.«

»Das Glück?« Anna lachte bitter. »Du meinst, ich hätte mein Glück behalten, wenn ich dich nicht verloren hätte?«

»Nein, du hättest es behalten, wenn du dich selbst nicht verloren hättest.«

»Alles nur poetische Sprüche. Unten auf der Wiese wartet die größte Poesie auf dich. Was werden deine letzten Worte sein?«

»Tandaradei?«, schlug Walther vor.

Annas Wangenmuskeln spielten. »Ich werde auf deinem Grab tanzen«, sagte sie.

»Nein«, seufzte Walther. »Wirst du nicht. Lass uns gehen.«

Er drehte sich um. Anna hatte er seine Verzweiflung und Todesangst nicht zeigen wollen, aber seine Freunde, die mit verbissenen, finsteren Gesichtern dastanden, ließ er in sein Herz blicken. »Wir treffen uns wieder«, sagte er heiser. »Irgendwo, nehme ich an. Ich sterbe als ein reicher Mann, denn ich hatte das Glück eurer Freundschaft.«

»Du musst Friedrich nur sagen, was hier abläuft«, drängte Otto. Er sagte es bestimmt zum zehnten Mal.

»Ich befürchte, dafür ist es jetzt zu spät«, antwortete Walther zum elften Mal. »Nur in unseren Liedern können wir die Geschichten so erzählen, dass die Irregeführten am Ende die Wahrheit erkennen.«

»Sie können nur zwei von uns erledigen«, sagte Gerold erstickt. »Der Dritte dreht den Weibsbildern dort die Hälse um.«

Anna grinste verächtlich. »Ihr wärt der Erste, den wir erledigen«, sagte sie.

»Ihr wärt die Erste, der ich das Genick brechen würde, und wenn's das Letzte wäre, was ich tue«, sagte Gerold.

»Lebt wohl«, sagte Walther. Er wandte sich ab und trat aus der Kammer. Die Hüterinnen folgten ihm und schlugen die Tür hinter sich zu. Anna verriegelte sie und übergab den beiden Hüterinnen den Schlüssel.

»Zur Rüstkammer«, sagte sie dann zu Walther. »Dort entlang.«

Vor der mit Eisenbändern beschlagenen Tür zur Rüstkammer stand eine weitere Hüterin. Sie war in die üblichen schwarzen Sachen gekleidet und sperrte auf Annas Nicken die Tür auf, ohne Walther anzusehen. Anna trat beiseite, um Walther einen Blick in die Kammer zu ermöglichen. Eine Kerze brannte darin und verbreitete den Duft von Bienenwachs.

»Such dir was aus«, sagte Anna.

Walther sah sich um. »Ein Abschiedsgeschenk von dir?«, fragte er.

Anna wandte ihre Aufmerksamkeit einem Schild zu, auf den in noch immer nicht ganz getrockneten Farben ungelenk Walthers Wappen gemalt war – der goldene Vogelkäfig auf rotem Grund mit dem fröhlich grünen Vogel darin. »Die Leute sollen schließlich erkennen können, wer heute stirbt«, sagte sie.

»Ich meinte die Kerze«, sagte Walther. »Ich kann mich erinnern, dass du nach dem Duft von Wachskerzen geradezu süchtig warst.«

»Das habe ich überwunden«, sagte Anna. Es hörte sich an, als würde sie sich jedes Wort mit Gewalt abringen.

Walther trat auf sie zu. Sie sah zu ihm hoch. Er beobachtete, wie ihre Gesichtszüge sich verkrampften und verzerrten in einem heftigen inneren Kampf. Ihre Blicke schrien: Hilf mir hier heraus. Rette dich. Rette mich.

»Zu spät, Anna«, sagte er sanft.

Sie straffte sich. »Ich weiß nicht, wovon du sprichst«, sagte sie. »Und wenn du glaubst, dass mich dein tragisches Gesicht irgendwie milde stimmt, bist du auf dem Holzweg.«

Walther nickte. Er nahm einen rostfleckigen Topfhelm mit schmalen Sehschlitzen von einem Haken und stülpte ihn sich über. »Ich werde den tragen«, sagte er und hörte seine eigene Stimme dumpf im Helm klingen. »Dann bleibt dir der Anblick erspart, wie die Tragik in meinem Gesicht der Ausdruckslosigkeit des Todes weicht.«

»Du nimmst mir das letzte Vergnügen, das ich mit dir haben wollte«, sagte sie, dann wandte sie sich ruckartig ab und stapfte durch die Tür. Walther wusste, dass sie, wenn sie noch einen Moment länger geblieben wäre, ihre mühsam bewahrte Haltung verloren hätte. Vielleicht war es besser so. Wenigstens die letzten Schritte seines Lebenswegs waren klar und einfach. Alles, was den Ablauf der Ereignisse jetzt noch gestört hätte, wäre eine würdelose Komplikation gewesen.

Walther hatte seinen Frieden gemacht.

Es hinderte ihn nicht daran, trotzdem eine lähmende Todesangst zu empfinden.

Die Tür der Rüstkammer wurde zugeschlagen, aber nicht versperrt. Er würde herauskommen, wenn er fertig war. Erneut blickte er sich um. Sich allein die Ausrüstung anzuziehen, würde nicht ganz einfach sein, noch dazu, da die Sachen, die hier herumlagen, nicht für ihn gemacht waren. Egal. Er brauchte sie nicht, um sich vor dem Tod zu schützen. Er brauchte sie nur, um auf dem Kampfplatz nicht wie ein Idiot zu wirken und Friedrich so lange Widerstand zu leisten, dass der Kampf nicht ehrlos wirkte.

Im Licht der Kerze sah er plötzlich Eirenes Geist stehen. Walther war nicht verwundert. Irgendwie hatte er sie hier, in seinen letzten Momenten unter den Lebenden, erwartet.

»Hallo, meine Königin«, flüsterte er. »Ich wollte, ich hätte mit dir nur ein einziges Mal ein Bett unter der Linde gehabt und der Nachtigall gelauscht. Ich wollte, ich wäre der Liebe gefolgt, statt vor ihr davonzulaufen. Ich wollte, ich hätte mich ihr hingegeben, statt von ihr zu singen. Ich wollte, ich wäre dem schweren und steilen Pfad gefolgt. Ich hatte immer zu viel Angst, dass das Schwert, das sich unterm Gefieder der Liebe versteckt, mich verwunden könnte, und habe nicht gemerkt, dass es mich getötet hat. Ich komme jetzt dorthin, wohin du mir vorausgegangen bist. Wenn Philipp auch dort ist, werde ich ihn um Verzeihung bitten, und dann werde ich dich mit mir nehmen. Im Leben konnte ich nicht mit dir sein. In der Ewigkeit werde ich nie mehr von deiner Seite weichen.«

Eirenes Geist antwortete nicht. Er lächelte und warf ihr eine Kusshand zu und wandte sich ab, um sich zu rüsten.

Walther von der Vogelweide, der um der Liebe willen nie mehr einen Streich hatte führen wollen, bereitete sich darauf vor, um einer verschmähten Liebe willen den letzten Streich zu empfangen.

6.

Anna wartete draußen auf Walther. Sie wich den Blicken der jungen Frau aus, die die Tür bewacht hatte. Im Schutz der weiten Ärmel ihres Habits zogen ihre Fingernägel blutige Furchen in die Haut ihrer Arme.

Wenn er herauskommt und den Helm nicht aufhat, beende ich das Ganze, sagte sie sich.

Wenn er herauskommt und mich um sein Leben bitte, beende ich das Ganze.

Wenn er herauskommt und mich um Verzeihung bittet, beende ich das Ganze.

Wenn er herauskommt und mir eine Chance gibt, ihm zu sagen, wie sehr ich ihn immer noch liebe, beende ich das Ganze.

Sie spürte ihre schmerzenden Arme nicht. Man konnte keinen anderen Schmerz neben dem spüren, der in ihrem Herzen war.

Die Tür öffnete sich. Walter schritt heraus, gerüstet, ein Schwert in der Rechten, den Schild mit seinem Wappen in der Linken, den Helm auf dem Kopf. Trotz der Ausrüstung wirkte er auf einmal schmal, verletzlich und chancenlos. Anna richtete sich auf.

Wenn er auch nur ein einziges Wort zu mir sagt, und sei es ›Miststück‹, beende ich das Ganze, versicherte sie sich.

Die Sehschlitze des Helms starrten sie an. Sie sah, wie Walthers Atem seinen Brustkorb hob und senkte. Er nickte ihr zu, dann drehte er sich ohne ein Wort um, legte die Klinge seines Schwerts auf seiner Schulter ab und stapfte zum Tor.

Wenn er mir einfach nur zunickt, beende ich das Ganze, schrien Annas Gedanken stumm in ihr. Warum habe ich nicht an diese Möglichkeit gedacht? Sie gab sich einen Ruck und lief ihm hinterher.

Es war zu spät.

Die Hüterinnen am Tor öffneten die Mannpforte, und Walther bückte sich durch den schmalen Durchgang und war draußen.

Vor dem Tor standen stumm und mit ihren Helmen auf den Armen die Deutschritter, die Hände an den Schwertgriffen und die Mienen eisig. Ihre frisch polierten Kettenhemden schimmerten golden in der aufgehenden Sonne. Hermann von Salza stand abseits, größer und breiter als alle anderen. Er trat Walther in den Weg. Walther blieb stehen.

Hermann von Salza spuckte vor ihm aus.

Walther stand regungslos da, bis der Deutschordensmeister ihm den Weg frei gab. Dann stapfte er schweigend weiter.

Auch Anna, die beim Anblick der Deutschritter kurz zurückgeprallt war, setzte sich wieder in Bewegung und folgte Walther. Ohne sich umzudrehen, wusste sie, dass alle Hüterinnen, die sie nicht für Wachdienste eingeteilt hatte, ihr hinterherschritten, alle im Zisterzienserinnenhabit. Sie hörte das Tor zuschlagen und den Riegel von innen einrasten.

Es war zu spät. Alles war zu spät. Zwanzig Jahre hatte sie gewartet, und jetzt hatten ein paar Sekunden Erstarrung genügt, um alles, was sie jemals wirklich gewollt hatte, endgültig zu Asche werden zu lassen.

7.

Die Schritte der Wächterinnen unter dem Dach des Hauptturms eilten alle zu einer Seite – der Seite, von der aus man auf den Kampfplatz hinunterblicken konnte. Der Mann, der sich im Geschoss darunter versteckt hielt, konnte sie hören. Er hätte auch den Staub sehen können, der zwischen den Bodenbrettern, die für ihn die Decke seines Verstecks darstellten, herunterrieselte. Aber er hatte nur Augen für den Anblick, der sich ihm bot, wenn er aus der schmalen Fensteröffnung nach draußen schaute.

Der Anblick war der des Kampfplatzes fünfzehn Mannslängen unter ihm. Es war ein Quadrat, ungefähr zehn mal zehn Mannslängen auf jeder Seite. Seine Einfassung bestand aus

Soldaten aus Friedrichs Geleit, die schweigend nebeneinanderstanden, zwei Dutzend auf jeder Seite. Dort, wo noch Lücken waren, stellten sich die ankommenden Deutschritter auf. Walther schritt in die Mitte des Gevierts, das Schwert über der Schulter, und wartete. Hinter dem Kampfplatz waren hastig errichtete Zelte zu sehen, von glimmenden Lagerfeuern und fast erloschenen Fackeln stiegen Rauchfahnen in die kühle Morgenluft.

Der heimliche Beobachter im Hauptturm nahm eine gespannte Armbrust vom Boden auf. Es lag noch kein Bolzen in der Rinne. Er zielte mit der Armbrust durch die Fensteröffnung. Der Bolzen würde schräg nach unten fliegen, ideal selbst für einen ungeübten Schützen. Wind wehte keiner – die Baumwipfel waren vollkommen ruhig. Es würde reichen, ein wenig zu hoch zu zielen, und der Bolzen würde dort einschlagen, wo er sollte. Über die Kimme der Armbrust war eines der Zelte zu sehen. Erst als der Beobachter die Armbrust so weit senkte, dass ein von ihr abgefeuerter Bolzen zu kurz geflogen wäre, konnte er das Ziel sehen.

Das Ziel war Walther von der Vogelweide.

Gott war gnädig und hatte sich endlich entschlossen, Munibert zum Werkzeug der Gerechtigkeit zu machen.

Munibert, der heimliche Beobachter mit der Armbrust im Hauptturm, grinste und zitterte leicht vor Aufregung. Heute vor dem Morgengrauen hatte Anna von Rehperc ihm drei gespannte Armbrüste überreicht und ihm erklärt, dass man vom vorletzten Geschoss des Hauptturms jemanden, der unten auf dem Kampfplatz stand, leicht erschießen konnte. Sie hatte ihm erklärt, dass Walther von der Vogelweide heute Morgen dort unten stehen würde. Sie hatte gesagt, dass der Sänger den Kaiser zum Kampf herausgefordert hatte. Er würde verlieren und vom Kaiser getötet werden. Aber wenn er wider Erwarten gewann, dann sollte Munibert ihn erschießen.

Die drei gespannten Armbrüste waren eine Art Narrensicherung. Wenn er mit dem ersten Bolzen nicht traf, konnte er blitzschnell eine zweite Armbrust abfeuern. Und eine dritte. Spätestens der dritte Bolzen würde treffen.

Munibert hatte dankbar genickt, sich auf den Weg zu seinem Versteck gemacht und innerlich gelacht. Drei Armbrüste. Er wusste, dass jeder Schuss ein Treffer sein würde, denn Gott war auf seiner Seite.

Er würde Walther von der Vogelweide erschießen, den Judas, den Meuchler der einzigen Liebe, die Munibert je empfunden hatte.

Dann würde er Anna von Rehperc zur Strecke bringen, weil sie geglaubt hatte, ihn zuerst demütigen und dann benutzen zu können.

Und der dritte Pfeil würde Kaiser Friedrich treffen, der die Warnungen Muniberts in den Wind geschlagen und ihn verächtlich fortgejagt hatte wie einen Hund.

Gott war groß. Gott war gut. Gott würde heute die Unwürdigen zermalmen.

8.

Kaiser Friedrich stand in seinem Zelt, noch immer ungerüstet. Er stand ganz still. Er war gut darin, ganz still zu stehen, während in seinem Gemüt ein Sturm tobte. Er stand schon seit einer geraumen Weile so. Er war allein. Sein Diener, der ihm die Rüstung hatte anlegen wollen, war auf Friedrichs Befehl hin nach draußen gegangen.

Nun schlug jemand die Zeltklappe zurück und stapfte herein, groß und vierschrötig und den engen Innenraum füllend.

»Walther wartet auf dich, Majestät.«

Friedrich nickte. Er rührte sonst keinen Finger. Sein Kettenhemd, über Nacht mit Asche, Sand und Fett auf Hochglanz poliert, hing über dem Ständer, sein Helm mit dem eingravierten königlichen Stirnreif steckte auf der senkrechten Stange, die aus dem Halsausschnitt des Kettenpanzers ragte. Der steife, gepolsterte Gambeson, über den das Kettenhemd gezogen wurde, lag auf der Bank, neben den Kettenbeinlingen und den Panzerhandschuhen. Der Diener hatte auch Friedrichs Tunika zu reinigen versucht und die Fett-, Öl- und Rostflecken, die das Kettenhemd hineingerieben hatte, so gut wie möglich entfernt. Über der einen Armstange des Kettenhemdständers hing das Schwert Friedrichs, aufgehängt an seinem weichen, weißen, ledernen Schwertgurt. Der Diener hatte den kaiserlichen Adler auf dem Schild ausgebessert und den ganzen Schild nach dem Trocknen der Farbe mit Schweinefett eingerieben, so dass er glänzte und duftete wie das Versprechen eines üppigen Festmahls. Friedrich war vage übel von dem Geruch.

»Die Männer warten auch, Majestät.«

»Ich will nicht gegen Walther kämpfen, Hermann.«

»Er hat es selbst so gewollt.«

»Ich will ihn nicht töten.«

»Das wird wohl nicht ausbleiben, wenn du nicht willst, dass er dich tötet.«

»Als ich ihn zum ersten Mal sah, hat er mir lachend die Fehler vorgehalten, die ich beim Benutzen der deutschen Sprache machte.«

»Er war immer unverschämt, Majestät.«

»Als ich ihn das nächste Mal sah, konnte ich bis in sein Herz blicken, weil er verzaubert und wehrlos war. Ich habe selten einen Menschen gesehen, der so von Liebe durchdrungen war. Er hat nicht gemerkt, dass ich ihn beobachtete, aber ich glaube, er hätte sich in diesem Moment auch dann keine Maske überziehen können, wenn er es gemerkt hätte.«

»Wen hat er dabei angesehen, Majestät? Sein Spiegelbild?«

Friedrich wandte sich um und betrachtete den Deutschordensmeister, der dem, was ein Kaiser seinen besten Freund nennen konnte, am nächsten kam. »Warum verachtest du ihn so, Hermann?«, fragte er.

»Weil er es verdient hat.«

»Womit?«

»Er hat dich verraten, Majestät. Er hat den toten König Philipp verraten. Er hat sich selbst verraten.«

»Die Jahre nach dem Tod meines Onkels waren für uns alle schwierig.«

»Und für dich am allerschwierigsten, Majestät. Trotzdem bist du deinen Zielen treu geblieben. So wie du es immer noch tust.«

»Walther ist auch treu geblieben, Hermann. Er hatte König Philipp einen Schwur geleistet. König Philipp war tot. Aber solange er lebte, hat er zu ihm gehalten. Jemand wie Walther schwört einem Mann die Treue, nicht einer Krone, einer Fahne oder einer Idee.«

»Woher willst du wissen, dass er Philipp gegenüber immer loyal war?«

»Weil ich gesehen habe, wen er damals angeblickt hat. Es war nicht sein Spiegelbild. Es war meine Tante. Walther hat Königin Eirene geliebt, und er hat nie auch nur ein unkeusches Wort an sie gerichtet, weil sie Philipps Frau war.«

»Woher willst du das wissen?«

»Weil ich weiß, dass sie ihn auch geliebt hat und sich bis zu ihrem Tod danach verzehrte, dass er sich ihr offenbarte.«

Hermann schwieg eine Weile vor sich hin. »Trotzdem wartet er jetzt dort draußen auf dich. Er hat dich herausgefordert. Du musst hinausgehen, Majestät, sonst wird jeder deiner Männer denken, du seist schwach, und das wäre der Anfang deines Endes. Komm, lass mich dir die Rüstung anlegen.«

»Das ist die Arbeit eines Dieners.«

»Nein, das ist die Arbeit eines Freundes.«

»Es gibt Tage, da hasse ich es, der Kaiser zu sein«, sagte Friedrich. »Sei mein Freund und teile Walther mit, dass ich ihn um Verzeihung bitte. Dann bleib auf dem Kampfplatz und halte die Männer ruhig. Ich werde gleich nachkommen. Mein Diener wird mich anziehen. Dich brauche ich draußen.«

»Wie du wünschst, Majestät.«

Der Diener kam unmittelbar nach Hermann herein. »Majestät, wollt Ihr vor dem Kampf noch beichten? Der Kaplan von Stoufen ist eben eingetroffen und bietet euch an, Euer *confessor* zu sein.«

»Der Kaplan von Stoufen? Gut. Schick ihn mir herein. Und dann zieh mich an. Bringen wir diesen Gang hinter uns.«

9.

Aelia trat in der Burg auf die beiden Wächterinnen zu, die den Aufgang zum Saal blockierten.

»Sind die Burgbewohner alle noch dort oben?«, fragte sie.

»Ja, Aelia«, sagte die Wachführerin. »Wir lassen keinen heraus, bis das Gottesurteil vorüber ist.«

»Das ist ein Irrtum. Ihr lasst sie jetzt heraus.«

»Die Befehle der ehrwürdigen Mutter lauten anders, Aelia. Habe ich irgendetwas falsch verstanden?«

»Nein, du hast alles richtig verstanden. Und ich hoffe, dass du jetzt auch alles richtig verstehst. Lass sie raus.«

Die Brauen von Aelias Mitschwester zogen sich zusammen. »Was soll das?«, fragte sie scharf.

»Es gibt neue Befehle«, sagte Aelia.

»Von wem?«

»Von mir«, ertönte eine Bassstimme. Um die Windung der Treppe herum kam ein schwergewichtiger Mann, der in jeder Hand eine gespannte Armbrust trug und auf die Wächterinnen zielte. »Ich bin Reichsmarschall Heinrich von Kalden und übernehme das Kommando über die Burg. Verhaltet Euch vernünftig, dann muss kein Blut fließen. Der Torbau ist bereits in unserer Hand.«

Die Wachführerin verhielt sich nicht vernünftig, sondern riss ein Wurfmesser heraus. Aelia reagierte blitzartig. Ein paar heftige Augenblicke später lag die Wachführerin stöhnend am

Boden. Das Messer klimperte harmlos die Stufen hinab. Die andere Wächterin hob die Hände, als Heinrich nun beide Armbrüste auf sie richtete.

»Hast du sie ernsthaft verletzt?«, fragte er Aelia und nickte zu der stöhnenden Hüterin.

»Sie ist meine Schwester, Herr Heinrich«, sagte Aelia. »Natürlich nicht. Wir alle wissen, wo wir hinlangen müssen, um jemanden wehrlos zu machen, ohne ihm dabei wirklich wehzutun.«

»Ich wünschte, du hättest das vor dreißig Jahren zu mir gesagt, als ich noch genug Kraft hatte, um so eine Anrede aktiv misszuverstehen.«

»Wie meint ihr das?«

»Wie ich es gesagt habe, mein Kind, wie ich es gesagt habe. Fesseln wir die beiden und geben den Rehpercern ihre Burg zurück.«

Der Burghauptmann drängte sich nach vorn, kaum dass Heinrich die im Saal versammelten Burgbewohner mit der neuen Lage vertraut gemacht hatte. »Wir holen uns die Burg zurück«, sagte er kämpferisch.

»Das wollte ich hören«, sagte Heinrich zufrieden. Dann wandte er sich Otto von Herneberch zu, der in diesem Moment hereinhastete.

»Der Kampf hat noch nicht angefangen«, keuchte er. »Walther steht dort unten und wartet. Der Kaiser lässt sich Zeit. Wenn wir die Burg erobern, bevor es losgeht, können wir vielleicht erreichen, dass der Kampf abgesagt wird, ohne dass Friedrich als wie immer gearteter Verlierer daraus hervorgeht. Und vor allem ohne dass Walther sterben muss.«

»Dann verlieren wir keine Zeit«, sagte Heinrich, wirbelte zum Burghauptmann herum und rief: »Worauf wartet Ihr? Ihr habt eine Burg zu erobern!«

10.

Hermann von Salza wusste nicht mehr, was er tun sollte. Walther stand reglos auf dem Kampfplatz wie die Verkörperung der ritterlichen Tugend der Geduld. Mittlerweile hatte er sein Schwert vor sich in die Erde gespickt und seinen Schild darangelehnt. Mit auf dem Rücken zusammengeschlagenen Händen stand er da, die Beine leicht gespreizt, und wirkte vollkommen mit sich im Reinen. Durch die Reihen der Männer rund um das Geviert lief ein Raunen und Gemurmel, dessen Tonlage sich mit den verstreichenden Minuten immer gereizter anhörte. Er war drauf und dran, noch einmal zum Zelt des Kaisers zu stapfen und diesen zur Not mit sanfter Gewalt hinter sich herzuzerren, damit er den Kampf endlich aufnahm.

Doch da lief ein befreites Ausatmen durch die Männer. Eine Gasse öffnete sich, und zu einem aufbrandenden Applaus schritt Kaiser Friedrich in voller Rüstung auf den Kampfplatz. Walther straffte sich und nahm die Hände hinter dem Rücken vor.

Kaiser Friedrich stapfte auf ihn zu und blieb ein paar Schritte vor ihm stehen. Er nahm den Schild hoch und fasste sein Schwert fester. Hermann trat neben Walther und sagte so, dass es der Kaiser hören konnte: »Seine Majestät bittet Euch um Verzeihung, Herr Walther. Vergebt ihm Euren Tod.« Er konnte nur das Funkeln der Augen hinter den Sehschlitzen erkennen, die ihn während seiner Worte unverwandt musterten. Walther neigte leicht den Kopf, dann griff er nach seinem Schild, nahm ihn auf und zog das Schwert aus der Erde.

Hermann trat zurück. Er machte sich bereit.

»Möge der Kampf«, er machte eine Pause, dann hob er die Hand und ließ sie nach unten fallen, »BEGINNEN!«

Walther stieß sofort zu.

11.

Heinrich von Kalden stand wie ein Feldherr im Burghof. Wenn er nicht gewusst hätte, dass draußen sein Freund Walther von der Vogelweide auf den Tod wartete, und zwar von der Hand eines Mannes, den er verehrte, hätte er die Situation genossen. Überall rannten die Burgknechte, die er momentan großzügig als »seine Soldaten« empfand, die Wehrgänge entlang. Die ersten Hüterinnen, vor der Wahl stehend, gegen Aelia, Gordia und die anderen übergelaufenen Frauen auf Leben und Tod zu kämpfen oder sich zu ergeben, fügten sich in ihr Schicksal. Schon drangen die ersten Kämpfer in das Dachgeschoss des Hauptturms ein.

Der Burghauptmann kam außer Atem angerannt. »Das müsst Ihr Euch ansehen!«, stieß er hervor

Heinrich folgte ihm beunruhigt. Der Burghauptmann führte ihn in die Rüstkammer. Dort kniete Beatrice de Courtenay auf dem Boden und tupfte einem stöhnenden Mann die Stirn ab. Der Mann trug lediglich ein Hemd und war nur halb bei Bewusstsein. Beatrice blickte über die Schulter zu Heinrich hoch und zuckte ratlos mit den Schultern.

»Er lag unter ein paar alten Pferdedecken und leeren Säcken versteckt«, haspelte der Burghauptmann. »Wir hätten ihn gar nicht entdeckt, wenn wir nicht die ausgezogene Tunika entdeckt und das Stöhnen gehört hätten. Er war gefesselt. Gräfin Beatrice, die uns beim Ausgeben der Waffen geholfen hat, hat die Fesseln gelöst.«

Heinrich starrte die Tunika an, dann den besinnungslosen Mann. Er hatte eine gewaltige Beule an der Schläfe, schien aber ansonsten unversehrt. Heinrich verstand gar nichts.

Der besinnungslose Mann war Walther von der Vogelweide.

12.

Walthers Schwert fuhr herab. Der Kaiser hob den Schild noch höher und stolperte einen Schritt zurück. Die Klinge bohrte sich tief in den Erdboden und blieb dort stecken.

Walther ließ den Schwertgriff los und ging unbewaffnet einen, zwei, drei Schritte zurück. Das Schwert zitterte immer noch leicht nach. Der Kaiser spähte über den oberen Rand seines Schilds hinweg zu Walther und schien ratlos. Das Schwert in seiner Rechten hatte er noch nicht gehoben. Er wirkte fast so, als hätte er sich nur verteidigen, aber nicht zurückschlagen wollen.

Walther blieb stehen. Seine Brust hob und senkte sich. Dann ließ er den Schild zu Boden fallen. Er fiel mit der Bildseite ins Gras, schaukelte auf seiner Wölbung hin und her und lag dann still.

Walther streifte die Panzerhandschuhe ab.

Dann löste er den Verschluss des Helms unter seinem Kinn. Er neigte den Kopf und nahm den Helm ab.

Ein Keuchen lief durch die Männer rund um den Kampfplatz.

Hermann von Salza gaffte mit offenem Mund.

Walther hatte keine Panzerkapuze unter dem Helm getragen und auch sonst keinen Schutz außer einer gepolsterten Bundhaube. Diese streifte er mit dem Helm ab, dann schüttelte er sein langes Haar aus. Den Helm ließ er fallen.

Walther war gar nicht Walther.

Walther war eine bildhübsche, junge Frau mit kühnen, byzantinischen Gesichtszügen.

Hermann wollte fluchen, brachte aber kein Wort hervor. Er stierte zu den Zisterzienserinnen hinüber. Deren Oberin war auf die Knie gesunken und hatte den Mund geöffnet vor Entsetzen. Ebenso wie bei Hermann kam kein Ton heraus.

»Ich kämpfe nicht gegen den rechtmäßigen Herrn des Reichs!«, rief die junge Frau laut.

Hermanns Blicke zuckten zu Friedrich. Der Kaiser richtete

sich langsam auf und ließ den Schild sinken. Auf einmal fiel Hermann etwas auf, was er schon vorher gemerkt, aber in der Aufregung ignoriert hatte.

Diesmal fand er Worte.

»Scheiße«, sagte er fassungslos. »O heilige, dreimal verfluchte, bis zum Himmel riechende Scheiße!«

13.

Munibert hörte das Getrappel über sich, nahm es aber nicht wichtig. Es gab nur eines, was wichtig war – dass dort draußen seine Ziele standen. Er sah Walther den ersten Streich führen und kicherte in sich hinein, als die Klinge nur den Boden traf. Dann wurde ihm bewusst, dass Walther das Schwert absichtlich in den Boden getrieben hatte, und dann wurde er mit Grauen Zeuge der Verwandlung, die aus Walther von der Vogelweide den Geist von Königin Eirene machte.

Er stöhnte.

Er hörte Eirenes Geist rufen: »Ich kämpfe nicht gegen den rechtmäßigen Herrn des Reichs!«

Er hob die Armbrust und ließ sie wieder sinken. Er stöhnte ein zweites Mal vor Verständnislosigkeit und Entsetzen.

Er sah den Kaiser sich aufrichten und den Schild senken. Er sah Anna von Rehperc auf die Knie fallen.

Eirenes Geist stand mitten auf dem Kampfplatz, waffenlos und stolz.

Es gab keine Geister.

Aber das dort war Eirene, wie er sie in Erinnerung hatte. So hatte sie ausgesehen, als sie ihn aus dem Raum geschickt hatte. Damals war er ihr ganz nah gewesen. Heute nicht. Trotzdem. Genauso hatte sie ausgesehen.

Kalter Schweiß brach ihm aus. Sein überforderter Verstand erinnerte sich, dass er drei Aufgaben hatte erledigen wollen. Die

Armbrust hob sich wieder, schwenkte zitternd herum und zielte auf Anna von Rehperc. Doch die verdammte Hexe war von ihren als Nonnen verkleideten Weibern umringt, die ihr aufhelfen wollten. Er würde sie niemals treffen.

Mit abebbendem Zittern, weil er plötzlich wusste, was er zu tun hatte, schwenkte er die Armbrust zurück und nahm den Kaiser ins Visier. Seine Hand spannte sich langsam, um den Hebel zu drücken und die Armbrust auszulösen.

14.

Das ratlose Raunen rund um den Kampfplatz steigerte sich, als der Kaiser sein Schwert fallen ließ und dann seinen Schild. Er streifte sich auch die Panzerhandschuhe ab. Einer verfing sich mit den Riemen in den Ringen seines Panzerhemds, und er schlenkerte mit der Hand ungeduldig in der Luft herum, bis sich der Riemen löste und der Handschuh davonflog. Er traf einen der Ritter am Rand des Kampfplatzes vor die Brust und fiel dann herab. Eine Hand des Kaisers fuhr zu den Atemlöchern in seinem Helm, wie jemand, der sich unwillkürlich die Hand vor den Mund schlägt, weil er sich dumm angestellt hat. Die Hand tastete über den Helm. Dann riss der Kaiser an seinem Kinnriemen, bekam ihn auf. Er zog den Helm ab.

Hermann starrte. Er war nicht einmal mehr überrascht. Was ihm vorhin aufgegangen war und was er schon viel eher hätte merken sollen, war, dass der Mann in der kaiserlichen Rüstung sich gar nicht wie der Kaiser bewegt hatte, sondern wie einer, der Mühe hatte, in all den Sachen nicht über seine eigenen Füße zu fallen.

Die Ritter starrten.

Die junge Frau starrte.

Der Mann, der die kaiserliche Rüstung getragen hatte, schien unter der Intensität der brennenden Blicke zu schwanken.

Dann fing er sich. Er räusperte sich und stammelte: »Äh!« Dann schluckte er, riss sich zusammen und rief klar und deutlich: »Mein Name ist Laurin von der Vogelweide, ich bin der Sohn Walthers, und ich kämpfe nicht gegen die Tochter von Königin Eirene und die Frau, die ich liebe.«

Zwischen den Zisterzienserinnen sank deren Mutter Oberin bewusstlos zusammen.

Von oben wurde ein gedämpfter Knall hörbar. Hermann von Salza wirbelte herum, mehr von seinen Instinkten als von seinem Verstand geleitet. Jeder, der einmal in einer Schlacht gekämpft hatte, kannte dieses Geräusch. Es war der Knall einer auslösenden Armbrust. Er bildete sich ein, den Bolzen heranschwirren zu sehen, dann hörte er das Ploppen, mit dem er einschlug.

Der Bolzen steckte zwischen den Füßen des jungen Mannes, der sich soeben als Walthers Sohn zu erkennen gegeben hatte. Hermann kannte den Hänfling – er hatte sich eingemischt, als sie Walther auf seinem Gut besucht hatten.

Dann reagierte sein von den Ereignissen geschockter Verstand endlich. Er brüllte: »Schütze von oben. Alles in Deckung!« und rannte in seiner Verwirrung auf Laurin zu, weil dieser in der Rüstung des Kaisers steckte und Hermanns Training ihm befahl, den Kaiser mit seinem Körper zu schützen. Der junge Mann machte im selben Augenblick einen Satz auf die Frau in Walthers Rüstung zu, um sie unter sich zu begraben, doch sie war viel schneller als er, riss ihn zu Boden und wälzte sich auf ihn. Hermann kam angeflogen wie Gottes persönlicher Racheengel, zweihundert Pfund Muskeln, Fleisch und Kettenhemd, und prallte oben drauf.

Er hörte, wie den beiden unter ihm die Luft aus den Lungen getrieben wurde. Er spürte das Kribbeln, das zwischen seinen Schulterblättern aufblühte und das ihm sagte, dass er nun das einzige Ziel des Schützen war.

Er dachte, dass es keinen idiotischeren Weg zu sterben gab, als sich für den falschen Mann zu opfern.

Er hörte den Knall der Armbrust oben in der Burg.

15.

Otto von Herneberch warf sich gegen die Tür zum vorletzten Geschoss des Hauptturms. Sie flog auf und sprang aus den Angeln. Als er und Gordia, die als Erste in den Hauptturm eingedrungen und die zwei Hüterinnen dort zur Aufgabe gezwungen hatten, den Knall vernommen und den Bolzen hatten nach unten fliegen sehen, waren sie die enge Treppe ins nächste Stockwerk heruntergerannt.

Gordia drängte sich an Otto vorbei. Er taumelte ihr hinterher. Der Raum war düster und nur von einer kleinen Fensteröffnung beleuchtet. Dort stand ein Mann, der vor Schreck herumfuhr, als sie hereinplatzten. Er schwenkte die Armbrust, mit der er aus dem Fenster gezielt hatte, auf sie herum. Otto sah ihn auf Gordia zielen. Ohne nachzudenken stieß er sie beiseite und brüllte laut: »Hierher! Hier!«

Die Armbrust löste aus. Otto spürte den Schlag, mit dem der Bolzen ihn traf. Sein Kopf wurde nach hinten gerissen. Seine Füße verloren den Boden unter sich. Er prallte gegen die Wand des Turmgeschosses und rutschte daran herunter. Er beobachtete mit einem Auge – das andere war plötzlich irgendwie blind – wie Gordia auf den Schützen zurannte – trug der Kerl eine Soutane? – und ihn packte, herumwarf und seinen Kopf zwischen die Hände nahm. Otto sah einen Ruck, hörte das Knirschen von Nackenwirbeln – das musste wehgetan haben! –, dann wurde es schwarz um ihn herum und er sah nichts mehr und hörte nichts mehr und wunderte sich nur mit dem letzten Aufblitzen seiner Gedanken, wie einfach es war zu sterben.

6. BUCH

Die Liebe eines Sängers II

1.

Zwei Menschen behielten im ganzen Chaos und trotz ihrer Verwirrung den Überblick. Wenig überraschend, war der eine davon Heinrich von Kalden. Der andere war Beatrice de Courtenay. Später würde sie erklären, dass sie ein ähnliches Durcheinander jeden Tag in Jerusalem erlebt hatte; es war dort der Alltag. Jetzt jedoch sagte sie nur: »Ich bringe Walther zu Bewusstsein. Macht das Tor auf und lasst die Brücke wieder herunter, Herr Heinrich. Diese Burg ist nicht mehr Feindesland, sondern ein treuer Verbündeter des Kaisers und lädt ihn hinter ihre Mauern ein.«

»Absolut«, stieß Heinrich hervor, warf sich nach einem letzten Blick auf Walther herum und rannte hinaus, kam wieder zurück, nahm Beatrices Wangen zwischen seine Hände, gab ihr einen Kuss auf die Stirn, rief: »Der alte Saladin hat SO ein Glück!« und war endgültig verschwunden. Sie hörte ihn brüllen: »Tor auf! Brücke hoch! Wir haben Gäste!«

Jemand kam mit einem Ledersack voller Wasser herein und wollte ihn Walther ins Gesicht schütten. Sie verhinderte es, indem sie scharf sagte: »Unsinn. Wenn er das Wasser einatmet, kann er ersticken. Hat man hier überhaupt keinen ärztlichen Verstand?«

Sie drückte die Fingerspitzen hinter Walthers Ohren und schob seinen Unterkiefer vor. Er ächzte und holte tief Luft. Mit Daumen und Zeigefinger kniff sie ihn hart in einen Nasenflügel. Walther zuckte zusammen, seine Augenlider begannen zu flattern. Beatrice schob eine Hand in seinen Nacken, packte mit der anderen sein Hemd vorn an der Brust und zog ihn in sitzende Stellung. Sein Kopf wollte nach vorn fallen, doch sie krallte die Finger in sein langes Haar und hielt ihn gerade. Er riss die Augen auf.

»Autsch«, lallte er.

Von draußen klang das Geräusch des sich öffnenden Tores und das Rasseln der Kette von der Zugbrücke herein. Donnernd schlugen ihre mächtigen Tragebalken auf den Brückenpfeilern auf.

»Willkommen zurück, Herr Walther«, sagte sie.

Walther stierte sie an. Seine Augen verdrehten sich, doch sie rüttelte ihn sanft an den Schultern. »Bleibt ruhig, Ihr seid in Sicherheit«, sagte sie.

»Valeria«, stöhnte er.

»Was ist mir ihr?«

»Sie ist … sie wollte kämpfen unten … sie und der Kaiser …«

Beatrice verstand die Worte, ohne ihren Sinn zu begreifen. Als Walther auf die Beine zu kommen versuchte, half sie ihm auf, doch er war noch so schwach, dass sie ihn stützen musste. Gemeinsam schafften sie es aus der Rüstkammer nach draußen.

»Valeria hat mich niedergeschlagen, als ich nicht auf ihren Vorschlag einging«, stöhnte Walther. »Wartet. Mir ist schlecht.« Er sank auf die Knie und würgte.

Ein halbes Dutzend Pferde donnerten durch das Tor und in den Burghof herein, Deutschritter in den Sätteln. Die Leute im Burghof sprangen auseinander. Die Ordensritter saßen ab, kaum dass die Pferde zum Stehen gekommen waren, zogen Schwerter aus ihren Scheiden und sahen sich wild um. Einer lief mit erhobener Klinge auf Heinrich von Kalden zu, der ihnen in den Burghof herein gefolgt war, und brüllte: »Das Schwert weg!«

»Selber das Schwert weg!«, brüllte Heinrich zurück. Seine Augen blitzten. »Was glaubst du, wer euch das Tor aufgemacht hat, du Ochse?«

»Ist Laurin in Ordnung?«, keuchte Walther.

»Er und Bischof Gerold sind zum Kaiser«, erklärte Beatrice. »Sie wollten ihn überreden, den Kampf abzusagen. Ein paar Hüterinnen sind von Anna abgefallen und haben uns und die Burgbewohner befreit. Ich erkläre es Euch später. Die Burg ist unser. Könnt Ihr gehen?«

»Valeria darf nicht gegen Friedrich …«, brachte Walther hervor.

Der Anführer der Deutschritter wandte sich von Heinrich ab und brüllte durch den Burghof: »Walther von der Vogelweide! Ich suche Walther von der Vogelweide! Ist er hier?«

Beatrice stieß den auf wackligen Beinen stehenden Walther wieder um und fiel sofort mit großer Theatralik neben ihm auf die Knie. »Otto! Liebster! Was ist mir dir?« Walther versuchte etwas zu sagen. Kurz entschlossen küsste sie ihn auf den Mund.

Der Deutschritter baute sich über ihnen auf. »Wer seid Ihr?«

Beatrice funkelte zu ihm hoch. »Wir sind Otto von Herneberch, Graf von Botenloube, und seine Frau Beatrice de Courtenay, und Ihr seid ein unhöflicher Klotz.«

Der Deutschritter blinzelte überrascht und schluckte. Der Name Herneberch war auch ihm nicht unbekannt – und dass der Orden dem Grafen zu Dank verpflichtet war.

»Was tut Ihr hier, Euer Gnaden?«

»Die Dinge ordnen, was sonst? Geht, meldet Euch bei Reichsmarschall von Kalden. Er ist der Mann, den Ihr vorhin angeschnauzt habt. Stellt Euch unter seinen Befehl, dann fange ich an zu glauben, dass Ihr Eurer Ordenstunika würdig seid.«

Der Deutschritter stakste verwirrt und erschüttert davon. Beatrice flüsterte Walther zu: »Sicher ist sicher. Wer weiß, was die mit Euch vorhatten. Irgendwas ist unten auf dem Kampfplatz vorgegangen, sonst wären die nicht im gestreckten Galopp hier heraufgerast.«

»Saladin ist ein glücklicher Mann«, brachte Walther hervor.

»Ich sorge jeden Tag dafür, dass er das nicht vergisst«, sagte Beatrice und lächelte. »Ich bringe Euch jetzt in den Palas. Haltet Euch an mir fest.«

»Es geht schon wieder. Ich möchte nicht in den Palas, ich möchte zum Kampfplatz.«

»Euer Gnaden? Gräfin Beatrice?«

Beatrice blickte sich um. Die junge Hüterin namens Gordia stand vor ihr. Sie war so bleich, dass Beatrices Herz plötzlich sank. Bis jetzt war alles gut gelaufen, aber das Gesicht Gordias sagte, dass die Glückssträhne offenbar nicht angehalten hatte. Unwillkürlich sah Beatrice sich um, ob sie ihren Mann irgendwo erblickte. Sie hatten nach ihrer Befreiung zusammen mit den übergelaufenen Hüterinnen einen kurzen Schlachtplan entwickelt, aber letztlich hatte jeder von ihnen in den letzten Minuten hektisch improvisiert.

»Was ist los?«, fragte sie.

Heinrich stand auf einmal neben ihr. Er schien Gordias Gesichtsausdruck ebenfalls bemerkt zu haben. Der verwirrte Deutschritter war ihm gefolgt. »Was ist los?«, wiederholte Heinrich scharf.

Gordias Gesicht zuckte. »Der Graf ...«, stotterte sie.

2.

Irgendwie schaffte Walther es, mit Beatrice, Heinrich und Gordia mitzuhalten. Er war die ersten paar Schritte neben dem Deutschritter hergestolpert, der ihn verwirrt und mit beginnendem Misstrauen von der Seite gemustert hatte, bis Heinrich ihm keuchend befahl, einen seiner Männer nach unten zu senden und den Kaiser zu bitten, zur Burg zu kommen. Der Ordensmann hatte im Laufen kehrtgemacht, aber Walther weiterhin Blicke über die Schulter zugeworfen. Walther ignorierte sie. In seinem erschütterten Verstand und durch die pochenden Kopfschmerzen hindurch spürte er eine schreckliche Angst um Otto von Herneberch.

Otto lag an eine Wand des Raumes im vorletzten Geschoss des Wachturms gelehnt. Er sah aus, als würde er schlafen. Er hatte einen zu großen Topfhelm auf dem Kopf, den er in der Rüstkammer gefunden haben musste. In einem der Sehschlitze steckte ein Armbrustbolzen. Unter dem einzigen Fenster auf der gegenüberliegenden Seite lag ebenfalls ein Mensch, der eine schmutzige Soutane trug. Seine Füße stecken in Sandalen. Einer davon war barfuß. Eine Hand lag mit der Handfläche nach oben da. Eine Narbe darin bildete die Buchstaben *dolor.* Er lag ganz still.

Beatrice stand stocksteif da und schaute auf ihren Mann

hinab. Heinrichs Gesicht verzerrte sich zu einer schrecklichen Grimasse. Walther fühlte sich in einen Abgrund fallen. Er merkte erst, dass er sich nicht hatte auf den Beinen halten können, als er statt Heinrichs Gesicht den Bretterboden vor sich anstierte. Sein Magen krampfte sich vergeblich zusammen, er hustete und würgte.

»Er hat den Schuss absichtlich auf sich gezogen ...«, hörte er Gordia hervorstoßen. »Sonst hätte der Bolzen mich getroffen ...«

Mühsam hob Walther den Kopf. Otto musste an der Wand heruntergerutscht sein. Seine Tunika bauschte sich über seinem Oberkörper. Er sah dicker aus als im Leben und gleichzeitig kleiner, schmaler, zusammengesunkener.

Beatrice kniete sich neben ihren Mann und starrte die Vorderseite seines Helms an, als könne sie durch das Metall hindurch in sein Gesicht blicken. Ihre Züge waren wie aus weißem Marmor. Sie streckte eine Hand aus und legte sie ihm auf die Schulter.

Heinrich fuhr plötzlich herum und rannte zu dem unter dem Fenster liegenden Mann hinüber. Er stieß einen Schrei aus und trat den Körper mit aller Wucht in die Seite. Er rollte herum. Walther erkannte ihn, ohne wirklich zu kapieren, was er sah. Der Mann in der Soutane war unbezweifelbar tot. Er war Munibert. Heinrich fluchte und brüllte und trat den Leichnam weiter in die Seite. Gordia hockte auf den Fersen neben der Tür und hatte den Kopf auf die Knie gelegt.

Walther wandte sich ab. Er kroch auf allen vieren an Ottos andere Seite. Tränen verschleierten seine Sicht. Er erinnerte sich, dass er noch vor wenigen Minuten zu Beatrice gesagt hatte, Otto sei ein glücklicher Mann.

Beatrice hob den Kopf und sah Walther ins Gesicht. Ihre Hand war unter den Helm gefahren, als hätte sie Ottos Wange streicheln wollen. Sie holte sie hervor. Ein bisschen Blut war darauf verschmiert. »*Le carreau*«, sagte sie. »*Le carreau d'arbalète.*«

Walther nickte. Sie wollte den obszönen Armbrustbolzen

weghaben. Er packte ihn, sich bewusst, dass er etwas berührte, was im Auge und im Gehirn seines besten Freunde steckte und ihn getötet hatte. Er hatte keine Kraft, aber es half nichts. Er drehte ihn halb herum und zog gleichzeitig daran. Der Bolzen löste sich mit einem Ruck.

Ottos Körper zuckte. Unter dem Helm sagte Ottos Stimme dumpf: »Autsch.«

Beatrice atmete tief ein und nestelte dann den Kinnriemen des Helms auf. Sie zog Otto vorsichtig den Helm vom Kopf. Otto blinzelte. In einer Braue hatte er einen hässlichen Schnitt, von dem aus ihm Blut ins Auge und über die Wange gelaufen war. Das Auge war verklebt. Das Herausziehen des Bolzens hatte die halb verkrustete Wunde wieder aufgerissen, neues Blut tröpfelte heraus. Beatrice presste den Handballen darauf. Walther schielte auf den Armbrustbolzen in seiner Hand. Die Spitze war am äußersten Ende blutig, mehr nicht. Er ließ den Bolzen fallen.

»Ich bin im Himmel, denn ich sehe einen Engel«, sagte Otto und blickte seiner Frau ins Gesicht. Dann rollte sein offenes Auge herum und nahm Walther auf. »Oh, doch nicht. Du kannst es nie und nimmer in den Himmel geschafft haben, Walther.«

Beatrice sagte: »*Ne bouge pas, ou il ne cesse pas de saigner*«, und brach in Tränen aus.

»Was täte ich im Himmel, da kenne ich ja keinen«, sagte Walther.

Otto lächelte. Er blickte zu Heinrich hoch, der aufgehört hatte, Muniberts Leiche zu treten, und zu ihnen herübergekommen war. Er hielt den Helm in der Hand und fuhr mit dem Finger den eingedellten Rand des Sehschlitzes nach, wo der Bolzen stecken geblieben war.

»Ich hab immer gewusst, irgendwann rettet mir ein Helm mal das Leben«, sagte Otto.

»Aber nur knapp«, erwiderte Heinrich, dessen Stimme rau war.

Otto strahlte. »Na und?«, sagte er. »Scheiß drauf.«

Beatrice sagte: »Kein Grund, vulgär zu werden, mein Lieber.« Dass sie nicht mehr französisch sprach, schien darauf hinzuweisen, dass sie ihren Schock überwunden hatte.

Gordia stand auf und wollte aus der Tür treten. »Wo willst du denn hin, Mädchen?«, fragte Otto.

»Euch mit Euren Freunden und Eurer Frau allein lassen, Euer Gnaden.«

»Unsinn. Heute habe ich meinen zweiten Geburtstag. Alle, die dabei waren, sind meine Freunde. Setz dich zu uns und erzähl Walther, wie es kommt, dass wir jetzt alle hier sitzen statt seine Einzelteile auf dem Kampfplatz einzusammeln.«

3.

Gordias Geschichte war kurz. Was sie nicht wusste, ergänzten die anderen. Auch Walther konnte eine Lücke in der Erzählung schließen.

Aelia und ihre beiden Mitschwestern hatten, nachdem Anna und der Großteil der Hüterinnen zum Kampfplatz hinuntergegangen waren, Beatrice befreit und den Torbau besetzt. Einige der verbliebenen Hüterinnen hatten sich dabei auf ihre Seite geschlagen. Annas Gefolgschaft war offenbar schwankender gewesen, als sie es erhofft hatte.

Gordia und Laurin hatten Heinrich, Otto und Gerold freigelassen. Valeria hatte sich bereits während der Nacht in der Rüstkammer versteckt und dort auf Walther gewartet. Als der Sänger sich geweigert hatte, ihrem Vorschlag zu folgen, dass sie an seiner statt auf den Kampfplatz trat, um das Duell zu verhindern, hatte sie ihn kurzerhand außer Gefecht gesetzt. Walthers Argument, dass sie den Kaiser nur dann dazu bringen konnte, den Kampf zu beenden, ohne dabei düpiert zu werden, wenn sie ihre wahre Identität preisgab – und dass ab diesem Zeitpunkt ihr Leben nicht mehr das Gleiche und ständig in Gefahr sein würde –, hatte sie in den Wind geschlagen. Walther war es so vorgekommen, als wollte sie die Gelegenheit nutzen, in alle Welt hinauszurufen, wer sie wirklich war, und sich so zwanzig Jahre gestohlener Identität mit aller Macht zurückholen.

Als Bischof Gerold von Valerias Plan erfuhr, hatte er beschlossen, auf Nummer sicher zu gehen und auch den Kaiser daran zu hindern, den Kampf aufzunehmen. Er war zum Kampfplatz geeilt, hatte sich als der Burgkaplan von Stoufen ausgegeben und dem Kaiser angeboten, vor dem Kampf die Beichte abzulegen. Er hatte geahnt, dass Friedrich zögern würde, in den Ring zu steigen und Walther zu töten. Laurin hatte darauf bestanden, ihn zu begleiten.

Plötzlich polterte jemand in den Raum. Es war der Deutschordensritter, der sich mit seinen Gefährten Heinrich unterstellt hatte. Er war außer Atem und funkelte Walther, dann Beatrice, dann Otto an. »Ihr seid gar nicht der Graf von Herneberch«, sagte er anklagend. »Ihr seid Walther von der Vogelweide.«

»Hat der Grünschnabel etwa geglaubt, deine hässliche Visage wäre meine?«, rief Otto.

»Ich habe mich geehrt gefühlt«, sagte Walther und zwinkerte Beatrice zu.

»Seine Majestät ist in der Burg eingetroffen«, sagte der Deutschordensritter. »Ich soll Euch zu ihm bringen. Ich suche Euch schon überall.«

»Kommen wir als Gefangene mit oder als Gäste?«

»Seine Majestät sagte: als seine Freunde.«

Die Ritter des Kaisers und die Ordensritter hatten sich ähnlich wie auf dem Kampfplatz rund um den Burghof aufgestellt. Diesmal waren ihre Gesichter jedoch nicht steinern, sondern, je nach Temperament, verwundert bis erheitert. Das eine oder andere breite Grinsen über die bizarre Situation war zu sehen. Selbst Hermann von Salzas Miene schwankte zwischen grimmig und belustigt hin und her.

Der Kaiser stand im Hemd in der Mitte des Burghofs. Neben ihm stand Bischof Gerold, etwas abseits Valeria und Laurin – sie in Walthers Sachen aus der Rüstkammer, er noch immer in der Rüstung des Kaisers. Walther schritt auf weichen Knien auf Friedrich zu. Sie blieben voreinander stehen und sahen sich in die Augen.

»Ihr seid im Hemd, Herr Walther«, sagte der Kaiser. »Tritt man so unter die Augen seinem Kaiser?«

»Wenn der Kaiser auch im Hemd ist, allemal«, erwiderte Walther. »Denkt daran – wir Sänger geben die Etikette vor. Und Eure Grammatik war schon wieder falsch.«

»Absichtlich falsch sie war dieses Mal«, sagte Friedrich grinsend, dann umarmte er Walther. Überraschter Beifall brandete auf. »Ich bin froh, dass wir nicht gekämpft haben«, murmelte der Kaiser. »Ich hätte ungern auf meinem Kenotaph stehen gehabt, dass mich ein alter Sänger zu Tode gestochert hat.«

»Ich hätte mich wahrscheinlich selbst getroffen«, sagte Walther.

»Wir beide wissen, warum wir hierher gekommen sind«, sagte Friedrich nach einer Pause. »Habt Ihr den Stein?«

»Ich hatte mir geschworen, ihn Euch nicht auszuhändigen, weil ich befürchtet habe, er würde Euch Unglück bringen. Er hat allen nur Unglück gebracht. Aber mittlerweile denke ich anders. Er hat Unglück gebracht, weil wir überzeugt waren, dass er es tun würde. Wir haben es selbst heraufbeschworen. Vielleicht wird es anders, wenn Ihr ihn habt. Philipp hat immer geglaubt, Ihr wärt der Mann, der seiner würdig ist. Ich glaube, dass der Stein Eurer würdig ist. Dass Ihr hier mit mir im Hemd steht und Eure Männer Euch Beifall klatschen, bestätigt mich darin. Der Stein ist unten in dem kleinen Dorf zwischen Stoufen und Rehperc, in einem Lederbeutel, zusammen mit den Überresten meiner zertretenen alten Laute. Schickt jemanden hinunter und lasst ihn Euch bringen, Majestät.«

Friedrich holte tief Luft. Sein Gesicht wurde grimmig. »Da ist er nicht mehr, Walther. Ich habe die Laute gefunden. Ich bin von ganz allein auf die Idee gekommen, dass er dort versteckt gewesen sein könnte. Hermann und ich haben jedes Bruchstück umgedreht.«

»Wir haben ihn dort zurückgelassen«, sagte Walther betroffen und fühlte, wie die gute Laune und die Erleichterung ihn verließen. »Habt Ihr die sechs Männer verhört, die dort waren?«

»Die konnten nichts mehr sagen. Sie waren alle tot.«

»Was!?«

»Darf ich etwas sagen, Majestät?«, fragte Valeria.

»Wenn es die Situation erhellt …«

»Der Stein«, sagte Valeria, »ist wieder im Besitz der Hüterinnen, so wie er es Hunderte von Jahren war, bis er aus Konstantinopel gestohlen wurde. Unser Orden hat sich geschworen, ihn nur dem Mann zu geben, der würdig ist, der Leitstern aller Fürsten zu sein. Er ist aus dem Schmerz einer Mutter um ihren Sohn entstanden. Walther hat zum Teil recht. Der Stein wird allen Herrschern Unglück bringen, die diesen Schmerz nicht achten. Könnt Ihr in Euer Herz blicken, Majestät, und sicher sein, dass Ihr immer versuchen werdet, so zu handeln, dass Mütter nicht um ihre Söhne weinen müssen?«

»Ich kann Euch versichern, dass es mir nicht gelingen wird, wenn ich den Stein nicht als Legitimation meiner Würde in der Krone trage«, sagte Friedrich.

»Nach dem, was heute hier passiert ist, bin ich geneigt, Euch zu glauben«, sagte Valeria. »Ich habe die bisherige ehrwürdige Mutter als Vorsteherin der Hüterinnen abgelöst. Es ist meine Entscheidung, was mit dem Stein passiert. Es ist auch meine Entscheidung als rechtmäßige Erbin von König Philipp und Königin Eirene, deren Krone jetzt Ihr tragt.«

»Wollt Ihr sie mir streitig machen, meine verehrte Cousine?«, fragte Friedrich.

Valeria lächelte. »Keineswegs, mein verehrter Cousin. Die Bürde wäre mir zu schwer.«

»Und der Stein?«

Valeria griff sich in den Halsausschnitt des viel zu weiten Kettenhemds und holte einen Lederbeutel an einem Band hervor.

Sie streifte sich das Band über den Kopf. »Ich habe den Stein aus der zertretenen Laute geholt«, sagte sie. »Ich habe ihn an mich genommen, wie es meine Pflicht als Hüterin ist. Und jetzt …«, sie holte tief Luft und schaute sich in der Runde um, »… übergebe ich ihn Euch, dem Mann, von dem ich überzeugt bin, dass er ihn zu Recht tragen wird. Mögen die Herrscher der Christenheit Euch folgen, Majestät.«

Valeria kniete nieder und hielt den Stein in die Höhe, wie ein Ritter, der seinem Herrn sein Schwert entgegenhält, damit dieser es aufnimmt und so den Treueschwur besiegelt. Friedrich nahm das Ledersäckchen an sich und schaute hinein. Seine Wangenmuskeln spielten. Dann holte er einen rot glänzenden, die Morgensonne einfangenden und ihre Strahlen in blitzenden Reflexen zurückwerfenden Edelstein heraus und hielt ihn hoch in die Luft. Seine Männer brachen in Jubelrufe aus und klatschten.

Friedrich zog Valeria auf die Füße und umarmte sie. »Solange die Herrscher des Reichs würdig sind, diesen Stein zu tragen!«, rief er dann, »wird er in der Reichskrone sein, für alle sichtbar zum Zeichen, dass das Schicksal des Reichs, das Schicksal des Kaisers und das Schicksal dieses Steins aneinander gebunden sind!«

»Und wenn die Herrscher aufhören, würdig zu sein«, vollendete Valeria und lächelte, »könnt Ihr sicher sein, dass die Hüterinnen sich den Waisen zurückholen werden.«

Walther trat beiseite. Niemand achtete mehr auf ihn. Hermann von Salza war an der Seite des Kaisers und klopfte ihm auf die Schulter. Ritter, Deutschordensangehörige und Burgbewohner drängelten sich heran, um einen Blick auf den Stein zu werfen. Walther schlug sich zu Gerold und Laurin durch. Er fand, dass es schwer war, Laurin in die Augen zu schauen, jetzt, da sie beide wussten, was sie füreinander waren.

»Wie hast du Friedrich dazu gebracht, in diese Scharade einzustimmen?«, fragte er Gerold.

»Indem ich ihm erklärt habe, wie wenig nötig ist, um eine Tragödie in eine Komödie zu verwandeln.«

»Normalerweise ist es umgekehrt der Fall.«

»Das hab ich ihm auch gesagt und ihn darauf hingewiesen, wie selten es ist, dass man zu so einem Ereignis beitragen kann.«

Walther wandte sich an Laurin. »Du hast einiges riskiert«, sagte er zögernd und fühlte, dass ihm Tränen in die Augen steigen wollten, als er ergänzte: »Mein Sohn.«

»Halb so wild. Ich dachte ja, dass du unter der Rüstung steckst. Ich rechnete mir aus, dass ich nur so lange standhalten müsste, bis dir die Puste ausgeht, dann wollte ich mich zu erkennen geben.«

»Bis mir die Puste ausgeht!?«, empörte sich Walther.

»Schau der Wahrheit ins Gesicht, Papa«, grinste Laurin. »Du hast einen erwachsenen Sohn. Also musst du ein alter Mann sein.«

»Erwachsen?«, rief Walther. »Erwachsen!? Bis du erwachsen bist, muss ich hundertfünfzig werden!«

»So lange wird es auch dauern, bis du erwachsen bist, Walther«, sagte Gerold grinsend.

»Bist du verrückt? Ich habe überhaupt nicht vor, jemals erwachsen zu werden.«

»Dann können wir ja froh sein, dass jetzt wenigstens ein reifer, vernünftiger Mann in der Familie ist«, sagte Laurin. »Und nun entschuldigt mich. Ich gehe die Mutter Oberin küssen.«

4.

Am Abend dieses Tages saßen sie so zusammen, wie sie es früher immer getan hatten – abseits irgendeines Trubels bei einem höfischen Fest, fünf Freunde, von denen einer der Herrscher über die anderen war. Allerdings nicht jetzt. Jetzt waren sie nur fünf Freunde.

»Ich weiß nicht, ob ich groß genug bin, in Philipps Fußstapfen zu treten«, sagte Friedrich. »Ihr tut mir Ehre an, in diesem Kreis zu sitzen.«

»Philipp hat sich dieser Ehre immer bewusst gezeigt, indem er den besten Wein hat bringen lassen«, informierte Bischof Gerold.

»Ich erinnere mich, dass er sich das Geld dafür immer bei dir geliehen hat«, meinte Heinrich.

»Ich wusste, dass es noch einen Grund geben muss, warum mein Bistum pleite ist!«

»Was ist der andere Grund?«

»Na, der Wein, den ich selber trinke.«

»Ich dachte, es wäre deine exorbitante Waffensammlung.«

»Das ist keine Waffensammlung«, sagte Gerold würdevoll, »das ist die bischöfliche Rüstkammer.«

»Die reicht für zehn Bischöfe.«

»Man weiß nie, wozu es mal gut ist.«

Friedrich wandte sich an Walther. »Wie geht es jetzt weiter?«

So, wie es mit Philipp gewesen war, hielten sie es auch jetzt mit Kaiser Friedrich. Wenn sie unter sich waren, gab es auch in der Anrede keine Rangunterschiede mehr.

»Ich weiß nicht, wie es für dich weitergeht, Federico«, sagte Walther. »Du wirst die Pilgerfahrt ins Heilige Land organisieren müssen, du wirst dich mit dem neuen korrupten Bastard auf dem Papstthron herumschlagen müssen, du wirst dich um deine Nachfolge sorgen und Kriege vermeiden und Schlachten schlagen müssen. Ab und zu wirst du einem Freund die Hand drücken und viel öfter einem Feind. Aber du weißt, dass du das alles kannst, denn sonst hättest du den Waisen nicht. Er hat zu dir gefunden. Du kriegst das hin.«

»Und du? Und die anderen? Dein Sohn? Meine Cousine?«

»Valeria zieht morgen mit ihren Ordensschwestern ab, zurück nach Rom. Sie nehmen Anna mit und lassen sie ihre letzten Tage im Ordenshaus in Frieden leben. Sie hat viel Böses getan, aber wegen ihrer Machenschaften zu Schaden gekommen sind letztlich nur sie selbst und die Schurken, die sie benutzt hat. Sie hat zum zweiten Mal alles verloren.«

»Du bedauerst sie.«

»Ich hab sie mal geliebt. Nicht so sehr wie Eirene. Hätte ich sie mehr geliebt als Eirene, wäre alles anders gekommen. Ich trage Verantwortung für das, was aus ihr geworden ist.«

»Jeder Mensch ist für sich selbst verantwortlich.«

»Aber manche Menschen brauchen unsere Hilfe dabei, für sich selbst verantwortlich zu sein.«

Friedrich seufzte. »Und Laurin?«

»Er zieht mit Valeria nach Rom und kehrt dann zunächst mal auf unser Gut zurück. Sie hat ein Leben im Orden, er muss seines erst noch finden. Alles Weitere wird sich zeigen.«

»Und du und die anderen?«

»Das werden wir heute Abend besprechen. Bei einer unanständigen Menge Wein und allem, was man in den Vorratskammern Rehpercs dafür aufgehoben hat, den Kaiser bei einem Aufenthalt auf Stoufen zu verköstigen.«

Am nächsten Morgen hieß es, Abschied zu nehmen.

Friedrich begab sich mit seiner Hundertschaft Ritter nach Stoufen. Er schüttelte jedem der Freunde die Hand, dann stieg er auf sein Pferd und führte die Schar vom Rehperc herunter. Hermann von Salza nickte Walther mit unbewegtem Gesicht zu, bevor er sich abwandte, was Walther als eine bedeutende Verbesserung ihrer persönlichen Beziehung deutete, weil Hermann dabei keine Drohungen ausstieß.

Valeria und Laurin ritten nebeneinander. Als sie durch das Tor waren, beugte Laurin sich zu Valeria hinüber, um ihr über die Wange zu streichen, verlor das Gleichgewicht und wäre vom Pferd gefallen, wenn Valeria ihn nicht gestützt und wieder zurück in den Sattel geschoben hätte. Laurin drehte sich mit knallrotem Kopf und verlegenem Lächeln im Gesicht um und winkte zum Abschied.

»Er kommt nach dir«, sagte Otto zu Walther.

Am Ende des Trosses saß Anna von Rehperc auf ihrem Pferd, bewacht von Gordia. Die junge Hüterin schaute geradeaus, doch Anna drehte sich um und suchte Walthers Blick. Er gab ihn zurück, bis eine Biegung des Wegs den Augenkontakt unmöglich machte. »Ich dich auch, Anna«, wisperte er. »Aber das ist lange her, und ich war nicht würdig.«

Schließlich waren alle Gäste auf der Burg abgezogen bis auf Walther, Otto, Heinrich und Gerold.

Sie sahen sich an.

»Tja«, sagte Gerold. »Dann reite ich mal los. Mein Bistum wartet darauf, dass ich es weiter verschlechtere.«

»Mein Sohn freut sich schon, wenn ich ihm wieder auf der Kaltenburg unter die Arme greife«, sagte Heinrich.

»Meine Frau und ich wollten ein paar Klöster anschauen«, sagte Otto. »Der Mensch braucht auf seine alten Tage ein Dach über dem Kopf.«

»Du kehrst auf dein Gut zurück, nehme ich an?«, fragte Gerold, als Walther schwieg.

»Wenn ich es recht bedenke, nein«, erwiderte Walther. »Was erwartet mich dort? Hademar Durr, der mich bittet, einen poetischen Reim auf Geschlechtsorgane zu finden? Eigentlich bin ich losgezogen, um noch einmal auf Abenteuer auszugehen. Das hier war aber kein Abenteuer. Es gab keine Riesen, keine Drachen, und die Jungfrau hat ein anderer gekriegt. Ich sollte es noch mal versuchen.«

»Natürlich kämen sie im Bistum auch noch eine Weile ohne mich aus«, sagte Gerold.

»Wenn ich meine Rückkehr verzögere, vergisst meine Enkeltochter vielleicht ein paar von den Wörtern, die ich ihr aus Versehen beigebracht habe«, meinte Heinrich.

»Als ich sagte, dass wir uns ein paar Klöster anschauen wollten, meinte ich nicht, dass wir das sofort tun«, erklärte Otto. »Klöster sind im Allgemeinen recht standorttreu, die laufen einem nicht weg.«

»Ist deine Frau derselben Meinung?«, fragte Walther.

»Ich würde sie mit einer langen Stange wegschlagen müssen, um sie daran zu hindern, mitzukommen.«

»Dann los«, rief Heinrich. »Ich wollte schon immer mal mit

einer Frau auf Abenteuerfahrt gehen, die mehr Mumm in den Knochen hat als wir alten Säcke miteinander.«

»Wer zuletzt im Sattel sitzt, muss einen Pferdeapfel essen!«, rief Walther und rannte zu der Leiter, die vom Torbau herunterführte.

»Nicht schon wieder«, stöhnte Otto. »Das haben wir erst 1201 gespielt.«

»Das sagst du nur, weil du damals verloren hast.«

»Das sagst du nur, weil du mir den saftigen Pferdeapfel geneidet hast.«

Sie liefen über den Hof, sich gegenseitig festhaltend. Sie liefen langsamer als früher. Bischof Gerold sah nicht genau, wo er hintrat, Heinrich und Otto hielten sich die schaukelnden Bäuche, und Walther taten die Füße weh. Aber sie liefen. Und sie lachten.

NACHWORT

PROLOG: POST MISERABILE IERUSOLIMITANE

1198 rief Papst Innozenz III. zum Vierten Kreuzzug auf, hauptsächlich um damit seinen weltlichen Führungsanspruch zu demonstrieren. Nach außen hin sollte der Kreuzzug dazu dienen, Jerusalem der Christenheit zurückzugewinnen. Es gab jedoch eine heimliche Abmachung, gleichzeitig Ägypten einzunehmen.

1202 versammelte sich ein hauptsächlich französisches Kreuzfahrerheer in Venedig, um sich von dort aus ins Heilige Land einzuschiffen. Die Überfahrt sollte die Seerepublik organisieren, als Bezahlung wurden Teile der zu erwartenden Kriegsbeute verpfändet. Doch als sich herausstellte, dass nur ein Drittel der geplanten Heeresstärke erreicht worden war, fürchteten die Venezianer ein Scheitern des Unternehmens und damit den Bankrott der Republik, die die Kosten für den Bau der Schiffe und die Überfahrt würde vorstrecken müssen.

Das Oberhaupt Venedigs, der 90-jährige Doge Enrico Dandolo, schlug daher vor, dass die Kreuzfahrer zum Ausgleich die dalmatinische Stadt Zadar für Venedig erobern sollten; die Republik plante seit Langem, das reiche Handelszentrum ihrem Einflussbereich hinzuzufügen. Zadar fiel Ende 1202. Zum ersten Mal war ein Kreuzzug dafür missbraucht worden, eine christliche Stadt zu erobern, eine Pervertierung des Kreuzzugsgedankens, weshalb viele Ritter an der Belagerung Zadars nicht teilnahmen.

Danach wendete sich das Kreuzfahrerheer – anders als ursprünglich geplant – nach Konstantinopel, um von dort aus ins Heilige Land zu ziehen. Hinter dieser Volte steckte ein Hilfsersuchen des vor Kurzem gestürzten byzantinischen Kaisers Isaak II. Dessen Sohn suchte die Anführer der Kreuzfahrer auf und bat darum, seinen Vater wieder auf den Thron zu setzen. Im

Gegenzug versprach er weitere Truppen, die Versorgung des Heers für ein ganzes Jahr und eine hohe Geldsumme. Wie schon im Fall Zadars, war auch hierüber die Meinung unter den Kreuzfahrern geteilt, aber die Befürworter einer Intervention zugunsten des gestürzten byzantinischen Kaisers setzten sich durch.

Für die im Hintergrund die Strippen ziehenden Venezianer kam diese Wendung gerade recht. Der Republik war klar, dass der Staatsstreich, selbst wenn er gelang, die große Handelskonkurrentin Konstantinopel für lange Jahre schwächen würde. Außerdem würde so die geplante Eroberung Ägyptens durch das Kreuzfahrerheer noch eine Weile aufgeschoben. Venedig unterhielt lukrative Handelsbeziehungen mit Ägypten und war ohnehin nicht begeistert von der heimlichen Abmachung, das islamische Reich der Ayyubiden anzugreifen.

Der Staatsstreich gelang nach mehrwöchiger Belagerung Konstantinopels im Juli 1203. Isaak II. und sein Sohn wurden als gemeinsame Regenten auf den Thron gesetzt. Doch nun stellte sich heraus, dass der wieder eingesetzte Kaiser die Versprechen, die sein Sohn gemacht hatte, nicht einhalten konnte. Das Kreuzfahrerheer blieb in der Stadt, gegenseitige Übergriffe mehrten sich in den kommenden Monaten.

Die anhaltende Unzufriedenheit der Byzantiner mit ihrem Herrscherduo führte im Februar 1204 dazu, dass Isaak II. und sein Sohn abgesetzt und ermordet wurden. Ihr Nachfolger Alexios V. wollte von den Vereinbarungen seiner Vorgänger erst recht nichts wissen und befahl den Kreuzfahrern, sein Reich zu verlassen.

Erneut unter Federführung der Venezianer bereitete sich das Kreuzfahrerheer vor, die plötzlich zum Gegner gewordene Stadt einzunehmen. Die Aufteilung des Byzantinischen Reichs wurde penibel vorgeplant, das daraus neu entstehende, drastisch verkleinerte Staatsgebiet sollte nicht mehr byzantinisch, sondern lateinisch-fränkisch sein.

Am 13. April nahm das Kreuzfahrerheer nach tagelangen Kämpfen die Stadt ein. Eine mehrtägige Plünderungswelle begann. Hunderte Byzantiner wurden misshandelt, vergewaltigt, getötet; jahrhundertealte Kunstschätze geraubt, unbezahlbare Ikonen und Mosaike vernichtet, Reliquien aller Art gestohlen und über ganz Europa zerstreut. Während die französischen Eroberer wahllos Goldschmuck zusammenrafften und einschmolzen, waren venezianische Suchtrupps aus Kunstexperten in der Stadt unterwegs, um die wertvollsten Gegenstände sicherzustellen. Viele dieser Beutestücke finden sich noch heute im Dogenpalast in Venedig.

Das Byzantinische Reich wurde danach für beendet erklärt und aufgeteilt in das Lateinische Kaiserreich und in die drei Nachfolgestaaten des Byzantinischen Reichs: Nicäa, Epirus und Trapezunt. Eine viel gravierendere Folge des Untergangs Konstantinopels war jedoch, dass Byzanz damit jede Widerstandskraft gegen die muslimische Expansion verlor und die Osmanen es dreihundert Jahre später ohne Probleme einnehmen konnten. Durch die Gräueltaten der Kreuzfahrer bei der Plünderung Konstantinopels wurde außerdem das schon seit längerer Zeit gestörte Verhältnis der orthodoxen Christen zu ihren westlichen Glaubensbrüdern so nachhaltig gestört, dass diese Spannungen bis in die heutige Zeit anhalten.

1. BUCH: DIE LIEBE EINES SÄNGERS I

Tatsächlich haben sowohl Otto Graf von Botenloube als auch Walther von der Vogelweide öffentlich den Waisen besungen; Walther tat dies allerdings nicht, wie im Roman geschildert, bei der Hochzeit von König Philipps Nichte, sondern zehn Jahre zuvor, anlässlich Philipps Krönung. Ob Philipp ihn darum bat, ist nicht überliefert. Walthers Verse sind dennoch reine Propaganda zugunsten Philipps und nehmen Bezug darauf, dass im selben Jahr der Herzog von Braunschweig, Otto IV., zum Gegenkönig gekrönt wurde.

Ob Walther und der Graf von Botenloube Gäste auf der Hochzeit in Bamberg waren, ist unbekannt. Walthers Aufenthalt im Umkreis König Philipps ist bis ins Jahr 1204 nachvollziehbar, ebenso sein Aufenthalt danach am Hof des Landgrafen von Thüringen, wo Walther wahrscheinlich mit Wolfram von Eschenbach zusammentraf – eine Begegnung, die von beiderseitiger Antipathie geprägt gewesen sein muss. Wir wissen von Walthers engen Beziehungen zu Herzog Ludwig von Bayern, der wiederum ein standfester Verbündeter König Philipps war; insofern wäre es durchaus möglich, dass Walther im Jahr 1208 nach der kurzfristigen Verstimmung zwischen ihm und dem König wieder an dessen Seite war.

Otto von Herneberch, der es während des Dritten Kreuzzugs zu Besitz im Königreich Jerusalem gebracht hatte, heiratete nach 1208 Beatrice de Courtenay und lebte mit ihr auf seinem dortigen Besitz, kehrte aber spätestens 1220 wieder nach Deutschland zurück. Es ist also durchaus möglich, dass er die Hochzeit in Bamberg und den Mord an König Philipp miterlebt hat, bevor er ins Heilige Land und zu seiner Verlobten aufbrach.

Dass Heinrich von Kalden zur Hochzeit geladen war, wissen wir; er war es auch, der den flüchtigen Mörder, Otto von Wittelsbach, verfolgte, nach einem Jahr stellte und im Zweikampf tötete. Für die enge Freundschaft zwischen dem Hofmarschall, Otto von Herneberch, Bischof Gerold von Waldeck und Walther von der Vogelweide gibt es jedoch keine Belege. Einen Gegenbeweis hat allerdings auch noch niemand angetreten … Fest steht lediglich, dass alle vier Männer mehr oder weniger loyale Parteigänger der Staufer waren.

In der historischen Forschung ist die Person Heinrichs von Kalden nicht exakt zu greifen, da es möglicherweise zwei Männer dieses Namens gab, Vater und Sohn. Eventuell haben ein Heinrich senior und ein Heinrich junior nacheinander das Amt des Reichsmarschalls ausgeübt. Es wird angenommen, dass der Mann, der 1208 das Reichsmarschallamt innehatte und den Mörder König Philipps zur Strecke brachte, Heinrich von Kalden der

Ältere war. Er starb bald nach 1214. Aber da es dramaturgisch zu reizvoll war, Philipps Rächer auch 1227 noch einmal zum Einsatz kommen zu lassen, habe ich die unklare Lage ausgenutzt und so getan, als sei Heinrich der Jüngere schon 1208 Reichsmarschall gewesen. Aufgrund des Alters von Heinrich dem Älteren, der 1208 bereits Mitte sechzig gewesen sein müsste, scheint es durchaus plausibel, dass ein jüngerer Heinrich all jene kriegerischen Taten vollbrachte, die dem Reichsmarschall in den Jahren davor und danach zugeschrieben werden. Tragfähige historische Belege gibt es allerdings weder für die eine noch für die andere Theorie. Im Übrigen ist Heinrich von Kalden einer der Stammväter des später zu sprichwörtlichem Ruhm gelangten Geschlechts der Pappenheimer.

Gerold von Waldeck erklomm im Jahr 1220 den Bischofsstuhl des Bistums Freisingen, als Nachfolger des politisch und schriftstellerisch äußerst aktiven Bischofs Otto II. Zuvor war er Domherr in Freisingen. Die bemerkenswertesten Eckdaten seiner Zeit als Bischof sind der Brand Freisingens im Jahr 1224 und sein Versuch, die Stadt dem Haus Wittelsbach als Lehen zu vermachen, um damit seine eigenen finanziellen Schwierigkeiten zu beheben. In seiner Treue zu den Staufern und ihren Verbündeten war er stets fest.

Was mich zu dem Geständnis bringt, dass es für Friedrichs II. – damals noch: Federicos – Anwesenheit 1208 in Bamberg nicht den allergeringsten Beweis gibt. Ich tröste mich mit der Tatsache, dass sein Besuch, sollte er doch stattgefunden haben, aufgrund der politischen Umstände natürlich hoch geheim gehalten worden wäre. Federicos kleine Geschichte von den Vogelkäfigen in den Fenstern einsamer Burgfräulein beruht auf historischen Tatsachen; der Vogelkäfig ist zudem eine Anspielung auf die Darstellung Walthers in der Manessischen Liederhandschrift, in der sein Wappen einen Vogel in einem Käfig zeigt.

Der mittelhochdeutsche Originaltext der letzten drei Zeilen von Walthers Propagandalied auf den Waisen lautet: »Swer nû des rîches irre gê / der schouwe, wem der weise ob sîme nacke stê / der stein ist aller fuersten leitesterne.« Die originalgetreue neudeutsche Übersetzung, die sich in den Büchern über Walther von der Vogelweide findet, klingt reichlich holprig. Im Dilemma jeder Übersetzung gefangen, das lautet: »Übersetzungen sind wie Frauen – die treuen sind nicht schön, und die schönen sind nicht treu«, habe ich mich für die schöne Variante entschieden und Walthers Verse freier ins moderne Deutsch übertragen. Das soll nicht heißen, dass Walthers Original in seiner damaligen Sprache nicht auf jeden Fall die beste aller Varianten ist!

Der geschichtlichen Überlieferung zufolge reiste Königin Eirene (manche sagen: floh) nach dem Mord an König Philipp aus Bamberg ab und begab sich nach Burg Staufen, wo sie und ihr fünftes Kind, eine Tochter, bei der Geburt ums Leben kamen. Walther von der Vogelweide pries die Königin in einem zeitgenössischen Gedicht als »Rose ohne Dornen«. Weitere Lobpreisungen für andere Herrscherinnen sind nicht von ihm überliefert. Man kann das der besonderen Verehrung zuschreiben, die Eirene bald nach ihrem tragischen Tod im Volk erfuhr; ich habe mich entschlossen, einen anderen, persönlicheren Grund in die Dramaturgie meines Romans einzubauen.

Die erste Strophe des Liebesgedichts, dessen Anfang Walther vor Eirenes Leiche zitiert, bevor ihm die Stimme versagt, lautet im Original so: Nemt, vrouwe, disen kranz: / alsô sprach ich zeiner wol getânen maget: / Sô zieret ir den tanz, / mit den schœnen bluomen, als ir si ûfe traget. / hete ich vil edele gesteine, / daz müeste ûf iuwer houbet, / ob ir mirs geloubet. / sêt mîne triuwe, daz ichz meine.

2. BUCH: UNTER DER LINDE

Es ist überliefert, dass Friedrich II. seine Frau Isabelle von Brienne ein Küken nannte, nichts mit ihr anfangen konnte und ihr in der Hochzeitsnacht seine Geliebte, Isabelles Cousine, vorzog. Mit Anais von Brienne verband ihn ein jahrelanges Liebesverhältnis. Es ist eines der Merkmale von Friedrichs Leben, dass seine außerehelichen Verhältnisse dauerhafter waren als seine Ehen.

Hademar Durr ist eine erfundene Figur; gleichwohl finden sich im Band 26 der »Germania Sacra« von Alfred de Gruyter unter den Auflistungen von Würzburger Kaufleuten, die im Dienst des Neumünster Stifts standen, mehrere Hinweise auf die Familie Durr oder Durren. Zusammen mit dem Geschlecht derer von Nicht, mit dem die Durr verschwägert waren, scheinen sie im 13. Jahrhundert zu den einflussreichsten Kaufmannsfamilien der Stadt gehört zu haben. Ich habe seinen Lebensmittelpunkt kurzerhand nach Feuchtwangen verlegt.

»Unter der Linde« (Under der Linden) gehört zu den schönsten Liebesgedichten überhaupt. Es steht, was Walthers Dichtung betrifft, für den Übergang seiner Lieder von der »Hohen Minne«, der unerreichbaren höfischen Liebe des Ritters zur Herrin, zur »Niederen Minne«, der stark erotisch gefärbten Verehrung der Reize ebenbürtiger und damit für einen einsamen Ritter erreichbarer Frauen.

Wo sich Walther von der Vogelweide letztlich wirklich niedergelassen hat, wird viel diskutiert. Eine absolut gesicherte Quelle gibt es nicht. Ich habe Karl Bosls Theorie übernommen, dass ein im 14. Jahrhundert noch Vogelweidegut genannter Besitz bei Feuchtwangen das von Walther in seinem Freudenlied besungene Lehen sei, das Friedrich II. ihm um 1220 herum verliehen hat (vgl. Karl Bosl: »Die Reichsministerialität der Salier und Staufer. Ein Beitrag zur Geschichte des hochmittelalterlichen deutschen Volkes, Staates und Reiches« (2 Bde., Nachdruck 1967 u. 1969); DERS.: »Das ius ministerialium. Dienstrecht und Lehenrecht im deutschen Mttelalter«, in DERS.: »Frühformen der Gesellschaft im mittelalterlichen Europa« (1964); DERS.: »Die Gesellschaft in der Geschichte des Mittelalters« (1969).

Die »Kaiserschlacht« bei Wassenberg im äußersten Westen des heutigen Deutschland an der deutsch-niederländischen Grenze (27. Juni 1206) war die wichtigste Entscheidungsschlacht zwischen Philipp von Schwaben und Otto von Braunschweig. Philipps Truppen, die den heranmarschierenden Rittern und Soldaten Ottos einen Hinterhalt legten, entschieden die Schlacht für sich und löschten Ottos Heer fast vollständig aus. Otto gelang die Flucht nach England zu seinem Schwiegervater, König Johann »Ohneland« (der böse Prinz John in der Robin-Hood-Sage); Ottos Dynastie spielte dadurch im Konflikt zwischen den Häusern der Welfen und Staufer in den nächsten Jahren kaum eine Rolle. Der Schlachtruf »Hie Waibling!« (die Gegenseite ließ sich nicht lumpen und konterte mit »Hie Welf!«) der Staufer-Partei hat seinen Ursprung in der Stadt Waiblingen, der Urheimat des Geschlechts von Friedrich Barbarossa, Philipp von Schwaben und Friedrich II.

Der Name des Kaufmanns, dessen Treck so unverhofft durch das Eingreifen des einsamen Reiters befreit wird, ist eine kleine augenzwinkernde Hommage an einen durch seinen Briefwechsel berühmt gewordenen anderen Kaufmann: Francesco di Marco Datini, Sohn von Marco di Datino, der allerdings hundert Jahre nach der Zeit lebte, in der dieses Buch spielt.

Tatsächlich erwog Bischof Gerold von Waldeck nach dem Brand Freisingens im Jahr 1224, sein Bistum Herzog Luwig als Lehen zu überschreiben, um aus der Schuldenfalle herauszukommen. Anders als im Roman dargestellt, waren die Finanzprobleme des Bischofs allerdings zum größten Teil selbst verschuldet. Als er sich 1230 endlich zu diesem Schritt entschloss, verhinderte Papst Gregor seine Ausführung, setzte Bischof Gregor ab und exkommunizierte ihn.

3. BUCH: WIE DIEBE IN DER NACHT

Das Zitat *tempi passati!* wird Kaiser Joseph II. zugesprochen, stammt also aus dem 18. Jahrhundert. Anachronistisch ist es dennoch nicht, denn auch wenn es ein geflügeltes Wort geworden ist, ist es doch auch ein ganz normaler lateinischer Satz und daher im 13. Jahrhundert nicht fehl am Platz. Heinrichs Latein ist allerdings nicht ganz korrekt …

Die tiefe Liebe zwischen Otto von Botenloube und Beatrice de Courtenay ist historisch überliefert; in den Minneliedern, die er für sie dichtete, nennt er sie sein »Gold aus Indien« und sein »Kleinod der Morgenlande«.

Friedrich II. und Herzog Ludwig von Baiern waren enge Verbündete. Die Wittelsbacher haben dem Haus Staufen immer die Treue gehalten. Möglicherweise liegt darin auch ein Motiv für den Mord an Herzog Ludwig, der sich 1231 in Kelheim ereignete. Der Fall ist bis heute ungeklärt, weil Ludwigs Leibwächter zuerst zu langsam reagierten, indem sie den Attentäter nicht aufhielten, und dann zu schnell, indem sie ihn nach vollbrachter Tat töteten, statt ihn festzunehmen und zu befragen.

Dafür, dass Friedrich sich im Jahr 1227 heimlich in Landshut aufhielt, gibt es keine Beweise – aber auch keine Gegenbeweise. Belegt ist jedoch, dass er sich 1235 dort aufhielt. Man weiß auch, dass Walther von der Vogelweide auf Burg Landshut weilte.

Ludwigs Anspielung auf die Böhmen kommt daher, dass seine Frau, Herzogin Ludmilla, aus Böhmen stammte. Zur Werbung Ludwigs um Ludmilla gibt es die schöne Anekdote, dass Ludwig anfangs nicht die Ehe, sondern nur Zärtlichkeiten von der jungen, schönen Witwe wollte, die in erster Ehe mit dem Grafen von Bogen verheiratet war. Ludmilla hingegen wollte, dass Ludwig sie vorher heiratete, und wies ihn beharrlich ab. Eines Tages erklärte sie ihm jedoch überraschend, dass sie ihn doch erhören wolle; er müsse ihr nur schwören, sie wenigstens *nach* der gemeinsamen Nacht zu heiraten. Sie zeigte ihm einen Wandteppich mit drei darauf eingestickten Rittern und bat ihn, auf den Teppich und die drei Ritter zu schwören. Ludwig, voller Freude, dass sie es ihm so leicht machte, schwor – und hinter dem Teppich kamen drei echte Ritter hervor, die Ludmilla dort vorher versteckt hatte. Diese konnte sie nun als Zeugen aufrufen, dass Ludwig ihr die Ehe versprochen hatte, und Ludwigs Zeiten als schürzenjagender Junggeselle waren vorüber. Es kann ihn nicht sonderlich geärgert haben, denn die Ehe war von gegenseitiger Liebe und Respekt geprägt und brachte letzlich eine Dynastie hervor, die es heute immer noch gibt.

4. BUCH: DIE HEIMAT DES KÖNIGS

Wenn Sie die Stadt Wizinsten (Weißenstein) im Steygerewalt (Steigerwald) auf einer Karte suchen – es gibt sie nur in meiner Fantasie. Sie ist der Schauplatz eines anderen Romans, der fast zur selben Zeit in dieser Gegend spielt: »Die Pforten der Ewigkeit«.

Das Lied, das Walther dichtet, ist in Wahrheit eine sehr freie Übersetzung eines bekannten Liebeslieds aus den Carmina Burana: »Nahtegal, sing einen dôn mit sinne«. Die Carmina Burana sind eine mittelalterliche Liedersammlung, die im Kloster Benediktbeuern entdeckt wurden. Die Autoren sind meist anonym, aber einige wenige Lieder lassen sich mit ziemlicher Wahrscheinlichkeit bekannten Troubadouren und Minnesängern wie Gautier de Châtillon oder auch Walther von der Vogelweide zuordnen. Diese Ungewissheit habe ich mir insofern zunutze gemacht, als ich das Lied von der Nachtigall (Nr. 146a der Carmina Burana) Walther zugeschrieben habe.

Die von Valeria genannten Inhalte von Laurins vermeintlicher Liebesdichtung finden sich in weiteren Liedern der Carmina Burana wieder.

Lapidi sacra fames ist eine Abwandlung des Vergilschen Sprichworts *Auri sacra fames*: Verfluchter Hunger nach Gold. Hier heißt es übersetzt: Verfluchter Hunger nach dem Edelstein.

Ottos Bemerkung mit dem Rhein ist eine Anspielung auf das Lied, das der echte Otto von Herneberch über den Waisen gedichtet hat. Darin heißt es in einer Zeile, dass der Stein zu Loch im Rhein liege – versunken in den Fluten. Das Interessante an dieser Einlassung Ottos ist, dass der berüchtigte Nibelungenschatz ebenfalls an einem Ort namens Loch im Rhein versenkt worden sein soll. Die mittelhochdeutsche Fassung des Nibelungenlieds ist um 1210 herum entstanden, also um die Zeit, in der auch Otto seine Verse verfasst hat.

Der heilige Johannes der Täufer ist der Schutzpatron der Sänger und Musiker.

Die Beschreibung des Waisen mit der Analogie von Schnee und Wein stammt in Wahrheit aus der Feder Albertus Magnus'.

5. BUCH: DER, WELCHER WÜRDIG IST …

Die Szene, in der Walther den Geist Eirenes sieht, enthält eine Anspielung sowohl auf Walthers »Under der Linden« als auch auf Kalil Ghibrans Gedicht »Von der Liebe« – das im zwanzigsten Jahrhundert geschrieben wurde, aber so voller Poesie über die Liebe steckt, dass man in einem Roman über den größten Poeten des Mittelalters nicht daran vorbeikommt.

DANKE

An das gesamte Team bei Bastei Lübbe, das aus meinem Manuskript wieder ein tolles Buch gemacht hat, allen voran meinen Lektoren Anne Rudolph und Kai Lückemeier. An dieser Stelle darf auch ein Dank an Stefan Lübbe nicht fehlen, der uns viel zu früh verlassen hat und der uns Autoren immer das Gefühl gab, zur Familie zu gehören. Wir vermissen Dich, Stefan!

An meinen Agenten Bastian Schlück, der mir den Mut gegeben hat, eine Storyidee, die ich schon vor fünf Jahren hatte, noch einmal aufzugreifen und zu einem Roman werden zu lassen.

An meine Probeleser Christine Pongratz, Angela Seidl und Toni Greim, deren Anregungen, Kritik, Kommentare und tiefes Eintauchen in ein noch recht rohes Manuskript mir sehr geholfen haben.

An meine Frau Michaela, akribische Jägerin nach den übrig gebliebenen Tippfehlern in den Druckfahnen, die außer ihr niemand mehr entdeckt hätte.

An meine Familie und meine Freunde, die ich mal wieder vernachlässigt habe während des Schreibens, weil Deadlines und Abgabefristen immer viel schneller herannahen, als man geglaubt hat.

Und vor allem an Sie, liebe Leserinnen und Leser, dass Sie aufs Neue – oder auch zum ersten Mal? – mit mir auf *aventiure* gegangen sind. Ich hoffe, das Lied, das ich für Sie ersonnen habe, hatte die richtige Anzahl an Strophen, den passenden Rhythmus und eine schöne Melodie. Für Sie dichte ich am liebsten!

Tandaradei!

Von der Macht des Wortes, der Liebe und des Glaubens

Jeremiah Pearson
DIE KETZER
Historischer Roman
Aus dem amerikanischen
Englisch von
Axel Merz
528 Seiten
ISBN 978-3-404-17545-1

Deutschland, am Beginn der Reformation. Mit letzter Kraft haben Kristina und Witter ihre Häscher abgeschüttelt. Zuflucht finden die beiden Täufer in Giebelstadt, dem Heimatdorf von Lud, der ihnen schon einmal das Leben rettete. Auch hier schlägt ihnen, den „Ketzern“, Hass entgegen. Gefahr droht jedoch nicht nur von innerhalb des Dorfes: In Würzburg schmiedet Fürst Konrad Pläne, sich Giebelstadt und seine Ländereien unter den Nagel zu reißen, solange es herrenlos ist. Damit das nicht passiert, begeben Lud und Witter sich auf die gefährliche Reise nach England, um den Erben von Giebelstadt nach Hause zu holen: Florian Geyer, den Mann, der Jahre später zum Helden einer ganzen Region werden wird …

Bastei Lübbe